暗恋它是奶糖味的

图样先森——著

上册

青岛出版集团 | 青岛出版社

图书在版编目（CIP）数据

暗恋它是奶糖味的/图样先森著. —青岛:青岛出版社,2021.11
ISBN 978-7-5552-9530-3

Ⅰ.①暗… Ⅱ.①图… Ⅲ.①长篇小说－中国－当代 Ⅳ.①I247.5

中国版本图书馆CIP数据核字（2020）第234457号

ANLIAN TA SHI NAITANG WEI DE

书　　名 暗恋它是奶糖味的
作　　者 图样先森
出版发行 青岛出版社
社　　址 青岛市崂山区海尔路182号（266061）
本社网址 http://www.qdpub.com
邮购电话 18613853563　0532-68068091
责任编辑 李文峰
特约编辑 张玙璠
校　　对 耿道川
装帧设计 梁　霞
照　　排 梁　霞
印　　刷 三河市良远印务有限公司
出版日期 2021年11月第1版　2022年2月第2次印刷
开　　本 16开（640mm×920mm）
印　　张 39.5
字　　数 641千
书　　号 ISBN 978-7-5552-9530-3
定　　价 69.80元（全2册）

编校印装质量、盗版监督服务电话 4006532017　0532-68068050

目录

㊤㊥

目 录

㊦㊧

下册

第一章

初见之时

准确来说，穗杏今年的暑假是从四月开始的。保送名单早在元旦前后就公布了，国家集训队的老师亲自打电话给大学招生办向他们推荐了穗杏。学校不勉强保送生继续上课，到九月大学开学，穗杏有足足大半年的假期。

这日子换谁都爽，但不知道为什么，高二下学期开学，穗杏又滚回学校上课了。她在高二寒假前说的那句“拜拜啦，我要去上大学啦”让她实在太欠揍，就算她回到学校继续上课，老师还让她当了劳动委员天天值日，也没能平息众怒。

这天，老师把她叫到办公室，旁敲侧击地劝她回家。穗杏低着头，小可怜样子十足：“可是我觉得在学校比在家里好。”

一般这种情况，学生不想回家，那只能是家里有问题。可穗杏白白嫩嫩的，浑身散发着“被宠大”的气质。老师问：“是家里出什么事了吗？爸爸妈妈不在家？”

穗杏答：“爸爸妈妈出差去了。”

老师又问：“所以你是不想一个人待在家里？”

穗杏摇头：“家里还有哥哥在。”

老师哭笑不得地问：“哥哥在家，你怎么还不愿意回家？”

“就是因为哥哥在家，”穗杏撇嘴，“我才不想回家。”

她的眼睛里像有汪水似的，老师一时间哑口无言。清官难断家务事，老师不忍继续劝她，欲言又止。

穗杏回到教室后，被砰的一声吓了一大跳。桌椅都被摆到了旁边，空出中间的地方，窗户上挂着彩带和气球，讲台上放着块蛋糕。黑板上有好大一排手书：穗杏同学提前毕业欢送会。

怪不得老师的表情那么奇怪。

她在的时候，老师天天让她做值日，还逼迫她按时交作业，她现在要走了，同学情谊倒是体现出来了。穗杏还未发表感言，猝不及防地被好朋友们抱住了，耳边充斥着好朋友们的抽泣声。

“那个，”穗杏结结巴巴地说，“我没说要走啊……”

好朋友又笑又哭：“你不用安慰我们了，都被保送了还留在这里跟我们一起受苦，你脑子又没病。”

“……”

好朋友：“呜呜呜！穗穗，你放心地去吧，我们已经做好没有你陪着去食堂吃饭的心理准备了。”

“……”

待会儿还有课，留给欢送会的时间不多了，大家一切从简，不能耽误上下一节课。接着是献花环节，每人一枝花，排队欢送穗杏。教室里的多媒体设备外放着《友谊地久天长》这首歌，气氛被烘托得相当悲伤。

有个男生给穗杏送花时，红着眼睛，声音半哑：“我从高一开始就喜欢你，现在你要离开学校了，我也不怕被你知道了。穗杏，我喜欢你。”

话音刚落，四周立马传来暧昧的唏嘘声。

穗杏：“……”她不走是不行了。

从宿舍收拾好东西后，穗杏提着行李茫然地站在办公室里。她是寄宿生，之前已经跟爸爸妈妈说过会念完这个学期，所以爸爸妈妈放心地出差去了。现在她要提前回家，没人来接她。

穗杏只好对老师说：“老师，我想打个电话给我哥哥，让他来接我。”

让穗杏一个人回家，老师当然不放心：“那用老师的手机打给你哥哥吧。”

因为爸爸妈妈经常出差，穗杏被逼着背下了哥哥的手机号。她等了十几秒，手机接通了，礼貌而清朗的男声响起：“你好，哪位？”

穗杏：“我。”

静默几秒后，电话那头的男人一改刚刚的语气，变得散漫：“小东西，偷偷带手机到学校玩？”

“这是老师的手机，”穗杏皱眉，毫不客气地道，“我要回家了，你来接我。”

男人声音不高不低地笑了下：“命令我？”

穗杏改口：“请求你。”

“请求谁？”

“请求哥哥。”

“回了家还跟我吵吗？”

穗杏小声地道：“不吵了。”

男人终于满意了，懒洋洋地说：“乖乖等着。”

虽然这比较屈辱，但总算有人过来帮她提行李箱了。穗杏坐在办公室里看老师改作业，其间几个老师进进出出，气氛很安静，直到有人轻轻敲了敲办公室敞开的门。

穗杏看过去，果然是杭嘉澍。

之前开过家长会，老师见过穗杏的父母，都是气质颇正的中年人，对穗杏的哥哥还是第一次见。年轻的男人迈着长腿走进来，黑眸饶有兴味地盯着穗杏，眼尾狭长，表情轻佻又张扬。

杭嘉澍走到穗杏面前，抬手摁在她的头上，眼神含笑：“嗯？终于被退学了？”

穗杏没说话。

杭嘉澍继续坏笑：“我怎么记得之前有人说过，只要我在家她就绝不回家？”

穗杏撇嘴，看着老师：“老师。”救我。

老师咳了咳道：“穗杏哥哥是吧？你好，我是穗杏的班主任。穗杏既然愿意回家，你就带她回去吧。”

杭嘉澍不逗妹妹了，语气终于正经起来：“谢谢老师这两年来对穗杏的教导，那我先带她走了。”

“穗杏拜拜。”老师挥了挥手。

穗杏：“老师，我会回来玩的。”

老师笑道："好。"

杭嘉澍是开车来的，穗杏认出那是爸爸的车。她抓住了把柄："我要告诉爸爸你偷偷开他的车。"

"不开车过来我能这么快？"杭嘉澍把她的行李扔进后备厢，"上车。"

好汉不吃眼前亏，穗杏乖乖上车。

杭嘉澍发动车子，导航开始工作，目的地却不是家里，而是清大。他要回学校？穗杏问："不回家吗？"

杭嘉澍说："先去一趟工作室，刚才在开会。"

工作室就租在清大附近，除了见导师，杭嘉澍几乎大半时间待在那里。穗杏试图跟他商量："还是先送我回家吧。"

"也行，"杭嘉澍放开方向盘，摊手道，"那你来开车，你想去哪儿就去哪儿。"

她连考驾照的年纪都没到。中途杭嘉澍有电话进来，他忙着打灯转向，没空戴蓝牙，干脆按了免提。他的室友老侯的声音传来："你回来没有？会都开完了，散不散啊？"

杭嘉澍："王总走了？"

"走了，但这老头留下了一个千古难题，我甚至怀疑他是在耍我们。我们是搞开发的，又不是变魔术的。"

杭嘉澍懒洋洋地问："那你怎么没跟王总明说做不了？"

"明说？活这么多年了，我都不知道做乙方的人有资格对甲方爸爸说这种大逆不道的话。"

听他这样说，杭嘉澍反倒好奇起来了："王总提这个要求的时候，沈司岚没指出来？"

"你走了没多久他说要上洗手间，然后就再没回来了。咱也不敢去叫啊，毕竟他是咱工作室的金主啊。"

"那还好他早退了，不然这项目就砸了。"

"你赶紧回来吧。我们商量商量怎么在王总不生气的前提下，委婉地跟他说这个需求是不可能实现的。"

挂掉电话后，杭嘉澍对穗杏说："待会儿我开个会，你乖乖地等我，听到没？"

穗杏还生着气："没听到。"

杭嘉澍淡淡地点头：“可以，那我现在就把你扔下车。”

“那我报警打110。”

杭嘉澍笑道：“怎么？你还想找警察来威胁我？”

“不是，”穗杏说，“告你偷车。”

“……”

路上有点儿堵，杭嘉澍直接把车停在工作室楼下，领着穗杏上楼。杭嘉澍是头一次带她来工作室，兄妹俩立刻成了奇景，不论男的女的，目光都落在穗杏身上。

这小不点儿长着张漂亮稚嫩的脸，五官还没长开，一双湿漉漉的小鹿眼，圆脸肉嘟嘟的，肌肤雪白剔透，像裹着奶油的雪媚娘，还穿着高中校服，藕条般细长的双腿乖巧地并拢着，小手背在背后，指尖攥着格子裙。

他们杭总开会中途开溜，回来时居然带了个漂亮小妹妹！别人还没来得及说话，杭嘉澍先开口了：“我妹。”

这真是个又好又坏的消息。好消息是小美女不是他的女朋友，坏消息是小美女是他的妹妹，大家更不能碰了。不能碰，众人想着搭个话也是好的。

“哇，妹妹！”

“妹妹好！”

“妹妹来找哥哥玩？呜呜！有妹妹真好。”

杭嘉澍：“穗穗叫人。”

穗杏：“哥哥姐姐们好。”

“好、好、好。”

“羡慕，我也要让我妈给我生个妹妹。”

“你爸不是早结扎了吗？”

杭嘉澍把自己的手机扔给穗杏，给她找了个位置安顿她坐下。

“坐这里玩手机，不许乱跑。”他撑着椅沿弯下腰，平视着她，“听到没？”

有手机玩，穗杏乖得不行，哥哥说什么就是什么：“听到了。”

杭嘉澍直起腰道：“开会吧。沈司岚呢？”

室友老侯说：“休息室。”

杭嘉澍往休息室走去。

老侯叫住他："你不是指望那位少爷会赏脸跟咱们开会讨论怎么哄甲方吧？"

"我的脑子又没病。"杭嘉澍用下巴指了指专心玩手机的穗杏，"我让他帮忙看着我妹，别让这小东西乱跑。"

老侯的表情更奇怪了，他心想着：杭总牛，居然妄图让少爷当临时保姆帮忙带妹妹。

杭嘉澍推开休息室的门，就见那位少爷正躺在沙发上睡觉，脸上盖着本书——《Java：从入门到精通》。这少爷绝对不是拿这书来看的，就是随手拿来挡光的。

穗杏抓着门框，探出头悄悄打量哥哥给她找的这位"保姆"。沙发容不下那双大长腿，长腿只能委屈地搭在沙发边。干净的白色衬衫下，男人抱着胸睡得安静，胸膛平稳地起伏着。

杭嘉澍踢了踢沙发脚："起来帮个忙。"

沙发上的人动了动，但仅限于抬起胳膊，用手做了个赶人的手势。低哑不耐烦的声音从脸上盖着的那本书下传出："不帮，滚。"

杭嘉澍挑了下眉头。老侯立马耸肩，用唇语说：你看吧、你看吧。

"我妹妹来了，"杭嘉澍继续说，"帮忙看一会儿。"

"看小孩儿？"

"嗯。"

"找别人吧。"

杭嘉澍："我说少爷，你以为谁都跟你似的不用应付甲方呢？"

"甲方我都不想应付，"男人冷冷地讥嘲道，"何况小孩儿。"他的话语非常无情且嚣张。

穗杏还不知道"保姆"长什么样，就被这位暴躁的少爷给嫌弃了。

"行。"杭嘉澍说。

老侯心道果然如此，谁出马都劝不动少爷。他正在想要不要毛遂自荐，陪妹妹玩可比开会好玩多了，结果杭嘉澍转身对门口站着的穗杏说："穗穗，看好这个睡觉的哥哥，他去哪儿你就去哪儿，别让这哥哥被人贩子拐走了。"

"……"

"……"

杭嘉澍这一通反向操作不禁让人直呼内行，逻辑清奇。

“啧。”沙发上的人掀开书坐了起来。

头发被压得有点儿乱，后脑勺的那缕短发翘了起来。男人弓着腰，手肘搭在膝盖上，低着头醒觉，双腿随意而散漫地分开屈着，黑色裤管往上挪了几分，露出瘦削的脚踝。几秒后，男人终于抬起头，眼神不满地扫过这几个打扰他睡觉的人。

下午的阳光带点儿柔焦效果，顺着窗沿落进来，柔和了男人白皙的肤色。那双好看的桃花眼半抬不抬地耷拉着，睫毛像蒲扇似的将眼尾上扬拉长，棕色瞳眸里透着冷淡的神色，五官轮廓清晰分明，好看却又冷漠。

穗杏在心里默默地比较着他和杭嘉澍谁好看。杭嘉澍那张老脸她毕竟看了这么多年，再好看吸引力也不如眼前这张新鲜的脸了。

杭嘉澍见人终于醒了，得意地勾起唇道：“醒了？这是我妹穗杏。穗穗，叫哥哥。”

穗杏听话地喊道：“哥哥。”

她的声音特别奶声奶气，甜又脆，“哥哥”俩字叫得人骨头酥麻。杭嘉澍听了好多年，免疫了。老侯经过刚刚的历练，已经学会了只在心里激动，表面稳如老狗。只有沈司岚是第一次听她这么叫。

他抬起头，看了眼面前站着的小孩儿。小孩儿像商场橱窗里摆着的童装模特，糯米似的圆脸，眼珠黝黑澄澈，直勾勾地看着他。

发现他看过来后，她赶紧眨眨眼，躲到了杭嘉澍身后，浑身上下没有一个地方跟杭嘉澍像。之前沈司岚还以为这是个女版的杭嘉澍，原来不是狐狸，而是只博美狗。他收回视线，淡淡地嗯了声算是应了。

托付完毕，杭嘉澍冲老侯招手：“走，去开会。”他先走了出去，老侯却没跟着。

老侯凑到穗杏身边，弯着腰对她说：“你要不要跟你哥说，只想让侯彬哥哥带你玩？”

穗杏下意识地看了眼还坐在沙发上醒觉的男人。老侯也看过去，指着男人又说：“这个沈司岚脾气很臭的，一点儿都不好相处。”

男人听到了，也没否认，对此浑不在意。穗杏慢吞吞地收回目光，不说好，也不说不好。

“怎么？不喜欢我吗？”老侯的语气顿时沮丧起来。

杭嘉澍阴阳怪气的声音从背后传来：“侯彬，你问我妹什么？你找死吗？”

老侯瞬间脸色发白："杭总，您没走呢？"

杭嘉澍："这不等你吗？"

最后老侯还是被拖走了。气氛陷入死寂，穗杏不知道说什么。男人似乎也没有开口的欲望，没管她，起身走到饮水机边给自己倒了杯水喝。

他站起来，穗杏才发现他很高。她仰头才能看到他的下巴。

"刚刚为什么没答应侯彬？"沈司岚刚醒，声音还带着倦意，懒洋洋地拖长了语调问她。

穗杏的心脏突然停摆了一下。

"嗯？"他又催了声。

"我觉得你看起来比侯彬哥哥学习好，可以教我写作业。"

"……"沈司岚奇异地顿了下，眼里滑过一丝荒诞的神色，"带作业来了？"

穗杏赶紧说："带了。"说着她竟然真的从书包里掏出了练习册，高二数学《小题狂练》。

沈司岚言简意赅地问："哪道不会？"

穗杏张口就来："都不会。"

沈司岚蓦地笑了。男人笑起来的时候，眼里藏着的冷意也消融了些。

刚刚她是心脏停跳，这会儿又成了跳得太快。她不是有心脏病吧？穗杏结结巴巴地问："你笑什么？"

他却答非所问，反问她："你高二了，想过考哪所大学没有？"

穗杏答："清大。"这是她自己选的，也是爸爸妈妈都同意的，原因是跟哥哥一所学校，爸爸妈妈以后出差就更加没有后顾之忧了。

沈司岚扬着眉梢看她，慢悠悠地说："那确实是只能想想。"

这真是毫不留余地的讽刺以及毁灭性的打击。这人真是白瞎了一张脸，偏偏长了一张不会说人话的嘴。穗杏深吸了口气。

"先把课上好了，再来向别人请教问题吧。"这回他不是讽刺，是建议。

穗杏点了点头："好。"

沈司岚稍微睁眼，似乎没想到她会这么爽快。

"原来哥哥你只是看起来学习好，"穗杏语气乖巧，眼神里却充满了孩童般对眼前之人天真的怜爱，"其实是个学渣，连高中数学题都不会做。"

"……"沈司岚沉默两秒，冷呵了一声，"什么都不会还让我教，想把我累死？"

穗杏的眼神顿时变得更充满怜爱了：“原来哥哥你身体也不好，讲个题就会累死。”

这是杭嘉澍的亲妹没错了。沈司岚搬了张凳子坐在她旁边：“每道题我只讲一遍，认真听。”

男人平缓低沉的声音灌进她的右耳。

穗杏的数学老师是个说话口音很重的资深教师，搞得穗杏至今不知道 sin 和 cos 以及 tan 真正的读音。再比如：“让我们把这个昏子、昏母通个昏（让我们把这个分子、分母通个分）。”

“提取相同因式，分子、分母通分。”她再一听沈司岚的话，声音犹如环佩相鸣，泉水叮咚，简直太好听了。

穗杏其实压根就没听他讲什么，这些题她都会，而且对她来说毫无难度。她听不进去，把注意力放在了男人的侧脸上。其实她就是扫了一眼，看到他鬓边的短发和他白白软软、耳垂很薄的耳朵。

沈司岚发现她不专心，都没看她，沉声问：“看我就会写了？”

穗杏小声喃喃：“也许呢……”

她只是不小心看了一眼啊，为什么他这么小气？

听到她这被抓包还不服气的话，沈司岚侧过头，手撑在桌上扶着脸，闲闲地说：“看吧。”

“啊？”

“多看会儿。”他还邀请她。

男人漂亮干净的眸子里，她呆滞的样子毫无掩藏之地。她也不躲，也不知道是被吓的，还是别的原因。

“看了这么久，”沈司岚突然出声，漫不经心地用手指着题目，“会写了吗？”

穗杏：“我……”

男人嘴角露出意味不明的笑，像是在看笑话。穗杏说不清此刻自己心里涌上的羞愤感是怎么回事，竟然赌气般真的认认真真地将那一页的数学题都做完了。

对完答案，她当然是全做对了。穗杏仰着头看他，眼里的小得意藏都藏不住。沈司岚只是惊讶了一瞬，随即平静地得出结论：“看来我能去开辅导班。”

在肯定了自己的教学能力后，男人似乎心情比刚刚好了那么一点儿，起身又要躺回沙发上。

“你不教我了吗？”

他回头看着她，悠闲地道：“没看够？要不要拍张照给你带回家慢慢看？以后考试的时候顺便拿出来拜一拜？”

“你又不是菩萨。”穗杏小声说道。

男人面无表情地道：“不是菩萨你刚才不也盯着看？”

穗杏被戳穿小动作，语气一下就慌了，忙着辩解：“我为什么要盯着你看？”

沈司岚并没有摆出她偷看的证据，而是气定神闲地问她：“还想看吗？”

穗杏别过头去：“我才不想。”

沈司岚不甚在意，瘫在沙发上，又用书盖着脸，将自己的脸挡了个严严实实。

“那就没的看了。”他说。

穗杏有点儿生气。他长得好看，为什么不让人看？她看他几眼，他又不会死。虽然不想承认她很不满男人用书挡脸的操作，但是穗杏并不愿就此妥协，于是收回目光，不知道是想向谁证明她绝不是那种看脸的人。

杭嘉澍开完会回来，发现沈司岚还在睡，他妹妹反倒真成了个看护人。他走过去想看看小东西在干什么，结果却看到桌上摆着作业，面色顿时复杂起来：“你脑子坏了，突然写什么作业？”

“为大学打基础。”

“……”杭嘉澍嗤笑，懒得再听她胡说八道。

他看了眼时间，都六点多了：“走吧，先去食堂吃饭，再送你回家。”

反正走两步就到清大，比他回家给她做饭方便多了。穗杏有些犹豫：“就我们吗？”

杭嘉澍：“怎么，一个伺候您的还不够？”

穗杏想了会儿，叫他：“哥哥。”

杭嘉澍叹气：“又怎么啦？”

“你是不是没朋友？”

“……”

“不然为什么除了我都没人陪你吃饭？”

杭嘉澍气笑了：“我怕你个小东西跟一群陌生男人吃饭尴尬，你懂什么。”

穗杏哦了声，显然不相信。

“沈司岚，”杭嘉澍喊沙发上的人，“一起去食堂吃饭吗？”

去去去去去去去去去去去去。穗杏在心里默念这个字十好几遍。

“嗯。”沈司岚坐起来，揉了揉头发，懒洋洋地回应。

之后老侯说什么也要一起，强行加入了吃饭小队。

几个人在校园里走着，格外引人注意。杭嘉澍和老侯有一搭没一搭地继续聊着下午的会议内容，穗杏扯着哥哥的衣服，眼睛不老实地到处看着。

现在是下课时间，路上人很多，四周的景象被夕阳映得红彤彤的，热闹而充满了烟火味。

大学校园里的氛围比高中轻松得多，不讲究争分夺秒，大家走在路上和好朋友闲聊，目的地似乎也显得不那么重要。

穗杏装作不经意地回头看去，沈司岚走在他们后面，正低头玩手机，视线完全没往前面看。

穗杏还是觉得，她今天的单马尾好像扎得不是很漂亮。她穿的小白鞋似乎有点儿脏了。她的走姿好像不那么淑女。她想这想那的，步伐自然就慢了。

杭嘉澍身高一米八几，硬生生地被拖累成了树懒。他脸色不爽地道：“没长骨头？能不能走快点儿？衣服都被你扯变形了。”

穗杏不讲道理，说他走太快不等她。

“我就差没跟王八肩并肩了，”杭嘉澍抽回了自己的衣服，“要扯去扯侯彬的衣服，让他拉着你这小王八走。”

穗杏：“不要。”

老侯眼神受伤地看着她。

穗杏：“我怕把侯彬哥哥的衣服扯坏。”

然后她的手又搭上了杭嘉澍的衣服。

杭嘉澍：“……”他想对老侯抱怨两句，就见老侯咬着指甲，一脸羡慕地看着他。

“呜呜呜！妹妹好体贴哦。”

侯彬指望不上，杭嘉澍指着沈司岚道：“走得慢你就去跟沈司岚一块儿

走，‘大王八’牵着‘小王八’。”

杭嘉澍对妹妹总能想到各种稀奇古怪的外号，‘小王八’是新鲜出炉的。他把沈司岚捎上，是因为这人平常总用鼻孔看人，唯独对着手机的时候，才会低下他那高贵的头颅。怎么不来个肇事司机教这少爷做人？

沈司岚听他这么骂，终于“高抬贵眼”。

“你妹妹扯坏了我的衣服，”他皮笑肉不笑地道，“你赔？”

杭嘉澍：“我赔。穗穗，去把他的衣服撕烂，千万别客气。”

穗杏没反应。他当她是狗吗？她很不满哥哥把她当狗使唤的行为，脸却不争气地红了，似乎想到了什么不好的画面。幸而夕阳足够明艳，可以为她藏住脸色。

几个人吵吵闹闹地走到食堂。穗杏特别懒，坐下就当大爷，把她哥哥当用人使。

小东西在家也是，懒得出奇，什么都不想做，爸妈又不在家没人管她，做哥哥的说她两句她就顶嘴。后来兄妹俩因为打游戏闹得不愉快，吵了好大一架，冷战了足足两个礼拜。杭嘉澍也不哄妹妹，反正小东西的生活费攥在他手里，不怕她不认错。结果这小东西转眼就收拾行李回学校上课去了，临走还留下这个家有他没她的豪言壮语。

这事害得杭嘉澍在电话里被父母好一通说教，说两兄妹再怎么吵他也不能不给妹妹饭吃，穗杏才十六岁，个子还有的长，难道他忍心看妹妹一辈子当个矮冬瓜？这小东西自从初二以后就没再长过个儿，家里的身高刻度表停在了一个残忍的数值上，也就只有这对傻父母还相信他们的女儿还有的长。

现在才四月，到她九月份开学，这期间带妹的日子太难熬了，他又不能放她在家里自生自灭。杭嘉澍叹气，在外面也不好训她，只好让她去占个位置，然后去替她打饭打菜，还告诫她打什么吃什么，不许抱怨。

穗杏只有一个要求：“糖醋排骨。”

“有的话我给你打。”

杭嘉澍和老侯住的研究生宿舍离这座食堂比较远，两个人都不常来这里，一时半会儿找不到糖醋排骨到底在哪个窗口。找糖醋排骨的任务自然而然就落在了住在本科生宿舍里的沈司岚身上。

“多打点儿，越多越好。这小东西最喜欢啃排骨了。”杭嘉澍嘱咐道。

沈司岚：“要不买个盆来装？”

“你当我妹是猪吗？”

“没有，”沈司岚语气平静地道，“我觉得你妹妹比较像狗。”

“……”

他的表情实在太冷静了，杭嘉澍一时分辨不出沈司岚到底是在骂自家妹妹，还是真心实意地觉得自家妹妹像狗。

穗杏终于等来了她的糖醋排骨，满满地堆成了一座小山。

沈司岚把餐盘放她面前，问：“够不够？”

她赶紧小鸡啄米般点头：“够、够、够。”

老侯顺势接了句：“哦嘞、哦嘞、哦嘞。”

杭嘉澍：“侯彬你有病？”

老侯：“我只是不想让妹妹看上去那么傻。”

“谢谢哥哥。”穗杏小声地对沈司岚说了声谢谢。

盘里的排骨堆成小山，她却最先吃了两口油麦菜。杭嘉澍发觉后，道：“怎么，你不是最喜欢吃排骨的吗？”

“我怕吃得太快，吃到最后就没排骨吃了。”穗杏是有这毛病，总把喜欢吃的菜留到最后，草莓蛋糕上的草莓一定要最后吃，仿佛这是她和自己最喜欢的食物间一种神圣而又默契的约定。

“不够吃等会儿我再给你打一份来。”杭嘉澍说。

问题看似解决了，可穗杏仍旧将排骨扒拉到餐盘旁边，用以观赏，不知道的还以为她讨厌吃排骨。其实她只是舍不得，连一口都舍不得吃，吃一口就少一口。

几个大男人的话穗杏插不进去，她就坐在哥哥身边安静地吃饭。后来还是老侯把话题转到了穗杏身上：“妹妹是跟妈妈姓吗？你们兄妹俩怎么不同姓？”

杭嘉澍顿了下。

现在一家生两个孩子，两个分别跟父母姓的情况早就普遍存在了，老侯完全是为了照顾妹妹才问这么个问题。穗杏抬起头，乖巧地说：“我是跟爸爸姓，哥哥是跟妈妈姓。”

“咦？”

“我们家不兴重男轻女这套，谁跟谁姓都一样。”杭嘉澍补充。

老侯点了点头，有些羡慕地说：“那你们家观念挺好的。我听我妈说，我弟还没出生前，本来她跟我奶奶约定好了说第二胎跟我妈姓，结果我弟出生以后，我奶奶说什么也不肯了，搞得我妈到现在怨气还没消。她说如果生的是妹妹，估计我奶奶早闭嘴了。”

杭嘉澍问：“这件事侯礼知道吗？”

“不知道吧，没人跟他说他哪儿能知道？”老侯说到这儿又看向沈司岚：“话说这小子最近在干吗呢？都不怎么回我的消息，难不成找女朋友了？”

沈司岚淡淡地说：“没有。他有个实验课没及格，最近忙。”

“实验课都能不及格？这小子没救了。”老侯摇头，“他跟你都当了三年室友了，怎么还是这么混日子？”

杭嘉澍睨他：“你从大一起就跟我住一个寝室，怎么没学到我的一点儿优良品质？”

“起码学到了一点，”老侯幽幽地说，“那就是从大一单身到了研一。”

“你单身关我什么事？我是眼光高才单身，你能跟我一样？”

老侯撇嘴，伸出脖子偷偷向穗杏打小报告：“妹妹，你别看你哥长得人模狗样，其实二十三岁了还没交过女朋友。”

“侯彬你死了，你给我妹灌输什么乱七八糟的思想？”

“我跟妹妹汇报一下她亲哥的悲惨现状，顺便暗示你妹给你介绍个女朋友啊。”

杭嘉澍不甚在意地道：“她现在懂个什么。”

老侯哎了声，说道：“你自己开窍开得晚，别一棒子打死所有人好吧？不信你问你妹，他们学校绝对有追她的人。”他的口气很肯定。

这么一个白白软软的漂亮小妹妹，无论是在他念高中那会儿还是现在与时俱进的高中时代，绝对都是男生们眼中的香饽饽。

杭嘉澍听了这话，脸上出现了片刻的迟疑之色。他看着穗杏，这小东西跟他年纪差得有点儿大，他一直把她当小孩儿看。或许在同龄人眼中，她已经出落成了个漂亮的小女生。

“你们学校有人追你没？”

穗杏不知道该怎么回答，说有或是没有，其实都不是很重要。她只是不知道说了有之后，那个人会不会误会她谈恋爱；如果说没有，又会不会误会她不受欢迎，从而觉得她不优秀。简单的问题被无限地复杂化，她竟然有些无所适从。穗杏躲避着这个问题，眼睛慌乱地看向他处，正好和坐她对面的沈司岚对视了个正着。

男人目光沉静，似乎察觉到了她的窘迫，却很不体贴，甚至和哥哥他们一样有着看热闹的想法，眼里藏着淡淡的笑意，嘴角有意无意地勾着。有那么一瞬间，她的大脑一片空白，心脏也几乎跳出胸口，只因这么一个对视，她就紧张得浑身脱力，四肢发麻。

穗杏突然仰起头狠狠地瞪了眼杭嘉澍。她眸中泛起水光，秀气的眉头紧紧皱起，唇抿成向下的弧线，一副小女生被逼到末路，只能用凶狠掩盖羞赧和委屈的表情。

杭嘉澍心感不好，小东西其实不大爱哭，委屈成这样，是真的害羞了。他心里一方面生出淡淡的愧疚感，一方面又有些高兴，起码关于她谈恋爱这事，他暂时还不用操心。

“不问了、不问了，”他掐了掐她的脸，哄道，“哥哥不问你了。”

老侯也意识到自己有点儿过分，连连道歉。

唯独沈司岚什么表现也没有。他其实什么都没有说，全程只是个听众，可实际是罪魁祸首。

穗杏不为杭嘉澍和侯彬的调侃生气，只为沈司岚那不经意的一眼生气。她狠狠地吃光了餐盘里的所有排骨。

沈司岚语气很淡地问：“吃完了？再给你打点儿？”

穗杏没看他，也不想接受他的好意。她纠结了那么几秒钟，然后把餐盘交给了他：“嗯。”

唉，成也排骨，败也排骨。

吃过饭，杭嘉澍开车和穗杏一起回家。

“你回家休息会儿就赶紧刷牙洗脸上床睡觉，不许偷偷玩手机到半夜，不然明天我还是会没收你的手机，听到没？”

这下没外人了，杭嘉澍的唐僧模式终于可以开启了。

“哦。”

“你别答应得这么爽快，别让我半夜又抓到你还没睡。”

穗杏语气严肃地道：“哥哥。”

杭嘉澍：“干什么？”

“你不会为了抓我，特意等到大半夜也不睡觉吧？”

杭嘉澍听她这么问就知道她绝对要玩手机到半夜。他叹了口气，好言好语地给她讲道理：“我明天上午有课，一大早就得赶到学校去上课。你别给我添乱，老实睡觉不行吗？”

穗杏：“你可以先送我回家再回学校睡。”

杭嘉澍挑眉：“放你一个人在家？那你还不翻天了？”

“不会的。”

“我信你的鬼话。白天管不到你就算了，晚上你必须给我老实点儿。”

穗杏眨了眨眼，突然问：“要不我以后白天去找你吧哥哥？”

“啊？我白天没空陪你玩。”

“不用你陪，我自己玩。等你下课或者忙完工作，我们晚上再一起回家。”

趁着等红灯，杭嘉澍抽空侧头看她：“你在打什么鬼主意？”

“我在家待着无聊，去找你的话，你没空我还能跟……”她顿了顿，接着说，“侯彬哥哥他们玩。”

“我每个月给侯彬发工资不是让他陪你玩的好吗？”杭嘉澍纠正她道。

“其他人也可以啊，”穗杏盯着雨刷器，“比如今天的另外那个哥哥。”

她将手背在背后，为了说出这句话，手心已经攥出了汗。

“他只是不喜欢应酬甲方，所以今天格外闲而已，项目忙起来的时候最没空的就是他。你真以为我们都跟你一样无所事事呢？”

穗杏泄气地道：“那你到底同不同意？”

“你先答应我不许添乱妨碍我工作。”

穗杏用力地点头：“答应、答应，一万个答应。”

杭嘉澍得寸进尺地道：“还有，以后不能嫌弃我玩游戏‘菜’（网络用语，指游戏操作水平差），为这种小事跟我吵。”

穗杏为难了：“可你确实‘菜’啊……”

杭嘉澍：“嗯？”

“嗯、嗯、嗯，没问题。”

“还要夸我玩得好。”

“……”

“你别以为我不知道你开了个游戏小号自己玩，还把 ID（账号昵称）改成了‘我哥哥打游戏世界第一菜’，你赶紧给我改了，听到没？”

最后穗杏忍辱负重，被迫签订了各种不平等条约。她也不明白自己是怎么了，怎么会有人只是因为对方长得好看，就……可那个人确实长得很好看啊，比哥哥还好看，就是刚好戳到她心坎的那种好看。穗杏在心里提醒自己，自己只是单纯喜欢长得好看的人，才不是特定地喜欢他。

杭嘉澍想得没错，自从家里多了个小的以后，他的日子开始不安生起来。小东西从小被爹妈宠着、哥哥罩着，人生实在太顺风顺水，没受过一点点挫折，也没有叛逆期，十几岁的小女生了还没长大，特别嚣张。

早上七点半，晨间雾气还没散去，空气里弥漫着清爽的味道。兄妹俩各自憋着一肚子气，活生生糟蹋了这美好的早晨。

一大早开着车到工作室后，杭嘉澍给穗杏买了面包。她只是拿在手里，肚子都开始演奏鸣曲了，就是不吃。

老侯到工作室找杭嘉澍一起去上课时，看见妹妹趴在桌上装死："怎么了这是？"

杭嘉澍按着眉心，重重叹气："我把她的手机缴了。"

老侯秒懂（网络用语，瞬间懂了）："难怪，你缴人家的手机不等于要人命吗？难怪妹妹生你的气。"

杭嘉澍冷笑道："半夜两点还不睡觉，躲在被子里玩手机，我不缴能行？"

"才两点，"老侯不以为然地说，"也不是很晚啊。"

在老侯看来，半夜两点那正是熬夜党的狂欢时间。

"你多大，我妹多大？她这么小就熬夜，以后没到三十就成老太婆了。"

这话正好被生着气的穗杏听到了。她坐直身子，反驳道："我才不会，等你变成老头子了我还是很年轻。"

杭嘉澍低斥："穗杏，你还很有道理是不是？"

穗杏不说话了，继续折磨手里都快被她捏成咸菜干的面包。

"熬夜会长黑眼圈，脸色也会变差，你是想走在大街上被人叫阿姨？"

"我没有，"穗杏仰着头，"我不会长黑眼圈的。"

她的语气笃定得很，反倒让老侯好奇地凑过去看。见老侯走了过来，穗杏还特意指着自己："不信你们看。"

老侯看了两眼，那跟剥了壳的鸡蛋似的小脸上满满的胶原蛋白，圆圆嫩嫩的，双颊浮着婴儿粉的色泽，果然年轻就是资本。老侯越看越难过，突然间不想帮妹妹说话了。

这时候工作室又陆续来了几个人，见气氛不大对劲儿，赶紧问老侯怎么了。

问清情况后谁也不说话。这件事确实是妹妹不对，小孩子还在长身体，怎么能熬夜？但杭嘉澍缴了妹妹的手机，对妹妹来说无疑是很糟糕的事情，妹妹生气也不是不能理解。

“你写份保证书，向我保证以后再也不熬夜玩手机，我就把手机还你。”

“你先把手机还我。”

“我不是在跟你谈判，你写不写？”杭嘉澍是真的被气着了，换在平时他会照顾穗杏的面子，不会当着这么多人的面训她。那种无论说了多少遍她都不听的无力感，让他意识到绝不能在这件事上纵容穗杏。

而穗杏从来没在这么多人面前被人教训过，一时间接受不了这样的心理落差。她在心里很明白这件事她做得不对，但就是犟着不愿意向哥哥低头。这么多人看着，哥哥还一个劲儿地逼她写保证书，越教训她，她的逆反心理越是强烈。她和哥哥对峙着，扁着嘴，觉得很丢脸，但又要争一口气。

“你们早上都没课？”有个声音响起，惊扰了这兄妹反目的场面。

工作室有值班制度，一般就是挑某个时间段没课也没学校活动的人坐在办公室里。今天上午刚好轮到沈司岚值班。他抬手敲了敲门框，引得所有人看了过去，包括穗杏。

男人穿着衬衫、长裤，倚着门，神色淡然，一只手悠闲地插在裤兜里，耳上还挂着白色耳机。

穗杏脑子里像线一样被绞得乱七八糟的情绪莫名消失了。意识到这个场面都是自己造成的，她又突然慌乱起来，刚刚的犟劲儿全化成了一摊水。

一群人经沈司岚提醒，这才推推搡搡地赶着去上课。杭嘉澍大概跟沈司岚说明了情况，临走时只留下一句：“你别把手机借她玩。”

而穗杏的注意力已经全然不在有没有手机玩这件事上了。又是两人独处，这个从天而降的大馅饼已经完全把她砸蒙了。她站在原地呆若木鸡，手上可怜的面包已经面目全非。

沈司岚没理她，找了个地方坐下，也没开电脑，直接掏出自己的手机玩了起来。他背对着穗杏。穗杏盯着他的后脑勺看了会儿，才将视线挪到他的手机上。

沈司岚在打游戏。后来他还直接取下耳机，游戏音效钻进了穗杏的耳朵里。

穗杏不自主地悄悄挪了过去。她也不想被他发现，动作很轻，停在他身后，就那么安静地看着他玩手机。

“想玩吗？”沈司岚不咸不淡地问她。

穗杏：“如果我说想，你会把手机借给我玩吗？”

“不会。”

“……”那你问我干吗？

“你先告诉我，你错了没有？”他边打游戏，边分心思跟她说话。

穗杏好半晌才艰难地吐出两个字：“错了。”

“知道错了还熬夜？”

穗杏皱眉，表情很为难：“我不是故意熬夜，就是睡不着。”

男人停下手中的动作，侧身看着她，胳膊撑着椅背，对她招了招手。

穗杏走过去。

他又说：“坐下。”

穗杏在他旁边坐下。

沈司岚皱眉：“坐近点儿。”

她像只听话的小动物，他说什么她就做什么，结果他提出让她坐近点儿，她却不听了，张着嘴，样子傻乎乎的。

男人伸手拽住办公椅扶手，稍微一拉，滑轮受力滚动，轻松地将她带到了自己面前。他动作太快，穗杏反应不及，两腿并拢，双手紧紧抓着膝盖，背脊僵硬地挺着，双眼发直。

看着他放大的脸，穗杏心里甚至涌上一个大胆到荒唐至极的想法。

沈司岚微微歪过头，目光随意地打量着她的脸。没几秒，男人低沉的声音在她耳边响起，夹杂着坏心眼的调侃和打击：“妹妹，你变丑了。”

“……”穗杏刹那间如遭五雷轰顶，用双手挡脸，难以置信地望着他。

他收回目光，语气平静，继续打击她：“变丑了这么多，你都没发现吗？”

穗杏的智商此刻已经降到了负数。她完全忘记了自己今天早上照镜子时反复打量自己的脸，甚至动起了妈妈摆在盥洗池前那些护肤品的主意。不过后来杭嘉澍过来洗漱，她才放弃了这个念头。

她满脑子只有：他说我变丑了。

我变丑了。

变丑了。

丑了。

“可能是熬夜熬的。”沈司岚继续往人的心上戳刀子。

杭嘉澍上完第一节课赶回来时，穗杏还趴在桌上。他心里咯噔了一下。他就一节课没给她玩手机，她至于颓废成这样？杭嘉澍正盘算着到底该怎么教育她时，穗杏听到他的动静，突然抬起头来，转过身子幽幽地盯着他。

“你怎么了？”

穗杏站起来，手里攥着张纸，走到他面前将纸塞给他。

恩断义绝书吗？杭嘉澍扫了眼纸上的内容，居然是保证书。保证书上面明确写道，穗杏同志痛定思痛，决定洗心革面，以后再也不熬夜玩手机了，如若再犯，剥夺玩手机权利终身。

“我以后再也不熬夜了，”穗杏怕他不相信，又加了句，“真的。”

她交完保证书，又做完口头承诺，浑浑噩噩地趴回了桌上，继续颓废。

杭嘉澍不知道这节课的时间到底发生了什么。他看了眼正在电脑面前忙的沈司岚，总觉得穗杏的反常跟这人脱不了干系。

之前在食堂的时候，老侯就提过穗杏在同龄男生中一定很受欢迎。杭嘉澍突然将这个范围扩大了些。不一定是同龄，也许有的人表面上是端方君子，实际上就是个畜生。

隔着几米，沈司岚也能感觉到来自杭嘉澍的视线。

“有话就说，”他放下鼠标，靠着椅背，语气不爽，“眼珠子都快瞪出来了。”

杭嘉澍缓缓地走到他面前，语气严肃地直接问道：“你是不是给我妹洗脑了？”

沈司岚皱眉：“洗什么脑？”

“她才十六岁。”杭嘉澍强调道。

“……”沈司岚勾唇，讥讽道，“看来工作室的资金还不到位，得多投点儿让你有钱去挂个脑科。”

杭嘉澍单刀直入地继续质问：“哦？那你跟我说说，你是怎么看我妹的？”

沈司岚没懂：“什么怎么看？”

“对她的感觉。”

沈司岚沉默半晌，吐出个字：“狗。”

这个印象从他们第一次见面后一直保留到现在。

杭嘉澍：“啊？”

沈司岚淡淡地说：“你不觉得你妹妹长得很像博美狗吗？”

“……”

沈司岚不说还好，这样一说，杭嘉澍反倒该死地在意起来了。杭嘉澍本来想替穗杏责备沈司岚两句，再怎么说，穗杏也是他妹妹，沈司岚骂她是狗不就等于变相地骂他是狗的哥哥？

结果在网上搜了两张博美狗的图片后，没养过宠物的杭嘉澍不得不承认，真的好像。

晚上回家，到了睡觉的时间，穗杏特意去了趟杭嘉澍的卧室，把手机交给他保管。杭嘉澍正靠在床头对着手机笑得肩膀一颤一颤的，都没发现她来。

“你在看什么？”穗杏出声问。

杭嘉澍抬头看向她，敷衍道：“没看什么，跟人聊天。”

“跟谁啊？”

笑得这么开心，难道他交女朋友了？那她得赶紧敲诈他，让他带自己去餐厅吃一顿大餐。

穗杏正盘算着这事，就听杭嘉澍说：“沈司岚。”

穗杏听到这个名字，心脏停跳了一下，问：“你们在聊什么？”

“聊你。”

穗杏用力地眨眼。心脏经历停跳后，又换成了踩油门加速。她捏着拳头，指甲陷进掌心里，心酥痒得很，表面还要佯装淡定，用平静的语气问：“聊我什么啊？”

“能聊什么，聊你不听话咯。”杭嘉澍起身，见手机还在充电，直接将手机扔在了床上。

“我去上个厕所，你直接把你的手机放在我的床头柜上吧。”经过穗杏身边时，杭嘉澍奖励地摸了摸她的头。

穗杏没在意，目光死死地盯着床上的手机。她好想知道他们的聊天内容，从来没有哪一刻她这样渴望知道别人对自己的看法。可是偷看哥哥的手机，被抓到的话，她一定会被骂得很惨。但这一瞬间，坏念头胜过了一切。穗杏做贼一般拿起手机解锁，动作一气呵成。然后她点进了微信。哥哥给沈司岚添了备注，她很顺利地找到了对方的聊天框，点进去，最后一条消息是哥哥发的。

“哈哈哈哈哈哈哈哈哈哈哈哈哈哈。”

穗杏不解，往上滑。

杭嘉澍：“你看这只狗像不像我妹妹？”

他发的图片是一只浑身白毛的小博美狗。

沈司岚：“不像。”

看到这里，穗杏心里涌上一丝丝窃喜。

沈司岚：“这只更像。”

沈司岚也发了张小博美狗的图片。这只博美狗体形更小，白毛被剪成了圆润的球形，毛更长，遮住了本来就不怎么明显的小短腿，两只眼睛黑黝黝、圆溜溜的，朝着镜头欢快地吐着舌头。

杭嘉澍：“简直双胞胎。”

杭嘉澍：“哈哈哈哈哈哈哈哈哈哈哈哈哈哈。”

穗杏：“……”

被人说跟狗像双胞胎并不是什么值得高兴的事，她是有点儿生气的，可她的怒气也非常偏心地只针对杭嘉澍一个人。而对沈司岚，她说不清有没有生他的气，只是在生气的同时，心头又被酸涩的情绪缠绕着。这种心情很奇怪，让伶牙俐齿的穗杏缴了械，心里纵使想了一千句、一万句用来戗他的话，话到嘴边，成了小女生矫情又做作的嗔怪。

“算了。”她泄气般劝自己宽容些。

屏幕对面的沈司岚并不知道，他和杭嘉澍背地里说穗杏的坏话，被穗杏逮了个正着。

穗杏点开沈司岚发的小视频，短短几秒而已，镜头主人公是一只博美狗和一只漂亮修长的手。她认得这只狗，就是刚刚他发过来的那张图片上的。

视频里，这只手冲小狗勾了勾手指。

“汪！”小狗撒欢般朝那只手跑了过去。

穗杏听到了一声短促的笑。

小视频结束。

沈司岚：“动起来是不是更像？”

穗杏：“……”她感觉被侮辱到了。

权衡利弊下，她将手机朝床上的枕头用力地掷去。枕头又弹又滑，手机画出条抛物线，咚的一下，又弹地上去了。穗杏心叫不好，赶紧捡起手机，还好手机没事。

这时手机突然狠狠地振了下，她还以为坏了，吓得差点儿又把手机扔出去。

手机收到的不过是一个小群聊的全体消息，求游戏组队的。

老侯：“@ 全体成员。”

老侯：“上游戏。”

紧接着老侯发起了群聊语音通话，穗杏下意识地挂了。

老侯：“杭总你干啥？”

老侯：“人呢？”

老侯：“上线啊，等你半天了。”

她再不说话，还不知道老侯要说出什么虎狼之词来。不得已，穗杏只能替杭嘉澍回了条：“上厕所。”

老侯：“耽误你张嘴吗？”

“……”穗杏没法，只好拿着手机去厕所找人，敲了敲门。

杭嘉澍在里面应：“干什么？”

“侯彬哥哥他们叫你打游戏。”

“你先替我玩会儿，我马上就出去。”

“那语音通话呢？”

“你不想接就直接和他们打字交流。”

穗杏替杭嘉澍组队进了游戏。她没开语音，但能听到其他几个人说话。

老侯：“杭总真不接？算了、算了，没一点儿团队精神。还有谁没进游戏？沈司岚进来没有？”

穗杏耳朵里突然传进一个声音，隔着无线电，干净的嗓音显得有些磁性。

“来了。”

几个人在房间里正在准备。

杭嘉澍的角色是个肌肉发达的壮汉，脸上还有块大刀疤，穗杏看不上，觉得太丑。兄妹俩只要一起打游戏，她有一半时间在劝他换个形象，但杭嘉澍不听，非说这种形象才能突出男人的成熟与沧桑。可能人缺什么就特别渴望什么吧，穗杏表示理解。既然是她替杭嘉澍打游戏，她才不想用这个角色。

在都是男人的房间里，那个最魁梧的壮汉突然就变成了一个穿着泡泡裙的女孩子。

老侯："杭总，你什么时候买的这个形象？"

聊天框公屏里，"杭嘉澍"用文字回道："刚刚在商城买的。好看吗？"

老侯："……"这是好不好看的问题吗？充满了雄性气息的游戏房间氛围突然就可爱了起来。游戏准备完毕，他再劝人换回来也已经来不及了。

进入游戏后，老侯开始安排任务："杭总，你还是跟沈司岚走一块儿。"

穗杏这才彻底反应过来，现在是在和沈司岚一块儿打游戏。

刚刚的恩怨还没过去，穗杏下意识地抗拒这个安排，控制着游戏人物想跟沈司岚大路朝天各走一边，结果被沈司岚叫住："去哪儿？跟着我，我保护你。"

穗杏下意识地想：杭嘉澍这个"菜鸟"（网络用语，指能力差的人）何德何能？

但她没忘记自己还在生气。穗杏："我自己行动。"

男人不咸不淡地说："你自己行动没几分钟估计就死了。"

穗杏腹诽：死了也比跟你一块儿走好。

穗杏："死了就死了呗。"

沈司岚沉默了会儿，问："你搞什么？"

穗杏："你管我。"

"杭嘉澍，"沈司岚冷哼，"穿了条裙子就真把自己当公主了？要什么别扭，信不信我一枪送你回家？"

侯彬连忙劝和："岚哥，算了、算了，杭总今天第一次穿裙子，理解一下。"

穗杏拿着手机，已经气成烟囱。游戏里，穿着泡泡裙的小公主扛着枪，头也不回地走了。

侯彬喊她："杭总，去哪儿啊？你一个人行动很容易死的。"

沈司岚："他吃错药了，别管他。"

侯彬的语气随即变得有些奇怪："我怎么觉得，你们好像情侣之间闹别扭啊？"

砰！下一秒，侯彬操作的游戏人物被队友无情地击杀了，尸体躺在了荒野中。

被恶心到的沈司岚就当自己是单人组队，跨过那尸体去找物资了。

剩下的两个队友互相依偎在一起瑟瑟发抖。

侯彬叹气：“这个队伍是没救了。”

杭嘉澍上完厕所回来时，发现穗杏早已不在他的房间里，他的手机也不见了。

他去她的房间，发现她正盘腿坐在床上，眼睛紧紧地盯着手机屏幕。杭嘉澍无声地走过去，发现穗杏已经杀红了眼。每次提示击杀成功后，穗杏还得意地弯起嘴角小声笑一下。

杭嘉澍看到游戏里的人物被换成了一个穿泡泡裙的女性，又看了她一眼，嘴角一抽。杭嘉澍说：“你玩完这盘就把手机送过来还我。”

穗杏头也不抬地回道：“嗯。”

此时老侯在内的其他三个队友早已经死了。队友们早发现了，杭嘉澍今天的操作有点儿逆天。

本来这时候只要两个人合作，他们这队伍稳赢，但偏偏那两个人就是互不搭理。就连沈司岚也察觉到“杭嘉澍”好像是在生他的气。

老侯问：“你俩到底咋了？”

沈司岚也不知道，沉着声音说：“我哪儿知道？”

穗杏正在换装备，听到沈司岚的话，不知道怎么的更气了，气他根本不知道她在气什么。她完全忘记了自己是在用杭嘉澍的身份跟沈司岚打游戏，也在用杭嘉澍的身份跟沈司岚生气。

就在几个人忙着解决队内矛盾时，旁边的草堆里潜伏着的敌人终于找到机会，朝沈司岚开了一枪。沈司岚被“杭嘉澍”弄得游戏兴致全无，受伤了也没办法，只好吃药补点儿血。

然后游戏画面中，一抹粉色身影冲了出来。扎着双马尾、穿着泡泡裙的游戏人物扛着枪，对着那个刚刚偷袭沈司岚的敌人轰隆隆地连着开了十几枪。人都被打成筛子了她还不解恨，又朝那个方向扔了个雷。

沈司岚的游戏人物蹲在石头后，还在发蒙：“……”

老侯一干观战的队友看直了眼。杭嘉澍换了个形象，直接从菜鸟莽汉进化成“战神”了。

最后游戏意外地赢了，沈司岚和穗杏各占一半人头。

打完这盘游戏，穗杏把手机还给了杭嘉澍。杭嘉澍看她臭着张脸，还以为游戏输了她不开心，结果一看战绩，明明赢了。

这小东西又怎么了？问她她也不说，杭嘉澍担心，又问了两句，结果小东西凶巴巴地威胁他："你再问我就把你在寝室里的事告诉爸爸妈妈。"

杭嘉澍："……"

沉默两秒后，他低斥道："你一个女孩子，说话能不能注意点儿？"

"那你说话能不能注意点儿？"穗杏扁嘴，小声抱怨，"总跟其他人说我干什么？"

她说话含含糊糊的，杭嘉澍没听懂："啊？"

穗杏张嘴，想说什么又咽了下去，最后低头道："算了。"

杭嘉澍看她那样子就知道她心里肯定瞒着事，于是用长辈严肃的口吻对她说："你是不是青春叛逆期到了？我告诉你，叛逆归叛逆，别做出格的事，不然到时候你被爸妈打了，别让我替你求情，听到没？"

"你才叛逆，你自己做的事你心里清楚，"穗杏瞪他，不甘示弱地回击，"在别人背后说别人坏话的都是小人！"

杭嘉澍："谁说你的坏话了？"

穗杏："装，你继续装。"

杭嘉澍想了想，突然啊了声："你偷看我和沈司岚的聊天记录了是不是？"

"我没有。"

"你没看就阴阳怪气地指这儿指那儿地说什么呢，小东西？"

杭嘉澍叹着气笑了，捏着穗杏的脸，还当面团似的扯了两下："傻妹妹，那是坏话吗？你读这么多书把脑子读傻啦？那是夸你呢。"

穗杏不信："说人像狗那是夸吗？"

"你没看那小狗多可爱吗？"杭嘉澍咧嘴笑得痞里痞气的，"跟你一样，可可爱爱的，可惜没有头脑。"

"那个沈司岚……"她吸了吸鼻子，声音越来越低，"不一定这么觉得。"

杭嘉澍语气不满地道："你这么在乎他怎么觉得干什么？"

"我没有，"她立刻反驳，"换其他人说我像狗，我也会很在乎、很生气的。"

"行吧，"杭嘉澍耸了耸肩，漫不经心地道，"那我帮你问问他？"

穗杏赶紧说："不用了。"

"那你还生气吗？"

"我没生气。"

"我信你个鬼，"杭嘉澍挥手赶人，"很晚了，你回房睡觉去。"

被哄好了的穗杏点了点头，终于走了。

杭嘉澍想：那小狗挺可爱的啊，明明是在夸她，不知道她在生什么气。

重新上线后，杭嘉澍开了语音，把游戏形象又换了回来。

"杭总的麦克风好了？"

"嗯，"杭嘉澍懒得解释，"开吧。"

游戏进行了几分钟后，始终保持缄默的沈司岚终于忍不住开口："你怎么又变'菜'了？"

杭嘉澍："你什么意思？"

"没什么意思。"沈司岚收回问题，接着几声枪响后，淡定地开口，"过来舔包（游戏术语，捡装备）。"

"沈司岚，这就是你对学长的态度吗？"杭嘉澍开始跟他摆学长架子了。

沈司岚低低嗤了声，随即没什么诚意地说："学长，请过来舔包。"

杭嘉澍满意了："嗯，保护我。"

沈司岚慢吞吞地应道："嗯。"

老侯："……"有人愿意沉浸在这虚假的兄弟情谊中，他能说什么？

沈司岚用狙击枪用得极神，屏息压枪，直接将百米开外的敌人爆了头。他们赢得毫无悬念。

虽然赢了，但老侯还是很想念上一把扎双马尾、穿裙子的杭总："杭总，你上一把那个可爱的形象多神勇啊，冲出来替岚哥报仇杀人那一下热血又帅气。要不是知道你是个男的，我都差点儿被你迷死。这把你怎么又走'伏地魔'（用于游戏情景时意为调侃玩家的游戏人物频繁地趴在草丛中躲避攻击而不主动进攻）路线了？"

杭嘉澍抽了抽嘴角："想说什么就直说。"

"要不……"老侯犹豫了半天，最终鼓足勇气，以壮士断腕的英勇姿态提议，"你把裙子穿回来？"

多人语音群里陷入久久的沉默之中，所有人仿佛在这一瞬间哑巴了。如果不是清楚跟他打游戏的是什么货色，杭嘉澍甚至想报警。

"你明天不用来上班了。"

“杭总，我开玩笑的，开玩笑的。”老侯变得很快，“我只是侧面夸你上一把玩得好，沈司岚，岚哥，你替我澄清一下。”

沈司岚：“确实不错，”顿了几秒，他又说，“但裙子你就不用穿了。”

杭嘉澍顿了顿，突然对沈司岚这个面冷嘴毒的学弟多了几分好感。

“玩得再好不听话有什么用？”沈司岚慢条斯理地评价道，“你现在虽然‘菜’，但起码听话。”

“……”

“……”

穗杏还没睡。没有手机陪着入睡，她很不习惯，抱着被子望着天花板发呆。

小时候关了灯，她总觉得天花板上长着一张鬼脸，正中央的灯就是鬼的嘴巴，一口就能将她吃进去。现在她长大了，早就不怕关了灯后的天花板了，可再也没机会找借口去跟爸爸妈妈睡，或是缠着哥哥陪她说话，直到她睡着为止。

她正感叹还是不长大比较好时，房门被叩响。

“穗穗，睡了没有？”是杭嘉澍的声音。

她坐起来，对门口喊：“没呢。”

杭嘉澍推开门走了进来。穗杏不知道他想干什么，眨着眼有些蒙地问：“你是怕鬼所以想让我哄你睡觉吗？”

杭嘉澍翻白眼：“你以为我是你？”然后他坐到她床边，把手机扔给了她，“替我打两盘游戏。”

穗杏问：“为什么啊？”

“没有为什么，替我打，周末带你去吃自助餐。”

穗杏的眼睛亮了：“自助烧烤！”

杭嘉澍敷衍地点了点头：“嗯。”

反正睡不着，还能挣一顿自助烧烤，穗杏觉得这买卖简直太划算了。这下就跟刚刚很不同了，她一切都以老板的意愿为主。

穗杏十分愿意忍受用肌肉男的形象替哥哥打游戏，哥哥却说：“你不是喜欢用那个穿裙子的女性人物吗？用那个吧。”

她小心翼翼地问：“可以吗？”

“可以。”

他怎么突然这么好说话了？穗杏正想着会不会有什么阴谋，果然，阴谋来了。

“待会儿你就压着沈司岚打，他开枪你就补刀抢人头，他跑步你就找机会开车撞死他。”

穗杏：“……”两个人真的是队友吗？

为了免于待会儿听队友的斥责，杭嘉澍十分无情地把多人语音给关掉了，然后坐在床边看她打。穗杏为了让他看清楚，盘腿坐在床上，双手前伸，弓着背仰着脖子，姿势像个小老太太。

他点了点穗杏的额头：“靠着床头玩吧，小心以后驼背。”

然后他抱着枕头挪到床的角落位置，开始闭眼小憩。

穗杏倒也没像杭嘉澍说的那样，只是又恢复到了上上一把不听指挥、单枪孤狼的状态。并非她真没有团队精神，而是她习惯了一个人玩。

朋友们谁也不像她这么空闲，火箭班的学生学习任务重，忙完大考就是小考。她也不怎么喜欢跟网上的陌生人随机组队玩，平时和她玩得最多的人就是杭嘉澍。为此她和杭嘉澍大吵一架，因为杭嘉澍说以后再也不跟她一起玩游戏了。她一气之下离家出走，又滚回学校上课了。

她看了眼杭嘉澍，发现他已经撑不住睡着了。穗杏叹气，想着这盘游戏结束以后她也睡觉吧。

手机上方弹出一个聊天框，伴随着振动，是沈司岚发过来的语音通话。穗杏不知该如何是好。

没过多久，语音挂断了。穗杏松了口气，心间却又浮起说不清、道不明的失落情绪。

沈司岚：“接。”

他发了条简单的消息过来，紧接着又发起了语音通话。穗杏鬼使神差般找了耳机，真的接了起来，心里告诉自己只要不说话就好了，沈司岚不会发现，也不会吵醒哥哥。没有人会知道，这是她一个人的秘密。

“你是不是不会团队合作？”一接起她就受到了男人的质疑。

穗杏没看过杭嘉澍和别人打游戏怎么样，反正他们兄妹组队时，到后期几乎就是穗杏一个人扛起全队的希望。

“嗯。”她用文字回道。她说不会还能帮杭嘉澍找个和游戏技术无关的借口，替他挽尊。

男人笑了下：“那你玩什么组队模式？”

穗杏听出了他语气中的嘲笑之意。她想用表情包回击，在杭嘉澍收藏的表情包里逛了一圈，也没找着合适的。

“哦。”她只好回一个冷冰冰的字。

“再开一把，跟着我，听话。”他说道。

穗杏撇嘴，心想明明她哥哥是学长，为什么沈司岚跟她哥哥说话可以这么没大没小？她试着想象了一下自己这么对杭嘉澍说话。还是别想象了，她百分之百会被骂。

接下来的这一把游戏，穗杏还真没刚刚那么猛了，只照着沈司岚在耳机里对她说的那些话去做。

“去那边埋伏。

“来舔包。

“躲好了，别出来。”

穗杏躲在树后，沈司岚让她别出来。

几声枪响后，她正躲着的房间的门突然被踹开了。男人戴着头盔、穿着防弹衣，举着枪站在她面前，问她：“刚才受伤了没有？”

她在聊天框里输入：“没有。”

“把医疗包和饮料捡了，身上掉了耐久度的装备都换上新的，我在楼下等你。”接着，沈司岚把刚刚自己说的那些东西都扔给了她。

到最后的关键时刻，多亏了沈司岚给她的这些东西，才让她在一片混战中，靠着足够的血条撑到了最后。

他们赢了。

穗杏觉得自己根本没做什么，却比以往无数次玩游戏都要开心。原来玩游戏不仅仅是赢的时候，或是拿 MVP（最优秀选手）的时候才会开心。多人互动游戏的意义从来不在于游戏本身，而在于玩家，在于和谁一起玩。

时间已经很晚，窗外对面小区楼里的最后一盏灯已经熄灭，穗杏却不愿意下线。

“睡觉吧。”沈司岚说。

穗杏咬着唇，很想坦白告诉他，今天晚上和他一起玩游戏的人不是杭嘉澍。她却又不敢说。

会不会说了之后，她就再也没有机会和他一起这样玩游戏了？或许以后每次杭嘉澍上线，沈司岚都有了警惕心，会问是不是她，如果是她的话，让她换哥哥来玩。

穗杏不知道自己在担心什么。明明不属于她的东西，她却已经开始害怕失去。她任性地回：“我还不想睡。”

她想再多玩几局，再多延续会儿这个夜晚和他的相处时间。

男人沉默了两秒，声音低沉地直接拒绝：“不可以。”

穗杏失落地抿起唇，还是不愿意关掉语音通话。她原本很浅的呼吸慢慢加重，然后变成了满是不舍的低声啜泣和吸鼻声。

穗杏特别看不起自己，都这么大的人了，却会因为这个人的一声拒绝被勾出眼泪。不想被他听到啜泣声，她赶紧捂住了嘴。

就在她想要赶紧挂断通话时，耳畔传来男人的声音。刻意压低的嗓音像是挠痒般蹭过她脆弱的耳朵，又带着些不怀好意的调侃：“妹妹，熬夜会变丑。”

还在眼眶里打转的水珠突然缩了回去，穗杏张着嘴，说不出一句完整的话来：“你……我……”

沈司岚没有解释，只是低声说：“等天亮。”

他这是在承诺吗，抑或是等天亮后再说？可不论是哪种情况，这个夜晚转瞬就变成了漫漫长夜。

“嗯。”电话里，穗杏小声却又坚定地回答。

挂断通话后，穗杏给他发送了一句晚安。

沈司岚：“晚安。”

她将聊天界面截图，发到了自己的微信上，接着删掉了他和她的对话框。

一个人的秘密变成了两个人的秘密。而她为这两个人所拥有的、在别人看来或许根本不算什么的秘密开心得无以复加。

穗杏叫醒哥哥，将手机还给了他。杭嘉澍揉着眼睛问她：“怎么样？”

穗杏敷衍地点了点头：“嗯。”

“周末带你去吃烧烤，”杭嘉澍伸着懒腰起身，“要不要帮你关灯？”

“好。”

卧房重新陷入黑暗。小女孩儿的心思来得很快，去得也很快。以前她天天幻想暑假时间变得很长很长，让她玩个过瘾，玩个痛快。

孩子们祈祷暑假快点儿过完，破天荒地想要去上学，是因为学校里有一个人让孩子喜欢上了上学，只要能看到那个人，哪怕再枯燥、再无聊的

校园生活也能忍受。

现在她只想快点儿开学，快点儿长大，快点儿天亮。

十六岁的春天，在夏天来临之前，穗杏已经开始期待秋天——她成为那个人的学妹的秋天。

终于熬到周末，杭嘉澍原本打算中午带穗杏去吃自助烧烤，结果上午的时候杭嘉澍被叫到工作室去加班，自助餐只好挪到晚上。

穗杏中午一个人在家，只吃了两个面包随便填了填肚子，一个下午没有吃零食，就是为了晚上那一顿烤肉。他在电话里对穗杏说："我估计还要一会儿，忙完了开车过去接你吃。"

"我去找你吧。"穗杏说。

杭嘉澍不太放心："你会走吗？"

"有地铁，有公交车，有导航。"现在交通这么方便，谁还会迷路？

"那你来吧，"杭嘉澍想了想，还是不太放心，叹着气说，"唉，算了，我让人去接你，万一你走在路上被人拐走了怎么办？"

"……"行吧，正好她不用挤地铁。

她听到电话那头，杭嘉澍似乎在找人帮忙："看见沈司岚没有？"

穗杏捏紧了手机。

"谁来找他？

"他们班的？谁啊？"

穗杏听到杭嘉澍半是调侃半是八卦地感叹："追人都追到咱们这儿来了，沈司岚可以啊。"

"……"穗杏的五官顿时紧紧地皱了起来。

"你还是在家等我吧，我尽快。"杭嘉澍说。

看来他是没找着司机。穗杏转了转眼珠子，说："没关系的，我过去找你吧。"

可能实在是忙，杭嘉澍没办法，只能口头嘱咐她两句，妥协地让她自己过去。

"嗯，我知道了，"穗杏说，"但是哥哥你最好有个心理准备。有些事如果真的会发生，不是光靠嘴巴说就能避免的。"

"……"

"如果我过了很久还没到，那么你不要犹豫，赶紧报警。"

“……”

“不要告诉爸爸妈妈，我不想让他们担心。”

“……”

“我的书桌下还藏了很多零食，到时候你记得帮我吃了。”

杭嘉澍打断她的话道：“谁要吃你剩下的东西。在家等着，我找人去接你。”

穗杏很犹豫地说：“这样麻烦别人不好吧？我一个人真的可以。”

“你个小东西肯定不可以。”杭嘉澍挂断了电话。

今天周末，加班的人不多，杭嘉澍正打算闯进休息室强行打断沈司岚的“桃花”，没想到这人却自己出来了。

“你跟你同学聊完了？”杭嘉澍问。

沈司岚冷着脸道：“没有。”

“还没有？你们到底在聊什么，是正事吗？”

“下学期要不要留任参加竞选的事。”

杭嘉澍皱眉：“那不就留或者不留两种选择吗？你们至于聊这么久？”

沈司岚用食指点了点自己的耳朵，淡淡地道：“不是聊，我是听了这么久。”

杭嘉澍意有所指地说：“那你这同学挺能说的。我本来还想找你帮个忙，现在看来如果真找了你，估计你同学得怪罪我。”

“我帮。”

杭嘉澍以为自己听错了。平常他叫沈司岚帮个忙跟请祖宗似的，今天对方居然这么干脆，连帮什么忙都不知道就直接答应了。

杭嘉澍警惕性很高：“你知道我让你帮我什么忙吗？”

沈司岚这才顺着他的话漫不经心地问：“什么忙？”

“帮我去我家接我妹妹过来，我答应她今天要带她去吃自助烧烤。”杭嘉澍从兜里掏出车钥匙丢给他。

哦，原来杭嘉澍是要带“小博美”去吃肉肉。沈司岚接过车钥匙，边把玩着车钥匙边慢吞吞地说：“学长，既然我替你当了司机，烧烤是不是该算上我的份？”

杭嘉澍就知道这货没那么热心。

“我说沈少爷，拜托你做个人吧。”杭嘉澍冷笑道，“你要想吃烧烤就自己开个店，一天二十四小时随便你吃，何苦委屈自己跟我们掐着饭点去吃？”

沈司岚少爷做派十足，不屑地嗤了声。临走前他用下巴指了指休息室：“那个交给你打发了。”

杭嘉澍最后说：“如果我妹非吵着坐副驾驶座，你别答应。她话特别多，会影响你开车。”

沈司岚用后脑勺对着他：“嗯。”

人走了没多久，杭嘉澍发觉休息室里一直没动静。他礼貌地敲了敲门后才推门进去。正等着沈司岚回来的年轻女人一身长裙配开衫，黑发被绾成松垮垮的鱼骨辫垂在肩上。杭嘉澍认出对方来，那是汪育妃，他们院系红榜张贴出的优秀大学生代表，也是这届的团会骨干。

汪育妃见来的不是沈司岚，语气有些失落：“杭学长？沈司岚还没回来吗？”

杭嘉澍替人转达：“他有事先走了。”

汪育妃垂下眼，似乎不太相信他的话：“可是我刚刚约他晚上一起吃饭啊。”

杭嘉澍了然，难怪这少爷要“微服出巡”跟他去吃自助烧烤呢。

“那你要不要先回学校？”

汪育妃想了想问：“如果我在这里等沈司岚回来的话，应该不会打扰到杭学长你们的工作吧？”

杭嘉澍愣了下，随即笑眯眯地说：“怎么会呢？你自便。”

离开休息室后，杭嘉澍懒洋洋地松了松肩膀，笑得像个满肚子坏水的老狐狸。

电视里正在播放综艺节目，穗杏扶着下巴盯着电视屏幕，却怎么也看不进去，第一次连看电视也会看走神。她不经意地看了看放在茶几上的手机，最后还是拿起来点开了几分钟前她和杭嘉澍的聊天记录。

“我让沈司岚去接你。

“他在路上了，我把他的手机号给你，等不及的话你就打电话问他到哪儿了。”

之后杭嘉澍发来了一串数字。

穗杏直勾勾地盯着那串数字，像要把每一个阿拉伯数字盯出洞来。她深吸两口气，最后还是鼓起勇气拨通了电话。没几秒，对面的人接通了：

“喂？”

穗杏心跳如擂鼓，佯装平静地道：“我是穗杏。”

“嗯，什么事？”男人顿了顿，说，“我还有十几分钟到。”

“没事，我就是想问你还有多久到。”

“那挂了。”

“哦，好，拜拜。”通话结束，穗杏看了眼时间，连二十秒都不到。

可她已经没时间去失落这个，扔下手机就跑到全身镜前左看右看。她今天扎了个丸子头，发箍上还坠了个镶了水钻的小草莓。她还穿了条奶黄色的棉裙，裙摆上印着大片的小雏菊，这是她觉得自己的衣服里最不幼稚、最漂亮的一件。她去商场买这条裙子的时候，就连爸爸都说：穗穗穿这条裙子看着像个大姑娘了。按理来说，她今天是百分之百会穿这条裙子的。可不知道为什么，她捏着裙子又跑回房间，换上了一套比较简单的帽衫和裤子。

穗杏从来没这么纠结过。太普通了她不高兴，可穿了那条裙子，她又有点儿害怕。她不想被任何人，包括那个人看出来，她打扮了。如果他不在意，她会沮丧；如果他在意，她会害羞，会藏不住这份心情，从而会被看出来。就在她想要不要豁出去换回那条裙子时，手机响了。

沈司岚已经把车子开到了楼下。穗杏没时间了，只好抓紧时间又用梳子梳了梳她的刘海，慌忙出门下楼。

下楼的时候，她盯着电梯上不断变小的数字，心跳渐渐加快。穗杏揪着手指，盯着电梯四周反射出的自己的模糊身影。果不其然，她后悔换了衣服。但如果她穿的是那条小雏菊裙子，可能这时候也会后悔，太招摇了，显得她特别、特别、特别期待看到他。

叮的一声，电梯门开了。穗杏的心思全在等会儿走到车子边，该怎么和主驾驶座上的男人开口打招呼上，却没料到他就站在电梯门口。

沈司岚单手插在裤兜里，正低头看着手机，见电梯门开了，抬眼往里瞥了眼，正好对上她的视线。他闲闲地说：“挺快的，本来想上楼接你。”

穗杏不知该怎么接话。

“上车吧。”

怎么办？她还没有习惯两个人单独在路上走的场景。穗杏只好埋着头，跟在他身后。

幸而沈司岚这一路上没再开口。走到车子边时，穗杏看了眼副驾驶座的车门，最后还是选择坐在后座上。

杭嘉澍说的情况并没有发生。沈司岚挑了挑眉，坐上主驾驶座，发动车子驶离小区。

车子里的气氛实在太沉闷了。以往穗杏坐车，爸爸和杭嘉澍都习惯将车载音乐打开，可现在开车的是沈司岚，他显然没有听音乐的兴趣。

男人透过右上角的后视镜往后看去。她就安安静静地端坐在后座上，垂着眼皮，双目无焦，是典型的在发呆的状态。她也没有像杭嘉澍说的那样话特别多，吵到他开车。沈司岚突然出声："不是你哥来接你，你不高兴？"

穗杏回过神，拨浪鼓般摇头："没有、没有。"

她生怕他误会，又赶紧说了句谢谢。

"该说谢谢的是我。"沈司岚瞥了眼车窗，"想喝奶茶吗？"

穗杏不明白沈司岚的前一句话是什么意思，但后面那句话她听懂了。她小声问："你请我喝吗？"

"嗯，我看到奶茶店了。"他靠边停车，穗杏本来也想下车，结果沈司岚只是问她想喝什么，直接关上车门走了。

穗杏又缩回了座位上，有点儿失望。本来她想和他一起排队买奶茶的。

十几分钟后，沈司岚提着奶茶回来了。他坐上车，却没把奶茶给她。穗杏双手捏着主驾驶座的椅背，探出身子来："不是说请我喝奶茶吗？"

"想喝？"沈司岚侧头问她。

这本来不就是给她买的吗？难道她说不想他就不给她喝了？

"想啊。"

他打了个响指，指着空荡荡的副驾驶座："坐前面来喝。"

穗杏乖乖地道：哦。"

她下车，又坐上了副驾驶座。沈司岚把奶茶给了她。

穗杏选的是双层海盐味奶盖奶茶。她很喜欢吃上面那层软绵又带着咸味的奶盖，直接撕开了封条打算吃一口。

沈司岚指着吸管："用吸管喝。"

穗杏说："我不用吸管的。"

男人语气平静地说："不用吸管的话，会吃掉你嘴上的唇膏。"

"……"

啊啊啊啊啊！！为什么他会发现她今天偷偷擦了唇膏啊？穗杏心想如

果沈司岚的下一句话是问她为什么今天擦了唇膏，她一定会羞愤得当场死亡。不过还好，他没有问，她也就不用死了。穗杏低头喝着奶茶，还没从自己丰富的心理活动中回过神来。

“好喝吗？”

“好喝。”

“我的谢礼给你了，你的谢礼呢？”

“啊？”

“谢谢我开车过来接你的谢礼。”

穗杏想着，这个谢礼他怎么也应该去问杭嘉澍要才对吧？不过他问她要，她也肯定会给的。

“你想要什么谢礼？”

沈司岚将手搭在方向盘上敲了两下：“晚上请我吃饭吧。”

穗杏：“今天晚上吗？今天晚上是我哥哥请客，得去和他说才行。”

“妹妹，”沈司岚歪着头看她，慢悠悠地拖长腔调，清朗的嗓音被拖出了说不清道不明的散漫赖皮的调调，“你就答应我吧，好不好？”

没见过世面的穗杏哪里见过这种阵仗。她低着头，讷讷地说：“嗯。”

得到答复，沈司岚轻笑一声收回目光，推下手刹，偏过头盯着车外的后视镜，转动方向盘继续开车。男人搭在方向盘上的手指干净修长，轻快地敲打着有规律的节拍。虽然脸上没什么表情，可穗杏还是从他的动作中猜到，他心情不错。

穗杏也跟着开心起来，有什么情绪喜滋滋地从她的心间冒出泡泡。

之后两人虽然没有再交流，可穗杏还是将这份好心情持续到了目的地。她跟着沈司岚上楼回到工作室，第一反应就是找杭嘉澍：“哥哥。”

杭嘉澍正在打电话，见她来了只是点点头，用眼神示意知道了。

几分钟后，杭嘉澍揉捏着眉心挂掉了电话。

“如果我把甲方给打了，应该不会对工作室有什么影响吧？”他说这话时脸上没什么笑意，也没带着一贯的吊儿郎当的表情。这话一出，大家都知道他刚刚在跟谁打电话了。

“不会，换个老板而已。”沈司岚语气平静地道。

杭嘉澍当作没听到，对一旁乖乖等他的穗杏说：“我收拾下东西就出发。”然后他才朝沈司岚伸出手：“车钥匙还我。”

沈司岚没动作：“待会儿我来开车吧。”

杭嘉澍没听懂："你什么时候干起代驾的？太屈尊了吧。"

"难得有人请客吃自助烧烤，我屈尊开个车，"沈司岚声音平静，却仍掩不了他语气中的狂妄和无耻，"应该的。"

杭嘉澍满脸问号："你活在梦里吧，我什么时候说要请你吃自助烧烤了？"

他刚问出口就发现了旁边因为心虚而缩了缩肩膀企图降低存在感的穗杏。杭嘉澍明白了，自己这边出了个小叛徒。杭嘉澍阴阳怪气地冷笑道："有人这招借花献佛用得真是妙啊，是吧穗杏同志？"

穗杏小声强辩："做人要大气。"

"你跟我讲大气？我买零食放在家里，你自己喜欢吃的几天就吃个精光，不喜欢吃的就通通丢给我让我替你解决。每回我洗衣服的时候你就拿着你那些脏衣服过来跟我说顺便，我让你替我洗个袜子你的脸都皱成咸菜干。来、来、来，你跟我说，'大气'这两个字你会写吗你就敢教育我？"

沈司岚在旁边听着，眼底促狭的笑意越来越明显。穗杏尴尬得抬不起头，但嘴上仍不愿认输："我比你小，你照顾我是应该的。"

杭嘉澍气笑了："行，从明天开始我叫你姐，换你照顾我，你看怎么样？"

"那你叫吧。"

"……"

穗杏虽然有点儿怕，但还是很嚣张地继续说："哥哥你怎么还不叫？"

"……"

杭嘉澍深吸两口气，沉声道："你不要以为在外面我就不敢打你。"

穗杏嘴上占够便宜，闭嘴了。杭嘉澍瞥她一眼，冷哼一声偏过头，接着对沈司岚发难："沈司岚，行啊，还跟我玩曲线救国呢？不过你还是先应付好休息室里那位吧。"

沈司岚闻言皱眉："她还没走？"

"没走呢，非要等你回来，"杭嘉澍不怀好意地拖长了声音说，"你要是不回来，我估计她能一直等下去。"

穗杏不明所以，休息室里那位是哪位？她想起之前在电话里听杭嘉澍说起过有人来找沈司岚。

可能是听到门外的动静，休息室里的人出来了。汪育妃总算把人给等回来了，语气欣喜地道："你怎么去了这么久啊？"

这语气就跟在家独守空闺的妻子终于等回在外浪够了的丈夫似的，而沈司岚俨然就是那个浑蛋丈夫。

“你怎么还没走？”

汪育妃：“我等你一起吃晚饭。”

沈司岚用下巴指了指旁边没出声的穗杏：“我有约了。”

汪育妃这才将视线转到穗杏身上：“这是……？”

杭嘉澍：“我妹妹。穗穗，叫姐姐。”

穗杏抿唇，叫了声姐姐。

“穗穗是吧？你长得好可爱啊。”汪育妃又看了眼杭嘉澍：“你们兄妹长得不太像啊，我都没看出来。”

对方没生气。为什么，难道自己看上去就这么没有威胁性吗？穗杏低着头不知道在想什么，没有说话。

杭嘉澍笑了笑，算是对她这句调侃的回应。

刚刚吵闹的工作室瞬间陷入了寂静状态。汪育妃勉强露出笑容，轻声对沈司岚说：“既然你要带杭学长的妹妹去吃饭，那我们就改天？”

沈司岚没说话，无声地提醒她离开。他此时目光渐沉，显然耐心已经告罄。汪育妃掩下情绪，道了别后转身离开。

“走吧，”杭嘉澍说，“去吃烧烤。”

沈司岚先下去开车。穗杏拉住了杭嘉澍，似乎有话要说的样子。杭嘉澍弯下腰，揉了揉她的头：“怎么，被人说跟我不像难过了？”

穗杏小声询问：“我们真的长得不像吗？”

杭嘉澍看着她圆圆的眼睛，笑着说：“还真不像。”

穗杏突然松了口气，拍着胸口说：“还好不像。”

杭嘉澍：“……”

穗杏继续说：“如果像的话，我怕我跟你一样，二十三岁了还找不到对象。”

“……”杭嘉澍嘴角抽搐，紧接着呵了声，坏笑道，“小东西你知道吗？如果你跟我长得像，或许只用单身到二十三岁。可惜了，你跟我长得不像，以后变成老姑娘了都没人要。”

穗杏：“不会的！”

杭嘉澍装腔作势地摊手：“拭目以待咯。”

这个小插曲并没有影响他们吃自助餐的兴致。晚餐饭点的自助餐厅是最热闹的，餐厅里灯光明亮，人声嘈杂，还伴随着烤肉滋滋往外冒油的声音。

穗杏一直没忘记刚刚在工作室看到的那个姐姐。

她端着盘子本来在挑肉，挑着挑着就挤到了杭嘉澍旁边，像块牛皮糖似的黏着他，他夹什么她就夹什么。杭嘉澍扬起手里的夹子画了个范围："我负责挑这边的，你去对面挑。"

穗杏只好硬着头皮，委婉地问出了口："你们怎么没叫刚刚那个姐姐过来一起吃啊？"

"我跟那个姐姐又不熟。"杭嘉澍漫不经心地说。

穗杏顺着他的话又问："那沈司岚哥哥跟她很熟吗？"

"熟啊，他们是同班同学，又一起在学生社团分会工作，当然熟了。"

穗杏哦了声，说："我去对面拿东西了。"

她心里想着事，连自己最喜欢吃的炸鸡块都忘了夹，浑浑噩噩地端着盘子走回了座位。

沈司岚看了眼她盘子里的东西："喜欢吃蛤蜊？"

穗杏这才发现她竟然夹了一盘子蛤蜊。她不喜欢吃这个，肉很韧，而且就算是吃熟的也觉得有股腥味："不小心拿错了。"

可是拿了的又不能再放回去，她干脆说："没关系，给哥哥吃。"

沈司岚勾了下嘴角："真是好妹妹。"

穗杏听出他在埋汰她。

杭嘉澍也并没有因为穗杏特意为他夹了一盘子蛤蜊而感到开心，或是觉得有个妹妹真好，而是说："再拿错你这辈子都别指望我会带你来吃自助餐了。"

穗杏理亏，夹了块刚烤好的肥牛卷蘸上酱料，又裹上生菜递给哥哥，用作示好。杭嘉澍冷哼，但还是接受了妹妹的伺候。

三个人吃了没几分钟，杭嘉澍又有电话来了。他看了眼来电显示，什么话也没说，直接把手机交给了沈司岚。

沈司岚皱眉："干什么？"

"王总的，替我接，随你怎么说。"杭嘉澍说，"我实在是懒得伺候了。"

沈司岚替他接了电话。也不知道对面的人说了什么，沈司岚开始还听得好好的，到最后来了句：“就这种简单的要求？”

杭嘉澍气愤：“你别吹牛了行吗？还简单呢。”

沈司岚睨他一眼，接着慢条斯理地对电话里的人说：“想要实现这种网页端功能很简单，我建议王总现在就启程到中东去找神灯，擦三下就能替你完成任何想法，而且还能节省下不少预算和时间成本。”

杭嘉澍：“……”

通话结束，沈司岚将手机扔还给了杭嘉澍。

“王总那边怎么说？”

“他让我把具体地址和那个叫神灯的人的联系方式发给他。”

杭嘉澍觉得荒唐：“然后呢？”

沈司岚慢吞吞地说：“然后就交给你了。”

“我去哪儿找神灯？去童话书里找？”

“或者你可以送他一本童话书。”

等王总知道神灯到底是什么，这单项目算是彻底黄了。不过杭嘉澍也懒得再应付这种钱包跟事情复杂程度成反比的甲方。

这件事解决了，杭嘉澍又想起另一件：“那个汪学妹，你真的没兴趣？”

正在专心吃肉的穗杏脑袋上的隐型天线突然就伸直了。沈司岚一听这名字就皱眉：“提她干什么？”

“提一句怎么了？她不是挺好的嘛，长得不错成绩也好，工作能力也没话说，对你又专情，你如果没有喜欢的人，或许可以考虑给她个机会，跟她谈谈看看？”

穗杏咬着筷子没说话，耳朵竖得老高，一个字也不想错过。沈司岚并不领情，语气冰冷地说：“你既然觉得她不错，那去跟她谈吧。”

杭嘉澍不以为然地道：“我？追我的人多了去了，我对你的桃花没兴趣。”

“呵。”

“你要真不喜欢她，直接拒绝不就行了，吊着人算什么？”

“你怎么知道我没有拒绝？”沈司岚反问。

杭嘉澍有些没想到：“你已经拒绝过了？”

沈司岚像是被戳到了烦躁的点，眼神渐渐失了温度，低着嗓音，语气不耐烦地说：“不知道她这么做有什么意思。”

他一贯对这种事没什么耐心，喜欢干净利落的处事方式。穗杏吃了一大口肉。

“虽然我很同情你的遭遇，”杭嘉澍话锋一转道，“但这顿还是你来请。”

沈司岚觉得好笑：“杭总真是勤俭持家。”

杭嘉澍眨了眨眼，顺着他的话叹气：“现在赚钱难啊，没看我还养着个‘铰肉机’呢。”

然后他指了指穗杏。穗杏此时正在吃肉，双颊鼓鼓的，见对面的两个人看了过来，腮帮子动作的频率越来越慢，从咔嚓咔嚓的小松鼠变成了牙口不好的老太太。

“……”

杭嘉澍啧啧称奇道：“我来采访一下，请问我在家是没给你饭吃吗？”

穗杏艰难地咽下嘴里的肉，然后十分嫌弃地皱起眉道：“就你做的那也叫饭？”

她听见有人笑了。杭嘉澍也听见了，转头瞪那人：“你笑什么，十指不沾阳春水的大少爷，有本事下个厨，我看你能做出什么满汉全席来。”

沈司岚勾着嘴角，神色似笑非笑，拖着尾音说：“你妹妹嫌弃你做饭难吃，关我什么事？”

杭嘉澍睨他一眼，一副“你懂什么”的样子看着他：“换你来养你就知道她有多难养了。”

“行，”沈司岚闲闲地说，“要不我养养看？”

“你不要太自信了。”杭嘉澍冷笑，随即转头看向穗杏：“也不问我们家‘饭桶’（代指饭量大的人）答不答应，我们家‘饭桶’认生，只吃自家的饭，是不？”

穗杏：“……”

两个男人同时看着穗杏。穗杏叹了口气，含糊其词地道：“我只要一个哥哥就够了。”

但她说得再含糊，这两个人又怎么会听不出来？她的意思就是她只认杭嘉澍这一个哥哥。

杭嘉澍挑眉，敷衍地对沈司岚道了个歉：“不好意思了，兄妹之间容不得第三者。”

沈司岚：“……”

穗杏的表情也是一言难尽。

杭嘉澍真的很欠毒打，上《变形计》都没用，得去接受劳动改造才能洗去他那满身的罪孽。

“作业也教你写了，司机也给你当了，奶茶也给你买了。”沈司岚不紧不慢地跟这对兄妹算旧账，平静地控诉着。男人那双漂亮的桃花眼扬着眼尾，情绪不显山不露水，语气带着一点点做作又蔫儿坏的抱怨：“转眼就不认我这个哥哥。”

穗杏低头用筷子扒拉着碗里的调味料，心想：你懂什么？

杭嘉澍装模作样地拍了拍沈司岚的肩：“兄弟没事，现在叫你爸妈给你生一个也不晚。”

沈司岚皮笑肉不笑地道：“现在生一个给我当女儿养？”

杭嘉澍又说：“怎么能是女儿？你二十岁都还没满，正是豆蔻枝头、含苞待放的大好年华啊。”

沈司岚：“……”

穗杏忍不住插嘴：“哥哥你学过语文吗？乱用词语！”

“我高考语文120分，你说呢？你要跟我比吗？”杭嘉澍笑得贱兮兮的，转念又说，“忘了你这小东西已经没高中上了。”

沈司岚问：“没高中上是什么意思？”

穗杏心跳骤快，生怕杭嘉澍说漏嘴，那她那点儿小心思就暴露得干干净净了。杭嘉澍慢悠悠地哦了一声，语气不怎么正经地说：“闯祸了，学校不要她了。”

“……”沈司岚当然不会相信这话，这个话题到此打住。

三个人吃完已经是八点多钟，沈司岚付的钱。杭嘉澍突然觉得和学弟吃饭其实并不那么糟糕。

付完钱，拿好餐厅赠送的停车券，三个人乘坐着往下的电梯准备回家。

杭嘉澍问沈司岚：“你回哪儿？”

“宿舍。”

“那我送你？”

“不用。”

杭嘉澍换了个问法：“那你送我？”

沈司岚睨他，语气冷淡地说：“这顿饭我出的钱，还想让我给你当司机？”

没套路上对方，杭嘉澍作罢：“那你自己回吧。停车券给我，我跟我妹在负一楼下。”

穗杏犹豫片刻后，说：“我直接去一楼门口等你吧，你先去开车。”

这样也行。杭嘉澍说：“那你别磨磨蹭蹭的。”

穗杏跟着沈司岚在一楼下了电梯。

四月晚上的风有点儿凉，穗杏的刘海被吹得往两边分，露出秀气的额头。单独相处时，手上不做点儿别的事总觉得尴尬，她埋着头，干脆理起了刘海。

两个人一前一后地站在广场门口，沈司岚将手插在兜里，转头看她。她个子不高，低着头时，他就只能看见她圆润的脑袋顶。也不知道头发怎么惹她了，她摆弄了好半天也没见有弄好的意思。

沈司岚在没见穗杏前，就经常听杭嘉澍提起过他的这个妹妹。蜜罐里泡大的小女孩儿，无忧无虑地长大，所以没有早熟的必要。她不需要懂得世故，只需要好好学习，好好地长成一个健康的大人。

穗杏身上有高知家庭教出来的懂事乖巧，也有她这个年纪该有的顽皮和天真。所以杭嘉澍一提到她就头疼，自家妹妹伶牙俐齿，偏偏话还多，兄妹俩经常吵架。

可沈司岚觉得她很安静，至少在他面前是这样。她应该是认生。看她恨不得把自己的头发给拔下来，沈司岚收回目光，突然想起家里那只小家伙最近好像也该修毛了。

“我先走了。”沈司岚说。

穗杏停了手里的动作，叫住他：“哥哥。”

沈司岚垂眸看她，示意她说。

“我没在学校闯祸，学校也没有不要我。”她也不知道他会不会把刚刚杭嘉澍的话放在心上，可并不想让他误会她是个爱闯祸的孩子。末了，她又为自己正名：“其实我的成绩很好的。”

“成绩好是应该的。”沈司岚目光平静地道，“你不是说想去清大吗？”

“你会在清大看到我的。”她说。很快，就在这个九月，他不需要再等一年。

之前朋友们都羡慕她不用参加高考，可穗杏想，不用参加高考有什么好羡慕的呢？上了大学大家还是要继续念书的。直到现在，她才第一次意识到，不用参加高考真的很幸福。

虽然从小她玩耍的时间比别人短，参加奥赛班培训的时候很辛苦，之后去比赛的时候每天都睡眠不足，各种大大小小的笔试和面试压得她喘不过气来。她觉得自己很聪明，其实不用这么努力也可以拿到很好的成绩。可爸爸妈妈说，正因为拥有这种优势，她才要付出加倍的努力去维持这种优势。先天条件令人赢在起跑线上，可后天流的汗水才是人生成功的关键。

穗杏终于懂了。她会比任何人都先一步靠近她心中渴望的人和事物。

穗杏鼓起勇气说："等那时候，我就可以叫你学长了。"

沈司岚不会知道，她这句话的含义究竟是什么。但没关系，她懂就好了。她小心翼翼地慢慢靠近着他，因为害怕被发现而佯装不经意地试探，只要能够得到一点点他漫不经心的回应，都会在她心里掀起汹涌波涛。

不远处响起车笛声，是杭嘉澍在催促她了。穗杏朝车子那边跑去，努力扬起自己最好看的笑容，对沈司岚说："哥哥拜拜。"

稚嫩秀气的女孩子步履轻快，发间藏着的那颗娇艳欲滴的小草莓在夜色下若隐若现，星星挂在天上，却又好像落在她穿着白色帆布鞋的脚边。好像她在哪里，光就在哪里。她跑开时，帽衫上的那对兔耳朵跟着摇摇晃晃的，似乎也在跟沈司岚说拜拜。

沈司岚想，是不是该给家里那只小家伙也买个草莓发卡戴戴看？

回家的路上，穗杏坐在车子的后排座位上，有一搭没一搭地找杭嘉澍说着话，安全带系不住她那张叽叽喳喳的小嘴："哥哥，等我下学期开学，在学校里是叫你哥哥还是叫你学长啊？"

这个问题无聊到杭嘉澍不想回答。他面无表情地说："你愿意的话叫爸爸我都没意见。"

"……"

穗杏沉默了两秒，说："你想得美。"

"我伺候你吃、伺候你喝，就差没伺候你拉撒了，还担不起你一声爸爸？"杭嘉澍一顿，似乎想到了什么，又否认了前面的话，"不对，我以前给你换过尿片，这么说你吃喝拉撒都是我伺候的。说出去真是丢人，我妹妹两岁了居然还在用尿片。"

穗杏小时候肠胃不太好，经常拉肚子，小孩儿自控力比较差，虽然知道拉肚子要去厕所，可也不是每次都赶得上，经常站在厕所门口大哭，叫爸爸、妈妈，口齿不清地喊拉到裤子里啦。妈妈只好哄着穗杏穿上尿片，并保证绝对不会说出去。这所谓的不会说出去也仅限于不会对外人说，穗杏虽然对这段记忆毫无印象，可因为家里人都知道，所以没法否认。

这件事也彻底将她钉在了耻辱柱上，时不时被杭嘉澍翻出来笑。穗杏硬着头皮否认："我没印象，你造谣！"

杭嘉澍笑得极其恶劣："要不打个电话给爸妈求证一下？"

穗杏气得头皮发麻，好不容易等到了家，找准时机，趁杭嘉澍刚锁好车门，她就张牙舞爪地扑了过去。杭嘉澍仗着手长腿长，手疾眼快地躲开，瞬间跑没影了。

小区晚上有不少大爷大妈在楼下散步跳舞，好不容易坐上了电梯，偏偏又碰上个住在同一层的邻居。穗杏憋到家门口，等杭嘉澍开了门，这才迫不及待地原形毕露。

杭嘉澍兜里的手机响了起来，他一手握手机，弯着腰，另一只手正在放鞋，完全没注意到身后的情况。

"我们已经到家了……"

穗杏一脚就踹在了杭嘉澍的背上。杭嘉澍反应不及踉跄两步，扶着鞋柜才没摔倒。

"穗杏你完了。"杭嘉澍扔下手机，冷着脸直接拽起穗杏的帽子，连鞋也顾不上换就扯着她往里走，大门啪的一声被狠狠地关上。

关门打狗。穗杏被扯得喘不过气来，不停地挣扎："这是谋杀！谋杀！"

杭嘉澍用胳膊钳制住她的脖子往上提，表情狰狞地道："踢我一脚就能掩盖你两岁还在拉裤子的事实了？"

他还说！他还说！"你闭嘴！"

"我偏不，我还要把这件事用微信群发给所有人，让所有人都知道你两岁还在拉裤子。"

"那我就把你以前非主流时期的自拍照和空间说说群发给所有人！"

杭嘉澍冷哼："我的空间早锁起来了。"

穗杏也哼了一声："你之前让我上你的号打游戏，我去你的 QQ 空间全都截图了！"

"……"

各抓着对方的把柄，兄妹俩终于冷静下来。

杭嘉澍深吸口气，语气严肃地说："把截图删了，这件事烂到肚子里，听到没？”

穗杏揉着脖子，眼珠子瞪得老大：“以后不许提我拉裤子的事。”

杭嘉澍嗯了声，两人算是达成协议。他弯腰去捡刚刚被扔在地上的手机，结果发现屏幕亮着，通话还没结束。杭嘉澍骂了一声，捡起手机，按着眉心沉声问道：“你都听到了？”

穗杏在他背后探出头：“谁啊？”

杭嘉澍狠狠地瞪着她，放下手机，按下了免提键。男人懒懒地问：“听到什么？”

杭嘉澍冷冷地道：“沈司岚，你别跟我装。”

电话那头的人还真不装了，慢吞吞地说：“听到了。”

兄妹俩刹那间面如死灰，这偌大的世界，却没有他们兄妹俩的容身之地。

沉默良久，两头谁也没有说话。似乎是耐心告罄，沈司岚淡淡地道：“挂了。”

空留一室尴尬。

“他不是那么多嘴的人。”杭嘉澍说。也不知道他这话是安慰自己还是安慰妹妹。

穗杏显然没这么冷静，语气责怪地说：“都怪你。”

看着妹妹一副“我没脸活”的样子，杭嘉澍心头的怒火不知怎么消了大半。非主流总比拉裤子听上去成熟一些，他怎么想都觉得是她比较丢脸。想到这里，杭嘉澍竟然莫名地笑了起来。

本来就心情不爽的穗杏心情更差了，直接从袋鼠兜里拿出自己的手机，准备公开杭嘉澍的黑历史，而且是空间和朋友圈同步公开。杭嘉澍要抢她的手机，穗杏就直接把手机藏进衣服里，像个刺猬似的蹲在地上蜷着。

看着眼前这坨团子，杭嘉澍无从下手。防御成功的穗杏抬起头，嚣张地冲他做了个滑稽的鬼脸。杭嘉澍直接被气笑，笑得骂不出话来，只能无谓而重复地和她争吵着。

主卧那里突然传来动静，兄妹俩同时怔住，齐齐看向主卧的房门。穗杏仰着头，用唇语和杭嘉澍交流：小偷吗？

杭嘉澍比了个“嘘”的手势，发现房门被打开，爸爸穗峥嵘疲倦而无奈地看着兄妹俩。

穗杏："呃……爸爸？"

"从刚刚就一直听见你们吵，好不容易消停下来，怎么又吵起来了？"

穗峥嵘夫妻刚回家没几个小时，本来在房里补觉，结果兄妹俩一回来就把两口子都给吵醒了。那时候穗峥嵘就想出声让兄妹俩安静些，吵闹声却戛然而止。他以为这对兄妹是吵完了，结果没几分钟又吵起来。

"回来了怎么也没说一声？"杭嘉澍问。

"我以为穗穗在学校没拿手机，你最近不是在忙项目嘛，就没跟你们说。"穗峥嵘看了眼客厅里的钟，语气困倦地说，"这么晚才回来，你们吃饭没有？没有吃饭让妈妈给你们下碗面。"

"我们吃了。"穗杏说，"我们去吃自助烧烤了。"

"肯定又是你缠着哥哥请的。"穗峥嵘哼笑道，又问她，"跟哥哥和好了？终于肯回家了？"

穗杏甩头："没有。"然后她绕过两个男人，"我去找妈妈了。"

小东西溜进了主卧，客厅里只剩下穗峥嵘和杭嘉澍。

穗杏年纪小，又是女孩儿，做爸爸的对她当然亲近些，眼前的杭嘉澍已经比穗峥嵘还高，穗峥嵘当然不能用对小孩儿的态度对他。穗峥嵘问得随意："最近工作室怎么样？"

"还好。"

"需要帮忙吗？"

杭嘉澍笑道："真的不需要，爸，你问多少次我都是这个答案。"

穗峥嵘在沙发上坐下，下意识地想倒杯茶，拿起茶具才发现没茶喝。也是，杭嘉澍和穗杏还年轻，哪懂他对茶的偏爱，自然不怎么喜欢喝茶。

杭嘉澍说："我去帮你泡吧。"

穗峥嵘将茶壶递给他，不经意地说："你现在也不要生活费，赚的那些钱都自己留着，别老是惯着你妹妹，要给她买东西就用我和你妈给她留的生活费买，不够了直接说。"

"今天这顿不是我出的钱，是我的一个朋友出的，"杭嘉澍走到饮水机旁，边倒热水边说，"就是我那个学弟沈司岚，你知道的。"

穗峥嵘点头："你这学弟人挺大方的，还顺便请了穗穗吃。"

杭嘉澍笑而不语。还好是吃自助烤肉，不然就以小东西那吃肉的程度，还不知道沈司岚愿不愿意请。

"有点儿烫，凉会儿再喝。"杭嘉澍将茶壶放在穗峥嵘面前。

“没事，就是要喝热的。”穗峥嵘倒了一小杯热茶，小心抿了口。

“对了，爸，最近我时间紧，就借了你的车开，如果你要用的话跟我说，我帮你把油加满还你。”

穗峥嵘摆手道：“你拿去开吧，我不用车，”顿了会儿他又问，“你没车也不方便，我给你买辆车吧？”

“不用，”杭嘉澍摇头，“忙完这阵子就用不上车了。”

“就当我庆祝你读研的礼物。”穗峥嵘换了种说法，“我看和你年纪差不多大的小伙子，家里别说是给买车了，连房子都帮忙给置办好了。”

杭嘉澍轻声说道：“我连女朋友都没有，想那么远干什么？你们经常出差，我在家里照顾穗穗，买了房子也是空着浪费资源。”

也就只有杭嘉澍说得出买房是浪费资源这句话。

穗峥嵘还想说什么，但最后还是依了杭嘉澍的意思：“那等你交到女朋友了再说。”

“穗穗既然回家了，我打算和你妈说说给她报几个班，不能让这么长的暑假浪费了，你觉得怎么样？”

杭嘉澍耸肩：“这件事问我没用，还得看她自己的意见。她要不想上，我总不能绑着她去上课。”

穗峥嵘想起小女儿闹起来那个劲儿，突然有些头疼。

穗杏此时正在主卧里，嘴巴说个不停，向妈妈告状哥哥这些日子是怎么欺负她的。杭美玉心不在焉地听着，终于等她说完了，才表示：“等一下我帮你说他。”

“嗯，你要记得说他。”听到妈妈的话，穗杏这才解气。

“哥哥的事先放一边。你最近没事做，是不是老去工作室打扰你哥哥工作？”

穗杏皱眉道：“我没打扰他工作啊。”

“你去那里又帮不上忙，总过去干什么？家里又不是没有电视、电脑玩。”

穗杏鼓着嘴，解释的话却说不出口。

杭美玉学她的样子，跟着鼓嘴，没几秒就破功笑了：“嘴都能挂桶了。这几个月你要是没什么安排，也别烦你哥哥了，我给你报几个提前课程班？或者你把钢琴课捡起来也行，正好再考个级。”

“你和爸爸决定吧。”穗杏小声说。

杭美玉觉得不对劲儿：“嗯？怎么突然这么好说话了？”

穗杏没说话。

两人又谈了几分钟，最后杭美玉也没困意了，干脆起床去客厅坐，刚出来就逮着正要回房间的杭嘉澍：“你都这么大的人了，还整天跟妹妹吵架，你自己想想，像话吗？”

杭嘉澍抽了抽嘴角：“我就知道她溜进去是向你告状的。”

“你要是对你妹妹好点儿，她用得着跟我告状吗？”

站在杭美玉身后的穗杏冲他露出了个胜利者的微笑。

说不过大的，看不惯小的，他选择装聋装瞎。

“你们就不能凑在一起，凑一起就不得安宁。”杭美玉叹气，“等你妹妹去上辅导班了，你俩见不着了就又会念叨、想着了。”

杭嘉澍和穗杏同时说：“谁说的？”

“你们的妈说的。”知子女莫若母。

沙发上的穗峥嵘笑着起身：“咱俩想一块儿去了，要不现在看看给穗穗报什么班？”

杭美玉点头：“行，去书房说。”

父母去书房了，杭嘉澍瞥了眼正瞪着他的穗杏：“你居然真答应去上辅导班了？不去我的工作室玩了？”

“不去了，没什么好玩的。”穗杏说。

“早跟你说了没什么好玩的，你就老老实实地上你的辅导班去吧，正好我也轻松轻松。”

杭嘉澍做了个解放的手势，转身回房。穗杏冲他的背影比了个杀人的动作。

回到自己的房间后，穗杏瘫在床上不知道在想什么，脑子里乱糟糟的。反正这段时间她也没脸去工作室了，还不如找点儿事做。

可能就是因为实在是太闲了，她才总是走神。每当闲暇时，她就会想起那个人，脑子里模模糊糊地印出一个影子，浪费了大把时间去想他在干什么，抑或想象一些虚幻而不知所谓的情景和对话。这些想象甚至会钻到自己的梦里：手指间的触碰、温热而清爽的气息，或是进一步的动作。醒过来时，她还不能从梦的余温中抽回神来，心间酥麻而又难耐，可又想重新回到梦里。

穗杏知道这叫思春，而对象很明确。悄悄在心里萌芽的情愫，陌生而又新鲜，几乎要占据她的生活中的每个角落。可这是为什么呢？读理科的穗杏下意识地想要找到这其中的逻辑关联，却怎么也找不到。这不是用数学和物理知识能够解释的现象。

穗杏从床上坐起来，走到书柜前看了眼琳琅满目的书，最后在她小时候父母给买的儿童英语读物里找到了答案。

Why is a raven like a writing-desk？（乌鸦为什么像写字台？）

当时她疑惑很久，为什么，为什么啊？怎么会有像写字台的乌鸦？

穗杏拿起自动铅笔，却没有摁出笔芯，用捉不住的空气在书上回答：因为穗杏喜欢沈司岚。

她写完，又赶紧合上了书，然后将书塞进书柜的最角落里。此地无银三百两。这么做唯一的作用是，她的心跳没那么快了。还是去上辅导班吧，她想。

几周后，杭嘉澍每天照常去工作室报到，只是总跟在他身后的妹妹不见了。一开始大家想的都是，妹妹也不可能每天都来，人有自己的同龄朋友，而且还得上学呢。但一连几周没见到人，众人就觉得有些奇怪了。

工作室里本来因为最近妹妹频繁来访，买了不少小女生喜欢吃的零食和饮料摆在桌上，什么不二家的糖果、裹着可可的榛仁巧克力、桃子味的汽水。

这天，杭嘉澍跟几个人一起去学校食堂吃饭。

老侯问："杭总，怎么最近都没见你妹妹过来玩了？"

他一问，其他几个人立马跟着附和。

"是啊，妹妹不来玩了吗？"

"杭总，你是不是跟你妹妹吵架了？"

杭嘉澍漫不经心地说："上课啊。"

"那周末呢？周末她也没来玩啊。"

杭嘉澍："周末也上课。"

老侯顿时同情得不行："现在的高中生学习压力已经这么大了吗？"

"那倒也没有，"杭嘉澍想了想说，"我问过她要不要来玩，她说不想来。"

老侯顿时又失落起来："啊，难道就因为我不够帅吗？"

旁边的人说："你可拉倒吧，跟你有什么关系。就算你不够帅，沈司岚还不够？"

一直安静吃着饭的沈司岚很不满自己被扯进这个话题："关我什么事。"

"难道你不希望穗穗妹妹过来找我们玩？"

沈司岚面无表情，淡定地夹起一块糖醋排骨送进嘴里，酸甜的味道盈满舌尖："爱来不来。"

穗杏又回到了两点一线的日子。每天的时间被课程塞得满满当当，她没空胡思乱想，也没空无所事事，漫长的暑假其实过得很快。

她除了偶尔发呆，上课时视线不经意地飘向窗外时被老师提醒认真听课外，生活并没有多大改变。只是在她闲暇时，多了个会想念的人；一个人时，多了个期望出现在自己面前的人。

盛夏的日头很毒，天蓝得纯粹又干净，薄薄的卷层云在空中浮动，关上了窗也拦不住蝉鸣钻进耳朵。穗杏有些困了，将书本立在课桌上挡着，趴在桌上悄悄小憩起来。

放在包里的手机振动起来，一下赶走了她的困意。她下意识地抖了抖身子，睁大眼睛直起腰，眼神迷茫地看着正前方的多媒体投影屏。

"穗杏，怎么了？"老师站在讲台上问她。

穗杏忙说："没什么。"

她低头掏出手机看了眼，是杭嘉澍发来的微信："晚上和朋友吃饭，不去接你了，你自己回家。"

"给你留了挂面，记得放微波炉里热了再吃。"

就这点儿小事害她睡不成觉。穗杏回复："哦。"

昏昏欲睡的下午总算熬了过去，辅导班四点半下课，穗杏收拾了东西觉得还不用急着回家，干脆坐上了直达高中的地铁。

除了个别高三生留校，其他年级的教学楼已经空了。穗杏去了趟自己的教室。不知怎的，那种毕业后的失落感在看到熟悉的课桌椅时突然被放大了。教室门是锁着的，穗杏看不到教室里的情景，只能站在窗边往里打量。

她看得正入神，有人叫她的名字："穗杏？"

穗杏回头，抱着篮球的男孩子瞪圆了眼看着她，神色震惊。如果换作其他人，可能穗杏就大大方方地和对方打招呼了，可这个男孩子就是在她提前毕业那天，红着眼说喜欢她的人。欢送会也是他主动去找老师提起，瞒着穗杏，和同学们一起布置的。她犹豫片刻后，还是打了个招呼：“班长。”

男孩子站直了身子，双手抱着篮球，清爽的短发被汗水浸湿，显然比她还尴尬，眼神躲闪，本来就通红的脸更娇艳了。班长问：“你怎么来学校了？”

穗杏：“突然想来看看。”

话音刚落，男孩儿女孩儿又同时沉默了。好尴尬，她怎么也没料到会撞上班长。穗杏刚想随便找个理由走了算了，班长又开口说：“我有教室的钥匙，你要进去看看吗？”

她是真的想进去看看，坐在自己的座位上发会儿呆也好。穗杏点头：“谢谢班长。”

班长打开了教室门，指着教室角落的那张桌子说：“那是你的桌子，我们把它挪到角落里去了，换座位的时候也没动。”

穗杏走过去，桌上没她走的时候那么干净，上面有用各种笔迹写的话。

“穗穗，我有点儿想你啦。”

“去食堂吃饭没有你说笑话逗我们几个人开心，感觉饭也不太好吃了。”

“穗杏，你知道吗？今天食堂做了你喜欢吃的糖醋排骨哦。”

“小可爱在大学也要加油哇。”

“忙内（韩语谐音，老幺的意思）都是怪物，连跳两级还不够，现在连高三都跳过去了，酸了。”

“学霸用过的课桌，特此招租广告位。”

“这里变留言板了，哈哈哈哈。”

每一个字都是同学们别样的想念。

明明她没走的时候，他们都嚷嚷着说她待在这里打击他们的学习自信心，现在她走了他们反倒玩起煽情那套来了。

她又往储物篮里看去，居然不是空的，里面塞了大大小小的零食。除了零食外，里面还有不少折起来的字条。穗杏刚想拿一张字条看看，身后的班长立刻出声阻止她：“别动！”

她吓了一大跳，赶紧缩回了手。班长的脸红得不行，胸口剧烈起伏着，他弯腰将那些字条通通拿了出来，捏成一个球，像是要丢掉：“这些都是垃圾，零食你都拿回去吃吧，本来就是我们班的人给你塞的。”

穗杏哦了声，没再继续追问字条里写的都是什么。其实她也不怎么想拿零食，但班长说反正这些零食放过期了也会被丢掉，还不如她拿回家吃。

没想到她来一趟学校还有意外收获。穗杏用书包装着零食，打算回家了。

“你住哪里？我送你回去吧。”

“明华小区。”穗杏说，“我连地铁都不用转，出了地铁口走几分钟就到了。你不用送我了。”

个子高高的大男生竟然在比他矮大半个头的小女生面前踌躇扭捏起来。

穗杏也不等他说话，笑着告别：“班长拜拜，高三加油。”

六点钟，夕阳渐沉，学校四周的学区房亮起灯盏。女孩子只是短短地回来了一瞬，接着又走了。而男孩子望着她纤细娇小的背影，眼里的光渐渐灭了。

今天项目阶段性收工，作为老板的杭嘉澍便很大方地请所有人去下馆子。明天周末没课，也不用上班，几打冰镇啤酒摆在地上随时待命，大家都打算喝个尽兴。

等酒瓶零零散散地四处散着时，这顿饭也就差不多结束了。杭嘉澍被灌了不少酒，黑眸染上醉意，语气也比平时更加放松慵懒。喝到差不多后，杭嘉澍叫来服务员，又点了几个菜。

“杭总，咱真的吃不下了，酒都塞到肛门了。”

杭嘉澍瞥那人一眼，语气颇为不屑：“做什么梦呢，又不是点给你吃的。”

“啊？”

还是老侯上道，帮人解释道：“咱杭总给妹妹点的，一看你们几个就是独生子女，不懂咱们做哥哥的心。”

“独生子哭了。”

“呜呜呜。有妹妹。”

“说真的，杭总，我到底能不能做你的妹夫？”

杭嘉澍直接无视对方，压根就没把这话听进耳朵里。

菜打包好以后，大家也该各回各家了。老侯给他弟打电话让人来接：“侯礼，来接你哥。”

“打团没空，你自己爬回来吧。”

“……”然后电话被挂断了。

老侯还没反应过来，杭嘉澍在一旁笑得特别开心。

老侯长长地叹了口气：“为什么我妈给我生的是弟弟？”之后他没好气地看着杭嘉澍，“杭总，你也别光笑我，你打电话给你妹，你看她来接你不。”

杭嘉澍反讽道：“你有病吧？这么晚了我妹要是走半路上被人拐了，你去救她？”

老侯想想也对，只好又给弟弟打了个电话。他动之以情，晓之以理，弟弟终于肯来接哥哥了，条件是一套游戏限定皮肤。

“就你一个人吧？别我过去了你们好几个醉鬼瘫在那儿。”

老侯看了眼杭嘉澍，问：“沈司岚在不在寝室？你把他叫来，让他开车送杭总回家。”

“我问问他。”电话那头，侯礼转过身问正在安静地写报告的沈司岚：“岚哥，我哥说杭学长喝醉了，想让你开车送他回家，去吗？”

对方几秒没有回答。侯礼知道沈司岚大概率是不可能答应的，主动说：“那我说你没空——”

“等我写完这行。”水性笔停在纸上，因为刚刚主人的停顿，晕出了一个小小的墨点。

侯礼心想岚哥果然还是跟杭学长关系好。

其他人有女朋友来接的，有室友来接的，有钱的直接叫了滴滴车来接。没过多久，老侯的弟弟小侯和沈司岚过来了。

本来今天这饭局杭嘉澍也叫了沈司岚，但不巧沈司岚所在的实验室教授临时喊开会，沈司岚只能推了。

小侯直接捂住鼻子，一脸嫌弃地道：“侯彬，你这是喝了多少啊？”

老侯冷笑着凑到他面前，对着他的脸直接哈了一口气，差点儿把小侯熏晕。喘过气来的小侯直接一拳挥了过去。

沈司岚面无表情地看着侯氏兄弟就这么在馆子门口打了起来，淡淡地说：“你哥交给你，我送杭嘉澍回他家了。”

小侯打架之余应道：“岚哥，你小心开车。”

沈司岚扶着杭嘉澍坐上副驾驶座，杭嘉澍直接抬手挡着眼睛，一连叹了好几口气，一看就是醉得难受了。

“自己扣安全带。”沈司岚说。

车子行驶在路上，本来安安静静的杭嘉澍又突然说：“完了，给我妹带的菜忘拿了。”

沈司岚没说话。

“我妹要饿死了，”杭嘉澍的语气顿时又低落了几分，他接着命令沈司岚，“快开回去拿菜。”

沈司岚真的服了：“自己看看后座上那袋子里装的是什么。”

杭嘉澍转头望过去：“哦，拿了啊。”

之后他就没再说话了。

等快到他家，沈司岚才沉声叫他：“你妹妹在不在家？”

杭嘉澍闭着眼嗯了声：“肯定在，这么晚了她一个小姑娘还能去哪儿玩？”他完全就是臆断。

沈司岚深深地吸了口气，又问了一遍：“到底在不在？给个准话。”

杭嘉澍：“我哪儿知道。”

沈司岚抑制住心头的火气，找个地方停好车，掏出手机：“我打电话问问她。”

“你干吗给我妹打电话？”杭嘉澍一听这话突然就睁开了眼，侧头警惕地看着他，“你也想当我妹夫？”

沈司岚眯起眼，压低了声音反问：“你喝坏脑子了？”

这人简直无法沟通。

沈司岚拨通了穗杏的电话，也不知道这么晚了她睡了没有，电话足足响了几十秒才接通。

“喂。”小女生的声音很轻，说了个“喂”字以后她就再也没声音了。

沈司岚淡淡地问：“你睡了吗？”

“没有啊……”

“你哥喝醉了，我现在送他回家，待会儿你能不能下来接他？”

“你送他回来吗？”她像是不确定一般问道，声音比刚刚更轻了，要不是四周安静，沈司岚都未必听得见。

沈司岚解释：“我没喝酒。”

“我不是这个意思，”穗杏有些急了，“你们到了吗？我现在就下去。”

“还没有，等快到了我再打电话给你。”

“好。”

“那挂了。”

“哥哥！”

“嗯？”

小女生的呼吸听上去有些重，沈司岚不知道她要说什么，也没挂断电话，耐心地等着。

“你开车小心！”分贝突然大了起来，她像是鼓足勇气喊出来的。

沈司岚耳膜一震，半天没反应过来。等回过神来，男人莫名其妙地笑了起来，弯着嘴角，眼底也泛着浅浅的笑意：“我会的。”

挂断电话后，沈司岚继续开车。

穗杏则是突然从床上站了起来，用力地在柔软的床垫上跳来跳去，披散的长发和轻盈的睡裙跟着主人一起跳舞。可她跳得再快，也不若从接起电话的那一刻起就肆意奔腾的心跳快。

他要来！！！

他！

要！

来！！！

穗杏跳下床，想也没想地直接从衣柜里拿出了那条小雏菊裙。换上裙子，看着镜子里的自己，穗杏鼓起勇气，这次没有扎马尾，而是任由长发披在背后。她握着手机，紧张地在客厅里走来走去，等沈司岚的电话。

手机终于响了起来，穗杏看也不看就直接接了起来：“你到了吗？”

“你怎么知道我来找你了？”

不是沈司岚的声音，穗杏看了看手机，是班长打来的电话。

“班长？”

“穗杏，我在你家小区门口，”班长结结巴巴地说，“你能下来一下，听我说几句话吗？”

穗杏看了下时间，蹙起了眉。班长小心翼翼地说：“穗杏？你听到了吗？”

“听到了，”穗杏说，“我现在下去，但你长话短说，已经很晚了。”

“好！”

上册

班长不知道她的具体住址，只能在门卫室外等着。门卫大叔正跷着腿坐在门卫室里看电视，完全没注意到窗外的情景。

她赶过去的时候，男孩儿还穿着他们下午见面时穿的那件篮球衣。

男孩儿看到穗杏时，愣了那么一会儿。平时在学校见面，大家都穿的校服，偶尔校外活动才能看到同学之间穿便服的样子。穗杏是班里年纪最小的人，男生们偶尔聚在一块儿讨论女生时，提到她总是会笑着说她很可爱，再等个两年估计不得了。

朦胧的夜灯下，穗杏穿着鹅黄色的小裙子，裙摆大片的雏菊绽放。她皮肤白，亮色更衬得整个人乖巧安静，裙子领口处的剪裁简单，颈部修长，锁骨窝深浅刚好，黑发披散着，半遮着圆润的肩头。这裙子松紧适宜，有些收腰，胸前浅浅的弧度其实并不明显，却也让似懂非懂的男孩儿只看一眼就能尴尬而又慌乱地别过头。

谁说还用等两年？现在她就已经够漂亮了。班长心里想着，眼睛不敢再往上看她。

穗杏问："你要说什么啊？"

被她这么一问，班长心里本来打好的腹稿瞬间又通通给忘了。两个人隔着两米尴尬地对望，穗杏的注意力全在手机上。

光线并不明朗，不远处的黑色轿车就那样安安静静地停在一旁。沈司岚把杭嘉澍叫起来，让他刷一下门禁。杭嘉澍刚从兜里掏出门禁卡，沈司岚又沉声说："我看到你妹妹了。"

杭嘉澍不太相信："这么晚了她瞎出来溜达什么？"然后他透过玻璃看过去，还真是他妹，"这小东西行啊，瞒得挺好的，都学会深夜约男同学到家门口了。我还真以为她什么都不懂呢。"也不知道是不是醉得厉害，杭嘉澍指着不远处那个娇小的影子，跟沈司岚调侃起妹妹来，"哎，你看到她身上那条裙子没？她十六岁生日时爸妈买给她的礼物，她宝贝着呢，爸妈带她去酒会应酬她都没穿过。"

听到这里，沈司岚顺势又望了过去。两人见的次数不多，他也不知道她是不是真舍不得那条裙子，但她来工作室的时候确实从来没穿过。平常她都是扎着马尾，看着清爽活泼，今天却把头发散了下来，衬得下巴尖尖，脸只有巴掌大。

"帮兄弟一个忙，"杭嘉澍突然勾唇，推了推沈司岚，"去把那小男生给打发走。"

沈司岚觉得荒唐："那是你妹。"

"我知道。"杭嘉澍很肯定地道。

沈司岚挑眉，想看看他还能编出什么借口来。

“就因为你不是她哥哥，所以你去搞破坏，她不好意思怪你，我就不一样了，”杭嘉澍打了个酒嗝，叹着气说，“我可能会被她报复，这辈子都找不着女朋友。”

“……”

杭嘉澍又催道：“去啊。你就说你是她哥，咱们家家规之一，不允许早恋。”

沈司岚感觉眉头跳了两下，一言不发地下了车。

此时穗杏正想着车怎么还没到，结果没看到车，但有人走过来了。她瞪大眼，以为自己看错了。直到这人叫了她的名字：“穗杏。”

背对着沈司岚的班长转过身去，顿时有些蒙了。

穗杏脑子一空，半天说不出话来，只能眼睁睁地看着他走过来。年轻的男人穿着再简单不过的衬衫、长裤，灯光将他颀长的影子拉得很长，让穗杏确定了这不是幻觉。

沈司岚睨了眼正打量他的男孩儿，才将目光转到穗杏身上：远看是个小小的身影，近看才发现她果然打扮了。本来就漂亮的小女生根本不用化妆，澄澈的瞳眸和白里透粉的脸颊已经不需要任何妆容，只是穿了条裙子，将留了许多年的长发散开，她就和之前大为不同。

“为什么不听话？”男人声音冷淡，“不是说不许早恋？”

“我没早恋。”穗杏立刻反驳。

就连班长也红着脸替她解释：“不是的，我们不是男女朋友。”

穗杏对班长投去感激的眼神。

班长看眼前的男人很年轻，猜到他可能是穗杏的哥哥，就算想跟穗杏说什么，现在也没机会说了。他后悔，但也没办法，只好说：“穗杏，我先回去了。”

“嗯，”穗杏说道，“现在很晚了，你打个车回去吧。”

“好。”

班长转身欲走。看着这个比自己高一些的男人，虽然自己的个子在年级里已经算是高的了，却还是没有穗杏的哥哥高。男孩子对身高就如同女孩子对脸蛋，都很重视。

“穗杏的哥哥，”班长目光坚定，面对着穗杏说不出来的话，对着她的哥哥却可以说出口了，“我很喜欢穗杏，会努力学习考上和她一样的大学，等上了大学之后再追她。”

沈司岚的表情在刹那间有些愣怔。

穗杏目瞪口呆，又是羞又是恼，急得在原地跺脚。班长跟沈司岚说这个干什么啊？

男孩子说完这句话也很害羞，抬起脚就跑了，把烂摊子通通留给了穗杏。

班长走了，穗杏尴尬得抓裙子，连话都不会说了。

沈司岚盯着她越垂越低的小脑袋，都怕她把脖子给垂断了。

“去帮忙扶你哥哥。”他说道。

穗杏点点头，连好字都说不出口，跟在沈司岚身后去接她哥哥。

杭嘉澍在车里看到那个小男生跑开了，撑着下巴笑得得意。穗杏过来扶他时，他恶趣味地掐了掐她的脸，又揉乱她的头发，弯腰平视着她，笑容恶劣：“谁允许你早恋的？信不信我告诉爸妈让他们揍你？”

穗杏本来刚扶上杭嘉澍的胳膊，一下就把手给甩开了。

“我没早恋。”她别过头，不理他了。

杭嘉澍坏笑，哪儿肯轻易放过她，巴不得妹妹尴尬，越尴尬他越开心。

“还敢狡辩？没早恋你干吗穿这条裙子？”他吊儿郎当地摁着妹妹的头，语气慵懒至极，“小东西年纪不大倒是知道女为悦己者容了？”

被这样直接戳穿心思，穗杏恨得咬牙切齿，眼睛偷偷瞥向沈司岚，只希望他没听到。

沈司岚却好像根本没把这句话放在心上，皱着眉，语气不耐烦地说：“你到底醉没醉？没醉自己走。”

杭嘉澍一把揽过沈司岚的肩，将身体大半的重量压在他身上：“醉了、醉了，爱卿快扶朕回寝宫。”

沈司岚冷冷地道：“滚。”

穗杏看着沈司岚，感觉他好像压根没对刚刚那句话上心。

他没发现吧？她庆幸之余，内心又涌上不知名的失落情绪。她也不知道自己到底是希望他明白还是不明白，可能是希望他明白的，但又害怕他明白。穗杏心乱如麻，自己都想不通那弯弯绕绕的心思，干脆不想了。

三个人坐上电梯，沈司岚让杭嘉澍撑着扶手，两个人并排站着。穗杏按下楼层，之后就没再动了。她站在他们前面，背对着两人，不敢回头，感觉芒刺在背。看不到背后，她也不知道后面的头发有没有乱。

电梯里的四周是镜面的，她恰好能看见她后面的人，忍不住偷偷看过去。也不知道她的偷瞥是否太过明目张胆，抑或他是恰巧也朝她这边看了过来。穗杏在镜面里和他对上视线的那一刻，呼吸短暂地停止了。

他启唇，没有出声，是确定她能看到：看什么？

她欲盖弥彰，猛地摇头，之后就再也不敢看了。

终于熬到家后，杭嘉澍刚沾上沙发就整个瘫成了泥，嚷嚷着要人伺候。穗杏也不能放着他不管，只好请沈司岚也在沙发上坐下，她去给杭嘉澍倒热水。

也不能光给杭嘉澍一个人倒水，穗杏打算帮沈司岚也倒一杯，却半天没找着专门给客人用的水杯。家里不常来客人，妈妈把不用的杯子都给收起来了。

她站在厨柜前，只有上面的柜子没找了。

坐在客厅里的沈司岚看她又跑了出来，穿过客厅，不知道从哪儿搬了张凳子，吭哧吭哧地抱着又从客厅穿了过去。

穗杏打开柜子门，终于看到了那套精致的杯具。她刚想拿，背后传来男人的声音。

“不会叫我帮忙吗？”

穗杏转头看向他，小声说：“你是客人啊。”

沈司岚没说什么，走过去帮她扶稳了凳子。

厨柜旁只有他们两个人，估计杭嘉澍在沙发上睡着了，穗杏想了很久，还是决定和沈司岚打个商量：“我同学刚刚跟你说的那些话，你能不能当作没听见啊？”

“不能。”

“……”穗杏抱着杯子从凳子上跳下来，转眼间就比他矮了不少。她低着头，想了想又妥协了，一副很好说话的样子：“那你能不能帮我保密，别跟我哥哥说？”

要是被杭嘉澍知道这事，指不定他要怎么开她的玩笑。这件事绝对不能被他知道。

“如果你哥问我怎么办？”

穗杏觉得这个问题太好解决了：“随便啊，反正就不要告诉他，你就说我同学是过来问我题目的，这样也可以。”

沈司岚慢吞吞地问：“这么晚过来问题目？”

“不行吗？我们爱学习不行吗？”穗杏不满，觉得他太吹毛求疵，干脆挑开了说，“算了。你想告状就告吧，反正我身正不怕影子斜，什么想法都没有。”

“没有想法？”

“没有，绝对没有。”穗杏的语气很坚定。

沈司岚淡淡地问：“对他没有想法，那你脸红什么？”

穗杏赶紧摸脸，颜色还没下去吗？她挡着脸，声若蚊蚋地道：“又不是因为这个。”

似乎是因为不相信她的话，沈司岚笑了下，很随意地顺着她的话问了下去，语气轻缓：“那是因为什么？

“因为我？”

穗杏垂着头，小声反驳：“你想多了。”然后她将杯子塞到他怀里，“你自己倒水吧。”

“我不是客人吗？”

她硬邦邦地说：“客随主便。”

沈司岚勾唇，没再和她计较，转身欲走。穗杏不放心他，又把人叫住了：“到底能不能帮我保密啊？”

“我这个做客人的，”沈司岚转身，歪着头耷拉着眼皮瞧她，慢悠悠地说，“既然主人发话让我保密，我当然照做。”

穗杏咬牙，觉得这男人蔫坏。既然他愿意帮忙，那刚刚干吗跟她扯这么多？

客厅的杭嘉澍突然喊了声，说要喝水：“朕的热水怎么还没来？”

他还真把自己当皇上了。穗杏拿着杯子走到饮水机旁接了杯水给他。

热水入喉的杭嘉澍舒服多了，斜倚在沙发靠枕上，懒洋洋地冲穗杏招了招手：“妹啊，过来给我捏个肩。”

穗杏连看都没看他一眼，直接回房关上了门。

“没礼貌，”杭嘉澍低嗤，接着又冲穗杏的房门说，“真不怕我把你早恋的事抖出来？”

房门又被打开，一只公仔飞了出来。杭嘉澍反应还算快，在公仔即将砸自己脸上前伸手接住了，边笑边咬牙说：“你还挺嚣张啊。”

穗杏隔着门来了句：“随你怎么说。”

杭嘉澍不屑地道：“都被抓现行了还嘴硬。”

房间里半分钟没动静，杭嘉澍本以为穗杏是认罪了。等再出来的时候，她已经换了身衣服，头发也扎了上去，表情愠怒，眼睛红红的。她拎着个比刚刚还大的公仔，走到杭嘉澍面前，二话不说就冲着他的头上抡。

“都说了我没有，我没有！”她边打人边大声喊。

她的力气不小，语气又特别委屈，杭嘉湖用胳膊挡了几下，接着抢过了她手上的公仔。她随便套了件白色上衣，脑袋顶上的碎发奓开往上翘着，武器被夺走后，只能干巴巴地站在那里，扁着嘴为自己辩解。

“好、好、好，你没有。你没早恋，行了吧？”杭嘉澍见好就收，拉着她的胳膊让她在自己身边坐下，抽了张面纸递给她，结果被她一把甩开。

他又不得不重新抽张面纸，敷衍地替她擦了擦脸：“这么大的人了还开不起玩笑，你丢不丢脸？”

“你开得起玩笑？”穗杏瞪他，狠狠地说，“所以你找不到女朋友！”

杭嘉澍没反驳，边叹边笑。这场争吵来得毫无预示，结束得也很突然。

沈司岚当然不知道，穗杏和杭嘉澍一直就是这样，为一件很小的事吵得不可开交，眼见着火山即将爆发，原本处在上风的那个人又会毫无征兆地低头，主动休战。

几分钟后，穗杏终于冷静下来了，手上攥着面纸玩。

“你老实说，那男生到底是谁？”

“我们班的班长。”

“不是男朋友？”

“不是。”

“那他这么晚过来找你干什么？”

“问题目。”穗杏说。

“你当我傻？”杭嘉澍显然不相信，又看向沈司岚：“兄弟你说。”

从他们开始吵架时，沈司岚就一直没出声。男人声音温和地道：“你妹刚刚不都解释了？”

“真是这样？”杭嘉澍满脸狐疑。

“你不爱学习，别人未必。”沈司岚轻飘飘地补充了一句话。

“……”

问出“真相”后，杭嘉澍看了眼钟，提议道：“要不你今天晚上在我家过夜吧，太晚了。”

杭嘉澍这话说得毫无波澜。穗杏却因为他的这句话莫名地紧张了起来。

“行，谢了。”沈司岚答应了。

但她也没什么机会紧张，因为很快杭嘉澍就赶她回房间了，并嘱咐她赶紧睡觉。

没过多久，杭嘉澍又过来敲她的房门，让她把阳台上自己的衣服收进来。

她收衣服的时候，沈司岚在浴室里洗澡，杭嘉澍催她快点儿。穗杏不知道自己有什么衣服要收，直到看到晒衣杆上自己的内衣后，不知道想到了什么，脸一下就红了。她将内衣抓在手上，赶紧躲回了房间里。

穗杏躺在床上翻来覆去睡不着，睁着眼就这么躺了几个小时，最后眼皮子打架实在撑不住了，才睡过去。

与此同时，隔壁的房间里。

“现在我妹不在，你跟我说真话，她真没早恋？”杭嘉澍突然出声问。

没人理他。杭嘉澍伸脚踢了旁边的人一下：“装什么死啊你？”

“你烦不烦？”沈司岚沉声道，“想知道你不会自己去问？”

“她要肯跟我说实话我至于来问你？那个男生真不是我妹的男朋友？”

“不是。”

“那他是追求者？”

沈司岚睁眼，干净的眸子里没什么情绪：“不知道。”

“那就有可能是了。”杭嘉澍转而又叹了口气，“她不跟我说是什么意思，怕我告密吗？”

一晚上拿这事威胁人两回了，他居然还好意思问出口。

“是不是我跟她岁数差太多了，所以有代沟？”

沈司岚闲闲地应道：“有可能吧。”

“兄弟，你家里有兄弟姐妹吗？”

“一个堂哥、一个堂弟。”

“姐妹呢？没女的吗？”

“没有。”

杭嘉澍皱眉道：“你们家重男轻女？”

沈司岚被问得有些烦了：“生的都是男孩儿有什么办法？”

“你堂弟多大？”

“刚上幼儿园。”

杭嘉澍有些惊讶：“怎么跟你差这么多岁？”

“我叔叔年轻，前几年才结的婚。”

他堂弟跟穗杏的年纪差得有点儿多，杭嘉澍只能换个问题。

“那你堂哥多大了？他生孩子了吗？”

“二十七，他还没结婚。”

“如果你堂哥有一天突然找女朋友了，而且还没告诉你，你心里会怎么想？”

“他找女朋友关我什么事。”

“假设啊，你能不能有点儿想象力？”

沈司岚语气不耐烦地道：“感谢苍天，终于有人肯要他了。”

“……”杭嘉澍放弃了，“睡觉吧。”

沈司岚却突然问：“你怕你妹背着你谈恋爱？”

“是啊。”

“那要是真这样，你怎么处理？”

杭嘉澍想了会儿，语气平静地说：“先夸那男的眼光不错吧，顺便请他吃顿好的。”

“然后？”

“然后将人送到屠宰场去。”

“……”沈司岚淡淡地说，“睡觉吧。”

第二章
开学之后

第二天一大早，沈司岚周末有临时改了时间的实验课，起床时顺便把杭嘉澍踢醒了。

杭嘉澍抱着枕头不肯松手："我又没课。"

"送我去学校。"

"你又不是出不起叫车的钱。"

沈司岚反问："有现成的免费顺风车，我还用叫车？"

"你有钱少爷的人设是不是装的？这点儿钱都要省，"杭嘉澍揉着头发坐起来，语气相当烦躁，"你给我的工作室投的钱从哪儿来的？"

沈司岚顺着他话里的意思，语气淡淡地道："偷来的。"他真是为了搭顺风车什么不要脸的话都讲得出来。

杭嘉澍边起床边抱怨："那帮孙子昨晚到底灌我多少酒，这都睡一觉了头还这么晕？"

从卧室出来经过穗杏的房间时，看着紧闭的房门，杭嘉澍顿时不爽。凭什么她一个高中生能比他起得还晚？

洗漱台前，两个大男人并排站着刷牙。七点半了，穗杏还在睡。杭嘉澍边挤牙膏边感叹："就她这懒劲儿，真不知道她是怎么念书的。"

沈司岚随意地问了句："你妹学习成绩怎么样？"

杭嘉澍张口就说："不怎么样。"

"她不是要考清大吗？"

她还用考？招生办的老师都恨不得租顶八抬大轿子来请她入学。但作为兄长，老老实实地经过高考的大筛选被录取进来的杭嘉澍并不想在朋友面前太给妹妹面子，以免贬低了自己作为哥哥的尊严。于是他嗤笑道："你听她吹呢。"

沈司岚没再继续问，应该是相信了这话。

嘴里含着泡沫，杭嘉澍口齿不清地问他："你高考多少分考进来的？你们省高考出题应该挺简单的吧？"

他的意思就是：你分高也别吹，老子做的高考卷比你难。

"我没考。"沈司岚斜睨他，语气淡定地说，"我是保送的。"

"……"打扰了。现在大学保送的门槛已经这么低了吗？人人保送？

还是单纯只有他读书不行？杭嘉澍思索两秒，觉得现在的大学保送政策真是好人性化、好宽松，只恨自己早生了几年，没赶上好时候。

穗杏起来的时候，家里已经没人了，只有餐桌上摆着刚买来没多久的早餐。她走到洗漱台前，案上摆着三支牙刷，其中一支是昨晚杭嘉澍给沈司岚拿出来的新牙刷。

她鬼使神差地将牙刷摆在了自己的牙刷旁边，两支牙刷挨着，显得连它们各自的主人的关系也变得亲密起来。幼稚的举动维持了一小会儿，穗杏傻傻地笑够了，就又把牙刷恢复原位，当作什么也没发生过的样子。

收拾好后坐在餐桌边吃早餐时，穗杏咬了口油条，有些后悔自己昨天睡得太晚，才导致今天起得有些迟了。

今天辅导班放假，穗杏难得无所事事，坐在沙发上看了一上午电视。看到中午肚子饿了，她又随便叫了份外卖吃。吃完外卖玩了会儿游戏，最后她实在无聊，干脆瘫在沙发上睡了过去。

她再睁眼时，是杭嘉澍叫醒她的。杭嘉澍扫了眼茶几上各种各样吃了几口就丢在一边的零食和还没丢的外卖盒子，意味不明地笑了两声："小日子过得挺滋润啊。"

穗杏抱着小方枕头冲他摆出一个天真无邪的笑容。杭嘉澍看她那副傻样，摇了摇头，边收拾茶几边说："穗杏同志，我提醒你一下，现在已经八月了，你要再这样下去，开学的时候我看你怎么调整过来。"

闻言，她看向墙上的日历，怎么还没到九月？在其他人眼里总是和讨厌挂钩的九月，因为某个人的私心，居然变得那么令人期待。

无论是谁觉得日子过得太快或是太慢，时间仍是固执地向前迈进，不为任何人停留或倒退。

穗杏按部就班地上课回家。或许是在偷偷酝酿一个小惊喜，或许是想着再见面时让他看到比之前又长大了点儿的自己，她没有再去过工作室。

九月终于到了。这个月份听着挺有秋意，气温却并非如此。

日上三竿，邻居家的饭香已经飘了过来，穗杏从香味判断，邻居家今天吃的是辣椒烧肉和香菇炖鸡。她整个上午只喝了一瓶牛奶。

今天是穗杏开学的日子，原本父母答应今天会送她去学校，结果临时被工作叫走了。这个担子只好又落在了杭嘉澍肩上。

等他弄好出门，两人到学校时已经是下午三点。兄妹俩出门前什么都没来得及吃，现在就近在快餐店里随便点了些吃的东西。这会儿正是午后最热的时候，透过空气看外面的景色都是扭曲的，就连杭嘉澍一个大男人都打心眼里抗拒这种天气。

吃完以后，穗杏站在店门口，从书包里变出一把遮阳伞。杭嘉澍一手拖着个行李箱，眼见穗杏撑着遮阳伞就要走，立马喊住她："我给你当苦力，你连伞都不给我打？"

穗杏老大不愿意地道："可是男生打伞很'娘'（指某些方面女性化的男人）。"

杭嘉澍："和女的一起打没事。"

她一堆借口："这样会让人误会我们是男女朋友。"

杭嘉澍："怎么？你还怕我配不上你？"

穗杏颇为严肃地点了点头："嗯。"

杭嘉澍也不劝了，直接说："打伞或者打你，你选一个吧。"

穗杏个子不高，举着胳膊撑伞，杭嘉澍还得稍微弯腰配合她的高度，这条路走得很艰难，也不知道到底是委屈了谁。

"哥哥。"穗杏叫他。

杭嘉澍："又干什么？"

"我觉得男人还是晒黑一点儿比较帅。"

杭嘉澍笑眯眯地说："没关系，我已经够帅了，再帅下去的话，其他男人还怎么活？”

“……”

两个人慢慢吞吞地终于走到学校大门口，校门气派恢宏，硕大的校字立在中央，校门口站着不少穿着迎新服的学长学姐。杭嘉澍直接就领着她去教学楼报到。清大北区是教学中心区，好几个学院的主教学楼在这儿，小路多，绿植也多，新生没人带着走十有八九会迷路。

杭嘉澍语气轻松地说：“待会儿报完到带你找到寝室，我的任务就完成了哦。”

穗杏很震惊地问他：“你不管我了吗？”

她本来还想让他帮自己铺床、打扫卫生，顺便替她去领军训服再帮她充饭卡啥的。

“什么不管你，之后的事都会有人带你的，”杭嘉澍说，“等一下看你被分到了哪个班，如果有事就去找你们班的班助（助理班主任），懂吗？”

比起陌生的助班，穗杏宁愿麻烦杭嘉澍。而且她怎么好意思麻烦助班替自己做那些事？所以穗杏怎么也要想办法留住杭嘉澍，拽着杭嘉澍的衣服，仰着头可怜巴巴地看着他，声音低低的，像个生怕被抛弃的小动物似的：“哥哥，你陪我吧。”

杭嘉澍板着张脸：“撒什么娇，也不想想你多大了，害不害臊？”

穗杏突然扁嘴，一副快哭出来的样子，重复着那句低低的哀求声：“我不要别人，你陪着我不行吗？”

杭嘉澍心口微颤，鼻尖蓦地酸了，看向她的神色也不自觉地变得温柔起来。小东西虽然平时总跟他作对，但终究还是很依赖他这个哥哥的。兄妹对望，一个差点儿没哭出来，一个佩服自己连这种话都说得出口。

被妹妹假惺惺地求了几句后，傻哥哥就什么都答应了。杭嘉澍带着穗杏去一楼的教学大厅报到，一进门，穗杏就左右打量，并没有看到沈司岚。她有些失望，但又松了口气。

天气实在是太热了，刘海湿漉漉地黏在额头上，她此时不怎么好看。正在帮新生报到的侯礼冲杭嘉澍招手：“学长这边。”

侯礼去过几次工作室，有两次正好碰上穗杏，所以对这个妹妹也算熟悉：“学长，你妹妹不是在读高二吗？”

“哦，她不读高三了，”杭嘉澍轻描淡写地说，“直接上大学。”

“……”侯礼的表情一开始有些茫然，等品味过来这句话后，从恍然大悟变成钦佩的眼神成功地取悦到了兄妹俩。

炫耀过后，杭嘉澍轻车熟路地替穗杏搞定了所有报到手续，顺便问了句：“学弟帮忙看看计科三班的助班是谁？”

他准备跟那人说说，帮忙照顾一下他妹妹。杭嘉澍突然觉得自己就跟送人上幼儿园，操碎了心的家长似的。

“三班吗？”侯礼都没查名单，直接说，“还没定好呢。”

“没定好是什么意思？”

“本来安排的岚哥，但他嫌带新生麻烦不愿意，我们还在商量找谁来替他。”听说当时开会，这位爷一听要带新生，当即抬起眼皮，顶着张面无表情的脸说带不来，这事别找他，也别给他安排。

杭嘉澍想，沈司岚能活到现在，得亏他周围的人心地善良。

“要不学长你去跟他说说？也许他会听你的。”侯礼提议。

杭嘉澍压根没这打算，哂笑了两声：“他不带班我还松口气呢，免得误人子弟。”

沈司岚哪里会带新生，脾气臭又不爱搭理人，成天板着张冷脸，骄矜又自负，简直糟蹋他那副长相。杭嘉澍怎么想都觉得沈司岚不会是个负责任的好学长。

报完到，杭嘉澍又带着穗杏去找寝室。这一路上穗杏也不怎么说话，杭嘉澍猜她是担心新助班不好相处，嘴上安慰道：“放心吧，随便找个人来带你们班，都比沈司岚好相处。”

穗杏心不在焉地嗯了声。其实她并不在意助班是谁，就是想着，如果沈司岚是她的助班，那她就多了些能看到他的机会。

现在这个机会没了，她当然失落。可她又没胆子去争取，不能告诉杭嘉澍让他去，否则他肯定会察觉不对，更不能直接对沈司岚说，她承担不起被拒绝的风险，也不敢想象自己是特殊的。

穗杏被分配到三楼宿舍，中间楼层，运气很不错。

她的室友们都已经到了。有两个人上午就来了，床铺和桌子都已经收拾好，只是人不在，可能是出去逛校园了。主校区很大，除教学楼以外，还有不少文娱场馆和大学生活动中心可以逛。

不过还有个室友跟穗杏一样是下午才过来的，穗杏到的时候对方正坐在椅子上吃巧克力，一个看着身材魁梧还特别有劲儿的男人正在帮她收拾东西。女生脸上化着淡妆，笑容明媚。见有人来了，女生立马主动迎上前道：“你也是住这个寝室的吗？你好、你好，我叫孟舒桐，”然后也没等穗杏自我介绍，她盯着穗杏的脸看了几秒，突然笑了，“你长得好像你衣服上的狗啊。”

穗杏低头看了眼自己衣服上印着的玉桂狗。白白的狗狗长着双湛蓝的圆眼睛，两只长长下垂的耳朵像是小女生梳起来的辫子，脸颊边两坨心形的腮红正好和她因为天气热而红扑扑的两颊对上号。穗杏暗下决心，从今以后，她要杜绝身边一切有关于狗的物品。

杭嘉澍听到这话，也凑过来看了眼，然后扑哧一声笑了。

孟舒桐顿时双目放光：“这是你哥哥吗？”

穗杏不情愿地承认：“嗯。”

杭嘉澍笑眯眯地说了句你好，算是打招呼。

孟舒桐顿时羡慕得不行。

之后杭嘉澍要去洗抹布准备先把桌子、床板擦一擦，孟舒桐却说：“刚刚我让张叔搞卫生的时候已经顺便擦过了，你们直接铺床就行。”

身材魁梧的张叔此时正在阳台上洗抹布。

因为孟舒桐顺便的行为，穗杏很快原谅了她说自己像狗这件事。

杭嘉澍在里面邀请张叔和他一起帮穗杏装被套，两个小女生站在阳台上聊天。

“你哥哥有女朋友吗？”孟舒桐问得很直接。

“没有。”

“他长这么帅居然还单身吗？”

穗杏撑着下巴，心里想着别的事，并不想跟室友一起夸杭嘉澍，含混地说：“也就一般吧。”

见她兴趣缺缺，孟舒桐自然也就换了个话题：“那你觉得我们助班学长怎么样？”

换汤不换药的问题，室友似乎对其他人的长相特别感兴趣。但这个问题刚好击中穗杏。

孟舒桐也认识沈司岚？穗杏的表情有些奇怪：“你认识助班吗？”

“不认识啊，我在教学厅逛的时候看到他的照片了，”孟舒桐用手比画了一下大小，“这么大的一块公告栏啊，上面有他的照片，你没看到吗？”

穗杏刚刚满脑子想的都是沈司岚不愿意带新生，压根没注意到公告栏。

她发蒙的样子看上去有点儿呆。

“你没看到吗？”孟舒桐叹气，一副“你错过了好东西”的表情，“长得特别好看，我看到照片的那一瞬间，就觉得能被分到三班肯定是因为我上辈子做了不少好事。”

即使知道沈司岚长什么样，穗杏还是被说得心痒痒。于是她也不自觉地露出了痛心的表情。居然错过了，她好想看。

“不过听负责报到的学长说，助班好像不是特别想带新生，不知道我们有没有这个运气了。”孟舒桐不无可惜地说。

穗杏被孟舒桐的话带动得情绪上上下下的，脸上表情一会儿可惜一会儿失落，嘴角下撇的弧度也越来越明显。

孟舒桐盯着穗杏不断变换的脸，毫无预兆地笑了出来：“穗穗，我刚刚听你哥哥叫你穗穗，我也可以这么叫你吗？”

穗杏点了点头，只要别叫她狗，叫什么都行。

孟舒桐提议：“你想去看看那张照片吗？我现在陪你过去看吧？”

穗杏的心情突然就明媚起来了。看不到他的人，她多看看照片也行啊。

杭嘉澍好不容易把床铺搞定，额上已经出了一层汗。他有点儿后悔自己没扛住穗杏的撒娇，这种本来该她自己做的事，到头来全成了他的义务。

正好穗杏这时候和她室友一起从阳台上回来了。

“你倒是挺会享福的。”他用纸巾擦了擦额头上的汗，嘴上虽然讽刺着，但很快又提醒她，“还有什么吩咐赶紧说，过了这村就没这店，别回头你又说自己哪儿哪儿都不行，那时候你就是哭着求我也没用了。”

“哥哥你辛苦了，”穗杏语气软软的，“剩下的我自己来就行了，你回去休息吧。”

去阳台晒了会儿太阳，她突然就学会独立自主了？杭嘉澍以为自己听错，不确定地问：“你一个人来？你行吗？”

“我不行还有我的室友呢。”穗杏说道。

孟舒桐适时地冲杭嘉澍笑了一下。杭嘉澍皱眉：“不用我帮忙了？”

穗杏的语气突然正经起来，她开始发表独立宣言：“哥哥，我已经是大学生了，就算不行也要学着行，你什么都替我做了，我还怎么学会独立呢？”然后她得出结论，“所以你走吧。”

刚刚路上她说不要别人，只要他陪着，现在和新室友认识不到半小时，就不需要他了。这就是他们兄妹之间最真挚的感情？当初报完到他就该直接把她丢在路边，让她自生自灭。

杭嘉澍一甩头刚走没多远，穗杏又追上来对他说：“哥哥，晚上记得过来找我一起吃饭。”

杭嘉澍连个眼神都没给她：“你不会跟你的室友去吃？”

“我不好意思让室友请客。”穗杏理直气壮地说。

“……”

孟舒桐带着穗杏又返回到了教学楼里。她们折回来时，下午的报到时间已经结束，除了几张还没被搬走的桌子，旁边摆放着的宣传立牌和报到资料都已经被收走，刚刚负责报到的学长、学姐们也离开了，还好公告栏是镶在玻璃里的，带不走。

孟舒桐冲穗杏招手：“就是这张。”

公告栏展示的是新一届的学生社团分会人员名单，其中沈司岚的照片在公告栏靠上的位置，穗杏必须仰着头看。

“我说了很好看吧？”孟舒桐嘿嘿笑了两声，拍了拍她的肩，“你慢慢欣赏，我去上个厕所，等我出来咱们就回寝室吧。”

“好。”

穗杏不由得看向教学楼门口，现在正是晚霞最明媚的时候，夕阳与成群的年轻学生辉映，外面是热闹而悠闲的校园景象。上次来的时候穗杏还是访客，这时候已经是其中一员了。

大厅里灯光明亮宛如白昼，此时正好只有她一个人。她踌躇地捏着手指，最后还是遵从内心，悄悄掏出手机点开相机，举起将后置镜头对着公告栏。

灯光太亮反射到玻璃上导致过曝，她根本拍不清楚。穗杏有些心急，越是担心有人过来越是紧张得手抖，最后只好踮起脚试图找个不那么反光的角度。

至少她偷拍公告栏的照片，不会有任何被发现的风险。任何明目张胆的举动都有可能被发现，她只有这样是最安全的。但很快，事实教她凡事无绝对。她举着手机正艰难地找角度，一只手突然伸出来轻轻松松地拿过了她的手机。

“要拍什么？我帮你。”轰隆一声，穗杏感觉脑子炸开了。

男人冷淡的声音在头顶响起，穗杏很久没听到了，可一直没忘记这个声音。这个声音可以轻易主导她的喜怒哀乐，就连微不可察的呼吸声都不会逃过她灵敏的耳朵，带着淡淡的清爽气息，瞬间将她的耳根染成和外面晚霞相同的颜色。

穗杏回过头，刚好看到男人衬衫领口处的衣扣。她真的被抓了个现行。

见她似乎在发呆，沈司岚又开口问："你想拍什么？"

拍你放在公告栏上的照片。这能说吗？穗杏当然选择闭嘴，好在沈司岚似乎并不知道她扒在公告栏上，努力踮脚举着胳膊究竟是想拍什么。

她盯着自己被他拿在手上的手机，突然想起了什么。这部手机里有个单独的相册，里面存的都是奇奇怪怪的照片。比如一张主角看似是地板的照片，左上角的鞋子和右下角的鞋子看上去像是意外入镜；又比如空荡荡的工作室里，阳光明媚，看似是风景照，其实左下角有个正趴在桌上午休的人。

"不拍了，手机还我。"穗杏现在只想要回自己的手机。

沈司岚没听她的，转了转胳膊，将手机藏在了背后。穗杏终于仰头看他。男人眨了眨眼，一脸无辜，似乎刚刚的恶作剧行为不是他做的。

穗杏又绕到他背后去抢手机。他又不紧不慢地将手机拿回了身前。穗杏转了一大圈也没拿到手机，渐渐急了："还我！"

穗杏咬牙切齿，鼻尖上浮起怒纹，毛茸茸的碎发似乎也感受到了这种情绪，跟着主人竖了起来。男人可不怕"小博美"生气，又没什么威慑力。他用手机在她的脑袋上轻轻地敲了下，还是不肯还，懒洋洋地说："先告诉我你在拍什么，我就还你。"

"又没拍你，你问这么多干什么？"穗杏大声反驳道。

说完她又去抢手机，这回沈司岚倒是顺从地让她将手机抢了回去。穗杏赶紧将手机塞进兜里，眼神警惕地看着他。

沈司岚突然弯下腰看着她，桃花眼微眯，纤长的睫毛在眼睑下方落下阴影。他意味不明地问她："知道此地无银三百两这几个字怎么写吗？"

"……"穗杏恨不得咬断自己的舌头。她梗着脖子狡辩道："我会啊，要写给你看吗？"

说完她就用指尖在空气中奋笔疾书，以证明自己是会写这几个字的。

沈司岚轻轻笑了下，淡淡地扫了左右一眼，问："你哥呢？"

穗杏见他没有继续上一个话题，松了口气：“不知道。”谁知道她哥是回寝室还是去哪儿上网了。

沈司岚拧起眉问：“他就把你扔在这里不管了？”然后他拿出手机准备给杭嘉澍打电话。

穗杏下意识地阻止沈司岚道：“干吗打电话给他？”

仿佛她问了个寂寞，沈司岚睨着她，语气不咸不淡地道：“来接你回家。”

还没等穗杏说话，这时去上厕所的孟舒桐终于回来了。她原本是想跟穗杏唠唠为什么去厕所这么久，刚起了个话头，在看见大厅里的另一个人时，剩下的字又全给吞进了肚子里。也不知道她的室友在和学长说什么，孟舒桐蹑手蹑脚地走过去，眼神死死地盯在学长身上。她确定了，这就是沈司岚。面对面这样看，学长似乎没有公告栏上的证件照里看上去那么严肃正经，薄薄的眼皮耷拉着，露出好看的双眼皮褶子，眼尾微翘，单手插兜，额前短短的碎发干净清爽，为他平添几分慵懒劲儿。

“穗穗，”孟舒桐叫了声，然后跑到她面前，背在背后的手悄悄拽了拽穗杏的衣服，凑到她耳边小声问，“学长在这儿你怎么都不发消息提醒我啊？”

穗杏有些无辜。她和孟舒桐还没来得及加上好友，不然早就请对方过来解围了。

沈司岚顺势瞥过去，孟舒桐此时已经露出了标准笑容，声音清脆地道：“学长好，我是计科三班的新生，就是你带的那个班。”

沈司岚嗯了声，然后指正她：“我不带班。”

穗杏和孟舒桐的心同时沉了沉。只是穗杏垂下了眼睛，藏住了眼里掩不住的失落情绪，不想被他看到。孟舒桐直接问：“学长你为什么不带班啊？”

“觉得麻烦。”他在两个新生面前直接说明了自己的理由，且令人无法反驳。

新生们刚从高中解放出来，对大学校园充满了好奇，什么都不懂，大学班级里的班主任和吉祥物没两样，年级辅导员又不能只盯着一个班，在新生适应校园之前，助班琐事极多，而且辛苦。

孟舒桐张着嘴，有点儿被沈司岚的冷淡腔调劝退。

今天新生来报到的时候，几乎所有学长对新入学的学妹表现出了热情，除却目的不单纯的人，剩余的也基本上有求必应，温和友善。但她也不能说他区别对待，因为不论对谁，他的态度差不多都这样。

就在学妹们不知道该怎么踢动这块铁板学长时，铁板学长的手机响了。沈司岚接起电话，对面的人说了什么，他皱起眉，压低了嗓音问：“现在？我有事。”

然后过了会儿，他说：“我现在上去。”

挂断电话后，沈司岚看了眼外面暗下来的天色，先对孟舒桐说：“新生对学校不熟可能会迷路，趁着天还没黑赶紧回寝室吧。”之后他又对穗杏说：“你在这里等我，待会儿我让杭嘉澍过来接你。”嘱咐完他就转身往楼梯那边走去。

孟舒桐好奇地问道：“你不回寝室吗？那要不要我等你一起回寝室啊？”

穗杏咬唇，声音很小，像是从喉咙里挤出来的：“你想不想学长带我们班？”

孟舒桐不知道她问这个干吗，但还是如实回答说：“想啊。”

穗杏点了点头，眼神有些躲闪：“那好，我去帮你跟他说。”

“啊？”孟舒桐突然迷惑起来。

“你等我一下。”不等她理解过来，穗杏已经追了过去。

孟舒桐挠了挠脸，满脸问号：“我什么时候有这么大的面子了？”

有了理由，穗杏几乎是什么都没想，满脑子想的都是赶紧追上沈司岚。幸而沈司岚虽然腿长但走路慢吞吞的，边走还边看手机，穗杏很快就看到了他：“学长。”

沈司岚回过头，看着身后站在矮几级阶梯上的穗杏：“你叫我什么？”

穗杏又重复了一遍：“学长。”喘过气后，她酝酿了一小会儿，像是怕下一秒勇气就会消失，吐珠般一股脑地将话说了出来，“我也是计科三班的新生我那个室友很想你能带我们班你要不要再考虑一下？”

连停顿都没有，说完后勇气果然消失得无影无踪，她装作整理衣服地低下头，试图掩盖迅速蔓延至全身的窘迫和无措感。

见沈司岚没有回答，穗杏越来越觉得尴尬。

她没抬头，也不知道沈司岚稍微因她的话怔住，干净漂亮的眼眸里短暂地染上了几分讶然和呆滞神色，盯着她的发顶好半天没说上话。

男人终于开口：“你不是念高二吗？”

穗杏心想自己确实没告诉过他她的学习情况。她解释道：“我跳级了。”

他说话声很轻，让人琢磨不出心思来：“小看你了。”

穗杏尴尬地赔笑，想起自己从一开始就心思不纯，在他面前装学渣，后来没绷住差点儿露馅的事。

“先和你的室友回寝室吧。”他说道。

他让她先回寝室？她特意追过来，他不说考虑，也不说不考虑，不是存心让她难受吗？

穗杏干脆豁出去了，咬了咬牙，抬起头看着他，非要问个结果出来：“你到底要不要考虑我刚刚说的话？”

她又像是生气了，有点儿张牙舞爪不讲道理的样子，要不是这张稚嫩漂亮的脸蛋红红的，明亮的眸子里有水雾泛起，或许还真能唬住人。

但或许她真的吓到了沈司岚，他微愣住，看着她半天没给出回答。

这时刚好有人下楼，打断了二人的僵持，这人显然是认识沈司岚的，冲他打了声招呼：“怎么还没上去？主席在办公室等你呢。”

随后这人看到了站在下面的穗杏，语气瞬间变得有些意味深长：“噫，这个小妹妹是谁啊？”

沈司岚：“我学妹。”

“新生啊？我还以为是你带来玩的小妹妹呢。”这人和穗杏打了声招呼之后才离开，临走前又对沈司岚说：“别让主席等久了啊。”

等人走了，穗杏也不知道要不要继续纠结沈司岚到底带不带班的事情。勇气已经透支，再让她说一遍刚刚的话，她是说不出口的。她低声说：“你还有事我就先回寝室了。”

说完她就转身，留了个落寞又可怜的背影给他看。

“学妹，”他走下几级台阶，刚好停在她的上一级台阶上，轻轻拽了拽她的马尾辫，“只有你的室友想我带班吗？”

穗杏被拽动的那一缕头发麻麻的：“不然呢？”

然后她动了动脑袋，他的力道不重，小女生养得光滑黑亮的头发从指间轻易地溜了出去。

“小博美”蹬着腿跑了。

沈司岚收回手，转身上楼。

推开办公室的门，沈司岚也不多言，直接进来找了张椅子坐下，淡定地开口：“褚学姐，之前说带班的事——”

主席抬起头，冲他笑了笑：“哦，不用你带啦，我找到代替你的人了。”

沈司岚：“……”

静默几秒，主席眨了眨眼，歪着头问：“你的身体不舒服吗？脸色看上去有点儿差啊。”

沈司岚：“……”

沈司岚半天没说话，主席甚至怀疑他是不是因为太高兴了所以出现短暂性的失语症。事实上沈司岚并没有失语，只是在组织语言：“找了谁代替我？”

“张三。”

张三大名张思睿，是沈司岚的室友，这外号甚至超越了他的大名的地位，谁都知道计算机学院有个叫张三的人，但至于张三的真名是什么，哦，那不重要。

沈司岚对这个代替人选有点儿疑问：“他不是已经有班带了吗？”

“我给他看了三班的花名册，他很爽快地就答应了，说辛苦点儿带两个班也没事。”

说到这里，主席又跟沈司岚闲聊起来：“听说三班有个年纪特别小的学妹，十六岁就参加 NOI（全国青少年信息学奥林匹克竞赛）进了国家集训队，是集训队的老师亲自向咱们学校招生办推荐的，如果不是那个老师是校友，而且是我们院的直系学长，可能这学妹不一定会来念咱们学校。我记得你当初也是被同一个老师推荐保送过来的？”

沈司岚淡淡地应了声。

清大本部重理工科，除附属医学院闻名全国外，其中的王牌专业之一就是信息与计算机科学。学校的保送名额向全国挂牌重点高中配额，每年都会有成绩和履历特别出彩的学弟、学妹被招进来，除了附中少年班直送本科的新生，这位天赋异禀的小学妹确实是今年这届新生中的幺儿。

听说她也是近两年唯二有奥林匹克竞赛奖牌加身，在高二就拿到高校保送名额的尖子生。

另一个高二生的竞赛项目是奥数，清大的数学专业在全国高校中排前五，但那个学生已经被数学专业排名第一的北大给提前录取了，因此清大只能放弃。

沈司岚何止是小看她了。

“张三忙不过来的，”沈司岚说，“所以三班还是由我来带。”

主席以为自己听错了："你带？你不是不愿意吗？"

沈司岚面不改色地道："我改主意了。"

"不行哦，"主席抱歉地笑了笑，"资料都已经交给张三了，如果你改主意的话，就去跟他说吧。"

沈司岚抿唇，精致的五官渐渐皱起。最终他犹豫了两秒，意外地妥协了："那我去跟他说。"

说完他也不打算耽误时间，直接去找张三了。

目送沈司岚离开后，主席有些茫然地挠了挠脸，小声地自言自语道："所以我这么费时费力地去找代替助班到底是为了什么啊？"

沈司岚不用猜都知道张三在哪儿，直接回了寝室。张三果然正窝在寝室里做"咸鱼"（网络用语，指不做事，没有梦想的人），但是破天荒地没有打游戏。

除了沈司岚，寝室里的另外三个人都在，挤在张三的桌子旁不知道在看什么。见沈司岚回来了，三个人同时转过头看着他。

张三有些惊讶："岚哥，你今晚不用去实验室啊？"

"不用，"沈司岚直入主题，"我有事跟你说。"

张三秒想到自己乐于助人的行为，特别不在意地挥了挥手，摆着张舍我其谁的大无畏脸，语气很是随意："哦，不用谢我，为兄弟两肋插刀在所不辞。如果岚哥真想谢我，请我吃顿海底捞就行。"

室友小侯附和道："能加双筷子吗？我大半年没吃海底捞了。"

剩下的室友老祝也不要脸地加入了蹭吃大队："岚哥，是我劝他帮你带班的，我也要吃！"

沈司岚语调平静地问："你劝他的？"

老祝猛点头："对、对、对。"

沈司岚意味不明地低哼了一声。

"你要不要脸，你劝个毛线，是我自己思想觉悟高，跟你有什么关系，为了吃的你真是什么不要脸的话都说得出口。"张三为了不分一杯羹，果断地把蹭吃的室友给出卖了。

老祝被无情戳穿，脸上挂不住，一下反水就把张三卖了："什么思想觉悟高，你就是看三班的学妹长得漂亮，想要近水楼台先得月，真以为自己是什么得道高僧呢？"

“那我看学妹的照片，你们不也凑过来看了？谁比谁高贵啊？”

“你在那里鬼叫了好几声，是个人都好奇你在看什么好吧？”

“那你好奇完还挤在我的电脑面前流口水干什么？”张三摸了把电脑键盘，啧了两声，一脸嫌弃地道，“看我的电脑湿的。”

老祝无情地反击道：“那是你昨天晚上看小视频流的口水。”

张三猛地捂住了胸，一脸警惕地道：“你怎么知道我昨晚上做什么了？你偷窥我？你这个流氓！”

老祝气得脸色发青，冷着脸反问：“有你流氓？你有胆子把你的硬盘公开吗？”

“我的硬盘里都是我的女神，有啥不能公开的？而且男人不流氓，发育不正常。你懂什么。”张三说完这句话，又赶紧看了眼沈司岚，果断地补充道，“除了咱们寝室品质特别高洁不屑于搞男女关系的岚哥。”

沈司岚不耐烦地踢了下椅子：“吵完了没有？”

“没吵，就是普通辩论，”张三转移话题，“岚哥，咱们什么时候去吃海底捞？”

沈司岚斜睨他：“我说要请你了？”

“那你要跟我说什么事？”

“带三班的事不劳烦你了，”沈司岚说，“我带。”

张三不懂：“啊？”

“没听明白？那我再重复一遍？”虽然沈司岚表示可以重复一遍，但他那张冰块脸就给人一种“你最好不聋因为老子不想重复第二遍”的强烈既视感。

张三点头，但又满腹疑问：“听明白了，但总有个理由吧？你之前不是说不带班吗？你还说新生麻烦，会耽误你的时间什么的。”

沈司岚挑眉，淡淡地反问：“我说过这种话？”

张三：“说过。”

沈司岚哦了声，然后表示：“那你听错了。”

这件事老祝和张三站在一边：“可是岚哥，你当初就坐在寝室里，主席给你打电话让你带班，你就是这么直接回复主席的，我们都听到了，是吧小侯？”

小侯：“嗯。”

沈司岚微垂眼睫，喉结动了动，接着面不改色地指正他们：“那你们都听错了，有空都去挂一下耳鼻喉科的号。”

“……”

“……”

“……”

虽然沈司岚表示他愿意带三班，但张三显然不那么愿意重新把三班助班的位置让出来。他试图说服沈司岚，循循善诱道：“岚哥，你要没什么一定要当三班助班的理由，就让给我呗。我不怕苦、不怕累，同时带两个班绝对没问题。”

沈司岚反问：“你有必须带三班的理由？”

“有啊，”张三果断按亮刚刚已经黑屏的笔记本电脑，指着屏幕说，“这就是我的理由。”

其实他们学校的贴吧和 BBS（论坛）现在都已经不怎么流行，聊天软件普及后，大家更习惯于有需要就去找表白墙或是公众生活号，请他们帮忙把话发出来。

屏幕上是表白墙刚发的动态：

“墙墙君求帮发。”

“今天报到的时候看到的学妹。”

“我一眼就看出这是我喜欢的类型。”

“好小、好可爱，像个漂亮的小娃娃，本人一眼万年立刻陷入爱情。”

“这是她的照片，求院系和联系方式，不胜感激。”

有人发了穗杏的照片。照片上的小女生穿着短帽衫，脸上的婴儿肥还没完全退去，被太阳晒红了脸，像颗半熟的水蜜桃。照片是从远处照的，放最大倍能勉强看清女生的五官轮廓。

下面的评论都是叫嚣着求联系方式的。

“我当时看了就觉得熟悉，后来找主席要了花名册，果然是我们院今年的新生，而且还是计科三班的。这个班不就是岚哥你拒绝带的那个班吗？”张三说到这里，神色动容起来，恨不得直接给沈司岚一个大大的拥抱，“岚哥，你就是我的爱神丘比特！老子爱你！”

“……”沈司岚说，“这是杭嘉澍他妹妹。”

小侯插嘴：“我刚才告诉他了，他说打算明天就改叫杭学长大舅子。”

沈司岚：“十六岁。”

小侯又说：“我也告诉他了，他说他可以等。”

“我看过花名册了，学妹这学期末就满十七了，很快的，”

张三说：“行了，不说了，我要写带班资料了，两个班的够我写到十二点了。”

“岚哥，你晚上有事吗？开黑吗？”小侯问。

“你们开吧。”

小侯点了点头，转头和老祝回到各自的座位上戴上耳机准备玩游戏。

沈司岚蹙眉，搬了张凳子坐在张三面前，淡定地拿过了他手中的笔：“你是不是很久没吃海底捞了？”

“是啊。”

“我请你吃，”沈司岚手里转着笔，目光淡然，“三班我来带。”

“岚哥，你这是在贿赂我吗？”

沈司岚慢吞吞地应道：“是啊。”

张三虽然不知道沈司岚为什么突然改变主意要带三班，可是逐渐意识到现在主导权在自己手上。

“那你带三班也行，除了一顿海底捞，我还有个要求。”

沈司岚点了点下巴示意他说。

“你能不能叫我一声爸爸？”

沈司岚刹那间抬起眼皮，神色惊诧地看着张三。

居然没被打，张三想：时机就是现在了。

他猛地从椅子上蹦起来：“Call me Daddy（叫我爸爸）！”

报到完第二天就是全校新生军训的日子。计科三班的助班迟迟没有定下来，在前一天晚上的班级小会上，年级辅导员代为召开，透露三班的助班人选现在还有争议，不过军训那天就知道了。

军训出太阳和运动会下雨合被称为不可思议的当代校园天气玄学，玄乎程度已经直逼清明节必下雨的铁律。三班的新生们正在操场上站军姿，皮肤被晒得黝黑的教官鹰眼锐利，正忙着一个个矫正他们的姿势。

“你们啊，典型就是坐久了，腰也挺不直，脖子也伸不长，不知道的哪儿会觉得你们是一帮大学生，还以为是站立的王八呢。看看你们一个个站的，都给我挺起来！自信一点儿！谁笑了？打报告没有？”

穗杏个子矮，站在最前排，刚才教官说他们是王八的时候没忍住笑了，只得跟着其他几个笑出声的人一并喊了声报告。

他们已经在太阳下站了一个多小时，眼看着别班的助班又是买水又是买西瓜的，三班的新生们眼馋口渴得不行，但没法，谁让他们是野孩子呢。

直到年级辅导员走过来跟教官说了句什么，教官这才放他们自由："你们的助班来了，先休息几分钟，去跟你们的助班打个招呼吧。"

这一句话结束后，学生们立刻做鸟散状跑开。

孟舒桐挤到穗杏面前，偷偷问她："会是沈司岚吗？是不是、是不是？"

穗杏心里也没底，老实说不知道。

腿比较长的几个男生跑在最前面，提前看到了助班，也看到了助班带过来的东西。嗓门最大的那个男生朝后面的同学们大喊："学长给我们买西瓜了！"

"哇！！"

"我们班也有西瓜吃了！"

穗杏也想吃西瓜。她本来兴趣缺缺，是孟舒桐拉着她在走，但一听到有西瓜吃，立马转换角色拉着孟舒桐往前跑。孟舒桐哭笑不得，转头跟另外两个室友说："我和穗穗去拿西瓜吧，你们去找个凉快点儿的地方，待会儿我们过去找你们。"

四个女生昨晚上畅谈到半夜两点，已经熟悉不少，军训刚开始这会儿班里大伙都还不熟悉，无论男生女生基本上都是以寝室为单位一起活动。

"学长，我要拿四块西瓜。"穗杏刚挤进去就忙着报名。

"吃这么多？"熟悉的冷淡声音传来，带着些慵懒随意的调侃。

阳光特别刺眼，穗杏仰着头几乎睁不开眼，从刺眼的光晕中看到了新助班。其实她也没具体看清，只是扫了眼轮廓，就很快认出那是谁。或许是她视力太好，总是能在人群中一眼看见他，或是仅凭模糊的影子，就认出那是谁。

男人身形瘦削颀长，即使穿着最简单的白衣长裤，也区别于这里的所有人。穗杏还处于呆滞状态，孟舒桐已经激动得差点儿喊出声来了。

他们三班原本是没人带的野孩子，新助班一到，整个班的学生都沸腾了。

穗杏甚至能感觉到不光她一人，所有在这片操场上军训的女生眼里都聚满了光，直勾勾地盯着新助班看。

班级与班级之间的攀比甚至不需要任何铺垫，比助班，比教官，甚至比哪个班的女生多。穗杏他们班的教官虽然个子魁梧，穿军装时还是挺帅的，但因为实在被晒得太黑，一黑遮百帅，再帅也没用。

而新助班就不一样了，远远看也能看出是个个子高挑的大帅哥，身材比例绝佳，肤色白皙，五官轮廓清晰分明，穿得简单干净，这样的人根本不用服装加持，穿麻袋都帅。穗杏似乎都能听到来自远方的吸气声，和教官们喊着“眼珠子都往哪儿看呢”的吼声。

“不是我一个人吃，还有我的室友，一共四块。”她小声解释。

沈司岚给了她四块西瓜，她和孟舒桐一人拿两块，跑去和另外两个室友会合了。

穗杏知道他们班的助班一直没定下来，是因为沈司岚不愿意带班，所以一直在找人代替他。她一点儿也没觉得沈司岚真会改变主意又同意过来带他们班。所以她看到沈司岚时，惊讶大于喜悦，可很快，后者又胜过了前者，连手里的西瓜都格外甜。

穗杏安安静静地和室友们坐在阴凉处吃西瓜，沈司岚送完了西瓜后又被男生们围着问东问西。她也不上前，只要抬起头时，在视线范围内能看到他就行了。

“咱们的助班真的很帅啊，是不是？”孟舒桐问。

其他两个室友附和：“帅啊，没看到其他班的女生多羡慕我们班吗？”

孟舒桐还要寻求穗杏的认同：“穗穗，是不是很帅？”

穗杏当然知道他帅不帅，只是不知怎么的有些羞于在其他人面前承认孟舒桐的观点。

“嗯。”于是她只好敷衍地回了个语气词，但其实心里已经叫嚣起来。

废话！沈司岚是最帅的！

接下来的军训，穗杏表现得特别认真，军姿站得一板一眼，背挺得笔直，胳膊甩得有模有样，就连教官都对她刮目相看。因为知道穗杏是班上年纪最小的人，所以教官下意识地也比较照顾她，有时候她的动作有点儿软，教官索性睁一只眼闭一只眼就过去了。

学生们又不是真参军，本来这就是大学生们的入学体验第一课，小女生戴着军帽，脸通红，露出来的碎发都湿得不成样子了，教官也不忍心再对其严格。

“穗杏可以，动作很标准，”教官又指着后排的男生们道，“小女生都做得比你们标准，你们这帮大老爷们儿是不是该反省一下？”

男生们小声笑出来，很快就自觉地喊了报告，或许是善意的打趣，也或许是为掩尴尬的假笑。

穗杏从前念书的时候就常常被老师当成例子，拿着她的卷子让其他人好好学习，导致她在这方面的虚荣心过于膨胀，毕竟谁都高兴自己被夸。她仰着头，有点点骚包地挺了挺胸，然后瞥了眼不远处正和其他助班站在一起的沈司岚。

沈司岚在和其他人说话，没看这边。她不太认识其他人，但有个和沈司岚站得很近的女生她见过。那是汪育妃，去工作室找过沈司岚。他们都是学生干部，一起当助班也不奇怪。

穗杏抿着唇，骄傲情绪化成了失落。她表现得最好的那一下，他没看到啊。

与此同时，其他助班将话题扯到了沈司岚头上："听说三班有个长得特别漂亮的学妹，报到第一天就上表白墙了？是哪个啊？"

沈司岚没理会这种无聊的问题，倒是张三给众人指明了方向："就三班站第一排那个，最白的那个小妹妹，看到没？"

助班们兴致勃勃地看过去。

沈司岚也看过去，发现她很打眼，倒不是光因为长得漂亮，而是挺胸抬头一副自信炸裂的样子。她虽然和其他人一样穿着迷彩服，但就是能让人一眼看到。

她是不是被教官夸了？沈司岚看见她好像比刚刚更得意了些。如果她身后长着条卷曲蓬松的短尾巴，估计这时候已经摇起来了。

可能是这边的人目光太热烈，惹得她注意到了这边。沈司岚收回了目光。

汪育妃噫了一声："那是不是……？"

离得有点儿远看不太清，再加上她只在工作室见过对方一面，没什么印象。而且她记得，杭学长的妹妹年纪还很小。不确定的事她不好说，瞄了眼沈司岚，看他没什么反应，觉得应该是自己看错了。

她没再看那个学妹，却又注意到张三脸上无缘无故地多了块瘀青痕迹。汪育妃深知"要追男生就要先从关心他的朋友们做起"的道理，所以问了句："张三，你的脸怎么了？"

张三哦了声，解释道："磕到了。"

其他人笑着问："磕哪儿了啊，磕出块这么圆润的瘀青来？"

张三幽幽地看了沈司岚一眼，没敢说话。沈司岚平静地回应张三的幽怨眼神，十分淡定地替他解围："磕我手上了。"

"……"

众人一愣，随后响起此起彼伏的嘲笑声。

张三顿感耻辱，也怪他飘，见沈司岚当时半天没有要施暴的意思，以为真是制住这大佬了，还特别嚣张地未经授权改了首歌，在沈司岚面前跳了起来。

然后他就被教做人了，赔了夫人又折兵。

散开时，张三有些没面子，走到沈司岚面前小声嘟囔道："岚哥，在其他人面前给我留点儿面儿成吗？好歹我也是个爷们儿。"

沈司岚睨向他，慢悠悠地问："你叫我什么？"

"……"张三屈辱地咬唇，认命地道，"爸。"

沈司岚稍微弯了弯眼睛，似乎挺满意。

张三又说："三班让给你带了，我能去要穗穗学妹的微信号了吗？"

沈司岚悠闲地坐在树荫下玩手机，闻言头都没抬："想要你去问杭嘉澍，看他给不给你。"

"你这就为难兄弟了，杭学长那老狐狸，谁知道他会去哪儿随便找个如花的微信号给我？"

沈司岚假惺惺地说："那可惜了。"

"岚哥你有吗，你告诉我吧？"张三凑到沈司岚的耳边小声说，"事成后兄弟一定请你吃饭，学校食堂你随便挑。"

沈司岚被他的呼吸恶心得不行，侧头躲开，冷冷地说："滚。"

张三撇嘴，随口猜测道："你也没有吧？"

"……"

张三特别贱地咧嘴笑道："搞半天你也没有。"

下午的军训已经结束，穗杏没和室友们一起去吃饭，而是站在原地等杭嘉澍。

从研究院到本部要花点儿时间，穗杏坐在石凳上等人，下了课的学长、学姐们彼此说说笑笑地经过她身边。

她很喜欢这种无聊而慵懒的时光，似乎听到有人羡慕地说，有个学姐在校门口打到了宾利车。穗杏也跟着羡慕了会儿。

下训半天也没走的张三老早就抓住了这个机会。凡事都是要自己争取的，别人不给他，他就自己去问学妹。

旁边突然来了个人，穗杏茫然地侧过头看去，张三冲她露出了个自认为最帅的微笑。

“学妹你好，我是信工一班的助班张思睿学长，本来你们班该是我带的，但是你们的助班居然用物理手段逼我妥协，咱们这才错过了认识的机会。”

穗杏啊了声，问：“沈司岚学长吗？”

“对，就是他，你不要被他的外表迷惑了，其实他有暴力倾向，你一定要离他远一点儿。”

穗杏半信半疑地点了点头。

看学妹这么孺子可教，张三倍感欣慰，决定先请学妹吃顿饭：“学妹，你还不去吃饭吗？学长请你去食堂吃饭吧？”

穗杏刚想说不用，有个人替她拒绝了。

“张思睿，干吗呢？”刚过来的杭嘉澍就看见穗杏和一个不怀好意的人坐在一起，而且他还认识这个人。

张三瞬间变了脸色，站起身退后了几步：“学长，好巧啊。”

“巧，”杭嘉澍笑眯眯地说着，亲昵地揽过张三的肩，语气温和地道，“怎么没叫我大舅子？”

张三：“……”

杭嘉澍说要和张三交流交流感情，扯着张三的衣领子钻进男厕所去了。

出来的时候张三往另一条小路跑了。

穗杏不知道刚刚那个学长为什么要跑，但也不太在意，就没问。反倒是杭嘉澍先问她：“没把微信号给那孙子吧？”

穗杏摇头：“他没问我要啊。”

“难道他问你要你就给？”杭嘉澍不满了。

穗杏问：“他是坏人吗？”

“不是。”

穗杏又问：“那他是卖学习资料的吗？”

“不是。”

“那为什么不能给？”

杭嘉澍沉默两秒，一本正经地给张三扣了两顶帽子："他是卖学习资料的。"

穗杏的表情一言难尽："你骗傻子呢？"

杭嘉澍笑着说："对啊，骗傻子呢。"

过了两秒，穗杏反应过来，抬脚就要去踩杭嘉澍的白板鞋。

"新的！别乱踩！"杭嘉澍左躲右躲，最后一把拎起穗杏，"让你老实点儿，听到没？"

旁边还有这么多人，穗杏觉得丢脸，不停地挣扎着："放我下来！"

杭嘉澍放开她，但又不放心，所以让她走在前面，手还掐着她的后脖子肉，跟提猫崽子似的："乖乖走路。"

两人好不容易走到食堂，杭嘉澍照常帮穗杏去打糖醋排骨。穗杏继续坐在位置上当大爷。

他让穗杏自己去打，穗杏装模作样地抬了抬胳膊，又赶紧放下："你看，已经累得抬不起来了。"

杭嘉澍冷笑道："那要不截肢算了？"

穗杏说："只是抬不起来，不是废了。"

"抬不起来还不是废了？"

穗杏用一副"你有没有生物常识啊"的眼神看着他，但嘴上还是很客气："还是能用的。"

"能用你不会自己去打菜？"

穗杏理直气壮地道："除了打菜，干别的都没问题。"

"……"杭嘉澍懒得跟她说了。

找了几次，杭嘉澍已经对打糖醋排骨的窗口特别熟悉了，几乎是盲走就能走到那儿去。

窗口这边挺热闹，围着不少人，不过不都是打菜的。杭嘉澍很快就找到了元凶。

沈司岚在人群中长身玉立，很好找。旁边围着几个女生，他连头都没低一下，始终保持着淡漠疏离的态度。

这人皮肤白，长相又好，这身冷漠的气质，来食堂打个饭都像是下凡。杭嘉澍下意识地就不太想跟这种人走得太近。

杭嘉澍转头就走，但这个行动实行得有点儿晚，被沈司岚瞧见并喊住了。

“学长，”沈司岚端着餐盘，以皇上赏赐太监的口吻问，“一起吃？”

说实话，杭嘉澍很不想答应，于是说：“我跟我妹一块儿呢。”

沈司岚这货从来只有别人看他的脸色的份儿，而且杭嘉澍严重怀疑这人打出生以来就不知道“尊重他人的想法”这几个字怎么写。

他不信以沈司岚的智商会听不懂他的潜台词，但沈司岚就是以非常理所应当的态度吩咐道：“那让你妹过来一起吃。”

“……”杭嘉澍不为所动，直接走人。

他刚走两步，沈司岚不紧不慢地放出诱饵：“双排带你飞。”

背影决绝的杭嘉澍当场表演了一个原地一百八十度转身，动作一气呵成、行云流水得不带一丝喘气，非常干脆。

“请务必给我一个和您共同用餐的机会。”

沈司岚挑眉：“嗯，可以。”

本来以为是照顾孤寡学弟，结果杭嘉澍带着穗杏到沈司岚那桌集合后才发现沈司岚其实并不是单独来的食堂，是和其另外两个室友一块儿来的。

穗杏盯上了沈司岚旁边和他对面的空座，正纠结该选哪个时，杭嘉澍直接指着桌子最靠边的位置，让她坐那儿。这位置旁边就一个邻位，杭嘉澍理所应当地坐她旁边，将其他三个人都牢牢地隔绝在外。他这架势，如果现在手上有笔，估计他连画三八线这种小学生行为都做得出来。

穗杏看着离他老远的沈司岚，不敢出声说要换座位，只能默默地受着。

小侯还挺惊讶在这里看到杭嘉澍：“学长，你今天怎么来这个食堂吃饭了？”

杭嘉澍说：“陪我妹来的。”

穗杏感觉到这桌人都在看她，抬起头腼腆地笑了笑，正好撞上了沈司岚投过来的眼神。两人的视线在空气中撞了一下，穗杏比较怂，很快低下了头。

老祝是第一次跟穗杏打照面，主动打了招呼。

“学妹，我是你们助班的室友，你叫我祝学长就行。”

杭嘉澍笑得特贱，吊儿郎当地拖着调子问：“苟祝，你什么时候改姓祝叫学长了啊？”

老祝：“……”

要说苟祝也是挺倒霉的，他们先辈原本该姓敬，为了避讳皇室的名字将“敬”字一拆为二，苟祝他祖先运气不好，“苟”和“文”偏偏分到了苟

姓。朋友们善良，都叫他“老祝”，只有杭嘉澍这为老不尊的垃圾学长心是黑的，见一次戳穿一次。

穗杏也想笑，但还是选择叫苟祝一声祝学长。老祝被穗杏感动得当场洒下热泪，原来天使是真的存在的。

使坏成功的杭嘉澍放过老祝，又把矛头对准了不在场的张三：“对了，我记得张三那孙子上学期在追一个英语系的妹子来着，没追了吗？”

要不是老侯和他弟弟打电话时杭嘉澍听了一耳朵，杭嘉澍都不知道张三的胆子能这么大。

小侯说：“早吹了。”

“吹了？那妹子不是去男寝找过张三几回吗？”

上个学期杭嘉澍还没搬去研究生宿舍，他的本科寝室就在沈司岚对面，因此对此很有印象。

“是找过几次，有几回张三不在寝室她都来了。”小侯用下巴轻轻指了指沈司岚，“其实妹子是醉翁之意不在酒，搞得那段时间岚哥连寝室都不怎么回，天天泡在图书馆里。”

杭嘉澍神色复杂地感叹道：“看不出来这孙子心还挺大啊，这都不介意。”

老祝说：“张三又不是非那妹子不可，就是耐不住寂寞想谈恋爱才追的。后来岚哥送了他一套限定皮肤，他转眼就把那妹子忘了。”

杭嘉澍表情扭曲地道：“这也行？”

“这有啥不行的？他那人蔫坏得很，我们甚至怀疑他早猜到那妹子其实是为了岚哥才跟他走得近的，他将计就计装傻，回头再说岚哥撬了他的墙脚，好借此捞一套皮肤。”

这个假设有点儿细思恐极，杭嘉澍看向沈司岚：“你真送了？”

怎么想他也觉得沈司岚不像是肯吃亏的人。

沈司岚神色平静地说：“送了，”之后他又补充道，“后来我又登了他的号，把他所有的皮肤都删了。”

他先给一颗糖，然后几棒子把人打蒙，之后张三痛定思痛，再也没和那个妹子来往过。

杭嘉澍：“……”他就知道沈司岚没那么容易认栽。

穗杏插不进话，索性不强求加入他们的话题。反正她一个人也能自得其乐，咬着筷子沉浸在自己的世界里。

食堂里这么多张桌子、这么多人，她却能和沈司岚坐在一块儿吃饭，这么多窗口，荤菜、素菜都有，她却和他撞了一道糖醋排骨。或许他都不会在意吧，可她会因为这些小事开心上好半天。她也不知道为什么，可就是喜欢，或许小女生的本性就是如此。

有了前车之鉴，杭嘉澍只要有空就会过来本部找穗杏一起吃饭，一来二去连这帮新生都对这位研究生在读的学长很熟悉了。

只有三班几个和穗杏关系比较好的同学知道这个总来找穗杏一起吃饭的学长是她哥哥，其他人不清楚他们之间的关系，猜什么的都有。

新生军训期间虽然事情多，但不妨碍新生们挤着时间出来拓展人脉。懂交际的人已经找到了小团体，每天晚上下训后都有活动，还有些人在这两个礼拜里，男女关系都已经铺垫得差不多了。

穗杏她们寝室的四个女生都算是很乖的了，就算晚上有安排也是集体行动。

今天的寝室夜谈，孟舒桐无意间说起隔壁寝室的一个女生已经脱单了，和同系的学长，暑假的时候就在贴吧里认识，开学第一天见面，一个礼拜不到就告白，成男女朋友了。

孟舒桐马后炮地叹了口气说：“早知道暑假的时候我也多去贴吧逛逛了。”

紧接着她问另外三个人有没有发展对象。

穗杏侧着身，盯着墙没说话。

“我好像有。”有人回答。

几个女生瞬间来了兴致，忙问是谁。

这个叫王可慈的室友欲言又止，不知道该不该说。她性格文静，居然是寝室里最先有情况的人。她说：“张教官。”

包括穗杏在内，大家都有些没想到。原本兴致勃勃的三个女生一时半会儿都不知道该怎么接这话。寝室一下变得无比安静。

“糍粑，”孟舒桐小声说，“我觉得你还是再想想比较好。”

另一个室友万亿也说：“是啊，你别冲动。”

室友们的话已经尽量委婉，王可慈能听出来，勉强地笑着说：“其实我是单恋来着。我看得出来他不喜欢我。不过也没事，反正等军训结束以后就见不到他了，到时候我就忘了。你们别告诉别人，挺不好意思的。”

“你放心，我们绝对不会说的。”

“不会、不会。”

只有穗杏没说话。孟舒桐提醒道：“穗穗？”

穗杏后知后觉地保证：“我不会说出去的。”

王可慈小声和室友们说了声谢谢。

她们默契地选择了停止这个话题，然后睡觉，明天还要早训，得保持充足的精力。

穗杏却因为王可慈刚刚的话陷入一种情绪上的怪圈。她一直觉得能遇上喜欢的人其实是件很快乐的事情，哪怕只是单恋，喜欢是她一个人的事，不抱希望地喜欢着，就会很快乐，只是看一眼就会满足。但原来不是每个人都能控制住贪念的滋生。

半夜的时候，她隐约听见王可慈问孟舒桐睡着了没有，想和孟舒桐去阳台那里说说话。

“好，小点儿声，别吵醒了穗穗和有钱。”孟舒桐说。

穗杏看着她们两个模模糊糊的影子撑着栏杆爬下了床，一起去了阳台，还关上了门。没过多久，她听到了王可慈很轻的哭泣声。

这天，穗杏终于意识到另一个问题：她已经开始渴望沈司岚的回应。

或许一开始见面时，她对他只是有一种朦胧的好感，只是小女生情窦初开时对异性的渴望，随着这些日子的相处，她控制不住地越陷越深，这种好感渐渐生根发芽，变成了参天大树。

如果得不到回应，她或许会比王可慈更难过。

原本她想起那个人时，心里只会甜甜地咕噜噜往外冒泡，现在却莫名地多了几分酸酸涩涩的滋味。这种渐渐丰满起来的情感教会了从小骄傲的穗杏自卑，并不是因为自己，就是很莫名其妙，只要在那个人面前，她仿佛就矮了一大截。

她将头埋进枕头里，感觉自己好像又长大了一些。

第二天早训的时候，穗杏因为昨晚失眠到两三点才睡，精神萎靡，踢出来的正步也是软绵绵的，连着被教官提醒了好几声。

她表现得一直不错，今天却屡屡走神，教官不忍心训她，只能放柔了语气问她：“是不是身体不舒服？”

穗杏又不能说真实情况，只得低低地嗯了声，索性装成生病了的样子。

“那你先别练了，去趟医务室吧，”教官对着人群说，“谁陪穗杏去一趟医务室？”

除了女生们，很多男生也举手了。送人去医务室这种美差，做了好事又不用军训，谁都不愿意错过。教官看出这群新生的心思，哂笑了两声：“你们就是不想军训吧？”

他当然不会给这些身强体壮的新生偷懒的机会，果断地对树荫下的沈司岚喊道：“沈同学，你们班的穗杏身体不舒服，你能送她去一趟医务室吗？”

一听是助班送穗杏去医务室，新生们知道自己没机会了。

穗杏没料到事情会变成这样，本来就是装病，打算自己去，走到半道上等他们看不见她了就掉头回寝室睡上一觉，现在这病是没有也得有，不装也得装了。可是一去医务室就会被戳穿，她既没有生病，也没有中暑，沈司岚肯定会觉得她是想偷懒才谎称自己生病了。

去医务室的路上，她走得慢吞吞的，恨不得走到地老天荒。沈司岚也不催她，照顾着她的速度，两个正当芳华的年轻人硬生生走出了老年人悠闲散步的架势。

可走得再慢也会走到医务室，穗杏咬牙，突然站在原地不走了，索性耍起赖来。

“怎么了？”他问。

穗杏走到路边的小石凳上坐下，皱着眉装得有模有样，讷讷地说：“走不动了。”

说完她还很逼真地捶了捶腿，一脸“我的腿啊你怎么这么不争气”的样子。

沈司岚语气很轻地问：“腿疼？”

穗杏点了点头，虚弱地说：“我可能走不到医务室了。”

沈司岚微挑眉梢，突然笑了：“那我背你过去？”

“啊？”穗杏猛地抬起头看他，以为自己听错了。

可这条通向医务室的小路很安静，除了午后热烈的蝉鸣和风拂过树叶沙沙的声响，他的声音很清楚，她应该是没有听错的。他只是提了这么一个建议，穗杏就已经心脏麻痹，差点儿没在这里当场休克过去。她还年轻，不想这么快就死。

穗杏猛摇头：“不、不、不，我……我不要。”

沈司岚眨了眨眼，漂亮的眼眸里藏着微不可察的促狭之意。他慢悠悠地问："那抱你过去？"

穗杏站起来，僵硬地踢了踢腿，没什么情绪地说："突然好了哎。"

然后她头也不回地大步朝医务室走去。

听见男人在身后嘲笑她，因为沈司岚刚刚那几句不经意的调侃，穗杏有点儿恼。可能他只是随便说说，压根就没在意，根本就不明白这对她意味着什么。

穗杏讨厌这种被人牵着情绪的感觉，内心却又不可控制地小鹿乱撞。那种酸涩的感觉又涌上来了，配合着夏天的风、头顶微荡的树叶，她突然很想来一杯青柠味的汽水。

医务室里负责值班的校医人不错，没有直接戳穿穗杏装病的事。

穗杏也没把握，校医观察她的情况时，冲人家挤眉弄眼的，又幽幽地看了眼正站在旁边等她的沈司岚。

这位年轻的校医刚从医学院毕业没多久，对穗杏的暗示心领神会，解释说是天气太热，穗杏轻微中暑才导致精神不佳。

"休息一下就没事了，"校医笑着说，"同学，你去里面的床上睡会儿吧。"

穗杏感激地看着校医，点了点头："谢谢医生。"

医务室里的消毒水味道不是太重，摆设也简单干净，穗杏刚沾上枕头，昨晚晚睡的后遗症立马上头，困意立刻袭来。她已经很困了，眼皮子不住地打架，可仍坚持着。

沈司岚搬了张凳子坐在床边，低头看着手机，她则看着他。

看了半天，她又侧过头看着窗子。医务室的后方种着一大片绿植，金色的阳光和绿色交相辉映，间隙中的蓝色天空透亮干净，隔着窗，穗杏仿佛都能听见风声和蝉声。

这样的时光，她用来睡觉实在太浪费了。

穗杏的目光在两类怡人景色中来回摇摆。

没过多久，刚刚还晴空万里，不知怎么突然下起了小雨。雨意冲淡了夏日的闷热，窗外饱和度极高的景色很快被覆上一层冷色。

穗杏不自觉地叹气道："怎么这时候下雨了？"

沈司岚听到她幽怨的声音，随口问道："怎么了？"

"我现在不用军训，下雨对我又没有好处，"她有些不满，觉得这雨下得不是时候，“应该再早点儿下的。”

她说得不太清楚，但沈司岚听懂了。

小女生的心思很简单。穗杏身上以前也发生过这样的事。某天的体育课要测长跑，她好不容易辛辛苦苦地跑完了，天空却突然下起雨来。穗杏就很不开心，抱怨这雨为什么不早一点儿下。

她盯着窗外的雨，雨又不知道自己做错了什么，委屈地发出淅淅沥沥的声响，在窗沿溅起透明的水花。安静的医务室里只有平静交织着的呼吸声，她被这来得太晚的雨吸引住视线。

她没看他，他没看雨。

雨声越来越大，军训的新生们这时候应该都解散了。因为这雨声实在太催眠了，穗杏渐渐有些撑不住了。

“学长。”她喃喃地叫他。

沈司岚回答：“嗯。”

“你会走吗？”

“不会。”

可能是还不放心，她从被子里伸出手，用小拇指碰了碰他的衣角，就一下，不轻不重。

小女生半张脸躲在被子里，只露出一双眼睛看着他。她太困了，连睁眼都有些困难，眼睛雾蒙蒙的，被困倦和疲惫填满。她最后说：“别走哦。”

也不知道这雨什么时候才能停。沈司岚似乎被雨夺走了心思，恍神了片刻，随即垂下眼皮，手指抚上刚刚被人碰过的那一抹衣角，将其引至手心中细细摩挲。

穗杏这一觉睡得极香，直接睡到了晚上八点。她醒来的时候医务室里的日光灯都已经亮起来了，给她一种恍如隔世的感觉。

外面还在下小雨，连同晚训也给取消了。她没看见沈司岚，看护换成了三个室友。

室友们可能是在排位打游戏，都没发现床上的人已经睁眼了。片刻后王可慈最先发现穗杏醒了，分了点儿心思说话：“穗穗，你醒了啊？”

孟舒桐一下就提高了声音：“糍粑，你——你已经‘死’了。”

王可慈赶紧低头看手机，游戏角色真的死了。

穗杏叹了口气，干脆自己起身先去洗了下脸醒醒神，回来的时候室友

们已经打完游戏了。

孟舒桐问她要不要去吃麻辣烫。穗杏的肚子一下就饿了，她问："你们什么时候过来的？"

"一个多小时前吧，学长晚上还有实验课，先走了，然后就让我们几个过来等你睡醒。"

穗杏有点儿尴尬，自己好像睡得太久了。

出来的时候天色已经完全黑了，这个点正是学校小摊开张的黄金时段，她们去了一家被很多人推荐过的麻辣烫小摊，准备大吃一顿。孟舒桐还嫌不过瘾，又去隔壁的小店里买了串热狗芝士和一杯珍珠奶茶。

王可慈看着都觉得可怕："你不怕胖吗？"

孟舒桐满不在乎地摆着手说："反正我又没有喜欢的人，瘦给谁看啊？"

王可慈觉得自己被针对了："有你后悔的时候。"

性格本来就比较文静的女孩子也想不出什么反驳的话来，说出来的话不痛不痒，丝毫影响不到孟舒桐大快朵颐的心情。

孟舒桐嚣张地咬了一大口热狗芝士，被烫得嘴唇直颤。最后芝士的柔软和热狗的香脆一起引起味蕾爆炸的时候，她满足地叹了口气。

万亿笑问："都能开玩笑了，那是不是说明没事了？"

王可慈点了点头："昨天晚上你们睡着之后，我和孟老师聊了挺久的。我想开了，现在好好珍惜教官还在学校的这段时间，等他走了以后，我肯定会遇见更好的人的。"

教官和新生的恋情大多无疾而终，军训一结束，就算他们能够走在一起，也是分隔两地，连再见面都难。而且，王可慈也并不想因为自己一时少女心动，影响张教官的前途。

两个人默默再见然后忘记，这或许是最好的方法。

"孟老师行啊，大道理一套一套的，连我都想叫你老师了。"万亿说。

孟舒桐仰头道："以后你们有感情方面的问题随时来问我，孟老师随时解答开导。"

吃了半晌，孟舒桐觉得一根热狗芝士不够，又要去买串烤鸡翅。

穗杏起身说："我跟你一起去吧。"

"行啊，走吧。"

在小店门口等鸡翅打包的孟舒桐玩着手机，穗杏看着她欲言又止，想问什么最终什么都没说。

“孟老师。”穗杏小声开口。

孟舒桐抬眼：“啊？干吗？”

穗杏想向她咨询恋爱问题，可是担心这样一问会暴露自己。

穗杏琢磨半晌才说：“我有个玩得比较好的朋友，最近有些困扰——”

孟舒桐点头道：“好的，你最近有什么困扰？”

“……”这么快就被戳穿，穗杏感觉面子挂不住，干脆不问了。

孟舒桐坏笑道：“你也情窦初开了？快跟孟老师说说，是哪个臭男人？”

穗杏含糊其词地说：“没有啊。”

孟舒桐才不信，一把抱住她，往她耳边吹气，不停逗她：“你有，你肯定有，不然干吗叫我孟老师，还借口说是朋友的困扰问我？”

穗杏被她吹得耳根痒得紧，不住地挣扎着想要挣脱孟舒桐的桎梏。

孟舒桐特别喜欢抱着她，总觉得她又软又香，身上总带着一股甜甜的味道，晚上还偷偷爬上过她的床，想要抱着她睡觉。有时候穗杏半夜被热醒，就是因为孟舒桐抱她抱得太紧。她为此说过孟舒桐很多回，但孟舒桐每次都是嘴上答应得好好的，转头半夜又悄悄地爬上她的床，活像个不知餍足的女生。

当街被人抱着，哪怕对方是女生穗杏也觉得不自在。孟舒桐感觉穗杏要爆发了，赶紧跳远躲开了。

“孟老师——”穗杏的声音有些急。

来不及了，孟舒桐感觉到她手上吃了一半的热狗芝士好像撞到了什么。她赶紧回过头，眼前出现一身笔挺精致的西装，非常正式的打扮，只可惜上面沾上了辣椒粉和油渍。

孟舒桐语气很愧疚地道：“对不起。”道歉的时候她甚至不敢往上看。

温和的男人声音响起，还带着一丝笑意：“当老师的还是要稳重些。”

被公开处刑的孟舒桐感觉有些难堪，只能低着头尴尬地赔笑。

“对不起，要不这件衣服我拿去帮你干洗吧？”孟舒桐又补充道，“当然，干洗费我出。”

“不用了，不是什么名贵衣服，不需要特意拿去干洗店。”男人意外地好说话。

孟舒桐心想对方真是好人啊，终于敢抬起头看这位好人长什么样。在对上男人镜片下温润干净的眸子的那一瞬，孟舒桐的心脏短暂地停跳了几秒钟。直到有人在不远处叫男人，男人顺势回过头去，孟舒桐这才又回到人间。

“裴老师，排到我们的号了，快过来啊！”

“我马上过去。”男人最后对孟舒桐笑了笑，嘱咐她以后小心，很快转身离开。

和他一起的人看到他西装上的污渍，咦了一声：“裴老师，你的衣服怎么了？”

“刚刚不小心撞到个小朋友，没事，进去吧。”

看着男人的身影消失在美食街里，孟舒桐喃喃地说：“穗穗，你相信一见钟情吗？”

穗杏想都没想就说：“相信啊。”

孟舒桐的脸很烫，她连说话都变得不利索了：“原来糍粑说的喜欢是这种感觉。”

穗杏听出不对劲儿来，问她：“你没谈过恋爱啊？”

“没有啊。”

“那你——”她干吗还装出一副情场老手的模样去开导王可慈？

这句话穗杏没说出口，但孟舒桐猜到了她想说什么。孟舒桐咳了声，一本正经地为自己解释：“虽然我没谈过恋爱，可这并不妨碍我成为情感大师。”

“……”

不算各类状况，这顿夜宵总体而言她们还是吃得很愉快的。

其实穗杏真的觉得和室友们一起吃饭感觉比较好，一想起明天中午又要在大太阳下等杭嘉澍过来找她一起吃饭，就觉得生无可恋。

除了晚上的夜宵，午餐和晚餐穗杏还是得和杭嘉澍一起吃，兄妹俩现在是相看两相厌。

不用自己刷饭卡吃饭是很好，但代价就是每次室友们去吃饭的时候，穗杏还得等杭嘉澍过来找她。

女生们吃饭的时候话是最多的，连着这么多顿不和室友们一起吃，穗杏都担心自己会跟不上室友们的话题。

杭嘉澍每天特意坐车过来和她吃饭，说实话他早就腻了。

连老侯都说看他往本部跑得这么勤快，要不是知道他是过去找妹妹，还真以为他是在本部找了个女朋友，天天过去陪人家吃饭。

和朋友一起吃饭还能聊聊最近的课题，不至于太闷，他和穗杏的爱好南辕北辙，唯一的共同话题就是游戏。

但每次他一聊这个，穗杏就会摆出一副“你这个菜鸟不配跟我聊游戏”的样子，搞得杭嘉澍血气上涌，连饭都差点儿吃不下。

之前开学报到第一天穗杏就上了表白墙，本来因为那张照片是在远处偷拍的，不大清楚，所以只是在小范围内传播，结果计算机学院团委分会公众号后来发布的有关于新生军训的文章，直接自爆。

他们用穗杏的照片当了文章封面，还起了个特别嚣张的标题：点击就看高清无码计算机学院小鲜肉。

他们抓拍的这张照片是穗杏正站在人群中学摆臂，动作倒没什么奇特的，和周围人都是统一的，就是皮肤白得很突出，巴掌大的脸，眼珠子颜色很深，却又干净得很，杏眼圆润，宽窄刚好的开扇形双眼皮，整个人显得无辜又精致。

果然，两人正吃着饭，有个男生过来了。

男生估计也是怕说多了话尴尬，所以直截了当地问微信号。

穗杏刚想说什么，被哥哥及时打断。杭嘉澍笑眯眯地替她回了句：“她没有微信。”

男生呃了声，又试探着问：“那 QQ ？”

杭嘉澍：“也没有。”

男生终于觉得不对劲儿了。他小心翼翼地躲开杭嘉澍的眼神，打算最后一搏，又问了句：“那学妹能告诉我你的名字吗？”

杭嘉澍面不改色地问：“你觉得她有吗？”

穗杏：“……”

“那打扰了。”

男生落荒而逃，杭嘉澍收回目光，顺势又教导起穗杏来：“要是有男的过来问你要微信号，就按照我说的回答。你也别找什么借口，直接说你没有就得了，他问你什么你都说你没有，听到没？”

穗杏翻了个白眼，不耐烦地哦了声。

杭嘉澍语气不满地道：“我为你好，你这是什么态度？”

穗杏觉得这人真的很难伺候，咬了咬牙重重地说：“知、道、了！排骨吃完了，再帮我打。”

然后她把餐盘推给了杭嘉澍。

“吃、吃、吃，迟早胖死你算了。”杭嘉澍拿起她的餐盘起身，又嘱咐道，“看好我的盘子，别让阿姨收走了，听到没？”

穗杏：“嗯。”

“你这跩得不行的态度都跟谁学的啊？”杭嘉澍嫌弃地看了她一眼。

去打排骨的时候，杭嘉澍又碰上了沈司岚。

之前就有人卖过沈司岚的行程表，其中实验室和图书馆是他经常出现的地方，但是因为时间不固定，所以很多女生去守株待兔，也很少能抓住沈司岚这只神出鬼没的兔子。现在就不同了，卖行程表的人直接这么说：你要找沈司岚？午餐时间准时在食堂一楼卖糖醋排骨的窗口蹲点，最多十五分钟就能看见沈司岚了，命中率极高。

因而卖糖醋排骨处竟然成了食堂近来最热门的打菜窗口，连同负责打糖醋排骨的阿姨打菜时那个自信的姿态都和其他窗口的阿姨截然不同，透露出一股睥睨食堂众人的雄伟气势。

杭嘉澍甚至觉得食堂里的糖醋排骨是不是加了什么诱食剂，穗杏喜欢吃就算了，怎么连沈司岚都跟上瘾了似的天天过来打？

杭嘉澍正想上去和沈司岚聊两句，有个大大咧咧的声音插了进来。

张三端着餐盘从别处过来，走到沈司岚身边停下，又瞥了一眼他打的菜，观感和杭嘉澍一模一样：“你吃排骨吃上瘾了吗？”

沈司岚说：“还挺好吃的。”

“是吗？不是甜的吗？”张三半信半疑，本来都已经打好了两荤一素的菜，又觉得沈司岚应该不会骗他，于是把餐盘从窗口递进去，嘴里说着：“阿姨，来份排骨。”

原来吃排骨是真的会传染人的。

沈司岚已经看见杭嘉澍了，脸上没什么表情，平静地看着杭嘉澍朝自己走来。

“最近咱们碰上的频率有点儿高啊。”杭嘉澍说。

“嗯。”沈司岚简短地赞同道，然后问，“一起吃？”

“一起吃也行，”杭嘉澍瞥了眼张三，“先把这孙子赶走再说。”

张三委屈极了，端着盘子冲杭嘉澍摇尾乞怜：“别这么说吧学长，男子汉大气点儿。”

杭嘉澍反问：“我还不够大气？如果我是真小气，你会好手好脚地站在这里？”

“……”张三只得说，“我发誓，以后穗学妹就是我妹，虽然我跟她没有血缘关系，但我会把她当亲妹妹看待，只要有我的一口吃的，就绝对不会饿着穗学妹。一切护妹行为坚决向亲哥杭嘉澍看齐，争取青出于蓝。”

杭嘉澍默了片刻后，沉声说：“我妹年纪还小，你别乱打她的主意。向我看齐就免了，平常我不在本部的时候，你和沈司岚帮我多照顾照顾她就得了。”

张三敬礼：“Yes sir（遵命）！”然后他推了推沈司岚的肩膀：“岚哥，你也表示一下啊。”

沈司岚耷拉着眼皮，慢吞吞地说：“我不是一直在照顾？”

“对哦，你是她的助班来着。”张三又想到什么，凑到沈司岚身边试探地小声问，“岚哥，还请海底捞不？”

沈司岚点头：“请。”

张三蓦地双目发亮，本来只是随口问问，没想到岚哥真的言出必行。岚哥不愧是他们寝室中的真男人！

“那咱啥时候去啊？”

“等军训完。”

张三点了点头：“哦，那没几天了。”他等得起。

他这句话反倒给另外两个人提了个醒。

最近过的是三点一线的日子，似乎每天都在重复同样的事情，他们竟然连军训快结束了都不知道。

新生们已经开始在排练阅兵仪式上的大方阵，等过几天阅兵仪式结束，他们这一届新生的军训也就彻底结束了。

穗杏发现最近她总能碰上沈司岚。这次他是和张三学长一起过来凑桌的。张三学长话比沈司岚的另外两个室友多得多，刚坐下就对她滔滔不绝地说起来。

总体而言，以后她就是他张思睿的妹妹了，有问题随时可以找他帮忙。

穗杏是很感激张三学长的好意，但知道天上不会掉馅饼。她神色有些担忧地问道：“张三学长，你是不是被谁威胁了啊？”

张三立马摇头：“怎么会呢？我已经想好了，要以你哥哥为榜样，争取做得和他一样好。”

杭嘉澍傲娇地哼了声。沈司岚没说话，低头抿着筷尖儿，下颌微紧。

穗杏眨了眨眼，突然问：“拿我哥哥当榜样？”

张三点头：“是啊，我有——”

“信心”两个字张三还没来得及说出来，穗杏困惑地问：“他配吗？”

“啊？”

杭嘉澍笑着说：“张三，以后她就是你妹了，该打的时候千万别客气，好好教教她怎么做人。”

张三哪儿敢，但谁都不敢得罪，只好选择沉默。

吃完饭去还餐盘的时候，因为穗杏刚刚惹毛了杭嘉澍，所以他今天没帮她收拾餐盘，穗杏只好自己来。她鼓起勇气走到沈司岚旁边，状似不经意地问他：“学长，你也喜欢吃糖醋排骨吗？”

因为她好多次发现，沈司岚跟她打一样的菜。起初她以为是巧合，次数多了之后就很难不多想了。

“看你经常吃，”他答，“我觉得味道应该不错。”

原来他真的是因为她才吃的。穗杏顿时高兴起来：“那你觉得好吃吗？好吃吧？肯定好吃的。”

也不知道到底是不是要问他，反正就算他说不好吃，她也未必听得进去。因为她就认定糖醋排骨是好吃的。

沈司岚点了点头：“好吃。”

穗杏因为这句话高兴了整整一个下午。下午走方阵训练的时候，其他人都困乏难耐，恹恹的没什么精神，唯独她精神奕奕，又被张教官夸了几次。

为期半个月的新生军训终于落下帷幕。时间说难熬也难熬，说快也快。在最后一天的阅兵仪式结束后，新生们终于能脱下穿了半个月的迷彩服。

教官们从来都是偷偷离开。在阅兵仪式结束后，他们会悄悄集合，背上行囊坐上大巴，然后头也不回地离开。

穗杏她们几个鼓励王可慈去跟张教官告别。或许这次告别，就是这辈子他们最后一次见面了。

教官集合的大巴旁，性格文静的女生终于做了一次人生中最大胆的决定。她叫住了张教官，以三班全体同学的名义送了他一本相簿，里面都是军训时期他们的照片。

照片上有和其他班比唱军歌时大家铆着劲儿喊红了脸的场景；有小型文艺晚会上学生们推着教官上台唱歌，还嚷嚷着不许唱军歌，张教官只能唱了首《两只蝴蝶》的画面；还有阅兵仪式的前一天，张教官让他们好好表现，然后大家一起红了眼眶的照片。

这半个月无论是对教官还是对初入大学的学生们来说，都是无比美好的回忆。张教官咧着嘴笑得特别开心："谢谢。"

他的脸很黑，显得牙齿特别白，笑起来的时候有些傻乎乎的，却又透着爽朗帅气劲儿。

"我也有份礼物送你。"张教官说。接着他从包里掏出一串用子弹壳编成的风铃。

男人的审美很神奇，他可能是想做出彩虹的效果，用了五颜六色的毛线编织。他甩了两下，风铃叮叮当当地发出清脆的响声。

"在大学里好好念书，然后找个配得上你的男朋友，"张教官顿了顿，声音渐渐哽咽起来，"王可慈，你是个很好的女生，值得更好的男生。"

王可慈突然睁大眼，有些不可思议地看着他。张教官最后露出大白牙冲她笑了笑，对她说了声再见。

大巴缓缓驶离校园。他们直到见最后一面，也没有对彼此挑明想法，可挑不挑明，已经不重要了。

王可慈是哭着回到寝室的，手里攥着那串风铃。室友们担心得不行，以为是张教官说了什么过分的话。

"没有，"王可慈摇头，"我喜欢的人，真的是一个非常棒的人。"

穗杏被她手上的风铃吸引住视线，问："那是教官送你的吗？"

王可慈撇嘴："又不是什么值钱的东西。"然后她无比珍视地将风铃挂在了桌边。

每当坐在位置上，她都能看到它。

王可慈说，大学四年里，她一定要找个比张教官更帅、更有钱的男朋友，会送她更贵重的礼物。可她们都知道，不会再有礼物能胜过这一串由张教官亲手编织出来的子弹壳风铃了。

这丰富而充实的半个月，有人的恋情随着军训的结束化成云烟，有人收获了一大堆好友，大部分人终于借着这个机会适应了大学生活，意识到自己已经是大学生了。

穗杏在手机上和高中好友分享着提前到来的大学生活。她认识了三个性格各异的室友，室友们人都很好，她很幸运能和她们被分在一个寝室里。有两个室友在这短短的半个月里就陷入了爱河，其中一个人的爱情刚结束，还有一个人的尚未开始，目前只是在心底埋下了一颗小小的种子。而她似乎还停滞不前，还需要积攒很多很多的勇气，才能落落大方地站在他面前。

军训结束后的第一个周末来临。只有穗杏是本地人，周末可以回家，另外三个室友打算趁着周末去市中心逛街，临走前还问了穗杏不少问题，做了不少功课。

终于换上自己的便服，穗杏站在校门口等着父母过来接她。

没过多久，一辆崭新又有些陌生的轿车开了过来。她一开始还没在意，直到车子里的人摇下车窗喊她，她才发现这车是她家的。副驾驶座上的杭美玉笑着对她说："快上车，我们还要去研究院接你哥哥。"

穗杏坐上了车子后座。车里的内饰都是崭新的，空气清新剂的味道还没完全散去，这很明显是一辆新车。因为爸妈经常去外地出差，所以他们家原本有的那辆车也不常用，放在车库里积灰尘。

"怎么突然买新车了啊？"她问。

穗峥嵘说："你看这辆车好不好看？买给你哥哥的。"

车子是买给杭嘉澍的？她点了点头："这车是哥哥自己选的吗？"

"不是，"杭美玉说，"是我和爸爸自作主张替他买的。"

所以今天他们特意将车开过来，想看看杭嘉澍喜不喜欢。

车子开到研究院，杭嘉澍也看到了这辆新车，问了跟穗杏一样的问题。

穗峥嵘说这是送他的车。

"你有时不是要出去见客户吗？总坐地铁不方便，有了车，以后你往返学校也方便，还能节省时间。"

似乎是担心杭嘉澍认为他们自作主张，穗峥嵘的语气里带着些小心翼翼的意味。

杭嘉澍深深地叹了口气："我现在都自己开工作室了，如果真要用车我自己会买，真不用你们帮我买。"

杭美玉柔声说："嘉澍，你当初开工作室的时候，我们给你的创业资金你就没要，用的都是自己的积蓄，还去申请了学生贷款，再加上你那个学弟给的投资，工作室才开起来的。现在虽然小有成就，不愁没有项目接，可你还要拿利润去补之前的钱是不是？再加上你还要给你工作室的那些同学发工资，还要给股东分红，现在拿钱出来买车实在不是明智之举。所以你就别拒绝我和你爸爸的好意了，行吗？”

杭嘉澍抿唇，沉默良久，最后还是坚持道：“其实坐地铁也挺方便的。”

“嘉澍，你要是觉得我们是一家人，就不要跟我们说这些。我和你妈都是为你好，这件事就听我们的。这车你先收下，上牌和保险我已经帮你弄好了，至于每个月的保养费你直接把账单发给我就行。”

夫妻俩一柔一刚地劝说着，杭嘉澍很快没了招架之力。

“谢谢爸妈。”杭嘉澍最后说。

穗杏见事情似乎已经解决，挪了挪屁股坐到杭嘉澍身边，拉着他的胳膊说：“你有了车，以后就没借口再偷懒不接送我了吧？”

杭嘉澍没抽走胳膊，淡淡地笑了：“怎么感觉我有车了，得好处最多的反而是你啊？”

穗杏耸了耸肩，不可置否。

杭美玉调侃道：“等你哥哥找了女朋友，我看你还好不好意思当电灯泡。”

穗杏：“他能找到再说。”

“你哥哥长得这么帅，找女朋友有什么难的？”

“嘉澍，你明年都本命年了，怎么还没看你带女孩子回来给我们看啊。”

杭嘉澍笑说：“这么忙，哪有空找？”

杭美玉却不觉得这是个好理由：“再忙也得找啊，你陈阿姨每次见到我都要问你交没交女朋友，她想把侄女介绍给你。你要是不反感的话，要不我就替你答应陈阿姨？你跟她的侄女见个面聊一聊？”

“最近事比较多，我要真跟人姑娘谈恋爱了，可不得冷落她吗？到时候反倒耽误了人家找真爱，”杭嘉澍语气轻松，半点儿相亲的兴趣都没有，“你们就别替我操心了。”

穗峥嵘也劝：“嘉澍这才多大，你就想着给人安排相亲，让他自己找不行吗？等他有了喜欢的女孩子，他自然会去追的。”

杭美玉有些不甘心：“他都研一了，之前本科念了四年，不还是没找到入眼的？我们经常出差，穗穗年纪小还得麻烦嘉澍照顾着，他早点儿找个女朋友，平时学习工作不忙的时候两个年轻人还能去约个会，他一个人的时候也有个人陪着，这不好吗？”

女人说起大道理来一套一套的，穗峥嵘根本说不过她。他索性不帮着说话了，直接将皮球踢给了杭嘉澍："你自己跟你妈说吧。"

杭嘉澍抬手摁住穗杏的脑袋，像拍皮球似的晃了两下："这不是还有个能陪我的吗？我要无聊了找她就行。"

穗杏毫无灵魂地任由他摆弄。

"穗穗又不能照顾你。"杭美玉说。

杭嘉澍笑眯眯地说："找了女朋友不也是我照顾女朋友吗？那这样我宁愿照顾穗穗。"

这话说得很讨穗杏喜欢，她抿着唇傲娇地嗯哼了一声。

杭美玉叹气："你以为我不知道她好不好照顾吗？你找个女朋友至少比穗穗懂事多了。"

"有好吃的她就好照顾，"杭嘉澍冲穗杏眨了眨眼睛："明天我不用加班，出去玩吗？"

穗杏眼睛都亮了："嗯。"

话题轻描淡写地被杭嘉澍揭过。

"别惯着她，"杭美玉说，"她要是让你乱买东西给她，你就告诉我，我教训她。"

这就是穗杏不喜欢和妈妈逛街的原因。

有时候她想买些路边的小玩意儿，或是去超市时想多买点儿零食，妈妈都会以"买这个浪费钱"为由给驳回。

她和爸爸、哥哥一起逛街就没有这种烦恼。

杭嘉澍嘴上答应道："明白。"

但穗杏根本不担心的。

她还没有开通支付宝那会儿，就总是用杭嘉澍的号玩，有时候他的购物车里十几件东西，就那么一两件是他自己选的，剩下的全是穗杏胡乱添进购物车里的商品。杭嘉澍每天收的快递，有一多半是穗杏买的。

后来这事被父母发现了，兄妹俩一起挨了顿训，第二天穗杏就有了自己的购物号，且每月的零花钱固定不变。虽然在一定程度上实现了财务自由，可这么点儿零花钱压根不够花，她只好省着花，再也回不到当初能肆意挥霍的日子了。

车子开到家的时候，穗杏二话不说回了房，打算好好挑选明天出门玩要穿的衣服。

杭嘉澍回了自己的房间，写了张欠条给父母，上面写着车子的钱他会分期还给他们。

穗峥嵘没有要接的意思，直接说了句拿走。他说得坚定有力，没有给杭嘉澍任何犹豫的机会。

杭美玉也没接欠条，嘱咐道："车都送你了，哪还有还钱的说法？你赚的那些钱都好好存着，也少给你妹妹花。我一个月给她三千块钱的生活费怎么都够她用了。她要是跟你哭穷你也别理她，肯定是装的。"

杭嘉澍倒不怎么在意这个："都是些小东西，我给她买和她自己买都一样。"

"那什么几十块一小卷的破胶带也是小东西？她一买就是十几卷，买回来了又不用，我那天问她借想拿来贴个快递盒她都不给，就把那东西藏在抽屉里，有什么买回来的必要吗？还有那种黏黏糊糊的泥，也是几十块钱一盒，都不知道玩久了会不会中毒，这不是浪费钱吗？"

杭美玉说的那个手账胶带和史莱姆，杭嘉澍也不感兴趣，穗杏却很喜欢摆弄。小女生的爱好奇奇怪怪的，穗杏特别喜欢收集这些东西。

凡是爱好那肯定都是烧钱的，杭嘉澍年轻，比父母更理解穗杏的这种爱好。他知道杭美玉肯定不会理解，也不打算帮穗杏说话，直接点头说好。

刚刚坐在旁边听杭美玉抱怨的穗峥嵘一直没开口，因为他也是纵容穗杏那些奇奇怪怪的爱好的"帮凶"之一，所以聪明地选择保持沉默。直到杭美玉说完了，他才接着开口："存着钱等以后交了女朋友给她花。你没谈过恋爱不懂，要朋友这件事特别费钱，尤其是对男人来说。"

穗峥嵘一副过来人的样子。杭美玉睨了丈夫一眼，没说话。

杭嘉澍回房打算自己收好那张欠条时，正好碰上穗杏穿着裙子走出房间。小东西穿了件白色的连衣裙，肩带绑成两个大大的蝴蝶结，做作地冲他眨了眨眼："怎么样？我室友在网上帮我选的。"

之前军训的时候大家都是穿一样的衣服，现在换回了常服，她又刚进大学，打扮的心思只增不减，像所有年轻女孩儿一样不再满足于自己简单素净的模样。

杭嘉澍一个大男人又不好管她穿什么，但又实在不想每天大老远地跑到本部去陪她吃饭了。

他突然有了种小白菜不受控制，想要自己破土而出的强烈既视感。而杭姓农民只能眼睁睁地看着篱笆外的各种偷菜贼虎视眈眈地觊觎着他的菜地。于是他淡淡地说："穿的这是什么玩意儿？白不拉几的，奔丧？"

"……"

第二天，穗杏一觉睡到了十点半，醒来的时候父母都已经出门了。她本来想去叫杭嘉澍起床，因为知道这人比她还能睡。结果杭嘉澍早就已经站在玄关前，正在换鞋，手里还提着电脑包。

穗杏隐约猜到了点儿什么："你要去工作室？"

杭嘉澍看她醒了，表情有些尴尬："醒了？"

"你今天也要加班？"

"正在做的外链出了点儿问题，我亲自过去看看。"杭嘉澍低咳了一声，问她，"你不睡了？"

穗杏没理他，直接别过了头，肉眼可见地生气了。他试图和她商量："要不下礼拜？"

"下礼拜没空。"说完她淡淡地看他一眼，转身走了。

杭嘉澍穿好鞋子踩在鞋垫上，有点儿尴尬，现在的情况就是走也不是，不走也不是。他若走了吧，这小东西就不是一时半会儿能哄好的了。杭嘉澍呆呆地站了几分钟，穗杏嘴里含着牙刷又过来了。

"你怎么还没走？"

"马上就走。"

穗杏又没什么感情地看了他一眼，然后走了。

杭嘉澍抓了抓脸，最后掏出手机，打算给朋友们打个电话，看有没有人今天有空的。原本他是想找女生，在通讯录里翻了一圈，发现自己和上面的女生都不怎么熟。没办法，他打给了老侯，老侯没接电话，估计还在睡。之后他又打给了另外两个朋友，两个朋友今天都和女朋友有约，肯定不能带个小电灯泡在身边。

沈司岚估计是刚起来，说话声带着鼻音，懒洋洋地问："干什么？"

"你今天有空吗？"

"约了张三待会儿去吃海底捞。"

杭嘉澍不解地问："你干吗突然请张三吃海底捞？不对，你只请他吃不请你学长我吃？"

沈司岚不耐烦地打断了他的话："你有话快说。"

杭嘉澍打消了刚刚的念头，随口胡诌道：“哦，就是突然想叫你起床。”

那边的人沉默了两秒，丢了俩字：“有病。”

然后沈司岚挂断了电话。

杭嘉澍收好手机，发现不知道什么时候穗杏又站在了他面前。

这回她刷好牙了，手上拿着瓶牛奶，咬着吸管又问他：“你怎么还没走？”

杭嘉澍按了按眉心，说：“我真要去一趟工作室。”

“我又没说不让你去。”穗杏撇嘴，小声说。

杭嘉澍瞥她，有些好笑：“过个几分钟就来问我，你当我瞎？”

穗杏二话不说，直接冲过去抬脚狠狠地踩在杭嘉澍的鞋上。

杭嘉澍疼得嘶了好长一声。

“你——”他想骂她最后却没骂出口，毕竟自己理亏。

穗杏面无表情地道：“快滚。”

“……”杭嘉澍想着回来慢慢哄吧，然后打开门走了。

见哥哥真走了，穗杏这回是真的生气了，当即拿起沙发上的抱枕冲大门狠狠地砸了过去。

木着脸冷静下来后，穗杏又把抱枕捡起来放好。她瘫在沙发上，想着今天做点儿什么事来打发时间，是看最近新出的综艺节目，还是打游戏。

卧室里还挂着她昨天挑好的裙子。

当自己兴致勃勃地把穿的衣服都准备好了，甚至特意看视频学会了一款好看的编发，万事俱备时被人放鸽子，心里就会很失落，这种失落感甚至大于气愤。

想起刚刚听杭嘉澍打的电话，穗杏突然坐起来，对方和张三约了吃海底捞？

她突然被自己荒唐而大胆的想法吓到。

都不知道是不是那谁，而且市区内那么多家海底捞火锅店，她鲁莽地一个人跟过去，扑空的概率暂且不表，而且也太不矜持了，搞得像跟踪狂似的。

穗杏提醒自己赶紧忘记这个想法。

然后等到了午餐时间，她一边恨自己不争气，一边已经收拾好出门了。

市区内这么多家海底捞火锅店，穗杏选了家离清大比较近的。两个男人一起出来吃饭，怎么方便怎么来，应该不会特意去远的地方吃。她按照导航找到了这家海底捞火锅店。

火锅店在一个中型商场的五楼，五楼是商场内专门的美食楼层，周末人挺多的，不少餐厅门口排满了人，大家都在排队等叫号。

海底捞门口也是人满为患，穗杏拿了个号在门口坐着等，伸长了脖子往玻璃橱里瞧。人实在是太多了，她当然什么也没找着。

穗杏拆了包小零食吃，手机上扫码显示要排到她还得等半个多小时。实在是没事做，穗杏干脆预约了免费的美甲服务。她第一次做这个，也不太敢搞得太花哨，只让做美甲的小姐姐给她涂了层透明粉的甲油。穗杏的手本来就白，甲油上还有一层淡淡的亮光，衬得她的手更白了。

她觉得挺好看的。做美甲的小姐姐也说这个颜色很适合她。

她还拍了张照片发到了寝室群里："怎么样？"

孟老师："羡慕，果然手白涂什么颜色都好看。"

糍粑："好看，有点儿像桃子的颜色哎。"

有钱："看上去很好吃，我想吃桃子了。"

等终于排到穗杏后，服务员问她是不是一个人。听见她说是，服务员给了她一个意味深长的眼神。

一个人吃火锅也不好点太多，穗杏大多点了肉。反正她带了学生证可以打折，也不怕吃太好。等最喜欢吃的切片牛肉上来以后，穗杏几乎已经忘了自己来海底捞到底是干吗的。她现在已经饿了，满脑子想的都是赶紧吃饱。

牛肉入口，她完全忘了自己的目的。然而，生活玄学之一，一个人越想找什么的时候，就越找不着，等不想找了，要找的人或物就自己冒出头了。

沈司岚本来是从这条路经过去拿西瓜，结果看到个熟悉的身影正坐在位置上，一个人吃得津津有味。他出声："学妹？"

听到这个熟悉的嗓音，穗杏差点儿没被辣油呛着。她抬起头，看到沈司岚端着水果盘正看着她，赶紧放下筷子，小声地打了声招呼，"学长。"

"你一个人？"沈司岚问。

穗杏下意识地觉得不能说实话，而且被熟人撞见一个人来吃火锅，这也太尴尬了。他会不会觉得她性格孤僻交不到朋友啊？为免破坏自己在他心中的形象，穗杏选择撒谎："我朋友要晚点儿才到。"

然后她冲他笑了笑。

沈司岚看了眼她今天的打扮：白色的小裙子，肩瘦削白皙，蝴蝶结形状的两条肩带安静地垂在她的肩上。她好像还特意弄了刘海，鬓角边短短的小须调皮地卷曲着，长发松松地编成辫子搭在侧边，用来编发的发带上还坠着颗珍珠。小女生圆润粉嫩的指甲在餐厅光线不明显的情况下显得特别亮，非常嫩的粉色，很适合她。她不夸张却很吸引人的打扮，到处都是小心机。沈司岚不懂这些，但知道小女生这些精致的小装饰放在她身上的时候格外吸引人。

他收回视线，木着脸，没什么情绪地问："男的朋友？"

"啊？"穗杏被问住。她说男的还是说女的？

穗杏纠结这个问题半天后，服务员满面笑容地拿过来一只玩偶熊，替她回答了这个问题。

她不知道这只熊的性别是男是女，反正不是人。

"小妹妹，我给你找了个陪你一起吃饭的朋友，让它陪着你吃吧。"然后服务员将玩偶熊放在了穗杏的位置对面。

"……"

见沈司岚在旁边端着水果盘站着，服务员又贴心地问："请问怎么了吗？是不是西瓜不新鲜了？"

沈司岚："没有。"

服务员："那有需要随时叫我，祝您用餐愉快。"

穗杏尴尬得恨不得立即原地去世。

沈司岚似乎嫌她的求死之心不够坚定，想要再送她一程，拖着调子不怎么正经地问她："学妹，不给我介绍一下你的这位非人类朋友吗？"

他是故意的。男人甚至嚣张到连藏都不藏一下他眉梢眼底的笑意，明摆着是在故意逗她。

穗杏也倔，明知道自己已经被戳穿，还非要嘴硬地指着对面那只玩偶熊，一本正经地介绍起来："如你所见，我朋友是一只熊。"

沈司岚也点了点头："嗯。"

然后他一副"你继续扯，我看你还能扯出什么花儿来"的样子看着她。

早知道就不来了，穗杏泄了气，想一个人静一静。她不再理他，又自顾自地吃了起来。

沈司岚似乎也没有要走的意思，后来干脆悠闲地在她旁边坐下了。穗杏赶紧往里挪了挪屁股。

“你朋友不吃吗？”他问。

穗杏嘴里还含着肉，腮帮子略鼓，张口就来：“它减肥。”

沈司岚笑了下：“那还来吃海底捞？”

穗杏觉得今天的沈司岚好烦人。她已经完全忘记自己今天其实是变相地跟踪沈司岚过来的，侧过头有些不满地看着他：“它乐意。你管呢？”

沈司岚语气淡定地道：“我不管它，管你。”然后他起身，点了点桌子说，“过来一起吃。”

穗杏别扭地拒绝了：“不用了，我一个人吃挺舒服的。”

她说这话其实根本不是真想一个人吃，就是拉不下面子非要倔那么一下。如果沈司岚再多邀请一句，或是直接牵上她就走，这才是穗杏心里真的想要的结果。

但她绝不会承认，宁愿将这个念头埋在心底里，装作不知道。

但沈司岚在她拒绝后，真的走了。

她早该想到的。人家又不是没邀请她，是她自己作，非要争那一口气，后果当然也得自己承担着。但穗杏的心情还是很糟，即使拒绝的是自己，她还是有点儿生沈司岚的气。

他根本什么都不知道。

吃东西的心情已经没了，穗杏想回家了。

回家的念头刚生出来，过道上响起一个爽朗的声音：“哎，真的是穗学妹。”

穗杏一看，是张三学长，旁边是刚刚无情离去的沈司岚。两人后面跟着服务员，还推了辆送餐小车。都没有经过穗杏的同意，他们就过来和她一起拼桌子吃火锅了。

张三一坐下就开始寒暄：“学妹，你今天怎么一个人来吃啊？”

因为刚刚的阴影还没散，穗杏一时半会儿不知道该怎么解释。沈司岚轻描淡写地替她敷衍了过去：“她朋友减肥。”

穗杏看了眼被张三挤在角落的玩偶熊，有些心虚。

张三没怀疑，真的信了。他知道现在的女生为了减肥，毅力大得连“肥宅水”（指可乐）都能戒掉，少吃一顿海底捞还不是小意思？

“哦，那你怎么没叫你哥陪你过来？”

穗杏想到杭嘉澍就一肚子气，把杭嘉澍放她鸽子的事说了。

在旁边听着的沈司岚想起杭嘉澍今天上午给他打的那个电话，若有所思。

“学长也太无情了吧，居然为了工作连自己的亲妹妹都不管。”张三作为独生子，十分不理解杭嘉澍为什么能做出这种禽兽不如的事来，于是替穗杏愤愤不平，“我要是有个妹妹，别说周末陪她出来逛街，就是她要天上的星星，我也得想办法摘给她。”

穗杏不想要天上的星星，现在就想把肚子填饱。

张三又气又嫉妒，想不通为什么这个世界上大部分有妹妹的男人不知道珍惜妹妹，连杭嘉澍都有妹妹，而他这样一个温柔体贴的男人却是个独生子。上天简直不公。

“岚哥，回头你得好好说说学长，哪儿有这样做哥哥的啊。”

沈司岚眼睛都没抬一下：“你自己去说。”

“我哪儿敢哪，我又没出钱赞助他。你是他的金主，你说他他肯定不敢生气的。”

穗杏：“金主？”

张三见她对这个词有疑问，解释道：“你哥没跟你说吗？他开的那个工作室就是沈司岚出钱投资的。”

穗杏还真不知道。

工作室是杭嘉澍大三的时候开的，那时候她听爸爸和哥哥在书房谈话，说要开工作室什么的，爸爸说要给哥哥资金，哥哥没收，直接拒绝了，说是已经拉到了投资。

爸爸问杭嘉澍：“是哪家公司？回头买点儿礼品去向人道个谢。”

杭嘉澍说：“是个人投资，我的一个学弟。”

爸爸当时有些惊讶：“你学弟？他给你投资了多少？”

杭嘉澍说：“他说我缺多少，他就投多少。”

爸爸感慨着说：“那你学弟人挺不错的，都肯拿自己的积蓄出来投资你。”

杭嘉澍笑着说：“没那么感人，就是有钱大少爷对我的创业计划有兴趣，拿了些闲钱出来帮我而已。”

后来的穗杏就没听了。她当时对创业那些名字还不太懂，后来又听妈妈跟邻居阿姨夸杭嘉澍，说看别人家的孩子大学四年光想着吃喝玩乐，他们家的孩子还没毕业就想着创业了，之后还考上了研究生，积极又上进，做父母的当然得好好炫耀。

好像也就是从那个时候起，她哥哥就成了邻里竞相争抢的相亲好苗子。

穗杏问："那我哥的工作室在赚钱吗？"

张三笑了笑："赚啊。当初工作室刚开的时候，你哥天天上门去求项目，又是参加比赛又是交际应酬的，这两年下来，固定的客户源有了，还接了不少外包。最近有个特有名气的网络公司来找他做新的端游项目，我估计要是真成的话，可能有这个数儿。"

然后他用手指比了个七。

穗杏心想杭嘉澍可真能装啊，就这样还每天跟她抢零食吃。

"哎，岚哥，项目要真的成了，你们工作室会组织团建吗？如果真组织的话能不能叫上我啊？我愿意出报名费。"

"不知道，"沈司岚说，"毕竟杭总抠门。"

张三挠头："虽然我很崇拜学长的工作能力，不过当老总的还是别太抠门吧，这样不利于笼络员工啊。"

沈司岚挑眉："说得好，那不如你去跟他说？"

"那算了，我上学期去你们那儿应聘，连笔试都没过，哪儿敢说话？"张三顿时泄气了。

他和老祝从上学期开始就往杭嘉澍的工作室投简历，为了让简历看上去丰富些，他连自己大一的时候参加大学生广播体操比赛的事迹都写上去了。

那种长篇大论的简历，乍一看是挺满的，但仔细推敲，不少人正因为在专业方面没什么建树，才会一股脑地把那些和专业八竿子打不着边的人生经历都给填上去，懂行的人一看就知道这人在大学四年里到底有没有认真学东西。

杭嘉澍要能看上张三的简历，他的工作室也不会在短短两年内就做到这个地步。这话沈司岚当然不会跟张三说，只是委婉地提醒张三："有空多去学一门语言。"

张三一脸蒙："什么语言？日语还是法语？你们这么快就要往国外发展了？"

沈司岚连白眼都懒得翻。他不该指望C语言（一门面向过程的、抽象化的通用程序设计语言）编程水平还停留在 #include <stdio.h>（一个包含程序的基础命令）的人试图去理解他的话。

本来吃过饭后，沈司岚和张三是打算直接回学校的。俩大男人有什么街好逛的，还不如回寝室去王者峡谷（游戏地图）慢慢逛。但现在有了个意外，那就是他们还带着个小女生。

穗杏也知道自己有点儿碍事，主动提出要回家。

张三觉得今天难得有缘碰上学妹，就这么送学妹回家太可惜了。沈司岚则直接打了个电话给杭嘉澍。

杭嘉澍听到穗杏是一个人去吃海底捞的，有那么一瞬间甚至对自己产生了自己到底还是不是男人的怀疑："你们下午有安排吗？没安排的话就带她到处玩玩吧，看个电影什么的都行。她想买什么你们先替我垫上，回头我再把钱转给你们。"

沈司岚问："你妹平时喜欢去什么地方玩？"

"她？她很好哄的，你就是带她去两元店，她都能逛上半个多小时。要是实在没地方去，你就随便找个精品店，就装修得挺精致，卖小玩意儿的那种店，她能在那儿待上一下午。"

迷惑片刻后，沈司岚说："行吧。"

杭嘉澍又补充："要是她想往你头上夹那种娘里娘气的发卡，你一定要严词拒绝，绝对不要因为她跟你卖萌就心软答应，百分之百会被她拍下来拿来威胁你。"

"……"看来这人是有过相当深刻的教训。

挂掉电话后，沈司岚按照杭嘉澍说的，先带穗杏去看电影。

最近没什么好电影，他们随便选了部排片量比较高、能立马就进厅看的电影，沈司岚没有看电影的时候顺带吃东西的习惯，但看了眼正站在立式海报面前研究电影的穗杏，还是去买了份爆米花和可乐。

张三凑到他身边，暗暗地说："买大份的嘛，人家也想吃呢。"

"……"

沈司岚买了份超大的爆米花。

他拿给穗杏的时候，本来她是不接的，说自己不吃。沈司岚："你哥出钱。"

穗杏遂放心地收下了爆米花。

进了放映厅，两个大男人当然是让小女生坐中间的位置。沈司岚不吃爆米花，穗杏就把爆米花放在了她和张三学长中间的扶手上。

两个人你一口我一口地吃着。

偌大的放映厅光线幽暗，穗杏眼睛盯着屏幕，手机械性地往爆米花桶里伸。无意间抓到了张三学长的手，她赶紧松开，小声说了句对不起。张三也不介意，反倒跟她开起了玩笑：“我的手肉很糙的，没爆米花好吃。”

穗杏噗的一声笑了出来。

这一下反倒缓解了刚刚的尴尬，两个人时不时小声猜测电影后面会发生的剧情。

穗杏觉得肩膀突然被拍了下，侧头，看见了沈司岚被放映银幕映出模糊轮廓的侧脸。

“爆米花。”他说。

穗杏立马将爆米花双手捧给了他。

沈司岚丢了颗放嘴里，感觉太甜了，不过挺好吃的。

他吃了两口，也没见穗杏有再吃的意思。沈司岚晃了晃爆米花桶：“你不吃了？”

穗杏讷讷地说：“学长你吃就好了。”

沈司岚皱眉：“我一个人吃不完。”

“那好吧。”她伸手抓了两颗爆米花送进嘴里。

之后爆米花放在他们俩的扶手中间，穗杏的心思也不在电影上了，她盯着爆米花桶，确定沈司岚的手拿开后才敢小心翼翼地去抓爆米花，生怕不小心碰到他的手。

如果碰到的是沈司岚的手，穗杏怕自己一个激动把爆米花都给打掉在地上。

直到一桶爆米花被吃完了，也没再发生刚刚那种状况。

看完电影出来后，张三问穗杏电影好不好看。穗杏后半场的心思都不在电影上，她也不知道好不好看，只能心虚地说好看。

她突然想去洗手间，刚刚吃了一大桶爆米花，又喝了一大杯可乐。

趁着学妹去上洗手间的空当，两个大男人站在出口等她。张三问沈司岚：“岚哥，你觉得电影好看吗？”

沈司岚瞥他，冷声说：“你在旁边吵死了，我怎么看？”

张三委屈死了，明明他们之间还隔着个穗学妹，他怎么还能吵到岚哥？而且穗学妹也没说他吵啊。

从电影院出来后，三个人经过一家精品店，穗杏也不敢说自己喜欢去那儿逛，只能留恋万分地看了一眼，没出声。她决定下次和室友们来逛。

结果沈司岚却往里走去。

张三有点儿震惊：“岚哥，你……？”

岚哥什么时候喜欢逛这种店了？

沈司岚：“随便看看。”

张三内心充满了疑问，但也不敢说，也不敢问。

沈司岚这个反常行为却意外地遂了穗杏的心，她乐颠颠地跟着他进去了。

穗杏喜欢逛精品店的小女生本性是异性无法理解的，但喜欢逛精品店的其他同性小姐姐很理解，所以周末的精品店里，到处都是和朋友一块儿来逛的年轻小姐姐。

男人在里面显得尤为突出。

就连张三都有点儿不好意思，“母胎单身”（网络用语，指从出生起一直处于单身状态的人）的直男从没来过这种地方，站在这里头的尴尬程度直逼待在内衣店里。

他都不知道岚哥是怎么忍受这种情况的，尤其是他看有几个妹子“想上去要微信”的眼神都快黏在沈司岚身上了。沈司岚权当没看见，双手插兜地跟在穗杏身后。

张三突然又佩服起沈司岚了。

虽然这人总是一张死人脸，但在这种情况下，他的死人脸还能维持得如此轻松，也是一种相当牛的能力。

穗杏很喜欢逛饰品这块区域，展示柜的灯光将这些饰品照得很漂亮，在光下亮晶晶的，很戳小女生的心。

张三也凑过来，一副发现了新大陆的样子：“这些东西还挺好看的啊。”

当女生就是好，还有这么多漂亮的小玩意儿可以往身上戴。

“哟，这还是个皇冠呢。”

张三拿起一个镶满了水钻的小皇冠，那水钻特别闪，一看才二十几块钱，顿时震惊了。

这么多钻石只卖二十几块钱吗？这家精品店的老板真的不会亏钱吗？

他一方面心疼精品店老板，另一方面又暗骂珠宝店真是赚钱啊。

“学妹，这是戴头上的吗？”他问。

穗杏说：“嗯。”然后她将齿梳的那一端对着张三，“学长，你想戴吗？”

张三扭捏了几秒，弯下腰：“既然你都这么要求了，那我就戴戴看吧。”

看他戴上后，穗杏眼睛弯成月牙：“好看。”

张三照了照镜子，有点儿不好意思，同时又觉得新奇。

听到学妹夸他好看，他的自信突然就上来了，越看镜子里的自己越觉得好看，自信心膨胀到无限大的张三转头冲沈司岚比了个 wink（眨眼）：“岚哥，我美吗？”

“……”沈司岚别开眼，一言难尽。

之后奇怪的开关被打开了，穗杏开始给张三挑各种小饰品往他头上戴。张三也不拒绝，突然幻想起等自己以后结了婚，生个女儿，就带她来精品店玩，随便她怎么玩，只要能看到小公主开心的笑容，他做什么都值。

沈司岚在身后看着这两个人玩得不亦乐乎，脸色越来越臭。

有两个女生经过这片区域，也看到了兴致勃勃的穗杏和张三。

一个女生羡慕地叹了口气：“这个妹妹的男朋友好宠她啊。我男朋友从来不让我往他头上戴这些东西，说太娘了。”

另一个女生也叹气：“我也想玩男朋友的头，不对，我没有男朋友。”

“……”

直到张三头上戴不下东西了，他才后知后觉地意识到自己的头好像被学妹当玩具玩了。他说戴不下了，可是穗杏手里还拿着个小樱桃的发饰想给他戴。张三突然冲她指了指沈司岚。

“学妹，你去玩他的头。”张三看热闹不嫌事大，怂恿穗杏，“你沈学长长得比我帅，他戴这个东西肯定比我好看。”

穗杏看着沈司岚，咽了咽口水。虽然坏念头在心中蠢蠢欲动，可她并没有那个胆子得罪沈司岚。她怕惹他生气，而且，她不敢……

被冷落了好半天的沈司岚抿着唇，垂下眼皮，纤长的睫毛抖了抖，慢吞吞地将头别到了一边去。

穗杏摇了摇头：“我不玩了。”她放下发饰，准备去别的地方玩。

张三对着镜子正把自己头上的饰品一个个取下来。

穗杏又走到卖钥匙扣的这片区域，她家很早就换了密码锁，所以已经没有这种买好看的钥匙扣用来挂钥匙的乐趣。她本来正在玩钥匙扣上的小铃铛，眼前突然被递过来一个东西，是刚刚被她放下的小樱桃发卡。

穗杏眨了眨眼，仰头看着这个给她递发卡的人。沈司岚一张好看的脸绷着，脸色有些阴沉，扶着膝盖冲她弯下了腰。

穗杏盯着他漂亮的发旋，好半晌也没领会到他的意思。他见她没动作，又抿了抿唇，沉着声音明示她：“戴吧。”

穗杏以为自己听错了，退后两步，小心翼翼地看着沈司岚。

“学长你也想戴？”

“你不是喜欢这么玩？”

穗杏讷讷地说：“刚刚已经玩够了。”

沈司岚直起腰看着她，眼皮低垂，皱着眉，脸色比刚刚更差了：“难道张思睿戴这个比我好看？”

这是给女孩子戴的，他纠结好不好看有意思吗？穗杏不想得罪他，既然他说要戴那就给他戴好了，于是她小声说：“那学长你再低一下，我帮你戴上。”

“嗯。”沈司岚低应了声，顺从地又弯下了腰。

穗杏用发卡别住了他额前的短发，沈司岚没急着站直，小幅度地抬了抬头，和她的视线撞了个正着。

他问：“好看吗？”

穗杏看着他的脸，几乎没有任何犹豫地点头：“好看。”

沈司岚的心情似乎比刚刚好了点儿，他取下发卡随意地替她别上了。

这种东西果然还是适合小女生。她穿着白裙子，樱桃发卡是红的，就像用奶油裹着色泽娇艳的红樱桃。不经意间，男人瞥见她樱桃色的嘴。

他微抿嘴角，迅速敛起眸间神色，直起身偏过了头。

穗杏随便挑了串钥匙扣，用手指卷着上面的链条把玩，链条都快纠成团，手指也没有停下的意思。

“学妹你要买钥匙扣啊？”张三总算将头上的东西都取了下来，一一放好后，这才跟了过来。

听到张三学长的声音，穗杏突然松了口气，将手中的钥匙扣递给张三看：“这串好看吗？”

“好看啊，你们女生用的东西都好看。”张三笑嘻嘻地说。

看着琳琅满目的钥匙扣，张三打算也买串新的，用来穿寝室钥匙。

穗杏的心跳逐渐归于平静。她偷偷瞄一眼沈司岚，又很快收回眼神。

结账的时候，穗杏挑了几支新色的吴竹笔。

负责收银的小姐姐问她：“你头上那个发卡要吗？”

穗杏这才想起刚刚沈司岚替她别上的樱桃发卡还没取，赶紧取下，捏了捏冰凉的树脂樱桃，递给小姐姐：“要。”

“这个是按对卖的哦。”小姐姐又说。

穗杏这才想起她是拆了一对儿樱桃发卡，说：“那我去把另外一只也拿过来。”

等她拿着另一只发卡回到柜台边时，负责替她收银的小姐姐已经在帮另外的客人结账了。

张三在队伍外冲她招手：“学妹这边，已经帮你付好了。”

穗杏跑过去，沈司岚将装东西的小袋还给了她。她掏出手机想要把钱转给沈司岚。

他解释道：“你哥出钱。”

穗杏也就不再要求自己付钱了。

逛完精品店，张三似乎对这种女生喜欢进出的店面有了兴趣，主要是好看的东西谁见了也觉得赏心悦目，陪着小女生逛来逛去，虽说是在浪费时间，却也乐在其中。

商场里的商品种类很齐全，拥有各种大大小小的品牌店面。穗杏没和除了家人之外的异性出来逛过街，今天还是第一次。

沈司岚一直没怎么说话，单手插兜，总低着头看手机。穗杏跟在他身后，始终不敢上前。

幸好张三学长话多，一个话题聊完后，立马又会进入新的话题，他说的都是些学校的趣事，穗杏作为新生听得津津有味。

后来又经过一家女装店，穗杏没有买新衣服的打算，倒是张三来了兴致，说要进去看看。

穗杏总觉得张三学长其实就是想去女装店逛逛新鲜，但他一个大男人又不好意思进去，正好今天和她一起逛，就不怕进去的时候被人用异样的眼神打量了。

走进去看见各式各样的女装，什么颜色都有，什么款式都有，张三这回是真的羡慕了。做女生真幸福。张三平时挺糙的，他们寝室就他和老祝是糙汉，穿的衣服淘宝几十块包邮搞定，舒服又耐脏。小侯钟爱运动品牌的衣服，有时候也会狠下心来买限量款服装。

而沈司岚就完全不同了。同寝几年，这位是有钱人家的少爷没跑，但少爷家到底是做什么的，他到底是“富几代”，他们就看不出来了。毕竟大学里又不开家长会。

三个人进了女装店，糙汉的眼光也精致起来了。

“学妹，要不你挑几件衣服试试吧？”张三提议。

穗杏不太情愿。和两个学长来逛女装店也就算了，还放着他们自己去试衣服，她做不出这种事来。

张三拿起一条小裙子：“你试试这件？”

穗杏撇嘴：“我不想试。”

“你不喜欢吗？我觉得挺好看的啊。”张三摸了摸裙摆的雪纺，又打量了一眼上面的绣花，花花绿绿的特好看，仿佛一年四季都绣在上头了。

穗杏摇头，不愿意配合。张三有些失落，难得陪小女生来逛街，也想体会一把这种替女生挑衣服的感受。但他也不好勉强穗杏试穿，只能遗憾地将小裙子放了回去。

“哎，学妹，你看那条裙子好不好看？”他很快又看中了另外一条。

穗杏没跟上，后怕地绕过展示橱躲到另一边去了。

张三左看右看：“学妹？学妹你人呢？”

穗杏躲在一旁，有些无奈地摸了摸鼻子。

“你躲什么？”刚刚将这两个人你进我退的对话尽收耳底的沈司岚抱胸看着她。穗杏趁张三选衣服的时候藏起来时，沈司岚收起了手机，跟着她一起绕到这边躲了起来。

穗杏有些为难：“我不想试张三学长选的那条裙子。”

“不喜欢？”

穗杏点头，犹豫半天，最后特别小声地说：“我觉得不好看。”她爱美，不好看的裙子连试穿也不愿意。

“……”沈司岚也不知道该说什么。

穗杏觉得这么评价张三学长的眼光不太礼貌，闭嘴不敢继续说了。

“你要不要试试这条看看？”穗杏正担忧间，听到沈司岚问她。她抬起头，就见沈司岚正指着他旁边的衣架上挂着的一条裙子。奶黄色的连衣裙，剪裁和走线很精致，没什么花样。

穗杏的脑子空白了片刻。谁能想到沈司岚居然也会给她挑裙子？

沈司岚看她又没反应，放下手，没什么表情地说：“不想试就算了。”

“没有。”她赶紧说，然后走过去将裙子取下来，头也不回地往试衣间走去。

又看到这家店里不少好看的小姐姐都在选衣服，穗杏回头看沈司岚，正好他也没从她身上收回视线。

沈司岚就看到她又折回来了，然后将身上的斜挎小包摘下来递给了他："帮我拿。"

反应过来后，男人接过了小包。穗杏抱着裙子钻进试衣间，得逞地扶着门傻笑了半天。

站在试衣间外等人的沈司岚看到张三找了一圈没找着人，又找回来了。

"岚哥，你看见学妹了吗？"

沈司岚用下巴指着试衣间："里面。"

"她不是说不试吗？"

沈司岚淡淡地说："不试你给她挑的而已。"

张三受伤地说："她不喜欢我给她挑的裙子？"

沈司岚觑他，一脸"这还用说"的表情。

"行吧，看来是我不懂她们小女生的喜好，她自己挑也好。"张三还挺乐观的，很快就想通了。

沈司岚轻描淡写地补充："我给她挑的。"

"……"要不是打不过，张三那句"你嘚瑟什么"就脱口而出了。

试衣间里就有大镜子，换好裙子后穗杏对着镜子打量了好久，迟迟没出去。她不知道为什么，特别紧张，有点儿不敢穿出去给他看。对着镜子深呼吸了好几次，穗杏双手握拳，鼓起勇气走了出去。她从来没这么紧张过，双手藏在背后，十根手指都拧在了一起，脚尖擦着地板，两只脚都不知道该往哪儿放。

张三毫不吝啬地夸赞道："漂亮。"

穗杏不好意思地笑了笑，有点儿期待地看向沈司岚。沈司岚怔了下，侧过头，又将视线放在了店里其他挂出来的裙子上，说："再试试别的。"

穗杏愣愣地道："哦。"

是她穿这条裙子不好看吗？她有点儿没自信了。

这之后，穗杏就沦为试衣模特了。她已经试累了，但看着沈司岚好像完全没有要停下的意思，各种款式、各种颜色的裙子都给她挑了一条。

趁着穗杏去试衣间，张三摸着下巴，突然感叹："我好像明白为什么女孩子喜欢给娃娃换衣服了。"

沈司岚没理他，坐在休息椅上心无旁骛地看着手机。

其间有几个女生想凑上来搭讪，他连头都没抬一下，手指悠闲地绕着穗杏包包上的链条把玩。女生们悻悻离去。

天色渐晚，杭嘉澍忙完事了，开车过来接穗杏回家。

接到杭嘉澍的电话后几分钟，三个人乘电梯下楼，出来的时候杭嘉澍已经在一楼的公共长椅上坐着等他们了。

穗杏刚看到杭嘉澍就冲他跑了过去。杭嘉澍嫌弃地后退了几步：“别过来，我承受不起你的体重。”

穗杏停在半路，幽怨地瞪了他一眼。他笑着走过去，一把摁住她的头：“败家子都买了什么？”

穗杏把手里的袋子扔给了他。杭嘉澍打开看了眼，有点儿惊讶：“今天挺克制啊。”

穗杏又把包也扔给了他，直接说：“我饿了。”

“行，请你吃饭，”杭嘉澍熟练地拎过她的包，又问另外两个人，“晚上有安排吗？没安排一起吃？”

周末的晚上他们能有什么安排，而且听杭嘉澍这语气就知道晚上肯定是他请客。

几个人打算晚上换个地方吃。出来后刚看到杭嘉澍的车，张三最先出声：“学长，你居然舍得买车了？”

杭嘉澍边解锁边说：“家里送的。”

“那干吗不让你爸妈早点儿送你，还难为你有时候得挤地铁。”

杭嘉澍嗤道：“早点儿送就能早点儿让您坐上顺风车是吧？”

张三赶紧说：“你这么想我就很伤我的心了。”

穗杏坐在副驾驶座上，逛了一下午双腿终于得到解放，浑身轻松，靠着椅背很快闭上了眼，没过多久呼吸就平稳了下来。

杭嘉澍趁她睡觉，透过后视镜问后座上的两个人：“下午我妹买东西谁付的钱？我转过去吧。”

张三指着沈司岚：“岚哥付的。”

“多少钱？”

沈司岚：“算了。”

“你就说多少钱吧，不都说好了我转给你？”

“不用了。”

杭嘉澍吊儿郎当地说：“咱们沈少爷果然财大气粗啊，这点儿小钱都看不上。”

沈司岚皮笑肉不笑地道："你要实在想给钱我也收。"

"多少？"

"一百万，"沈司岚挑眉，还体贴地让他自己选择付钱方式，"你看是刷卡还是付现金？"

"我有一百万现金先砸死你算了。"杭嘉澍恨声说。

穗杏是在车上醒来的。她醒过来的时候下意识地看了眼车窗外的景致，发现已经在自家小区楼下了。

"懒猪，舍得醒了？"

她转过头，看到杭嘉澍正坐在主驾驶座上拿手机玩游戏，发蒙地问："不是说去吃晚饭吗？"

"你睡得跟猪似的，还吃什么饭？我开车送沈司岚回了家又送张三回了学校，现在开回了咱们家你才醒过来，你怎么这么能睡呢？"

穗杏一下就不高兴了，把气都撒在了杭嘉澍身上："那你干吗不叫醒我？"

杭嘉澍哭笑不得地说："我好心让你多睡会儿，你不感谢我就算了，反倒怪我。你有没有良心？"

穗杏表情闷闷的，不说话。杭嘉澍伸手在她面前打了个响指："下车，回家让妈给你下面吃。"

穗杏不情不愿地下了车。杭嘉澍锁车门的时候，兜里的手机响了起来。他接起电话："你到家了？"

电话那头的沈司岚说："到了。"

"行，那明天学校见，"正要挂电话，杭嘉澍又突然问，"你明天不是有课吗，怎么今天晚上突然要回家睡？"

"我弟弟过来了。"

杭嘉澍："你那个堂弟？"

"嗯。"

"那你有的忙了，照顾小孩子可不是什么轻松的差事。"杭嘉澍同情地说。

而此时，沈司岚刚回到家，看到堂弟沈司岑正坐在客厅沙发上玩游戏："你明天不用上课？"

沈司岑的注意力还在屏幕上，听到哥哥问他他才分了点儿心出来回答问题：“家庭老师请假了。”

“我说的是幼儿园。”沈司岚补充。

沈司岑奶声奶气地解释：“爷爷想我陪他，替我请了一学期的假。我住在港城，老师来家里给我上课，”消灭了几个‘小怪’（游戏术语，被玩家攻击的角色）后，他又转头问沈司岚，“爷爷还让我问你什么时候回港城看他？”

“国庆回去一趟。”沈司岚说。

说着，浑身雪白的博美狗凑过来亲昵地蹭了蹭他的脚，又围着他转了好几圈。这间房子他不常住，偶尔堂弟会过来玩，他和堂弟都不在家的时候，会有专门的人过来照顾狗。沈司岚蹲下身，摸了摸狗狗的头。感受到主人的回应，狗狗汪汪叫了两声。

“你给 Snowball 喂东西了吗？”

“喂了罐头。”

沈司岚嗯了声，打算回房间休息，走了几步后似乎想起了什么，漫不经心地问道：“下午有人送东西过来吗？”

“有，我放在你的桌上了。”

男人看着沙发上还在打游戏的弟弟，若有所思。沈司岑感受到哥哥的目光，问：“干吗啊？”

沈司岚抿唇，然后沉声问：“你打开没有？”

沈司岑说：“没有。你买了什么啊？是买给我的礼物吗？是吃的吗？”

“不是。”

“那你买了什么？还用蝴蝶结系着，是送给别人的礼物吗？”

“不是。”

沈司岑睁大了眼：“你给自己买的吗？”

“有问题？”

并不想再应付堂弟的问题，沈司岚索性回房。沈司岑突然在他背后大声问：“哥哥，你什么时候喜欢穿裙子啦？”

“……”所以他果然打开看过了。

小家伙机灵得很，见哥哥没理他，也不玩游戏了，干脆跳下沙发，跟在哥哥的屁股后面问东问西：“是礼物吧？是送谁的？我看那些裙子都好漂亮啊。

“是送给我妈妈的吗？还是司岸哥哥的女朋友？

“哥哥，你怎么不理我？”

男人突然转过身，用手指点住了小家伙的额头：“沈司岸有女朋友了？”

沈司岑眨了眨眼：“他说有。”

沈司岚轻嗤：“他说有你就相信了？”

“司岸哥哥是骗我的？”

“一厢情愿地送上门，人家还不要，你说呢？”沈司岸是沈司岚和沈司岑的堂哥，表面上纨绔妄为，背地里死皮赖脸，为了追女朋友，什么招数都使得出来。沈司岚端方高洁，优雅出尘，当然看不上他堂哥的那些手段。

沈司岑听不懂，睁着迷茫的大眼睛看着沈司岚。

嘲讽就此打住，再多说不利于幼稚园儿童的身心健康成长，沈司岚没再继续说，回房关上门做自己的事。

没过多久，沈司岚拿好换洗衣服准备去洗澡，经过客厅时又碰上了沈司岑：“干什么？”

“我刚刚打电话给司岸哥哥了，”沈司岑说，“他让我转告你，送上门也总比连门都不敢上的男人更像个男人。”这句话挺绕口的，好在小家伙聪明，因此表达得很清楚。但具体这句话是什么意思，他就不知道了，只负责转达。

沈司岚拧眉：“你跟他说什么了？”

“没说什么啊，就说你买了裙子放在家里。”

“……”他这还叫没说什么？

沈司岑求知欲很强烈：“哥哥说门都不敢上是什么意思啊？你们是要去谁家做客吗？”

沈司岚冷冷地呵了一声：“不知道。”

然后他摆手赶人，让沈司岑别继续挡路，妨碍他往浴室走。沈司岑不服气，又偷偷溜到哥哥的房间里，想再看看那些裙子找些线索。沈司岚已经将礼盒都收进了柜子里。这看起来真的不是哥哥自己买来穿的，沈司岑回想着下午时以为盒子里装的是巧克力而激动地打开盒子时的情景。蛋挞色的裙子，看起来就很好吃。还有樱花奶冻色、抹茶奶盖色，很多好吃的颜色，这些颜色用来做裙子，如果是漂亮的姐姐穿上，一定会漂亮得让人挪不开眼。

沈司岚洗完澡出来时，沈司岑总算肯乖乖地回房间睡觉了。头发还有些湿，沈司岚没急着上床睡觉，拿起挂在衣架上今天穿过的衣服准备去洗。将衣服丢进洗衣机之前，沈司岚习惯地掏了掏兜，掏出一对樱桃发卡。

他愣怔片刻后，将发卡捏在手心里。再冷静自持的人也不可能永远保持神思清明，有时候也会犯糊涂，买一些压根用不上的东西回来。其实这种由工厂批量生产出来的发卡根本没什么特别之处。特别在哪里，他才会一时心热买回来？

男人抿唇，突然对自己莫名的行为感到烦恼，眼皮微垂，漂亮的眼眸一眨不眨地盯着手中的发卡，眼神渐渐飘忽不定起来，最后慌张地将发卡收进衣兜里。

周一如期而至，和高中截然相反的专业性课程引起了大一新生们很大的兴趣。第一节C语言上机课，电脑课不再是他们用来玩扫雷和三维弹球的休闲课程，而是真真正正成了必修课程之一。

穗杏有编程基础，上机第一课对她来说很简单。C语言就是从那句“Hello，world”（你好，世界）开始，提取头文件之后输入main函数（主函数），用printf函数（输出函数）输出最简单的显示命令。教科书上写的就是那串英文，对学习相关专业知识的人来说，这串英文意义非凡。当有人敲完这几行代码按下运行键时，屏幕上会弹出一个小窗口，上面显示着刚刚在printf括号后输入的文字内容。

很多人没有打那串英文，而是输入了各种千奇百怪的内容。比如穗杏兴致勃勃地利用空格代码，算好字符距离，画了一颗心。在心的中间，她先是写上了自己的名字缩写，第一次显示出来的是一颗各点参差不齐的爱心，里面是字母“SX”（穗杏的拼音首字母）。后来她又将自己的名字缩写改成了“SSL”（沈司岚的拼音首字母）。字母刚显示出来的时候，穗杏被自己的幼稚行径肉麻到，有些不好意思地咬了咬下唇。

孟舒桐恰好探头过来：“穗穗，我看看你写了什么。”

穗杏手忙脚乱地关掉了小窗口，结结巴巴地说：“我还没写好。”

“你这么慢？”孟舒桐指了指自己的电脑屏幕，“你看我的。”

穗杏凑过去看了眼，是：“I love PYW（我爱裴燕闻）。”这话比她的露骨好多，穗杏顿时觉得自己好矫情，却又怎么也猜不到这是哪个名字的缩写：“这是谁啊？”

孟舒桐似乎就等着她问这个问题，兴致勃勃地说：“裴燕闻。”

“谁啊？”对方说了名字穗杏还是不认识。

“你当然不认识，他是政法学院的老师。”孟舒桐说。

“老师？”穗杏睁大了眼。

孟舒桐撇嘴：“恰好是老师而已。”

这才开学两个星期，选课程序都还没开放，新生们连自己的专业老师都没见全，谁会特意去认识其他学院的老师？穗杏问：“你见过他吗？”

“见过啊，就是那天我们去美食街吃夜宵的时候，你记不记得我弄脏了一个男人的衣服？我听到有人叫他裴老师，就去学校官网下的每个学院教职工名单里找。功夫不负有心人，我终于找到了他。”

穗杏被孟舒桐的毅力折服。孟舒桐问她：“穗穗，你愿意陪我去政法学院蹭课吗？”

“……”她不愿意。

政法学院的课听着就无聊，穗杏感觉比他们计算机学院的课还枯燥。她忙拉出其他两个室友当挡箭牌：“糍粑和有钱她们呢？”

“她们不愿意啊，还劝我别太冲动，说我因为这种不现实的一见钟情行为就浪费时间去蹭课，不值得。”孟舒桐凑到穗杏耳边轻声说，“她们根本不懂。我们每天都会遇见那么多人，和无数人擦肩而过，可只有那个人刚好长成了我喜欢的模样，被我喜欢上了，这怎么能说是一见钟情呢？这难道不是命中注定吗？”

这是典型的唯心主义理论。但穗杏心弦微动，认同了这条理论：“我陪你去。”

孟舒桐恨不得亲她两口：“爱你！”

“记得把显示窗口截图上传到作业里，这个也算是一份课堂作业哦。”最前排的老师突然出声提醒。

穗杏和孟舒桐赶紧将刚刚打在屏幕上的字串老老实实地改成了“你好世界”。

有了能够理解自己这来得急切又热烈的情愫的人，孟舒桐似乎在很多事情上找到了倾诉对象，总是用手机给穗杏分享一些东西。刚下课，她就迫不及待地向穗杏分享了一段视频，是视频网站上的影视混剪视频。

孟舒桐最近很喜欢刷这种视频。当陷入单恋时，人就很喜欢在别的地方寻求这种认同感，那种酸涩又挠心的情感，总是需要找到一个宣泄口，给不可言说的隐秘心事找个安放的小屋收藏起来。那些从影视剧中剪出来的恋爱画面就是很好的去处。暗恋、单恋、青春往事和分手，都是永不会让人觉得厌烦的主题。

混剪视频被各色弹幕填满，大多是胆小鬼们鼓起勇气发出来的话："××，我喜欢你。"即使被发现的概率很低，可还是怕心底的那个人看到，他们打的大多是名字缩写。喜欢的那个人的名字缩写，或许是每个曾经陷入感情旋涡的人最熟悉的表白方式。陷入暗恋的人连想到喜欢的人的名字都会觉得心底滚烫，每一笔似乎都在挑战自己的心跳极限，换上这种含蓄的表达方式，心脏的负担也许没那么重。那是不知在纸上写过多少遍，不知在键盘上敲过多少遍，并没有文在身上，却刻进心里的名字缩写。

"SSL，我喜欢你。"这条弹幕和无数条弹幕一起充斥在这个视频当中，不会有人知道，包括他。

视频的背景音乐是《夏天的风》："温柔懒懒的海风，吹到高高的山峰，吹成我山风。"

一如不久前的夏天，山风吹过，拂过麦穗细软的腰肢，吹熟了麦粒，也带来了悸动。穗杏将视频添加进了收藏夹。从此以后沈司岚多了个她为他起的名字：沈山风。

刚开学半个月就是国庆假，新生们刚熟悉校园，就又要放假了。四处可见笑容满面的人，还没放假大家就已经开始商量着国庆假要怎么安排了。穗杏却不怎么高兴，看她的表情，好像并不怎么期待国庆假期。

杭嘉澍用筷子敲了敲她的盘子："板着张脸干吗？谁惹你生气了？"

穗杏没什么情绪地看他一眼，又低下头去。

"小东西还有心事了哎，来，跟哥说，哥帮你分析分析。"杭嘉澍突然压低声音，嘴角露出坏笑，"是不是胖了？"

穗杏抬起筷子就要戳他。

杭嘉澍笑得特别开心："哎哟，猜中了？"

"没有！你能不能别说话？"穗杏斜睨他，一脸嫌弃。

杭嘉澍满不在乎地耸肩："行，食不言，那你自己去打排骨。"

穗杏起身，不屑地看着他："自己打就自己打，你以为这能威胁到我？"

杭嘉澍一点儿也没生气，反倒挺高兴地看着她："哎，你都不怕被人插队吗？"

穗杏不解："会有人这么没素质吗？"

"不是、不是，"他接连否认了两次，痞里痞气地说，"你长得这么矮，就算排在那儿别人也看不见啊，不就插到你前面去了吗？"

"……"

杭嘉澍装模作样地学起她平常撒娇的语气，嘟着嘴巴说："到时候又过来求我，'哥哥，我打不到排骨，你帮我打咯'，肯定是这样。"

学完他自己先笑了起来，狭长的眸子眯成狐狸的模样。

穗杏气得七窍生烟，恨不得将餐盘整个扣到他的头上。不能浪费粮食，她在心里劝自己冷静，这时候最好的办法就是不理他。她转身去打排骨，看都不再看他一眼。

果然，穗杏不理杭嘉澍，杭嘉澍就自己跟了过来："生气了？"

穗杏当他是空气。

"真生气了？"他又问了好几次，穗杏都没理他。

杭嘉澍这才意识到后果有点儿严重，放柔了语气哄她："哥哥跟你开玩笑的啊。"

穗杏恶狠狠地推了他一把："走开！"

杭嘉澍微愣，终于有点儿慌了。他抬起头，刚好看见熟人，想也不想就冲那人喊："沈司岚。"

杭嘉澍已经习惯在这个窗口找到沈司岚了。换句话说，那就是只要来这个食堂，他就知道一定能碰见沈司岚。

穗杏愣住，因为听见这个名字，怒气神奇地消了大半。

沈司岚从队伍里走出来，看着兄妹俩淡淡地开口："又吵架了？"

杭嘉澍眼神游移："说她矮，她生气了。"

穗杏不满地瞥了他一眼。就因为刚刚杭嘉澍说她矮，她本来没觉得自己矮，这会儿真的觉得自己矮了。小女生的心思很敏感，一个小小的点就能戳到喜怒哀乐的开关。她才不在乎杭嘉澍的看法。

穗杏端着盘子小心翼翼地凑到沈司岚身边，叫他："学长。"

沈司岚歪头看她："怎么？"

"我真的矮？"她的语气很沉重。穗杏真的很在乎沈司岚的答案。

沈司岚被问住，想了会儿，说："你还会长高的。"

他这几乎是变相地在安慰她。穗杏泄气地道："那我要是长不高了呢？"

"没事，"他语气平静地道，似乎很包容她的这个烦恼，"我高就行了。"

"……"你再高那也不是我的身高啊。

虽然不明白沈司岚的意思，但起码他并不介意身高这个事，穗杏放心了。杭嘉澍又好言哄了几句，她虽然还板着脸，但愿意说话了。

哄好了人，杭嘉澍总算可以放心吃饭了。他随口问沈司岚道："放假有什么安排？"

"去港城。"

"真有安排？我本来还想邀请你国庆一起加班的。"杭嘉澍颇为可惜地说。

沈司岚意有所指道："看来这个项目你是真上心。"

工作室现在接的是某个国内大型游戏公司的新手机端开发项目，这款新端游的前身是一款古风网游，属于国民级游戏，但凡经历过网游盛行那个年代的人基本上都玩过这款游戏。

杭嘉澍念书的时候就常常偷跑去网吧充点卡玩游戏，因此当游戏公司抛出橄榄枝时，他几乎是毫不犹豫地接下了。他能够为年少时真情实感地花过钱的游戏品牌开发新的项目，这何尝不是一种年少情结的圆梦？可接到项目后杭嘉澍才发现根本不是想象中那么美好。当梦想变成糊口的工作后，白月光也渐渐被磋磨成了米粒。

他语气略显烦闷，情绪半是无奈半是愁苦："平时玩游戏的时候，又是嫌这个又是嫌那个的，现在换成自己做游戏，那种力不从心的感觉赶都赶不走，每天坐在电脑面前都不知道自己要干什么。学校里学的那些东西放到实践上全是皮毛，我真的觉得自己什么都不会。我前不久又把我那本数据结构书给找出来重新看了。"

他抱怨归抱怨，但也知道这是再正常不过的事。深入行业，他才知道行业中的不容易之处。很多职业表面看着风光无限，实际就是一念天堂，一念地狱，扛得住就是天堂，扛不住就跟下地狱似的。

沈司岚说："就当复习了。"

杭嘉澍苦笑道："复习了也不见得能拿满分啊。"说完他又看了眼穗杏，故作轻松地问她："当初叫你别学这方面的东西，刚刚听我说了那些，后悔吗？你现在转专业还来得及哦。"

穗杏平静地看着他，清脆的声音带着几分坚定："不论我学什么专业，想要做到最好是一定要吃苦的。每个行业中顶尖的位置就那么几个，如果连这个我都坚持不下去，那还谈什么成功？"

"小东西说话还挺像那么回事的。"杭嘉澍这回是真的笑了，"你高中就接触过这方面的知识，现在的上机课对你来说是不是太简单了？"

穗杏点头："是有点儿简单。"

"有空要不要来工作室实习？没工资，但是包伙食费，工作室里那些哥哥姐姐都能教你不少东西，来不来？"

穗杏有些惊喜："那我要投简历吗？"

"投什么简历，老总的妹妹，直接开后门了。"杭嘉澍懒洋洋地说，开后门开得毫无负担。

沈司岚突然想到连简历都做了四五份，仍被杭嘉澍挡在门外的张三。

心情好点儿后，杭嘉澍依然没有放弃蛊惑沈司岚也加入国庆节加班行列的念头："你真不加班？你什么时候这么没上进心了？"

沈司岚不为所动，平静地回讽道："跟着你做事连个假期都没有，你的工作室还能开下去真是个奇迹。"

杭嘉澍不要脸地甩锅："能开下去还不是要感谢你沈少爷出钱又出脑？又是当金主又是搞技术，你也算半个老板，别想把自己摘出去。"

沈司岚笑了下，挑眉说："那现在半个老板说国庆不加班，管用吗？"

"管用，你说不加班那就不加呗，"杭嘉澍撇嘴，耸肩道，"那我也正好给自己放个假好了。"

"那你假期有什么安排？"

杭嘉澍想了想，摇头，然后指着对面正安静地吃饭的穗杏说："陪她吧。"

沈司岚漫不经心地给出建议："有没有兴趣去港城玩？"

穗杏眼睛刚亮，杭嘉澍下一秒就拒绝了："没兴趣。"

沈司岚问："那你对哪里有兴趣？"

"床。"

"……"

杭嘉澍坦然接受了沈司岚的"你还像个人吗"的眼神攻势，一本正经地说："好不容易放个假当然是躺在床上享受假期，出去人挤人有什么意思，又累又费钱。再说港城那地方本来就小，放假过去那不是找死吗？"

沈司岚敷衍地点了点头，眼神没什么温度。杭嘉澍不怀好意地笑了，眯着眼睛、扬高了嗓音问他：“怎么？想让人陪你去港城啊？那你要是说点儿好听的——”

他还没来得及说完话，就收到了来自沈司岚的一记眼刀。

“随口问问，”男人冷声讥嘲道，“你还当真了？”

杭嘉澍眨了眨眼，心想：这人变脸简直跟翻书似的。

吃过饭后，穗杏原本是要直接回寝室休息的，临时接到了主席学姐的电话，说有事找她，让她去一趟办公室。杭嘉澍下午还有节实验课，这会儿得抓紧时间回寝室休息。他没送穗杏去办公室，开学都快一个月了，傻子都走不丢。

穗杏原本也是打算一个人去的，正琢磨着该怎么大方地向沈司岚告别。两个人站在食堂门口，他好像也没有急着回寝室午休的样子。沈司岚问：“知道怎么走吗？”

穗杏摇了摇头。

“我送你过去。”

穗杏小声得不能再小声地回答：“好。”

一路上她慢得很刻意，始终跟在沈司岚身后，小心控制着和他的距离。

这几天刚好下过雨，夏末时节多雨，似乎是为了迎接秋天。水泥小路还没干，湿漉漉的，天有些阴，幸而今天午后出了点儿太阳，渐渐蒸干了潮湿的空气，树叶夹杂着灌木的清香，显得干爽怡人。

沈司岚稍微偏过头，看到了穗杏。因为偏着头，有点儿把握不了方向，他无意识地偏离了直线路径。好笑的是，后面的人跟着走偏了。她盯着他走的？沈司岚又右移了几分。穗杏赶紧往右边移。真像是长了个寸步不离的尾巴，沈司岚挑眉，又往左走。后面的“尾巴”赶紧小碎步跟上。沈司岚停下脚步，慢条斯理地转过身。穗杏似乎没料到他的动作，仰着头，明亮的黑瞳望着他。

他语气极淡地问：“跟着我做什么？”

穗杏赶紧用手扇了扇风：“热。”

沈司岚往地面看去。她不是跟着他，而是跟着他的影子，在影子里躲太阳。沈司岚甚至不知道这个天气她怎么还会怕热。

他垂下眼，冲她招了招手："过来。"

穗杏走过来，沈司岚抬手，将手掌横在她的额前："还热吗？"

穗杏愣愣地摇头："不热了。"

"走吧。"

奇怪的遮阳方式，奇怪的并排走路画面，额头偶尔会碰到他的手，穗杏手脚僵硬，都快不会走路了。

"学妹。"

"啊？"

"国庆节不打算出去玩？"

穗杏摇头："不知道，"顿了片刻她又问他，"学长，你是去港城对吧？"

"嗯。"

穗杏干笑了两声："港城很好玩啊。"

他慢吞吞地应道："嗯。"

"……"

奇奇怪怪的对话不知意义，就像是不熟的两个人没话找话，反倒让气氛陷入更尴尬的境地。

两人磨磨蹭蹭地走到了办公室门前，沈司岚让她进去。

转过身后，穗杏懊恼地皱起了五官。每次刚分开，她立马就会开始后悔刚刚差劲至极的表现。

她敲了敲门进去，主席学姐是个性格很棒的大美人，正坐在办公桌前写东西，见她来了立马亲昵地冲她招了招手："学妹来啦。"

"褚学姐。"

"找你来主要有两件事，"主席言简意赅地道，"明年上半年的全国电子设计大赛，实验基地的余老师向我推荐了你，打算以团体赛的名义让你组队参加比赛。这事还不急，你可以回去慢慢想，你现在才大一，如果担心适应不了的话可以等到大二再参加。"

穗杏点了点头："那我回去好好想想。另一件事是什么呢？"

主席欲言又止，神色有些为难："另一件事就是，我们学院的迎新晚会，所有的节目都已经排练得差不多了，但还差一个最关键的环节。"

"什么？"

"呃，我们还没定好主持人。"

穗杏睁大了眼："啊？"

“本来往年我们都是直接管新闻学院借人，但是上个学期打篮球赛的时候，我们和新闻学院起了点儿摩擦，他们肚量小，这学期不愿意借人了。”

穗杏有种不好的预感：“所以？”

主席满怀希冀地看着她：“所以学妹你愿意当主持人吗？”

穗杏不由自主地退后了两步。

“学妹、学妹，”主席眨了眨眼，一脸可怜地看着她，“学妹，你就行行好吧。”

穗杏心软，受不住大美人的软磨硬泡，又在素拓分的诱惑下，最终咬牙同意了。

“既然学妹已经答应了，那就顺便去帮我劝劝你们助班吧？”

主席这简直是得寸进尺。穗杏果断摇头道：“学长他肯定不会答应的。”

她用脚指头想都知道沈司岚肯定会拒绝。主席鼓励她道：“你去试试嘛。”

“学姐，你为什么非要找学长啊？”穗杏很为难。

“因为他长得好看啊。”主席一本正经地说，“他要长得不好看，谁愿意惯着他那臭脾气啊？”

这么肤浅的理由都能说得这么义正词严，这人不愧是当主席的。穗杏依旧摇头：“他不会答应的。”这简直就是不可能完成的任务。

“你不要一上来就让他答应，得先做点儿什么让他心软，让他舍不得拒绝你啊。”主席说。

穗杏迟疑道：“比……比如？”

“比如给他买早餐，比如替他抢选修课？实在不行你就给他送一束花，他总不好拒绝了吧？”

“……”这些例子听上去有点儿奇怪。

“你放心，买早餐和花的钱都报公账。”

穗杏挠了挠鼻子：“那我试试？”

主席顿时笑开，抱着穗杏冲她的脸亲了一口。穗杏吓了一大跳，决心以后要像提防孟老师那样随时提防着主席，免得再被偷袭。

谈完话，穗杏就可以回寝室了。出来时她顺便带上了办公室的门，想看看沈司岚还在不在。

走到公共大厅的时候，穗杏没看到他，有些失望。其实她也没让沈司岚等她，就算他走了也很正常。她失落了一会儿，打算一个人回寝室。还没走到大门口，穗杏就透过玻璃门敏锐地观察到正站在门口的沈司岚。

他没走。穗杏的心情又雀跃起来，她正要走过去叫他，却发现他还没走是因为在和其他人说话。他旁边站了个女生，女生穿着优雅的长裙，脸上化着淡妆，五官清丽成熟。她很高，只比沈司岚矮了半个头，两个高瘦的人站在一起，背影显得和谐而登对。穗杏认出对方来，那是汪育妃学姐。

“你国庆节有什么安排吗？是留在学校还是出去旅游？”

玻璃门的隔音效果不是太好，穗杏听到沈司岚说：“去一趟港城。”

汪育妃惊喜地笑出声来，语气顿时欢快起来：“真的吗？正好我国庆节也打算去港城玩，我们组队一起去好不好？”

年轻的学姐丝毫不掩饰她眸中对眼前之人明晃晃的喜欢。有多少人能够做到像她这么勇敢，在喜欢的人面前也能落落大方地袒露心意？喜欢一个人又不是什么难以启齿的事，喜欢就是喜欢。如果她喜欢他，那就让他和全世界都知道。直率而又大胆，丝毫不扭捏做作，这样的女生，眸中散发出来的光都那样自信，很难让人抗拒。如果是自己被人这样明明白白地爱慕着，也会很难拒绝吧。很可惜，穗杏没有学姐这么勇敢。她甚至连大方都做不到，像只笨拙的大企鹅，只能藏在玻璃门背后，不敢上前打断他们的谈话，更不敢对他说其实她很想、很想去港城。

第三章

暗恋继续萌芽

穗杏很想知道沈司岚会怎么答复汪育妃，或许是心诚则灵，听到沈司岚说：“不用了。”

可汪育妃并没有因为沈司岚的拒绝而就此作罢：“你已经和别人约好了吗？那没关系啊，我们可以一起行动。”

沈司岚蹙眉道：“班长。”

汪育妃甜甜地回应：“怎么了？”

“你这样做有意思吗？”他问。

汪育妃脸上的笑容刹那间僵住，下唇微颤着，她故作轻松地问他：“你现在有女朋友了吗？”

沈司岚板着脸，没有说话。

“那就是没有。”汪育妃说，“在你有女朋友之前，我对你的追求都是正当合理的。”

沈司岚面无波澜，没什么情绪地说：“别浪费时间在我身上了。”

“我不觉得自己是在浪费时间，我只是在追求自己喜欢的人而已，”她仰头直视着他，眼神坚定地道，“我知道有很多女生喜欢你，可在她们当中，最不怕被你拒绝的就是我。”

穗杏承认这样的汪育妃很帅。

暗恋是一场声势浩大的独角戏，无法暂停，也让人说不出口。她因为害怕被拒绝而选择安于现状，明明先动心却不愿低头，为胆小找到避风港，往往自我感动到结束那天，对方也毫无所知。

“徒劳的行为，”沈司岚语气平静地说，“是不值得的。”

汪育妃苦笑：“你每次都很干脆啊。”

过了几秒后，她又问：“我看你站在这里很久了，在等人吗？”

“嗯。”

“那不耽误你的时间了，”汪育妃扬起笑容道，“提前说一句国庆节快乐，拜拜。”

学姐离开了。穗杏躲在门后，突然想到自己。庆幸之余，她又警告自己一定要藏好。几分钟后，穗杏整理好情绪，佯装刚刚从办公室出来的样子。

沈司岚将目光从手机上移开，落在她的脸上：“说完了？”

“说完了。”

“回去吧。”

两人回寝室的路上，气氛似乎比刚刚更沉默了。穗杏一直在想主席学姐跟她说的那些话，有些后悔不该匆忙答应。明明知道以沈司岚的性格他一定会拒绝这事，她刚刚又是哪里来的自信，觉得自己一定能说服他？直到沈司岚送她到了寝室楼下，她还是没有回过神来。

穗杏回到寝室后，糍粑和有钱都在睡午觉，只有孟老师坐在底下用电脑。

“你这顿饭吃得够久的啊。”孟舒桐转头冲她调侃道。

“主席找我，我去了趟办公室。”

孟舒桐的语气一下就慌了：“是不是她发现我的军训心得都是从百度上抄来的了？”

穗杏皱眉：“当然不是。”

“不是就好。”孟舒桐拍拍胸脯，放心了。

穗杏凑过去看她的电脑屏幕：“你在看什么？”

孟舒桐挪了挪椅子，让了半个位置给她：“在看裴老师的课表。”

穗杏有点儿惊讶。她以为孟老师说的要去蹭课只是随便说说，谁知道对方居然真的拿着法学院裴老师的课表研究起来：“你从哪里弄来的啊？”

孟舒桐得意地说：“情报网啊。只要你肯下功夫去弄，没什么是弄不来的，别说是课表了，就连裴老师平时最常穿什么颜色的衣服去上课、他的保温杯里泡的到底是枸杞茶还是菊花茶，我都调查得一清二楚了。”

穗杏震惊之余，无声地冲她鼓了鼓掌。孟舒桐谦虚地摆了摆手：“基本操作、基本操作，淡定。”然后她摸着下巴自言自语道，“我是不是该先去搞本法学的专业书来啊？”

“孟老师，”穗杏干笑了两声，试探着问，“真的什么都能打听到吗？”

“你这是不相信我的能力吗？这么说吧，你知道为什么一食堂的菜那么难吃都还没换人吗？”

似乎是为了体现消息的绝密性，孟舒桐将声音压低再压低，眯着眼语气严肃地说：“因为一食堂的老板是校长的亲戚。”

穗杏张大了嘴。孟舒桐又说：“还有，你知道为什么主席最近都没怎么去学院联谊会了吗？”

“为什么啊？”

“因为她已经有男朋友了！”

穗杏瞳孔骤睁。

孟舒桐：“……”面对室友对此类不靠谱校园八卦消息深信不疑的纯真眼神，良心未泯的孟老师终于吹不下去了。

“那孟老师，你能帮我个忙吗？”

孟舒桐此时正受到良心谴责，为了赎罪，想也不想就点头道：“你说吧，只要我能帮上一定帮。”

穗杏仿佛找到了救兵，感激又感动地看着孟老师说：“就是有求于人的时候，该怎么做才能让那个人不忍心拒绝自己呢？”

“不忍心？”孟舒桐重复了一遍。

穗杏：“嗯嗯。”

“你有求于人吗？”

穗杏不好意思地承认了：“是啊。”

“这还不简单？”孟舒桐还以为是什么难办的事，满不在乎地甩了甩手，“如果是女的，你就送她一支最新款的口红，限量版的效果更好，再不然就是——”

穗杏打断了她的话：“是男的。”

“哦，男的啊？”孟舒桐嗯了声，眼神斜斜地看着她。穗杏歪头，不知

道孟老师为什么要盯着她看。孟舒桐突然笑了：“男的那就更好办了啊，你卖个萌、撒个娇，叫他两声哥哥，说‘哥哥，你就答应人家嘛’，这样就行了啊。”

“……”穗杏大大的眼睛里充满了疑惑，“真的假的啊？”

孟舒桐反问：“你不是吧，长得这么清纯，连这点儿招数都不会？”

穗杏还是觉得这办法不靠谱，要是恶心到沈司岚那就得不偿失了。她感觉还是主席的话听着更靠谱些。

新生和老生最大的区别就在于，对于八点钟的第一堂课，新生最晚七点半都起床了，但老生就是有本事七点五十五起床，并在五分钟之内以生死时速搞定所有事。

昨晚通宵开黑玩游戏，为了打破十五连胜的纪录，就连沈司岚都杀红了眼。一般这种上分的局，他们从来不找杭嘉澍，四排随机匹配的队友都比杭嘉澍这个菜鸟操作好。

“我觉得咱们寝室还是得找个稳定上分的队友，每次还要妥协选英雄实在太憋屈了。”张三边刷牙边说，“既然这样还不如找杭学长呢，起码他每次都选的辅助位，不会选别的英雄。”

老祝很不愿意：“四打五更难好吧？”

比他们早起十分钟的沈司岚站在门口，神色不耐烦地踢了踢门：“快点儿行不行？”

“来了、来了。”四个人匆匆出门，张三还想去食堂买个早餐，顶着空胃上模电课是真的要命。

小侯：“你看看还剩几分钟，吃什么早餐，还不快跑？”

四个人走到楼下，正登记表格的宿管阿姨突然叫住他们：“那个310的沈司岚同学，你等一下！”

四个人停住脚步，沈司岚狐疑地转身，有点儿莫名其妙。张三一脸震惊，凑到沈司岚耳边小声问：“岚哥，你是不是偷阿姨的东西了？”

沈司岚冷笑了两声，白眼都懒得翻，走到管理室窗边问：“阿姨，什么事？”

“哦，你的早餐，”宿管阿姨将还热腾腾的包子递给他，“拿着吃吧。”

沈司岚：“……”

饶是平日里再淡定的男人，此刻也很难维持镇静。张三对两个室友说：

“居然连咱们宿管阿姨都想追岚哥！岚哥真牛！”

“……”

“……”

“六点半的时候一个小姑娘送来的，”宿管阿姨不知道这帮男生开向宇宙深处的脑洞，笑眯眯地解释道，“挺漂亮的，还特别细心，特意跟我说如果你起得晚的话，记得帮你放微波炉里加热了再给你。”

沈司岚接过早餐：“谢谢阿姨。”

“小事，”阿姨感叹，“年轻就是好啊。”

因为路上耽搁了几分钟，他们也没空去猜这早餐到底是谁送的，百米冲刺般先冲到教室里再说。

老师对学生这种踩点进教室的行为已经不觉奇怪了，用下巴示意他们赶紧找座位坐下。坐下后，沈司岚干脆地把早餐给室友们都分了，自己一口没吃。张三弓着腰躲在桌子下边吃边说：“上课吃东西就是香啊。”

“这早餐到底是谁送的啊？”小侯问，“汪育妃吗？”

老祝首先否认：“肯定不是，她之前送过那么多回了，哪回不是进了咱们的肚子里？”

因为沈司岚很烦这种行为。他阴沉着脸对三个吃得津津有味的室友说：“我看起来很像那种连早餐都买不起的人？”

室友们嘴里含着早餐，没说话。

“……”所以说沈司岚单身不是没有道理的。

上完第一节课四个人回到寝室时，宿管阿姨又叫住了沈司岚，这回不是早餐了，而是一束花。花里还附了张卡片，上面用英文写着“I wish you have a nice day（我希望你能有美好的一天）”。就连张三也忍不住了，吐槽道：“这也太土了，这妹子怕不是不上网吧，二十一世纪了居然还用这么老土的招数追人的吗？”

被土到的几个人表情都挺一言难尽的。

这花人家到底是送沈司岚的，放在管理室这边不合适，要被人问起来，总不能让宿管阿姨帮忙瞒着。沈司岚只得把花带回了寝室。一束颜色清新的花进了男寝，怎么看怎么格格不入。

张三提议：“要不买个花瓶插着吧？”

然后他看向沈司岚。这位爷没说话，面无表情地拿起桌上喝了大半瓶的矿泉水瓶，将剩下的水都给倒掉，又用小刀将瓶子裁成了两半。

“……”他怎么能这么抠？

装好花后，这位爷又捧着花去了厕所。老祝叫住他：“不能往厕所里倒啊，厕所会被堵住的。”

这位爷淡定地回头：“谁说我要倒进厕所里了？”

“那你拿着花去厕所是要干吗？”

“摆厕所，”沈司岚解释，“去味道。”

“……”这真是环保又实用。室友们也不敢说什么，就是有点儿心疼白白花钱试图讨好沈司岚的那个可怜妹子。

因为答应了当主持人这件事，穗杏课余时间又多了项排练任务。背主持稿倒不是很难，难的就是她站在台上的时候，怎样不卡壳、不嘴瓢地念出词来。有时候待在寝室，穗杏都在碎碎念地练习主持稿。她的脸色肉眼可见地憔悴了下来，下巴渐渐显出尖尖的弧度。

她最近起得还特别早，每天六点多就出门了，有时候明明没有第一节课，可她还是雷打不动地起床。一大清早，室友们还躲在被窝里，穗杏已经穿戴完毕，背上书包准备出门了。她的动静挺小，已经尽量不吵醒室友了，孟舒桐和万亿倒是睡得挺熟，王可慈睡眠浅，还是醒了。

穗杏站在她的床下连连道歉。王可慈摇头，困倦地揉了揉眼睛：“你最近都起好早啊，我看其他准备了节目的人也没你这么高强度的训练啊。”

穗杏也不知道该怎么说，含混地道：“早上多吸收新鲜空气有利于练嗓嘛。”

这个理由听着倒挺像那么回事的，王可慈信了。

“你们早餐想吃什么，还是吃烧卖吗？”她最近起得早，主动承担了带早餐的职责，也是为了补偿每天起得太早吵醒室友们的过错。

“都行，”王可慈说，“最近降温，你记得多穿件外套出去。”

“嗯，我走了。拜拜。”

门被轻轻带上。孟舒桐的声音从被窝里钻了出来：“穗穗又走了啊？”

“嗯。”

“她也太拼了。”

王可慈叹了口气：“主要是她每天都帮我们带早餐，搞得我都有点儿不好意思了。”

“就是，每天这么带早餐，”孟舒桐附和，“我一个女的，心都要被她融化了。”

万亿也悠悠转醒，笑着说：“你要是男的，穗穗早就贞操不保了。”

孟舒桐撇嘴：“跟她一起睡觉真的很舒服。”

王可慈和万亿没有爬室友的床的习惯，因此每次孟舒桐强调这点时，她们都只是嘴上敷衍地嗯两声，并没有多大兴趣。

“真的，她身上好香，肉也软软的，”孟舒桐说着说着又困了，声音渐渐小了下来，“就是胸小了点儿。”

“孟老师，你怕不是个变态吧？”

“她就是个变态，”王可慈说，“对老师和室友起了歹念的女变态。”

孟舒桐哼了声，用被子蒙住头继续睡。

寝室渐渐安静下来。

还好糍粑提醒了一句，穗杏披了件外套出门。现在是雨季，时常下雨，气温也随之降了下来，早上的时候有些冷。清晨的雾气还没散去，穗杏照例去食堂买了几份早餐。这个点来买早餐的人少，她不用排队，早起的好处第一个就体现在这儿了。卖早餐的阿姨都认识她了：“又来帮室友买早餐了啊？”

穗杏点头：“嗯，今天要红枣糖包和猪肉香菇包，还要烧麦。”

因为怕每天吃同样的早餐会腻，穗杏想方设法地每天搭配不同的早餐，这样也不容易腻。但食堂能外带的早餐就这么多，大家吃久了总会腻的。买好早餐后，穗杏又将这些东西一一分类。

她先是捧着给沈司岚的那份早餐去了男寝楼下。因为怕人多的时候去送早餐被发现，要是直接撞上刚下楼的沈司岚那就更尴尬了，所以穗杏硬是咬牙每天早起，就为了不被人发现。她还特意拜托宿管阿姨别告诉沈司岚是谁送的，就是怕他知道后不让她送了。

之前班上有女生给他送过零食，都被他原封不动地还回来了。女生索性把零食都分给了班上的女同学，还顺便提醒她们，以后别浪费精力给学长送这送那了，学长压根不会收。穗杏谨记这点，一直匿名送早餐和花，就是沈司岚想还也找不到人还。

等时机到了，她再告诉沈司岚是她送的，这样他就不好拒绝她的请求了。既能完成主席的任务，又能跟沈司岚一起同台主持迎新晚会，这简直是双赢，穗杏觉得自己挺机智的。

穗杏将包好的早餐透过窗子递给了宿管阿姨："阿姨，这是给沈司岚的早餐，麻烦您拿给他。"

宿管阿姨探出头来，语气有些犹豫地说："沈司岚昨天跟我说了，再有人送早餐的话直接帮他拒绝，他让你以后都不要送早餐过来了。"

穗杏提着早餐的手僵住了。她吸了吸鼻子，问："阿姨，您告诉他我是谁了吗？"

"没有啊，你又没告诉阿姨你叫什么名字，是哪个系的。"

穗杏想想也是，心里有些失落。本来她觉得沈司岚不知道是谁送的早餐就没办法拒绝，谁知道他直接告诉宿管阿姨让她别再送了。他不是当面拒绝她的东西，可穗杏难受的程度不亚于被当面拒绝。

"还有，花也别送了，"阿姨补充，"他们寝室的厕所放不下了。"

"……"穗杏低着头，没说话。

宿管阿姨见小女生低着头，只留个失落又无助的脑袋顶对着她，也跟着替对方难过起来："你长得这么漂亮，肯定有很多男生喜欢你的，他不喜欢你，还有很多人喜欢你的啊，天涯何处无芳草，别难过啊。"

穗杏摇了摇头，小声说："别人不行的。"

再抬起头来的时候，穗杏鼻子红红的，也不知道是被这早晨的冷空气冻的还是因为别的，明亮的眼睛里泛着模糊的水光，最后她还是将手中的早餐放在了窗沿上："阿姨，他要是不收，那您就把这份早餐丢了吧。我走了，拜拜。"她放下早餐，转身就走。

这本来就是她买给他的早餐，他不要那就丢掉好了。其实明明只是在完成主席布置给她的任务，又不是她想送的，他不要正好，她也不用每天早起鬼鬼祟祟地跑到男寝楼下给他送早餐了，还能抓紧时间多睡会儿。

明明是这样才对，但她还是觉得很难过。或许她自己心里明白，什么所谓的任务都是借口，她就是想给沈司岚送早餐而已。因为怕像其他女生一样被他拒绝，觉得很丢脸，所以她才试图说服自己不是她想送，只是在完成任务而已。

她不过是为自己的小心思找了个任性的理由罢了。

穗杏去体艺楼参加迎新晚会彩排的时候，主席学姐过来问她进度怎么样。穗杏坐在舞台阶梯上，双手撑着下巴，眼神幽幽地看着主席学姐。主席被她可怜的眼神吓到，忙问："怎么了？"

“学姐，你说的方法行不通啊。”穗杏说。

“行不通？不可能吧，”主席一脸难以置信的表情，“我就是用这个办法把你们顾学长骗来当主持人的啊。”

穗杏撇嘴，说：“可是顾学长跟学姐关系好，我跟沈司岚的关系又没那么好。”

主席：“他是你的助班啊，你们应该挺熟的吧？”

穗杏：“不熟。”

这就为难了，主席也不好继续拜托穗杏完成任务，只能安慰性地摸了摸她的头，向她道歉：“是学姐不好，没搞清楚就拜托你帮这个忙。这样，我帮你去问问他，要是真的不行的话，那咱就不找他了，计算机学院长得好看的人多了去了，他算老几？”

穗杏被哄好了点儿，小声说：“嗯。”

主席像哄小孩子似的挠了挠她的下巴：“那你能不能笑一笑？”

穗杏勉强地扬了扬嘴角笑了下。主席眼睛一亮，又想凑过来亲她的脸。穗杏有经验了，赶紧侧过脸躲开。杭嘉澍总让她提防着男人，其实他错了，女人才是穗杏真的该提防的对象。

这边，沈司岚在拜托宿管阿姨告诉那个送早餐和花的女生不要再来后，对方真的没再来了。除了沈司岚，其他三个人都觉得挺可惜的。几个人本来正玩着游戏，也不知道是谁先挑起了这个话题，又聊起这位还未见真容就消失无踪的“田螺姑娘”（民间传说故事中的人物，现指偷偷做善事不留名的女孩子）。

张三说：“送早餐的那个妹子多有心啊，每天换着花样给你送，你不吃就给我们吃啊。”

沈司岚一门心思扑在游戏上，理都没理他。老祝也说：“宿管阿姨都说了是个漂亮妹妹，岚哥你也太无情了。”

当时宿管阿姨是这么说的：“她一听不让她继续送了，委屈得我看了都心疼，大眼睛看着我，眼泪都快溢出来了。我看她都快哭了，不停地吸鼻子忍着，你以后要是不收，那就给阿姨吃，阿姨巴不得小姑娘天天给我送早餐呢。”

阿姨说完还睨了沈司岚一眼，一脸“你算什么男人”的样子。他长得再好看有什么用，都是皮囊，在阿姨看来，不懂得心疼姑娘的男人都是畜生。沈司岚以前也不是没拒绝过其他女生的示好，比起当面拒绝，他觉得让宿管阿姨转告已经相当给那女生面子了。

为个早餐，沈司岚弄得里外不是人。一时间打游戏的心思也没了，沈司岚有些烦躁地扔下手机，双手扶着额头平复心情。

室友们集体闭嘴了，意识到沈司岚这是生气了。

几分钟后，沈司岚提着椅子转了个方向，冲着三个人坐下，神色倨傲、不紧不慢地说："来，给我个理由。"

张三和老祝还没反应过来，小侯问："什么理由？"

"长得漂亮我就必须接受的理由。"

这谁说得出来？"颜狗"（指对于一切颜值高的人毫无抵抗力的一类人）是人类刻在基因里的本质，谁见了漂亮的事物总是会忍不住心生好感。

见室友们说不出来，沈司岚扯着唇没什么情绪地笑了下。被扔在桌上的手机又振动起来，沈司岚拿起手机，是主席发过来的微信消息，问他明天想吃什么早餐，她给他送个爱心早餐来。

沈司岚啧了一声，随手就发了个早餐店的名字给主席："全福德。"

这是有名的沪式早餐连锁店，他们店的招牌蟹黄包和灌汤包简直一绝，就是离清大太远了。清大主校区在郊区大学城内，而全福德在市区中心，坐地铁过去需要整五十分钟。

"我劝你做个人……"

沈司岚能安稳无恙地活到现在，真的该感谢他爸妈。如果不是他爸妈的基因稳定，赐了这么张好脸给他，他早重新投胎了。

"他说他要吃全福德的早餐。"主席说。

穗杏神色呆滞。原来沈司岚是看不上食堂的早餐吗？她每天悉心搭配早餐，原来从一开始方向就错了？好意不被心领反而被嫌弃的感受并不好，穗杏有点儿生气。但她对喜欢的人怒意也就没出息地只维持了一小会儿，还反思自己是不是做得不好。她都不知道自己的底线原来可以这么低，连骄傲都罢工了，有点儿贱贱的。

"那我去给学长买吗？"可是太早了，地铁都还没开始运行，要是她坐出租车又有点儿贵了。她让杭嘉澍开车送她去的话，肯定会被他看出端倪。穗杏头一次觉得满十八岁才能考驾照这个规定有点儿苛刻了。

主席当然不同意："不行，太远了。"

穗杏苦恼地挠了挠头，无奈地说：“那怎么办？”学长想吃啊。

主席说：“外带吧，我拜托别人去买过来。”

全福德离学校这么远，外卖都送不过来，找人跑腿的话得付不少跑腿费。穗杏担心的这点，主席却丝毫不放在心上：“没事，免费跑腿，不用钱。”

穗杏问：“学姐，你找人帮忙跑腿，对方连钱都不收吗？”

“找我……嗯，亲戚，亲戚当然不用收钱啊。”主席笑了笑。

穗杏感叹：“学姐，你的亲戚人真好。”

主席咧嘴，表情有些奇怪：“是不收钱，就是会收点儿别的报酬而已。”

“什么报酬啊？”穗杏眨了眨眼。

主席严肃地警告她道：“不要问这种问题。”

学姐越是遮掩，穗杏越是想得多。但穗杏还是乖乖地说：“哦。”

她好像有很多不能知道的事情。穗杏撑着下巴想，今年年底她就满十七岁了，明年年底就是十八岁。很快，很快她就能知道成年人能知道的东西了。

穗杏对成年人的世界并非全然不懂，现在的小孩儿获取信息的渠道多种多样，他们对学习以外的知识总是掌握得相当快，很多时候不过是装作天真单纯的样子用来哄大人而已。她当然不会承认自己对某些领域并不陌生，虽然只了解理论上的知识。

主席问她：“待会儿你有课吗？”

穗杏：“第二节有高数课。”

“高数还是要去上，”主席说，“那你下了课就过来，午餐跟我一起吃。我帮你提前点个外卖？你喜欢吃黄焖鸡米饭吗？”

“喜欢。”

“好，那就帮你点个小份的。”

穗杏说：“大份的。”

主席看着她这小个子，笑了：“大份的你吃不完吧？”

“吃得完，多吃点儿长高。”穗杏解释。

主席心想也是，穗杏这个年纪还能竖向生长，不像她，只能横着长了。

穗杏又站在舞台上练了会儿台词，直到第一节课下课铃响起才停住。两节大课间只有二十分钟的休息时间，体艺楼离她上高数课的教室有点儿远，她连忙收好主持稿，背上包坐上校内公交车赶去上第二节课。

幸好室友们比她早到，穗杏赶到教室的时候，高数老师正在讲台上摆弄多媒体投影仪。室友们提前替她占了位置，喊她过去坐。他们还在学函数与极限这章，不是很难，所以有不少人愿意坐在最中间听高数课。

上课铃响，孟舒桐却突然悄声对她们说："我听一个学长说校门口新开了家四川冒菜，中午我们去吃吧？"

王可慈和万亿表示同意。

孟舒桐又问穗杏："穗穗你呢？要不中午你跟你哥哥和我们一起吃吧？"

穗杏总是和她哥哥一起吃饭，经常最后一节课下课，她们就能看见她哥哥站在教学楼下面等她。她哥哥高高瘦瘦的，狐狸眼狭长，眯眼笑的时候眼梢微翘，给人多情却又淡漠的感觉。他就站在教学楼旁的大树下玩手机，看见穗杏走过去也不动作，懒洋洋地斜斜倚在树旁，嘴里不知道说什么损话，惹得穗杏生气地转头就走，他又会笑着跟过去，摁着穗杏的头，兄妹俩打打闹闹地渐行渐远。虽然穗杏在她们聊天时总是说她哥哥的坏话，可室友们还是对她那长相绝佳的哥哥有种天然的亲近感，无论她怎么告诉她们，真正的兄妹相处并没有她们想象的那么友好亲密，可独生子女对兄弟姐妹的渴望就是天生的。而且穗杏的哥哥是和她们助班学长完全不同的类型，不会让人觉得难以接近。

"我中午要排练，和褚学姐一起吃。"穗杏的回答让三个室友不约而同地感到失望。

孟舒桐问："那你哥哥怎么办？"

"他自己吃啊。"穗杏理所当然地说完这句话后，不知怎么的，总觉得室友们的眼神突然变得有些怨念。

最后孟舒桐叹气："身在福中不知福。"

穗杏觉得莫名其妙，偷偷从书包里掏出手机，想告诉杭嘉澍今天中午别来本部，免得白跑一趟。因为每天都要上课，她已经习惯将手机开静音模式，经常下了课也会忘记调回来。杭嘉澍一个多小时前发过来的微信她都没看到。

哥哥："我到本部来找导师，上午不回研究院了。你下了课直接到逸夫实验楼来找我。"

哥哥："又开静音了？"

穗杏将手机藏在桌面下，悄悄给他回消息："中午我要排练，跟我们主席一起吃饭。”

杭嘉澍回得很快：“你真要主持迎新晚会？”

她都排练好几天了，还能有假的吗？

“不然呢？”

哥哥：“你们主席都不怕搞砸吗？”

“……”穗杏面无表情地将杭嘉澍的备注从“哥哥”改成了“狗”，然后熟练地将其屏蔽。

白在本部浪费这么长时间，杭嘉澍起身和教授告别，打算回研究院。他打了个电话给老侯，打算中午跟他一块儿吃饭。老侯果然问他：“你不跟你妹一起吃了啊？”

“她不要我了。”

“……”老侯心想妹妹真能忍，这么久了才不要这货。

“我们中午下馆子去吧，天天吃食堂真的腻了。”杭嘉澍提议。

老侯的口气有些小心：“我今天中午不方便。”

杭嘉澍皱眉，问：“你交女朋友了？”

“没交……还在追。杭总给兄弟留点儿面子，今天中午就别给兄弟当电灯泡了。”

杭嘉澍挑眉：“那不行，我得过去帮你把把关啊。”

老侯只得奉承：“你太帅了，我怕妹子被你抢走。”

到底是室友，老侯知道杭嘉澍的命门在哪儿。

“行吧，追到了记得请我吃饭。”

“一定，挂了。”

只能一个人吃饭了，杭嘉澍琢磨着要不随便点份外卖打发打发算了。他拿出手机打开外卖软件选了起来，慢悠悠地路过实验室的时候，突然被人叫住：“学长，你今天怎么来逸夫楼了？”

杭嘉澍抬头，看见了小侯：“我的导师今天来这边开会，我来找他。你呢？”

小侯指了指实验室里面：“我们班今天在这儿上实验课。”

“哦，”杭嘉澍走到门口往里看，看清楚里头的仪器后就猜到了，“单片机实验啊？”

“对。”

杭嘉澍毕设做的就是单片机课题，突然就有点儿想看看这帮后生是怎么做的。他走进去，看到了沈司岚。见沈司岚正用 Proteus（仿真软件）画电路图，杭嘉澍本来想凑过去装一下指导一下，结果发现人家的电路图简单清晰，连多余的绕线都没有，跟美术作品似的。

沈司岚侧眼睨他，又很快收回视线："你怎么来了？"

"想你了呗。"杭嘉澍吊儿郎当地说。

沈司岚面无表情地道："滚吧。"

杭嘉澍找了张凳子在他旁边坐下，被沈司岚嫌弃地警告道："离我远点儿，别吵我。"

"我是你的学长，你的态度能不能好点儿。"

沈司岚没什么诚意地加了个字，慢吞吞地说："请你离我远点儿。"

懒得跟这个没大没小的学弟说话，杭嘉澍打算找小侯聊天："你哥快有女朋友了，你知道这事吗？"

小侯语气震惊地道："就他？"

"你这么看不起你哥吗？"

小侯扯了扯嘴角："他要不是占了便宜比我早出生几年，就这货也配当我哥？"

"……"杭嘉澍沉默了几秒，问，"你们做弟弟妹妹的，都是这么想哥哥的？"

"不然呢？还真玩兄弟情深那一套？"

见杭嘉澍的表情有些凝重，小侯以为杭学长这是嫉妒自家老哥比他还早找到女朋友，清了清嗓子问道："学长，怎么我哥都有女朋友了，你还没动静啊？你是看不上吗？"

杭嘉澍在想别的事，听小侯这么问，漫不经心地答道："急什么？事业为重，先把钱赚够了再说。"

小侯："钱又赚不完。"

"那就更要拼命赚啊。"杭嘉澍说。

杭学长家庭条件也不差，至于吗？不过这也是一种上进心的体现，比恋爱脑的他哥侯彬好太多了。

实验课过半，沈司岚已经准备将 Keil（类属计算机系统）上写好的程序输入单片机进行调试，杭嘉澍居然还没走。沈司岚皱眉道："你怎么还没走？"

“我等你们一起去食堂吃午饭啊。”

沈司岚垂眼，淡淡地问：“你妹呢？”

杭嘉澍：“她不要我了。”

“……”沈司岚扯了扯嘴角，语气平静地说，“迟早的。”

杭嘉澍沉声道：“你什么意思？”

“没什么，”沈司岚边给单片机插线，边随意地问，“你妹为什么不要你了？”

“她今天中午要排练。”

“排练什么？”

“迎新晚会，”杭嘉澍突然觉得有些好笑，“她被拉去当主持人了。”

沈司岚面露疑惑之色，似乎对此事并不知情。杭嘉澍又笑道：“就那小东西，穿上裙子化上妆不还是小孩子样？”

沈司岚没说话，自顾自地调试着单片机。杭嘉澍又问他：“你中午有空没，有没有兴趣去体艺楼看咱们院迎新晚会的排练？”

沈司岚垂眼，淡淡地应道：“嗯。”

男生们吃饭本就快，为了不错过排练，吃饭的速度又比以往更快了些，到体艺楼的时候排练才开始没多久。杭嘉澍最先看到主席，上去打了个招呼：“学妹。”

主席转头，有些惊喜地问：“学长？你今天怎么来了？”然后她又看到了和杭嘉澍一起过来的沈司岚。

主席还没忘记这位大爷要吃全福德的事，尤其还记恨着这位大爷为难穗学妹害学妹愧疚不已的事，所以直接别过脸没理他。而沈司岚对此并无任何感受，毫不在意地同样无视了主席。

“来看我妹。”杭嘉澍左看右看，问道，“她人呢？”

“在换衣服。”主席说，“礼服刚送来，我怕她穿着不合适，让她先去换一下看看，不合适的话还能拿去换码数。”

杭嘉澍笑出声来：“怕码数不合适直接给她找童装不就行了？”

他本来是随口说说，没想到主席却突然摆出一副醍醐灌顶的样子：“对哦！我怎么没想到？我怕她穿最小码的礼服都大了，还特意问了有没有XS码。”

杭嘉澍问：“计算机学院没人了吗，干吗找我妹？她没当过主持人，你不怕她搞砸晚会啊？”

“你妹妹多漂亮啊！其他院的人也会过来看迎新晚会，我当然要找她了。”主席说。

杭嘉澍皱眉道：“小孩儿有什么漂亮的。”

“化了妆穿上礼服看着就不是小孩儿了嘛。”主席说，“那裙子很漂亮的，还是抹胸呢。”

杭嘉澍的表情一言难尽：“我妹才多大，你居然给她穿抹胸长裙？”

主席无语：“做哥哥的别这么多事行不行？”

三个人说话间，负责晚会服装这块儿的学生干部走了过来：“主席，穗学妹让你过去找她。”

“怎么了？”

干部摇了摇头：“不知道啊，她没跟我说，只说让你去。”

“行吧。”主席点头，又问另外两个人：“一起？”

他们本来就是过来看穗杏的，当然一起了。走到换衣间门口后，主席敲了敲门：“学妹，怎么了啊？”

“学姐，”穗杏有些难为情的声音从门里传了出来，“我的胸太小了，挂不住衣服。”

“……”一时间门里门外的人都很尴尬。

“学姐？你听到了吗？”门被小小地开了条缝，一双小手扒着门，然后里面的人悄悄地探出了脑袋，杏眼清澈黑亮，秀气的眉间满是忧愁之色。在她看清门口有几个人，并且这几个人分别是谁后，门啪的一声又被重重地关上了。

社会性死亡不过如此。杭嘉澍最先笑出了声。

“我就说她还是个小孩儿吧。”说完他冲沈司岚努了努下巴，“咱先走吧，不然她真想不开了。”

沈司岚无声地点头。

两个男人绅士地离开了。主席看着那两人同时离开的高挑背影，感觉自己好像又无意识地得罪学妹了。

她叹了口气，再次敲门，放低了声音说：“学妹，你开门吧，他们已经走了。”

门锁咔嗒一声响，门从里面被打开一条小小的缝。主席进去，穗杏已经脱下礼服，换上了自己原本的衣服。明明是在室内，穗杏还是将卫衣帽子给戴上试图隔绝外界环境，双目呆滞，像个灵魂出窍的瓷娃娃。见主席进来了，她干脆拽着帽子松紧带，结结实实地把头包成了汤圆，连双眼睛都不露出来了。

主席看她这么尴尬，一时半会儿也词穷，沉默好久才开口：“我们不会说出去的。”

这句承诺好像起了反作用，非但没有安慰到穗杏，穗杏反倒觉得更羞耻了。她坐在凳子上缩成一团，彻底装死。

“怎么又把裙子换下来了，不是让我过来看看吗？”主席只得转移话题。

穗杏闷闷的声音从兜帽里传来：“太大了，会掉。”

“我帮你系紧点儿就没事了。”主席说。

穗杏没说话，主席又拿起挂在旁边的裙子递给她：“真的，是你没穿好，你肯定能穿上的。”

缩在衣袖里的手钻出来，穗杏犹豫地接过了裙子。几分钟后，穗杏又换上了那条裙子，背后的系带还没系上，露出一整片光裸白皙的后背，骨骼娇小漂亮。十几岁的小女生，青涩和稚嫩还没完全退去，诱人的背脊引人注视，却又透着矛盾的甜香气。

主席突然很想给穗杏弄套露背的礼服来。穗杏的腰肢处凹陷，蝴蝶骨并不算突出，瘦削却又饱满，很适合露出来。但是不行，她真这样做了一定会被杭嘉澍骂。

她开始给穗杏整理后背系带，小女生的胸围不足以撑起抹胸，只能将抹胸系到最紧。穗杏吸着气拼命收起小腹，终于听到主席说可以了。主席走到穗杏面前，穗杏下意识地提了提抹胸，还是怕掉下来。主席倒不觉得裙子还会掉，锅贴变成了小馒头，并不暴露，只是抹胸贴身，勾勒出了小巧的形状和弧度。

“好看啊。”主席说。就是她站在女性的角度看，这也完全是不违心的夸奖。

虽然受到了夸奖，但穗杏还是怕裙子掉，胸小的人穿这种裙子，无论系得多紧，还是免不了有担心它掉下来的恐慌心理。

此时杭嘉澍还没走，其实本来是真打算走的，绕过排练大厅的时候刚好看到台上有人在排练小品。无论是什么晚会，引人发笑的幽默小品总是最吸引人的。他津津有味地看了几分钟，沈司岚催了他几次，每次都被他用“再看一下”的借口给搪塞回去。

沈司岚无语，只能站在他旁边掏出手机玩，顺便等这个小品演完。节目并不吸引他，也不是说这个小品不好，沈司岚就是单纯对这种表演场合完全没兴趣，所以从晚会筹备之初就没有参与的念头。

小品排练完，这时正好是主持人上台走流程的环节。有人喊了句：“主持人呢？”

有人回：“顾学长有事今天请假，褚学姐和穗学妹还没出来。”

话音刚落，又有人说：“出来了。”

主席拉着一脸不情愿的穗杏，非拉着她上排练台。穗杏生怕抹胸裙掉下来，非要把裙子换下来，主席不让，说到晚会那天她也要穿着这裙子上台的，现在不习惯到时候更不习惯。

穗杏不是不讲道理的那种人，也不是刻意矫情，就是过不了自己心里那关而已。

别人不知道她的想法，把目光都放在了她身上。

“新闻学院不借人是对的。”

“他们的妹子穿这条裙子还不一定有我们的学妹好看。”

“这裙子谁选的？加鸡腿。”

穗杏自己杞人忧天，根本没人在意她穿抹胸裙会不会掉，更不会有人觉得她发育得不好。

被夸过后，小女生脸上的苦恼之色终于稍稍退去。谁夸她了，她就甜甜地回一句谢谢。

这条礼服裙前短后长，后摆的雪纺尾坠地，前面多层的薄纱遮住大腿，给双腿留出了空间。

穗杏个子不高，腿不算长，但胜在比例不错，双腿笔直，脚也小。公借的高跟鞋没有她的码数，因而负责服装道具的学生干部特意用公费给她买了双 34 码的小高跟鞋。

高跟鞋上镶着冰凉的珍珠和蓝色缎带，是凉鞋款式的，露出雪白的脚背和圆润的脚指，视觉上拉高了她的身高，也衬出了她的娇小。

这位干部相当自豪地对旁边的人炫耀道：“看到没？学妹这身都是我选的。”那感觉就像父母喜欢打扮孩子、女孩儿喜欢打扮娃娃，孩子被打扮得越漂亮，老母亲越是自豪。

穗杏很容易被鼓励。大家夸过几遍后，她也就自信满满地拿过话筒，掏出主持稿念了起来。

她咬字并不算很标准，有着南方人独有的软软腔调。

因为注意力都在主持稿上，穗杏没有注意到有人还没走。

“这小东西是什么时候瞒着我长这么大的？”杭嘉澍沉声自问，语气不像是在调侃，而是真的感觉困惑。

朝夕相处，他从没觉得现在的穗杏和小时候那个会拉裤子的妹妹有什么不同。可能正是因为两人在一起的时间太长，他才忽略了这点。他会长大，妹妹当然也会。

杭嘉澍都还记得穗杏八九岁的时候，有一次洗澡脚打滑摔在地上，脑袋狠狠地磕在地上，痛哭声从浴室传到了他的房间里。他还以为怎么了，连忙过去查看，打开门的那一瞬间，穗杏突然止住哭声，瞪着一双泪眼呆滞地望着他。

杭嘉澍猛地关上门，一时间也挺尴尬的。可想想他又觉得没必要，站在门外安慰她：你小时候洗完澡我还帮你擦过痱子粉呢，没什么的。

那时候他是真这么想，要换作现在，估计穗杏能直接杀了他。杭嘉澍突然理解刚刚小东西为什么会那么尴尬了。小东西长大了啊，再过个几年，就真的是大姑娘了。杭嘉澍突然老气横秋地问身旁的沈司岚：“我是不是老了？”

沈司岚压根不想回答这个无聊的问题。男人别开眼，掩下眸中隐约奔涌着的某种情绪，舌尖抵着牙床，喉间慢慢吐出一口沉闷的呼吸，又很快归于平静，像是视若无睹，恢复了往日淡漠的样子。

纵使他神色如常，可眼中似乎还环绕着刚刚那抹白色的裙尾。他眉骨微动，莫名地哂了一声。

穗杏是对完主持稿下台的时候才发现哥哥还没走的。克服了心理障碍不代表克服了刚刚当着他们的面暴露缺陷的尴尬，穗杏压根就没往他们那边去的意思，转身就要去把衣服换下来。

她不想撞见他们尴尬，不代表有人肯放过她。

“躲什么，还见不得人了？”杭嘉澍走到她面前，和往常一样先损她两句开场。

穗杏没理他。杭嘉澍见她没有顶嘴，猜到她心里还在计较刚刚的事。

他不甚在意地笑笑，终于肯夸她了：“漂亮啦，很漂亮。”

他的语气吊儿郎当的，穗杏不太满意，说：“你不是真心的。”

杭嘉澍的脸皮终于薄了回，他正经夸她还真有点儿夸不出来。虽然穗杏确实挺漂亮的，但兄妹俩之间损惯了，突然要他夸人实在为难。

“真心的，蛮漂亮的。”杭嘉澍应付不来，只能硬着头皮说。

他夸得很敷衍，还是比不上刚刚其他人毫不吝啬的赞美，穗杏也没那么好哄，情绪上来后偏过头不轻不重地嗤了声。她状似不经意地打量了下四周，尽力用很随意的语气问他：“学长呢？”

“他说有事，先走了。”

“走很久了吗？”

杭嘉澍不太确定地说：“有几分钟了吧。”

那他看到我穿这件礼服没有？穗杏差点儿就问出口了。还好她忍住了。如果他看到了，那为什么就这么走了？他哪怕是等她念完主持稿下台以后稍微敷衍地夸两句也可以。如果他没看到……穗杏一想起这个可能性，心中就涌上无限遗憾的情绪。她总是想把最漂亮的样子展现出来给他看，可每次都抓不住这个机会。

女孩子在这方面多多少少有些虚荣，想要得到哪怕一秒钟惊艳的目光，心里却又不想承认自己在期待这个，显得她多在乎似的。

穗杏换回自己的衣服，离开了体艺楼。她回到寝室时，室友们都在午休。她蹑手蹑脚地脱掉鞋爬上床，躺在床上盯着天花板看。片刻后，她拿出手机，莫名其妙地点开了微信。

她每天都在刷朋友圈，但从没刷到过沈司岚发的。他不爱发朋友圈。

刚刚她换好礼服以后，学姐帮她拍了张照。穗杏本来是想发朋友圈的，想了很久又觉得有点儿刻意，像是故意炫耀，遂放弃了这个念头。没想到她没发，主席学姐却替她发了一张她的图片：“来看仙女。”

学姐很体贴，还特意给照片调了个特别日系的滤镜。不少两人的共同好友点了赞，还评论了。穗杏在那一串赞当中看到了沈司岚的名字，莫名其妙地傻笑起来。很快学姐把这张照片发给了她，穗杏越看越觉得这张照片好看，果断存进了相册。

紧接着学姐又发来几条消息：“我今天晚上不住学校，明早我会让人送全福德的外带早餐过来。

“学妹，你能帮我给沈司岚送过去吗？

“如果不愿意的话我就去拜托其他人了。”

穗杏的眼珠子转了几圈，这可是全福德的早餐，如果沈司岚不收，那他真是没眼光。

“我去。

“如果学长不收的话，这份早餐我能吃了吗？

他不收那正好，她也不亏。穗杏吃过闭门羹，这次怎么也不愿意吃亏，算盘打得特别精明。

“当然可以。

“我让人给你也带一份，他要是不收，你就吃两份。”

穗杏满意了。

第二天清早，穗杏接到学姐的电话去拿早餐。送早餐的车子开进了学校，不过女寝这边设了路障，车子实在开不过来，穗杏得绕到大路上去拿早餐。

今天下了点儿小雨，穗杏打了把伞过来。蒙蒙细雨中看到那辆宾利车的时候，穗杏心想：这外带费要是真收的话，估计比全福德的一顿早餐还贵吧？还好送餐的人是不收钱的。

主驾驶座上下来个年轻男人，将两份早餐盒递给她，嘱咐她好好拿，别给弄掉了。穗杏刚说了声谢谢，车子后座上突然传来一个温和的声音：“小姑娘拿不动，你帮她送到寝室楼下去吧。”

穗杏下意识地往后座看去，只可惜光线不够，看不到里面的人是谁。年轻男人应了声好。穗杏忙摇头，说：“我也是要给人送过去的，我自己拿就行了。”

年轻男人冲车里的人说：“先生？“

“那就算了。”车子里的人笑了声，没勉强。

穗杏目送车子开走，突然觉得手中的早餐价值连城。

单手拿怕盒子倾斜洒出汤汁，穗杏将雨伞收起夹在腋下，小心翼翼地两手捧着这价值连城的早餐往沈司岚住的那栋楼走去。虽然这次她很有可能还是会被拒绝，但穗杏的心情显然没有之前那么低落了。

因为他不吃，这两份早餐就都是她的了。怀着这样的希冀，穗杏格外珍惜手中的这两份早餐。

到全福德买早餐得花时间，送过来也要花时间，比起穗杏自己走两步去食堂买早餐，她为了等这份全福德的豪华早餐，现在天色已经大亮，宿舍楼内渐渐传出男生们的起床声。

“阿姨。”穗杏扒在窗口处叫人。

宿管阿姨没想到今天还能看到她，顿时惊讶了：“哎？”

穗杏被宿管阿姨这声惊叹弄得有点儿不好意思，感觉自己好像有点儿阴魂不散，但还是满怀不舍地将手中的早餐盒递了过去：“这是给沈司岚的。”

宿管阿姨没接，笑着说：“你等等，我让他出来拿啊。”

“啊？”谁啊？谁出来拿啊？

透过窗口，穗杏听到宿管阿姨在和谁说话：“给你送早餐的人来了，你快出去拿吧。”

“嗯。”熟悉的冷淡声音传来，懒洋洋的没什么情绪。

穗杏脑中警铃大作，不好！为什么今天他偏偏起得这么早啊？她转身就要跑，跑了没两步，被人抓住胳膊将她往回扯去。腋下的雨伞掉在了地上，穗杏被抓个正着。她仰头看着这人，心想：完了，早餐加不了餐了，第二份全福德豪华早餐没有了。

原本今天猜到会是褚学姐过来送早餐，沈司岚特意起早坐在管理室里等着，等人来了就当面跟她说清楚，让她别再殷勤地送东西过来，顺便再问问学姐到底有什么阴谋。送早餐的人是来了，只不过不是学姐。

沈司岚茫然了那么几秒钟，看着她手里捧着全福德的早餐盒，连伞都没打，薄刘海被晨间小雨打湿黏在额上，发顶上沾着细碎的雨珠子，身上的外套也湿了一小片。早晨温度低，本来圆圆的脸好像瘦了不少，小姑娘缩着脖子避免雨滴钻进衣领里。

他抿着唇，蹙着眉，声音有些哑：“知不知道下雨了？”

穗杏点头：“知道啊。”

“知道还不打伞？”

“打伞就拿不了这个了。”穗杏又把早餐盒捧高了点儿，告诉他拿这个早餐盒是一件很不容易的事。

沈司岚张了张嘴，低声叹了口气。但很快他又板着脸，语气不怎么好地教训她：“就为了送个早餐起这么早，下雨了连伞都不打，你感冒了谁负责？”

穗杏顿时气了，心想：不是他要吃全福德的早餐吗？为什么他说得好像是她自作自受似的？不行，她咽不下这口气。穗杏仰头委屈地看着他，控诉起来：“不是你要吃的吗，给你送来了你还凶什么？”

好心当成驴肝肺。

沈司岚又问：“因为我要吃，所以特意去给我买的？”

这不是她买的，是学姐的亲戚买的。穗杏想说实话来着，可是当她看见沈司岚看着她那双漂亮的眼睛里都是惹人心跳加速的心疼和动容神色，又听他软着语气问自己是不是她买的时，从小被教育不要窃取他人劳动果实的穗杏头一次有了不道德的坏念头。

她低着头，内心煎熬了几秒钟，最后扁着嘴，狗狗眼无辜地下垂，还特别娇气地抽了抽鼻子，瓮声瓮气地说：“嗯。”

穗杏在期待他的反应。但好像他并没有什么反应，只是平静地说：“去我的寝室。”

面对这突如其来的邀请，穗杏一时反应不过来，双脚伫立在原地，直到沈司岚替她拿过早餐盒子又问她“怎么还不走”，她才意识到自己刚刚没听错。穗杏急忙摇头：“我不去了。”

“你的头发湿了，”说完沈司岚又低下头，看见她那两排浓密的睫毛也挂着水雾，补充说，“去我的寝室吹一下。”

穗杏很犹豫：“我回自己的寝室处理就好了。”

“上去就两分钟，”他给出理由，接着又问她，“你不敢？”

这又不是敢不敢的问题，就在穗杏腹诽时，沈司岚淡淡地说：“我的室友都在寝室里。”

穗杏茫然地眨了眨眼。

“我就是想对你做什么也没那条件。”沈司岚顶着张斯文漂亮的脸，又用无比正经的语气说这种话，自己觉得没什么，反倒把穗杏说得双颊唰地红了。

她总觉得学长这人有的时候其实挺不正经的。要是她还是坚持不上去，那岂不就坐实了她担心学长会对自己做什么的猜想？他肯定会认为她自我感觉良好。穗杏只能跟着沈司岚走进男寝。

两人上楼的时候遇到好几个出早门的男生，穗杏掩耳盗铃般埋着头。

“咦？学妹啊？”

“来男寝玩啊？”

“学妹碰到裸男记得捂好眼睛。”

调侃什么的人都有，就是没人觉得她出现在男寝这件事很奇怪，毕竟他们早习惯了。

穗杏再一次杞人忧天，事实证明很多自己担心被人发现影响名声的事情，其实在其他人眼中压根不值一提。从某种程度上看来，她确实像块活化石。

站在沈司岚的寝室门口，穗杏踌躇着没敢抬脚进去，里面的张三先问了句：“岚哥回来了？”

沈司岚皱眉，走进去时对着穗杏说了一句：“等一下。”

门被虚虚地掩上了，穗杏不知所措地站在门外。接着她听到门里的沈司岚沉声说：“把衣服穿好。”

张三特别不解：“咋了？难道岚哥你终于 get（理解）到我曼妙的肉体魅力，对我起歹念了吗？”

“歹你个头，”沈司岚冷笑道，“穿好。”

张三满腹疑问地穿好了衣服。门这才被打开，沈司岚对门外的穗杏说：“进来吧。”

张三跟着看过去，在看清门口的学妹后顿时惊讶地张大了嘴，刚刚的骚气通通不见了，全成了此刻的舌头打结：“穗学妹？”

还赖在床上打游戏的小侯和老祝也朝门口看了过去。小侯还算冷静，只是也免不了对这个突然到访的客人感到震惊。老祝赶紧用被子死死裹住自己的下半身，被子下手脚并用，被褥飞舞：“我还没穿裤子。”

穗杏头一回来男寝，比他们还紧张，想了半天说了句最尬的开场白：“学长们早上好。”

小侯和老祝还坐在床上，有点儿不好意思，干笑了两声。

“你早、你早。”张三凑过来道，“学妹，你今天怎么来我们寝室了？”

“我让她来的，”沈司岚将早餐盒放在自己的桌上，冲穗杏招了招手，“过来。”

穗杏跟着他走到阳台上的洗漱台旁，男生的洗漱台果然比女生的简单很多，穗杏打量间，沈司岚找了条新毛巾拿给她。

“把外套脱了，”他说，“我用吹风机帮你吹干。”

穗杏顺从地将外套脱下递给他，她里面只穿了件短袖，沈司岚又拿了件自己的运动外套让她披上。他的外套上没有别的味道，只有股淡淡的洗衣粉味。穗杏心猿意马，站在阳台上，盯着男寝周边长得老高的樟树，胳膊机械地重复着擦头发的动作。

沈司岚将穗杏的衣服挂在床架护栏上，耐心地用吹风机吹着被打湿的地方。刚开始不知道岚哥把学妹带到寝室里来干什么，现在看学妹，再看岚哥，张三他们几个终于明白了。

“我怎么看着岚哥有种在当妈的架势啊？”张三是真这么觉得。

“错了，”小侯指正，“性别错了，当爸。”

老祝无语：“按年龄来说应该是哥吧，怎么就是爸了？”

“哥？你信我，当哥哥的不可能这么体贴。”小侯不屑地摆手。作为有亲哥哥的人，他很清楚现实中的哥哥到底是什么样。

几个人说话时，沈司岚理都没理他们。将衣服吹得差不多后，他把衣服给穗杏送了过去。阳台上穗杏用毛巾擦着刘海，薄薄的刘海被她用力擦得爹开来。沈司岚看了两眼，又进去给她拿了把梳子。在男寝找梳子不是件容易事，梳子常常不知道被丢到哪儿去了。穗杏问：“有镜子吗？”

“没有，”沈司岚说，“我给你梳。”

他抬手，梳齿轻轻刮过她的头发，穗杏没敢抬眼，就那么盯着地面，任他梳着她的头发。沈司岚突然想，有没有能理睫毛的迷你小梳子？

穗杏身上披着他的外套，心想待会儿该怎么还，犹豫着问：“要不我把外套拿回去洗好后再还给学长吧？”

沈司岚觉得没那个必要，要是洁癖到这个份儿上，他还怎么住寝室？

“不用。”

穗杏也不是怕弄脏，统共就穿了十分钟而已。其实她只是担心自己身上会不会有什么不好的味道沾在衣服上。

因为她的到来，老祝和小侯已经从床上下来，端端正正地坐在位置上打游戏。他们不知道岚哥和学妹站在阳台上干吗，也不关心。光天化日之下，对面男寝里都住着大活人，在阳台上谁敢乱来？

他们没兴趣偷看，正在三排打游戏。一般没课的时候几个人习惯赖床，就算醒了也要在床上赖到饭点才起床收拾。

“说真的，我们真的应该找个固定排位的队友了。”张三捧着手机骂骂咧咧地说，“我们这几天排多少把了？赢一把输一把，还上什么分，简直浪费感情。”

“你喊了那么久，队友呢？也没见你找来。”小侯说。

张三嘁了声，说："哦，那合着就我一个人找呗？等我找到个操作牛、意识好的人，你们就全跟我屁股后边儿享清福呗？你们这帮现充又是团委任职又是兼职打工的，还有那么多社团活动，人脉比我广多了，凭啥就我一个人找？"

除非不合群，否则人家排位都是以寝室为单位，真操作好的人早就被拉进战队了，好队友哪有那么好找？能来的人他们嫌段位不高，他们看得上的人又名草有主，天天喊着找队友，最后谁也没找来。

老祝说："实在不行在 BBS 上发英雄帖，要不找表白墙发公告也行。"

"那发了英雄帖人就能来啊？没点儿好处谁跟咱组队？"张三毫不留情地泼着冷水。

"那就写重金求队友。"

说干就干，老祝觉得这主意好，立马登录 BBS，搓了搓手，在键盘上敲起来。张三看老祝这副兴冲冲的模样，摇了摇头："你写吧，能找着人我喊你爹。"说完他起身往厕所走去。

老祝懒得理张三这货，对小侯招了招手："来，咱俩一起想。"

这时沈司岚和穗杏从阳台上进来，见这俩人凑在一块儿不禁蹙起眉头。但凡他们凑在一台电脑面前，看的绝不是什么正经东西。只是这回意外。老祝看他进来了，冲他说："岚哥，来看看我们这英雄帖写得怎么样？"

沈司岚走过去，穗杏也好奇地凑过去看。

"重金诚挚寻一温婉明媚的女子组队打游戏。"

"重金？"沈司岚语气淡然，说的话直戳人心窝子，"你们这个月的生活费还剩几毛？"

两个人沉默良久，遂删去"重金"二字。沈司岚又说："要男的。"

这个要求触底线了，他们说什么都不答应了。

"岚哥，你不能因为你不近女色，就夺走我们的幸福啊。"老祝说。

小侯也说："我们四个阳气本来就挺重，再不来个妹子阴阳调和一下，我们就真的要孤独终老了。"

"女的不行。"沈司岚皱着眉坚持说。

穗杏在旁边听着，本来想毛遂自荐，但看他态度这么坚决，只能按捺下失落情绪，装作毫不在意的样子继续竖着耳朵听。

"女的怎么不行？岚哥，你不是有性别歧视吧？"

"岚哥，我一直觉得你不是那种大男子主义的人。我看错你了。"

沈司岚低啧一声，因为被误会导致脸色有点儿阴沉，冷着声音说："找女的来，要是她玩得'菜'你们舍得骂？"

"……"

"……"

也是。之前跟杭学长打排位，他们可不管什么学长学弟的，反正谁打得"菜"谁就在底层，就得接受其他人的吐槽。

厕所响起冲水声，张三出来了。

"张三你来，岚哥说不让找女队友，你同意不？"

张三是最近女色的，肯定不会同意，到时候三比一，大势所趋，岚哥也没办法再反对。

没想到张三却严肃着脸说："不行，得找男队友。"

一寝室的人都惊了。

小侯最先发问："你还是我认识的那个张思睿吗？"

张三苦口婆心地跟他们几个解释道："你们懂什么，我这是为你们好。你们知道现在的网络骗子有多猖狂吗？现在学伪声装女的骗人的思想不健康男多了去了，到时候你们被骗钱骗心了，寻死觅活的时候别找哥们儿帮你报仇。"

"不至于吧，我们就在本校找。"

"你以为在本校找就安全了？咱楼下寝室有个哥们儿天天开变声器装女主播求打赏，你们不知道吧？"

"……"这人字字泣血，绝对被骗过。在学妹面前好歹得给室友留点儿面子，所以他们没继续追问。

小侯和老祝被说服了，遂英雄帖内容改成："诚挚寻一温婉明媚男子组队打游戏。"温婉明媚是他们最后的倔强。

穗杏眼睁睁地看着他们发出帖子，又不好意思插嘴。她觉得她长得还是挺温婉明媚的，可惜是个女的，不符合他们的条件。

发完帖子，几个人肚子都饿了。张三最先盯上了沈司岚桌上的全福德早餐，双目放光地道："我没瞎吧？岚哥，你桌上那个难道来自传说中的全福德？"

全福德不愧是全福德，就连外带的早餐盒都是保温隔热的。

沈司岚："滚。"

然后他冲穗杏招手："过来吃。"

张三大呼小叫地控诉："哇！岚哥！怎么这样？学妹是人，难道你亲爱的室友们就不是人了吗？"

小侯和老祝也觉得沈司岚偏心，眼神幽怨地看着他。沈司岚置若罔闻，张三见求他不成，又把期许的目光投向了穗杏。

穗杏被看得不好意思，小声说："要不我的这份就给学长他们吧？"

"学妹！"

"呜呜呜！学妹！"

"学妹，你是天使吧？"

三个人感激涕零，沈司岚直接驳回："他们也配？"

"……"

"岚哥，你之前不是这样的。之前那个田螺妹子给你送早餐，你每次都分给我们吃，自己一口不动。今天换成学妹送早餐来你就不给了，你偏心。"

沈司岚毫不避讳地直视着他，满脸写着"我就是偏心怎么样"。

此时穗杏弱弱地举手："那个，之前的早餐其实也是我送的。"

张三："……"

老祝："……"

小侯："……"

穗杏挠了挠头，说："我听说学长从来不收这些东西，怕他退给我，所以就匿名送了。"

三个人同时看向沈司岚，脸上写着"你这个千古罪人"几个大字。沈司岚也很蒙，语气里充满各种复杂的情绪："之前的早餐和花是你送的？"

穗杏："嗯。"

"……"男人神色愣怔，好半天没说话，唇不自觉地微抿着，桃花眼低垂，眉宇间隐隐露出悔色。

张三哎哟了一声，添油加醋地说："岚哥，你居然用学妹送你的花放厕所里除味！"

穗杏尴尬地笑了笑："没关系啦，废物利用挺好的。"

学妹的脾气真的太好了，这样她都能原谅岚哥。但是学妹原谅了不代表他们就不能替学妹报仇了。张三起头，剩下两人殿后，一把将沈司岚从他的桌旁挤开了。

沈司岚蹙眉问道："干什么？"

"干什么？你居然这么对待我们学妹的心意，你今天没资格吃早餐了，"张三叉着腰，嚣张地抬起下巴指了指厕所，"你给我去厕所忏悔！"

"忏悔！"

"同意。"

沈司岚几乎被这三个室友气笑："你们挺嚣张啊。"

张三有些心虚地躲开沈司岚直勾勾的视线，转头问学妹："学妹，你觉得这人还有资格吃这份早餐吗？你别忘了之前他是怎么对待你的心意的。"

穗杏骑虎难下，看看张三学长又看看沈司岚，最后还是狠下心说："我觉得没有。"

沈司岚："……"

张三笑得特别开心："学妹，你是个做大事的人啊。"

穗杏大着胆子不许沈司岚吃早餐，虽然刚刚那句话说得挺帅的，也说得很爽，但其实还是挺怕他生气的，小心翼翼地偷瞄了眼沈司岚阴沉的脸色，为保小命，果断地拎着自己的那份早餐头也不回地打算跑路。

张三几个人的注意力都在这份从天而降的豪华早餐身上，几个人说了句"学妹慢走有空再来玩"就开始搓手动筷子了。

唯独沈司岚没那么轻易放过她。她腿短，没跑成。沈司岚长腿一迈，轻易地将她拦在了走廊上。穗杏护着自己的那份早餐，生怕他抢。她不让他吃早餐，他抢不过三个室友，很有可能会抢她的这份。

男寝走廊上总会路过那么几个人，穗杏被拦在墙边很想跑，但沈司岚拦在她面前，明摆着不让她走。每个路过的人都会看他们，甚至走远了还会转过头来看。穗杏觉得实在尴尬，以为沈司岚是因为她附和张三学长他们的话，所以生她的气。

"我刚刚开玩笑的，没有不让你吃。"她只能妥协。

沈司岚开口，说的却不是这个："你给我送早餐和花，为什么不直接告诉我？"

穗杏说："怕你退给我。"

"你为什么觉得我会退？"

"因为……因为之前也有人给你送过东西，都被你退回去了。"她结结巴巴地说。

他理解了她的话："所以你觉得我不会要你送的东西？"

“嗯。”

“傻不傻。”他笑了下，应该是在嘲笑她，“我不知道是谁送的，就更不会收了。”

知道东西是谁送的他会退，不知道他又不会要。穗杏不知道他到底要怎样。

“算了，”她抿了抿唇，有点儿赌气地说，“反正这是最后一次了。”

沈司岚突然挑眉：“最后一次？你以后不送了？”

“嗯，”穗杏说，“你不是不要吗？”

“我没有不要。”

穗杏指控道：“你之前也没要啊，早餐你都给张三学长他们吃了，你还把花丢在厕所里，还说厕所已经放不下了。”

被无情指控的沈司岚一时失了语。

“我现在知道是你送的了，”他犹豫片刻后说，“不会再有下次。”

穗杏撇嘴：“那我也不送了。”

“不行。”沈司岚皱眉，直接拒绝道。

穗杏的脾气上来了，她凶他道：“你说不行就不行？反正我不送了，再也不送了！”

然后她用早餐盒抵着他，一把将他推开，头也不回地离开了。沈司岚徒劳地张了张嘴，站在原地愣怔片刻，最后低啧了两声，从喉间发出一声长长的叹息。

他回到寝室后，三个室友幸灾乐祸地看着他，心想：沈司岚，你也有今天。

他们本来商量着要不赏沈司岚一个灌汤包算了，结果沈司岚非但没有听从组织安排，反而倨傲地从上至下俯视他的室友们，抬脚踢了踢凳子，淡淡地说：“起开。”

“为啥？”

沈司岚面不改色地道：“这是买给我的，你们也配吃？”

老祝说：“那学妹之前送的我们不也吃了？”

沈司岚嗯了声，声音相当淡定：“吐出来。”

“……”他们当他的室友真是倒了血霉。

张三最机灵，赶紧将灌汤包塞进嘴里，差点儿被从薄薄的面皮中滋出的热汤汁烫得当场去世。他张着嘴大口呼吸，试图给舌头降温。沈司岚冷笑了一下，心想：张三干脆改名叫张二算了，简直就是个二到无穷大的货。

“岚哥，你刚刚在外面问没问学妹为什么要给你送早餐还有花啊？”小侯突然好奇这个，问了句。

老祝赶紧附和，张三暂时还说不出话来，只能好奇地睁大眼睛看着沈司岚。沈司岚愣了下，抿了抿唇，声音很轻地道：“没问。”

张三大着舌头，惊讶地问：“没问？那你们在外面站这么久说什么呢？”

沈司岚皱眉，有点儿烦了：“关你什么事。”

“没问其实是对的，”老祝突然分析起来，“学妹脸皮薄，肯定不会承认她在追你的。”

这不是明摆着的事吗？学妹又是送早餐又是送花的，还天天在卡片上面写土味小祝福。情窦初开的女孩子追人的手段笨拙而大胆，做的每件事都引人不禁发笑。他们甚至能想象到穗杏每天鬼鬼祟祟地到男寝管理室门口，小声让宿管阿姨帮忙送早餐的情景。

“我还以为学妹那么多人追，起码能从那些追求者那里吸取点儿经验，没想到还是用的这么原始的方法追咱们岚哥啊。”老祝笑着说。

小侯也笑了：“学妹脸皮薄吧。你让她在咱们寝室楼下摆蜡烛告白她肯定不敢啊。”

张三什么话也没说，伸着舌头羡慕又嫉妒地看着沈司岚。沈司岚的重点却不在学妹追人的方式原始与否上：“很多人追她？”

“多啊。”小侯问，“你是她的助班你不知道？”

沈司岚还真不知道。助班最忙的时间其实也就只有军训那半个月。自军训之后，他就很少去管新生了。新生们这时该进的学生组织进了，社团也加了，自己的小人脉圈也发展起来了，不同级别的课程安排都不同，再加上主校区这么大，平常大家能遇见的概率其实很小。

老祝好心提醒道：“岚哥，你要是拒绝学妹的话，记得话别说得太狠了。学妹这肯定是初恋，受不了这个打击的。”

张三：“岚哥，你要拒绝学妹啊？”

“那不然呢？你以为岚哥是那种连十六岁少女都下得去手的畜生吗？”

“……”

老祝神神道道地说：“真不知道那帮现在就迫不及待地追学妹的畜生是

怎么想的，再等个两年会死？”

人都是视觉动物，常常会因为一个人的外貌举止忽略其真正的年龄和阅历。穗杏不论怎么看都是个还处在成长阶段的十六岁小女生，还需要长大。

沈司岚扔下筷子站起身来。张三语气惊喜地问：“岚哥，你不吃了啊？”

“喝口水，”沈司岚沉声警告道，“你别想偷吃。”

张三又缩回蠢蠢欲动的手。沈司岚拿水杯时，无意间看到了穗杏刚刚穿过的他的那件外套正随意地挂在柜门外的衣钩上。

她身上总有股很好闻的味道，他离近了就能闻见，比起香气更像是某种释放的信息素，夹着清爽而又甜腻的味道。清晨的小雨终于停歇，沈司岚抿了口水润湿了唇，温度偏低的冷水顺着舌尖灌进喉咙，终于冲散了那股味道。那味道缠了他一上午，缠得他喉间发紧，心烦意乱。

穗杏回去就把早餐都给室友们分了。她自己却没怎么动筷子，一副兴致缺缺的样子。孟舒桐看出点儿不对劲儿来，嘴里还嚼着包子，含混不清地问：“穗穗，你咋了？”

穗杏把她最近天天早起给沈司岚送早餐这事给说了。当然她省略了很多细节，譬如她其实乐在其中，只是顺水推舟，答应了主席给她布置的任务。

在室友们的理解下，穗杏现在就是因为不知道该怎么让沈司岚答应她当迎新晚会的主持人而苦恼。

“所以你之前问我的事就是这个？”孟舒桐恍然大悟道。

穗杏点了点头。王可慈说：“这种事直接问学长愿不愿意不就行了吗？”

穗杏支支吾吾的，又不能说自己那弯弯绕绕的小心思。她当然知道最简洁明了的方法就是直接去问沈司岚愿不愿意当主持人。

穗杏是学理科的，在做数学题时，越简单的解题步骤越不会有出错的风险。可在这件事上，她不知怎么的，直白明了的方式不用，却偏偏要用最费时费力的蠢办法。她在无意识地试探着什么，或许真的想以送早餐的托词哄他开心。明明她只要说出自己的本来目的就能缓解尴尬，却偏偏三缄其口，只是为了看他的反应。如果他察觉到了一点点她的心思，会不会有出乎意料的反应？如果他对她的行为感到反感，那么穗杏也有退路：不是因为喜欢你才给你送早餐，而是因为有求于你。这样她进可攻，退可守，看似笨拙的心思，却是情窦初开的小女生能做的最大胆的试探了。

所以穗杏迟迟没说。她想让他感觉到她在对他好，在小心翼翼地撩拨他。可她现在才发现自己这个方法有点儿蠢，因为她看不透沈司岚的心思。往好的方面想，她怕是自己自作多情；往坏的方面想，她又会陷入低落的情绪里。说来这真是矫情又别扭，穗杏自己也知道。每个人处理情感的方式都不同，相比起汪育妃学姐那样帅气直白的追求方式，她的处理方式显得格外小家子气，上不了台面。也难怪室友不理解她的做法，她自己都不理解。

“为啥不按照我说的做啊？你跟学长撒个娇，说不定他早就同意了。”孟舒桐说。

穗杏小声说：“我做不来。”

“哎，我说穗杏同志，”孟舒桐顿感好笑，“送早餐和送花这么大胆的事你都做得出来，怎么撒娇你反倒做不来了？”

“可能是当着学长的面就不好意思吧。我军训那会儿面对张教官的时候也浑身僵硬，懂这个感觉。”王可慈顿了顿，突然说到了点子上，把自己给说通了，扬高了声音说，“难道穗穗你喜欢——”

穗杏：“没有！”

孟舒桐心领神会，坏笑着快速说出了王可慈的后半句话：“你喜欢沈司岚！”

穗杏急得手里的筷子都要拿不住了：“没有啊。”

万亿在这方面没另外两个室友机灵，但她们一说，她顿时也明白了：“哦，难怪你每天都肯起这么早去给学长送早餐，原来是为爱发电。”

“穗穗你也太不够意思了吧，我喜欢裴老师这件事都跟你说了，还有糍粑喜欢教官，我们都没害羞，你喜欢学长这件事怎么还瞒着我们？”

说不介意那肯定是假的，孟舒桐觉得穗杏没把她们几个室友当真正的朋友看。

“说实话，学长要是再和蔼可亲一点儿，我肯定也喜欢他。”万亿扶着下巴感叹，“我还是喜欢温柔点儿的男生，学长这种在电视剧里看看就好了，真在现实中和他谈恋爱肯定要受伤。”

穗杏讷讷地解释："其实他没有你们想的那么不好接近。"

"哦，还没成呢你就帮他说话了，你果然喜欢他，"孟舒桐哼哼笑了两声，语气相当不怀好意，"刚刚还不承认。"

面对室友的调侃，穗杏又羞又气。她说不清这种矛盾的感觉，被人调侃她和他的时候，她心里其实是甜蜜的，但更多的是慌张无措。穗杏只好放弃挣扎，恳求道："你们别说出去。"

三个室友笑着向她保证："不说、不说，放心吧。"

她们答应得很爽快，但脸上那不明意味的微笑总让穗杏觉得毛骨悚然。

"那早餐你还送吗？"孟舒桐问。

穗杏摇头："褚学姐说从明天开始换她送。"

穗杏真的没有再送早餐过来了。

当张三阴阳怪气地在沈司岚耳边说"田螺姑娘"这次是真的被他气跑了的时候，就会收到来自沈司岚的一记冰冷眼刀，然后张三就会缄口，不敢继续说了。

取而代之地来送早餐的是他们院主席，一个非常嚣张的女人。

沈司岚每回出门上课时，主席就骑着小电驴等在男寝门口，然后将手中的早餐丢给他，冲他比个军礼，又骑着小电驴离开。

"……"

一连几天都是这样，渐渐地计算机学院开始传他们院主席褚漾对直系学弟沈司岚倾心的风言风语。

放眼整个计算机学院，其中开在料峭寒天中最难采摘的高岭之花指的就是沈司岚。他目中无人，拒绝起人来毫不留情。汪育妃追了他整个学年，都没把这块冰焐化。

终于在第三天的周末，被学姐弄得神经衰弱的沈司岚往常都会睡到十点，今天七点的时候就已经睁眼了。见对床的张三还在打鼾，沈司岚黑着脸坐起来，将枕头直接冲张三的脸扔了过去。张三不耐烦地嗯嗯两声，像个鲶鱼似的扭了扭身子，很快又睡了过去。

极快地洗漱完毕，沈司岚换好衣服下了楼。没过多久，学姐又来送早餐了："学弟今天起很早嘛。"

沈司岚尽力维持着面色上的冷静和沉稳，开门见山地说："你到底想干什么？"

学姐笑道："你知道我们院在筹备迎新晚会吧？"

沈司岚嗯了声。

"我们还缺个男主持人。"学姐满怀期待地看着他。

沈司岚眼底滑过一丝荒唐之色，勾唇轻嘲道："就为了这个？"

"对啊，知道你肯定没那么轻易答应，所以就给你送早餐嘛。"学姐特别体贴地问他，"还是你更喜欢收到花？"

对视几秒后，沈司岚眼中渐渐露出恍然之色，脸色也越来越黑。

"穗杏也是你让她来送东西的？"

学姐点头："对啊，我给她报销的。"

"……"

不知道为什么，虽然沈司岚还是板着张脸，但学姐总觉得他清俊好看的五官似乎扭曲了起来。

"学弟？"她试探性地喊了他一声。

"穗杏在哪儿？"沈司岚问。

学姐看了看手表，说："应该在体艺楼排练吧？"

沈司岚说："电动车借我。"

学姐不大愿意："我新买的，你磕碰到了怎么办？"

沈司岚冷哼，语气不屑地说："你觉得我会赔不起？"

"……"

沈司岚骑着小电驴走了。

清晨微凉的风刮过，卷起校园路边的落叶，秋意渐浓。学姐望着沈司岚远去的背影，突然打了个哆嗦。

迎新晚会越来越近，每次排练穗杏已经习惯直接换上礼服上台念主持稿。因为学姐没来，抹胸后的系带没人帮她系，穗杏抓着胸前要掉落的衣服，后背一阵冰凉。她吸了吸鼻子，打了个不轻不重的喷嚏。

她此时并不知道学姐的小电驴已经被强行借走了。

穗杏又不想更多人知道她胸小导致抹胸穿不稳这件事，只能对着镜子背过身，艰难地转过头，别扭地替自己系带子。

体艺楼背靠人工湖，小路上植着常青树，立了个简单的棚子专门用来停放学生们的非机动车。

穗杏好像听到了小电驴的声音。她提着裙子走到窗边，悄悄拉开窗帘的一角，果然看到了学姐的小电驴。

学姐来了！穗杏又赶紧走到门口等着，几分钟后，门果然被叩响了。

她什么也没想，直接打开门缝示意人进来。等人进来后，穗杏又赶紧转过身："学姐，快帮我系带子。"

对方半天没反应，穗杏疑惑地转身，发现来的人并不是学姐，是沈司岚。

他难得呆滞，眼前突然出现料想之外的状况，恍惚半晌也没有动作。

她死死地用手抵着胸口，即使大脑死机，也绝不会做出大意松手让衣服滑落的行为。

穗杏脸上迅速泛起明显的红晕，很快这股红晕从脸颊蔓延至耳根，又到后脖颈，再到背脊，最后直至脚跟，将她整片雪白的肌肤染成绯红色。她羞惭又难堪，逃也不是，不逃也不是，张皇无措地立在原地，柔软的脖子低出几乎快折断的弧度。

可能是她的情绪传染到他了，沈司岚薄薄的耳根红得并不明显。他渐渐垂下眼，深深吐出一口气来。

两人都哑巴了。门外这时响起其他人催促的声音："学妹，你换好衣服了吗？上台了。"

门还没关紧，穗杏心脏快跳到喉咙口。沈司岚反应比她快，迅速将门带上并反锁。

敲门声响起，门外的人又问了一遍。

穗杏只好回应："马上。"

催促声消失，门里的人再次陷入极度尴尬的状态。良久，沈司岚低声说："转过去。"

穗杏没反应过来，像个木头人似的戳着。

见她没有反应，沈司岚微微闭眼，嘴角紧抿，嗓音比刚刚更低了几分，又带着些许捉摸不透的气息："我帮你系上带子。"

穗杏咬牙，狠下心转过身去。

横在光裸后背间的细长白色搭扣带恰好落入精致的蝴蝶骨和凹陷的细腰间。暴露的后脊处一片雪白，淡香浮动，她的骨架实在太小了，他几乎一手就能握住。他挪开眼，又敛下眼皮，有些艰难地平息着呼吸。

感到后背的带子被人拉扯时，穗杏脑子发晕，头皮发麻，全身的骨头都像是突然散架般又软又酥，再次升高的体温似乎快要烧光她的理智。他很不熟练，系带时冰凉的指尖尽量避开，却仍不经意地触到她的肌肤。这就像是在荒原中点燃了一簇极小的火星，很快便烧得漫山遍野都是大火，无一幸免。

奇怪而羞耻的感觉涌上头顶，这种男女间暧昧而致命的相处状态几乎是瞬间就教会了这个徒有满肚子理论知识的小女生很多真实的感觉。藏在娇羞下的，更深层的是对这种隐秘而大胆的对于情感的渴望。

她咬着唇，不自在地缩了缩背。

“这样可以吗？”他问。

穗杏想也不想地用力点头：“可以、可以。”

“不会掉？”

“不会、不会。”

她干笑了两声，怕他不信，提着裙子作势要跳两下给他证明。沈司岚轻拉住她的胳膊：“不用证明了。”

穗杏安静下来，没话找话道：“学长，你找我有事吗？”

沈司岚嗯了声，说：“你先去排练吧。我待会儿再说。”

穗杏点头，打开门离开，然后头也不回地往洗手间走去。她先去洗个脸冷静冷静再说。

等两人互相看不到对方了，绷紧的神经才算是彻底松懈下来，沈司岚颓然地坐在椅子上，靠着椅背，手指在太阳穴上按压，紧皱的眉宇却怎么也舒展不开，灼热的呼吸自喉间溢出，最后化成意味不明的叹息声。

排练完后，穗杏下意识地有些抗拒去找沈司岚。她还没缓过神来，不知道该怎么面对他。

但她的衣服在换衣间里，如果她要换回衣服，是肯定要碰上沈司岚的。一步分作三步地走回换衣间，穗杏先探了下头，发现他果然还没走。

穗杏缩回脖子，靠着墙做了个深呼吸，然后雄赳赳地挺着胸进去了。她故作镇静，像是全然不在乎刚刚发生过的事。

“学长，你找我什么事？”

“你给我送早餐和花的事，”他皱着眉顿了下，问，“是褚学姐让你做的？”

穗杏点头：“是啊。”

“不是你自己要送？”

穗杏心虚了两秒，然后果断摇头：“不是。”

“目的呢？”

“想让你答应当迎新晚会的主持人。”她想也不想地就说。

口供对得上，穗杏送早餐和花的事确实是学姐指示的，而非穗杏自己的想法。

“没别的了？”

“没有。”

他没再往下问了。穗杏偷偷地抬眼看他，发现他的表情似乎不怎么高兴。

“她让你送你就送？”他突然发难，“你不会拒绝吗？”

她又不想拒绝，为什么要拒绝？穗杏别扭地说：“反正以后都是学姐给你送，我又不会给你送了。”

沈司岚半晌没作声。穗杏觉得如果他就是因为这个事过来找她，那他们就没什么可说的了。

“学长，”她一鼓作气地问，“所以当主持人这件事你到底答不答应？”

沈司岚：“不答应。”

他拒绝得实在太干脆，穗杏没想到自己这些日子的努力竟然真的是徒劳。

“为什么啊？”她不甘心地问。

他别开眼，淡淡地道：“没有为什么。”

穗杏决定试最后一次。她心里想着孟老师的话：有时候人就该学会利用自己的优势。

“学长。”

沈司岚看向她。

身形娇小的女孩子凑近他，即使仰着头，也只是艰难地够到他的下巴，双颊奶白，一双黑亮的杏眸里目光躲闪，却又倔强地盯着他。她今天原本特意编了发，时间长了发卡有些别不住她的长发，几缕碎发松垮地落在肩上，勾勒出清秀稚气的轮廓。

脑子已乱成一团麻，但穗杏还是咬牙做了。她真的很想跟他站在一块儿，哪怕只有一个人起哄说他们般配，也是值得的。

沈司岚垂在身侧的手，尾指突然被轻轻地拉了一下。指尖微颤，他下意识地躲了躲，那比他的手指更为柔软细嫩的小指圈住了他的手指。她圈着他的手，极小幅度地摆了摆，和大多数女孩子一样，撒娇的时候不知道为什么喜欢拉着人甩来甩去的。

“求你了。”她蹙着眉，抿起粉唇，单边的梨涡微微凹了进去，很小很小的声音带点儿恳求和娇蛮之意。

沈司岚垂眼，将视线从她的嘴唇处挪开，顺着少女柔软的脖颈落入抹胸低领处缀有白色蕾丝的镶边上，隐隐堆起的弧度明暗相交，凝乳般白得晃眼。她并不成熟，如同半熟芝士般生涩和妩媚交融，他不可避免地想起小女生背后的那截搭扣。小指尾端酥麻，沈司岚闭上眼，不着痕迹地退后了两步。

穗杏愣了，撒娇也没用啊？学姐和孟老师的方法都没用。她常常会幻想自己对他来说是特殊的那一个，但事实用冷水泼醒了她，其实她根本没那么特殊，不能够轻易撼动他的想法。徒劳无功的感觉真的很不好，穗杏的勇气被消磨殆尽，这会儿她怎么也说不出话来了。

“学妹我来了！”门倏地被打开，褚学姐匆匆赶来。

学姐一看到沈司岚，就忍不住上前抱怨：“你骑着我的小电驴跑那么快干什么？我也要来体艺楼啊。你就这么直接把我扔在你们寝室楼下，捎我一程会死？”

沈司岚皱紧眉，一言未发，神色烦躁。学姐觉得不对劲儿，警惕地问道：“你怎么了？”

“没什么。”他的声音听着也挺躁的，不复清朗，粗哑而低沉。

学姐又看向穗杏，发现她的脸色似乎也不太好，于是大胆猜测：“你们吵架了？”

穗杏摇头：“没有。”

沈司岚连声再见都没说，径直离开了换衣间。本来就腿长，再加上他走得快，再淡定的步伐也感觉像是匆匆逃离。

学姐想到什么，连忙跟了过去，拦住沈司岚问他到底要不要当主持人。沈司岚：“不当。”

学姐对这个答案也不意外，就知道沈司岚没那么好对付。她还懒得伺候他呢：“那行，我找别人。”

然后她冲他哼了声，高傲地别过头去。

“学姐。”沈司岚又叫住她。

学姐转身：“干吗，改变主意了？”

“只有你希望我上台，”沈司岚不经意地挪开视线，也不知道在看哪里，舌尖抵腮，慢吞吞地说，“其他人又不希望。”

“我希望还不够？我堂堂院主席还请不动你一个组织部部长？”

院主席褚漾惊了。以前她怎么没发现这位沈姓学弟官架子居然这么大？

沈司岚意味不明地冷哼，转身就走，留下个傲慢的后脑勺给主席。

“……”谁爱伺候这位爷谁伺候去，褚漾不干了，穗学妹也不干了。

主席请不到计算机学院的门面，那就退而求其次。他们计算机学院别的优点没有，男神大把，随便挑，哪个都比沈司岚好伺候。

主席风风火火地在计算机学院内部开展起了海选活动。

迎新晚会至少需要四个主持人，像外语学院和新闻学院那种男神、女神比较多的学院，长得好看的人都想出风头，就会增加到六个甚至八个。他们计算机学院连四个都没找齐，更别说六个、八个了。

根据晚会流程，四个主持人将会在节目空隙中分别两两上台报幕。学姐不忍心穗杏每次都是孤零零地报幕，所以很大方地将自己的搭档暂时借给了穗杏。

时间越来越近，穗杏上课的时候都在背主持稿。就连陪孟老师来政法学院蹭课的时候，孟老师全心全意地盯着讲台上正在讲课的裴老师，而穗杏则是将手机偷偷放在桌下，时不时瞥两眼，口中无声地背着词，神情十分认真。

孟舒桐双手抱脸，痴迷地看着讲台上那个西装革履的男人：“穗穗，你说我的眼光怎么就这么好呢，我喜欢的人怎么就能这么好看呢？”

穗杏还在背词，思绪不能被打断，敷衍地嗯嗯了两声。因为是过来蹭课的，她们只敢坐在最后排。孟舒桐轻微近视，为了能看清裴老师的样子去配了副眼镜，一来能够看清老师，二来就跟老师有了共同点，都戴眼镜。

眼镜的牌子孟舒桐也特意去查过，是个国外进口品牌。裴老师那副是银边的，孟舒桐就选了副玫瑰金边的。镜片实在是看不出来，孟舒桐只能自己随便配了。

下课铃响起，穗杏也不急着走，继续坐在位置上背稿子，因为孟舒桐是一定会在课后拿着专业书屁颠颠地跑到前排叫住裴老师问他问题的。果不其然，孟舒桐拿着书一蹦一蹦地冲到了讲台前。

上计算机专业课的时候都不见她这么好学，但凡孟舒桐肯拿出百分之五十对待裴燕闻教的这门课的热情好好学 C 语言，也不至于到现在还分不清 for 循环（编程语言中一种循环语句）和 while 循环（编程语言中一种循环语句）的区别。

裴燕闻不是第一次在他的课上见到这个女生了。每次她都坐在最后排。在老师眼中，这种可以自主选座的课上坐在最后排的学生学习态度首先就算不上好。

多媒体设备都还没关，这女生又来问问题了。每次她的问题都很浅显，甚至在百度上都能找到最佳答案，可学生好学过来问，他又不能不回答。解答完她的问题后，裴燕闻礼貌地问："还有别的问题吗？"

"有，有好多，"孟舒桐赶紧说，"就是每次只能下课才能来问老师，所以旧的问题还没解决，新的问题又攒起来了。"

裴燕闻听出她的言外之意，顺着她的意思问："所以？"

"老师你有微信吗？我能加你的微信吗？这样我有问题在微信上就能问你了。"

察觉到她的眼神太过明目张胆，裴燕闻眯眼，语气温和地说："法学院有个专业大群，我就在里面。"

孟舒桐愣了。她不是法学院的学生啊，怎么会加那个群？

裴燕闻看出来什么，也不问缘由，笑着问她："你是哪个学院的？"

孟舒桐只好老实说："计算机。"

"你对法学有兴趣？"

"有点儿兴趣吧。"

裴燕闻语气轻柔，委婉地给出建议："既然有兴趣，你不如先从大一的专业课学起，这是大三的专业课。"

他拐弯抹角地戳穿了她的意图，也间接地拒绝了她的各种请求。看着刚刚还大胆热情的女学生愣在原地，裴老师仍是斯文有礼地提醒她快去吃饭，随后拿起课件绕过滞在原地的她，从容地离开了教室。

坐在最后排的穗杏不知道发生了什么，只知道孟老师回来的时候就像是变了个人。

"暗恋太难了，"孟舒桐苦着脸说，"我还没说出口，就被拒绝了。"

穗杏睨她。她这哪里叫暗恋？暗恋是小心翼翼、举步维艰，生怕每个动作都惊扰到那个人，生怕自己的每寸心思随时会暴露于阳光下，比单恋更卑微，也更酸楚，却又让人舍不得放下。而孟舒桐对裴老师，那明晃晃的喜欢挂在眉梢眼角上，对方还未有任何回应，她就已经将心中肉麻矫情的情话全都化成了眼睛里的爱慕和欢喜之情。

每个人对待感情的方式都各有不同，可单恋的心情大同小异，卑微而又苦涩。所以穗杏也理解她这种低落的心情。

孟舒桐连吃饭的心情都没有了，现在只想买一杯糖度超标的奶茶回寝室慢慢喝，中和掉心里的苦涩滋味。穗杏没法，只能一个人去食堂解决伙食问题。

食堂特别热闹，唯独穗杏孤零零地一人吃着饭。之前杭嘉澍陪她吃饭的后遗症很严重，严重到哪怕穗杏如今一个人吃饭，也没人敢上来搭讪，大家生怕杭嘉澍潜伏在哪个角落里。但其实杭嘉澍最近在忙导师给他布置的论文作业，加上工作室的游戏项目开发又正卡在瓶颈处，他每天恨不得把睡觉的时间都抽出来分给学习和工作。

幸好这时候学姐给她打电话，说第四个主持人找好了，让她去体艺楼那边见见。正在吃饭的穗杏匆忙解决最后几块排骨，擦擦嘴就往体艺楼赶。看见校内公交车刚开过去一趟，穗杏想着就当消食，在路边扫了辆共享单车，骑着就往体艺楼赶。

她赶到体艺楼门口时，有不少参加迎新晚会节目表演的同学此时陆陆续续地在大门口集合。

这里面也有他们班的人，穗杏和几个同班同学打了招呼，听到同学向她打听主持人找好了没有。

“褚学姐说刚刚找到了。”穗杏老实说。

同学睁大了眼睛，期待地问：“是我们助班吗？”

穗杏摇头：“不是。”

“啊，不是啊，”同学的语气一下就难过起来，“我还以为肯定会是我们助班。”

穗杏虽然也不高兴，却仍装作无所谓的样子，反倒安慰起同学来，说谁当主持人都一样的，反正主持人又不是晚会的关键所在。

同学却不大赞同她的话：“当然是关键所在啊，不然为什么那些文科学院每年都找他们院的男神、女神当主持人？”

穗杏也不知道该怎么说了。

几个女孩子正沉默着，突然有个人喊了声：“学长！”

穗杏顺势望去，沈司岚正从体艺楼教学大厅里走出来。最近气温降得很厉害，沈司岚披了件外套。穗杏认出来那是那天在他的寝室时他暂时借给她穿的那件外套。同性之间互相穿外套不觉得有什么，但一想起这件外套她穿过后他又穿，她就老觉得好像哪里怪怪的。

“里面还在布置场地，再等等吧。”沈司岚以为这几个女生要问什么时候能进去排练。

女生们乖巧地说好。

穗杏低着头沉默不语，有点儿不知道该怎么面对他。

“穗杏，”他突然开口叫她的名字，“过来一下。”

穗杏也不知道是要过去哪里，老实地哦了声，听话地跟在他身后走去。他带她绕着体艺楼走了半圈，来到了后面的人工湖边的小路上。秋天来得毫无征兆，湖边风冷，经过这里的人最近少了起来，除了几排停靠在棚里的自行车和小电驴，安静得似乎只有风刮过的声音。

“新的主持人找到了？”他问。

穗杏盯着脚边的落叶嗯了声。

沉默许久，他慢吞吞地问：“不找我了？”

穗杏说：“你不是不答应吗？”

沈司岚皱眉，沉声道：“所以你这么容易就放弃了？”

穗杏：“你又不答应，我还不能放弃了？”

“……”

没话说了，穗杏转身就要走。她走了没两步，又被人从后面拽住了胳膊。穗杏不明所以，回过身古怪地看着他。他脸色也有些古怪，蹙着眉，垂着眼皮，原本微翘的眼尾耷拉下来，眼下肌肤泛起淡淡的粉色，衬得一双眼睛像是过了季节快枯掉的桃花。

他将她拉到自己面前，穗杏本来抬着头和他对视着，这人却又摁下她的头不让她看，害得她只能看着他衣服上的走线。

“学姐让你来找我，所以你就来找我了，”他问，“你自己呢？”

“……”

他言简意赅地又问：“你想不想我当这个主持人？”

穗杏讷讷地说：“已经找到新的主持人了啊，学长，你现在说这个还有用吗？”

“你先回答我。”

穗杏只好点头："想啊，有很多人想。"比如刚刚她遇到的那几个同班同学。

谁不想自己的助班学长在迎新晚会上大出风头？

"那我答应。"他说。

穗杏："已经找到人了啊。"

"我去说。"他放下手，她才终于得以抬起头，就见他的眉宇似乎已松开，语气也没刚刚那么紧绷了。

穗杏替那个新的主持人鸣不平。哪有这样的？他沈司岚说不来就不来，说来就来。饶是对他有滤镜的穗杏也觉得他过于狂妄，且不可理喻。

"学长，你这样会不会有点儿过分了？就算你现在去跟学姐说，学姐也不会同意你这么任性的。"穗杏一本正经地教训着他。

沈司岚嗯了声，说："那你帮我说两句好话。"

穗杏撇嘴，表情不大乐意："我？我才不帮你说话。"

她用脚踢了踢地上的灰，胳膊弯抱着旁边用来支撑停车棚顶的铁杆，身子扒着杆子绕着它转起圈来。

"除非，"她突然笑起来，冲他挑了挑眉，"你求我，那我就考虑一下。"

沈司岚："好。"

"……"穗杏被他这干脆的态度吓到。他很快弯下腰，凑到她耳边。空气微凉，男人吐出来的呼吸夹着他独有的温度，穗杏耳尖的绒毛敏感地立起，垂下的手突然被他捏住了小指。

"学妹，求你了。"他比她脸皮厚一点儿，说完这句话后，也不知道是出于什么心理，竟然低笑了几声。

沈司岚没来由的顺从行为，反倒让原本打算给他下马威的穗杏不知怎么办了。穗杏扒着栏杆小声说："那我考虑一下。"

沈司岚没再说什么。等两个人走回体艺楼前门时，排练的场地已经布置好，大部分人已经进去了。

穗杏和沈司岚一前一后地走了进去。正在对节目流程的主席一看到穗杏就冲她招了招手："学妹，来这边。"

等穗杏走过去，主席笑容满面地向她介绍新搭档，其实也不算介绍，因为穗杏认识这个人。

"班长？"

计科三班的班长池乐有些不好意思地笑了笑："我本来是凑个热闹，结果被选上了。”

穗杏跟他还算熟悉，他俩一个是班长，一个是团支书，每周院里开例会他们都得代表班级一起去办公室开会。这下穗杏为难了。代替的人都已经选好，之前死活不从的正主又回来了，现任哪儿哪儿都好，偏偏前任是个臭不要脸的人，仗着张好脸为所欲为。

要换作穗杏，她宁愿这时候默默走人，也绝对做不出这种事来。但她低估了沈司岚。沈司岚就这么当着所有人的面宣布他改变主意了，愿意当主持人，而且面不改色。

“……”这人得是多自大狂妄才能连反悔都是如此傲慢的样子？而且这已经不是第一次了。

主席也是这么想的，但又不得不承认沈司岚确实一直是她心中的最佳人选。或许被偏爱的人就是拥有有恃无恐的特权，主席思索两秒，还是给出和上次一样的意见，指着池乐说：“你自己跟学弟解释。”

沈司岚淡淡地瞥向池乐。比起张三的老牛不怕死，池乐这头小牛犊很显然不想得罪学长。倒不是说他尿，他只是单纯不想得罪学长：“既然学长都愿意当了，那我就——”

话未说完，沈司岚冲他招了招手：“你来。”

池乐亦步亦趋地朝他走去。沈司岚领着学弟走到一边，两个人不知道说了些什么，然后池乐突然惊呼：“真的吗？”

都不用猜，穗杏也知道沈司岚这是又用老招数了，但偏偏张三和池乐就吃这一套。于是池乐很慷慨地表示他愿意做替补，如果学长临时上不了台他再上。

众人只听说过打比赛的时候有替补，如今主持个迎新晚会还能有替补了？除了穗杏还没反应过来，这场闹剧已经皆大欢喜，大家快快乐乐地接着排练。

她本来觉得自己的意志已经很不坚定了，甚至为此短暂地唾弃过自己，美色当前居然差点儿没把持住。但现在看来，她显然比在座所有人的意志都坚定多了。

无论如何，主持人名单总算定下来了。留给沈司岚背稿的时间不多，上一次他背书背的还是白居易的《琵琶行》。他本来也不喜欢背书，更何况是背这种在他看来特别虚假的主持稿。

张三特别贱，当沈司岚在座位上好好背着词时，他非要过来凑热闹，故意压着嗓音装低音炮念稿子。直到沈司岚侧头横他两眼，他才笑嘻嘻地闭上那张贱嘴。

“岚哥，你又不喜欢背这东西，干吗还接这份工作？”安静了没几秒，张三又叽叽喳喳地问东问西。

沈司岚面不改色地道：“那你觉得除了我还有谁能接？”

张三给他举例，从楼上到楼下，反正是他脸熟的、长得不错的男生名字都给念了一遍，最后又自信满满地指着自己说：“当然了，还有我。”

沈司岚神色平淡，嘴角噙着似有似无的笑意，斜睨着他漠然地道：“所以？跟我比？”

张三被伤到了，捂着胸口瘫回自己的座位上调理内伤。他打开网页，看到学校 BBS 上大家大多在谈论最近各院系举办的迎新晚会，突然想起不久前老祝在 BBS 上发布的英雄帖，直直往下翻了好几十页，这才找到回复甚少的帖子，果然沉了。

他就知道，什么温婉明媚的男子，要真是男的，谁愿意承认自己温婉明媚？这个帖子还没发出来他就知道肯定会沉。不过也不是一个回帖都没有，主楼下面唯一的回复，是“已加，麻烦同意一下好友申请”。

帖子里留的是老祝的 QQ 号，张三似乎都没听老祝说起过真有人过来应聘了。

“老祝，你最近上 QQ 没有？”张三转头问正在赶实验报告的老祝。

老祝啊了声，说：“我的手机内存不够，把 QQ 卸了。”

“你是不是忘了你在 BBS 发英雄帖的事了？”

老祝一拍桌子：“我真忘了。”

“不是吧，真有人上门了？这人图什么啊？”坐在床上玩手机的小侯从床边探出头问。一没工资二又不认识，本来石沉大海的帖子居然真能骗到人？

“谁知道啊，”张三也想不通，直接说，“老祝，你赶紧把 QQ 下载回来，看看是什么人。如果是骗子就赶紧删了。”

老祝翻了个白眼，讽刺道：“谁骗你啊？又没钱又没貌的。”

张三跷着腿，一本正经地说：“哎，苟祝同志，五十步笑百步就没意思了，咱寝室除了岚哥，谁都没资格说我没钱没貌好吧，岚哥但凡脑子笨一点，早被骗子骗得连裤衩都不剩了。”

老祝和小侯都没说话。

有时候他们真的搞不懂张三是故意嘴贱还是纯粹不怕死。

沈司岚冷着脸，直接将手中的主持稿朝张三扔了过去。

张三熟练地躲过，委屈地说：“岚哥，我夸你呢，你这是干什么？”

老祝：“张思睿，你少说两句吧。”

小侯：“你能活到今天实属不易。”

“哼。”张三傲娇地别过头，不跟他们计较。

寝室里暂时安静下来，没几分钟，老祝突然说：“我刚才同意那个人的好友申请了。”

张三：“不会是骗子吧？”

“就是个普通的号。”

“真是上门应聘的？”张三惊了。那英雄帖居然真的有用。

“是不是开一把试一试不就知道了？”老祝说，“我约他直接进游戏打一把匹配，试试他的水。”

张三立刻拿起手机：“一起开啊，拉我、拉我。小侯、岚哥你们来吗？”

打游戏的兴致说来就来，五个人立刻匹配五排进入游戏。

“老祝，你看那人的个人资料没有，是男的吗？”

“资料上说是男的。”

“资料说是男的就是男的了？万一是个用男号的妹子呢？”

老祝直接否认：“不，肯定是个男的。”

他们建好房间，张三受邀刚进房间，就看到了那个陌生的队友，ID（账号）名为“老子胸肌 36D”。

张三那蠢蠢欲动的心立刻就被这 ID 给浇灭了。

沈司岚却丝毫不在意这个，只说：“开，试试他的技术。”

张三在心里叹气。

此时穗杏正激动地拿着手机，全神贯注地看着手机屏幕。三个室友在旁边围观。

本来她还在苦恼自己的性别，觉得学长执意要男队友，她就是有那心也没那条件。她将这个苦恼说给室友听，室友们很快给她想出了招。

孟舒桐提议：“我有个专门拿来打排位的小号，要不借你？”

穗杏有些担心："要是被戳穿怎么办？"

"我那号什么个人资料都没有，连空间都没开，放心吧。"

穗杏还是有顾虑："装男的不好吧？"这已经属于欺骗了吧？

孟舒桐懒得跟穗杏磨叽，直接把小号扔给了她，还嘱咐她记得把性别和游戏 ID 改了。性别好改，游戏 ID 就很难改了，要改成那种任谁都想不到这是女孩子会起的 ID 名对穗杏来说是个不小的挑战。

她不会起名，在青春期之前，她的网名一直是杭嘉澍替她起的"光の（日语中的语气助词）泪公主"，和杭嘉澍的"暗の心骑士"是一起从个性起名网上淘来的情侣名。时代变迁，兄妹俩渐渐意识到这个网名有损名声，才默默改了。

孟舒桐说要彰显自己的男性特征，就要自称老子，还得突出自己的男子气概，比如胸肌、腹肌什么的，最重要的是还要透露出一种沧桑感来。

于是"老子胸肌 36D（和下文的 32A 同属于罩杯尺寸）"横空出世。

这名字起出来时，全寝室的人都在为孟老师的机智鼓掌叫好。穗杏低头看了眼自己，觉得自己配不上这个名字。她只有 32A。

她等了几天，对方终于加上了她的 QQ，一加上也不废话，直接说开一把匹配试试她的技术。穗杏答应了。

孟舒桐立马说："千万不要用那种女生才会秒选的英雄。"

穗杏心领神会，选了个程咬金。光着膀子的程咬金拿着他的锤子，脑袋上顶着他的 ID——老子胸肌 36D。应景。

于是穗杏勇往直前，提着她那一对大锤子上场了。由于是匹配局，没那么多规矩，除了穗杏，剩下的四个人选的都是自己比较擅长的英雄，一局下来赢得相当简单。

其实穗杏更擅长灵活性比较高的英雄，只不过她以前和其他人玩的时候，大家都想出风头选那种能 carry（指在游戏中带动胜利节奏）全场的英雄，她无所谓，觉得只要能赢就行。所以没人当肉盾的时候，她就会主动承担起这个责任。

几个人建了个群，把穗杏拉了进去，算是正式承认她。

"虽然这哥们儿的名字是不好听了点儿，但是操作不错。"张三说，"要是组个战队，我感觉我们能去参加下一届的王者友谊赛，团体第一名有五千块钱奖金啊。"

这一届的比赛已经搞完了，他们寝室一直想去参加，四个人操作都不差，但无奈就是找不到第五个队友。杭嘉澍毛遂自荐过，只不过直接被无视了。反正他们正好也缺个抗伤害的肉盾。

张三又问沈司岚：“岚哥，你觉得呢？”

沈司岚也点头赞同：“可以。”

尤其是这人愿意当坦克，说一句“他是神仙队友”也不为过。

队友定下来了，不是妹子也就算了，居然还是个奇怪的男人，除了沈司岚不甚在意，其他三个人或多或少有些心情低落。尤其是张三跟这位36D兄弟说以后为了方便，排位的时候最好开语音交流，却被人一口拒绝，说不方便语音。

不方便语音，这一听就很有网络骗子那味道。年轻男大学生们顿时感觉到了危险。实在是太不安全了，男孩子也要保护好自己。

伴随着这种危险的感觉，他们终于等来了计算机学院的迎新晚会。

计算机学院今年大出风头，晚会当天清大表白墙直接被各种私聊刷爆，主要都是表白主持人的。因为室友是主持人之一，张三他们几个有幸去后台观摩，去的时候四个主持人正在后台对稿子。

他们对两个男主持人没兴趣，目光主要都集中在女主持人身上。主席就不用说了，绝对是大美人，一身红裙特别明艳，举手投足间皆是风情，不愧是他们计算机学院的联谊头牌。只是可惜最近她都没去过联谊了，穗学妹年纪又还太小，他们也没那么不讲道理让学妹代表计算机学院去联谊。

但学长们是第一次看穗学妹化妆的样子。学妹本来就长得水嫩，浓妆反倒会破坏她的气质，恰到好处的描眉和点唇就很加分。学妹的脸上和锁骨上也不知道擦了什么，泛着亮晶晶的光，灯光照射下波光粼粼的，显得她整个人都在发光。

“学妹今天好漂亮啊。”张三最先夸赞道，剩下的人随后跟着献上“彩虹屁”。

穗杏嘿嘿笑了两声。

“对了，张三学长，”穗杏突然凑到张三身边小声问他，“你们排位的队友是不是找到了？”

张三有些惊讶她居然知道这个事：“嗯。”

“你们觉得对方技术怎么样？”穗杏小心翼翼地试探道，“侯学长、祝学长还有沈学长觉得怎么样？”

张三皱眉，觉得不对劲儿，但很快又打消了这个念头。那个队友肯定不是她。

很快，当穗杏跑去向小侯和老祝打听这事时，这两个人也先是怀疑了一下，觉得她好像过分在意他们寝室新找到队友这件事，但很快也跟着打消了疑虑。那人肯定不是学妹。

穗杏没法，只能硬着头皮去问沈司岚。若非不得已，她是肯定不会问他的。

“技术还不错。”沈司岚回答。

得到认可的穗杏没忍住笑出了声。

沈司岚也看着她，看见她黑亮的杏眸里泛起欣喜的波澜。他往下瞥了一眼，觉得自己应该是想多了，新队友不是她。

各大学院每年的迎新晚会都是第一学期的小高潮。晚会台下吵吵嚷嚷，晚会礼堂正厅侧方靠近二楼观众厅的投影大屏上滚动着实时弹幕。

参与方式也很简单，大家只要关注计算机学院团委新媒体部门的公众号就能参与弹幕互动。每到抽奖环节主持人都会从弹幕里随机挑选幸运观众，这些礼物大多是晚会的各个赞助商免费提供的，娃娃或是零食大礼包都有，还有美食街各大小吃店的免费餐券。

计算机学院团委分会在前不久的换届选举中大换血，新任主席雷厉风行，有意将这学期的迎新晚会办得高调又隆重，为此付出了不少心血。这也是主席执意要找沈司岚主持的原因。

节目还没开场，主持人就能先炸一下场。帷幕终于拉下，观众席头顶本就昏暗的照明灯也暗了下来。聚光灯打在舞台左侧的黄金分割点上，四个主持人排排站着。

“计算机学院最牛！！！”

“我大计算机学院就是最牛的！”

“给我大计算机学院排面！！”

“强势霸屏！”

“不借主持人的新闻学院在吗？出来对线？”

“新闻、中文、外语、经管的都出来对线！你计算机学院爸爸今天耀武扬威！”

"褚学姐我喜欢你！啊啊啊啊！"

"穗学妹看中间 8 排 13 座啊！妈妈爱你！"

"呜呜呜！泪目，我们计算机学院出息了。"

"表白电信顾清识。"

"沈司岚、沈司岚、沈司岚、沈司岚，同志们，高岭之花下凡需要排面。"

诸如此类的弹幕不断刷出。

直到主持人拿着话筒控场，这才暂时平复了弹幕和台下的尖叫。

穗杏经验不足，有点儿找不到摄影机打过来的特写镜头。她本来就挺蒙，又突然听见台下响起起哄声。

"沈司岚和穗杏好般配哦！"这是孟老师的声音。

"……"因为有镜头在照她，穗杏只能羞愧地低下头，故作镇静。

站在穗杏旁边的沈司岚显然也听到了，下意识地往台下看去。无奈观众席没有打灯，除了应援棒亮着，其余的地方一片漆黑，他只能隐约看到成群的人影。

穗杏的室友们干啥啥不行，搞事第一名，觉得孟老师的声音还不够洪亮，于是又用手机在弹幕上头刷屏。

"沈司岚 love（爱）穗杏。"

"沈司岚 love 穗杏。"

"沈司岚 love 穗杏。"

"楼上的是 CP（情侣）粉吗？哈哈哈哈哈哈！"

"这也能嗑？"

"穗学妹是我老婆，抱走。"

"傻子。"

这个留傻子的 ID 号很熟悉。他说工作忙不来，结果还是屁颠屁颠地来了，这会儿不知道躲在哪一排窥屏。沈司岚也看到了这些弹幕，眯起眼不动声色地勾了勾唇。

所以说有喜欢的人一定不要跟室友说，尤其是孟舒桐这种热衷于起哄搞事的，永远都不知道她下一步还会想出什么骚操作来，让人当场自闭，尴尬得用脚指抠出一座布达拉宫。

好在说完开场白、报完幕，主持人就能下场了。下台的时候，由于穗杏还没从刚刚的刷屏中抽回神来，这会儿有点儿不知道该怎么面对沈司岚。

她经常会因为一件很小的事就羞于面对沈司岚。

四人回到化妆室的时候，替补的主持人池乐正在镜子前搔首弄姿。被抓个正着的池乐只是尴尬了那么几秒钟，随后便扬起干巴巴的笑容冲他们打招呼。

原本晚会只需要四个主持人，但为了补偿替补主持人池乐，担任男主持之一的顾学长主动让了两个小流程给池乐，顾学长自己也正好能借此在后台休息一小会儿。池乐没想到自己还能上台过把瘾。为了避免和两个学长撞衫，他特意选了一套颜色完全不同的西装。

男孩子们的日常服大多颜色、款式单一，远远不及女孩子的丰富，但其实不少男孩子默默羡慕过女装的选择多样性，偶尔也会对鲜亮的颜色感兴趣。两位学长还抛不开偶像包袱，黑灰西服加身，池乐却正好相反，居然挑了套骚紫的西装。

为了配这身西装，池乐还特意抹了发油。主席情商高会说话，笑着夸他："帅得很嚣张，不像那两个。他俩还是太含蓄了。"

池乐被夸得俊脸一红。被点名拉踩（网络用语，贬低其他人或物来吹捧自己喜欢的人或物）的人没什么反应，反正也打击不到他们，谁更帅大家心里都有数。

"学姐，能和你商量个事情吗？"池乐突然摸了摸鼻子，凑到主席身边小声问。

"你说。"

"待会儿我能替沈学长一起上台吗？"池乐说，"我拜托我室友在台下照相来着。"

主席思索两秒，迅速理解了池乐话中的因果联系："你想和穗学妹一起照相啊？"

被戳穿了的池乐显然有些困窘，抓着脑袋承认了："嗯，是想照一张来着。"

"那何必拜托你室友，你俩现在就在这里照啊。"主席哭笑不得。

池乐语气支支吾吾地道："那——"

"不好意思是吧？来，我帮你。"主席转头冲穗杏招了招手，"学妹，你来一下。"

穗杏不知道学姐找她干什么，但还是过来了。

"来，你站过来，站池乐这边来，我给你俩照张合照。"

穗杏有点儿蒙，好好的照什么合照啊？还是她和班长单独照。主席说：“同班同学照张相害什么羞啊？来。”

本来想直接用手机照，但又嫌弃手机的镜头像素不高，于是她问其他两个人：“你俩谁带相机过来了？”

顾学长看向沈司岚：“我记得你好像带了？”

“你带了？那正好，借我拍张照片。”主席冲沈司岚伸出手。

沈司岚没动作，淡淡地说：“没电了。”

“充电啊。”

“没带充电器。”

“……”

主席放弃：“算了，拿手机照吧。”

两个小年轻站在一块儿，主席仿佛自己也回到了大一，嘴上不着调地调侃着：“你俩都笑一笑啊，又不是拍婚纱照，紧张什么？”

她这么一调侃，两个毫无经验的大一新生顿时更紧张了。穗杏觉得学姐实在不正经，悄悄从镜子里观察坐在他们背后的沈司岚。他正低头看手机，不知怎么的，可能是感应到她的视线，这一瞬抬起头，视线和她在镜子里撞了个正着。

几秒钟的时间里，他迅速收回目光，穗杏没从他的脸上看出什么波动来。

“学妹，你发什么呆啊？看镜头笑一个啊。”穗杏回过神，扬起笑脸看着手机。

“学姐。”本来一直在看手机的沈司岚突然懒懒地出声。

主席看向他：“怎么了？”

“我是他们的助班，”沈司岚漫不经心地瞥了下这两个他带过军训期的学弟、学妹，语气平静地道，“合照我没份？”

“……”主席面对沈司岚突如其来的控诉，哑口了。她本来是想给池乐制造机会才随便找了个理由，沈司岚好端端地插一脚干什么？

池乐挠头，想着反正有合照就行，也不想得罪助班：“那……那就一起照吧。”

主席冲沈司岚丢了个“你会不会看场合说话”的眼神。沈司岚视若无睹，闲闲地起身走到他们面前。

穗杏果断让出中间的位置，说：“学长你站中间。”

然后他连让都没让一下，嗯了声直接站到了两人中间。沈司岚这种人没生在孔融让梨的故事里，是孔融的荣幸。

池乐虽然有些不乐意，但也没办法，只能悄悄想办法用修图软件把他们助班给修掉了。

晚会过半，中途有几个抽奖环节，这个环节不需要穗杏和沈司岚上台，两人坐在后台等接下来需要他们上台报幕的环节。

即使是坐在后台，两人似乎都能听到前面热烈的欢呼声。就算抽中了最大的奖大家也不至于这么兴奋吧？

池乐随时都在关注实时弹幕，告诉她前面这么热闹不是因为谁抽到了大奖，而是抽到大奖的那个人是谁。

“是外语学院的徐师兄，”池乐说，“今天他过来看我们院的迎新晚会了，所以外面都沸腾了。”

穗杏认识这位徐师兄，学校的优秀毕业校友，照片就挂在外语学院正门的荣誉墙上。

她爸爸因为职业关系经常出国公干，几年前在国外遇见过这位徐师兄。穗杏常常被爸爸教导要向优秀的人学习，学习他们身上优秀刻苦的品质，还常常给她列举别人家的孩子，只不过穗杏自己就是“别人家的孩子”范本，所以穗峥嵘每次给她举的例子都是在各个领域内已经相当成功的人。

穗杏有点儿心痒痒，想去凑热闹。可惜的是，等抽奖环节结束后，穗杏再上台主持时，下面漆黑一片，她怎么努力找也找不到那个传说中的徐师兄了。一直到晚会结束，穗杏也没能见到这位徐师兄。

巨大的庆典过后，面对突然安静下来的空气，所有人都会陷入短暂的空虚情绪中。喧闹突然又归于沉寂，这其中的落差一时让人难以适应，这也是很多人害怕宴席散去的原因。

池乐因为想要赶紧回寝室修图。晚会最后一个节目刚结束，他已经迫不及待地换回自己的衣服，随便扯了个理由请假离开了。

穗杏也换回了自己的衣服，站在洗手间的镜子面前发了好一会儿呆。本来她还想顺便卸个妆，但看着镜子里映出难得化了妆的自己，有些不舍得卸掉，希望这个妆容能在自己脸上多停留一会儿。

穗杏知道自己还不想这么早就回寝室，想在外面多待一会儿。

学姐这会儿一个人在化妆室收拾东西时，穗杏和两个学长到洗手间这边洗脸。只是穗杏最后还是没洗成脸，所以比他们早出来。

她乖乖地站在门口等着学长们。不过几分钟，两个学长一前一后地出来了。穗杏最先看到后一步出来的沈司岚，盯着他看了几秒，又很快将视线挪到了顾学长脸上。

“学长，”她尽力克制着自己颤抖的语气，努力装作不经意的样子说，“待会儿要不要一起去吃夜宵啊？”

顾学长愣了下，点头：“好。”

穗杏又无声地看向沈司岚，希望他也能答应。

“不打扰你们。”沈司岚莫名其妙地扔了句话，转头就走。

穗杏急了。她不是那个意思啊。

最后还是顾学长替她解释：“你急着走什么？学妹是叫我们两个一起。”

沈司岚不信任地看着穗杏。穗杏只能小声说：“我又没有不叫你。”

“哦，”面对她别扭的语气，沈司岚面无表情地点头，“只是顺便叫我。”

“……”穗杏在心里骂人，咬牙说，“没有顺便。”

沈司岚这才满意地低哼了声，傲慢地别过头，淡淡地说：“那走吧。”

穗杏：“等我叫上学姐一起。”

三个人又去找学姐，推开化妆间的门时，发现里面不止学姐一个人在。穗杏看着房间里这个有点儿陌生的男人，渐渐记起了在哪里见过这张英俊的脸——校友荣誉墙上。

“徐师兄？”

原来学姐跟徐师兄认识。穗杏想着早知道就让学姐帮忙引见了，白白失落了整个下半场晚会。

学长给发蒙的穗杏解释，说学姐和徐师兄不光认识，还是亲戚，徐师兄是学姐的表叔。正处在震惊中的穗杏听到徐师兄笑着和他们打招呼：“你们好。”

这个声音也很熟悉，穗杏很快想起来，那天送全福德的早餐过来时，那个坐在车里让人看不见脸的男人就是他。早知道那是徐师兄，那时候她说什么也要打个招呼再走。

见到了一直被爸爸挂在嘴边当成学习对象让她好好学习的本人，穗杏就跟见到了教室两边挂着的名人画像里的名人本人似的。所以她非常主动地邀请徐师兄跟他们一块儿去吃夜宵。

除了她以外，其他人面对穗杏对徐师兄这突如其来的热情都挺茫然。就连徐师兄本人也很奇怪，问她："师妹，我们以前见过吗？"

"没有、没有，今天是第一次见面。"穗杏把爸爸穗峥嵘跟她说过的事一字不落地复述给了徐师兄听。

徐师兄想起来，笑着说："原来如此，你是穗先生的女儿。"

"是我。"穗杏不住点头。

本来是她邀请师兄一起吃夜宵，按理来说是她出这顿夜宵钱，但徐师兄作为在场唯一一个已经毕业工作的人，又怎么可能让师妹请客？

穗杏见到了传说中的师兄，师兄今天还特别绅士地要请她吃夜宵，这一瞬间她仿佛受到了偶像的照拂，觉得自己简直是世界第一幸运的粉丝。

小女生见到偶像蒙了，直接忽略了剩下的人。

去吃夜宵的路上，穗杏和徐师兄在前面走，其他三个人插不上话，只能默默地跟在后面。

三个人从后面看，穗杏现在跟在徐师兄旁边跟条尾巴似的，特别殷勤地仰头看着他，那双大眼睛里满满都是对徐师兄的崇拜之情。

很少有男人受得了这样的追随，也多亏徐师兄成熟稳重。穗杏足足比他小上一轮多，在他看来她就是个小辈，所以没觉得有什么。

但有的人就不这么想了。

上车的时候，褚学姐让穗杏坐前面的副驾驶座："你们不是还有话要聊？你坐前面吧。"

穗杏觉得学姐有点儿奇怪。

虽然不明白是怎么了，但穗杏还是很识趣地表示自己坐后面就行了。

她刚想抬脚坐上后座，此时已经在后座坐好的沈司岚淡淡地睨她，眼里没什么温度。穗杏有些怵，以为沈司岚是不欢迎她跟他一起坐。

"怎么不去坐副驾驶座？"

穗杏抿唇，顾学长拍了拍她的肩催促她上车，她只好无视沈司岚阴阳怪气的问话，咬牙坐上了车。

车子发动，穗杏和沈司岚挨着，两个人的大腿外侧随着车子时不时地打转绕行而惯性地碰在一起。

每次挨到，穗杏都心跳加速，立马往另一边缩，生怕再撞到他从而惹他不高兴。

另一边的顾学长实在被挤得难受了，只好出声委婉地提醒她：“学妹，你能过去点儿吗？”

穗杏咬唇，红着脸小声说：“对不起。”

不能再往另一边挤，穗杏此时恨不得把自己缩成一根薄面条。

她一副小心翼翼又拘谨的样子，宁愿自己委屈地只占一小片地方也不愿意和沈司岚有任何肢体接触。

“我身上有跳蚤？”沈司岚突然沉声问她。

穗杏连忙摇头：“没有，我就是怕挤到你。”

沈司岚低嗤了一声：“我很胖？”

“没有……”穗杏不知道要怎么做他才会满意，别这么凶她。

车子中途转了个弯，穗杏的身体不自觉地往沈司岚这边倾，她大感不好，赶紧撑着身体往后偏。

沈司岚冷着脸说：“你要不想和我坐就跟顾学长换个位置。”

穗杏有些为难：“那不是要停车？会麻烦到师兄的。”

“你倒挺体贴的。”沈司岚意味不明地夸了她一句。

不给人添麻烦，这是做人的基本礼貌吧，也不知道为什么被他解读成了体贴。

“不换位置那就坐过来。”沈司岚又说。

穗杏只能往他那边挪了挪。

沈司岚直接揽过她的肩，将她往自己这边带。穗杏反应不及，昏暗的车厢里，徐师兄正在认真开车，学姐坐在副驾驶座上玩着手机，旁边的顾学长塞着耳机盯着车窗发呆，没有人发现他们的动作。

她扭了扭身体，用气音说：“学长。”

“嗯。”

“……”

说什么呢？她什么也说不出来。

“我身上没跳蚤。”他突然没头没脑地说了句。

穗杏茫然：“啊？”明白他那句话后她赶紧摇头解释，“不是你的原因，我是怕挤到你啊。”

他反问：“我说挤了吗？”

倒是没有，是她自己这么觉得的，穗杏老实地说没有。

他皱眉，冷冷的嗓音里带着几分不耐烦之意，似乎在怪她不懂事：“那你还不再坐过来点儿？”

她都被他抓着肩膀硬扯过来了，还要怎么过来？

穗杏觉得沈司岚不讲理，没好气地说：“再坐过去就坐你身上了。”

沈司岚歪着头看她，车窗外影影绰绰的霓虹灯光映照进来，落在她垂落的睫毛上，也落在她还没擦去口红的唇瓣上，也不知道她用的是什么口红，水蜜桃般的颜色，上面还裹着层细密的金粉，衬得她紧抿的唇肉嘟嘟的。

车子里还有其他人，穗杏跟他说话都是用的气音，生怕被人听到。

不能被人听到，所以他也用气音对她说：“那就坐啊。”

对话戛然而止。

尴尬都是对方的事。

有些话脱口而出，等人反应过来后，或许会觉得不合适，但后悔与否全看对方的反应。

如果对方的反应看起来并没有那么无动于衷，甚至是有迹可循地在回避，有时候不那么礼貌的玩笑也能带来意料之外的心动。

穗杏不自在地咽了咽口水。

“嘁。”

她心虚地看了眼车里的其他人，心跳加速的这一刻，无措和慌乱只属于她的心，大家都很安静。

往往就是这种多人的环境中，只有两个人能听到的对话更让人心痒难耐。比起刻意的单独相处，人对这类隐秘又刺激的相处状态总有种奇特的反应。

吃夜宵的地方是褚学姐选的，离学校并不远，开车很快就到了。

或许是想掩盖什么，下车后穗杏和学姐、师兄们走在一起。

沈司岚和顾学长落后两步，走在他们后面。

顾学长问起杭嘉澍：“最近除了上课都没怎么看到过他，他在忙什么？”

“忙项目，”沈司岚说，“如果没开工作室，估计他毕业后就会直接去现在的甲方公司投简历。能和曾经梦想入职的公司合作，他当然要加把劲儿了。”

这次项目做成，杭嘉澍创办这个工作室的目标才算是真正达成了一小步。

顾学长点了点头："我们院每年都有学生创业，他算是相当成功的了，有能力、有本钱，我们导师每次给本科生上课的时候都会拿他当例子说。"

沈司岚："嗯，他经常跟我炫耀。"

"那在他之后院里其他人的创业项目，你是都没有兴趣了？"

"我不是慈善家，有的项目钱投进去就是打水漂，何必浪费。"

顾学长笑了笑，说："不过一开始我还以为杭嘉澍不缺创业资金，看来开工作室比我想象中费钱？"

沈司岚摇头。

创业最难的是人脉资源的积累，这点并不是单单靠钱就能解决的。

至于员工，大家都是学生，如果做成了那都是元老功臣，没人会在一开始就计较薪金的问题。

可杭嘉澍还是缺钱。

他没从家里拿过一分钱，甚至为此让了不少股给工作室最大的投资方沈司岚。

朋友们为此调侃过杭嘉澍，说他有骨气，全凭自己的本事赚老婆本。

杭嘉澍当时不甚在意地说："还老婆本呢，棺材本还差不多。"

朋友们笑："这话说的，难道我们杭总以后不找老婆了？"

杭嘉澍吊儿郎当地说："猴年马月的事，等我把我妹的嫁妆都攒好了，估计女朋友还没影儿呢。"

大家都知道杭嘉澍的妹妹还没成年，纷纷说他这是下定决心要当和尚了。

不知道顾学长又说了什么，沈司岚没听到。他又问了遍，沈司岚才回过神来。

"学弟？"

"嗯。"

"你在想什么？"

沈司岚收回视线，垂下眼皮摇头道："没什么。"

他无声地加快了脚步。

顾学长以为他是饿了想快点儿吃到夜宵，所以跟着加快了脚步。

走在前面的那三个人，个子最矮的那个，街边路灯的光照下来，矮矮的个子在地上竟然也拖出了一条长长的影子。

那影子一路蔓延，渐渐和身后的人的影子融为一体。

穗杏问了很多徐师兄有关学习和工作上的问题。她年纪小，问的问题都不太深，而且知道是第一次见面，隐私方面的问题通通避开了。徐师兄有问必答，主要也是因为她的问题都很平常，且非常尊重人。

这样的对话会让人觉得舒适。

“师妹，”徐师兄笑着说，“其实你也很适合读文科。”

穗杏听出这大概是夸奖，尤其是被师兄夸，咧了咧嘴，想要谦虚点儿，但那股小得意怎么也藏不了。

穗杏暂时安静下来，乖巧地消化刚刚师兄对她的夸奖。

徐师兄和褚学姐有一搭没一搭地聊着学校的事。

师兄问学姐最近学习怎么样。

学姐回答还行，在准备下学期的电子竞赛的事，又指着穗杏，说余老师打算让穗学妹破例在大一就参加电子竞赛。

徐师兄有些惊讶：“大一？”

因为了解过，所以他知道计算机大一的专业课程还只开了两门，对专业更深的知识都还没学，工科专业逃不开数学和物理，可穗杏这学期只学了高等数学，大学物理还没开课。

“我一开始也觉得大一就参加有点儿早了，后来看了她的学籍档案。”褚学姐惊叹地啧了两声，“穗学妹跳过两级，从中学开始一直是免试入学，身上还有块 NOI 团体赛的金牌。”

“那她怎么没去科大？”师兄问。

“不是说了吗？我们学校挖过来的，”褚学姐又悄悄指了指后面，“她和沈司岚一样，如果不是招生办的老师给力，他们未必会来我们学校。”

说到沈司岚，徐师兄倒是想起什么来。

“他堂叔就是清华计算机系毕业的，当初他们家的人还以为他也会去清华。”

褚学姐有些惊讶：“你认识沈司岚的堂叔啊？”

“沈渡，”徐师兄对她的记忆力表示无奈，“我不是带你见过他内人吗？”

“啊？他是沈渡的堂侄啊？”褚学姐小声惊叹道，“我从来没听他说过，还以为学弟就是个普通‘富二代’。”

“‘富二代’是真，但普通有些小看他了。”徐师兄笑着说，“既然他没跟你说过，你就当不知道吧。”

褚学姐点头：“嗯，”随后又了然地道，“怪不得他谁都看不上。”

徐师兄挑眉，不可置否。

“怎么谁的背景你都熟？”褚学姐撇嘴，有些不爽地看着他，“连穗学妹她爸你都认识。”

“这个只能说是缘分，”徐师兄不紧不慢地解释道，“我在国外任职那几年，小师妹她父亲恰好也在那边出差公干。穗先生人不错，闲聊时和我聊过他的家人，他和他夫人因为工作性质经常出差，陪伴女儿的机会很少，夫妻俩又只生了一个，所以总是挂在嘴边念叨。”

褚学姐茫然地道：“穗学妹有个哥哥啊。”

“是吗？”徐师兄也有点儿茫然了，“那是我记错了？”

“你不是吧，这么年轻就有健忘症了？”褚学姐的表情一言难尽。

徐师兄眨了眨眼，顺着她的话，轻轻叹了口气说：“那可能是光想着老婆去了。”

“……”

“今晚回家好不好？”

褚学姐微愣，反应过来后立马低声呵斥：“喂！这儿还有学妹呢！”

徐师兄歪头看了眼穗杏。

穗杏也不知道在干什么，一双大眼睛老是偷偷往后面看。她越走越慢，又悄悄地伸出手去碰摸不到的空气。

“放心，学妹在玩影子。”徐师兄笑眯眯地说。

褚学姐心想学妹还真是个小孩子，玩影子这游戏她小学的时候就玩腻了。

这顿夜宵吃得还算挺顺利。

穗杏是真的崇拜徐师兄，知道今天这一晚之后能见到徐师兄的机会就不多了，所以有什么话都趁着今晚说了。

徐师兄倒也没有不耐烦。凡是她问的问题，他都一一耐心地回答。

直到他说要去趟洗手间，穗杏这才放过徐师兄。

站在盥洗池前洗手的时候，徐师兄恍惚想着，等以后生了女儿，也要把他的女儿养成小师妹这种单纯又活泼的样子。

他想了会儿，盥洗池边多了个人。

他一看，是沈司岚。

徐师兄寒暄道："司岚，好久不见了。"

"师兄。"沈司岚惜字如金，算是回应他的寒暄。

"听你堂叔说，你最近很忙，国庆都不打算回家？"

"嗯。"

沈司岚的态度称不上好，但他有问必答，这纯粹是给师兄面子。

徐师兄知道他的脾气，这位少爷傲惯了，对人情局里的八面玲珑甚至连学都懒得学，生来就有傲慢的资本，面对世交的长辈也不屑于摆出谄媚讨好的样子。

他能这么嚣张，或许是一开始就没打算接家里的事业。

徐师兄隐约知道沈氏到沈司岚这辈不兴争权夺利的那一套，因而也不搞什么接班人培训，谁想接班谁就学，要不就安心当富家子弟，只要不犯法，随便怎么玩。

"司岚。"徐师兄突然亲切地叫了声沈司岚的名字。

沈司岚偏头看他。

"偶尔还是该收一收锋芒，"徐师兄慢条斯理地擦了擦手，说，"小心以后吃亏。"

沈司岚皱眉："师兄，你那套拐弯抹角的外交说辞能不能收一收？"

"抱歉，职业习惯，"徐师兄笑了笑，用大白话直接说，"就是让你别这么踐。"

沈司岚："……"

徐师兄："殴打公职人员是犯法的。"

沈司岚："……"

对峙了几秒后，沈司岚无声冷笑，挑眉说道："我知道'尊老爱幼'四个字怎么写。"

"我觉得你不知道，"徐师兄语气轻柔地说，"至少你不知道'爱幼'两个字怎么写。"

沈司岚的表情刹那间变得古怪起来。

二人回座后，穗杏有些自责地看着徐师兄，问："师兄，我的话是不是太多了？"

不然师兄为什么去了这么久的洗手间？

"当然没有。"徐师兄说。

看他的表情似乎也没有什么特别奇怪的地方，穗杏放心了：“那就好。”

吃得差不多后，除了大家碰巧遇见了也过来吃饭的褚教授，闹了不大不小的乌龙外，这顿夜宵的气氛相当和谐。

回学校的时候，穗杏一脸恋恋不舍地看着徐师兄：“师兄，你有空要多回学校看看啊。”

徐师兄说好，又说时间很晚，催促他们赶紧回寝室休息。

穗杏只能含泪告别徐师兄，三步一回头，哭丧着脸跟永别似的。

褚学姐因为和徐师兄有话要说，没跟他们一起回寝室，坐在车上意味深长地说道：“我们徐师兄很受欢迎嘛。”

徐师兄欣然接受了这个夸奖，并说：“穗杏很可爱。”

褚学姐眯起眼，语气危险：“你喜欢这种可爱的女孩子？”

徐师兄并不否认：“挺喜欢的。”

“……”

褚学姐满肚子酝酿的吐槽的话卡在喉咙里还没来得及说出口，然后听到徐师兄不紧不慢地说：“看到穗师妹，让我更想生女儿了。”

“所以今晚回家吗？”徐师兄问她。

“……”

两个学长一起送穗杏回寝室。

穗杏觉得自己不配有这么好的待遇，连忙说：“不用了，我自己回去就好了。”

现在时间已经有点儿晚了，学校的老路灯又不是很亮，这样的条件只适合小情侣幽会，并不适合女生晚上一个人单独在路上走。

即使是在学校里，他们也不放心让穗杏一个人单独回寝室。

顾学长没理会穗杏的客气。

沈司岚反倒问她：“是不用送还是你不想我们送你？”

穗杏没听明白他的话，也不知道这其中有什么区别。

“要不让徐师兄折回来送你回寝室？”沈司岚又问。

穗杏皱眉。她怎么可能这么不懂事，而且这跟徐师兄有什么关系？

听到沈司岚阴阳怪气了一晚上，之前是碍于徐师兄在场，她没好意思说。穗杏喜欢他，但不代表愿意惯着他。

以前在家的时候，哥哥偶尔开她的玩笑，看她生气后也会及时打住，

不会一直逗她。

穗杏知道沈司岚不是哥哥，自己也没资格教育他，于是干脆当作没听到。

回寝室的这一路三人无话，气氛相当凝滞，顾学长的心思似乎也不在他们身上。

直到看到寝室大门，穗杏终于解放，长长地松了口气，说了句再见打算一路小跑回寝室。

“你站住。”沈司岚终于开口。

穗杏有些心不甘情不愿地回头，也不看他，叛逆地盯着不远处的路灯：“学长还有事吗？”

沈司岚沉声问：“就这么急着回寝室？”

穗杏想也不想就说：“我困了。”

沈司岚接着发难：“刚刚吃夜宵的时候怎么没看你困？”

穗杏假惺惺地打了个哈欠：“之前不困，现在困了。”

“和徐师兄在一起的时候就不困，”沈司岚自行将她的话理解成自己心里想的那样，“和我在一起就困了是吧？”

“……”穗杏挠头，找借口说，“我和徐师兄一直在说话，所以不困。”

“你和我没话说？”

穗杏皱眉，说：“好像是。”

沈司岚点了点头，低沉的声音里仿佛卷着冰刃：“你跟他才第一次见面，就这么聊得来？”

也不是说聊得来，其实她出于礼貌，问的都是些稀松平常的问题。

徐师兄是外交官，本来就很会说话。哪怕她问的问题很无聊，他也有办法抛出有趣的观点，让气氛迅速轻松回温。和这样的人聊天是件很轻松的事，所以他们才能一直聊下去。

沈司岚又不是这样的人。

他本来就话少，并不是那种温柔体贴、会找话题避免别人尴尬的人。穗杏觉得他不爱说话，怕自己话多反而惹他烦，和他说话的时候每句话都要深思熟虑，打上半天腹稿，只要觉得有一丁点儿不合适，就不会说出口。

“不是聊得来，”穗杏手足无措地解释，“就是我有很多问题想问他。”

沈司岚不屑地低嗤了一声：“非得问他？”

穗杏不解：“他是我的师兄，我不能问他吗？”

“我是你的学长，你不能问我？”

穗杏龇牙，尴尬地说：“问你啊？”

沈司岚看她那样子，气笑了：“看不上我？”

穗杏急忙摇头：“没有、没有。”

“他年纪太大了，”沈司岚讥嘲道，“你们之间有代沟，问他有什么用？”

这句讽刺恰好无意间戳到穗杏敏感的点，她仰头怒视着他，语气很凶地说：“年纪大怎么了？我就喜欢年纪比我大的人！”

沈司岚桃花眼微睁，低声怒道：“他已经三十岁了。”

徐师兄比穗杏整整大了十四岁。

穗杏牙尖嘴利地反驳道：“三十岁怎么了？你没有到三十岁的那天吗？你要是活不到三十岁那当我没说。”

沈司岚：“……”

沉默半晌，沈司岚重重地叹了口气：“你上去吧。”

穗杏嗯了声，什么话也没再说，小跑上楼。

她回到寝室时，室友们已经洗好澡，都躺在床上玩手机。

“你回来了啊？跟学长有进展吗？”孟舒桐探出头问。

穗杏回想了一下刚刚她凶沈司岚那样子，遗憾地摇了摇头。

“啊，你们都去吃夜宵了还没进展啊？穗穗，你是不是不行？”

面对孟舒桐的质疑，穗杏当然要解释了。

她解释是因为临时和徐师兄一起去吃，见了偶像心情比较激动，所以就没顾上沈司岚。

“你不是吧，为了个师兄就把学长忘了？”孟舒桐很不能理解。

穗杏掰着手指支支吾吾地解释：“我从小就听我爸跟我说师兄的事，可是又没见过师兄，所以今天就激动了点儿。”

“从小是什么意思？你爸认识师兄啊？”

穗杏点头，又对孟舒桐重复了一遍爸爸和师兄的渊源。

一直听着的王可慈突然表示理解：“那我理解。就是见偶像嘛，毕竟偶像又不是想什么时候见就什么时候见的，这时候当然是万事以偶像为重。”

从小穗杏就对师兄的事耳濡目染，即使没见过，在她的想象里，师兄的形象也是近乎完美的。今天一见，对方和她想象中的不差，甚至超出了

她的想象。

师兄温和、儒雅、风趣且绅士，对她这样鲁莽的崇拜者依旧风度翩翩，最重要的是，师兄长得特别好看。

穗杏又想起阴阳怪气的沈司岚来。

他今天一整天都板着张脸，听到她好声好气地跟他说话，却不知所谓地反讽嘲笑。

想到这里，穗杏不禁叹了口气。

为什么她会喜欢沈司岚呢？

仅仅因为她第一次见他的时候，下午的阳光刚好落在他慵懒随性的身体上，他穿着好看的白衬衫和黑色长裤，顶着张漂亮的脸，声音也是那么好听，因此忽略了他那糟糕的性格和嚣张的态度。

“我还是不太理解，如果其他人和裴老师跟我在一块儿，我眼中只会有裴老师，其他人再好那都是打扰我跟裴老师的电灯泡。”

穗杏没说话，反倒是万亿笑着问孟舒桐：“那你跟裴老师最近怎么样了？”

孟舒桐立马耷拉下脸，摇摇头说：“上次他揭穿我不是法学院的学生以后，我就找不到机会去蹭他的课了。”

万亿给她出主意：“要不你查查裴老师这学期有没有选修课要教？等选课系统开了你选他的选修课？”

孟舒桐素来豪爽大方，现在竟然犹豫起来了：“我这么主动，那他会不会发现我在追他啊？”

“难道你现在不是在追他吗？”

“我没有啊，”孟舒桐说，“我现在只是在撩他而已。”

她都去法学院蹭课了，还只是撩？谁没事放着在寝室睡觉、打游戏的悠闲日子不过，跑去法学院遭罪？

也就只有孟舒桐掩耳盗铃地以为她藏得好，但凡是个有脑子的人都看得出来她在觊觎裴老师。

孟舒桐和穗杏，完全是两个极端，一个是胆子太大心里头没数，一个是胆子太小处处受到制约始终不敢上前一步。两人随便中和一下，也不至于现在都还停在原地。

感情这种事，外人看得最清楚，所以王可慈和万亿看得很透彻。

可是她们都明白，倘若换成自己，未必会比这两个人处理得更好。

“孟老师，我说句实话，裴老师那样的人，你未必追得上，”王可慈思索良久，还是决定给孟舒桐泼一泼冷水，就像当初孟老师泼醒她那样，“先不说你们是师生，你确定裴老师这个年纪了还没有女朋友吗？”

孟舒桐说：“这点我去打听过了，裴老师是单身。”

“那前女友呢？前女友总有吧？他的前女友一定跟他年纪差不多吧，能和裴老师谈恋爱，那他的前女友应该也很优秀，你就不介意吗？”

孟舒桐挺起胸说：“我以后也会变成熟的。”

“可是我觉得你这样的话有点儿吃亏。”王可慈不好意思地说。

“没什么亏不亏的，”孟舒桐说，“我没遇上裴老师之前，也想过要找个跟我一样没谈过恋爱的男朋友。可是遇上裴老师以后，我总不能因为他谈过恋爱就嫌弃他吧？我喜欢的是他这个人，如果他谈过恋爱，那我也没办法了。如果他没谈过的话……算了，没意思，他怎么可能没谈过。”

择偶的标准五花八门，可那些在恋爱的人，又有几个是真的照着自己的择偶标准去选择对象的？

生活本来就不会按着个人的想法进行。

孟舒桐想得很开，大大方方地说：“现在想那么多有什么用，喜欢了就喜欢了呗。”

趴在桌上发呆的穗杏也想：是啊，喜欢了就喜欢了呗。

她为什么还要去找理由？莽撞而又青涩的初恋，不是因为一个人对自己好才喜欢，而只是因为那个人长成了自己喜欢的样子，和其他都无关，喜欢得纯粹又不讲道理。

有时候孟老师不愧是孟老师，真的是会说出真理来的。

熄灯后，孟舒桐又开启了个新的话题：国庆放假去哪里玩？

“回家啊，票都买好了。”王可慈和万亿都说。

“果然，我就知道，”孟舒桐转而将希望放在了穗杏身上，“穗穗，你每周都回家，应该不会浪费这个国庆假吧？”

穗杏想了想，小声说：“我想去港城。”

“港城？我记得下半年的打折季还没开始吧，还是说哪个品牌单独做活动？”

孟舒桐的第一反应是穗杏要去那儿买东西，因为自己每次去港城的目的也只是购物。

“就是去玩啊。”穗杏说。

“玩什么？”

穗杏硬着头皮说：“迪士尼。”

孟舒桐更不能理解了：“那去上海啊，不是更方便吗？”

穗杏不说话了，免得被孟老师看出端倪。

国庆假很快就到了，穗杏想去港城的愿望终究没有实现。没有人带她去，父母不放心她单独去港城，说什么也不同意她去。

国庆节当天，外面热热闹闹的，到处都在搞欢度国庆的活动，就连小区的公共广播里都在循环播放《我和我的祖国》，只有家里安安静静的，什么也没发生。

中午十二点，穗杏被饿醒，这才从房间里磨磨蹭蹭地走出来。

杭美玉又是好笑又是无奈地看着她：“舍得起床了？”

穗杏看了眼妈妈，没说话，转头往厕所走去。

“还在生气？就因为不许你单独去港城玩？”杭美玉问。

穗杏：“没生气。”

她嘴上说不生气，脸上却写着“我很生气”四个大字。

“你一个人去港城太危险了知道吗？道理都跟你讲清楚了，你怎么还任性呢？”杭美玉摇摇头，只能叫丈夫过来开导穗杏，“老穗，你过来跟你女儿说。”

在客厅看电视的穗峥嵘正沉浸在电视剧里，不愿意挪身，嘴上敷衍道：“穗穗想去港城玩，我们不让她去，她生气不是很正常的事吗？”

“可是我都跟她说过道理了。”杭美玉叹气。

“道理是道理，生气是生气，要是谁都愿意听道理，那法院都倒闭了。”穗峥嵘想得很开。

孩子有时候就是这样。

其实父母是不是为他们好，他们心里都清楚，但明白不等于他们就会乖乖听话了。

反之父母有时候也是这样，喜怒哀乐不会因为简简单单的一句“讲道理”就轻易消失。

母女俩谁都觉得自己有道理，谁也不愿意认输。

等饭菜做好了，杭美玉还是先软化了态度，敲了敲穗杏的房门，硬邦邦地丢下一句：“出来吃饭。”

穗杏再次磨磨蹭蹭地从房间里走出来，坐上餐桌，一言不发。杭美玉特意给她做了排骨，她看都没看一眼。

杭美玉没法了，只能摆出家长的架势来：“穗杏，你差不多行了啊。”

满肚子的委屈一下子涌了上来，穗杏梗着脖子，倔强得像头长角的小鹿，摆出一副誓死不从的样子来。

穗峥嵘漫不经心地说：“不吃饭长不高哦。”

穗杏的表情终于出现一丝松动。

杭美玉赶紧接过丈夫的话，继续说：“长不高就会一直被人当成小孩儿。”

穗杏终于夹了块排骨，一送进嘴里气就消了大半。

“我已经不是小孩儿了，”穗杏再次试图和父母商量，“我都读大学了，一个人去旅游有什么不行的？”

“人家读大学的时候都十八岁了，你满十八岁了吗？”杭美玉问。

穗杏有些不服气：“那跳级能怪我吗？”

“被你说得跳级好像还委屈你了。”杭美玉忍不住笑了出来。

穗峥嵘说：“那也至少得等到你看着像个大人，一个人走在路上不会吸引人贩子过来拐你的时候，我和你妈就允许你单独出去旅游。”

杭美玉瞪了眼穗峥嵘：“说什么呢？”

“我说错了？”穗峥嵘反问。

话说得是没错，但这话由爸爸说给女儿听，也太不好听了。

穗杏被爸爸的话给说蒙了，茫然地问：“那什么时候我走在路上才不会吸引到人贩子？”

穗峥嵘指了指她的碗，说：“那要看你肯不肯多吃点儿饭，快点儿长高、长大了。”

穗杏立马扒了一大口饭进嘴里，撑得两颊鼓鼓囊囊的。

杭美玉心想：果然还是丈夫知道怎么哄女儿。

哄好了女儿，穗峥嵘指了指杭嘉澍的房门：“嘉澍还没起来？”

“没有，他昨天好像凌晨才回来。”杭美玉说。

“咱们都放假了，他还没放假？他怎么比我们还忙？”

杭美玉给穗杏夹了片青菜：“别只吃肉，青菜也要吃。”看着穗杏吃了青菜才对穗峥嵘说：“忙项目吧，做他们这行的，有项目的时候都忙。”

穗峥嵘摇了摇头：“他一开始不愿意跟我做进出口贸易这行，我还以为他是看我这个工作太累了，想做个轻松点儿的活儿，没想到他现在比我还忙。”

“年轻人有干劲儿是好事，他要是躺在家里我才头疼呢。”

穗峥嵘满不在乎地说：“躺在家里也有我这个做爸爸的养他，那又怎么了？我赚的这些钱，以后不还是要留给他和穗穗的？”

“别说这种话，”杭美玉突然皱眉，“嘉澍不喜欢听。”

“我知道，我随口说说，”穗峥嵘抿唇，过了几秒后又问，“他最近有没有跟你说过遇到什么困难了？我想办法看能不能帮帮他。”

“我问过他，他说是说有，但是说不用我们操心，也没具体跟我说。”

穗峥嵘说：“他跟你亲近些，要是跟你抱怨了什么你第一时间跟我说。”

“知道。”

从妻子这里问不到什么，穗峥嵘又问正安静吃饭的穗杏：“穗穗，哥哥最近有没有跟你抱怨过工作上的事情？”

穗杏撇嘴：“他的工作关我什么事？”

一看女儿这反应，两口子立马明白她这是又跟哥哥吵架了。

“又吵架了？这次又是谁偷吃了谁的零食？”

穗杏不肯说。

不是因为零食的事，是她去找杭嘉澍，想让他带自己去港城玩，结果杭嘉澍直接拒绝了。后来又在父母这里吃了闭门羹，穗杏搞连坐，连杭嘉澍一并埋怨起来而已。

夫妻俩也没再问，单独给杭嘉澍留了份饭，吃完饭后收拾桌子，让穗杏给哥哥送进去。

穗杏却不想送。

杭美玉说：“不送也行，那你负责洗碗。”

穗杏果断端起盘子去送饭了。

敲了两下杭嘉澍的房门，里面的人没有反应，穗杏直接拧门把，还好杭嘉澍没有锁房门的习惯。

遮光窗帘牢牢地将白日的阳光隔绝在窗外，房间里一片漆黑。

穗杏打开灯，看到床上缩成一团的被子，被子里的人岿然不动，仍然睡着。

她将盘子放在桌上，叫他：“起床吃饭。”

杭嘉澍没反应。

穗杏用手指戳了戳那团鼓起的被子，又重复了一遍：“起床。”

杭嘉澍还是没反应。

她哼了一声，掀开被子将头从被子前端钻了进去，双手乱摸，摸到了杭嘉澍的耳朵。

穗杏靠近他的耳朵，深深吸了口气：“杭！嘉！澍！起！床！”

“啊！”

床垫猛地震了两下，躲在被子里的人一把掀开被子，双目睁得老大，一脸惊恐地看着眼前的穗杏。

穗杏看到他眼下两块明显的乌青以及苍白到极点的脸色，愧疚感油然而生。下一秒她就被清醒过来的杭嘉澍狠狠地摁在床上，后背被男人毫不留情地打了两下。穗杏刚想喊疼，男人立马又朝她的头顶来了几个栗暴。

“痛啊！”穗杏捂着头从床上坐起来，恶狠狠地看着杭嘉澍。

“知道痛就好，”杭嘉澍并没有解气，绷着脸，一副憔悴又可怕的样子，又抬手用力掐她的脸以示被吓醒的报复，“下次还敢吗？”

穗杏心里那点儿愧疚感立马就消失了，她啊啊怒吼两声，张牙舞爪地冲着杭嘉澍伸出了罪恶之手。

换平时杭嘉澍这会儿肯定直接把她扔床下去了，今天也不知道怎么的，轻易就被穗杏摁在身下，被打了两下后痛苦地皱起眉，只能勉强侧过身躲她。

“别碰我的肩膀，痛死了。”杭嘉澍喘着气，语气相当羸弱。

穗杏从他身上下来，问：“你怎么了？”

“坐电脑前坐太久了，”杭嘉澍指了指床头的抽屉，“帮我拿两片镇痛贴出来。”

穗杏赶紧按照他的吩咐从抽屉里拿出两片镇痛贴。

打开抽屉看到那满满一抽屉镇痛贴的时候，穗杏惊了。

她年纪小，就算头天再怎么剧烈运动，也不需要这个东西，以为这个东西只有父母才需要。杭嘉澍才二十三岁，居然也需要贴这个东西了。

杭嘉澍解开睡衣扣子，蒙头躺下，艰难地抬起胳膊指着自己的斜方肌：“先把我身上的撕了，再帮我贴上。”

穗杏按照吩咐做，贴的时候怕贴不牢，还特意用手拍了两下。

结果杭嘉澍痛得龇牙，忍不住低声凶她：“杀人啊你！”

穗杏缩回手，有点儿不知所措。

她又不知道拍两下也会弄疼他。

贴完镇痛贴，杭嘉澍又瘫着冷静了一分钟，这才重新从床上坐起来。

穗杏有些心虚，昨天晚上还因为他不肯带她去港城玩和他吵了一架，可今天看到杭嘉澍这副样子，有些后悔自己昨天跟他吵架了。

“为什么你国庆节还不给自己放假啊？”

他自己就是老板，完全可以不用加班的。

“我自己加班多划得来，”杭嘉澍一副“你懂什么”的样子看着她，“都不用给加班费。”

“小心加班加到猝死。”她忍不住恶毒地说。

杭嘉澍冷笑：“我忙死忙活地赚钱，你倒好，不给我加油就算了，还咒我死？你是人吗？”

“你赚钱关我什么事？”穗杏撇嘴。

“我给你挣嫁妆钱，你说关不关你的事？”杭嘉澍恨铁不成钢地看着她，叹气道，“没良心。”

穗杏哼了声，还是不愿意服软：“爸爸会给我出的，要你出什么？”

“那行，你只要爸爸那份，我这份你就不要了是吧？”杭嘉澍故作轻松地点头，“正好，留着钱我自己享受。”

穗杏富贵不能淫，狠狠地说：“我才不稀罕！”

“你不稀罕就不稀罕呗，我还怕送不出去？”杭嘉澍吊儿郎当地拖着尾音说，“到时候有没有人肯娶你还不一定。”

眼看着又要吵起来，穗杏提醒自己要冷静，不要跟这个虚弱的加班狗计较。

她指着桌上的饭，硬邦邦地说：“起床吃饭。”

“早饭还是中饭啊？”

“你说呢？”穗杏睨他，“你自己睡了多久你心里没数吗？”

“已经中午了？”杭嘉澍突然语气惊恐地问她。

穗杏点头：“快一点了。”

“我去！”杭嘉澍手忙脚乱地起床，“我还要去工作室。”

穗杏提醒他：“你不吃饭了？”

“还吃什么饭，先把钱赚了再说吧。”

穗杏拉不住他，但杭嘉澍还是被父母勒令吃完中饭才准走。

尤其是杭美玉，一副他不吃完今天就别想走出这个家门的架势堵在门口。

杭嘉澍只好认命地坐在餐桌边吃饭。

杭美玉边叹气边教训他：“吃慢点儿，仗着自己年轻就使劲儿造作是不是？等你到了我和你爸这个年纪你就知道错了。”

杭嘉澍口中应着，吃饭的速度却还是没有慢下来。

他好不容易吃完一碗，杭美玉又下命令：“再吃一碗。穗穗，去给你哥再装碗饭。”

穗杏：“好嘞。”

然后她一把抢过杭嘉澍的碗，乐颠颠地朝厨房跑，给他添饭去了。

杭美玉看到从杭嘉澍的衣领那儿露出来的镇痛贴，走过去按住他的肩膀，短暂地给他做了个捏肩的按摩。

杭嘉澍有点儿不好意思，但因为杭美玉的力道太舒服了，他只能半不愿半享受地承受着。

“这么年轻，怎么就活得跟老头子似的了？”杭美玉说，“努力工作是好事，但最起码要在不影响身体的前提下努力啊。”

“知道。”杭嘉澍回答。

给杭嘉澍捏肩的时候，杭美玉突然发现他乌黑的鬓间长出了一根白头发。

杭美玉的眼睛瞬间就热了。

她尽力控制着自己的情绪，轻声说：“有什么困难就跟我和你爸说，我们比你早几十年出来工作，肯定能帮上你。”

“真不用，”杭嘉澍笑着说，“你们送我的那辆车，已经帮了我大忙了。”

“要不是你爸执意不收你的欠条，那还算是我们送你的吗？”杭美玉没好气地说，“做爸妈的送东西给你，你还跟我们客气，这么多年的爸妈白叫了是不是？”

“那怎么是白叫？”杭嘉澍笑眯眯地和杭美玉开玩笑，“叫你们一声爸妈，养我这么多年，我又不吃亏。”

“你知道就好，”杭美玉笑着捶了捶他，“以后你小姨父再送你什么，你直接收下就是了。他平常给穗穗买礼物，总是买不到穗穗心里去，就指望着能从你这里捞点儿认同感。”

杭嘉澍沉默半晌，轻轻点头：“知道了。”

他终于吃完两碗饭，杭美玉才肯放他离开。

等人走了，杭美玉收拾桌子，穗峥嵘慢吞吞地过来问她："嘉澍跟你说什么没有？"

"没有、没有，"杭美玉连说了两次，生怕丈夫不相信，"他说了我还能不告诉你？"

穗峥嵘咳了咳，有点儿尴尬，一边替妻子收拾碗筷，一边再次嘱咐她："如果他有困难了，你一定要告诉我。"

杭美玉再次重复说了两遍："知道、知道。"

穗峥嵘嘱咐完妻子还不够，又跑去找客厅里正坐在沙发上看电视的穗杏。

"穗穗，你哥哥要是跟你抱怨他工作上的事情，你一定要跟爸爸说。"

穗杏点头："知道了。"

穗峥嵘坐在女儿身边，见她在看综艺节目。里面的人笑得疯疯癫癫的，穗峥嵘看了十几分钟也没从里面看出什么好笑的地方来。

倒是穗杏跟着电视里的人笑得花枝乱颤。

穗杏本来想跟爸爸一起笑，侧头一看爸爸那严肃的脸，不知怎么的突然也笑不出来了。

她把遥控器给爸爸递过去："爸爸，你看电视吗？"

"哦，我不看。"穗峥嵘拒绝道。

那你坐在这里干什么？

穗杏想问这句话，没敢问。

"穗穗，你哥哥那个朋友，人怎么样？"

父女俩大眼瞪小眼几分钟后，穗峥嵘终于忍不住开口问。

"哪个朋友啊？"

"就是给你哥哥的工作室投资的那个。"

沈司岚啊。

穗杏挠头，有些尴尬："爸爸，你不是知道他吗？"

"就见过一面而已，"穗峥嵘说，"我只记得是个长得挺好看的年轻人，其余的又不知道。"

"那你想问什么？"

"他人怎么样？"

穗杏说："挺好的啊。"

“你跟爸爸说实话。我每次问你哥哥，他都说好。我担心他是顾及朋友关系不好明说。你不用顾忌，直接跟我说。他人怎么样？对你哥哥怎么样？可不可靠？”

穗杏觉得爸爸问错人了。

她低着头，语气坚定地说：“他人很好的，对哥哥也很好，很可靠。”

连穗杏都这么说，穗峥嵘算是彻底放心了。

“那有空我得约你哥哥的那个朋友出来吃顿饭，感谢一下他。”穗峥嵘自言自语道。

穗杏的眼睛亮了一下：“什么时候啊？我能一起去吗？”

“找个空闲时间，先让你哥哥把人家约出来再说。”穗峥嵘说，“又不是给你哥哥相亲，你去凑什么热闹？”

“我没凑热闹，”穗杏挪开眼，理直气壮地说，“我就是想下馆子而已。”

穗峥嵘笑了：“嫌你妈做饭不好吃？”

“没有啊。”

穗峥嵘朝着厨房喊：“美玉，穗穗说你做饭不好吃。”

穗杏：“……”

被妈妈教训了一顿后，穗杏觉得这个家暂时是没法待了。她在小区楼下瞎逛，最后在公共运动设施这边打发时间。

小区里上了年纪的大爷大妈在空地上组织合唱，唱的是《我和我的祖国》，和声优美又有气势。穗杏听了一会，也不自觉地跟着唱了起来。

虽然无聊，但这样百无聊赖的时光总是别有一番滋味，穗杏才十六岁，就有种自己也活成了退休老干部的感觉。

兜里的手机振动起来，她拿出来一看，是寝室群里的消息。

王可慈和万亿早在放假前一天就回家了，这时候应该在老家悠闲地享受着假期，在寝室群里说话的是孟舒桐。

孟老师：“我好无聊啊。”

孟老师：“来个人陪我聊聊天。”

穗杏善良地回复了她。

“你不是去旅游了吗？怎么会无聊？”

孟老师：“我高中同学临时爽约，我爸妈不准我一个人单独去，没去成。”

果然同一个世界，同一个爸妈。

“那你在哪里？”

孟老师：“寝室。咱们班的女生就剩我一个人留在寝室里，无聊死了。”

穗杏有点儿惊讶。

反正她也没事做，干脆陪孟老师打发时间好了。

“你要不要来找我？我也正好没事做。”

孟老师：“穗杏！我爱你！爱死你了！开位置共享，我现在就去找你！”

孟舒桐快马加鞭地过来找她，连地铁都没坐，直接打车过来的，那车费穗杏看了都心疼她。

但孟舒桐本人毫不在意，接了穗杏上车后，又跟司机说去中心广场。

“我们先去逛街，然后晚上一起吃饭，再看个电影怎么样？”

孟舒桐兴致勃勃地很快安排好了所有活动。

穗杏：“我都行，听你的。”

她的乖顺成功取悦到孟舒桐，当着前排司机大叔的面，孟舒桐一把搂过穗杏，狠狠地在她脸上亲了一口。

穗杏嫌弃地擦着脸：“口水啊。”

“不是口水，是唇釉。”孟舒桐嘟了嘟唇。

穗杏还是嫌弃，从兜里掏出纸巾擦脸。

司机大叔看得乐呵呵的。

因为亲了穗杏，孟舒桐嘴上的唇釉也掉了，她从包里拿出随身镜和唇釉补起妆来。

穗杏盯着她涂唇釉的样子，有点儿好奇，又有点儿蠢蠢欲动。

“你也想涂？”孟舒桐把唇釉给她，“喏。”

穗杏摇头：“不用了。”

“学长不在就没有化妆的念头了是不是？”孟舒桐坏笑了一声。

穗杏别过脸去不理她。

“你看外面干吗啊？学长又不在外面。”

孟舒桐笑嘻嘻地调侃她，穗杏咬牙切齿，反击道：“我看到裴老师了！”

“啊？哪儿呢？”

孟舒桐一下子凑过去，扒在窗边看。

穗杏："我骗你的。"

孟舒桐刚想骂人，此时眼里飞快地闪过一张侧脸，是刚刚从她们身边开过去的一辆黑色轿车里的。

主驾驶位的窗开着，孟舒桐一下子就看到了正在开车的裴燕闻。

原本规划好了所有路线，孟舒桐却突然对穗杏说："穗穗，你愿意陪我去追随我的爱情吗？"

穗杏茫然地说："啊？"

"好了，你愿意，"孟舒桐对司机说，"叔叔，我们不去中心广场了，跟着那辆黑色轿车。"

司机大叔开了十几年的出租车，还是第一次碰到这种电视剧的追车情节，一下子就来了兴趣，声音洪亮又自信地道："好嘞！"

"……"

裴老师的车停在市法院门口。

穿着深色西装的男人步履从容，提着公文包不急不缓地迈上阶梯，走进大门上印着宏伟国徽的市法院。

孟舒桐偷偷摸摸地拉着穗杏下车，带她躲在法院大门两侧的石柱旁。

"裴老师来法院干吗？"穗杏天真地问，"他要打官司吗？"

"不是，裴老师是返聘教师，他有第一职业的，来法院应该是帮别人打官司。"

居然连这个都打听到了，不愧是孟舒桐。

"现在裴老师进去了，"穗杏问，"我们就在这里等他出来吗？"

"走，我们也进去。"孟舒桐说。

穗杏说："那万一有人问我们是来干什么的，我们怎么说啊？"

"随机应变，"孟舒桐信任地看着她，"穗杏同志，你这么聪明，连高数课都听得懂，肯定听得懂我的意思。"

高数课跟这个有什么关系？

穗杏腹诽，被孟舒桐拉着，迈过阶梯走到了法院大门口。

大门锁着，只开了扇小侧门。国庆节法院放假，不受理业务，两人从外面往大厅里看，里面空荡荡的，只有一个工作人员坐在门口值班。

两个小女生做贼心虚地走进去，果然被值班人员拦住了："你们好，请问有事吗？"

孟舒桐赶紧戳了戳穗杏，让她随机应变。

穗杏赶鸭子上架，讷讷地说："我们是来找人的。"

"找谁啊？"

穗杏一个良好公民从来没上过法院，连法院里有什么人、有哪些职位都不知道，哪儿说得出找谁，只能说："找裴律师。"

她只希望裴老师一定是个律师。

果然，工作人员点头道："哦，裴律师刚进去，应该马上就出来了。"

穗杏狠狠地松了口气。

但下一秒，她的气又涌上脑门了。

因为裴老师已经出来了，就站在她们身后，发出了一声疑问："嗯？你们？"

好尴尬，穗杏尴尬得恨不得原地去世。

如果她们现在走，那还有挽回颜面的机会，可惜负责的值班人员此时对裴燕闻说："裴律师，这两个小妹妹说是来找你的。你们认识？"

穗杏后悔极了，早知道刚刚不如不说话。

"她们是我的学生。"裴燕闻说。

男人走到两个小女生面前，镜片下的目光扫过她们的脸，温声开口："你们跟我过来。"

裴燕闻将她们带出法院，走到了隐蔽处。

"说吧，"裴燕闻说，"找我什么事？"

孟舒桐求助般从背后扯了扯穗杏的衣服。

穗杏无语。

孟老师平常在寝室不是挺大胆的吗？天天裴老师不离口，口口声声说喜欢人家要泡人家。现在裴老师就站在她面前，她反倒㞞起来了，居然还要靠穗杏解围。

室友有难，穗杏也不能放着不管，只能硬着头皮说："有些问题想问裴老师。"

"什么问题不能在学校问，要跟着我到法院来问？"裴燕闻挑眉问。

孟舒桐继续瞎扯："就是要到法院来问的问题。"

裴燕闻笑了："官司问题？"

"对，"孟舒桐推了推穗杏，"对吧？"

穗杏只能点头。

这个时候她除了点头还能干啥？

“那好，两位小小姐，请问是哪方面的官司呢？”裴燕闻撑着膝弯腰看着她们，语气温和，声音夹杂着几分笑意，“我比较擅长企业经济纠纷和离婚诉讼的官司，请问二位是有商业纠纷还是婚姻困扰呢？”

“……”

“……”

唉，她们早就被他看穿了。

“我们就是在路上看到了裴老师，”孟舒桐结结巴巴地说，“所以想过来跟你打个招呼。”

“这样，”裴燕闻点了点头，“那现在你们可以去忙你们的事了。”

孟舒桐掩不住眼底的失落神色，又想不出更好的借口，只能无奈地点了点头。

穗杏抿唇，突然开口：“裴老师，你待会儿有没有事？”

“没有。”

“那你能不能带我们去吃饭？”

裴燕闻听到这个请求笑了，问：“为什么？”

穗杏一本正经地胡说八道：“因为我们都是未成年，而你是我们的老师，如果我们待会儿去餐厅吃饭的时候出了什么意外，而你作为今天最后遇见我们两个人的目击者，非但没有劝诫我们赶紧回家，反而放任我们继续在外面逗留，你到时候也要被追究责任的。”

孟舒桐在旁边都听愣了：“……”

穗杏！牛！

裴燕闻也听愣了，而后勾起唇轻笑两声，扶了扶眼镜说：“你的课没白蹭啊。”

她倒是会钻空子，虽然说的话毫无根据且不讲道理，但有几分流氓律师的气势。

“走吧，上车，”裴燕闻说，“吃完饭我送你们回家。”

裴燕闻走在前面，孟舒桐和穗杏跟在后面。

趁裴老师不注意，孟舒桐狠狠地抱了下穗杏。

穗杏怂恿着孟舒桐去坐副驾驶座，孟舒桐半天不愿意，穗杏只能厚着脸皮说：“我想睡一觉，你坐前面吧。”

这是孟舒桐第一次坐上裴燕闻的车。

他的车子里飘着一股淡淡的木质香，就和他给人的感觉一样。

孟舒桐头一次知道血液直冲头顶是什么感觉，就跟发烧了似的，神志不清，手脚麻木，连说话的力气都没有。

这一路上，她甚至不敢侧头去看裴老师。

孟舒桐自己也想不明白，怎么会这么喜欢一个人。

明明不了解他，甚至没和他说过几句话，他的个人信息都是她从别人口中打听过来的，他连微信都不肯给她，可她还是鬼迷了心窍，一次又一次地往他身边凑过去。

“吃中餐可以吗？”裴老师问。

孟舒桐想说吃屎都行，但忍住了。

后排的穗杏说：“老师，我们听你的。”

“好。”

这顿饭吃得云里雾里，裴老师和穗杏都吃得挺饱，唯独孟舒桐满脑子想的都是怎么在他面前优雅地吃东西，反倒什么都吃不下。

结账的时候，裴老师主动去付了钱，付完钱回来的时候给了她们两张餐券。

“下次和你们的朋友来吃可以用这个打折。”

一张餐券而已，孟舒桐如获至宝，小心翼翼地将它叠好收进了包包里。

穗杏那份她也没要，都给了孟舒桐。

三个人吃完饭出来的时候，天已经灰了下来。

穗杏说：“裴老师，你送孟舒桐回去就行了，我待会儿还跟我哥哥约好了。”

“你哥哥什么时候来？”

“马上就来了，”穗杏说，“你们先走吧。”

裴燕闻眯眼，显然没那么轻易上当：“把你哥哥的电话给我一下，我打个电话问问他。”

她们用未成年人的理由骗他吃了顿饭，他当然要负责到底，否则真出了事怎么收场？裴燕闻不可能放任穗杏一个人在街上乱逛。

穗杏只能给还在忙的杭嘉澍打了个电话。

她也没给裴燕闻说话的机会，直接说让杭嘉澍来接她。

“你挺能跑啊，怎么又跑出去玩了？”杭嘉澍在电话那头调侃她。

“你到底来不来接我啊？”穗杏耍无赖地说。

“去，我跟沈司岚一块儿过去接你，在那儿等着，不许乱跑，听到没？”

穗杏听到沈司岚的名字后愣了。

他不是去港城了吗？

结果他没去吗？

不管他为什么没去，穗杏只知道这一刻，阴霾的天突然放晴了。

“嗯！”

她答得特别乖，杭嘉澍一时半会儿没反应过来，几秒钟后才笑骂了句：“小东西……”

给哥哥打过电话后，这回穗杏是真的不需要裴老师送了。

裴老师只需要送孟舒桐一个人回学校。

没了室友在身边，孟舒桐反而更不知道该怎么办了。

这一路她很是沉默。直到车子快开到学校，孟舒桐才鼓起勇气问裴燕闻：“裴老师，你怎么知道我们是跟着你到法院来的？”

裴燕闻专心看着眼前的路况，语气随意地问：“很难猜吗？”

“那你是怎么猜到的？”

“你们两个看着不像是需要来法院的人。”裴燕闻说。

孟舒桐又问：“那如果我们真是因为有官司才来找你的呢？”

“虽然这对我来说是好事，可对你们来说并不是好事。”裴燕闻语气温和地道，“我希望你们永远不会以当事人的身份来找我。”

孟舒桐微愣，说：“谢谢。”

裴燕闻突然又笑了，略带幽默地说：“当然，如果真的有，我也随时欢迎你们带着充足的律师费来找我。”

孟舒桐跟着笑了，气氛渐渐缓和下来。

过了好久，她鼓起勇气问了最后一个问题：“老师，以后我还能去蹭你的课吗？”

裴燕闻微敛笑容，摇头道：“术业有专攻，等你学好了自己的专业课再来蹭课也不迟。”

“那选修课呢？”

“选修随意，”裴燕闻侧头看着她，眸色淡然，一改刚刚的温和幽默，声音低沉，语气中带着师长对学生委婉劝诫的严肃，“选修课的意义是选择自己感兴趣的额外课程，我希望你是真的对我教的课有兴趣，而不是别的，

好吗？”

孟舒桐咬唇，点了点头。

下车的时候，她弯下腰看着昏黄的车灯映照下那张清俊儒雅的男人侧脸。

“老师，国庆节快乐。”

裴燕闻冲她点头：“国庆节快乐。”

目送轿车离开，素来大大咧咧、没心没肺的孟舒桐突然苦笑了一声。

唉，她好惨。

这边杭嘉澍忙着去接穗杏，只能暂时放下手中的工作。他站起身伸了个懒腰，去饮水机旁倒了杯水，本来只倒了一杯，想了想还是又倒了一杯。

工作室里很安静，此时只有沈司岚敲键盘的声音。

本来给工作室所有人都放了假，杭嘉澍已经做好了国庆七天独自奋战的准备，没想到口口声声说不加班要去港城的沈司岚居然会陪他加班。

杭嘉澍将水杯放在了沈司岚面前。

沈司岚没抬头，语气很淡：“谢了。”

杭嘉澍后腰抵着桌子，手里端着杯子，突然问他：“你不是说去港城吗，怎么没去了？”

沈司岚挑眉，略带讥讽地说：“我要是去了，等你真累死在工作室里都没人帮你叫救护车。”

“你好好说话会死吗？关心我就关心我，有什么不好意思说出口的？”

沈司岚嗤了声。

杭嘉澍似是感叹地说道：“谁能想到国庆加班，居然是投资方陪我一块儿加的？”

“有规定投资方不能陪人加班？”

“少爷你放着悠闲日子不过，跑来我这儿当‘社畜’。”杭嘉澍突然来了兴趣，好奇地问，“你该不会是私生子吧？没家产分，你只能出来自食其力？”

沈司岚无语：“你能不能少看点儿电视剧？”

“那没办法，我陪我妈看的，光《溏心风暴》就看了五遍了。”杭嘉澍用手指比了个五，意在突出自己艰难的处境，“我总觉得你们港城人都是电视剧里演的那样。”

“我是广东户籍。”沈司岚解释道。

“反正都是说粤语的，没差啦。”杭嘉澍摆了摆手。

沈司岚懒得继续跟他说。

杭嘉澍扶着桌子，又问了一遍：“你真的不是私生子？”

沈司岚终于被问烦了。

“那你干吗放着家里的金山银山不要，出来体验生活？”

沈司岚说：“家里的金山银山已经有人继承了。”

“哦，所以你是没争赢？”

“争什么，”沈司岚翻了个白眼，“我又不是没钱花。”

“电视里就是那么说的啊，不争就没一分钱拿。”

沈司岚只能再次解释：“我名下的股份和不动产不是钱？”

杭嘉澍甩锅给电视剧：“电视剧误导人，不关我的事。”

“所以说让你少看点儿电视剧。”

“你刚刚说你名下的股份和不动产，这些变现都值多少钱？”

“不知道，反正够花。”

杭嘉澍顿时羡慕了：“果然是富家少爷，云淡风轻的。”

“你到底想说什么？”

“就是对你表示一下敬佩而已。”

沈司岚没什么表情，虚假地回夸：“你这种不拿家里一分钱的，我才应该敬佩你。”

“你跟我能一样？你是不屑要，我是不能要。”杭嘉澍撇了撇嘴。

沈司岚皱眉：“什么意思？”

“没什么意思。”杭嘉澍催他，“搞完没有啊？走了。”

沈司岚：“去哪儿？”

“去接我妹，顺便吃个饭，”杭嘉澍说，“不知道她那小短腿是怎么跑那么远的。”

“……”

沈司岚关上电脑站起身：“走吧。”

杭嘉澍刚才看他明明还在改程序，有些惊讶：“改好了？”

“回来再改，”沈司岚随便收拾了下桌子，说，“饿了。”

去接人的路上，杭嘉澍随口对沈司岚说：“刚才在工作室跟你说的那些话，你别放在心上，我随口说的，你也别跟我妹说。”

沈司岚："你陪你妈看了五遍《溏心风暴》的话？"

"不是，而且我妹也看了五遍，我不是唯一的受害者好吧？"杭嘉澍想说又不知道该怎么说，"就家里的钱那些话。"

沈司岚："嗯。"

杭嘉澍不放心他："你明白我在说什么吧？"

"不明白，"沈司岚语气不耐烦地说，"所以你能闭嘴吗？"

杭嘉澍尴尬地笑了笑："你肯定明白的。"

"我只明白我们杭总是个小气鬼，"沈司岚挑眉，没什么表情地调侃他，"为了省加班费，宁愿每天自己一个人窝在工作室里加班。"

"创业未半当然得省着点儿了，"杭嘉澍打了下方向盘，看着后视镜里的车况优哉地说道，"不然以后破产了谁养我？"

沈司岚皮笑肉不笑地说："你要是求我，我也不是不能施舍你点儿。"

"得了吧，"杭嘉澍说，"你的钱我还没还清呢。"

"急什么？"沈司岚毫不在意，"等你真成了老总再还我也不迟。"

杭嘉澍沉默半晌，突然郑重而感激地说了句："谢谢。"

沈司岚微愣，没忍住浅浅地笑了下。

杭嘉澍没正经几分钟，很快又吊儿郎当地开起了玩笑："要我是个女的，就嫁给你了，恩情难报，只能以身相许。"

"滚吧。"

"我是真心的，真心想报答你。"

沈司岚厌恶地说："你别恶心我了行不行？"

杭嘉澍笑了笑，突然又很不着调地说："那要不我让我妹替我嫁给你？"

"……"

"还是算了，一想到你们那钩心斗角的豪门生活，我就不放心我妹嫁给你，怕她被吃得连骨头都不剩。"

"……"

看到沈司岚一脸无语的表情，杭嘉澍笑眯眯地说："我开玩笑的，我妹还小呢，起码得再过个几十年我才允许她嫁人。"

沈司岚侧头，表情有些古怪："几十年？"

"怎么了？"

"那时候你妹多大了你心里有数吗？"

杭嘉澍想了想，不确定地道：“五十？”

“……”

“太老了是吗？”

沈司岚抽了抽嘴角：“你说呢？”

“好咯，”杭嘉澍不舍地降低了标准，“那就四十九。”

“……”

第四章

双向初见端倪

杭嘉澍见他半天不说话，再次笑了，这次语气终于正经起来：“我问你个事，正经的，你好好回答我。”

沈司岚：“说。”

“人如果不结婚，活到七老八十以后，是不是就真的没人送终了？”

这个问题已经超出了沈司岚对杭嘉澍的印象。

他们还很年轻，这个问题听上去遥远而孤独。

“大概吧。”

沈司岚说了个不确定的答案。

杭嘉澍却突然像是不服气般说道：“不结婚，那不是还有家人吗？怎么就没人送终了？”

人死后若是被葬入地里，墓碑上会刻上亲人的名字，最显眼的则是配偶那一栏，其次是子女。

如果墓碑上没有配偶、子女的名字，这人大概是一生未婚也无子，孤独到了死前的那一刻。

这听上去很凄凉。

一个人长大后离开父母，与兄弟姐妹分道前行，通过结婚来组建自己的家庭，好像成了每个人人生中既定的路线。

为什么？

是谁规定的，一个人到了年纪就要离开父母，离开兄弟姐妹？不愿意离开的人也必须离开吗？

为什么所有人都要朝着这个方向去过自己的人生？

沈司岚淡淡地说：“这话你别在你妹面前说，否则她还以为你想不开。”

“知道，”杭嘉澍点头，“就是最近被家里人催了几次，有点儿想不通了。”

“催你谈恋爱？”

“嗯。”

沈司岚不觉得这有什么：“那你谈啊。”

据他所知，杭嘉澍不是没人追。

“不想谈，”杭嘉澍语气烦躁地说，“他们催我谈恋爱是不是想让我赶紧自立门户，从家里搬出去？”

沈司岚微睁眼，侧头看向他。

车子开到十字路口，杭嘉澍徒劳地按了按喇叭，前面的车子纹丝不动。

“最近我可能有点儿神经质了，”杭嘉澍按了按鼻梁，声音疲倦地说，“天天对着电脑，睁眼闭眼都是满屏的代码。我知道你人怎么样，不会跟人说，就当我刚刚胡说八道。”

沈司岚皱眉道：“你真的该放个假了。”

杭嘉澍摇头：“我很想把手头这个项目做好。”

“不眠不休就能做好？你是不是太小看这个行业了？”沈司岚轻讽道。

“天才没资格讽刺后天努力的人。”

把想法说出来就好了很多，杭嘉澍这下已经有力气呛声了。

车子开到广场的时候，穗杏正坐在广场中央的长椅上发呆。

沈司岚看着杭嘉澍下车时一改刚刚那被生活压迫的“社畜”样，又换上旁人最熟悉的表情，吊儿郎当地和穗杏开着玩笑。

穗杏刚刚替孟舒桐说话的时候油腔滑调得很，现在换了自己，还不如孟舒桐。

沈司岚一如既往地不爱说话。

光有杭嘉澍一个话痨带动不起气氛，这顿饭吃得也没意思。穗杏因为刚刚吃过一顿，没有什么食欲，杭嘉澍给她夹菜，她也只吃了几口，就放下筷子不吃了。

“你搞什么，连饭都不吃了？”

穗杏很饱。她中午本来就吃得不少，傍晚时裴老师带她和孟舒桐去吃的那家中餐厅合她胃口，她又多吃了点儿，现在是真吃不下了。

如果不是为了和沈司岚坐一桌，她早就自己回家了。

在杭嘉澍看来，小东西纯粹就是耍脾气，所以不吃饭。

她这个年纪还能再长高，杭嘉澍和爸妈一样，看她挑食不吃饭就有点儿生气。

“不就是没带你去港城玩？昨天你跟我吵了还没完是不是？”

杭嘉澍以为是这个原因，没好气地说。

沈司岚夹菜的动作一顿，眉梢微挑。

穗杏立刻否认：“才不是。”她慌乱地看了眼沈司岚，见他好像没什么反应才松口气，扬声说，“我已经饱了。”

杭嘉澍不信：“‘饭桶’还知道‘饱’字怎么写了？”

穗杏刚想跟他吵时，杭嘉澍临时来了个电话。他掏出手机看了眼来电显示，二话不说就放下筷子快步走出餐厅去接电话。

话痨走了，留下两个哑巴。

穗杏想埋头装作努力吃饭的样子，但又实在吃不下，一次只夹几粒米，吃得相当痛苦。

“想去港城玩？”

穗杏点头又摇头，最后只好说：“就是想去买东西。”

沈司岚：“买什么？”

穗杏回忆着孟舒桐跟她说的那些东西，照葫芦画瓢道：“化妆品、包包、衣服之类的，港城那边买比较划算。”

“就为了买这些？没有别的原因？”

沈司岚作为男人并不理解这种大老远跑到陌生的城市只是为了买东西的行为。

穗杏：“没有，就因为这个。”

沈司岚敛目，没再问。

反倒是穗杏又问起沈司岚来：“学长，你不是说国庆会去港城吗？怎么没去？”

“加班。”

“可是我哥哥说，工作室所有人国庆节都放假。”

两个人谁也不知道缓和气氛，生硬而又尴尬的对话只会让气氛越来越凝滞。

沈司岚答非所问道：“你想买什么？以后我帮你带回来。”

穗杏：“啊？”

她随口说的啊，其实根本没有要买的东西。

“化妆品？”沈司岚却自顾自地猜了起来，看了眼她的脸，没发现她化妆了，“你化妆？”

穗杏赶紧摇头：“没有。”

“那你想买什么？”

穗杏只好硬着头皮想，想起室友们最近都很喜欢在肩上挎一个小包包，装不了什么东西，最多放手机、钥匙，在穗杏看来一点儿都不实用，背上却很好看。

她一贯觉得这种包实用性不高，唯一的那一个还是妈妈送的，平常上课或参加活动，永远是最实用的双肩包背在身上。

“想买个包。”她说。

“什么包？”

“小包，带链条的那种，”穗杏说，“就是上次在商场我背的那种。”

沈司岚想起来了，浅色的小方包，金色链条，连个笔记本都装不下，非常不实用。

但可能女孩子就喜欢这种不实用的包吧。

“好。”他只说了一个字，算是答应。

穗杏也不知道为什么对话会发展成最后他帮她在港城买包。她又㞞，什么“你愿意陪我去港城”或是“我想跟你一起去港城”这种话都说不出口。

算了，顺其自然，她想得很开，于是语气很快轻松起来，说：“那学长你帮我买，买好了我转账给你。”

杭嘉澍打完电话回来，也没注意到这两人，现在满脑子想的都是刚刚甲方的话，又否了一个决策，哪里的细节又不可以。

玩游戏是件快乐的事，但游戏一旦成了人吃饭的家伙，比如游戏开发、职业电竞，快乐就显得十分微不足道。

他也没什么心情吃饭了，只想赶紧回工作室继续忙。

“你们还吃吗？”杭嘉澍神色有些烦躁，“那边又把我今天刚改好的东西打回来了，导致我现在要回去接着改。”

“那就走吧。”沈司岚说。

他们两个人直接回工作室，只是这里还有个小家伙需要照顾。

“我先送你回家？”杭嘉澍问穗杏。

穗杏摇头，说：“我跟你一起去工作室吧，等你做完了工作我们再一起回家。”

“我可能会忙到很晚，”杭嘉澍说，“你撑得到那时候吗？”

“没事啊，撑不住我就趴在桌上睡，等你走时叫醒我就行。”

“行，”杭嘉澍拍拍她的头，“那就当你提前实习考察。”

杭嘉澍还真的没夸张。

墙上的圆钟时针指向十的数字，工作室里只听得到敲键盘和鼠标点击的声音，偶尔会有音色不同的两道男声轻声交谈或是翻书的声音。

穗杏不敢吵他们，坐在一旁翻杂志。

“穗穗，”杭嘉澍从电脑屏前探出头，叫她，“你过来。”

穗杏走过去，杭嘉澍往后推了推椅子，让她看电脑分屏中的那块竖屏，黑色的页面上是一串串白色代码，偶有标红或是标绿的注释。

“这是 Java，”杭嘉澍问她，“和 C 语言的语法是不是挺像的？”

穗杏看了眼，点头：“嗯。”

“但一个是面向对象，一个是面向过程，”其他的杭嘉澍也没继续说，“C 语言的书都看完了吗？你要不要试着学一学 Java？”

C 语言的基础会给任何计算机语言带来锦上添花的效果。

杭嘉澍觉得比起照书中每章那些实用性不强的小程序去练习，还不如直接让她上手，她会学得更快。

人们学习一门计算机语言和学习人类语言是大同小异的，拥有充足的语言环境，能够大大缩短浅显的语法学习时间，直接进入最能从中受益的实践环节。

穗杏有些犹豫：“我只懂皮毛啊，实操不行的。”

“谁敢保证自己在某一个领域掌握的已经不仅仅是皮毛了？东西是学不完的，你说你只懂皮毛，那我也只懂皮毛，只不过我懂的东西比你多一点儿而已。”

穗杏点了点头。

中途杭嘉澍要去厕所，冲对面的沈司岚招了招手：“过来教一下我妹。”

穗杏隐约记起好久前，沈司岚也教过她，只不过那时候教的是高中数学。

“你哥刚才跟你说到哪儿了？”

“这里。”穗杏指了个地方。

“void main（计算机函数）和 C 语言的含义是一样的，后面这里是将数组命名为 args（参数名）。”

这是相当基础的程序，穗杏掌握得很快，没几分钟沈司岚开始教她算法。

沈司岚语言精炼，书上一大串科普的话被他提炼出关键信息，用最简单的白话讲给她听。各串代码含义不同，比起晦涩的语言描述，他直接用简单的小程序演示给她看，讲课效率相当高。

“懂了？”

“懂了。”

“那怎么当时连高二的数学题都听不懂？”

沈司岚轻描淡写地揭穿了好几个月前她拙劣的装傻演技。

穗杏：“这又不是数学题。”

“学妹，数学是这个世界上最接近上帝的语言，逻辑性强，简单明了，任何语言都离不开数学，包括计算机。”沈司岚看着她，得出结论，“你的数学成绩应该很不错。”

穗杏心跳如擂鼓。

沈司岚耐心地等着她的解释。

结果他没等来她的解释，倒是等来了杭嘉澍一声舒畅的“爽”。

沈司岚皱眉，迅速起身，坐回了自己的位置。

“教完了？”杭嘉澍问，“怎么不接着教了？”

沈司岚眼都没抬：“不然？你还指望她一口吃成个胖子？”

“我没这么说，就是看我妹坐在旁边太无聊了才打算教她点儿东西。”杭嘉澍从桌上找了本书，直接递给穗杏，“没事就看看，写代码的程序包我回头发压缩文件给你。”

穗杏接过：“嗯。”

她拿着书走到一边开始慢慢看。

“想保留 PC 端（电脑端）华丽复杂的键盘操作系统，又要兼顾手机端现在简单直白的触屏操作，哪有这么容易？”杭嘉澍走到沈司岚旁边，突

然叹气跟他抱怨，“他怎么不让我顺便照顾一下小部分左撇子，再加个自由切换方向操作和技能的设置功能？”

沈司岚抬眼，反倒点了点头：“可以。”

“你知道多弄个功能我们要多忙活多久吗？”

“现在自由设置操作键又不是什么稀奇事，”沈司岚闲闲地说，“总比那个王总提的要求靠谱。”

两个人有一搭没一搭地聊着。

穗杏都听困了，书上的字也渐渐模糊起来。她打了个哈欠，趴在桌上用胳膊撑着头，找到个比较舒服的姿势，舒舒服服地睡了过去。

快十二点的时候，杭美玉打电话过来催杭嘉澍回家。

“快把穗穗送回来睡觉，她还小，骨头还在长，晚上不能熬夜。”

他要是告诉杭美玉，穗杏暑假那段时间天天熬夜到两三点才睡，估计杭美玉能气得直戳穗杏的额头，骂她难怪长不高。

杭嘉澍看了眼旁边睡得正香的穗杏，说：“她已经睡了。”

“趴桌上睡的吧？那么睡对骨头不好，你让她躺沙发上睡，”杭美玉的声音听起来也有些困了，但她还是逐字逐句地细心嘱咐道，“找条毯子给她盖着肚子，别让肚脐眼冷着，不然明天她肯定拉肚子。你做完工作就赶紧带她回来，天天熬夜怎么行？”

“嗯，知道了。”挂掉电话后，杭嘉澍伸手玩了玩穗杏的马尾辫，“小东西怎么这么幸福？”

过完了手瘾，杭嘉澍终于放过了她的马尾辫。

“去沙发上睡。”他推了推她的肩。

穗杏睡得不安稳，应该是听见了，但是因为太困懒得动，所以只是不安地扭了扭肩膀，接着又睡过去了。

杭嘉澍叹气：“不是要让我抱你过去吧？”

穗杏将脸埋在胳膊里，用困倦又含混的声音叫他：“哥哥。”

这是她惯用的撒娇把戏，她奶声奶气地叫声哥哥，就以为哥哥会帮她做所有事。

她小时候就喜欢赖在别人的房间里，好像别人的房间格外好睡一些。杭嘉澍有时候在房间里偷偷玩游戏，她就凑过来挤在他旁边也要玩，小短手连按键的力气都没有，还非要凑热闹，最后害得他输了游戏。

这还是他有空陪她的时候，有时候他在自己的房间做作业，没工夫理她，她就抱着自己的公仔躺在他的床上跟公仔说话。等杭嘉澍写完作业，她早就赖在哥哥的床上睡着了。

叫了半天她没反应，杭嘉澍就只能抱着她，将她送回房间。

等大一点儿的时候，有了点儿男女之防的意识，穗杏不去哥哥的房间了，转而去父母的房间。

只要父母没出差，待在家里，她晚上必会赖在他们的房间里。

杭嘉澍有时写作业会写得比较晚，出来喝水的时候，就会看见爸爸抱着她蹑手蹑脚地送她回房，生怕吵醒了她。

只有杭嘉澍知道，这小东西是知道自己被抱回房间的，就是懒，想要享受别人抱她回房不用自己走路的待遇。

杭嘉澍一手伸进她的腿窝，一手捏着她的后颈，穗杏很快心领神会地做好了被公主抱的姿势。

“你就装吧。”杭嘉澍抽了抽嘴角。

穗杏继续闭着眼，好像什么都没听到。

怀里的人小小的，骨架很小，肉也没多少。穗杏主要是吃亏在脸上，她脸型比较圆，所以再瘦也显得圆润。

杭嘉澍抱着她走到沙发旁边，刚放下她，她就转了个身找到个最舒服的姿势继续睡。

没找着外套，他把身上的外套脱下来给她盖在了肚子上。

直起腰时，杭嘉澍动了动脖子，稍微拉伸了下筋骨。

“还在睡？”沈司岚问。

“装的，”杭嘉澍耸肩，声音很轻，“小时候她就这样。”

沈司岚挑眉，意有所指地说：“知道她是装的还上当？”

杭嘉澍撇嘴：“看她可怜。”

时间缓慢地随同墙上的时钟一点点地流逝，凌晨的工作室空旷而安静，他们泡了杯咖啡，醒醒神后继续工作。

终于到两点，杭嘉澍收工：“今天就先这样吧。”

沈司岚将胳膊撑在桌上，指尖揉捏着眼皮，懒懒地说：“回吧。”

杭嘉澍看了眼沙发上的穗杏，发现她还睡着。

“让她睡吧，”沈司岚说，“长高。”

杭嘉澍撑开眼皮，轻声打趣道：“你也觉得她矮是不是？”

“不矮。”

“行了，她睡了，听不见你说什么，你说实话没事。”

沈司岚并没有改口：“真不矮。”

“嗯嗯，不矮。”杭嘉澍敷衍道，“来搭把手，我背她上车。”

杭嘉澍伸了伸胳膊，按着斜方肌做准备工作。

“我来吧，”沈司岚睨着他衣领处露出的镇痛贴，“不然到时候你们俩都摔了。”

杭嘉澍求之不得：“那你来。”

窝在沙发上睡觉缩手缩脚的，总归不如在床上睡舒服，穗杏隐约感觉到有人将她从沙发上抱了起来，接着她的脸靠在了一个宽厚的背上。

背她的人轻手轻脚的，哪怕是下楼都尽力保持平衡，穗杏只觉得身体上下起伏着，却不觉得颠簸。

她以为是杭嘉澍在背她，心安理得地享受着，结果模模糊糊地听见杭嘉澍的声音：“不重吧？”

“不重。”背着她的人低声说。

穗杏悄悄睁开眼睛，鼻间蹿进来一股干净清爽的冷香，像是阳光透过雾霾，见缝插针般落入山尖的雪白中，皑皑白雪层层消融的味道。

心跳在刹那间停止，又在刹那间加速，穗杏将头埋进了他的外套兜帽中，兜帽里似乎都有他用的洗发水的味道。

环着他的胳膊又悄悄收紧了些，背着她的人顿了顿脚步，在不确定她是醒着还是睡着的情况下，压低声音冲四周静谧微凉的空气说：“抱紧了，别掉下去。”

只可惜这段路程有限，上了车后，穗杏又要一个人睡在后座上了。

没想到的是，在将她安置在车里后，沈司岚没有坐上副驾驶座，反倒从另一边的车门上车，也坐在了后排座位上。

他坐好后，将她的头放在自己的膝盖上，临时的枕头就这么做好了。

穗杏不敢动，更不敢睁眼，僵着身体枕在他的膝上，虽然睡不着，可是这时候如果真睡着了那才是亏大发了。

本来她就睡不着，后来男人用指尖拈起她的头发，在手指上绕了一小圈，如此折腾，像是打发车上的无聊时光，不厌其烦地把玩着她的头发。

他的力道很轻，指腹柔软，跟羽毛没什么区别。穗杏很喜欢这样的触碰，蜻蜓点水般轻柔，颅内滑过舒服的电流，头皮发麻的感觉很强烈，困意如潮水般涌来，眼皮沉重得不受控地落下。

车子里的光线很暗，因为已经是凌晨，街边大多店面已经关门，没有明亮的霓虹灯光，只有月光温柔地洒入。

夜路不好认，杭嘉澍专心致志地跟着导航开车。

膝上的小女生应该是真的睡过去了，沈司岚终于放过她的头发，继而用指尖戳了戳她的睫毛。长而浓密的睫毛摩擦着指腹，他又掀了掀她的睫毛。

可能她是痒了，睫毛颤了颤。

沈司岚收手，手掌轻轻拍了拍她的头，既像是安抚又像是哄睡。

后来，爸爸抱着沉睡的穗杏，送她回了她那柔软香甜的床褥，妈妈帮她换了衣服，又用浸过温水的洗脸巾替她擦了擦脸。

啪嗒一声，灯被关上，穗杏彻底睡了过去。

这一天，穗杏过得慌乱又幸福。

国庆期间，穗杏哪儿都没去。

难得一家人都在家，即使都窝在家里什么也不做，日子也过得有趣，假期自然也过得很快。

看电视看无聊了她就打打游戏，游戏也玩累了就看看杭嘉澍给她的书。

七天不过弹指一挥间就过去。

国庆假后学校实行冬时令，这也代表着夏天已经彻底结束。

秋天来了，冬天在路上。

大学生活平淡而充实，计算机大一的课程不少，但大一生们还是挤出时间来参加各种社团活动，大学生活动中心永远都是热热闹闹的。

穗杏和室友们一起去参加了动漫社的化装舞会。孟老师如同知世附身，不知从哪儿搞来了四套魔卡少女樱的衣服，穗杏穿的那件是带有小翅膀的萤火虫套装，虽然是好看，可惜天气太冷，最后穗杏还是披了件外套才肯出门。

霍格沃茨社举办招生，这个社团很高贵，在这个到处呐喊着种族平等的二十一世纪，他们居然搞血统歧视，麻瓜不许入社。穗杏被分院帽分进了格兰芬多，有幸和哈利成了同学。孟老师被分进了斯莱特林，跟她的男神德少爷成了同学，她戴着刻着蛇的银绿色徽章，兴奋地大喊：“我们来自泥潭！我们渴望权力！我们充满野心！我们优雅自持！我们从不后悔！我们是斯特莱林！”

“中二”到了极点，但是所有入社的人都坚信，那些口口声声说魔法都是骗人的人，其实都只是没有魔法天赋的纯种麻瓜。

穗杏就相信有魔法。

日子转眼来到十二月底。

英语四级考试压垮了很多人蠢蠢欲动的玩心。

穗杏十七岁的生日就在这个月。

四级考试和生日撞在一起，这并不是什么好事。

穗杏没什么心思考虑生日该怎么过，三个室友倒是比她还上心。

期末周图书馆人满为患，一旦起晚了就占不到座，尤其是四个连座那就更难了，穗杏一整个寝室的人果断决定待在寝室复习。为保证复习效率，她们甚至决定在复习期间关掉路由器。

孟舒桐最先支撑不住，开口找话题聊。

“穗穗，你生日是跟我们过，还是找学长陪你过啊？”

彼时穗杏脑中反反复复只有单词书上的“abandon（放弃）”这个词。

她怎么可能找学长？

要是有那个胆子，穗杏也不至于这几个月都没见过沈司岚。

结课周所有学生都忙，沈司岚不光有结课论文要忙，还要参与实验室的学院工程项目，再加上最近杭嘉澍的工作室忙，有时候两人在实验楼撞上了，穗杏也是看他步伐匆匆，整个人都像是带起了一阵风般迅速擦过。

大一的学生最近也忙，孟舒桐这学期选修了裴老师的西方法学史，西方历史和法学两大文科并合，差点儿没把孟舒桐学得崩溃，偏偏结课论文她又不能应付了事，否则肯定会被裴老师认为动机不纯。

“你们想去哪里吃饭？”穗杏问。

“你真的不找学长啊？”孟舒桐惊讶地问。

穗杏将笔叼在上唇处，语气嗔怪道：“我怎么找啊？”

“就那么找呗，就说你过生日，想请他一起玩。”

站着说话不腰疼，穗杏没理会孟舒桐。

又看了一个小时的书，穗杏感觉眼睛有点儿疼，干脆放下书去阳台上吹吹风。

大家一起在寝室复习，如果有个人放下书了，那么很快其他几个人也会不约而同地放下书，转而干起别的事来。

孟舒桐打开了路由器，跟瘾君子似的抱着手机不放手，社交软件明明没有消息提醒，但就是每个都要点进去看一看。

穗杏从阳台上回来后，发现室友们都在玩手机。

那正好，她也玩。

连上网后，穗杏的 QQ 弹出好几条消息。

她自己的大号 QQ 已经很少用，现在主要都是用微信，所以 QQ 一直是用小号挂着。

消息来源群名是“我和我的儿子们”。

这群名是张三起的，不得不说非常有灵性，没有一个人表示反对。

张 three：“@ 老子胸肌 36D，哥们儿上线了吗？”

张 three：“上游戏不？”

猴头猴脑猴爪子：“明天考试你上游戏？”

祝英台的祝：“三儿，真男人。”

张 three：“没有复习的必要，该挂还得挂。”

张 three：“@shen，岚岚哥哥明天考试帮帮人家嘛！”

猴头猴脑猴爪子：“他在实验室呢，哪有空看手机。”

几人有一搭没一搭地说着废话。

穗杏正好也想放松放松，既然张三学长真男人不想复习，那她就陪他玩好了。

老子胸肌 36D：“在，现在上游戏吗？”

张 three：“哥们儿，你哪个院的啊？你不用复习期末考吗？”

穗杏随便编了个专业。

老子胸肌 36D：“中文的。”

张 three：“哦，怪不得。”

双排好玩，穗杏不用再玩程咬金，选了嫦娥。

嫦娥这个英雄，长得漂亮又能抗伤害，穗杏最近很喜欢玩。

张 three：“兄弟，你转变好大啊。”

本来张三对这位 36D 兄玩嫦娥的技术没抱太大希望，随便玩玩，大不了如果对方玩得‘菜’，那就及时收手。

结果 36D 兄一改之前玩程咬金时的状态，中线带兵，清完迅速往上走反了对面的野，眼观六路，及时去上路收割人头，又顺便帮下路带线，被阴了就开大招迅速溜，丝毫不恋战，意识好、操作强，赢得轻轻松松。

大家打到这个段位，其实意识和技术都不会差，比的就是谁稳得住操作，失误少。

张三被带飞躺赢。

还在寝室里，他直接叫出了声："这 36D 可以啊。"

小侯转过头问："什么？"

"你别玩法师位了，给 36D，他的操作比你好多了。"

小侯不服，结果他们又成了三排。

这把 36D 换了个英雄，成了孙尚香，大小姐后期发育起来，一炮带走一个，再次带飞队友。

"咱们捡到宝了，"小侯睁大了眼，"这 36D 是个全才啊。"

"老祝，快来、快来，36D 带飞躺赢，这便宜不占白不占。"张三赶紧招呼老祝加入。

老祝："四排？万一匹配到坑货怎么办？"

"坑货也不怕，36D 带得动，"张三说，"要不叫上杭学长吧？最近咱们开黑都没叫他，正好岚哥不在，把他叫上联络联络感情。"

"你这是想让 36D 死。"小侯说。

张三："36D 绝对带得动，我感觉他的技术不比岚哥差，岚哥都带得动，36D 肯定也行。"

张 three："36D 兄，我再叫个朋友我们凑五排可以不？"

老子胸肌 36D："可以呀。"

"36D 这个'呀'字有点儿可爱到我了，"张三捂着胸口说，"我该不会对一个网友有了兴趣吧？"

然后他在线上敲杭嘉澍。

帅杭："找你爸爸有事？"

张 three："开黑，带飞，躺赢，来否？"

帅杭："来。"

为了方便交流，除了 36D，其他几人直接开了队内语音。

杭嘉澍："这 36D 是谁啊？"

张三："技术不亚于岚哥的大神。"

穗杏这边听到张三学长这么夸她，有点儿开心，发了个可爱的颜文字。

杭嘉澍笑了："哥们儿，你名字这么豪迈，怎么打字这么娘？"

穗杏："……"

她本来就是女的。

因为是四打五，穗杏这把带得有些吃力。杭嘉澍能打到这个段位全凭她平时带他，要不就是沈司岚带他，偶尔杭嘉澍还会把号给他们让他们帮忙打，这才勉强到这个段位，能跟他们一起打排位，典型的实力配不上段位。

这局打了半个小时，他们这边险胜。

杭嘉澍一改刚刚的调笑语气，态度客客气气地道："哥们儿挺厉害的啊，跟我妹的技术有的一拼。"

这句话夸得穗杏相当高兴。

张三好奇地问道："穗学妹打游戏技术很好吗？"

"挺好的，"杭嘉澍说，"天赋流，什么游戏上手几回她就熟了。"

张三惊了："真的假的？我还以为穗学妹是那种不会玩游戏的乖乖女。"

"想多了。"杭嘉澍嗤道。

因为这一局耽误得太久，期末周的几人还是有那么点儿自觉性，决定收工。

杭嘉澍只打了一把，所以意犹未尽，非嚷着要进他们的开黑群，说当替补队员。

张三因为想进学长的工作室，作为群主，特别没有骨气地把杭嘉澍给拉进了群。

'帅杭'已加入群。

shen："踢了。"

帅杭："……"

shen："张三踢人。"

张 three："学长是作为替补队员进群的。"

shen："有病？"

shen："打个王者还搞替补？"

帅杭："KPL（王者荣耀职业联赛）不就有替补？"

shen："就你也配打 KPL？"

帅杭："……"

张 three："岚哥，你怎么突然冒泡了？你忙完了？"

shen："嗯，踢人。"

转移话题这个招数对沈司岚不管用。

张 three：“要不干脆把穗学妹也拉进来吧，听说她打王者可以的。”

穗杏急了，现在要不要赶紧登大号？

shen：“拉。”

帅杭：“沈司岚，你什么意思？我不能进群我妹就能？”

shen：“我重女轻男。”

帅杭：“……”

穗杏盯着“重女轻男”这四个字看了半天，不知道怎么的，这四个字看起来居然如此顺眼。

穗杏今年的生日不幸和四级考试撞在了一天。

这天的十二点，寝室里所有人都晚睡了，零点刚到，穗杏听到三声默契的“生日快乐”。

“谢谢。”

这是她和大学室友过的第一个生日，新奇而期待。

王可慈特意给穗杏织了条纯手工的围巾，是很简单的编针，对初学者来说，能织得这么漂亮已经很棒了。

“我织的第一条围巾就献给你了。”王可慈说。

奶黄色的围巾，穗杏围在脖子上特别暖和。

穗杏很适合这种亮丽的颜色，她皮肤白。王可慈还记得天气没冷下来的时候，穗杏穿了条小雏菊的长裙，人和名字一样，干净甜美得不像话。

孟舒桐和万亿本来是想一个人织帽子一个人织手套，只可惜这两样东西难度系数太高，而且她们俩又没有王可慈有耐心，最终还是放弃了这个想法。

万亿送了一盒巧克力给穗杏，牛奶味的。她知道穗杏不喜欢吃黑巧克力，喜欢这种甜甜的味道。

孟舒桐送了穗杏一支口红。

穗杏不化妆，到了冬天嘴唇容易干，就只涂润唇膏，拿着这支外壳漂亮精致的口红，感觉有点儿暴殄天物。

“这个颜色肯定很适合你，”孟舒桐拍了拍胸脯，“我保证。”

穗杏拿着室友们的礼物，脸上是止不住的开心的笑容。

放在桌上的手机振动就没停下来过。

四个人约好明天考完四级，穗杏请室友们出去下馆子吃生日饭。孟舒桐开始在大众点评上搜评价不错的餐厅，穗杏将礼物收进抽屉里，终于得空查看手机消息。

好朋友们都是踩着零点送祝福的。

年轻人喜欢这种仪式感。

爸妈不在国内，居然也算准了东八区现在的时间，可还是晚了几分钟。

狗：“妹啊，生日快乐。”

穗杏有点儿感动，没想到他会给自己发红包，点开一看，0.01 块。

狗：“感动不？”

穗杏没理他，退出去回别人的消息。

几分钟后，杭嘉澍发出一串嚣张的笑声。

狗：“哈哈哈哈哈哈哈哈哈哈哈哈。”

狗：“向你转账 888 元。”

穗杏心想：我才不要你的臭钱。

然后她坚持了三秒钟，收下了钱。

穗杏：“你在哪里？”

狗：“工作室。”

穗杏：“你一个人吗？”

狗：“嗯。”

穗杏：“你的室友呢？”

狗：“老侯陪女朋友。”

穗杏：“哦，那学长呢？”

狗：“在寝室吧。”

对话结束，穗杏退出聊天界面，将聊天框往下滑，找到熟悉的头像后，消息未读的小红点并没有出现。

他是不是不知道啊？她想。不论他知不知道，她心间都免不了涌起淡淡的失落情绪。

到了第二天中午，刚走出四级考场，本来兴致勃勃的孟舒桐哭丧着脸说：“来年再战吧。”

四个人边走边讨论翻译题。名词翻译永远是英语考试中最受欢迎的考后议论题。关于今年的翻译题，四个人运气都不怎么样，抽到了最难的那套。

栖息在南极的动物们面对全球温室效应处境是如何艰难，环保主题，引人深思。

“帝企鹅的英文怎么说啊？”

穗杏知道企鹅，所以翻译的是“The biggest penguin”，大白话直译就是“最大的企鹅”，觉得不太靠谱，殊不知其他人更离谱。

王可慈：“我忘记企鹅怎么写了，写的‘The emperor of swan’（天鹅皇帝）。”

天鹅皇帝。

穗杏：“swan 不是天鹅吗？”

王可慈：“反正都是鹅嘛。”

万亿：“你还会写皇帝的英文，我不会写，写的‘The king of swan’（天鹅之王）。”

孟舒桐特别佩服地看着三个室友：“哇，你们好厉害，都知道天鹅的英文，我要是知道也写 swan 了。”

穗杏：“你写的什么？”

孟舒桐：“‘The king of QQ’。（QQ 之王。QQ 为腾讯旗下一款社交软件，图标是一只企鹅）”

“……”

“……”

“孟老师，你明年继续加油吧。”王可慈同情地拍了拍她的肩。

孟舒桐扶额：“好的。”

四个人坐上地铁，这个点地铁人挺多，在清大站上车的都是学生。今天周六，估计大家都是想趁着上午考完四级出去放松，顺便迎接接下来的平安夜和圣诞节。

孟舒桐突然问她们：“哎，你们说如果我把这个翻译发给裴老师，他会被我逗笑吗？”

万亿不理解地问：“那你这不是有损自己的形象吗？”

“可是我想让裴老师笑一笑啊。”孟舒桐说。

她因为选修了裴老师的西方法学史，所以已经成功加到了裴老师的微信，想分享的心情越发强烈。

在微博上看到了好笑的段子、刷到了有趣的视频，或是路上拍到了好看的景色，孟舒桐第一反应就是发给裴老师看。

快乐不只是因为分享，还因为她是分享给了他。孟舒桐真的把自己那愚蠢的翻译发给了裴老师。为了避免尴尬，她还自己发了一串笑哭的表情过去。

几分钟后，裴老师回复了一条语音。孟舒桐手忙脚乱地从包里掏出耳机。地铁里这么吵，她必须得戴上耳机才能确保自己听得见裴老师的每一道呼吸。

她戴上耳机，裴老师温润的声音在耳朵里回荡。

他没笑，反倒叹了口气，可能是按键按得早了，这声叹息一并被录了进来。

“明年再加油吧。”

孟舒桐：“好的。”

虽然有点儿丢脸，但厚脸皮的孟舒桐还是很开心。

中午穗杏请客吃饭，三个室友凑钱给她买了个蛋糕。

蛋糕只能当饭后甜点，四个女生分别吃了一块就不吃了，室友们让穗杏将蛋糕打包回寝室慢慢吃。

“穗穗，你要不要送一块给学长啊？”

孟舒桐提议，王可慈和万亿立马点头附和。

穗杏有点儿犹豫，说：“他好像不知道我今天过生日。”

“所以等你去给他送蛋糕，他就知道你今天过生日了啊，然后就会懊恼居然不知道你的生日。你装装可怜，说不定他还会帮你补过生日。”

孟舒桐是个计划通，连后招都替穗杏想好了。

穗杏：“这招行吗？”

“不行也没事啊，你就说蛋糕多了吃不完，顺便分一块给他呗，反正不行你也不丢脸。”

有退路，不怕丢脸，穗杏心想这倒是可以。

自从国庆后，整整两个多月他们都没好好见过面了，有时候在教学楼里撞上，学长估计都没看到她。穗杏虽然答应了，但不敢一个人去男寝楼下送蛋糕。这时候就特别能体现室友的作用了。三个人推着穗杏走到了男寝楼下。

穗杏临时尿了：“算了，还是不送了吧。”

孟舒桐啧了声，直接从穗杏的大衣兜里摸出她的手机。孟舒桐知道穗杏的手机密码，将其解锁后很快在通讯录里找到了沈司岚的名字。

“哎！”穗杏惊呼。

孟舒桐：“糍粑、有钱，拦住她！”

王可慈和万亿很机灵地拦着穗杏不许她把手机抢回来，穗杏只能站在原地跺脚干着急。

孟舒桐静静等待着沈司岚接电话。

嘟嘟嘟的声音越来越长，穗杏的心跳也越来越快。

“喂。”

电话接通时，穗杏已经接近休克。

孟舒桐得逞，赶紧将手机扔还给穗杏，用唇语催促她说话。

穗杏半天没出声，沈司岚问了声：“学妹？”

“学长。”

“嗯，什么事？”

“你在寝室吗？”

“在。”

穗杏咬牙，索性一口气说道：“我的生日蛋糕吃不完，学长，你吃吗？我给你送了一块过来。”

电话那边的人沉默了几秒，问：“你今天过生日？”

他果然不知道。

穗杏：“嗯。”

“我现在下去。”

挂掉电话后，孟舒桐几个人比穗杏还兴奋。

“学长他要下来了！”

“呜呜呜！我好激动！”

“走、走、走，我们一边躲着去，别打扰到穗穗。”三个人默契地将穗杏扔下，顺势躲到一边去了。

穗杏头昏脑涨，片刻后看到男寝大门被推开，穿着黑色大衣的沈司岚从里面走了出来。

她咧嘴，笑得有点儿僵硬：“学长。”

“生日快乐，”沈司岚问，“十七岁？”

穗杏点了点头：“是。”

“和室友一起过的吗？”

穗杏刚想说是，想起孟舒桐的话，又摇头：“没有，她们都有事。”

撒谎会让人心跳加快，这是真的。

“你有安排吗？”

“没有。”

今天是周六，下午是六级考试，整个学校静悄悄的，天气冷大家都不怎么愿意出来，校园难得冷清下来。

沈司岚问：“想去哪里玩？”

穗杏挠头：“随便。”

“那你等我，我上去拿车钥匙。”

穗杏没反应过来，叫住他：“拿车钥匙干吗啊？”

沈司岚回头，似乎对她的茫然感到不解：“陪寿星过生日。”

穗杏：“陪我吗？”

“不愿意？”

穗杏将头摇得像拨浪鼓：“没有、没有。”

他转身上了楼，孟舒桐她们钻出来问怎么样，穗杏老老实实地说了。

“哇！！”孟舒桐羡慕得原地起跳，一手挽着一个室友的胳膊拉着她们就要走，“走、走、走，人家要过二人世界，咱们回寝室吧，这里已经容不下我们了。”

穗杏捂脸，小声说：“孟老师，你能不能小声点儿？”

“小声、小声，”孟舒桐心领神会，“那我们走了，你那蛋糕要我们帮你带回去吗？”

她指了指穗杏手里捧着的蛋糕，还好蛋糕是可以吃冷的。

刚刚学长没说要，也没说不要，那到底要不要？

穗杏想了想，摇头：“我拿着吧。”

室友们推推搡搡地离开了，离开前冲她比了个加油的手势。

沈司岚的车就停在寝室附近的空地上，他不常开，又总是蹭杭嘉澍的车，这辆车在穗杏眼中出镜率极低。

“我们为什么不坐地铁啊？”穗杏问。

沈司岚：“地铁上人太多，上车吧。”

穗杏刚刚就是坐地铁回来的，所以说：“其实还好，不挤，有座位坐。”

“……”沈司岚没理会她的话，催促道，“上车。”

只有两个人坐车，如果这时候穗杏坐后座就显得有点儿奇怪，所以她

主动坐上了副驾驶座。

车子发动，穗杏手里还捧着蛋糕。

“学长，这蛋糕你还吃吗？”她问。

沈司岚点头：“吃。”

“那，”穗杏赶紧递给他，“你吃。”

沈司岚将双手搭在方向盘上，头都没偏一下，只说：“我在开车。”

“那我先放在一边，等到地方了你再吃吧。”

沈司岚皱眉道：“但是我现在想吃。”

穗杏也皱眉道：“可是学长你在开车啊。”

以彼之矛攻彼之盾的场面发生了。

沈司岚：“那你帮我想想办法。”

穗杏想了，问：“那要不学长你一只手开车，一只手拿蛋糕？”

“你考驾照没有？”沈司岚风马牛不相及地问了句。

穗杏摇头。

她还没到考驾照的年纪，但很想学开车。这样以后杭嘉澍出去应酬喝了酒，她能开车接他回家。

沈司岚淡淡地说：“开车必须双手开，手离开方向盘会被扣分。”

穗杏愣了。还有这种规定？

“那怎么办？”

沈司岚：“你不是有手吗？”

穗杏：“我把我的手借给你开车？”

沈司岚皱眉，舌尖抵了下上腭，半晌后开口，语气中带着点儿恨铁不成钢的怒意：“你就不能喂我？”

他这么拐弯抹角还不如直接明了地说。

穗杏惊讶半晌，直直地盯着沈司岚的脸看，把沈司岚看得偏过头去。

他开着车，不能不看着前面，余光中都是小女生黑亮清澈的双眸里射出的、快要戳到他的脸上的专注眼神。

沈司岚抿唇，语气不太好：“看什么？”

穗杏赶紧收回目光，然后小心翼翼地叉起一小块蛋糕送到沈司岚的嘴边。

蛋糕是千层馅儿的，里面还有水果夹层，鲜奶油并不甜腻，蛋糕坯很柔软，吃进嘴里酸酸甜甜的。

“好吃吗？”

沈司岚嗯了声。

这样一来一往，穗杏没想到竟然喂完了这一盘小蛋糕。

嘴里弥漫着一股香甜的味道，沈司岚用舌尖化掉了最后一点儿奶油。

穗杏问：“学长，你喜欢吃蛋糕啊？”

沈司岚：“嗯。”

穗杏还以为他不喜欢吃这种甜的东西，在她的印象里，男生好像都不太喜欢吃这种甜得过头的东西。

自以为抓准了沈司岚的爱好的穗杏来兴致了：“那回头我把剩下的蛋糕都拿给学长吧，”她扬起笑脸，语气十分大方，“我觉得有点儿腻。”

“……”

沈司岚带穗杏去了商场。

商场这个时间人很多，再加上快到圣诞节，到处都洋溢着西方节日的快乐气氛，很多小店门口在卖苹果。本来几块钱一斤就能到手的苹果被装进批发价几毛的小盒子里，就成了价格不便宜的平安果。

穗杏还没念大学的时候高中班上流行送平安果，学校商店里的平安果接近十块钱一个，穗杏觉得贵，就和班里的女生一起在网上批发了好多礼盒，再去水果市场买了几大袋苹果。

到了平安夜那天，其他班女生手里的平安果个个金贵，只会送给最好的朋友和喜欢的男生，唯独穗杏班上的人那平安果就跟不要钱似的，见一个发一个，一时间引发轰动。

想到这里，穗杏没忍住笑了笑。

或许她该找个时间回高中母校看看她的同学们。

沈司岚见她盯着店外正在售卖的平安果，以为她想要，于是问：“我买给你？”

穗杏赶紧摇头，说：“不要，太贵了。”

“贵吗？”沈司岚皱眉。

两个人的价值观不同，穗杏耐心地跟他解释：“这个的成本其实很便宜的，在这里买太不划算了。”

沈司岚当然知道平安果的成本不贵，本人对这个东西是不屑的，只是看用来装苹果的小盒子挺好看的，以为小女生都会喜欢，没想到她居然这么理智。

“那你想要什么？”他问。

穗杏：“什么？”

“生日礼物。”

穗杏没想到他居然打算送自己生日礼物。其实她本来是想说不用的，但又很期待他送她的礼物。

她小声说了谢谢，也不敢太得寸进尺。

穗杏还是去了精品店，里面都是些小东西，就算沈司岚买了生日礼物送给她，她以后也有钱回礼，这样不算白拿。

心里算盘打得挺响，穗杏也没怎么挑，反正他送什么东西她都喜欢，比起自己买的时候干脆多了。

穗杏也不敢拿着两个东西犹豫，怕如果她表现出犹豫之意，沈司岚就会都买下来。

“就这个吧。”她说。

“就这个吗？”他问。

穗杏用的是肯定句，沈司岚用的是疑问句。他让她挑生日礼物，搞了半天就挑了个发圈，十二块钱。她这是看不起他？

穗杏的态度很坚定，她就要这个，只要这个。

能怎么办，寿星看不上别的，沈司岚只能带着穗杏去结账。

临近圣诞节，精品店也搞活动，满多少减多少，购物金额到达一个数还免费送圣诞老人帽。

今天来的客人大多买的东西挺多的。

沈司岚吩咐穗杏：“你再去挑，凑满减。”

穗杏说：“没必要吧？”

“替我省钱。”

穗杏更不解了：“我不买不是更替你省钱吗？”

“学妹，”沈司岚说，“我没你想的那么穷。”

“……”

她又不是这个意思。

到最后穗杏也只又多买了个发圈。

还是不够，可穗杏坚持说自己不要了。

当收银员询问沈司岚和穗杏要不要再逛逛凑满减时，穗杏果断摇头道：

“不用了。”

“都快到圣诞节了，帅哥给你的女朋友多买点儿礼物嘛。”收银员说。

单身男女一起逛街被人误会这种事也不少见了。

之前学校里的人不知道她和杭嘉澍的关系，甚至以为她找了个研究生院的男朋友，或是以为杭嘉澍找了个大一的学妹做女朋友。

每次被误会的时候，杭嘉澍就会用一副很嫌弃的眼神看着她，好像跟她一起被误认为情侣是件多让人讨厌的事似的。

穗杏担心收银员的误会也让沈司岚感到反感，于是赶紧澄清：“我不是他的女朋友。”

收银员啊了声，说了句对不起：“那麻烦帅哥出示一下收款码。”

付完钱走出门，穗杏拎着个小袋子心满意足，两个发圈就把她哄得高高兴兴的。沈司岚却完全没有替人买单的感觉。不过看着她高兴得就差没跳起来，想起以前杭嘉澍对他们抱怨说自己的妹妹不好哄，沈司岚觉得也不尽然。

“嘿，小哥哥。”身后响起一个声音。

沈司岚转过身，是个年轻女孩儿，他不认识。

小姐姐也是从刚刚的精品店出来的客人，刚刚就站在他后面排队，原本以为小哥哥身边的妹妹是他的小女朋友，结果听到收银员和他们的对话才知道不是。小姐姐想那应该是兄妹，遂放心地过来搭讪了。

沈司岚：“有事吗？”

“是这样的，我的微信钱包里没钱了，我给你现金，你微信转账给我好吗？”

穗杏在旁边听着，总觉得这个招数有点儿熟悉，好像以前她和杭嘉澍出门的时候，杭嘉澍也是以这个理由被搭讪的。

但杭嘉澍的理由是“不好意思，我不用微信”。

穗杏看着沈司岚，不知道他会怎么回答。

“可以，”沈司岚掏出手机，“多少？”

穗杏抿唇，没想到他会答应。

小姐姐立马笑起来，说：“两百块就行了。”然后从钱包里掏出了两张人民币。

沈司岚接过人民币，小姐姐立马将微信二维码递过去：“你扫我。”

“不用，”沈司岚直接拒绝，“我直接扫你的收款码。”

“啊？”

沈司岚抬了抬眼，淡淡地问：“怎么？”

其实这种已经是变相拒绝，小姐姐不再多言，打开收款码让沈司岚给她转了两百块钱。

小姐姐道谢后转身就走，她的朋友就在不远处等她，见她过去，连忙兴奋地问怎么样。

至于那个小姐姐到底会怎么跟朋友们解释，这就不是沈司岚和穗杏该关心的事情了。

“学长，”穗杏松了口气，问他，“你为什么会答应给人转钱啊？”

就连杭嘉澍都对这种招数不屑一顾，以沈司岚的性格来说，他大概率会直接拒绝对方才对。

“穷得微信里连两百块钱都没有，”沈司岚皱眉道，“就当做善事。”

穗杏：“……”

似乎哪里不对，可她又说不出具体是哪里不对。

她也不太懂这个。

穗杏从小袋子里掏出发圈，递了一个给沈司岚。

“借你。”

沈司岚：“什么？”

“戴在手上。”

沈司岚抗拒地说：“戴这个干什么？”

她今天已经是扎着头发出来的，所以将另一个发圈戴在了自己的手上，然后小声说：“这样可以防止别人来搭讪。”

沈司岚没说话，穗杏赶紧挽尊：“你要是不想戴就算了。”

“柠檬吧。”他说。

然后他从她手上拿过，将这个有柠檬装饰的发圈套在了手上。冬天衣袖长，沈司岚将袖子往上拢了拢，露出秀气修长的手和瘦削的手腕。

穗杏这回高兴了，应该没人再找他要微信了。

虽然这从某种程度上来说对沈司岚不公平，但今天她生日她最大，那就让她自私一回。

“学妹，”沈司岚嗯了声，突然开口，“我觉得这样还是不能完全杜绝来搭讪的人。”

穗杏挠头：“应该可以吧。”

他这么说，她也不是很肯定了。

“别人也许会想，这是哥哥在戴妹妹的发圈。”沈司岚说。

穗杏自己就有哥哥，所以很肯定地摇头：“不会的，我哥哥绝对不会允许我在他手上套这个。”

“那只是杭嘉澍而已。”沈司岚反驳道。

穗杏以为他是不想戴，所以想找借口取下来，有点儿着急。

一句“我不想看到你被人搭讪”就能解决的话，她非要拐弯抹角地各种掩饰。

“你戴着啊。”她还是重复着这句话。

沈司岚看她着急的样子，突然笑了下：“我又没说要取下来。”

“那你要干什么？”

“这个程度还不够说服人。”他轻描淡写地说。

“那什么程度能说服人？”

沈司岚没说话，微微弯腰，侧身握住了她垂在身侧的手。

他的手有点儿凉，沈司岚没有插兜取暖的习惯，穗杏的手温温热热的，恰好能让他汲取到温度。

穗杏被冷得激灵了一下，然后她的手被牵住了。

“这个程度差不多。”沈司岚下了结论。

穗杏被他牵着手，张着嘴说不出话来。

在确定他真的不是开玩笑后，穗杏小声问：“这样能行吗？”

沈司岚笑道：“应该行。”

穗杏被他牵着走，完全忘了自己在哪里、为什么在这里走、接下来又要去哪里，注意力全都放在了手上。

她手指僵硬，怎么都不敢屈起指节回握住他的手，不敢将手指真真正正地贴在他的手上。

沈司岚的指尖在她的手心里扫过两下，有点儿痒，穗杏下意识地缩了缩手。

她的手很小，十指纤细，但是手心上长着肉，很好捏。

真的没人来搭讪了。

穗杏也不知道沈司岚牵着她要去哪里，迷糊间听到他问了句：“想吃什么？”

穗杏觉得每次和沈司岚出来，最常做的一件事就是吃饭。人一日三餐，吃了这么多年也不腻，这才几次，穗杏怎么可能会觉得腻？

穗杏四处看了看，最终锁定了一家店。

这家店搞促销，圣诞节有情侣套餐，非常划得来。

但她又没有那个胆子说要情侣套餐，这样过于明显了。

正当穗杏纠结着到底是厚着脸皮说吃情侣套餐还是老老实实地吃普通套餐时，大衣兜里的手机响了。

穗杏接起电话，是杭嘉澍打来的。

“我在你的寝室楼下，”电话那头的杭嘉澍说，“下来。”

“要干吗？”

“陪你过生日啊，”杭嘉澍语气散漫地道，“特意提早下班过来的，不用太感动。”

这就尴尬了。

穗杏说：“我不在寝室。”

杭嘉澍的声音立马低沉下来：“那你在哪儿？”

穗杏呃了声，说：“我在商场。”

“和谁在一起？男的女的？”

“沈司岚。”穗杏说。

“他怎么和你在一块儿？”

“没人陪我过生日，”穗杏只好撒谎，“学长可怜我，就陪我过了。”

“没人陪你过生日你不会来找我，用得着麻烦他？你又不是不知道他是你哥我的金主，真以为人家是代班保姆呢？”

杭嘉澍这一连串的训话把穗杏说蒙了。

“开位置共享，我现在过去找你，”杭嘉澍叹气，“一天天的就会麻烦别人。”

挂掉电话后，穗杏不知道该怎么和沈司岚解释。

沈司岚虽然听不见手机那头的人说了什么，但还是猜到了给穗杏打电话的人是谁。

他放开她的手，问：“你哥什么时候过来？”

穗杏将手背在背后，大冬天的不知道怎么的手有点儿出汗：“不知道。”

因为杭嘉澍要来，两个人只能坐在商场中心的公共椅上等他过来。

好在杭嘉澍也没让他们等太久。

他来的时候，沈司岚坐在椅子上玩手机，穗杏站在不远处，盯着商场中央摆放着的巨大圣诞树，还伸了伸手，似乎想要碰一碰挂在圣诞树上的铃铛。

“来了？”沈司岚抬眼看他，收好手机起身。

没看出什么来，杭嘉澍想大概是自己想多了，本来以前就常拜托沈司岚照顾自家妹妹，穗杏会和沈司岚一起出来过生日也正常。

杭嘉澍：“你送她什么礼物没有？”

沈司岚点头：“送了。”

杭嘉澍立马皱眉：“送什么了？”

“发圈。”

“不会是镶钻的吧？”杭嘉澍语气惊疑地问。

沈司岚用“你脑子坏了”的眼神看着杭嘉澍，说：“就普通的那种。”

“多少钱？”

“十二块。”

杭嘉澍又惊叹：“你不是吧，这么小气？我妹过生日你就送她一个十二块的发圈？”

“你到底想说什么？”

“没什么。”

杭嘉澍搭着他的肩笑了笑。

这时穗杏玩够了圣诞树，走过来说要去吃饭。

杭嘉澍问她想吃什么。

穗杏此时已经无欲无求，情侣套餐本来还是有点儿希望的，就看她有没有这个胆子，可现在杭嘉澍来了，情侣套餐算是彻底飞了。

商场里各种餐厅琳琅满目，中餐、西餐、东南亚餐，中餐又分为湘菜、粤菜、川菜等。

“今天吃什么最划得来啊？”杭嘉澍挑花了眼，问另外两个人。

穗杏小声说：“情侣套餐最划得来。”

“情侣套餐，谁跟谁吃啊？”杭嘉澍压根没听进去，哼哼笑了两声，“别求我跟你装情侣，我是有原则的人。”

穗杏：“……”

这人有病吧？

杭嘉澍看了眼套餐上的价格数字，心算了一下折扣，五折。

“走，我们去这家吃情侣套餐。”他说。

穗杏的心顿时扑通扑通狂跳起来，她开始想这份情侣套餐该会是以谁和谁是情侣的前提来点。

“咱俩点情侣套餐吧。”杭嘉澍对沈司岚说。

沈司岚以为自己听错了，一改以往冷淡的语调，声音里充满了不可思议的意味：“什么？”

“不省白不省，装一下情侣又不耽误你什么。”杭嘉澍说。

“你有病吧？”沈司岚冷笑道。

杭嘉澍权当没听到，已经对门口的接待员说：“这里三位。”

接待员热情地鞠了一躬：“好的先生，您里边请！”

他们连队都不用排，省事省力又省钱。

穗杏满腹疑问地跟着哥哥走进餐厅，在点餐的时候，还天真地以为事情会有转机。

“两人份的情侣套餐和一份儿童套餐。”杭嘉澍扫了眼菜单直接说。

儿童套餐也打折，反正一过节点套餐都是最划算的。

负责写单的服务员有点儿蒙。

他看了眼这桌的客人，怎么分析都分析不出他们点的情侣套餐和儿童套餐都是给谁吃的。

于是他只好礼貌地问：“请问三位，哪两个是情侣呢？”

杭嘉澍面不改色地指着旁边的沈司岚：“我和他。”

沈司岚觉得脸面挂不住，干脆装聋作哑。

“那儿童是……？”服务员又问。

“她啊，”杭嘉澍又指着穗杏，“就是长得着急了点儿，其实她才十二岁。”

穗杏抿唇，头一次听到有人用“长得着急”这四个字来形容她。

等服务员半信半疑地写好单走了，杭嘉澍得意地笑了声：“这么容易就相信了？看来这情侣套餐也不一定只有情侣才能点啊。”

穗杏也觉得惊讶：“难道我们看上去真的很像一家三口吗？”

“像啊，”杭嘉澍撑着下巴，指着她，“女儿，”又指着自己，“爸爸，”然后指着沈司岚的时候没憋住笑，“妈妈，多完美。”

沈司岚当即黑脸起身：“走了。”

穗杏：“学长！”

杭嘉澍连忙拉住沈司岚，语气不甚在意，挽留也不怎么诚心，眯着笑眼妥协道：“好咯、好咯，你是爸爸，让你当爸爸总可以了吧？这么开不起玩笑以后还怎么做大事？”

沈司岚：“……”

听杭嘉澍又挽留了两句，沈司岚勉强平复心情，重新坐下。

这家餐厅上菜很快，不一会儿，他们这桌的套餐就上齐了。

三人份的套餐，吸管都给了三根，按理来说应该有三杯饮料才对。

“还有一份饮料呢？”杭嘉澍问。

“哦，是这样的，情侣套餐的饮料是一份的，大杯的可乐，配两根吸管。”服务员耐心解释道。

然后服务员不知道从哪儿掏出了一部拍立得。

“麻烦两位现在用吸管一起喝这杯可乐，我拍张照，拍好后会张贴在我们店里的节日墙上。”

“……”

“……”

“……”

他们朝着服务员所指的方向看去，那里真的有一面墙。

照片里都是眼神甜蜜的情侣。墙上还贴着张宣传海报，是从一部韩剧里截下来的，男女主坐在热闹的游乐场中，四周都虚化了，两个人用两根吸管共同喝一杯饮料，场景暧昧而亲密，少女心炸裂。

两人在很近的距离下，每一次对视仿佛都会夺走彼此的心跳。

餐厅果然没这么冤大头，想吃情侣套餐的人就得拍照帮他们搞宣传。

穗杏盯着杭嘉澍，羡慕了。

为什么这个机会没有降临到她的头上来？

天知道杭嘉澍和沈司岚分别是以什么样的心态用两根吸管共同喝一杯饮料的。

穗杏只知道等服务员例行公事地拍完照后，两个人凑在一起的头迅速分开，然后又迅速远离，别过头连再看对方一眼都觉得恶心。

照片被洗出来后，服务员很快将其挂在了那面节日墙上。

穗杏捧着自己的儿童套餐安安静静地吃着饭。节日气氛很浓，所有客人都热热闹闹的，唯独他们这桌安静得近乎诡异。

杭嘉澍和沈司岚没说话，穗杏也不敢说话。

她借口上洗手间，悄悄逃离了他们，然后没忍住偷偷走到了节日墙

那边。

上面的照片里都是情侣，甜蜜欢乐。有句话说得好，爱对了人每天都是情人节，什么节日都能被情侣们过成情人节。

除了哥哥和学长这张。

两个人低头猛吸可乐，头是靠得挺近的，可是表情僵硬，压根不是什么对视一笑。

他们恨不得瞎了。

“你看这张！”

穗杏旁边来了两个女孩子也凑过来看，其中一个女孩子指着哥哥和学长那张照片对另一个女孩子说。

“这对好帅。”另一个女孩子说。

穗杏在心中默默叹气，如果换成她和沈司岚，往后退一百步讲，哪怕是她和杭嘉澍，也不可能让这两个小姐姐这么兴奋。

“这上面的时间显示今天哎，”女孩子立马回头扫视整个餐厅，“这对坐哪里？”

“那里！”

“看到了、看到了！”

穗杏心想暂时还是别回去了，别打扰了这两个小姐姐的兴致。

“我喜欢那个丹凤眼的帅哥。”一个女孩子说。

“我喜欢那个桃花眼的，五官长得好漂亮。”另一个女孩子说。

“好可惜，要是他们不是一对儿，就能上去问微信了。”

“算了，好看的小哥哥都是小哥哥的。”

穗杏回到座位上后，受到了杭嘉澍的拷问：“你掉马桶里了，这么久才回来？”

他凶她凶得莫名其妙，穗杏不满地反问：“去多久关你什么事？”

“你知道我和沈司岚坐在这里有多尴尬吗？”杭嘉澍冷着脸抱怨，“要不是等你，我早走了。”

穗杏淡定地抿了口饮料，说：“有好多人看到你们的照片了。”

“……”

沈司岚冷笑：“杭嘉澍，你做的好事。”

杭嘉澍反驳：“我要是知道还有这出，绝对不省这个钱。”

没过几秒，他又问：“万一被学校里的人看到了，那我以后还能找着女朋友吗？”

沈司岚继续泼冷水：“你不是说你不想找吗？”

“我不想找不代表我不想被人追啊，”杭嘉澍理直气壮地说，“很多女孩子追我的好不好？这张照片挡我的桃花。”

这什么渣男发言，穗杏在心里默默唾弃杭嘉澍。

“那你去拿下来，”沈司岚咬牙说，“然后烧了。”

杭嘉澍：“行吧，反正这么多照片呢，少一张他们也发现不了。”

穗杏：“万一你拿的时候被发现了怎么办？”

“那就要看你的应变能力了。”杭嘉澍幽幽地说。

穗杏蒙了：“你什么意思？”

“意思就是，我派你去把那张照片偷过来。”

穗杏当场严词拒绝：“不去。”

“啧，你怎么这么冷血？”杭嘉澍谴责她。

穗杏被人骂冷血也无所谓，比起杭嘉澍的厚颜无耻，冷血都算是褒义词了。

杭嘉澍见说不动她，于是放柔了语气循循善诱道：“我去拿那不是太明显了吗？那不就等于告诉别人我为了骗一顿情侣套餐居然跟别人假扮情侣？我的信誉度都没了，等以后功成名就了，这段黑历史被人扒出来，我还有的活吗？”

穗杏继续冷血地道：“你活不活跟我有什么关系？”

“你是不是我妹妹啊？”

“现在不是了。”

“得，那不管了，被误会就被误会吧，反正还有个人陪我一块儿身败名裂呢。”杭嘉澍两手一摊，索性放弃了。

沈司岚沉声道：“谁要陪你身败名裂，”然后他起身，“我去拿下来。”

杭嘉澍瞬间动容地看着他：“兄弟！”

“别看着我，”沈司岚面无表情地道，“恶心死了。”

“不看、不看。”杭嘉澍立刻做作地遮住眼睛，从手指缝隙里偷看着沈司岚的动作。

沈司岚往节日墙那边走去。

路过的几个女生又是激动又是兴奋地看着他。他甚至听见了这些女生的悄悄话。

“是照片上那个哎！”

“好帅！”

沈司岚没法再往照片墙那边走了。

见他回到餐桌边，杭嘉澍立马问：“拿回来了吗？”

“……”

沈司岚看都没看他一眼，淡定地坐下，抿唇思索了半晌，最后轻声开口：“学妹。”

正吃东西的穗杏抬起头来：“啊？”

“帮忙去把照片拿下来吧。”沈司岚语气羞耻，痛苦地闭上了眼。

穗杏刚刚才严词拒绝过杭嘉澍，这会儿有点儿不知所措。

可很快，在看到沈司岚流露出淡淡的无奈以及窘迫神色后，她结结巴巴地说：“那好吧。”

杭嘉澍：“……”

穗杏起身准备去帮他们把照片拿下来。

杭嘉澍半天没反应过来，等穗杏走了才不可思议地指着他妹的背影，一副被世界抛弃的样子说：“这小东西真的知道谁才是她哥哥吗？”

沈司岚毫不给面子地说：“你好好反思一下自己吧。”

“……”

几分钟后，穗杏回来了。

“拿下来没有？”

穗杏尴尬地摇了摇头。

“为什么？”杭嘉澍问，“你够不到？”

穗杏突然炸了：“我没那么矮！”

“那你怎么没拿下来？”

“你们的照片被放在最中间了，”穗杏语气复杂地说，“外面还围了一圈爱心，被当成宣传C位（即Center，核心位置的意思）了。”

“……”

“……”

这家店从此以后彻底被杭嘉澍和沈司岚拖入了黑名单。

这个生日过得简直一言难尽。

晚上穗杏回寝室后，被室友们围住，纷纷要她一个细节都不落地把今天她和沈司岚发生过的所有事都交代出来。

穗杏沉默地摇了摇头。

“怎么了？”孟舒桐突然担忧起来，“你告白被他拒绝了吗？”

“不是。”

“那你苦着个脸干吗？”

穗杏把杭嘉澍中途过来，还有情侣套餐的事给说了。

“你哥哥看着挺帅的啊，怎么是个傻子？”

孟舒桐无情地发出了疑问。

王可慈和万亿不好说话，只能在心里默默点头。

穗杏没说话，解开围巾，趴在桌上装死。

“没事、没事，今年遭遇滑铁卢那还有明年、后年呢，你还有机会。”孟舒桐安慰她。

“那不是还要再等一年？”王可慈觉得这个战线拉得太长了，“感觉差不多就告白吧，我觉得学长对穗穗应该是有好感的，不然不会陪穗穗过生日。”

“你也说应该了，那就是不确定了，”孟舒桐摊手，“你没听说过吗？告白不是开始的冲锋号，而是胜利的号角，在没有百分之百的把握前，穗穗一定得矜持。”

“那我什么时候才能听到胜利的号角啊？”穗杏问。

“我哪儿知道？”孟舒桐说，“这个要靠你自己感觉的，你觉得时候到了就能告白了。”

穗杏想了很久，挫败地说：“我感觉不出来。”

“你就是典型的聪明劲儿全往智商上长，情商一点儿没捞着油水，”孟舒桐叹气，“少年大学生又如何，保送又如何，碰到感情上的事了还不是傻子一个？”

穗杏：“……”这话好毒。

“你也别光说穗穗，你自己不也一样？这学期都快过完了，你除了多学了一门西方法学史，泡到裴老师了吗？”万亿替穗杏鸣不平。

“我就是剃头挑子一头热，有点儿没信心了，”孟舒桐的神情突然落寞起来，她摇着头说，“再没个结果，我就放弃裴老师算了。”

温和有礼的法学院教师，对谁都彬彬有礼、和蔼可亲。

对孟舒桐这个学生，他愿意对她倾囊相授，可只要孟舒桐有越线的一

点点行为，就会立刻被他疏离冷漠的态度给吓回来。

“那说明裴老师是个好老师，不会对自己的学生起坏念头。”王可慈说。

就像当初她们不赞同王可慈喜欢教官一样，现在她们也不赞同孟舒桐喜欢老师。

四个女大学生各有各的烦恼，有两个人是为感情烦恼，另外两个是为没有感情而烦恼。

大一的第一个学期，就这样结束了。

三个室友都是外地的，早在放假前就买好了回家的车票。

穗杏倒是不急，优哉地待在寝室里收拾东西。

室友们走之前，她还不忘让室友们开学后带点儿特产过来。

十七周时，女寝里的人差不多已经走完了。

研究生考完试后还有不少琐事要处理，穗杏要等杭嘉澍一起开车帮她拿行李回家，所以还在寝室里待着。

不过她也不无聊，正好考完试了，天天在游戏上挂着和学长们玩游戏。

沈司岚和小侯学长还得留在工作室做年前工作总结，老祝和张三觉得回老家没意思，还不如跟室友一块儿待在寝室，晚点儿再回也不迟。

学长们一直以为她是男的，半个学期下来聊熟了，什么都跟她说。

穗杏借此也打探到不少消息。

披着这个“36D”的身份，她不是穗杏，也不必顾及太多，能以最平和的心态和沈司岚相处。即使不明白沈司岚是如何看待“36D”的，但至少她还能从其他方面了解他。

多了解一点儿，她就多开心一些。

这有点儿蓄谋已久的意思，穗杏希望自己永远不要被发现，因为在被戳穿的那一刻一定会很丢脸。

杭嘉澍接穗杏回家那天，正好是工作室放假前的最后一天，作为老板的杭嘉澍留下来负责最后的打扫收尾工作。

在确保所有的窗户已经关好，插头已经拔掉，放假期间应该不会发生非人为意外后，杭嘉澍披上外套准备离开。

“你几点的高铁啊？还不走？”杭嘉澍问斜靠在沙发上玩手机的沈

司岚。

杭嘉澍的室友老侯和沈司岚的几个室友昨天就走了，男寝大门今早也被宿管阿姨锁了，唯独还剩沈司岚提着行李箱跑来工作室打发时间。

“下午三点。”

“那你待会儿记得锁门，我先走了。”杭嘉澍跟他道别。

沈司岚直起身，睨他：“你去哪儿？”

“接我妹回家。”

“带我一起。”

杭嘉澍：“理由。”

沈司岚：“寝室锁门了，我没地方去。”

杭嘉澍皱眉：“那你就找个快餐店打发时间，实在不行你开个钟点房也行。”

沈司岚面不改色地道：“不想浪费那个钱。”

“你这么有钱有必要吗？”

沈司岚不客气地回讽：“总比你为了省钱不要脸地跟我装情侣有必要。”

杭嘉澍理亏，闭嘴了。

这事要说责任，确实在他。他本来以为把照片拿回来就没事了，谁知道会被放在C位用来重点宣传。宣传就宣传吧，以后他们不去那家店吃饭就行了，谁知道真的被学校的人发现了。

也怪杭嘉澍自己平时作风太高调，本科的时候就是院篮球队的队员，后来大三的时候自主创业又接受了学校新媒体部门的采访，照片和采访内容被做成了海报挂上校园网。

沈司岚比起他的高调有过之而无不及，上荣誉榜的次数比他还多。

然后他们就被认出来了，那张照片被挂在BBS上供全校欣赏。

有人说终于知道他们俩一直单身的原因，有人感叹他们藏得好，还有人这时候已经送上了祝他们百年好合的祝福。

后来这件事被杭嘉澍的导师知道了，导师直接把他叫进了办公室。

他刚想解释说自己跟沈司岚不是那种关系，结果导师问他，能不能帮忙问问沈司岚有没有在本校读研的想法，如果有，能不能看在自己带了杭嘉澍的分儿上，也来自己手底下读研究生。

“……”

他的导师还挺会找关系的。

眼看着事情越闹越大，杭嘉澍没法，只能把实话说了出来。

除了女生们松了口气外，杭嘉澍没少被认识的男生嘲笑。

就因为这件事，杭嘉澍只能默默吃下这个暗亏，给沈司岚当起了免费司机。

“走吧。”他说。

沈司岚嗯了声，用下巴指了指放在角落的行李箱：“提着。”

杭嘉澍：“你差不多就行了啊，别忘了我还是你的学长。”

沈司岚面无表情地问：“你配吗？”

杭嘉澍点头，冷笑道：“行，你最好祈祷没有求我的那一天。”

沈司岚不屑地别过头去。

杭嘉澍将沈司岚的行李箱重重地扔进了车子的后备厢。沈司岚冷眼旁观，平静地提示：“你知道我这行李箱多少钱吗？”

他很少炫富，只要炫了就肯定没好事。杭嘉澍咬牙，不愿低头：“我还赔不起你一个行李箱？”

沈司岚挑眉：“那你扔吧，我正好换个新的。”

“还挺结实的。”杭嘉澍眯眼，慢吞吞地将行李箱放正，在确保不会被磕碰后嗤笑了一声。

两个人坐上车一起去接穗杏。穗杏这时已经收拾好行李站在女寝楼下等人过来接，看到杭嘉澍的车子从远处开过来，连忙挥手示意自己的位置。

“这条小路我的车开不进去，”杭嘉澍冲沈司岚说，“你下车帮我把她的行李箱提过来吧，我先掉头，等会儿好开出去。”

杭嘉澍借口掉头，其实就是不想再当搬运工。结果沈司岚嗯了声，竟然真的听话下车了。

杭嘉澍思索两秒，又摇下车窗叫住他：“你等等。”

沈司岚转头：“干吗？”

“还是我去吧，”杭嘉澍下车，又示意他上车，“你帮我掉个头。”

“多此一举。”沈司岚丢下了这句话。

杭嘉澍看着沈司岚利落地上车，以娴熟的技术将车子掉了个头，然后打开主驾驶座的门走下来，又上了后座坐在里头等他接穗杏过来。

“奇怪。”杭嘉澍自言自语道。他总觉得沈司岚对他妹妹好像格外特殊，可是往往在找到了蛛丝马迹后，线索又立马被切断了。带着这个疑虑，杭嘉澍走到了女寝楼下。

穗杏也有个行李箱，比沈司岚的还重。他就想不通了，她看着矮冬瓜一个，怎么东西比男人的还多？

“你这里面装的都是什么，这么重？”

穗杏：“没装什么啊。”

“你不会为了折磨我特意在里面放了石头吧？”

穗杏睨他两眼，撇嘴道：“我没这么无聊。”

趁着还没上车，杭嘉澍状似不经意地说道：“沈司岚也在车上。”

见穗杏没反应，杭嘉澍低头看她。穗杏垂着眼，脸上没什么表情，慢吞吞地说：“哦。”

“待会儿我们先送他去高铁站再回家。”

穗杏点头：“好。”

见她各方面的反应都很正常，杭嘉澍帮穗杏把行李抬上后备厢，指了指沈司岚坐着的后排座位：“你要不要坐后面？”

沈司岚稍微抬了下眼，但很快继续低头看他的手机。穗杏愣了下，摇了摇头：“我坐前面吧。”

杭嘉澍没说什么。

车子行驶在路上，杭嘉澍一边注意车况，一边还得观察车子里的这两名乘客。穗杏一直盯着车窗看，时不时往玻璃上哈一口气，用手指在上面画一些乱七八糟的东西，自始至终没回过头来。沈司岚坐在后排安静地玩手机，自从期末考结束后，他玩手机的频率就比以前高了很多。

去高铁站要花不少时间，在这么漫长的时间里，两个人甚至一句交流都没有。杭嘉澍收回心思，可能真的是他想多了。

小东西才十七岁，能懂什么？汪育妃死乞白赖地追了沈司岚一年多都没追到，沈司岚这人整个一根徒有其表实则还没开窍的木头，又能懂什么？二十四岁的杭嘉澍觉得在这方面，他有足够的资质碾压十七岁的穗杏和二十岁的沈司岚。

穗杏靠着车窗，用指尖小心翼翼地在窗户上勾勒“SSL”的字迹，但很快又将字迹擦掉，慌忙试图掩盖什么。车子开进隧道时，隧道灯光打在玻璃上，映出她的脸，字迹可以抹去，唇边的笑意却怎么也藏不住。不过还好，她的脸对着车窗，没人会发现。

她刻意接近是喜欢，主动出击也是喜欢，那么刻意躲避呢？这大概是那种小心翼翼却又害怕对方发现的喜欢吧。

“你从刚刚起就一直在看手机，”此时杭嘉澍突然开口道，“看什么呢？”

他是在和沈司岚说话。

“朋友圈。”正常的一问一答，或许因为杭嘉澍的问题，沈司岚意识到自己好像确实看了很久的手机。他收起手机，抬起头活动了一下脖子。

仅三天可见的朋友圈，他其实也只能看到一条动态，是前两天她送室友们回家的照片，配的文字很简单：“孟老师、糍粑、有钱，我们开学见呀。”

后面她 @ 了三个微信号，应该是她的三个室友。照片是张自拍，自拍照里是四个女生，其中镜头最前面的人嘟着嘴，在冲镜头卖萌。

临近过年，高铁站的人挺多的。过年回家的氛围很浓，四处可见操着一口乡音的人在打电话。

人实在太多，杭嘉澍怕穗杏走丢。她长得矮，一走散还真的不容易被找到。于是他让她走在前面，用双手扶着她的肩膀，兄妹俩一前一后地贴着走。

沈司岚进站前，穗杏却突然说要去一趟洗手间。杭嘉澍啧道：“事情多，快去吧。”

“那哥哥你待会儿在广场上等我吧，这里人太多了。”穗杏说。

“知道了，我送沈司岚进站以后就去广场中间那个花坛那里等你。”

穗杏点点头，连句再见也没说，急匆匆地转身在人群中消失了，连看都没看一眼即将离开的沈司岚，看起来真的很急。

杭嘉澍拍了拍沈司岚的肩：“开学见。”

“嗯。”

进站口人满为患，送行的人不在少数。杭嘉澍后退几步，转眼间被人群挤到了后面。看见沈司岚进站后，杭嘉澍这才转身离去。

过了安检口，沈司岚按照指示坐在候车室里等着高铁到站。他坐在沙发上看着手机，有时候也不是对手机多有瘾，而是真的没事做，只能看手机罢了。

“你好，请问你是沈学长吗？”有个声音在头顶响起。

沈司岚抬头看去，是个年轻女人，他并不认识。她知道他的姓，不像是来搭讪的。沈司岚沉默几秒，点了点头。

女人松了口气，将手上的袋子递给了他：“这是你学妹让我拿给你的。”

透明的塑料袋子里装的都是吃的东西。

“我看你学妹提着这袋子东西站在进站口那里走来走去的，就上去问她了。她说想给自己的学长送点儿吃的东西，因为她没买票所以进不来，本来打算拜托别人帮她送进去，可是又不好意思拜托陌生人，”女人笑着说，“所以我就帮她送进来了。”

沈司岚神色愣怔，好半晌才问：“她告诉你我长什么样子了？”

“没有具体说长什么样子，”女人说，“她说学长长得很好看，我说有多好看，她说‘姐姐你进去就知道了，学长一定是最好看的那个，而且不喜欢坐在人多的地方，所以肯定是一个人找了个没人的地方坐’。”女人说到这里，又赞同地点了点头，“你学妹描述得蛮准确的。”

她走进来后，往人少的地方看去，果然看见一个年轻男人穿着黑色呢子大衣，长腿微屈，慵懒而随意地靠着椅背玩手机。人声嘈杂的候车室里，他的安静显得尤为突出。女人不确定地走过来，看到他白净英俊的脸，百分之八九十地确定这个人就是进站口那个小妹妹口中的学长。

“谢谢。”沈司岚长睫微垂，轻声说道。

“举手之劳，”女人顿了顿，语气坦然得不能再坦然，“我方便问问你有没有女朋友吗？”

沈司岚：“抱歉。”

“没事，”女人笑着摇头，“萍水相逢，祝你一路顺风。”

女人走后，沈司岚拿起手机给穗杏发了条微信。

沈司岚：“收到了。”

紧接着是一张图片，他拍了那袋零食。

小博美：“那就好。”

小博美：“那个姐姐真是个好人。”

沈司岚叹了口气，说不出赞同的话，也无法反驳她。要不是刚刚那个女人，还不知道这个傻学妹要在进站口徘徊多久。

接着看到穗杏发来了语音信息，沈司岚从兜里掏出耳机来听。

“那个，我查了下学长你那趟高铁，你是晚上才到站吧？我看你好像只拿了一个行李箱，晚上不吃饭不行的。嗯……高铁站上的套餐很难吃，我猜你应该不喜欢吃，所以买了点儿零食。高铁上的零食贵，种类也少，我给你买了面包，还有薯片，还有饼干、巧克力啥的，你喜欢吃什么就吃什么。还有还有，如果你想吃点儿重口的东西的话我也买了辣条，如果学长

不能吃辣的话千万别吃啊，这个很辣的。水和饮料我都买了，你看你想喝哪种，我还买了鸭脖，特产也随便买了点儿，你回家以后可以拿给你家里的人吃。我是本地人，这个特产真的很好吃的，包你满意。

“我说完了。学长寒假快乐，开学见。”

听完后，沈司岚点开手机上的日历看了眼，意识到寒假这才刚刚开始。

第五章

你兵荒马乱，我小鹿乱撞

穗杏跑到广场找杭嘉澍时，哥哥的脸色已经很不好了。

“老实交代，你到底干吗去了？去个公厕你也能花这么长时间？你到底什么毛病？”

一连三个问题，穗杏无法解释，只能尴尬地冲他笑。

“你是不是肠胃不舒服？”杭嘉澍又问，这回语气比刚刚好了点儿，“有问题一定要跟我说，现在去医院还来得及。”

“没有，我就是——”穗杏转了转眼珠，佯装痛苦地捂着肚子，“肚子有点儿不舒服。”

“肚子怎么了？”

穗杏欲言又止，最后敷衍地道：“男的不懂。”

杭嘉澍愣了几秒，捂嘴低咳。

“那你带那个了吗？”他弯腰压低了声音说，“没带赶紧去附近的超市买。”

穗杏眨了眨眼，知道他肯定是误会了。她索性将错就错，点了点头，语气虚弱地说：“有的。”

“你还能走吗？”杭嘉澍问完也不等她回答，直接扶着她边走边说，“我现在送你回家躺着。”

穗杏有些心虚地享受着杭嘉澍的搀扶，等坐上车后，杭嘉澍还问她要不要开空调。

“不用了。”她急忙说。

“实在不舒服就在车上睡会儿，等到家了我叫你。”杭嘉澍说。

穗杏哦了声，真的闭眼假睡了过去。本来她是假睡，或许是杭嘉澍开车太稳，又或许是车内的温度渐渐暖和起来，杭嘉澍还从后座找了条薄毯子给她盖上。睡觉的天时地利人和凑齐，穗杏像只需要冬眠的小动物，在冬日的午后，坐在车上不知不觉地睡了过去。

醒来的时候，她已经躺在床上了。四周一片黑暗，这一觉她直接从下午睡到了晚上。穗杏揉着眼睛起床，打开房门，客厅空荡荡的没人。她又跑到杭嘉澍的房间门口，冲里面喊了声哥哥。

“醒了？”房门被打开，杭嘉澍垂头问她，“睡了一觉好点儿没？”

穗杏摸了摸脸，如果这时候告诉杭嘉澍事实，估计他能按着自己捶一顿。所以，她说：“好多了。”

“爸妈打电话给我说还有工作要处理，要晚点儿才会回来，”杭嘉澍顿了顿，尽力委婉地说道，“衣服你记得换下来用温水洗。”

穗杏慢吞吞地嗯了声。

杭嘉澍又说：“要是床单脏了的话跟我说，我帮你换套新的，脏了的先放洗衣机里，等妈妈回家再处理。”

即使他们是从小长大的兄妹，聊这种事也难免尴尬。杭嘉澍说得已经相当隐晦，可还是将穗杏的耳根说红了。这种情况，他们以前都是尽量避免的，穗杏还小的时候不觉得有什么，后来长大了些，渐渐明白有的事情即使是和哥哥说也是会很羞耻的。

“我自己能换的。”她说。

“那最好，”杭嘉澍咳了声，说，“吃不吃面？”

“吃。”

“行，那你等着，”杭嘉澍转身往厨房走去，想起什么后又转头对她说，“暖宝宝在茶几上，你往肚子上贴一个。”

“嗯。”

杭嘉澍给她煮了碗面，难得不是方便面，而是鸡蛋挂面。她坐在餐桌边吃面条，杭嘉澍从房间里拿出笔记本电脑陪她坐在餐桌边。穗杏看他都放假了还在忙工作，心想这个项目到底是有多折磨人？

“这个项目这么难吗？你怎么放假了还在做？”

“其实不难，做游戏只要不涉及引擎开发就没多难，主要是看自己心目中的标准，跟考试一样，想考个及格那就随便复习复习，想考一百分就没那么简单了。”

穗杏点点头，吸了口面条，随口问道：“那我们回老家过年的时候你岂不是还要带上电脑？”穗杏问到这里，语气又开始小心起来，“今年过年你跟我们去爷爷家吗？”

“应该不去吧，”杭嘉澍说，“给爷爷的红包我已经准备好了，到时候你帮我拿给他。”

“其实你自己给爷爷比较好。”穗杏小声说。

“你帮我给一样的。”杭嘉澍不为所动。

穗杏没再继续劝他。

吃完面，穗杏捧着碗想去厨房洗碗，杭嘉澍直接拦住她：“行了，你回床上躺着吧，我待会儿忙完了帮你洗碗。”

穗杏有点儿受不了这样的杭嘉澍，觉得今天的杭嘉澍温柔得过于恐怖了。平常他们三两句就能吵起来，上次杭嘉澍这么温柔地对她已经不知是多久的事了。穗杏内心愧疚，觉得装来月经这个招数实在太不厚道了，于是决定回避哥哥，老老实实地回房待着。

下午她睡得太舒服，即使回了房也是玩手机。玩手机会让时间过得特别快，穗杏玩到忘记时间，直到房门外响起爸妈的声音，她才下意识地看了眼手机屏幕右上角的时间显示。居然已经这么晚了，可是她还是毫无困意。

穗杏爬起来想去客厅找父母，手刚摸上把手就听到杭嘉澍和妈妈的对话。

“穗穗的经期来了？”杭美玉的声音听起来有些疑惑，“我记得她的日子不是这时候啊。”

杭嘉澍对这个东西不懂，猜测道：“可能提前了吧。”

“那明天我问问她好了。”杭美玉说。

“我让她用暖宝宝暖肚子，她今天睡了一下午，好像没那么不舒服了。”

“嗯，她来这个的时候很容易肚子不舒服，整个人都没什么精神，要是她实在疼，你就帮她揉揉肚子，”杭美玉说，“她的力气太小了，自己揉也没什么作用。”

杭嘉澍的声音听起来有些犹豫："我给她揉不方便吧？"

"她还小呢，而且你是她哥哥，这有什么的？"杭美玉笑着说，"她是女孩子，长大了知道在哥哥面前害羞了，你一个男孩子难道也跟着她害羞？"

杭嘉澍无奈地笑了笑。

"过两天我和你爸打算去置办年货，穗穗来经期不方便就只能拜托你到时候多帮我们拿点儿东西了，"杭美玉有条不紊地打算着，"我和你爸二十九正式放假，三十晚上我们一家一起出去下馆子吃年夜饭，初一早上我早点儿叫你起来，咱俩一起去公墓看看你妈。"

"好。"

"穗穗的爷爷家，你今年还是不去？"

杭嘉澍摇头："不去了吧。"

"其实她爷爷还是很希望你能去看他的。"杭美玉试图说服他。

"我去了会让其他人议论，"杭嘉澍还是拒绝，"到时候让穗穗听见了对她不好。"

"穗穗都这么大了，难道你还怕她听不了那些闲言碎语？"杭美玉叹气，"你现在是在咱们家的户口本上，是我和老穗的儿子，任其他人怎么说，难道还能把你从户口本上摘了不成？"

杭嘉澍柔声道："小姨，我知道的。"

穗杏很想冲出去告诉杭嘉澍，她其实早就听到过那些闲言碎语了。而且那时候她仗着年纪小，冲到那些嘴碎的三姑六婆面前，大声告诉她们，杭嘉澍就是她穗杏的哥哥，她们说的都是假的。

但她不能。这样哥哥就更不愿意去爷爷家了。穗杏只能当作什么都没听见，躺回床上盯着天花板发呆。

今年冬天还算暖和，穗杏新买的羽绒衣都没派上用场。大年初一她跟着父母回了老家。

穗峥嵘这辈有四个兄弟，还有不少堂兄弟姐妹，因为家里最年长的长辈还在世，所以每年过年的时候晚辈们即使有的已经成立了自己的家庭，还是会聚集于此。幸运的是爷爷还是老当益壮，这个家还能热闹不少年。

穗杏虽然上了大学，可因为年纪小，今年还是有红包拿。她左手刚收下爷爷的红包，右手就从兜里掏出了杭嘉澍给爷爷准备的红包，说：“爷爷，这是哥哥给你的红包。”

鹤发慈目的爷爷笑呵呵地收下了红包，问：“嘉澍今年又不回来过年啊？”

旁边的堂姑插嘴：“过年他当然是要去看真正的亲人啊，咱们这帮姓穗的又不是他的真亲戚。”

爷爷沉声说：“他是峥嵘的儿子，我们怎么就不是嘉澍的亲戚了？”

“要真是亲戚，这么多年怎么也没见他把姓改过来？”堂姑不满地说道。

“姓什么不都一样？他姓杭，跟美玉一个姓，美玉不也是咱们家的人？”

堂姑小声反驳：“什么跟美玉姓，那是跟他那个死了的妈杭美玲姓吧？”

家里人多了就是这点不好。聒噪的人特别多，堂姑并不是唯一一个，只是正巧穗杏跟爷爷提到杭嘉澍时，其他人都在里间打麻将聊天，只有堂姑在旁边听到了而已。他们从来没想过要回避穗杏，也不会考虑到有些事其实是不适合讲给孩子听的。

穗杏早已经习惯。只有杭嘉澍以为她还没有习惯。

爷爷皱眉，呵斥着打断堂姑的话：“别说了，大过年的说死字，是不是嫌自己命太长？”

堂姑闭嘴，等到穗杏走后，才说起自己今年中考考上了市重点高中的儿子。大人们炫耀孩子的时候都会默契地避开穗杏。因为在穗杏面前，他们是炫耀不出任何成就感的。

穗杏送完红包无事可做，同辈的孩子们叫她一起开黑玩游戏，她拒绝了，理由是看不上他们的技术。跟沈司岚他们打了大半个学期，穗杏对队友的要求高了不少，有时候连杭嘉澍想跟她双排，她都要考虑好久。

穗杏搬了张凳子坐在后院仰头盯着灰蒙蒙的天空发呆，不知道杭嘉澍这时候在干什么。他是在打游戏，还是在看重播的春节联欢晚会？反正不管杭嘉澍在干什么，这时候他肯定是一个人。

穗杏在后院坐了会儿又回里间去找爸爸妈妈。杭美玉在打麻将，看到穗杏欲言又止地看着她，分了心问她：“怎么了？”

穗杏小声说：“我们出去说。”

杭美玉只能招呼旁边观战的穗峥嵘："老穗，你先帮我打着，赢了算我的输了算你的。"

穗峥嵘："哪有你这样的？"

麻将桌上的几个叔伯笑着打趣："又不是只有你老婆这样。"

穗杏拉着杭美玉走出了里间，来到了没人的楼梯间。

"到底什么事，搞得这么神秘？"

"我想提前回家。"穗杏说。

"你想回去陪哥哥？"杭美玉很快猜到她的意图。

穗杏点了点头。

杭美玉问："那你跟爷爷说了吗？他答应你吗？"

"还没说，但是我觉得爷爷会同意的。"

"没人送你，你怎么回去呢？"

穗杏说："小叔叔明天要陪新媳妇回婆家拜年，我可以搭他的便车一起回市区。"

杭美玉好半晌没说话。

穗杏心里没抱什么希望，本来这个想法就来得突然，她从来没尝试过自己提前回家，就算妈妈不答应也在意料之中。

母女俩面对面地站着彼此沉默了几分钟，杭美玉开始细心嘱咐她："那你回去了不许给你哥哥添麻烦，这几天没有外卖吃，他做什么你就吃什么，不能嫌难吃，要惹他生气了不给你做饭吃，你就知道错了。还有，晚上早点儿睡觉，你俩都不许熬夜，听到没有？"

穗杏惊喜地抬起头看着妈妈。杭美玉叹气："我就说催你哥哥早点儿找个女朋友是对的吧？不然还轮到你回去陪他吗？"

穗杏点头，也跟着叹气："他快点儿找吧，这样我就不用这么麻烦了。"

母女俩同时笑出声来。

之后杭美玉带着穗杏去跟穗峥嵘商量，穗峥嵘比杭美玉更好说话，二话没说就答应了。

反正穗穗留在这里也是被拿来当成典型教育其他人的工具，穗峥嵘并不觉得女儿听太多这样的赞美是件好事。赞美和适当的批评都是有必要的，他希望穗穗能做个谦逊的人，不骄不躁，不傲慢也不卑怯。

于是初二清早，穗杏搭上了小叔叔的便车，提前回到了清河市。

初二这天，七点钟不到，杭嘉澍睁开了眼。他忍不住叹气，平常想睡的时候没机会睡，现在有大把的时间能用来睡觉，却睡不着了。没办法，他昨晚睡得太早了。

实在没事做，平常熬夜熬惯了的男人八点半就爬上了床。可能因为实在太无聊了，他闭着眼居然就这么睡过去了。他只好起床，洗漱完毕后去楼下晨跑了半个小时。

上来后他随便蒸了点儿饺子当早餐吃。吃完早餐又洗了碗后，杭嘉澍瘫倒在沙发上继续无所事事。电视里还在重播春节联欢晚会，杭嘉澍开着电视，听着热闹的声音，低着头玩手机。越是热闹的声音填满整个屋子，就越显得整个屋子只有他一个人。

杭嘉澍刷着朋友圈，此时朋友圈的所有人都在过年，就连沈司岚都象征性地发了张年夜饭的照片，看背景应该是在酒店，年夜饭的内容也十分奢华，什么鲍鱼、燕窝都往桌上端，一点儿都不家常。杭嘉澍撇嘴，并不怎么情愿地给沈司岚点了个赞。

不知道为什么，最近沈司岚发朋友圈的次数渐渐多了起来。在杭嘉澍的印象中，沈司岚并不是那种热衷于分享的人，他的朋友圈常年空白，就算偶尔发一条状态也是转的公众号链接，或是随便分享一首歌。现在他竟然有了烟火气，知道发朋友圈分享生活了。

刷完朋友圈，杭嘉澍又登录了游戏，想找个在线的好友打游戏，结果好友列表此时出奇一致地呈现着灰色。穗杏的头像也是灰的。她这个时间居然没跟那些亲戚家的孩子一块儿玩游戏吗？真是稀奇。

杭嘉澍猜了半天也猜不出穗杏现在在干什么，干脆给她发了条微信过去："小东西，在干吗？"

"你猜。"

杭嘉澍呵了声，才懒得猜。

"看电视。"

"错。"

"打游戏。"

"错。"

"上厕所。"

"错！"

"猜不到，你在干吗？"

"在坐电梯。"

杭嘉澍迷惑地皱起眉，半分钟后，听见大门处传来声音。他顺势望过去，大门此时从外面被人打开。杭嘉澍下意识地想这小偷胆子挺大啊，大白天明目张胆地闯进来。

"嘿！"好嚣张的小偷，还打招呼。

在看到"小偷"的样子后，杭嘉澍足足愣了半分多钟。

"我回来了。"穗杏说。她风尘仆仆，脸蛋红扑扑的，背着大背包，额前碎发被风吹得凌乱而蓬松。

杭嘉澍喉结微动，哑着声音问："你怎么回来了？"

"老家太无聊了，就先回来了。"

"怎么回来的？"

"坐小叔叔的车回来的，"穗杏咧嘴笑，一脸八卦地跟他说，"小叔叔和他老婆好恩爱，我坐在车上，感觉自己就是个大灯泡。"穗杏换上拖鞋，顺势将背包扔在地上，走到他身边坐下，抢过他手上的遥控器，边调台边抱怨，"都重播多少遍了我早就看腻了，换个别的看。"

旁边的人没回应她。穗杏侧头看向哥哥，却发现哥哥正皱着眉，眼神复杂地看着她。于是她也不自觉地跟着皱眉："干吗？"

"小东西。"他沉声骂了她一句。

穗杏刚想反驳，却又见他突然别过头弯下腰，胳膊撑在膝盖上，用手捂住了眼睛，微微张唇叹了口气。

她歪头问他："你怎么了？"

"你还好意思问我怎么了？"杭嘉澍捂着眼睛，嘴角泛起苦涩的笑容，"大过年的，有的人存心想惹我哭。"

穗杏无辜地说："我是想让你开心啊，没想让你哭。"

杭嘉澍听到这句话，心里头更软了。平常两个人三两句就能吵起来，她突然这么温柔还真是让人招架不住。他太了解穗杏了。她如果要对一个人好，那对方是绝对招架不住的。她对自己的温柔毫无自觉，她的温柔并不多么强烈，也并不多么震撼，只是从生活中的细枝末节渗透出来，如同封闭的空间里有束光悄悄地顺着缝隙溜了进来。正如多年前还在牙牙学语的妹妹突然有一天凑到他的身边，抱着他的腿脆生生地叫了声哥哥。

"妹，跟你商量件事。"杭嘉澍突然低声说。

“啥事啊？”

“你能不能晚点儿再找男朋友？”

穗杏眨眼：“为什么？”

“等你交了男朋友，”杭嘉澍抿唇，声音突然变得不自在起来，“我这个做哥哥的不就得滚一边去了？”

穗杏噗的一声笑了出来。

杭嘉澍睨她一眼，大手摁上她的脑袋，恶作剧般用力摇晃着。

“笑什么啊小东西。”

穗杏乐不可支地道：“你怎么知道我在笑什么？”

杭嘉澍微怔，反应过来后表情立即变得古怪。他用胳膊钳住她的脖子，将她拎到自己面前，穗杏哎哟了两声。杭嘉澍没手下留情，幼稚地往手指上哈了口气，给了她两个狠毒的脑瓜崩。

穗杏挣开他，捂着额头说：“肯定肿了。”

杭嘉澍哼了一声：“活该。”

“早知道我就不提前回来了，好心没好报。”她愤恨地站起身，又捡起背包气呼呼地往门口走去。

杭嘉澍给面子地问了句：“去哪儿啊？”

“关你什么事？”

“行，不关我的事，你走好。”杭嘉澍懒洋洋地靠回沙发上，嘴角露笑，狭长的狐狸眼眯起，一副“我看你能走哪儿去”的看戏样，“你以为这个时间还能买到回去的票？”

穗杏僵在原地，用背影对着杭嘉澍，倔强地保留着最后一丝尊严。

杭嘉澍继续悠悠地说：“要不我把车借你开？哦，我忘了，你还没考驾照。”说到这里，他竟然笑出了声音，几秒后，遗憾地得出结论，“妹啊，你只能用你的小短腿走了。”

穗杏狠狠地将背包往地上一扔，气势如虹地冲到杭嘉澍面前，拿起沙发上的抱枕开始暴力殴打他。杭嘉澍熟练地抬起胳膊挡。刚刚的温情仿佛都是错觉，两人又回到了最平常的相处模式。穗杏直到手臂都挥酸了，才停下自己的暴力行为。

“解气了吗？”杭嘉澍拉她坐下，撩开她的刘海，轻声说，“我看看是不是真肿了。”

穗杏扭着脖子躲开。

杭嘉澍扶着膝盖站起身，收拾刚刚的“战场”，问：“你提前回来，都不怕惹家里人生气吗？”

穗杏硬气地说：“我跟爸妈说过了，他们同意我提前回来。”

“我说的不是爸妈。”杭嘉澍捡起地上的抱枕。

“那你要是跟我们一块儿回去，还用得着担心这个吗？”

杭嘉澍没说话，叹了口气。

穗杏有些生气。她赶回来不是为了听他叹气的，也不是为了听他的教训的，而是希望哥哥的这个年能够过得稍微热闹一些。一个人过年，这句话听起来多凄凉。热闹都是别人的，除夕夜绚烂的烟花在很远的地方，炊烟和欢声笑语也和自己无关。

当悉心的讨好并没有被接受，挫败感随之而来，穗杏问：“你是不是不高兴我回来？”

“不是。”

“那你干吗叹气？”

“你不懂。”杭嘉澍说。

穗杏扬声问：“我有什么不懂的，难道我还没你聪明吗？”

“这跟聪明不聪明又没关系。”

大学时杭嘉澍选修过一门中外文学发展史。他是理科生，会选这门选修课完全是因为这门课简单，好拿学分。他对其中一首诗记忆尤为深刻。

没有见过太阳，所以才能忍受黑暗。

这么文艺的话谁能懂？

穗杏不服气。杭嘉澍正收拾着客厅，她又执拗地站在他面前拦住他，非要问个清楚：“你不说清楚我就走，我晚上去睡天桥。”

杭嘉澍再次叹气：“我高兴你回来陪我。”

穗杏说：“那你表现得高兴点儿。”

“你这人怎么这么肤浅，那要是我装出来很高兴你也信？”杭嘉澍哭笑不得地道。

穗杏反驳：“做人肤浅点儿不好吗？跟你一样什么都憋在心里难道就能活得比较有内涵？”

杭嘉澍愣怔了几秒，倏地笑了：“我高兴死了。所以你别去睡天桥，在家陪我，行不行？”

穗杏这才满意地点了点头，含混地说：“勉强答应。”

“那你让开点儿，别拦着我收拾，”杭嘉澍推开她，又嫌弃地啧啧了两声，“你是不是女的啊？这么能搞破坏？”

“还不都是拜你所赐？”穗杏帮忙一起收拾，“今天有什么安排吗，就在家里待着？”

“你想干什么？”

“妈妈说晚上滨江广场有新年活动，去看不？”

“行。”原本没打算出门的杭嘉澍觉得出门逛逛也不错。

中午两人随便下了点儿饺子吃，下午又坐在电视前联机打了几小时游戏，穗杏那张小嘴一直没停过，把双人合作游戏活生生地给玩成了决裂游戏。家里又吵又热闹，好不容易被收拾整齐的客厅地板上很快又丢得到处都是零食。

等到了晚上，新年活动七点钟开始，穗杏六点的时候就催促着杭嘉澍赶紧出门。

滨江广场晚上的新年活动其实也没多新奇，和庙会差不多，走道两边摆着小摊，卖什么小东西的都有。不能放烟花爆竹，于是人们用各色彩色霓虹小灯和巨大的充气横幅为新年活动增添喜庆气氛。

后来滨江洲头放了烟花，人头攒动，穗杏个子太矮看不着，只能踮脚跳着看。以前小时候她还能骑在爸爸的肩上看，现在长大了就不行了。

杭嘉澍提议：“我背你？”

穗杏有点儿不好意思，杭嘉澍嗤笑道：“不会是长胖了吧？”

后来骑在杭嘉澍的背上，穗杏证明了自己就算过年吃胖了几斤，但还是瘦的。她终于完整地将烟花尽收眼底，掏出手机拍了个几秒的小视频，传上了朋友圈，仅一人可见。

她没有孟舒桐那么大胆，想要分享时可以直接点开聊天框发送，只能用这样的方式将发送仅一个可见的朋友圈当成是分享给他看的。可能是因为过年，沈司岚也闲，很快点了赞。穗杏有种猎物上钩的得意感。

“傻笑什么？”

“开心啊。”穗杏环住杭嘉澍的脖子，闭上眼，嘴唇扬成上翘的弧度，耳边的声音喧闹而欢乐。

回家的时候穗杏又睡着了。杭嘉澍看了她一眼，趁着她听不见，再次叹了口气。

太阳总有下山的那一天，到那时候，不再习惯黑暗的人又该去哪儿？原本安安静静地待在冰冷的角落里待了好久，现在他却嫌弃它的荒凉和寂寥。

年还没过完就急着走的人也不止穗杏一个。年三十，沈司岚的堂哥急匆匆地又赶回了内地，原因十分肤浅，为了个女人。

“痴线仔（广东方言，白痴）。”长辈们对此表示不满。他们早已过了那个冲动的年纪，对年轻人这样荒唐又鲁莽的追爱行为自然是无法理解的。

因为已经跑了一个，所以沈司岚这群小辈谁也别想再走第二个了。沈司岑倒是无所谓，反正小朋友还在念幼儿园，在家和在学校都是一样玩。沈司岚往常都会提前回学校，待在实验室或是去杭嘉澍的工作室，反正比待在家里整天无所事事要有意义得多。

沈司岚跟爷爷提过要回学校这件事。原本红光满面的老爷子立马目眦欲裂，先是恶狠狠地骂沈司岸恋爱脑，又捶胸说自己也有责任，辛辛苦苦地将沈家基业打拼到如今这个地步，结果他却忽视了对子孙后辈的教育，把他们养成了这种目无尊长的不肖子孙。一套操作下来，老爷子慈爱地看着沈司岚：“Lancer，你刚刚讲乜（广东方言，讲什么）？”

沈司岚沉默两秒，摇头：“冇（没有）。”

留在祖宅过年的沈司岚对打麻将的活动没兴趣，长辈们在客厅里吵吵闹闹，沈司岚索性窝在楼上的房间里玩手机。堂弟沈司岑喜欢黏着堂哥，楼下的大液晶电视他不看，非要在沈司岚的房间里看动画片。看到高潮处，沈司岑还要推搡沈司岚，让他一起看。

沈司岚随意地躺在床上，闻言撑起身子敷衍地扫了一眼，然后嗯两声，继续瘫倒看手机，整个人懒洋洋的，兴致缺缺的样子。热情的安利并没有引起堂哥的关注，沈司岑不服气地脱掉鞋爬上沈司岚的床，躺在他旁边把脑袋伸过去，想知道堂哥到底在看什么，连动画片都吸引不了他。

沈司岑很快撇嘴，好奇地问：“咦？这是维多利亚的烟花吗？”

“不是，”沈司岚说，“清河市的。”

"哦，难怪我觉得不太一样，"沈司岑了然，又不服气地说，"这个又没有动画片好看。"

见沈司岚没说话，沈司岑又絮絮叨叨地强行给沈司岚科普起了动画片的各个角色，誓要将这部动画片安利给堂哥。最终忍受不住，沈司岚从床上坐起来，面无表情地看着沈司岑。

沈司岑单纯地冲他眨了眨眼。下一秒，沈司岚抱起沈司岑走出了房间。

"哥哥，你要带我去哪里玩啊？"沈司岑抱着哥哥的脖子兴奋地问。

沈司岚语气平静地道："去找你爸妈。"

沈司岑顿时垮下了脸："你不要我了？"

无情的堂哥置若罔闻，抱着弟弟下楼。沈司岑的爸妈住二楼，沈司岚一路抱着沈司岑来到他父母的房间前，不耐烦地敲了敲门。

过了好几分钟才有人从里面出声："门没锁。"这是堂婶的声音。

沈司岚将沈司岑放下，示意他滚回父母的房间里。小朋友抱着堂哥的腿，说什么也不愿走。

沈司岚只好牵着他进去。堂叔不在房间里，估计在楼下陪爷爷打麻将。沈司岚把孩子给堂婶送了过来，结果这个当妈的居然还坐在电脑前，连头都没回一下。

"堂婶，"沈司岚牵着弟弟走到她身后，"我把司岑给你送回来了。"

"啊？"堂婶回头，表情呆滞地看着沈司岚。

沈司岚瞥了眼堂婶的电脑屏幕，发现上面花花绿绿的一大堆弹幕。

"好帅！"

"是堂侄吗？是堂侄吗？是堂侄吗？"

"我宣布这个牵着我的小老公的人从今天起就是我的大老公！"

"这个脸我可以！！！"

"这个小哥哥是谁？"

"哇！"

"求小哥哥常驻直播间！啊啊啊啊啊！"

他直觉不好："你在做直播？"

堂婶慢吞吞地点了点头："嗯。"

沈司岚知道堂婶是做博主的，但不知道原来她还直播，而且大过年的在婆家开直播。他立刻后退两步，随即迅速转身走出房间。

可是晚了。堂婶跑出来，殷切地问他愿不愿意在她的下一个视频中露

露脸。

面对这个跟他没差几岁的堂婶，沈司岚仍旧十分嚣张地冷着脸，态度决绝地道："不行。"

堂婶知道这个堂侄是什么性格，本来是应粉丝的强烈要求才追出来问的，结果当然吃了个毫无意外的闭门羹，只能回到镜头前，遗憾地对直播间的粉丝们表示，让粉丝们惊鸿一瞥的那位堂侄拒绝了下次的出镜。

"呜呜呜呜呜。"

"我的堂侄……"

"早知道刚刚就录屏截图了！"

"前面的还有机会，等录屏组发视频吧。"

"一眼万年，没想到竟是此生最后一面。"

"我跟堂侄终归是有缘无分。"

而得罪了堂婶，沈司岚也付出了代价。那就是他非但没有甩开沈司岑这个黏人精，反而得替叔婶照顾儿子，一直到寒假结束也没能甩掉人。总结下来，沈司岚这个寒假过得相当糟心。

寒假其实也就一个月，他熬一熬也就过来了。

开学回学校，张三跟室友们抱怨老家什么都好，空气新鲜有山有水，但就是没有无线网，再美的风景没有网络覆盖，也打动不了张三。小侯和老祝没什么可说的，本来寒假的时间就短，感觉一眨眼就又开学了。

"岚哥你呢？"张三问。

老祝说："这还用问？岚哥肯定是出去浪了。"

小侯："岚哥，你寒假去周游世界了吗？"

"没有。"沈司岚说。

"那你寒假在干什么？"

沈司岚突然揉了揉眉心，沉声说："带小孩儿。"

几个人面面相觑，心想有钱人家的少爷的寒假也不过如此，听起来甚至比他们这些平民还惨。这个话题不能再聊了，他们怕勾起岚哥的伤心事。

"开学咱哥儿几个去网吧包夜庆祝一下重聚？"

"有电脑干吗还去网吧？钱多没地方花？"

提议的张三摇了摇头，说："拿本子打游戏和在网吧玩完全是两种体验，大屏不香吗？”

几个人想想也是，不约而同地看向沈司岚。沈司岚直接拒绝道：“你们去吧。”

意思就是他不参与。

“干吗啊岚哥？寝室集体活动你都不参加，小心被我们几个孤立。”

“这学期电子设计大赛，”沈司岚淡淡地说，“寒假在家没空准备，所以这段时间我应该要经常去实验室。”

别说网吧，可能他连寝室都不常回来。每逢单数年举行的全国大学生电子设计大赛一直是众理工科院校相当重视的大学生群体性科技活动，和初、高中的学科竞赛性质差不多，算是学科外的拓展，给成绩优异的学生一个更上一层楼的机会，所获得的奖项会直接记录进学籍档案，对申请奖学金或是免试保研都是万能金卡。

张三当“咸鱼”当惯了，一听沈司岚在连教科书都还没发下来的开学伊始就已经规划好这学期的计划了，不禁对这样充实而又辛苦的大学生活感到毛骨悚然。

他们高中三年拼命念书，就是因为听了老师说的“辛苦这三年，造福后半生”和“高中辛苦点儿，等考上大学以后想怎么玩就怎么玩”这几句话。可他们考上好大学后，从全国近千万的高考生中脱颖而出进入顶尖高校学习，高考的压力是没有了，可是新的压力随之而来。

越是尖子生云集的大学，就越是不乏努力的学生。大学校园在这种人看来并不是高考的终点，也不是懈怠悠闲的伊甸园，而是新的学习环境和积攒人脉资源的小型社会。

能考进这个大学，就说明他们都曾是自己高中的优等生，差距却在入学后越来越明显，学年课程拿全 A+ 成绩的学生和每次考试都低空飞过，甚至挂科需要在第二学期补考的学生，高考时都是以相同的资质考进大学的。

“这学期课挺多的，你忙得过来吗？”

沈司岚：“团体比赛有队友，没什么问题。”

“那岚哥，你的队友找好了吗？”

“余老师安排，”沈司岚说，“可能是褚学姐。”

“除了褚学姐呢？”张三好奇地问道。

“还不知道。”沈司岚摇头。

老祝突然想到了一个人，不确定地说："你们说汪育妃会不会来找岚哥跟他组队啊？"

张三一拍大腿道："很有可能啊。"

去年的迎新晚会上，"计算机学院四大门面"的称号横空出世，穗学妹作为大一学妹空降计算机学院，一时间风光无限。别的院只看计算机学院表面风光，但这四大门面到底是怎么凑在一起的，其中过程颇为曲折。

一开始沈司岚不答应当主持人，于是汪育妃自然也没打算竞选主持人。她是文娱部部长，晚会当天就有群舞节目，还有个乐器独奏表演。后来也不知道主席用了什么办法让沈司岚点头了，汪育妃有两个节目要排，实在抽不出身再来当主持人，只能彻底死了这条心。

这事还是晚会结束后，汪育妃和手底下的干事们出去吃夜宵庆祝晚会大获成功时，她多喝了几杯，暗暗提了两句，其他人才知道的。大家听着就觉得特别像穗学妹抢走了机会，丝毫不给汪育妃这个学姐留面子。

去年的迎新晚会上，汪育妃才恍然明白杭嘉澍的妹妹原来早已经高中毕业，大一入学，而且被分进了沈司岚当助班带的那个计科三班。

穗杏并不知道这件事，现在被余老师叫来了实验室，得知余老师让她参加今年的电子设计大赛，说："可是有的专业课我还没学过啊。"

大一就参加电子设计大赛，确实是早了，专业课她都还没学几门，目前唯一接触过的编程课也只有 C 语言，连 C++ 都还没学。这个担忧，褚学姐其实也跟余老师提过。

"如果我找那种期末考试拿着老师给的重点拼命复习最后考了 90 分的大二、大三学生，那到时候去比赛了，谁给他画重点？你高中参加 NOI 之前，学校的信息技术课难道是必修课吗？"

穗杏摇了摇头。信息技术课在很多人眼中其实就是电脑课，并不是必修课，虽然学校发了课本，但那本书很多人往往到最后为了应付期末检测才会翻开复习。

余老师问："你也是自己在课余时间学的对吗？"

穗杏点头。有时候杭嘉澍在家里做作业，她感兴趣，就在旁边看着。杭嘉澍会顺势给她解释，后来渐渐就变成了教，就像是周末多了门兴趣课。直至后来穗杏被选拔进了竞赛班。当时参加数理化生竞赛的学生不少，穗杏属于少数选择信息技术方向的竞赛生。

她的父母并不了解这个专业，只觉得穗杏比其他同龄孩子聪明些，她的提前教育多亏了哥哥杭嘉澍的发现和引导。提前教育对孩子来说并不是多么轻松的经历，很多孩子为此承受着不小的压力，在不应该有烦恼的年纪心理状态负荷过重，但对天赋超乎常人的小部分孩子来说，提前教育能够有效替他们避免仲永的结局。

余老师的话打消了穗杏的最后一丝犹豫。她答应了，大不了这个学期辛苦些。

从实验室出来的时候，穗杏刚好碰上了过来找余老师的汪育妃。她和汪育妃并不熟，礼貌地叫了声“学姐好”。

汪育妃笑了笑，柔声问道：“学妹找余老师有事？”

穗杏很爽快地把余老师让她参加电子设计大赛的事说出来。见汪育妃好半晌没有说话，穗杏以为对话就这样结束，打算回寝室和室友们分享这个好消息。

“学妹。”汪育妃叫住她。

穗杏回头，汪育妃平静地看着她，淡淡地问：“你不是才大一吗，余老师怎么会破例让大一的学生参加电子设计大赛？”

穗杏挠头，说：“余老师说让我现在开始好好准备就行。”

汪育妃不紧不慢地说：“你连专业课都没学几门，理论知识尚且在入门阶段，学妹你不觉得自己太自负了吗？”

穗杏蒙了。这跟她自负有什么关系？

汪育妃突然笑了下，清丽的脸上渐渐浮起说不清道不明的神色来，语气仍然很平和，缓缓地问道：“还是说，你是想和你沈司岚学长一起参加电子设计大赛，才这样勉强自己？”

穗杏不知道汪育妃为什么好端端地提起沈司岚。如果汪育妃不提，穗杏甚至没想到沈司岚也会参加电子设计大赛。就算沈司岚参加了，她和学长也不一定被分在一个组。

“学妹，这样没用的，”汪育妃语气怜爱地说，“你这样勉强自己做自己做不到的事，最后丢脸的只有你自己。听学姐的话，你别做这么掉价的事情。”

穗杏并不是傻子，学姐的敌意她也并不觉得意外。就像是她第一次见到学姐时那样，即使学姐冲她笑得亲切，穗杏还是很难对学姐生出好感来。女孩子在感情方面有种天然的直觉。穗杏佩服学姐，是因为看到过学姐明

明被拒绝却还是能扬着笑脸坚持追求自己喜欢的人。

很多人觉得女追男掉价，好像女孩子天生就该站在高处接受异性追求。男生为了追求喜欢的女生，能够厚着脸皮各种刷存在感，可换成女生追求男生，所有明目张胆的举动就成了厚脸皮和倒贴行为。又有多少女孩子能够在喜欢的人面前表现得落落大方，完完整整地说出“喜欢”两个字？

至少做不到这点的穗杏，没资格去鄙夷能够做到这点的汪育妃。汪育妃说了这么多，无非质疑穗杏的能力，觉得穗杏参赛的目的不纯。

“比赛是余老师让我参加的，”穗杏为自己解释，“而且余老师没跟我说学长也会参加。”

汪育妃别开眼，终于对穗杏的解释表示出不屑和轻蔑。

“学妹，别装傻了。我也是女生，可以理解你的。做人坦荡点儿，你想和谁组队就大大方方地说出来，欲拒还迎就没意思了。”

穗杏抿唇。她不喜欢这种明明解释了对方却仍执拗地相信自己的想法的感觉。学姐不相信她，自然听不进她的解释，只会按照自己的猜想去下结论。如果这时候汪育妃捂住耳朵说一句“我不听、我不听”，或许观感会更明显一些。

“穗杏，你还没走啊？汪育妃啊，你来办公室有事吗？”余老师突然从办公室里走出来，居然在走廊上看到了还没走的穗杏，而且还有刚过来的汪育妃。

“哦，我来是想找余老师商量电子设计大赛的事情。”

“那你去办公室里面等我，我先去上个厕所。”

汪育妃点头，余老师看上去有点儿急，快步穿过走廊往尽头的厕所走去。

刚刚的对话被打断，汪育妃深深地看了穗杏一眼，最后留下一句：“既然学妹要参加，那就好好加油，不要觉得自己是大一的学生就能理所应当地依赖别人。”

之后她走进了办公室。

余老师上完洗手间回来后，问汪育妃过来找他有什么事。汪育妃说完自己过来的目的后，余老师没答应，让她自己去找沈司岚商量。

她没再多问，知道组队这件事光让指导老师做决定也没用，她想和沈司岚一组，还是要亲自去跟沈司岚说才行。不过汪育妃对自己有信心，不是特别担心这个。

“余老师，我还想问问关于穗杏学妹的事。”

“怎么了？”

“她今年才大一，为什么就能参加比赛了？”

余老师说：“电子设计大赛又没有规定不允许大一的学生参加。”

汪育妃皱眉，质疑道：“可是她才大一，专业课只学了皮毛，去参加比赛也只是打酱油而已。”

“不要用你理所应当的想法去想别人，”余老师声音平静而威严，“这样会显得你自己很狭隘。如果穗杏没那个能力，我不可能让她参加的。”

汪育妃没再说话，虽然从余老师口中得到了答案，但还是对穗杏的个人能力充满了怀疑。

而此时穗杏觉得自己有点儿难。她和学长这一年来丝毫没进展就算了，现在还被情敌学姐给盯上了。

孟舒桐发来微信消息，问她下午要不要去逛街，穗杏拒绝了。发了会儿呆，她还是决定先去图书馆借点儿专业书回来看。

在寝室看书总是容易分心，穗杏干脆在图书馆找了个固定自习位。幸好这学期考研的学长、学姐们已经考完搬走了，她占位置不算难。于是穗杏夹在一群考雅思、考证书、考公务员的学长、学姐间开始自学专业知识。

图书馆的气氛很不错，人的学习热情其实很依赖环境，如果周围的人都在念书，那么自己也会不好意思偷懒。

穗杏借书的时候，本来以为自己肯定没那个耐心看完，因为原本只是在空余时间往图书馆跑，有时候室友们没事也会陪她一起来图书馆。图书馆有文娱区，里面有不少杂志和小说，孟舒桐最近发现了这片宝藏，借了不少言情小说来看。穗杏这样断断续续地学了一个多月，一本砖头厚的专业书竟然也看完了，还把每章节后面的练习题一并给做了。

一个人自习挺安静的，但就是有点儿孤独。穗杏的自习座位在窗边，有时候看书看累了她就看看窗外，一想起去年的这个时候她还是个高中生，就突然有种恍如隔世的感觉。

余老师听说她已经看完了书，便告诉她最近可以去实验室练习实操了。

穗杏学理论很快，但对实操没什么信心。说和做还是有很大差别的，就像以前大家上化学实验课，老师再三提醒学生小心操作，别把高锰酸钾沾衣服上了，可还是有很多人一堂实验课下来，衣服和手上都是紫红色的高锰酸钾。

“没事，我让人带你做实验，”余老师想了想，问她，“你想找谁来教你？”

穗杏有些蒙地说：“我还能自己选人啊？”

余老师笑着说：“找个你比较熟的人来带，还能省了让你们互相熟悉的时间。”

穗杏点了点头，这倒也是。

“那就……”穗杏犹豫片刻，试探着说，“沈司岚？”

“沈司岚不行。”余老师摇头。

穗杏一下垮了脸，不是说能让她自己选吗？她选了老师又说不行。那还不如一开始她就听从安排，干吗给她希望又让她失望？

对于穗杏心里的一大堆小九九，余老师对此一无所知，叹了口气说：“沈司岚属于那种自己可以学得特别好，但是没办法分享学习经验给别人的人，所以你还是选其他人比较好。”

沈司岚曾教过穗杏 Java，她觉得他挺会教的。一般自己学得好的人，表达能力不会太差，穗杏属于一点即通的聪明学生，不喜欢听长篇大论的教学，所以沈司岚那种简短精炼的教学风格正合她的意。于是穗杏小声说：“我觉得学长挺好的。”

“你还不相信老师的话了？”余老师突然挑眉，扬高了声音说，“上个学期我让他带过小组做实验项目，做的什么我不太记得了，但是他那个组的组员一直到项目结束，在我看来没有丝毫进步。”

“啊？是学长不会教吗？”

“他哪里是不会教？他就是不想教，根本没那个耐心。幸好沈司岚不是读师范专业的，不然肯定毕不了业，”

穗杏听了余老师的话，脑补出了一个傲慢又不合群的学长。学长这样，肯定没有人愿意跟他组队。她内心突然坚定了一个想法，那就是她要拯救学长。纵使学长脾气不好又跩，但她不会介意，因为她对学长有滤镜。在她看来，学长的缺点也是优点。

“余老师，我不介意的，”穗杏说，“而且电子设计大赛，我能和学长一个组吗？”

余老师愣了几秒，缓缓地说：“可以是可以，但是——”

“可以就行了，我现在就去找学长，让他教我。”穗杏冲余老师灿烂而又欢快地笑了下，余老师被她的笑容晃了下，后面的话怎么也说不出口了。

本来余老师想说已经有很多人找自己想要跟沈司岚一组参加比赛，汪育妃都来几回了，但为了尊重学生的个人想法，自己并没有强制替他们组队，所以沈司岚这组还真不差组员。

和沈司岚组队的人，能从开始做“咸鱼”到项目结束。沈司岚不想教，也懒得浪费时间去管其他人，别人问他自己的任务是什么，他直接说任务就是在旁边待着别吵他，然后继续搞自己的事。一个项目结束，组员什么都没学到，但是拿到了高分。这对个人能力的提升没有任何帮助，但是大家就是对沈司岚趋之若鹜。

余老师决定随缘好了。沈司岚爱选谁选谁，只要能拿奖回来为校争光就行。

小女生冲老师鞠躬道别，身影迅速消失。

小博美：“学长，你在哪儿啊？”

沈司岚还在上课，手机里突然收到来自穗杏的微信消息。上一条消息已经是她过年期间发的了，而且是群发的那种新年祝福消息。

老师在讲台上滔滔不绝地讲着课。坐在沈司岚旁边的张三和老祝在课桌下悄悄开黑玩游戏，不过考虑到教室里信号不太好，有掉线的风险，没敢打排位。小侯撑着下巴好像在听课，但到底有没有听进去只有他自己知道了。

沈司岚：“计算机学院教学楼。”

小博美：“学长在上课吗？那你先上课吧。”

沈司岚：“没上课，你说。”

小博美：“那学长能在门口等我吗？我现在过去找你。”

沈司岚：“你来。”

放下手机，沈司岚踢了踢张三的凳子。张三迅速将手机扔进桌子里，警惕地抬起头：“老师走过来了？”

“没有，”沈司岚说，“跟你商量件事。”

“那你直接说啊，突然踢我的凳子吓死我了，”张三拍了拍胸脯，一脸惊魂未定的样子，“商量啥啊？”

“待会儿下课老师要是点名，帮我答个到。”

现在的老师都特别精，讲台上这位就属于典型，刚打上课铃的时候点一次名，快下课了再点一次，妥妥的“点名魔鬼”。张三丈二和尚摸不着脑袋：“你不就坐在这里吗，干吗还让我替你答到啊？”

“我现在要走了。”沈司岚说。

张三反应过来，瞪大了眼：“你居然逃课？”

“嗯。”

“你家着火了？”张三又问。

沈司岚拧眉道：“你会说人话吗？”

张三不服气地说：“你要不是家里着火了干吗逃课？岚哥，你学坏了哦。”

“别跟我恶心，”沈司岚说，“待会儿帮我把书带回寝室。”他说完起身就要溜。

“岚哥，你这样逃不掉的。”张三好心提醒道，“你不知道你自己是焦点吗？”

沈司岚：“什么？”

下一秒，他知道张三的意思了。除了时不时偷偷往这边看的女生，老师也眼尖地发现了沈司岚的异动，突然问道：“沈司岚，你怎么了？”

然后很快所有的人都看向了沈司岚。

“……”沈司岚沉默几秒，面不改色地撒谎，“上厕所。”

“哦，那你去吧。”

旁边的张三一下就笑了出来。老祝低声警告：“张三，你不要因为是打匹配就划水好吗？”

过了两分钟，沈司岚也没回来。老祝终于觉得不对劲儿了，戳了戳张三的胳膊问：“岚哥真去厕所了？怎么这么久还没回来？”

“岚哥逃课了。”

老祝大惊失色：“是不是岚哥家里着火了？”

张三心想这人不愧是他张思睿的室友，解释道：“没有，就是孩子叛逆期到了。”

“……”

没过多久，张三觉得这个机智的回答不能只说给老祝听，不然浪费了他满身的幽默细胞，于是忍不住对小侯说：“我说你都不问问我岚哥怎么去了厕所这么久吗？看不出来你这么冷血。”

见小侯没反应，张三悄悄地对老祝说：“你看这孙子今天戴了副眼镜真把自己当学霸了，上课连小话都不说了。”

老祝觉得挺奇怪：“他什么时候去配的眼镜？”

两个人觉得不对劲儿，凑过脸去看，在看清情况后，张三忍不住骂了一声。这孙子居然买了那种镜片上画着眼睛的眼镜，从侧面看他的眼皮早就合上了，睡得超级香。张三无语两秒，推醒了小侯。

果不其然，小侯摘下眼镜，揉着眼睛迷迷糊糊地清醒过来：“岚哥呢？”

张三：“岚哥家里着火了，所以他逃课了。”

小侯顿时一脸担忧，真的信了：“啊？”

张三满意地点了点头，心想不愧是张思睿和他的室友们。不过可惜的是，沈司岚运气好，“点名狂魔”今天下课的时候居然破天荒地没点名，不然张三还想试试如果跟老师说沈司岚是因为家里着火才逃课的，老师会不会相信。

穗杏赶到他们院教学楼下时，沈司岚已经在大门口那儿等着了。果然腿长的人就是有优势。

穗杏突然停下脚步，徒劳地理了理刘海，刚刚跑得有点儿急，估计头发已经乱了。人就在大门口站着，这么十几米的距离，穗杏一步分作三步，越走越慢。

虽然用这个词来比喻有点儿不恰当，但穗杏除了近乡情怯，不知道该怎么形容自己此刻的心情。明明她很想见他，却又在这一刻来临的时候突然有了退缩的念头。微信里她倒是挺能说的，现实里一见面就㞞……怪不得网恋的人那么多，现实里见光死的一抓一大把。

沈司岚看到她了。可能是嫌她走得太慢，他抬腿迈下阶梯，朝她走了过来。

面前的人越来越清晰，穗杏都快记不得他们有多久没见面了。她僵在原地，眼睁睁地看着他走了过来。听到沈司岚开口叫她学妹，穗杏的心像一下子被攥住，难受得紧，她顿时感觉手脚僵硬，说话声音也很不自然：“学长。”

“有什么事说吧。”沈司岚说。

穗杏张了张嘴，心里头本来早就打好了腹稿，连语病都挑出来改好了，然后这一瞬间全都忘了。于是她看着他，像个傻子似的张着嘴，没出声。

沈司岚等了好半天没等到她开口，只能再次开口提醒：“学妹？”

穗杏低下头，手指缩在衣兜里纠结在一起：“要不我还是用微信跟你说吧。”

沈司岚没理解她的意思，反问道：“那你叫我出来是做什么？”

叫他出来？她想见他啊。穗杏怎么可能告诉他这点？本来找他出来就是借口，组队的事情又不是不能在微信里说出来，她只是觉得自己有理由能够见他了，所以才鼓起勇气在微信里说要约他出来见面。有的人就是语言上的巨人，行动上的矮子。穗杏就是这样的人，胆小又没出息。

“学长，”她泄气般说，“你想喝奶茶吗？我请你喝奶茶吧。”

可能喝两口甜甜的奶茶就有勇气说出口了吧，穗杏这么安慰自己。

沈司岚答应了。

两个人来到一家离教学楼最近的奶茶店，穗杏问沈司岚想喝什么。沈司岚随便点了一杯葡萄味的水果奶盖。他不常喝奶茶，对奶茶这东西也没瘾，但也不排斥。

坐在小圆桌前等奶茶做好时，沈司岚没催穗杏说话，安静地坐在她对面看手机。

奶茶好了后，两个人一前一后地走出奶茶店，在路上漫无目的地散着步。甜甜的液体入喉，穗杏这才鼓起勇气说：“学长，我想问你啊。”

“嗯。”沈司岚示意她继续说。

“你对组员的要求是什么呀？”

沈司岚抬眼看着她：“什么组员？”

“就是电子设计大赛的组员，”穗杏用吸管搅动着奶茶，“你对组员的要求应该很高吧？”

然后穗杏看沈司岚眉宇微展，嘴唇蓦地扬了扬。

“是挺高的。”他说。

穗杏咽了咽口水，问：“什么要求啊？”

“成绩不错。”

穗杏在心里说：我成绩很好，这点达标了。

“过了计算机二级和英语四级。”

穗杏又想：我都过了，又达标了。

“必修课均分 A 以上。”

穗杏想：这说的不就是我吗？

“上机课和大学物理实验课 85 分以上。”

穗杏得意扬扬地想：那我可就厉害啦，都是九十分以上。

她那句“你觉得我怎么样”都快跳出嗓子眼了，沈司岚又加了个条件。

“至少大二。”

穗杏自闭了，她大一。

她叹气，问：“大一的不行吗？”

沈司岚摇头，说：“大一理论知识还没学完，不适合参加这种实操性很强的比赛。”

他对所有人给出的理由都是一样的。

“那如果之前自学了还来得及吗？”

“再聪明的人也需要老师，”沈司岚说，“自学很容易走岔路。”

他的意思就是不行咯？她藏不住喜怒哀乐，脸上顿时阴云遍布：“我要回寝室了。”

沈司岚没拦着，只不过问道：“所以你要跟我说的事呢？”

穗杏：“已经没事了。”

“学妹，”沈司岚说，“我是逃课出来的。”

穗杏蒙了：“你不是说你没上课吗？”

“我以为你有急事，”沈司岚说，“现在你浪费了我的时间，还害我逃了一节课，这个损失你打算怎么补偿我？”

“对不起。”她本意真的不是打扰他上课。

沈司岚摇头：“对不起没用。”

“学长你大人有大量，别跟我计较。”

“不行。”

“那……那学长你想我怎么补偿你？”

“你先告诉我找我出来的理由，我再决定。”

穗杏犹豫好久，别别扭扭地说：“你刚刚是不是说，你不要大一的学生到你这组来？”

沈司岚点头：“我是说大一的不行。”

又听到这句话，穗杏想也不想地转身就走，胳膊却被人拉住。沈司岚带着笑意说："走什么？"

"你不要大一的，"穗杏恨恨地说，"可我就是大一的。"

"你是大一的怎么了？"他歪着头问。

穗杏心想我都说得这么明显了你还不明白？你是不是傻？被这么一激，她恨恨地说："我想进你这组，跟你一起参加比赛。"

他笑了下，说："我是不要大一的，除非这个大一的人叫穗杏。"

穗杏自认自己说话已经相当拐弯抹角了，殊不知人外有人，山外有山。简简单单的请求和答应，硬生生被两人耗了这么久。

"那我能进你这组吗？"她想再确认一下。

他又开始转移话题："你为什么想来我这组？"

穗杏小声说："想来就是想来，哪有为什么？"

"那你怎么不想去别的组？"

他调查户口吗，问这么多？穗杏说："不想就是不想。"

沈司岚闲闲地说："理由呢？"

"随便，"穗杏不想再被他质问了，"你觉得是什么理由就是什么理由。"

沈司岚点了点头，突然将手里的奶茶立在她头上，弯下腰掐了掐她的脸，轻飘飘地问："是不是因为别的组没我？"

穗杏被这句话和他掐脸的动作打了个措手不及，思绪七零八落的，就差没当场羞愧而死。

她咬牙，不甘示弱地反问："那学长为什么要对我假公济私？你明明不愿意和大一的学生组队，为什么我这个大一的就可以？"

她反将了他一军。应该是没料到她会问这个，沈司岚怔了下。

穗杏出了一口恶气，看他怎么回答。但很快，他笑了笑说："对你假公济私都多少回了，你现在才问？"

有的时候两个人明明不用那么尴尬的，其实可以好好相处，只要他别说这种话就行。

"虽然学长你是假公济私，"穗杏说，"但是我会争取不拖后腿的。"

沈司岚淡淡地说了声好。

"那我回寝室了。"穗杏低声说。

这次沈司岚没再叫住她，而是任由她像逃难般跑开。他在原地站了一会儿，直到下课铃声响起，才收回心思，转身离开。

他回寝室坐了几分钟，张三他们几个回来了。

“岚哥，你运气是真的好，”还没坐下张三就絮絮叨叨地说，“今天下课老师居然没点名，你说他是不是知道你逃课了所以故意没点你的名啊？岚哥？”

沈司岚没说话，垂着眼不知道在想什么。

“岚哥你咋了？”张三灵性地凑过去，搭上沈司岚的肩，“有心事啊？”

沈司岚甩开他的胳膊，语气不耐烦地说：“别烦我。”

“是不是因为逃课了所以良心不安？看开点儿，多逃几节课你就淡定了，你这是第一次逃还过不了心里那关而已。”张三悠悠地说道。

沈司岚低啧一声，示意他闭嘴：“跟逃课没关系。”

“那跟什么有关系？你跟兄弟说，除了学习上的事兄弟我万事通，包你醍醐灌顶，什么烦恼都没了。”张三拍着胸脯自信地吹嘘道。

小侯冷笑，毫不犹豫地拆台道：“张思睿，你天天吹牛嘴都不累吗？”

“我哪儿吹牛了？”张三瞪眼，“我张思睿上知柴米油盐，下知吃喝拉撒，你们就说学校附近哪家餐厅搞促销不是我通知你们的？还有外卖打折券，也是我分享给你们的吧？跟着我吃饭你们省了多少餐费心里没数吗？”

小侯听不下去了，捂着耳朵装死。

张三觉得自己这轮辩论打赢了，得意地叉腰仰头大笑了两声，然后小腿被踢了下。

“岚哥你干吗？”

沈司岚面无表情地说：“除了学习什么都懂？”

“对啊。”

“感情的事懂吗？”

“感情？爱情、亲情、友情啊？”

沈司岚抿唇，皱着眉没说话。

“岚哥，你有感情上的烦恼啊？”老祝问。

“岚哥不是一直有吗？”小侯轻描淡写地说，“汪育妃啊，我听说汪育妃为了电子设计大赛跟他在一组，找余老师好几回了。”

“哦，”张三摸着下巴点头，“岚哥，你要实在烦，干脆答应人家算了，女孩子顶着压力追你这么久实在不容易，大不了你出卖一下色相替她圆个梦，反正汪育妃长得也不错，你又不吃亏。”

老祝最先骂出声：“你这说的是人话吗？岚哥要是这么容易就能被追到手，对得起他‘高岭之花’的外号吗？”

“高岭之花就不是花了？高处不胜寒听过没？有花堪折直须折听过没？是花就迟早会被摘走，难道岚哥还真要在那冷飕飕的山顶上过一辈子啊？”张三在诡辩这方面称得上是国学级别的了。

小侯和老祝都不说话了。张三继续说：“咱汪班长一看就是那种只被男生追过的人，所以碰上岚哥这块踢不动的铁板，追不上就非要追上证明自己的魅力不可。岚哥越是拒绝，汪育妃对他就越是执着。但是反向思维想一想，要是岚哥答应了她，说不定过个几天，汪育妃一看咱们岚哥除了长得帅以外，既不会疼女朋友又不会玩浪漫，就放弃了，岚哥从此也就轻松了。”

小侯和老祝被潜意识洗脑，竟然开始觉得张三说得还真有点儿道理。

张三一看洗脑成功，立马期待地看着沈司岚。沈司岚黑着张脸，怒道：“滚。”

张三耸肩，叹了口气说：“招儿我给你想了，是岚哥你自己不愿意牺牲色相的啊，不怪我。”

“我说跟汪育妃有关了？”沈司岚不耐烦地反问。

“跟汪育妃没关系，那跟谁有关系啊？”

沈司岚别过头，沉声赶人：“没跟谁有关系，行了，别吵我。”

“我还以为我这满身的恋爱经验总算有地方施展了呢。”张三失落地翻了两下白眼。

小侯惊讶地问：“你不是母胎单身吗？”

张三脸色微变，脸上浮起一丝被戳穿了后恼羞成怒的神色：“网恋不行吗？”

“你之前在 QQ 上撩的那个女主播不就是咱楼下那哥们儿吗？跟网骗谈恋爱那也叫网恋啊？”小侯继续戳穿他的谎言。

张三咬牙：“你能不能别提那货了？我说的是另一段。”

老祝也开始帮忙回忆：“你在剑网三（大型网游）找的那个情缘吗？”

小侯：“他不是早不玩这个游戏了吗？”

“不玩什么啊，游戏每次一出新外观他还不是立马又给下回来。这孙子天天在洛阳蹲情缘，后来真被他给蹲到个天策。他看那人的介绍栏里写着‘35 岁，离异带娃’，就觉得这肯定是个女装男的萌妹子，因为只有萌妹子才会怕被别人骚扰写这种赶客的话，然后就铆足了劲儿去追人家——”

“然后呢？”

张三表情悲痛，捂着头说：“然后那人介绍栏里真的没骗人，35 岁，带娃，而且是个男人。”

小侯：“再然后呢？”

老祝幸灾乐祸地说：“然后那男的被他给打动了，还说要来学校找他，张三吓得这回是真的彻底不玩了。”

小侯：“……”

张三叹气，但还是乐观地说：“这其实也侧面证明了我还是有魅力的，只是散发魅力的方向把握得不太对，用我的经验来给你们做情感指导绰绰有余了。”

小侯：“滚。”

老祝：“滚。”

张三只能把最后的希望放在沈司岚身上。沈司岚连个眼神都没给他。

张三赌气地说：“大家都是同学，谁比谁高贵？有本事你们去问杭嘉澍，哦，他好像也是处男。”然后他崩溃地大喊，“为什么我身边的人都是处男？来个有恋爱经验的人教教我怎么追女孩儿很难吗？”

小侯突然问：“36D 是处男吗？”

老祝相当肯定地道：“他不是对得起他的 ID 吗？”

“那也不一定，”张三说，“万一有妹子正好瞎了呢？”

张三真的在群里 @36D 了。

张 three：“@ 老子胸肌 36D，36D 兄在否？”

老子胸肌 36D：“在的。”

张 three：“有女朋友没？”

老子胸肌 36D：“呃，没有。”

老祝一拍大腿道：“你看吧，我就说他没有！”

小侯开始考虑另一种可能性：“万一他喜欢男的呢？”

张 three：“那你有男朋友吗？”

老子胸肌 36D：“呃，也没有。”

张三心理平衡了，你处我处大家处，处男是这个浮躁的社会下为数不多的宝藏。

老子胸肌 36D：“干吗突然问这个啊？”

张 three：“哦，就是想问问你了不了解女孩子，没别的事。”

老子胸肌 36D：“我了解女孩子呀，你想问什么？”

张三举着手机，一脸不可思议地看着他的几个室友：“你们说 36D 这是在装还是在装啊？”

小侯皱眉：“亏我之前还以为 36D 挺实诚的，没想到……”

张 three：“36D 兄，我说的女孩子不是纸片人，你不要误会了。”

老子胸肌 36D：“我知道啊。”

张 three：“兄弟之间就别装了，诚实点儿不好吗？”

老子胸肌 36D：“我没装，我真的很了解，而且我每天晚上还跟我的女性朋友一起睡觉。”

张三：“我去！”

本来没参与话题的沈司岚听到这声惊呼，终于掏出手机想看看他们几个到底在群里聊什么。

祝英台的祝：“跟女性朋友睡觉是什么感觉啊？”

老子胸肌 36D：“有点儿挤。”

张三：“我去！”

猴头猴脑猴爪子：“还有呢？”

老子胸肌 36D：“她抱着我有点儿热。”

张三：“我去！”

祝英台的祝：“有点儿热，然后呢？”

老子胸肌 36D：“脱了衣服睡啊。”

张三：“我去！”

话题开始朝着不可预知的方向发展，几个人肉眼可见地兴奋起来了。

他们终于意识到自己的目光有多短浅。其实这也不能怪“36D”太热情，在这个都是男人的群里混了半年多，每次他们聊的话题都不是很戳她的点，今天终于聊女孩子了，她作为群里唯一的女性，自然有义务加入，并且解答他们的疑问。

她想回答，又不能暴露真实性别，所以群里的对话看起来奇奇怪怪的。关键是谁也没觉得奇怪。

张 three：“哥们儿，你每天跟你的女性朋友睡一块儿就不会把持不住吗？”

老子胸肌 36D：“为什么把持不住？”

几个人再次被 36D 兄的话语震惊到。他们之前都太小看 36D 了，这种既有妹子陪睡又能洁身自好把持住下半身的男人，才是他们鞭长莫及的“老司机”。

张 three：“女孩子身上不是都很香吗，睡一个被窝闻着她身上的香味你居然受得了？”

小侯的耳根有点儿红：“张三，你老实交代，你看过多少片？连香味都知道？”

张三相当无辜地道：“我以为女孩子身上有香味这是常识。”

他又去看老祝和沈司岚。

沈司岚闭眼，喉结微不可察地动了动，嗓音暗哑地道：“闭嘴。”

寝室里的穗杏迷惑了。所谓香味不就是洗衣液的味道吗？要不就是洗发水味？

这有什么特殊的？她将目光放在总是跟她睡一个被窝的孟老师身上。

孟舒桐正站在全身镜前整理衣服，后背感受到来自穗杏的视线，转头问她：“我穿这条裙子好看吗？”

穗杏看了眼孟舒桐身上那条黑色小裙子，后头居然开了条衩。还没到夏天，她穿这个会冷吧？所以穗杏好心地提醒她道：“好看，但是你穿这个出门容易感冒。”

“我会在外面加一件外套的，等到了室内再脱下来。”孟舒桐说。

穗杏犹豫，觉得这条裙子似乎也不怎么适合在室内穿，无论是教室还是图书馆。

“孟老师，你穿这么妖艳，要去哪儿玩啊？”还是王可慈猜到孟舒桐穿这身应该不可能是去上课，而且还用了个很精确的词来形容孟舒桐的打扮。

“社团联谊，去清吧。”孟舒桐说。

穗杏愣了：“联谊？你不喜欢裴老师了吗？”

孟舒桐漫不经心地解释：“只是去凑数而已，我是我们社团的社花啊，不过去撑场子说得过去吗？我有分寸的。”

王可慈却说："其实如果有顺眼的人相处看看也不错，我还是不太赞同你喜欢裴老师。"

孟舒桐哭笑不得："说得好像你赞同我就真能跟裴老师在一块儿似的。"

这话听着可怜又心酸，不过孟舒桐早就习惯了。决定好要穿身上这条裙子，孟舒桐边用卷发棒做发型边问穗杏："穗穗，你刚刚一直盯着我是不是有话想问我？"

"哦，我想问什么来着？"被打断的穗杏想了想，说，"如果你是男人的话，会因为闻到了异性身上的香味就把持不住吗？"

"不止是男人，女人一样会把持不住的。"孟舒桐说。

"就因为香味？"

"对啊，"孟舒桐指了指穗杏，"就比如你身上的味道。"

穗杏说："那是洗衣液的味道。"

"不是，你身上有股味道，我晚上跟你睡一起闻得到，"孟舒桐走到她面前，突然搂住穗杏的脖子在她脖子上狠狠地闻了闻，"甜的。"

穗杏被她的呼吸弄得脖子痒，赶紧缩了缩身体用手捂住脖子。另外两个室友已经见惯不惯，这不是孟舒桐第一次调戏穗杏。

"所以你把持不住了吗？"穗杏小声问。

孟舒桐笑道："我是女的，有什么把持不住的？"

"孟老师你真的——"万亿一脸嫌弃。

孟舒桐一脸无辜："大家都是女的，这怎么了？"然后她对穗杏挑了挑眉，"你问我这个，是不是和学长有什么进展啊？"

穗杏赶紧摇头。

"那你问我这个干吗？我还以为你想补课呢，"孟舒桐说，"不过我觉得学长那种人应该不会这么轻易就被香味勾引到吧？"

后来孟舒桐出门，穗杏还在想对方刚刚对自己做的那个动作。她趴在桌上唉声叹气，闭上眼时脑子里的幻想也没停下来过，这样的幻想并不是一两天了。起初她想的事情还比较正常，随着懂的东西越来越多，再加上每次都会因为那个人的几句话就心潮澎湃，现在甚至会激动得大半夜还回忆白天的对话和接触情形。

穗杏难过地想：我的思想不干净了。最近他们还是不要见面比较好，不然她下次再幻想的场景不知道会是什么了。

她刚决定不要见面，手机上马上又来了消息。不是群里的，估计张三学长他们想问的问题都问完了，群里现在很安静。

学长："明天来趟实验室。"

穗杏："啊？"

第二天是周末，穗杏起了个大早准备去实验室。除了孟老师不在寝室外，王可慈和万亿今天有社团活动，也起得挺早。

社团联谊没那么容易散场，通宵唱歌也是常事，女寝每天早上六点钟开门，玩通宵后回来的人一般是大清早才赶回寝室补觉，室友们帮忙留个门就行。孟老师是她们寝室外部活动最多的人，穗杏几个早已习以为常。

"孟老师还没回来吗？"

室友们看了眼时间，都快八点了，KTV 凌晨晚场到这时候早已经结束。她们看寝室群，也没收到孟老师的消息，所以不存在她们几个睡过去了没收到消息的情况。孟老师虽然爱玩，但有分寸，除了通宵唱歌，很少在外留宿，就算临时离校也一定会在寝室群里通知室友。

穗杏说："我打个电话给孟老师吧。"

"打吧，"王可慈说，"问问她在哪儿，是不是昨晚酒喝多了在哪儿歇着还没醒过来。"

电话打通等了十几秒，有人接通了。接通的一瞬间，三个女生不约而同地舒了口气。

"孟老师，你在哪里啊？我和糍粑她们今天上午都有事要出门，你身上带钥匙了吗？没带的话我们留一份放在隔壁寝室。"

"她还在睡觉。"穗杏开的是免提，一时间三个人都清清楚楚地听见了这是个男人的声音。

三个人面面相觑，从彼此惊诧的眼神中得知这不是幻觉。穗杏隐约觉得这个声音有点儿熟悉。她上个学期陪孟老师去法学院蹭过几节课，因此对这个声音很有印象。半晌后，穗杏很不确定地问："是裴老师吗？"

"是我。"穗杏瞪大眼，而王可慈和万亿默契地同时用唇语惊呼了一声。

一下子三个人都不知道该说什么、该问什么。裴老师在电话那头徐徐地说："等她醒了我问问她有没有带寝室钥匙在身上，但你们还是留一份放在隔壁寝室吧，我会送她回学校的。”

“哦，好的、好的，谢谢裴老师，麻烦裴老师了，裴老师再见。”穗杏慌忙接话。

挂掉电话后，寝室里的人沉默了半分钟，接着是一阵铺天盖地的惊叹声：“孟老师牛啊！”

穗杏丈二和尚摸不着头脑，明明孟老师昨晚是去社团联谊的，怎么好端端地会和裴老师在一起？而且她听裴老师的语气，他和孟老师昨晚一整晚到现在一直在一起。如果他们一整晚都在一起，还是孤男寡女，那就代表——

穗杏很难不往那方面想，而从王可慈和万亿那激动又复杂的神色来看，她们很显然已经往那方面想了。

“等孟老师回来一定要好好拷问她，”万亿说，“咱去买根绳子来，她要是敢逃就把她绑在凳子上拷问！”她眼里的八卦之火已经燎原，大有野火烧不尽的架势。

王可慈点头：“同意。”

穗杏还倔强地保持着最后一丝单纯，讷讷地说：“有没有可能裴老师只是收留了孟老师一晚，他们并没有发生什么事呢？”

万亿不紧不慢地跟穗杏分析道：“穗穗啊，你就别活在象牙塔里了。两个都正常的成年人，长相又都不错，一晚上的时间，孤男寡女，天时地利人和，就算裴老师为人师表干不出那种事，那孟老师呢？她觊觎裴老师又不是一天两天了，没那啥估计也占了不少便宜。”

王可慈点头赞同这个说法，又替穗穗解释：“穗穗不懂这个很正常。”

穗杏想说她懂，只是有点儿接受不了两个人的发展如此神速。在她看来，这种事应该是循序渐进的，而不是噌的一下上了车才补票。可能她的思想还是过于保守了。

既然是和裴老师在一起，那她也就没有替孟老师担忧的必要了，洗漱完毕后留了份钥匙在隔壁寝室里，接着和室友们一起出门去忙自己的事情。

忙是在忙自己的事，可穗杏还是不可避免地分心了。

“你在听吗？”

穗杏啊了声，回过神，赶紧点头：“在听啊。”

沈司岚看她两眼，指着单片机上嵌着的芯片的其中一个引脚问：“这个引脚是干什么用的？”

他居然还搞随机堂测，穗杏心头一跳：“Vcc（模拟信号电源），插电源线的。”

“这几个呢？”

“8 位并行 IO（输入与输出）接口。”

沈司岚拧眉，一时半会儿也不确定她刚刚到底有没有分心。

穗杏虽然不怎么专心，但胜在天赋高，记东西也快。沈司岚刚刚给她介绍时，她三心二意，但还是听进去了他教的那些东西。她冲沈司岚干笑了两声。

沈司岚继续教。因为刚刚被发现走神，穗杏这次收敛心神，听得相当认真。之后他让她上手时，她除了操作还不太熟悉，动作有点儿慢，基本没出错，沈司岚跟她讲的东西她都记住了，让她注意的地方她也都注意了。

小女生低头安安静静地摆弄着线路，沈司坐在她身边，看着她粉嫩的指尖绕过颜色长短不一的电线，又认真地将线路整理好，按照沈司岚在仿真软件上画出来的模拟电路图认真搭建实体电路。

她学得相当快。平常人需要好几节课才能熟悉的操作，她半个小时就完全掌握了。

“设计大赛比较推崇使用 32 单片机，但我建议你还是先从 51 单片机学起，专业的单片机课程也是用的 51 单片机，会比直接学 32 单片机要好。我到时候把课表发给你，你没课的时候可以去蹭课听。”

学习一门专业课程普通人大约需要一年的时间，但是穗杏完全可以游刃有余地缩短这个周期。学东西就和基建一样，基础永远是关键，流利的英文始于二十六个字母，多形的汉字源于竖钩横撇，就连数学也是从最简单的数字开始，沈司岚从来不认为天资聪颖的人就能忽略基础的学习，没有稳固的基础知识，任何人在学术上都是走钢索。

他自己也在这方面吃过亏，自大傲慢惯了，学起东西来很快，但也很容易出错。穗杏和他不同，比他谦逊听话得多，明白他说的是为自己好时，也不会觉得学习基础知识是在浪费她的时间和天赋，乖乖照他说的做了。

“嗯，我听你的。”

会吸纳接受别人的意见，也会坦然承认自己的不足，思维活跃却又不骄矜自大，乖巧听话却又不一味盲从，这样的人从哪方面来看都相当可遇不可求。他和这样的人共事或是相处，是一件很舒服的事。人生中从来没有出现过“自省”二字的沈司岚愣怔许久。

“学长？”

现在又换成沈司岚神游，不知道在想什么了。

“嗯，你继续。”

穗杏点了点头，继续研究学长帮她画的仿真图。周末空旷的实验室里，只有鼠标点击和她鼓捣实验器材的声音。搭建好电路后，穗杏问沈司岚怎么样。

“挺好。”他说。

穗杏松了口气：“那接下来我们做什么？”

沈司岚愣了下，摇头：“没有了。”

穗杏茫然地看了眼墙上的时钟：“还不到两个小时啊。”

“你学得太快，”沈司岚说，“把我打算用一个上午来教你的东西都学完了。”

穗杏：“那……我现在可以走了？”

“可以。”

本来她以为会待到中午，还能一起去食堂吃饭什么的。穗杏懊恼地想，自己应该再学慢一点儿的，刚刚太急于在沈司岚面前表现自己，太显摆了。

双手的小动作不停，她一会儿拍拍大腿，一会儿又玩衣服上的拉链，无用地来回提上又拉下，最后她站起身，说：“那我先回寝室了。”

“你等会儿。”沈司岚叫住了她。

穗杏：“嗯！”她站在他面前，也不问他叫她等会儿干吗，反正就像个木头人似的站着。

沈司岚坐在凳子上，伸手搭上她的手腕，将离他好几步的穗杏拉了过来。穗杏站在他的腿间，盯着他的头顶。刚刚穗杏玩拉链，还没来得及拉上，这会儿外套正敞着。沈司岚捏着链头帮她把外套重新拉好：“拉链拉好，外面冷。”

“哦。”她傻不拉几地点了点头，沈司岚拍拍她的胳膊示意好了时，她垂在两侧的手紧紧地攥着裤子。刚刚他替她拉上拉链的动作，像是燃烧完的导火索，砰的一声点燃了她这个炸药桶。

她莫名其妙地受到了鼓励。什么冲锋的号角，什么胜利的凯歌，什么暧昧的信号，她不知道说出这些话的人是怎么憋住的，这种抓心挠肝的感觉除了让人更加心火旺盛，到底有什么好？

这样似有似无的触碰实在折磨人。她想再靠近他一点儿，不想仅仅满足于这种程度的接触。

呼之欲出的东西卡在喉咙里，似乎就差那么一点点。

“学妹，”沈司岚低声说，“小心碰到。”

穗杏清醒过来，迅速后退几步。沈司岚慢慢合拢腿，垂着头，指尖抚上额头抓挠了两下，舌尖在口腔中抵着腮帮转了几圈。她整个人突然升温，呆了半天，也只是口齿不清地吐出一连串笨拙而又重复的“对不起”三个字。

沈司岚叹气，啧了声，摸着后脖子一言未发。

只是这么委婉就已经尴尬到接近死亡，还好两个人都斯文，谁也没再往深处说。这个时候并不适合逃跑，她若跑了，就意味着下次两人见面会更尴尬。穗杏闭着眼想，要是来个人就好了。

可能是心诚则灵，老天爷也不忍心她落到如此境地。实验室的门没锁，虚掩着，大白天又在实验室里，锁门反而显得此地无银三百两，好像在做见不得人的事似的。这个时候不管来的是谁，穗杏都觉得高兴。

可不巧，来的是敌人。也多亏来的是汪育妃，她直接忽略了实验室里蔓延着的古怪气氛。换其他人也许能看出不对劲儿来，可她的视线只是简单地在两人身上扫了一遍，随即很快选择了视若无睹。

“沈司岚，我们能谈谈吗？”

沈司岚淡淡地道：“你说。”

汪育妃咬字清晰地说：“我们单独谈谈。”

穗杏巴不得赶紧离开，连忙主动说：“那我先回寝室了。”

“你在这里，”沈司岚起身，用下巴指了指门口，对汪育妃说：“我们出去说。”

汪育妃抿唇：“好。”

两人出去谈话，留穗杏一个人待在实验室里。她思索了几秒，想着要不要去偷听，但一想起刚刚的状况，如果偷听被抓到就真的丢脸到极致了，所以还是选择老老实实地待在实验室里头。

走廊上，沈司岚靠着墙：“什么事？”

汪育妃犹豫了几秒，最后还是直接问了：“我听余老师说，比赛的组员你选了学妹？”

沈司岚：“嗯。”

“我知道这句话说出来可能会让你不高兴，但为了学妹我不能不说。”

“你说。”

汪育妃低下头，语气柔和，咬着唇说得极为委婉：“比赛不是平时我们上实验课，随便测几个数值写成实验报告交上去给老师打分就行了，但凡组里有实力不行的人，就会拖垮整个组，你应该知道这个后果吧？”

“你拐弯抹角地想说什么？”

汪育妃叹了口气，皱着眉说：“我只是担心你一时冲动因为私心选了学妹，反而会让学妹有压力，甚至会打击到她的自信心，这对学妹来说不是好事。”

沈司岚蓦地笑了下：“你倒是挺关心学妹的。”

“我知道你对组员的要求高，从来没想过求你让我进组，知道我不能因为自己的私心拖垮你。”汪育妃说，“我承认，我想跟你一组确实是因为自己有私心，但不会因此就不顾大局强行跟你一组。难道你就不能放下私心，公平公正地选组员吗？为什么你要给学妹压力，给你自己压力？”

沈司岚低啧了一声：“别拿我跟你相提并论。”

汪育妃下颌紧绷，面色倏地发白，明明咬牙切齿，却又忍不住从喉间吐出满腹的委屈和不甘：“你偏心学妹，难道这对其他人来说就公平吗？”

沈司岚垂眼看着她，眼里没什么温度，毫不避讳地说：“我要是真偏心的话，你觉得你还能站在这里跟我玩两面三刀的把戏吗？”

沈司岚说话一直就是这样，汪育妃早就习惯了。可她还是在被揭穿的这一刻感到伤心。

“就算你不想和我组队，”汪育妃苦笑了两声，声音依旧柔软，却隐约已有些哽咽，“也没必要拿学妹来当靶子挡我吧？”

沈司岚语气似有些不耐烦：“你想多了。”

“所以甚至和我无关吗？”她艰难地问出了这句话。

“嗯，”沈司岚问她，“说完了没有？”

没有收到答复，沈司岚默认她已经把话说完，抬腿欲离开。

“周末特意到实验室来教学妹，少相处和我说话的这么几分钟，学妹不会介意的。”

沈司岚愣怔片刻，回头看向她。

汪育妃突然笑起来：“我喜欢你这么久，对你的行为模式早就掌握得七七八八了。你宁愿自己加班加点地做项目，也不会愿意浪费时间去教不想教的人。你可能不记得了，大一的时候我借口问高数题找你说话。太简单的题你让我自己看答案反推，太难的你说考试不会考到，让我不用太纠结。其实我根本不是想请教问题，只是想听你在我耳边讲话。可是如果我不用这个借口，你甚至不会看我一眼。”

沈司岚别开眼。拒绝的话他已经说过很多次。他不喜欢说重复的话，如果她真的明白，早就该放弃。

“你之前问我做的这些事有没有意义，我没法跟你解释，因为高高在上的人只用享受被爱慕的感觉，而不需要理解爱慕者的想法。但是现在我应该也不需要向你解释了吧？没有意义，可我就是不由自主地去做了，也觉得丢脸，可还是厚着脸皮凑上来了。”

沈司岚拧眉，惯常说的“你这样做不值得”，到现在好像也没什么立场再说。他不说话，汪育妃也能从他不悦的表情中看出他的态度。毫无反转，也没有任何惊喜，无论是从哪方面来看，她被拒绝得好彻底。

“希望你也能体会到我的这种感受，”汪育妃玩笑着说，“这样你可能就知道心疼我了。”

汪育妃说完这句话，也没其他话要说了。短时间内，她大概不会再来找沈司岚了。至于穗杏，她能避就避吧。

可她是真的运气不好，原本找了个自习室待到午休快结束才回寝室，结果刚好撞上了也是这时候回寝室的穗杏。穗杏看见她也明显有些尴尬，可还是硬着头皮叫了汪育妃一声学姐。

“恭喜，”汪育妃语气平静地道，“比赛加油吧，别给你学长拖后腿。”

穗杏觉得学姐的恭喜不是很真诚，但也没指望学姐能多真诚，所以并不介意学姐的态度，也平静地回了句“我明白”。

汪育妃看着学妹的脸，突然觉得胃有点儿疼。她捂着胃，懒得再和学妹虚情假意地交手，直接绕过穗杏想赶紧回寝室床上躺着休息。

“学姐，”穗杏叫住她，“你住哪个寝室啊？”

汪育妃："怎么？"

"没怎么，如果学姐不愿意告诉我就算了。"

这有什么愿不愿意的，难道她还会怕一个小不点儿拿着刀过来找她寻仇？汪育妃报出了自己的寝室号，不知道穗杏想干什么，也没兴趣。

回到寝室后，汪育妃发现室友们都不在。也是，今天周末，谁会愿意待在寝室里度过周末？

她趴在桌上，拿出手机想点外卖吃，却发现外卖软件上的那些食物图片看着诱人，却丝毫没有食欲将其买回来。

心情真的很能影响一个人的食欲，汪育妃脱掉鞋爬上床，打算直接睡上一下午，等晚上饿醒了再点外卖吃。因为胃不舒服，躺在床上也很难入睡，汪育妃约莫在床上硬躺了十分钟，还是没什么睡意。

敲门声响起，汪育妃以为是室友，直接说："门没锁。"

门被小心翼翼地打开，汪育妃听到了一个弱弱的声音："学姐？"

她瞬间睁开眼，坐起身往下看，竟然真的是穗杏站在她的寝室门口。

"学妹，你来干什么？"

"你中午是不是没吃饭啊？"穗杏问。

"你怎么知道？"

"我猜的，我哥哥也是你这样，中午不吃饭就会胃痛。"

穗杏将手上的东西放在汪育妃的桌上，说："这是我室友自己在寝室开小灶煮的玉米排骨汤。她煮汤很好喝，给我留了一点儿。还有这个胃药是我哥哥的，因为他总是忘记带胃药吃，所以我也备了点儿在自己身上。我不懂这个，学姐你看你能不能吃，不能吃就算了。"

"学妹，"汪育妃扯着唇突然笑了，"咱俩可是情敌啊。"

穗杏抿唇。她就知道女生的心思都很敏感，尤其是当她们同时喜欢上一个人的时候。于是她也没必要否认了。

"情敌只是说，在喜欢学长这方面我们是敌人，又不代表在其他方面我们也是敌人。而且我觉得，没必要因为一个男人就反目成仇，我们又不是在演电视剧……"

"那你也没必要特意送汤送药过来吧？还是说你对每个人都这么好？"

穗杏想了想，认真地说："顺便关心一下啊，反正我也不会损失什么。"

在不影响自己的生活的前提下，穗杏觉得这样的关心无可厚非。就像她小时候会扶老奶奶过马路，看到乞讨的人会给钱。很多人告诉她这样不值得，因为老人可能是碰瓷的，乞丐可能是职业乞讨的，她帮了别人，最后吃亏的是自己，而且还会被人骂。

穗杏没有想那么多，只是单纯觉得能帮一帮那就帮一帮。她在力所能及的范围内帮得到忙最好，帮不到忙，也问心无愧。什么以牙还牙，什么睚眦必报，在影视剧中似乎才是正确的，爱也痴狂恨也痴狂的女配才是大家推崇的人格目标，而善良单纯的女主角似乎成了众矢之的，被编剧放大的善良成了伪善，对所有事物永远抱着乐观的态度成了装清高。

可在真正的生活中，谁都不喜欢满肚子爱恨情仇的复杂人设，单纯和善良的人会让人觉得如沐春风，他们温暖而不虚假的举动，才是这平凡的人生中真正的闪光点所在。这样的人才不“傻白甜”（网络用语，指没有心机的人），相反，她一点儿也不傻，只是甜。

汪育妃爬下床，坐在桌子前喝了一口穗杏带过来的汤。她还看了眼穗杏带过来的胃药，没收：“我自己有。”

“哦好。”穗杏本来也是随便带过来的，既然学姐用不上，那她还是收好给哥哥当备用药好了。

学妹的室友手艺是真的不错，汤很甜，排骨也炖得很烂，骨髓都能吸出鲜美的汁水来。

“如果有不懂的地方，除了沈司岚，你也可以来问我。”汪育妃说。

她们本来也没有大仇。汪育妃也从来没想过要对穗杏怎么样。她们是有矛盾，但她不会蠢到因为这点儿矛盾就莫名地恨上这个学妹。相反，其实第一次在杭学长的工作室里见到穗杏的时候，汪育妃很喜欢她。

穗杏长得很讨喜，圆圆亮亮的小鹿眼，漂亮稚嫩的脸蛋，那时候汪育妃还不了解她，仅凭着她的外貌确定，这应该是个很可爱的女孩子。而事实也的确如此，穗杏的性格就跟她的外表一样，很难让人不喜欢。

穗杏笑了起来：“谢谢学姐。”

汪育妃被沈司岚伤到了心，结果到头来治愈她的却是情敌。如果这也是学妹的计谋，汪育妃不得不说这招挺老土的，但是真的很厉害。反向操作，最为致命。

穗杏给汪育妃送完汤，听汪育妃说碗洗了以后再还她，没拒绝。本来她也没打算还帮学姐洗碗。就算学姐不提，这汤只要学姐喝了一口，穗杏也会把碗留在那里，让学姐洗干净了以后再还给她。

她刚回到寝室，正收拾厨具的王可慈问她："我做的汤怎么样？"

"学姐说好喝。"穗杏比了个大拇指。

王可慈满意地点了点头。

万亿意犹未尽地说："糍粑，你什么时候再搞一次啊？"

"看情况吧，本来是想煮点儿汤给孟老师补身体来着，谁知道她到现在还没回来。"

万亿失落地哦了声，随即看了眼手机，说："我还以为孟老师上午就能回来。现在午休时间都过了，她怎么也该醒了吧？"

"可能是醒了但是她不舍得回来？"王可慈猜测道。

万亿点头："嗯，很有可能。"

穗杏没参与话题，忙着打开电脑做学长今天给她留的课后作业。

可是说曹操曹操到，正当王可慈和万亿兴致勃勃地猜测着孟老师这时候在干吗时，孟老师回来了。孟舒桐还是穿着昨天的那条裙子，长发散开披在肩上，脸上的妆全都没了，素面朝天，比起昨天的意气风发，这会儿显得有点儿颓靡。

三个女生迅速交换了一下眼神，将孟舒桐摁在椅子上，逼她把从昨晚到今天发生的事原原本本地说出来。

"没有，"孟舒桐面无表情地道，"我知道你们想问什么，没有。"

王可慈明显不相信，问："你昨天晚上睡在哪儿的？"

"裴老师家。"

"这还没有？你骗谁呢？孤男寡女共处一室，有屋顶有床，天时地利人和啊。"

"没有就是没有。"

孟舒桐再次重复了一遍刚刚的话，整个人瘫在椅子上，浑身没劲儿，像条没骨头的泥鳅似的往下滑，最后勉强将手臂搭在椅背上才稳住没有屁股着地，长长地叹了口气。

"没有啊，什么都没有。"她脸上是肉眼可见的失落情绪。

穗杏问："所以你只是单纯在裴老师家睡了一晚？"

"不是，"孟舒桐捂头，咬牙切齿地说，"还被迫接受了一顿思想道德教育。"

几个女生感叹间，也是打心眼里佩服裴老师，不愧是才貌兼备的法学院老师。

“原来孤男寡女共处一室还真的有可能什么也没做啊。”穗杏长见识了。

她还以为一般这种情况，一定会像小说里写的那样，天雷勾地火，干柴碰烈火，没想到也不一定。

见孟舒桐怎么也不肯多说，她们也不可能真的对她严刑拷打，审讯大会很快结束。

穗杏继续做她的课后作业。她还是先把学习搞好再想这些事情吧。

经过大半个月的院选拔，再加上学生自由组队，参加电子设计大赛的初拟订名单终于出来了。这次参加比赛的学生里唯一一个大一新生在团体01组，因此格外受到关注。

参赛名单先是在院里掀起了不小的风波，导致这张名单直接被传到了外院。团体01组那栏明明白白地写着三个学生的名字、年级、班级和学号，最右插了张一卡通上的一寸照。为首的是褚学姐，她年级最高，所以是组长。次位是沈司岚和穗杏，照片看下来，给人赏心悦目的视觉冲击。

“计算机学院四大门面之三在这个组。”

“这个分组就相当有灵性。”

“可惜顾学长不参加，不然就是王炸了。”

“我发截图给我朋友看，她问我现在艺术专业的人也可以参加理工科竞赛了吗？哈哈哈哈。笑死我了。”

“冲！门面冲！国赛一等奖是你们的！”

要拿国赛一等奖没那么容易，队伍至少先要闯过省赛通道，才能拿到参加全国赛的名额。省赛要求并不算严格，选题自拟，软硬件项目自选，但硬件项目向来在赛场上比软件项目更容易获奖。

硬件非常考验实操技术。穗杏的实操刚刚上路，她要学的东西还有很多。至于软件编程，穗杏初、高中时就已经接触过。有基础在身，不同的软件之间的语言又有共通性，她举一反三，学得很快。穗杏很刻苦，因为不想拖学长、学姐的后腿。

他们这组人是最少的，其他组都是四五个组员打底。因为学姐和学长一致觉得不需要，与其往组里塞些“皮划艇”（网络用语，指在工作中划水的人），还不如保证每个组员都是做实事的。有时候看褚学姐一个人太忙，穗杏自己也不好意思偷懒。可是褚学姐总让她别操心，专心学她的就行。

今年最后一个长假结束后学校就会把竞赛作品往省里报，三个人忙得四脚朝天，恨不得屁股都钉在实验室的凳子上。褚学姐课少，所以有大把时间耗在这上面，但穗杏正处于必修课满满当当的阶段，沈司岚课也多，两个人在实验室和教室之间来回跑。

褚学姐不希望他们因为比赛而耽误了正常的上课时间，体贴地承担了大部分工作。但晚上只要没有选修课，他们总要在实验室待到关门为止。

沈司岚负责他最擅长的编程部分，编写一套完整的程序不是什么容易的事，Project（项目）下一排的 package（软件包），每一个 package 中都有上百行代码，光是改错就能耗去大半精力。

0 error 0 warning（零错误零警告）对程序员来说，永远是最美的情话。

保安敲门提醒他们实验室要锁门时，他们这才抽空看了眼时间。

“快回寝室休息吧，明天接着加油。”保安大叔说。

褚学姐伸了个懒腰，语气中是止不住的困意：“你们俩先回去洗漱休息吧，我留在这儿再优化一下代码。”

穗杏有些担心：“学姐，寝室马上锁门了，你不跟我一起回去吗？”

褚学姐摇头道：“余老师明天一大早要检查项目进度，我得提前把测试频率的代码准备好，不然明天要被骂。”

余老师将获国奖的大部分希望寄托在他们这组身上，因此他们得到的关心和批评都比其他组要多得多。这对他们来说是好事，他们当然不可能抱怨。

穗杏仍然不放心学姐，就算是在学校，大半夜一个女生单独走夜路也很危险：“那待会儿学姐怎么回寝室啊？”

“我今天晚上回家睡吧，带点儿东西回家接着奋斗。”

穗杏：“学姐，你不回寝室睡了啊？”

“不了，大半夜敲键盘肯定会吵到室友。”

穗杏原本是打算回寝室加班的，听学姐这么一说，也觉得这样不妥，万一吵醒室友就不好了。她低着头，不知道在想什么。

褚学姐将已经做好的硬件部分收进抽屉里，收拾好东西就离开了实验室。

穗杏跟着沈司岚一起将学姐送到了地铁站入口处。一想到学姐待会儿还要在家继续加班，穗杏怎么也不好意思回寝室睡大觉。可是正如学姐说的，大半夜在寝室加班，自己会吵到室友。

“走吧，我送你回寝室。”

穗杏站在地铁口半天没有动作，沈司岚开口提醒她回寝室休息。她回过神，也没急着回寝室，掏出手机给杭嘉澍发了条微信。

穗杏：“你在工作室吗？”

狗：“嗯？”

狗：“我上个礼拜跟着导师去外省调研了。”

狗：“你失忆了？”

穗杏突然想起来了。这段时间太忙，太久没看见杭嘉澍，她都忘记这件事了。

暗恋它是奶糖味的

图样先森——著

下册

青岛出版集团 | 青岛出版社

第六章

互相试探

明天早上还要赶过来向余老师做报告，她现在回家肯定来不及。穗杏收起手机，看向了学校附近这一整条街上整整齐齐的宾馆招牌。

学校附近的宾馆是真的多啊，以前她怎么都没发现呢？大而黑亮的眼珠子转了几圈，穗杏悄悄盯上了站她旁边半夜陪她吹风的沈司岚。

“学长。”穗杏语气严肃地唤道。

沈司岚：“嗯。”他大半夜陪她在大街上站着，寝室都快锁门了，见她非但不急着回寝室，反而在大街上发起呆来，不知道她要干什么。

“学姐真是太辛苦了，”穗杏忽然握拳，“我也不能输，我也要加班。”

沈司岚淡淡地提醒：“晚上在寝室加班会影响室友休息。”

穗杏说：“那就不回寝室了。”

沈司岚：“……”

穗杏语气坚定地说：“把所有工作都交给学姐一个人，这样未免太不够意思了。”

沈司岚：“……”

她突然鼓嘴，眨了眨大眼睛，天真又无邪地看着沈司岚。搏一搏，单车变摩托。反正自从上次孟舒桐毫发无损地被裴老师送回来后，穗杏就对男女关系有了一层新的认知。她内心很相信，论起君子品格，沈司岚不输裴老师。她喜欢的人绝对不比孟老师喜欢的人差。

学校附近的这条街还很热闹，摆小摊的，卖夜宵的，很多店这时候才刚刚开门，大学生们的夜生活也才刚刚开启。沈司岚沉默半晌，问：“开房？”

下一秒，穗杏用那双清澈的鹿眼看着他，眼中神色天真又迷蒙。沈司岚喉头微动，懊恼地别开了眼：“当我没说。”

那怎么行？穗杏在内心咆哮！！！

就在沈司岚宛如呆鸡时，他的胳膊被一双柔软的手拉住：“学长，那我们去开房吧！”

“……”

虽然她的语气听上去很正经，也没有任何暗示，但这句话实在很容易让人陷入遐想。

穗杏看了眼自己的支付宝和微信钱包，不谙世事地问：“住宾馆应该不贵吧？”

她没见过世面，以前住宾馆、酒店要不就是跟着父母，要不就是学生大部队由老师带领，不论是哪种情况都不用她操心钱的问题。

沈司岚语气复杂地道：“不贵。”

“那就好，”穗杏说，“我请客。”

她这时已经开始在手机上搜索评价比较好的宾馆了。

事情正朝着不可控的方向发展。穗杏预想得挺好，可是事情总有突发状况。

她挑了一家主题宾馆，日式榻榻米风格，有各种动漫主题，公寓风装修，觉得比白墙白床的宾馆要好看很多。这家宾馆的值班老板是个面容慈祥的阿姨，从穗杏走进这家宾馆开始，那探究的目光就压根没从这两个人身上挪开过。后来穗杏出示了身份证，阿姨对照了半天，穗杏心想身份证上的照片虽然拍得丑了点儿，但也不至于让人认不出那是她本人。

她不知道阿姨的重点完全不在身份证的照片上。

阿姨叹气。

穗杏：“怎么了？”

“跟我女儿一样大，”阿姨呵呵笑道，“她还在念高中呢。”

穗杏早就习惯了回答这类质疑，直接说：“我读书读得早。”

阿姨边帮他们登记入住信息，边意味深长地说：“我女儿要是大半夜的跟男生过来开房，估计我能气出心脏病来。”

说完她还瞥了沈司岚一眼。穗杏有点儿尴尬，小声说：“我们是开房来学习的。”

阿姨皮笑肉不笑地应了一声：“哦。”脸上写着“不信”两个字。

“你们订双床房？”阿姨问。

穗杏：“嗯。”

即使他们订了双床房，阿姨仍然不相信他们的说辞。

“开好了。”阿姨说。

穗杏高高兴兴地接过房卡，先一步去按电梯准备回房。

沈司岚被阿姨叫住。阿姨委婉再委婉地表示：“你女朋友年纪还太小，能忍你就忍着点儿吧。”

沈司岚：“……”

“阿姨也是为你的女朋友的身体着想，床头柜上的东西不许用啊，明早我会去检查的，少了一个我收你双倍价钱！”

阿姨是个性情中人。昨天一个男的抱着个醉醺醺的大学女生过来开房，她直接不做生意，扬言要报警。心怀不轨的人一听老板要报警，立马扔下女生走了。后来还是女生的老师过来把女生接走的，阿姨欣慰万分，觉得自己挽救了一个女生。

她很有原则，不是什么钱都肯赚的。至少穗杏和沈司岚的钱，她不愿意赚。

“学长，电梯到了。”穗杏站在电梯门口催他。

阿姨最后说了句：“忍着点儿啊！”

“……”

穗杏选的是哆啦A梦主题的房间，整个房间的色调都是蓝色的，墙上还印着最经典的那张哆啦A梦戴着竹蜻蜓和大雄以及他的朋友们飞翔在天空上的图片，连床单都是哆啦A梦的，整个房间都充满了童趣，完全看不出是宾馆，反而更像是家中小朋友的房间。如果床头柜上没有摆放那些东西的话。

因为阿姨刚刚的话，走进房间的那一瞬间，沈司岚下意识地看向了床头柜。

穗杏将书包扔在床上：“我上个厕所。”

她有这个坏毛病，到家的第一件事就是上厕所，哪怕在室外的时候并没有上厕所的欲望，一到室内就有了。坐下准备解决时，穗杏才意识到不好，会有水声，肯定会被外面的沈司岚听见。穗杏并拢腿憋着，本来应该是件很舒服的事，偏偏因为怕被外面的人听到不好的声音，又是急切又是不敢。最后还是没憋住，穗杏故意大声咳嗽了两声，企图掩盖水声。

出来的时候，穗杏悄悄看了眼正坐在床上发呆的沈司岚。她看他的时候，他感受到她的视线，也看了过来。房间里安静得很，只有他们两个人。虽然是双床房，可是也并不能抑制住她心里乱七八糟的思绪。她承认自己是有私心的，过来开房也是刚刚脑子一抽想出来的损招。

有时候人就是容易犯傻，冒出一些荒唐的想法，做一些愚蠢的事，穗杏之前只在梦里见过这个场景。两人因为各种意外而导致不得不单独过上一夜，在这个夜晚，会发生很多事。但是没有意外，完全是她一手造成的，沈司岚被她骗过来开房了。

明亮的灯光下，恢复理智的穗杏终于意识到自己这个大胆的行为有多主动。她后知后觉地开始羞耻起来。不可言状的情绪在空气中流淌，越是安静，她越是窘迫。穗杏只能给自己找点儿事做。她掏出自己的笔记本，坐在长桌前准备开始加班了。

她正准备沉迷学习时，沈司岚在她旁边坐下。穗杏猛地转头。

他们也不是没在一张桌上讨论过事，但现在她怎么就这么敏感？穗杏狼狈地捧着笔记本站了起来。

沈司岚敛目，沉声说："你用吧。"

"学长你用吧，我坐床上就行，"穗杏一屁股坐上床，还作势拍了拍床，"床比椅子软，我比较喜欢在床上坐。"

沈司岚眉骨微动，咬着下唇瓣，嗓音缥缈："嗯。"

穗杏懊悔地闭眼。她的意思是坐在床上啊，什么在床上坐。

慌乱间，她瞥到了床头柜上的东西。之前她和朋友们去酒店住宿，床头柜上也有这个东西，朋友们还会特意拿在手上晃两下开个有色玩笑。当时气氛很欢快，谁也没觉得这个东西会让人尴尬。但现在完全不同，穗杏整个人趴在床上，无声地喊了两声。她真的高估自己了。

她刚刚还在想学长是不是正人君子，现在看来，那个满脑子有色思想、戴着黄色眼镜的人明明就是她。谁说男女出来开房，只有男生才会胡思乱想的？学长有没有乱想她不知道，她只知道她今晚别想认真加班了，更别想睡觉了。

“学妹。”

穗杏也不知道自己趴在床上的姿势维持了多久。直到沈司岚在床边蹲下，轻声叫了她一声，她才应了一声，稍微抬起头来。

“你身体不舒服？”

穗杏摇了摇头：“没有啊。”

沈司岚委婉地说：“你的脸色不太对劲儿。”

穗杏下意识地摸了摸自己的脸，手被脸上的温度烫了下，好热。她赶紧捂住自己的脸，试图用手给脸降温。见不管用，她又用手扇风。穗杏扁嘴，也不知道为什么，鼻尖突然就酸了，丢脸丢到想哭。她整个人都蒙蒙的，唯独黑眸亮得吓人，如今还泛起一层水光。

“学长，我——”穗杏结结巴巴地说，“对不起，我不应该把你拉过来的……”

沈司岚叹了口气，抽了张纸巾帮她擦了擦眼角。

“走吧，”他说，“去我家。”

穗杏没反应过来。

“我家还有人，放心吧。”他说。

穗杏赶紧摇头，急忙说：“我不是那个意思，我不是担心你——”

“我知道，”沈司岚低声说，“可我担心自己。”

穗杏整个人像块木头似的，从离开房间到被沈司岚拉着胳膊去退房，脑子里一直回荡着沈司岚对她说的这句话。

两人退房的时候，阿姨既欣慰又佩服地看了眼沈司岚，连查房都没去查，不但退了房钱，还很干脆地把押金一并退给了他们。

沈司岚的车子停在学校里面，他也懒得再回学校开，索性叫了辆出租车。穗杏坐上出租车，又把车窗给打开。晚风刮在脸上，她这才清醒了点儿。

她还没去过学长家。她听很多人提起过，学长在这边有套房子，而且小侯学长还去过一趟。她当时听了特别羡慕，心想自己什么时候才有机会去他家。

“学长，”穗杏咬唇，“我是不是给你添麻烦了？”

“没有。”

她默了很久才说：“我真的没那么想。我发誓，在我心中学长绝对不是那种人。”

穗杏徒劳地澄清着，也不知道沈司岚会不会相信她。反正不管他相不相信穗杏都要解释。

沈司岚不明意味地回答：“我知道，谢谢。”

奇怪而又别扭、苍白而又无趣的对话，不知所谓，而且逻辑不通，点到即止，谁也不愿意说得太过直白。包括前排正开车的出租车司机，每个字都听到了，但就是不明白他们在说什么。

就像今晚的穗杏，频繁生出一些怪念头，思绪七绕八缠，说出来的话也不经大脑，整个人如同精神分裂，上一秒做了什么，下一秒又在为上一秒的举动而感到懊悔。原来人真的是可以瞬间失智的，即使聪明如穗杏也会变成傻瓜。

穗杏别过头，盯着车窗上自己的影子看，自顾自地说：“我真的没那么想。”

“那你哭什么？”

穗杏执拗地说：“我没哭。”

她听到他嗤了声，固执地说：“明明哭了。”

沈司岚也打开了朝他这边的车窗，扶着下巴盯着周边一闪而过的夜景。斑斓的霓虹灯光映在他漂亮的眼眸里，他神色未明，整个人看上去慵懒而恍惚。

司机从后视镜里看他们。两个人离得好远，各自挨着车门，仿佛恨不得挤出去，都执拗地各自看着窗外，用后脑勺对着彼此。

小女生气急败坏地说：“真的没哭。”

沈司岚转过头看她，突然伸手扯了扯她的马尾。穗杏惊讶地抓住头发，转过头为他突然幼稚的行为感到惊诧。

“你没哭，”他睨着她，启唇淡淡地问，“也没脸红？”

穗杏双手扣着膝盖，继续嘴硬道：“没有。”她听到旁边这人不轻不重地笑了下。

穗杏刚想坚定地再说一句没有，脸颊突然被微凉的指尖轻轻扫过。他勾起手指，很轻地摸了下她的脸。

“这还烫着呢。”沈司岚慢吞吞地说。

穗杏笨拙地用手擦自己的脸，试图擦去从皮下组织渗透出来其实压根擦不掉的颜色。

“不是没那么想吗？”

穗杏含含混混地说：“我没那么想你。”顿了顿，她双目呆滞，声音比刚刚还低，自责又无奈地道，“是我的问题，我自己不纯洁。”

沈司岚呆了片刻后，蓦地笑了起来。

穗杏被笑得有些不好意思，脑子一热，竟然教育起他来：“学长，你以后注意点儿，男孩子在外面也要好好保护自己，别随便答应别人。”

反被教训的沈司岚没生气，低眉垂眼，手撑着脸，半长的眼睫上下扇动着，喃喃说：“没随便啊。”

很可惜，司机到最后也没听懂他们到底在说什么。可能他们自己也不懂。平日里逻辑清晰的人，胡言乱语起来也像是喝醉了酒，说出来的话混乱又苍白。

出租车到地方后，穗杏先下了车，踌躇地抱着书包站在夜色里，等沈司岚领她去他家。沈司岚住的小区绿植面积很大，风还能带起一阵清香。

“学长，你说你家里有人，是谁啊？”

“我弟弟。”

穗杏震惊不已：“学长，你居然有弟弟？”

“……”沈司岚纠正这个称呼，“堂弟。”

打开门，玄关很暗，沈司岚替穗杏拿了双拖鞋。穗杏悄悄探头往里看，小声说：“你堂弟睡了吗？”

“应该睡了。”

穗杏蹑手蹑脚地换了鞋走进来，生怕吵醒了沈司岚的堂弟。

客厅的大屏电视处于休眠状态，发出幽蓝的光，沈司岚猜到什么，打开客厅的灯，果然沙发上睡着的小朋友醒了。

沈司岑捂着眼睛坐起来，嗯了声说：“哥哥？”

随着沈司岑坐起来的动作，被扔在沙发上的游戏手柄掉在了地板上。

“阿姨呢？”

“阿姨的家里有事，她提前回家了。”

“再被我看见第二次，”沈司岚语气平静地说，“我就把你送回去。”

沈司岑也知道自己玩游戏玩到在沙发上睡着不对，老老实实地跟哥哥道歉：“对不起。”

穗杏听着他们这平常的对话，呆呆地站在客厅里，连脚往哪儿放都不知道。

被哥哥教训过后，沈司岑很快清醒过来，同时看到了站在客厅里的另一个人。

“咦？这个姐姐是谁？”沈司岑好奇地问。

“我学妹，今天在我家过夜。”

沈司岑从沙发上跳下来，跑到穗杏面前抬头打量她，穗杏干巴巴地说了句“你好”。

小朋友凑近姐姐，闻到了姐姐身上的香味。他看着姐姐软糯糯的脸，开始在心里比较他和这个姐姐的脸谁的更软一些。被这样盯着看，穗杏有点儿不知所措。小朋友突然说了句：“姐姐，你长得好像 Snowball 啊。”

“Snowball？”什么东西？

沈司岑：“是哥哥养的一条狗。”

穗杏：“……”被第一次见面的人说像狗，穗杏并不是太高兴。

但小朋友就是有什么说什么，他觉得像，而且也觉得自己是在夸姐姐长得可爱，所以还问自己的哥哥，想找点儿认同感：“哥哥，你也觉得像吧？”

沈司岚没接茬，直接命令他：“你赶紧去睡觉。”

“哦。”沈司岑失落了几秒，很快又说，“现在 Snowball 在睡觉，等它醒了姐姐你可以去看看它，你们长得真的很像。”

“沈司岑，”沈司岚叫他的全名，“去睡觉。”

沈司岑老大不愿意地说：“马上就去了。”

安排好小的，沈司岚打算安排另一个：“学妹，来我的房间。”

穗杏抱着书包点头，跟着他走进房间。

一米五的大床，穗杏可不敢像刚刚在宾馆那样趴在上面，虔诚地绕过了他的床，将书包放在他的书桌上。如果今晚上她能睡在这张床上，枕着他的枕头，盖着他的被子，伴着他身上的冷香睡过去，那就好了。当然她也就是想想而已，他们家肯定有客房可以让她睡。

穗杏冷静地咳了咳。

沈司岚安顿好她，说：“我先去洗个澡。”

在宾馆不方便洗澡，现在回了家，沈司岚肯定要洗澡。

“好的。”穗杏在心里舒了口气。沈司岚不在房间里，那她待会儿就有机会一个人好好地欣赏他的房间。

沈司岚拿了换洗衣服走出房间，然后发现这时候本该滚进自己房间睡觉的沈司岑居然还站在客厅里。他这回叫名字的语气又重了几分：“沈司岑。”

站在自己的房间门口半天不愿意进去的沈司岑看哥哥手里拿着换洗衣服，很懂待客之道地说：“哥哥，你应该让客人先洗。”

房门没关，穗杏在房间里也听到了沈司岑的话，赶紧说：“我不用了。”

其实她也是想洗个澡的，不然万一她身上有奇怪的味道，那多丢脸。但她还是不要洗了，感觉在别人家洗澡，哪里怪怪的。穗杏比去其他人家做客的时候拘谨一万倍。

沈司岚当然也想到了这个问题。“家里没有女生的换洗衣服。”他说。

沈司岑眨眼，很快说：“有啊！有好多漂亮裙子呢！”

沈司岚蹙眉，后知后觉，微微睁眼，稍显惊慌。

穗杏却不满地抿唇，别扭地问：“学长，你家为什么会有裙子啊？”

“哥哥买的，”沈司岑热情地请缨，“姐姐，我带你去看。”

小朋友不想睡觉，以为这样就能继续拖延上床睡觉的时间，赶紧凑到穗杏身边，亲昵好客地拉住她的手要带她去看漂亮裙子。穗杏正好也想看看到底是什么裙子，从而好判断出潜在敌人的各方面数据。

沈司岚抓住小朋友的命门，慢吞吞地说：“沈司岑，你是不是不想长高了？”

沈家的身高基因相当不错，男生们都长得很高。沈司岑作为家里的老幺，虽然还有大把的时间让他长高，但要说他不会担心自己长大后不能跟哥哥长得一样高，那肯定是假的。于是小朋友妥协了，趿着拖鞋蹦蹦跳跳地回房：“那我去睡觉了。”

沈司岚带着穗杏去拿换洗衣服。他打开衣柜，都是男生的衣服，摆放得挺整齐，一目了然，所以穗杏没有发现什么裙子。

“咦？弟弟不是说有裙子吗？”

“他瞎说的，”沈司岚拿了套衣服给她，“穿这个可以吗？”

刚刚弟弟的眼神和语气都很真诚，不像是在撒谎。可是沈司岚说没有，她也没办法刨根问底，不然显得她多吃醋似的。与其穿潜在敌人的裙子，那她还不如穿他的衣服。穗杏是这么想的。

她接过衣服，虽然心里接受了这个事实，但还是不可避免地局促起来：“能不能换件衣服啊？”

白色的衣服感觉有点儿透，穗杏自己今天穿的是深色衣服。

沈司岚说："是新的。"

穗杏急得有点儿想哭。她也没嫌这是旧的，就是沈司岚把穿过的衣服拿给她穿，她也不会觉得有什么不好的。

"我不是很喜欢这个衣服的款式。"她佯装挑剔地皱起眉道。

沈司岚垂眼，突然看了眼自己的衣柜。

男生的衣服能有什么款式，都是最简单舒适的款，沈司岚还没到需要在装束上精致凸显气质的年纪。他年轻，和所有年轻男生一样，干净的气质和随性的生活态度就是他这个年纪的男生最吸引人的地方。

他也没怪穗杏挑剔，男女在这方面不同，这个年纪的小女生爱美再正常不过。可他还是因为自己的衣服被嫌弃而感到有些挫败，沉声说："那我这些衣服你估计都不喜欢。"

穗杏伸手指着挂在吊杆上的一件衣服："这件就挺好的。"

纯黑的帽衫，严严实实的，布料也厚，她就算挺着胸也不显，很好。

沈司岚否了："穿帽衫睡觉会不舒服。"

穗杏挫败地说："反正我不穿这件。"

沈司岚叹气，头一回被她的任性搞得有些无措。

"那你穿这件，"他把自己待会儿打算换上的睡衣让给她穿，半是退让半是威胁地说，"再嫌弃你别洗澡了。"

穗杏一看这睡衣是深色的，满意了。她赶紧接过睡衣，点头道："不嫌弃，就这个。"

"那你先去洗吧。"

"嗯。"

沈司岚领着穗杏到浴室里，淋浴是感应式的开关，他大概说了下怎么用，穗杏就懂了。

他又从储物柜里给她找了新的牙刷和毛巾出来。至于洗漱用品，沈司岚觉得没有那个必要，直接指着置物架上的瓶瓶罐罐说："没有女士用的，只有男士和儿童的，你——"

话音未落，穗杏赶紧说："我用儿童的吧。"

沈司岚话语一顿，抿唇答应了："嗯。"

"换下来的衣服放在这个篮子里。"

穗杏："好。"

交代完毕，沈司岚该离开了。他似乎还想说什么，但没张口。毕竟是在别人家，穗杏也不好意思催他，大不了就一直陪他站着呗。仿佛过了好久，沈司岚才说话：“贴身的衣服不要放进去，洗衣机可能会把衣服洗坏。”

这应该是他能越过比较直白的说法，最为委婉体贴的提醒了。但是听懂了的穗杏还是被羞耻到了。

“我不会的，”穗杏咬唇，小声说，“我还要穿的。”

她就算要换肯定也是自己手洗，怎么可能放进洗衣机里和外衣一起洗？沈司岚估计不懂这个，认为女生的贴身衣物也是可以丢进洗衣机里洗的。

不过还好现在不是盛夏，穗杏坐了一天的实验室，空调呼呼地对着人吹。她没出汗，一天不换内衣也不会多忍受不了。

“好，那你洗吧。”沈司岚迅速转身，将浴室让给她洗澡。

等人走后，穗杏悄悄锁上浴室的门，心总算落下。看着镜子里的自己，穗杏下意识地扁了扁嘴。什么时候才能学会从容呢？

洗澡的时候，穗杏特意将水温调低了些，用来给自己降降温。她看了眼置物架上的日化用品，还拿起来研究了半天。学长身上的香味是不是这瓶沐浴露的味道？穗杏打开盖子十分“痴汉”地闻了闻，觉得有点儿像又有点儿不像。她默默记下了这个品牌，打算回头也去买个同品牌的女款沐浴露回来用。

刚刚她说会用儿童的，但是沈司岚的沐浴用品就摆在面前，她用了就能跟他拥有一样的气味了。穗杏往手心里倒了点儿沐浴露，又担心用得太多待会儿被他发现，赶紧又掺了些儿童沐浴露进去，才往身上擦。这样她既能拥有沈司岚的味道，又不会被他发现。

因为要睡别人家的床，穗杏把头发也洗了，揉揉搓搓，洗得比平常认真一百倍。

洗好澡后，穗杏又认认真真地将置物架上的东西一一摆放好，然后光着脚站在镜子前吹头发。穗杏的头发长且多，所以掉得也多，平常在家还好，虽然妈妈老说她弄得家里到处都是头发，但她也没多勤快，俨然就是死猪不怕开水烫。现在在别人家就不一样了。穗杏老老实实地将掉在洗脸池上的头发捡起，又蹲在地上捡头发，生怕自己的头发脏了沈司岚家的浴室。

搞完卫生后，她还打开了通风扇，让刚刚洗澡后留下的味道赶紧散去。

做好所有的工作后，穗杏放心了，换上睡衣准备出去。将叠好的睡衣摊开，穗杏这才发现睡衣很大，而且挺薄，是软绸的质地。穗杏想大点儿也好，总比紧好。套袖子的时候，穗杏被柔软的衣料激得浑身一颤，脸又热起来。这算是一种什么独特的情趣，穗杏不知道，反正挺受不了自己这样。可再受不了她也得穿，总不能穿着自己的脏衣服睡觉。

穿好后，睡衣是挺大，也很宽松，袖子长了一大截出来，穗杏将多出来的袖口部分扎起，又将裤脚也给扎起，像个没下过田的小农民。袖口和裤腿也大了，不过还好裤腰是松紧的，裤子勉勉强强挂在她的腰骨上。

穗杏无语地看着领口，这领口直直延到胸口，露出白皙的肌肤，胸前“一马平川”。

“……”穗杏将领口往后拉，试图掩盖掉自己的不足之处。软绸质地的睡衣垂坠感极好，且贴肤，睡觉的时候很舒服，穗杏这样一拉，睡衣里料牢牢地贴在她身上，勾勒出小巧饱满的弧度，还有内衣切面的淡淡轮廓。

到这个时候，穗杏才意识到无痕内衣的重要性。她平常穿得严实，再加上本来也没什么料。室友们讨论内衣的时候她兴趣不大，买内衣的时候不注重内衣的剪裁和款式，而只注重花色好不好看。

穗杏又放下领口，放弃了掩耳盗铃的行为。以后这方面她还是要注重起来，不能仗着自己年纪小就不注意。

穗杏出来的时候，沈司岚正坐在客厅里，腿上搁着笔记本电脑，神情专注。穗杏贴着墙走出来，也不出声，就等沈司岚自己发现她。

沈司岚看到她，愣了片刻。本来穿在自己身上大小长度都刚好的睡衣穿在她身上怎么就那么滑稽？衣服又大又皱，衣袖和裤脚又被歪七扭八地扎起，流里流气地耷拉在她身上。

“你过来。”

穗杏走过去，沈司岚又说：“伸胳膊。”

她笨拙地伸出两条胳膊，沈司岚将她的袖口放下，替她重新挽着袖口。穗杏感觉挺尴尬的，但另一方面又很享受这种伺候。接着沈司岚又拉她在沙发上坐下，自己则蹲在沙发边，又替她重新挽好裤脚。穗杏藏在拖鞋下的脚指微微蜷缩了起来。都弄好这些后，“小农民”看着总算时髦点儿了。

沈司岚动作还算熟练，因为他弟弟也这样，也不知道到底是因为年纪小真不会穿衣服，还是刻意不好好穿等着大人来伺候，自己好撒娇。替她整理好袖口和裤脚后，沈司岚又看到她歪歪扭扭的领口。

在穿衣打扮这方面，沈司岚有点儿强迫症，即使再懒散，衣服起码也要好好穿。两手捏住肩口的缝线，沈司岚替她摆正领口：“衣服穿正了。”

穗杏：“哎？”

翻领的衣领很低，这样的设计会显得人脖子很长，当然缺点也会暴露得很明显。刚刚穗杏就意识到这点，所以特意往上提了提内衣，遮住了缺点，却露出了一点点若隐若现的白色蕾丝。

替她整理领口的指尖顿住。

穗杏将手绕到背后，抓着后衣摆将睡衣往后拉，白色蕾丝终于藏住了。

沈司岚的视线就在她胸口这条水平线上，这会儿也不知道他在想什么，手突然来到她的后脖颈处，手指用力且含蓄地捏了捏她的脖颈肉。穗杏不知道他在干什么，没敢动弹。很快沈司岚又放过她的后脖颈，用手心裹住她圆润的肩头，不轻不重地捏了下：“每天坐在电脑前，肩酸不酸？”

沈司岚语气平静，嗓音低到几乎快让人听不清他的发音。

穗杏发蒙地说：“还好。”

“我给你按一按。”沈司岚撑着膝盖站起来，坐在她旁边，并吩咐她转过去背对他。

这突如其来的服务让穗杏觉得挺茫然，向来只有她帮爸爸按摩，帮妈妈按摩，帮哥哥按摩。每当看到他们被她按得舒舒服服时，她不禁想：按摩是不是真有这么舒服？

后来她也求着杭嘉澍帮她按，杭嘉澍却嗤笑她一个小孩子要按什么摩，没必要。她不听，非要赖让杭嘉澍给她按。杭嘉澍被烦得不行，敷衍地给她按了两下，男人力道大，穗杏觉得自己的骨头都要被按碎了，想骂哥哥太用力，反而被他说：你看吧，小孩儿受不了这力道的。

所以穗杏这次吃到教训了，提前说：“学长，你轻一点儿啊，太重了我受不了的。”

“嗯。”

说是按摩，穗杏却觉得他好像也没多认真，比起杭嘉澍那种重到让人骨折的力道，他更像是在用指尖揉捏，不但不痛，甚至有点儿痒。

穗杏下意识地缩了缩脖子：“学长，你这也太轻了。”

“你到底是要重一点儿还是轻一点儿？”

“不轻不重。”

她听到身后的人不轻不重地笑了下。他笑什么？穗杏想转头问他笑什么，被他捏着下巴制止住。

“不许转过来。”

穗杏听话地梗着脖子，他捞起她的头发拨到一边，摆动的长发掀起一阵香味。那是他的味道，还有淡淡的牛奶味混在一起，清爽又甜腻，薄荷裹着鲜奶的味道，舌尖冰凉酥麻却又满口香甜。

沈司岚喉结滚动，惩罚性地拽了拽她的头发。听到穗杏哎呀一声，他又用指尖缠着她的头发，另一手绕至她面前掐她的脸：“不是说不用我的？”

穗杏大吃一惊，心想他的嗅觉这么厉害？她就是用了一点点。虽然可能不止一点点，但她是两种沐浴露混在一起用的，可居然还是被他闻出来了。于是她只能承认：“我就是好奇，所以掺了点儿用。”

“喜欢这味道？”

穗杏含含混混地说：“很香。”

“喜欢吗？”

“喜欢，很好闻。”

身后的人喉间溢出笑来：“没你好闻。”

穗杏四肢酸胀，突然很想转过头去看他的脸，只是这次仍旧被他挡了回来。

“为什么不让我看你？”穗杏垮着肩膀，语气带着不满。

“没为什么。”

穗杏撇了下嘴角，趁沈司岚不注意一个猛回头，双眼直勾勾地盯着他看。

沈司岚慌了一瞬，往后挪了挪，随即很快伸手挡住了穗杏的眼睛。

即使眼睛被挡住，也不妨碍穗杏勇往直前，边凑近边掰他的手指，嘴里还喋喋不休地说：“让我看啊。”

沈司岚不可能用力推她，被她逼得节节败退，直到后背抵上沙发扶手，再往后退就得掉出沙发了。可进攻的人不知道，像个黏黏虫似的凑上来。被捂着眼睛，她对声音格外敏感。穗杏听到沈司岚哭笑不得地说：“别。”

玩心大起的小女生非但没有撤退，反而更嚣张了。

沈司岚一直后退，二人始终保持着几厘米的距离，穗杏以为他还会后退，后来发现无论自己怎么往前挤，甚至已经和他紧紧贴在一起了，他也没有再往后退。

“……”

穗杏顿住身体，心想可能是将他逼到沙发角落了，手撑着沙发垫便往后挪。

沈司岚单手有力地揽过她的腰肢，将她的半个身子提起，不过几秒，穗杏坐上了一个紧实有温度的坐垫。

她顿时愣住，听见沈司岚轻声说：“再往前就摔下去了。”

穗杏结结巴巴地说：“那我往后——”

“没事，”沈司岚语气淡然，带着笑意，“坐我腿上也行。”

她总算确定坐垫是什么了。一双眼睛仍然被遮着，沈司岚的胳膊又用了点儿劲儿，穗杏半个身子往前一倾，倒在了他身上。

她听到他发出一声很长很长的喟叹，没有多余情绪，像稍显满足，可下一秒，粗重的呼吸声却又显得他不那么满足，还有从喉底深处吐出的短促而闷热的语气词：“嗯……”

感觉奇奇怪怪的，穗杏张开嘴，呼吸在不知不觉中变得缓慢而悠长。腰肢上的手用力熨帖着她睡衣下的肌肤，被触碰到的那一大片地方痒麻难耐。看不见，可她觉得鼻尖处感受到的清爽呼吸越来越近。

“哥哥。”直到这声带着浓浓困意的小奶音响起，穗杏才回过神来，大脑死机后迅速重启，整个人从沈司岚身上跳了起来。

沈司岑还没习惯客厅的强光，边揉眼边说：“你们怎么还没睡啊？”

沈司岚的声音很哑：“你怎么醒了？”

“牛奶喝多了，想上厕所。”沈司岑打着哈欠，凭着本能，睡眼蒙眬地往洗手间摸去。

小朋友的突然出现打破了刚刚的气氛。

“我去洗澡。”沈司岚简短地说，随即很快起身。

穗杏讷讷地点头，眼看着他转入玄关的走廊，身影很快不见了。

她失魂落魄地回到他的房间，直到看到自己的书包才想起她今天在外留宿的目的到底是什么。穗杏羞愧地叹了口气，赶紧拿出自己的笔记本电脑，逼迫自己赶快忘记刚刚发生的事，强行投入学习中。

她在 01 小组的群里 @ 了褚学姐。

学姐：“你还没睡呢？”

穗杏：“学姐，我和学长今天陪你一起加班。”

学姐：“嗯？会影响你们的室友吧？”

穗杏：“我今天在学长家留宿。”

学姐："@shen，出来解释一下。"

穗杏："他去洗澡了。"

学姐："噫。"

穗杏羞赧之余又觉得庆幸，看来她的思想也没有多脏，至少没有学姐脏。趁着沈司岚洗澡，穗杏顺便跟学姐聊起天来。

穗杏："学姐，你也在自己家吗？"

学姐："嗯。"

穗杏："这么晚还不睡，你爸妈不会催你吗？"

学姐："我不跟爸妈住。"

穗杏愣了。她记得学姐是本地人，和沈司岚这种外地在本市买房的人不同，按理来说是应该跟父母住在一起的。

穗杏："那学姐你跟谁一起住啊？"

学姐应该不会是一个人住吧？就连沈司岚都有他堂弟陪着。

学姐半晌没回复。几分钟后，学姐发来消息："跟一个亲戚住。"

穗杏思索两秒，懂了。学姐一定是家庭不幸，父母离异分居，所以从小只能寄住在亲戚家。

穗杏叹了口气，体贴地没再继续这个悲惨的话题。没想到学姐在学校里那么开朗大方，原来心里也有治愈不好的创伤。

两人聊了没多久，沈司岚洗完澡回来了。男生洗澡就是比女生快一些，他也洗了头，头发还有点儿湿，耷拉在额前，眉眼被水浸润，清俊的五官显得柔软无害。

美男出浴，穗杏瞬间就想到了这个词。

沈司岚坐在床上，像只大狗狗一样甩了甩头，又用毛巾搓了搓头发，服帖的短发瞬间变得有些毛茸茸的。穗杏咽了咽口水，强迫自己转过头去。

沈司岚照例拿起手机，看到了群里自己被学姐 @ 的聊天记录，发了个问号过去。

学姐："听说学妹今晚在你家留宿？"

shen："嗯。"

学姐："噫。"

明明隔着屏幕，穗杏却能想象到学姐脸上那意味深长的笑容。

沈司岚沉默几秒，发起了群组语音通话。通话接通，学姐作势无奈地说：“这么着急证明自己？是不是心虚？”

沈司岚和穗杏默契地忽视了学姐的问题。穗杏元气满满地说：“学姐，我们来陪你啦！”

她的语气听着一点儿也不像在熬夜的人。学姐笑了，没再纠结刚刚的问题：“好吧，那我们开始吧。”

错落有致的键盘声此起彼伏，偶然有人提出疑问，其他两人就会立刻解惑。时针指向十二点，他们还丝毫没有睡意。

有时候人百分之百地投入学习和工作当中，精神就很容易亢奋起来，这个时候效率是最高的。褚学姐安安静静地调试着自己的仿真模拟电路，沈司岚和穗杏却因为一点儿程序的问题发生了小小的争执。

两个人并不大的争论声也不算吵，只是你来我往了几分钟，褚学姐却渐渐没办法淡定地做自己的事。原因是她听着这两个人争执觉得还蛮有意思，穗杏声音柔和明亮，沈司岚声音清朗干净，两人都逻辑清晰，即使对方和自己的观点相悖，他们也不会因此情绪激动，而是斯文地抛出自己的观点，礼貌且温和地向对方表达想法，跟听言情广播剧似的。

其实在学姐眼中，沈司岚并不是多么温和的人。他不常跟人争执，很多时候是因为不屑，比起浪费时间用来争执，还不如继续做自己的事；他遇事也很少和其他人商议，大部分情况下是自己单独解决。

大家和这样的人合作，舒服也难受，舒服是可以安心做一条高枕无忧的“咸鱼”，难受是合作的意义丝毫得不到体现。学姐其实是不大想和他合作的，但是没办法，谁让这个学弟能力真的强呢。可现在她感觉情况跟之前好像不同了。

或许是穗学妹温和却坚定的态度潜移默化地影响了沈司岚，就连褚学姐自己也必须承认，她对穗学妹这样的人毫无抵抗力。穗学妹乖巧无害，却又机灵懂事。褚学姐真的很喜欢穗学妹，喜欢到恨不得能认学妹做干女儿那种。

最后的争执以穗杏要去洗手间为由结束。

趁着学妹去洗手间，褚学姐果断地开始了她的拷问：“回你家加班这事是你提出来的还是她提出来的？”

沈司岚敛目，语气不耐烦地说：“这个好像跟我们的项目无关。”

“好了，不用解释了，我都懂，”褚学姐话中带笑，“我是不是打扰到你们了？”

“……”

“学姐以过来人的经验告诉你，男人不坏女人不爱，”褚学姐继续以一种资深长者的口吻循循善诱道，“男人越坏，女人越爱，坏坏的男人最招女人爱。”

“……”学姐听不懂人话，沈司岚不想跟她多费口舌。沈司岚似乎都能听见学姐在她家里兴奋地跺脚的声音。可是很快，学姐的笑声戛然而止。沈司岚听到一个声音。

那个声音慢悠悠地说：“褚老师，向谁传授恋爱知识呢？”

沈司岚翻了翻前面的聊天记录，猜到了点儿什么。什么亲戚？他不屑地呵了声，果断结束了群聊语音。

穗杏回来的时候，蒙蒙地问：“哎，我们不跟学姐语音了吗？”

沈司岚语气淡定地说：“学姐有事。”

“学姐这么晚了还有别的事要做啊？”穗杏问。

沈司岚面不改色地道：“对。”

“可是我还有问题想要问学姐，”穗杏提议，“要不我给学姐发文字消息吧？”

沈司岚却阻止了她。

“会打扰到学姐。”

“学姐到底要做什么啊？发文字消息也会打扰到她吗？”

“会，”沈司岚淡淡地说，“学姐不能分心。”

听了半天也没听懂沈司岚到底在说什么，穗杏只能悻悻地放下手机，继续忙自己的事。

时间接近凌晨时，他们必须得睡了，不然明早肯定起不来赶去学校交差。

穗杏开始考虑自己今晚睡哪儿：“学长，你家还有客房吗？”

“有，但是没有铺床。”

穗杏心想：难不成我今晚要睡在沙发上？

她正纠结着，沈司岚随意地指了指自己的床：“你睡这儿吧。”

穗杏大吃一惊：“那不行的。”

沈司岚挑眉：“怎么？”

穗杏手脚并用地解释：“我晚上会踢被子，睡觉不老实，滚来滚去的，而且……而且我睡觉还磨牙。”

男人愣怔了几秒，然后笑了起来。他今天好几次都笑得莫名其妙，穗杏都不知道自己说了什么戳中他的笑点，好奇又不敢问。她感觉自己好像一直处于下风，丢脸得很。

“没事，我抱着你睡。”沈司岚轻飘飘地说。

穗杏瞪大眼：“抱？还……还抱着睡？”

“不要？”沈司岚眉梢略扬，故作恍然道，“害羞啊？”

穗杏极力否认：“怎么可能。”

沈司岚在床上坐下，用手拍了拍床铺：“那上来吧，关灯睡觉。”

穗杏紧张地咬唇，颤巍巍地爬上床。沈司岚起身关了灯，卧室陷入黑暗。

穗杏很想逃走。理智告诉她要矜持，内心的小恶魔却对她说这是天大的机会，过了这村就没这店了。情绪纠缠间，穗杏动弹不得，既无法躺下欣然接受眼下的情况，也没舍得逃走。良久后，穗杏很弱的声音在卧室里响起：“学长。”

沈司岚懒懒地应了声：“嗯？”

“要是我晚上睡迷糊了，不小心对你做了什么，你千万不要怪我。”

“比如呢？”

“……”穗杏没说话。

沈司岚侧过身，黑暗中勉强看见她坐在床上娇小纤细的影子，背脊僵硬，直直地挺着。

“比如我不小心碰到你哪里……”过了好久，她才说道。

“哪里？”

穗杏啊呀了一声，语气有点儿凶：“就是手啊脸啊胳膊腿什么的啊。”

沈司岚没忍住笑道：“不怪你。”

穗杏：“那就好。”

“你让我碰回来就行了。”沈司岚漫不经心地说。

穗杏：“啊？”

沈司岚在黑暗中精准地抓住她的胳膊，将她拉倒在了床上。穗杏的手被他抓起，突然碰到个柔软的物体。

“你碰到我的嘴了。”他低声说。

穗杏心头一跳，想赶紧缩回手。手腕被他抓着，她想收却收不回去，自己的唇瓣突然被指腹覆上，他的手不那么温柔地缓缓摩挲着她的唇。

有什么东西在她的脑子里炸开了。穗杏呼吸急促，张唇咬住了他的手指，想警告他赶紧拿开。他吃痛地缩回了手，为了报复她的咬人行为，像捏鸭子嘴似的捏着她的唇，不许她张嘴。

穗杏那该死的胜负欲被激起，她张开嘴狠狠地往他不老实的手指上咬了口。他的半根手指被她含住，安静地在口腔中沉睡的舌尖不经意间擦过他的指腹。

“嘶。”男人低喊了一声，赶紧缩回了手。

穗杏也蒙了。

沈司岚从床上坐起来，很快下床走出了卧室。

穗杏想：他是不是去洗手了？

过了几分钟，他回来时，穗杏刚想道歉，却听到他沉声说：“你睡吧，我去我弟弟的卧室。”

穗杏先是呆滞地点了点头，等人走了，坐在床上发了好一会儿呆，突然意识到什么，难堪地整个人埋进床里，恨不得原地去世。

就算只有两张床，沈司岚也可以跟他弟弟挤一张床啊！为什么她刚刚那么理所应当地觉得他把床让给她睡就是要跟她一起睡的意思啊？她简直不知羞耻！自作多情！她居然还真的做好了跟他在一张床上睡一晚的打算！

穗杏！你这个傻子！穗杏掀开被子从头到脚地将自己罩住，恨不得将自己和这尴尬的空气彻底隔绝。越想心里就越是难堪，她忍不住狠狠地捶了捶床。

将自己卷成小小一团，脚指都蜷缩在一块儿，穗杏抓着自己的头发，在沈司岚的卧室里无声崩溃。头发被抓成了放荡不羁的形状，穗杏又不得不打开灯，将自己抓落的头发一根根捡起来丢进垃圾桶，生怕弄脏了他的枕头。

床上全是沈司岚的味道，她睡不着，满脑子想的都是今天坐在他的腿上那清晰的触感以及刚刚他用手指碰到她的唇时那惹人心间酥麻的触碰。

穗杏踢开被子，用手扇风给自己降温。虽然很丢脸，也很羞耻，可穗杏隐隐觉得，她内心的情感似乎渐渐被回应了，并不是若即若离，而是很明显的回应。这足以让她产生胜利的号角似乎快要吹响的错觉。

不知过了过久，她的心跳逐渐趋于平稳，终于冷静下来，穗杏重新将被子盖好，睁着双明亮的大眼睛，盯着这漫漫黑夜，思索该怎么熬过这个晚上。

客厅的灯还开着。沈司岚坐在沙发上，弯着背垂着头，胳膊撑在膝上，掌心覆在眼前，缓慢难受地呼吸着。他又用指尖不住按压着太阳穴的位置，力道极大，恨不得戳破太阳穴让自己冷静下来。

半晌，他叹了口气。他原以为客厅就是容身之处，坐在这里不会被任何人打扰，这时候本应该睡在他的卧室里的那个人却不老实地又打开门探出了脑袋。她好像也是怕碰上他，却没料到他正好就坐在客厅里，两个人的视线撞了个正着。

穗杏立马把脑袋缩了回去。沈司岚盯着门缝看了会儿，终于门里的人憋不住了，还是选择走了出来。他很快垂下眼，眼睛没有焦距地盯着地板，咬字极轻地问："怎么还不睡？"

穗杏老实说："上厕所。"说完她就往洗手间跑去。

看着她恨不得贴着墙走的样子，沈司岚侧眸，意味不明地再次叹了口气。

上完厕所回来时穗杏还要经过客厅。只是这次沈司岚是用后脑勺对着她的，她暂且松了口气。打算回房时，穗杏没忍住，悄悄回头看了眼沈司岚。本来两人不用太尴尬的，就因为这一时忍不住，视线又撞了个正着。

他也不知道是什么时候转过头的。穗杏比他先一步躲开，迅速躲回房间里，心有余悸地靠着房门，按着胸口平复心跳。明明只是对视，为什么她感觉好像快死了？穗杏无法理解。

门外的沈司岚还沐浴在客厅明亮的灯光中，所以情绪无所遁形。年轻的男人一贯沉稳又冷静，面对任何人或事物，都习惯了宠辱不惊、无波无澜的处理方式。明明他神色依旧淡定，眼睫却不安地掀起又落下，眼眸依然清澈，却总有情绪在其中翻滚着，姿势仍然慵懒随意，不安地握紧又松开的手指却出卖了他。

清晰却毫无章法的心跳声将人逼到情绪崩溃的边缘，维持表面的淡然并不容易，刚刚的音调和语速都尽量适中，颤抖的声音却无法抑制，男人咬着唇瓣，斜斜地倚在沙发上，虎口挡着唇，突然莫名其妙、极为不好意思地笑了起来。

"唉……"

沈司岚闭上眼，手指抓挠着眼下的皮肤，对自己突如其来的失措感到

无奈。他莫名想起之前将小女生抱在腿上，手掌间细腻的触感以及身体贴近时，胸膛明显能感觉到的柔软弧度，小巧圆润，被稍稍挤压却仍然充满了存在感。她好像长大了点儿。

沈司岚又洗了个澡才重新回到沈司岑的房间准备睡下。小朋友睡得很熟，即使床上多了个大人，仍是呼呼地睡得安稳。还是小孩儿的睡眠质量好。

沈司岚躺在床上，双手枕在背后，虽然闭上了眼，大脑却仍清醒得可怕。

第二天，沈司岑小朋友是最先起床的。哥哥还睡着，眼下泛青，他皮肤本来就白，只要没睡好痕迹就会很明显。沈司岑决定让哥哥多睡会儿，先起床打算去给 Snowball 喂早餐。

他刚打开狗房，Snowball 清脆的叫声便响了起来，小狗围着沈司岑转了好几个圈，毛球般短短的尾巴不住摇晃着向它的小主人示好："汪！"

沈司岑赶紧冲 Snowball 比了个"嘘"的手势，示意它别吵。Snowball 哪里看得懂，只知道小主人过来给它喂早餐了，欢快地叫着，果然吵醒了人。

不过醒的不是哥哥，是客人。昨天那个过来留宿的姐姐揉着眼睛从房间里走了出来。

"姐姐，good morning（早上好）。"沈司岑干巴巴地打了声招呼。

"早上好。"穗杏睁眼，看见沈司岑站在一间小房门口，他的脚边有一团毛茸茸的东西跑来跑去。

清醒过来的穗杏看清了那是一只狗。她凑上前打量这只狗，狗狗也在打量她。很快，Snowball 冲她汪汪叫了几声。

穗杏蹲下想摸摸 Snowball，狗狗被养得极好，长毛又顺又柔软，整个身体被白毛覆盖，头上露出两只粉粉的耳朵尖尖。它不认生，抬起前脚搭在穗杏的膝盖上，看穗杏伸出了手，便仰高了头闻她的手。穗杏想摸又怕被它咬，手悬在空中半落不落的。

沈司岑说："Snowball 不咬人的。"

穗杏这才放心地放下手，Snowball 吐了吐舌头，不安分地摆动着头，也不知道是高兴还是不满意。她看着 Snowball 那圆圆黑黑的眼睛，突然记起了这只狗。

很久前，沈司岚给杭嘉澍发的微信小视频，就是在说这只狗像她。

穗杏对这只小博美犬的好感瞬间变得有些复杂起来。她抱起 Snowball，和它对视着。人人都说她长得像 Snowball，搞得她潜移默化，也有了这种错觉，越看这只狗越觉得它很像自己。

Snowball 被提着，两只后腿在空中扑腾，汪汪叫了两声，想要下来。

“我跟它真的很像吗？”穗杏突然问沈司岑。

沈司岑看了看她，又看了看 Snowball，突然感叹：“我的妈呀，这也太像了吧！”

穗杏放下 Snowball，心情更复杂了。

这时正好沈司岚也被客厅的动静给吵醒了，脸色不怎么好地走出房门。刚出来他就看见穗杏和 Snowball 大眼瞪大眼，一人一狗彼此对望着。

穗杏转头看他，Snowball 亲昵地朝他跑过来，仰着头扒着他的裤脚叫个不停。沈司岚抿唇，突然噗的一声笑了出来。

穗杏：“……”

“哥哥，姐姐跟 Snowball 真的长得好像！”沈司岑大声说。

“别乱说。”沈司岚没什么诚意地替穗杏说话，揉了揉头发准备去洗漱。

沈司岑给 Snowball 喂了早餐，又开始准备人类的早餐。冰箱里还有吐司面包，沈司岑乖巧地从冰箱里把吐司面包拿出来热，又顺便拆了盒鲜牛奶，准备好抹酱。穗杏想帮他的忙，却被小朋友拒绝，说客人不用做事。

穗杏有点儿惊讶这么小的孩子居然这么懂事，在洗脸的时候顺势夸了句沈司岑。

“他很会卖乖，”沈司岚语气淡漠，似乎有些不屑，“效果很好，很讨长辈们喜欢，慢慢地就越来越熟练了。”

穗杏突然说：“就算是卖乖，也总比成天冷着脸好。”

沈司岚侧头看她，穗杏耍完嘴皮子赶紧闭嘴。

他轻声说：“我看你也挺会的。”

穗杏撇嘴，得意地挑了挑眉。

吃早餐的时候，Snowball 早就吃完了它的那份，顺着凳子跳上了餐桌，在上头撒欢。它很有灵性，知道大主人和小主人都不会给它喂人类的早餐，于是果断来到了客人面前，吐着舌头期盼地看着她。穗杏心软，撕了点儿面包边角喂给它。

Snowball 张嘴一口咬下，露出短短的尖利獠牙，吃得特别欢快，口水都快滴下来了。

“我真的很像Snowball吗？”她突然失落地问了句。原来她在周围人眼中，竟然是这样的形象。

“像！”这是沈司岑的回答。

“不像。”这是沈司岚的。

沈司岑不可思议地看着哥哥，没想到哥哥竟然大白天睁眼说瞎话。

“明明就很像。”沈司岑反驳道。

“不像，”沈司岚淡定地咬了口面包，闲闲地说，“我学妹比Snowball可爱多了。”

穗杏鼓嘴，傲娇地别过头，咬着唇忍住唇边的笑容。

沈司岑看了眼鼓着嘴的姐姐，点头说：“姐姐比Snowball漂亮。”

“聪明有灵性”的Snowball并不知道自己被大主人和小主人给联合拉踩了，站在餐桌上欢快地摇着尾巴，试图用卖萌再多换点儿面包来吃。

穗杏正偷着乐，兜里的手机突然振了两下。她赶紧收敛笑容，掏出手机，看见是杭嘉澍发来的微信。

狗：“我回来了。”

狗：“想哥不？”

穗杏皱眉。他怎么这么快就回来了？

可能是穗杏这边没回复，杭嘉澍直接打了个电话过来。穗杏着急忙慌地接起。

手机里是她哥那慵懒又轻狂的声音：“给你带了特产，赶紧下楼接驾。”

“……”这人为什么每次来找她的时候从来不问问她在哪儿，直接就过来了，也不怕扑个空？

这头穗杏并没有说话，在想用什么理由先把杭嘉澍给骗过去。

“要花生酱吗？”沈司岚手里拿着刚开罐的花生酱，顺便问了穗杏一句。

穗杏张嘴，目光呆滞。

“你的寝室里为什么会有男人的声音？”杭嘉澍突然问道。

穗杏：“我看电视呢。”

“哦，”杭嘉澍半信半疑，紧接着低声自言自语道，“但是这个男人的声音，我听着怎么就这么熟悉呢……”

几分钟后，杭嘉澍敛去语气中的笑意，问她：“穗杏，你在哪里？”

穗杏握着手机，从杭嘉澍的语气判断出他肯定是误会了。她藏不住表情，沈司岚很快察觉到不对劲儿。他直接拿过她的手机贴近耳边，淡淡地说：“喂。”

“还真是你啊，”杭嘉澍问，“我妹在哪儿？”

“我家。”

杭嘉澍半晌没有说话，再开口时已是命令式的语气：“你来一趟工作室。”

“上午要找老师汇报项目。”沈司岚委婉地拒绝道。

“那就等汇报完项目再过来。”杭嘉澍不容置喙地道。

挂掉电话，穗杏赶忙问：“他说什么了？”

“没什么，先吃吧，不然来不及回学校。”

穗杏点点头，一口咬下半片吐司，整个腮被撑起，口中干涩，艰难地咀嚼着，还是沈司岑提醒她赶紧喝牛奶顺一顺。

吃完早餐，他们先是去了趟教学楼找余老师交差，两个人昨晚睡得都不算太好，坐车间隙还找机会小小地打了个瞌睡，等到学校后，褚学姐的脸色居然也不是太好。

余老师对他们这组的期望很大，他们也不想辜负余老师的期望。偏偏天不遂人愿，他们这组的硬件电路板被偷了。

做电路板并不是那么容易的事，忙活了这么久，余老师的夸奖没得到，三个人忙得心力交瘁，最后还被窃取了劳动成果，简直憋屈至极。虽然去找了监控，但小偷也不是一天两天就能找到的，他们只能重新做电路板。

褚学姐课少，再次承担了大部分工作，好在余老师理解他们辛苦，又找了个帮手顾学长过来帮忙。沈司岚抽不出空隙来，本想改天再去找杭嘉澍，杭嘉澍却并不相信他的话，在电话里语气并不是太好地说：“你是不是心虚？”

沈司岚挂掉电话，请了个小假，去找杭嘉澍。

下午工作室人不多，沈司岚到工作室的时候，老侯正带着他的女朋友到处参观。

老侯的女朋友读大四，已经考上了本校的研究生，算得上是沈司岚的学姐。她还挺热情，大大方方地打了个招呼，并且替自己的室友问了句沈司岚有没有女朋友。

“我室友本来是想去科大的，结果为了多在学校待上几年，还是考了本校的研。”

老侯立马挑眉暧昧地看着沈司岚："魅力可以哦。"

沈司岚颇为冷淡地应付了两句，转身走进杭嘉澍的办公室。

老侯的女朋友有点儿尴尬地站在原地："我是不是太多管闲事了？"

老侯替沈司岚说话："没事，他就这样，他要是搭了你的茬那才是奇怪呢。"

"那我的室友还有没有机会啊？"

"不知道。"老侯耸肩。

老侯的女朋友的声音颇为失落："本来我还想借这个机会把他约出来一块儿玩来着。"

老侯笑了："那你还是别想了。走，我带你去休息室参观。"

此时办公室的门紧紧闭着，杭嘉澍正靠着椅子闭眼小憩。见沈司岚来了，杭嘉澍也不废话，直截了当地问："我妹昨晚在你家睡的？"

沈司岚知道他想问什么，简短地说明了理由。可即使是简短，杭嘉澍仍没什么耐心听，摆手打断了他的话："冠冕堂皇的话少说，我就问一句，你把她带回家，提前跟我打过招呼吗？"

沈司岚蹙眉："你妹又不是小孩儿。"

"她怎么不是？十七岁还不是小孩儿？现在一个人走在街上都会被人贩子盯上，她就算不告诉我，你不能跟我说一声？你没对她做什么畜生才干得出来的事吧？"杭嘉澍平时吊儿郎当惯了，就是以老板的身份跟工作室的人开会时也很少有这种严肃的表情。更何况沈司岚算他的大金主，杭嘉澍对这个学弟的态度一直不错，有时候开玩笑还能叫他一声哥，从来没这么拷问过他。

沈司岚不耐烦地说："没有。"

对这个答案并不意外，沈司岚的本性，杭嘉澍还是挺了解的。在这方面杭嘉澍也相信他。只是他妹妹晚上在沈司岚家过夜这件事实在过于魔幻，无论这两个人关系有多好，又或是有多少不可抗力，穗杏又不是无家可归，根本不至于非要在沈司岚家里过夜。

"学弟，我们关系一直不错，所以我直说了。"杭嘉澍静静地看了沈司岚片刻后，语气无波地说，"你替我照顾我妹妹，我感谢你，但其余的就算了。你把她当妹妹看，还留她在家里过夜，改天我请你吃顿饭，地点随你挑。"

沈司岚却问："什么意思？"

“你别问我什么意思。我不信你没听懂。”杭嘉澍说。

沉默片刻后，沈司岚面色不悦地道：“你把我当贼防？”

杭嘉澍冷笑了两声：“你不把她带回家我也不至于把你当贼防。你沈司岚什么时候带女孩子回家过？你别跟我玩养成那一套，我妹好好长到现在，不是给你们这群臭男人用来满足那什么变态心理的！”

沈司岚毫不客气地反讽了回去：“你有病？谁要玩养成？”

杭嘉澍靠回椅背，用手指着他：“你。”

“……”

“你摸着良心问问自己还是个人吗？你第一次见我妹的时候她才多大，你泡她的时候心里就没点儿负罪感？”杭嘉澍语气激动，说得沈司岚眼皮子直跳。

“我说了，就是为了比赛项目的事，你听不懂人话？”

杭嘉澍理直气壮地说：“我知道是为了比赛项目的事。我这是警告你，你要真敢泡她，你以为你还能好手好脚地坐在这儿？”

沈司岚无情地低斥道：“你别忘了这儿是谁出的资。”

杭嘉澍不可思议地看着他，语气仍是不卑不亢的：“嗯？官大一级压死人，你跟我摆金主的架势了是不是？那行，你撤资，把你的臭钱都拿走。”

沈司岚欣然点头，淡淡地说：“钱呢？”

杭嘉澍突然顿住。

“你这几年赚的钱呢？”

沉默几秒后，杭嘉澍语气不爽地说：“沈司岚，现在到底是你拷问我还是我拷问你？”

沈司岚不疾不徐地反问：“你拷问我？你凭什么？我什么都没对你妹做。”

杭嘉澍冷呵了两声，随即勾起唇，眼里却没什么笑意：“废话，你现在对她做什么那你就是畜生，等她满十八了呢？等她再大点儿呢？”

沈司岚蓦地垂眼，舌尖抵腮，绷着下巴一言未发。

杭嘉澍继续说：“你要找哪个女人随你的便，但我妹不行。别到时候兄弟做不成，我还得把你押送到屠宰场去。”

沈司岚不明意味地笑了笑。

杭嘉澍眯起眼，试图从他的表情中抓取哪怕一点点的心虚和慌乱，但没有。杭嘉澍虽然很不爽他这副倨傲的样子，但心里也算是松了口气。

现在该说的话已经说完了，沈司岚起身，一言不发地准备离开办公室。

“你听见没？”杭嘉澍没得到答复，在背后追问他。

沈司岚慢吞吞地说：“没听见。”然后他真的走了。

杭嘉澍骂了句脏话，怒火终于被点燃，随手抄起手边的文件就往门口扔去，愤怒地道：“沈司岚你给我记好了，从现在开始，你最好别有求到我面前的那一天，也赶紧把你那变态的念头给我掐死。你要敢泡我妹，第一个棒打鸳鸯的就是我！”

这警告分贝不小，正好让路过的老侯和他女朋友听了个正着。

“什么棒打鸳鸯啊？咋了这是？”老侯虽然听见了，但没听懂，茫然地看着沈司岚。

而沈司岚表情极其不爽，手扶着额闭眼低啧了一声，皱着眉头回答老侯的话：“没什么，我先回学校了。”

老侯眼睁睁地看着他离开，能看出这位爷心情似乎不是太好。

本来老老实实地待在角落里的垃圾桶，也不知道怎么惹到这位爷了，可怜兮兮地被踢了一脚。

沈司岚离开的时间不长，等他赶回来时，正焦头烂额的穗杏又被杭嘉澍的一通电话叫出实验室问话了。

穗杏现在满脑子想的都是电路板被偷了他们这组要重头再来的事，脑力和体力受到双重打击的情况下，杭嘉澍这个电话打过来的时机委实不对。所以她的态度也不是太好：“干什么？”

“你和沈司岚怎么回事？”

“什么怎么回事？”

“你问我还是我问你？我问你为什么要去他家留宿？”

穗杏说了理由，跟沈司岚的口供一样。

杭嘉澍姑且信了，只道：“你是女孩子，以后在这方面注意点儿，被人知道你在别的男人家里留宿，别人会怎么说你你心里没数吗？”

穗杏不是很服气杭嘉澍的教训，靠着走廊栏杆说：“又没人知道。”

“我不是人啊？”杭嘉澍问。

“你这是强辩。”

“我强辩？你在别的男人家留宿不是事实？我冤枉你了？”

穗杏觉得杭嘉澍把问题想得过于严重，再说她跟沈司岚之间什么也没发生，就是她想也是什么都没做成。

“又没多严重，你能不能别这么大惊小怪啊？”

“还不严重？合着沈司岚不是男人？他就是人品再好，那也是个男人，大晚上的你在他家，这些因素加起来是什么情况你知道吗？就是男人放开手脚想占你便宜的话天时地利加人和。”

穗杏：“……”

所有人都觉得这是天时地利人和，但事实证明，孟舒桐和裴老师在老师家待了一晚上什么也没发生，而她和学长差点儿睡在一张床上，还是什么都没发生。穗杏终于懂得了孟舒桐为什么在解释自己和裴老师什么也没发生的同时，脸上会露出遗憾的表情。

“没有，”她也忍不住露出了点儿小情绪，“天什么时地什么利啊，没有就是没有。”

“你还顶嘴？你皮痒了是不是？”隔着电话，杭嘉澍的威慑在穗杏听来毫无作用。

“哎呀，我说了没有就是没有，你能不能别管我了啊？”

杭嘉澍沉声道：“行，那以后我都不管你了，你就自生自灭吧，哪天被臭男人骗得连骨头都不剩了别哭着来求我替你出气。”

他的语气有点儿凶，穗杏本来就烦，这会儿更不高兴了，含混地说：“你自己不也是臭男人？”

杭嘉澍的语气很重：“我是你哥。”

穗杏反驳：“亲哥也没你这么啰唆的。”

话刚说出口，穗杏立马就后悔了：“哥哥……”

杭嘉澍的语气却突然平静下来：“行，我不是你亲哥，没资格管你，随你吧，你爱怎么样就怎么样。”

穗杏赶紧说：“没有，我不是那个意思。”

“反正我在你眼中跟那些臭男人也没两样，还特别啰唆。你赶紧找个男朋友一脚把我踢开算了，眼不见为净，对你来说两全其美。”他这一连串的话把她说蒙了，穗杏词穷，只能重复而徒劳地辩解着。

“你不是还要忙比赛项目？挂了吧，别在这儿跟我浪费时间了。”说完杭嘉澍先挂了电话。

穗杏茫然地看着熄灭的屏幕，突然懊恼地抿起唇，不知所措地站在原地跺了跺脚。她一时生气管不住嘴就说了那种话。

穗杏失魂落魄地回到实验室，学姐招手让她过去，穗杏将手机收进兜里，不住地想该怎么跟哥哥道歉。

此时接连遭受双重打击的杭嘉澍正烦躁地用手边的废纸发泄情绪。

他知道穗杏无心，可还是被她的话狠狠地扎了下心。今年清明和小姨去给他妈扫墓的时候，杭嘉澍已经能够坦然面对墓碑上的那张照片了。纵使照片上的那个女人活着的时候对他又打又骂，没给过他一点儿作为母亲该有的关爱和体贴，可墓碑上仍然刻着他的名字。

孝子：杭嘉澍。

他是杭美玲的儿子，这女人这辈子唯一做过的一件为他好的事，就是在她闭眼之前，将他托付给了她的妹妹杭美玉。是小姨带他回了新家，抱着还在襁褓中的小宝宝告诉他，这是他妹妹。

小姨和小姨父工作都忙，杭嘉澍承担了照顾妹妹的责任。八岁的杭嘉澍学会了冲奶粉，学会了换尿布，还学会了哄小宝宝开心。他想，小姨和小姨父收养了他，可妹妹不知道，所以在妹妹眼中他就是她哥哥，而不是养子。

他每每想要维持清醒，告诉自己不配拥有这些时，小姨和她的家人总会用他们的行为打动他，让他觉得自己有了新家，有了新的家人。

而刚刚穗杏的话又将他拉入了现实。可他也没办法怪她，因为穗杏说的就是事实。

她慢慢地长大，很快就会离开这个家，甚至组建自己的家庭，很快就不再需要他这个哥哥。到那时，他又会变成一个人。

杭嘉澍又矫情地想到了艾米莉的那首诗。

如果我不曾见过太阳，我本可以忍受黑暗。

可如今，太阳把我的寂寞照耀得更加荒凉。太阳没有错，那谁有错？只能是他了。

他正烦躁时，手机又收到了陌生短信，又是来要钱的。

他赚再多钱，还不是不够人狮子大张口？杭嘉澍冷笑了几声，将手机重重地往桌上砸去。

不是每个人都能坦然面对自己犯的错，逃避虽然可耻，但有用。穗杏就是这样，为了逃避，每日闷在实验室里，连寝室都很少回，这样连室友们都找不着机会问她最近怎么没跟哥哥在一起。

兄妹俩不是没吵过架，也不是没冷战过，每次都是穗杏单方面耍脾气，没过几天杭嘉澍就会若无其事地来找她说话，彼时她早就消气了，两人自然而然地重归于好。可这次杭嘉澍没再联系她。穗杏失落地想，他这次应该是真生气了。

她想要道歉是一回事，真的能说出口是另一回事。

就这样一直拖到暑假，因为要准备比赛，穗杏这学期暑假得留校。暑假不能回家在别人看来是件很悲惨的事，穗杏却着实松了口气。

她暑假里留校这个举动不知怎么戳中了孟舒桐的心。为了陪穗杏打发时间，孟舒桐也申请了留校，理由是个人兼职。一个开学有专职司机接送、各种大牌随便买的大小姐暑假要留在本市兼职打工，这怎么想怎么扯淡。

孟舒桐家里有钱这件事穗杏她们几个是知道的。她也从来不藏着掖着，有钱就是有钱，不会装得一副虽然有钱但是视金钱如粪土的虚伪样。她爱用贵的东西，但便宜如学校门口卖的麻辣烫也爱吃，平时淘宝为了凑满减还得满寝室找人一块儿凑，和普通人没两样。因而她跟家庭条件不同的女孩子们住在一起也能相处融洽。

学校对学生们的留校申请并不会严查，也不会因为学生的家庭条件太好就认为她是在无理取闹，学校对能够锻炼自身的个人兼职是持鼓励态度的，所以孟舒桐的留校申请很快就批下来了。她也不是那种表面一套背地一套的人，既然说要做兼职，就真的找了份家教工作。

暑假是补课高峰期，家长们喜欢找重点大学的大学生们来给自己的小孩做一对一辅导，没有专业辅导老师的价格高，而且一对一也有针对性，还能给自己要考大学的孩子做榜样。孟舒桐虽然是那种考前临时抱佛脚能低空飞过及格线的学渣，但胜在重点大学光环在身，很快就找到了一份时薪不错的家教兼职。

暑假住处和兼职都搞定了的孟舒桐松了口气："总算不用去外面租房子一个人住了。"

申请批下来那天，孟舒桐黏着穗杏问她感不感动。

穗杏的高中同学们今年已经考完高考，连聚会都举办好几次了，穗杏本来就因为比赛的事没什么时间，现在又要陪着孟舒桐，暑假算是被安排得明明白白，只能委婉地将聚会推掉。

他们班上有几个同学高考志愿也报了清大，在群里嚷嚷着等开学就能和提前毕业的穗杏约饭。这其中就有穗杏高中班上的班长。去年班长找到穗杏家，向她约定自己会考到清大来，没想到一年以后他竟然真的报了清大。

穗杏的暑期作息表就这样定了下来。早上七点起床去实验室，中午给刚睡醒的孟舒桐带饭，下午继续去实验室。孟舒桐去做兼职，晚上穗杏和学长、学姐们一起吃饭，吃完以后继续在实验室待着，孟舒桐随便点外卖打发晚餐，在寝室打游戏、看电视剧，等穗杏回寝室后两人打打闹闹，然后洗澡准备睡觉。

这样的生活大概持续了半个月，孟舒桐竟然开始早起了。虽然不知道她起那么早出门干什么，但穗杏总算不用每天中午顶着炎炎烈日还得回寝室给孟舒桐带饭了，还能抓紧时间趴在实验室桌子上睡个午觉。

在寝室里吹空调睡觉会肉疼，因为电费得自己交，但是她在实验室吹空调就完全没有这个顾虑了，开十六摄氏度也丝毫不慌，反正学校报销电费。当然也不可能开十六摄氏度，男生都受不了，空调恒温二十二摄氏度，穗杏特意买了条小毯子用来盖腿，这样也不怕着凉。

到晚上的时候孟舒桐发微信给穗杏，说今天晚上要晚点儿回来，让穗杏先睡，给她留门就行。

穗杏："你确定你晚上会回来哦？"

孟老师："你这是什么话？我看着很像那种夜不归宿把老婆丢在家里的渣男吗？"

穗杏："……"

穗杏："你老婆不是裴老师吗？"

孟老师："哦，爱妾。"

这人真是不要脸。穗杏放下手机，继续对着电脑学习。

褚学姐最近给她介绍了一门线上课程，华科的教授讲习。有老师带着学，比自己对着书本研究效率高多了。

看完一整个课时，实验室的人都已经走得差不多了，穗杏想：反正孟老师也不在寝室，回寝室一个人待着还不如留在实验室多学会儿，于是撑着下巴继续打起精神做笔记。

褚学姐今天说是有家庭聚会，请了一天的假；沈司岚被余老师叫到办公室开会。实验室很快就只剩下穗杏一个人。

等到沈司岚和余老师回实验室的时候，看见穗杏趴在桌上枕着胳膊睡了过去，电脑屏幕上还在播放教学视频。

“都困成这样了，”余老师笑着摇了摇头，“看来她很不想给你们这组拖后腿啊。”

沈司岚没说话。

“你赶紧把她叫醒送她回寝室睡。”余老师拍了拍沈司岚的肩，又蓦地说，“她这个年纪得早点儿睡，应该还能再长高点儿。”

按理来说穗杏这个年纪是个子的突增阶段，但她好像没怎么长。余老师不禁有点儿怀疑是不是因为学习压力太大限制了穗杏的身高发育。

面对余老师的乐观态度，沈司岚对穗杏的身高显然不抱希望：“她还能长高？”

“能的。我一个表侄女都二十岁了，今年过年她妈还说她长高了一两厘米。”余老师说，“穗杏还小嘛，肯定能长高的，争取蹿上一米六。”

又不是竹子，哪儿那么好蹿？况且沈司岚觉得一米五八这个身高听着挺可爱的。

“我走了，你们早点儿回寝室休息。”

和余老师道别后，沈司岚走进实验室，打算叫穗杏起来。他先是替她关掉了视频，又替她合上了书。沈司岚看着她垫在胳膊下还摊开着的笔记本，思索着该怎么抽出来。

小女生花样多，记个笔记还要用不同颜色的笔。笔记本也买的那种少女小清新风格的，扉页上印着不知道什么品种的小花。杭嘉澍之前吐槽过他妹妹喜欢玩手账，写个日记都能写出花来，大男人不懂这个，总觉得是在浪费时间。

沈司岚看着这本子上工整简洁的字迹。她的字偏圆，像是圆体化的楷书，一看就知道是她会写出来的字。他突然拿出自己的笔记本，封面是灰白色的，打开来，里面就是普通的白页印着单线框，笔迹也是黑色的。对比之下，显得他的笔记相当死板。

将笔记本扔在一边，沈司岚考虑着要不要干脆叫醒她。她睡得实在太香了，熟睡时微微张开了唇，两颗门牙像兔子似的露出点儿边来。

沈司岚眯眼，坐在她身边，单手撑着脸歪头看着，突然伸出空闲的右手，用大拇指和食指捏上了她的嘴，肉粉色的上下唇瓣像蚌肉般又给合上了。可能是阻碍到她用嘴呼吸，小女生皱起眉，鼻子重重地吐出一声气。

沈司岚咬唇，不着痕迹地勾起嘴角笑了笑。很快他放开她的唇，又用指节逗了逗她乖顺地垂下的睫毛。

穗杏潜意识里觉得痒，眼皮又抖了抖。

发现了某种乐趣的沈司岚就跟玩捏肚子会叫的洋娃娃似的，指尖戳她鼓鼓的脸颊，软糯得不像话，戳出个小窝来又很快回弹。

穗杏的头发有点儿卷，她没烫过头发，头发天生微卷，长发太长太厚不明显，只有额前的碎发不打理时会卷成小圈，蓬松地搭在额上。沈司岚百无聊赖地将她本来就不挡视线的额前碎发给拨到一边，过一会儿又拨到另一边，乐此不疲。

她皮肤白，这头黑发如果染成金色，再穿条小裙子，摆在商场橱柜里肯定很受欢迎。

她很瘦，不到一米六的个子，体重还不到九十斤。沈司岚之前背过她一回，很小很轻，就是吃了这张婴儿圆脸的亏，看着才肉嘟嘟的。可是杭嘉澍说她挺能吃的，不知道为什么没长肉。她天生骨架小，细胳膊细腿的，能不能长高反倒是其次。

沈司岚低下头来，呼吸打在穗杏的脸上，他很轻地试探着叫了一句：“学妹？”

穗杏没有反应。

沈司岚又叫她：“学妹？”

穗杏还是没有反应。

如果第三遍她还是没有反应，那就代表她真的睡熟过去了。

在他叫第三遍的时候，睡着的人用困倦无比的鼻音回答：“嗯？”

穗杏还没彻底醒过来，眼睛睁开一条缝，刺眼的白光照进眼里，透过视线，映出面前逆着光的人。

她居然睡过去了。穗杏坐起来，下意识地抓了抓头发：“学长，你开完会了？”

“嗯。”身旁的人在她醒过来时迅速起身，转身就走。

穗杏茫然地叫住他：“你去哪里啊？”

“有点儿事处理。”

穗杏哦了声：“那我要不要等你一起回寝室啊？”

沈司岚几秒没有回答，穗杏以为他是不要。结果他低声说：“我很快回来。”

等沈司岚走了后，穗杏才后知后觉地摸了摸嘴角。她刚刚睡觉的时候应该没流口水吧？要是她的睡相太丑被学长嫌弃了怎么办？改天她一定要向孟老师请教化妆技术，这样以后睡着了也是睡美人，最好是那种会让人情不自禁地亲一口的睡美人。穗杏被自己的遐想肉麻到，捂着嘴傻不拉几地笑出了声。

也不知道学长这么晚了还有什么事要处理，穗杏一边捧着脸陷入小女生的幻想当中，一边乖乖地在实验室等他回来。

保安上楼准备锁门的时候，发现计算机系的高岭之花正站在实验室门外手捂着脸叹气，看不见他什么表情，只不过手挡不住的地方，从鬓角到清瘦的下颌线再到修长的脖颈那一块如同发了烧般。见他低着头，一副痛苦又为难的样子，保安大叔慌了。他这是发高烧了啊。

“沈同学，你怎么了？身体不舒服吗？”

沈司岚漂亮的眼眸中仿佛盛着一汪湖水，薄薄的眼皮垂下，眼珠胡乱转动，他小声说道：“没什么。”

穗杏还坐在实验室里等沈司岚处理完事情后回来。早已经收拾好书包，穗杏便撑着下巴玩着手机。

高中群里热闹非凡，刚高考完的高三毕业生们多的是时间浪费在手机上，一群人兴致勃勃地商量着去哪儿开派对。

平常这个时候，穗杏应该已经在寝室和孟舒桐坐在一块儿用电脑看综艺了。虽然孟舒桐留校的这个决定有些画蛇添足，但穗杏不想回家，虽然白天有地方去，可每晚还是得回寝室睡觉，如果没有孟舒桐，她每晚都可能像今天这样不想这么早就回寝室。不论是哪里，有个人在等自己的滋味总是好过一个人孤零零地待着。

穗杏往下滑动屏幕，在看到杭嘉澍的头像后愣住了。平常杭嘉澍的头像总在前三个，两人这么久没联系，他的头像居然都掉到群聊下面去了，她想找到还要往下翻。

这个架两人真的吵了太久了。穗杏这个平日里总是等着别人来哄的人也有些受不住了。

最近父母又出国，她连杭嘉澍暑假是在寝室住还是回家都不知道。老侯学长早在放假时就和小侯学长一块儿回老家了，就算杭嘉澍住在寝室里，也是一个人，回家还是一个人。

如果他们没有吵架，这时候她应该是在家里吃他做的夜宵。说是夜宵，其实也就是一碗加了火腿肠的泡面。如果他们都留在学校，应该是在学校美食街上争吵夜宵到底是吃麻辣烫还是烧烤。

穗杏点进杭嘉澍的头像，在空白的聊天框那一栏输入了“对不起”三个字。想了很久，她又觉得这三个字太苍白。她又打了一大串话，字字泣血般哭诉着，很快又觉得太矫情，全给删了。

纠结半天她还是一个字都没发送出去，最后将杭嘉澍的备注从“狗”改回了“哥哥”。也不知道这点儿补救措施她是在讨好杭嘉澍还是安抚自己。

手机振动，穗杏心头一跳，立刻盯着看，以为是消息延迟，可是等了好半天，杭嘉澍也没发消息过来。

穗杏死心地退出聊天界面，果然不是杭嘉澍发来的消息，是班长的。他们高三毕业班，那个单方面跟穗杏约定要考清大的班长。

郭子茗：“在吗？”

穗杏：“在。”

郭子茗：“我报了清大的事，你知道了吗？”

穗杏：“知道，我看了群消息。”

郭子茗：“没忘记我为什么会报清大吧？”

穗杏沉默。

清大是所好学校，郭子茗考上了清大对他自己来说是件好事，穗杏作为他的同班同学自然也替他开心，只是她不希望他考清大的目的，只是……追她。

看穗杏很久没回复，男生显然也是意料到了什么。

郭子茗：“没关系，你不用有负担。我就算不是为了你，清大也是我的第一志愿。”

郭子茗：“毕业聚会你不来吗？”

穗杏：“暑假有事留在学校忙。”

郭子茗：“那我们开学见。”

郭子茗：“到时候我请你吃饭你应该不会拒绝吧？”

郭子茗：“不是只有我们，还有另外几个也考上了清大的同学，我们一起吃饭。”

郭子茗："聚餐啊。"

一长串的对话，思绪万千，男生的无措和仓皇都写在了屏幕上。

穗杏："聚餐可以的。"

郭子茗："嗯嗯。"

穗杏挠头，想着等开学以后再和班长说明白好了。

她觉得自己的态度早在一年前就已经说明一切了，但班长似乎没有理解。

她不擅长做这种事，在这方面显然还是个生手，空长了张脸，却不会利用这张脸。

这是褚学姐的原话。

穗杏其实有些不服气，觉得褚学姐是五十步笑百步。

真处理起这些事来，学姐未必能比她做得更好。

穗杏胡思乱想时，手机又来了消息。

她以为还是班长发来的，但其实是高中群里来的消息。

有个同学发了个小视频，还 @ 了她。

"@ 穗杏 @ 穗杏 @ 穗杏 @ 穗杏。"

"趁着我没被班长打死之前快看！！"

穗杏茫然地点开对方发的视频。

昏暗的 KTV 包间里，唯一照明的就是那晃眼的宇宙球灯。

因为是相处过很久的同学们，所以穗杏能从模糊的影子判断出谁是谁来。

那个拿着麦克风唱歌的人是班长郭子茗，唱的歌是《小幸运》。

男生嗓音不错，即使唱女生的歌也没觉得多违和，反而多了分少年独有的青葱气息。

"原来你是我最想留住的幸运
原来我们和爱情曾经靠得那么近
与你相遇好幸运
可我已失去为你泪流满面的权利
但愿在我看不到的天际
你张开了双翼，遇见你的注定……"

这首歌当年在班上相当火，大半的女生会唱，每周唯一一节的音乐课全班合唱的就是这首歌。

十几岁的高中生在大人们眼中还是孩子，但其实他们什么都懂。

朦朦胧胧的感情结局大多惨淡，这首歌的调子治愈又悲伤，很戳他们的心。

小视频时间不长，只录了最后一小段高潮，最后结束时，郭子茗对着麦克风大声说了句："穗杏，我喜欢你！"

当即整个包间都炸了。

"哇！！"

"班长牛！！"

"有人录了没？发给穗杏！！快！！！"

然后真的有人录了，不但发给了穗杏，还发在了班级群里。

群里的刷屏一波又一波。

穗杏愣住，然后突然羞耻地抿起唇，有种被公开处刑的感觉。

她是个藏不住情绪的人，很快脸上和耳朵上迅速起了层红晕。

"感动吗？"

猝不及防的冷淡声音从背后传来。

穗杏抱着手机转身，看到了不知什么时候站在她背后的沈司岚。

他什么时候过来的？

他也看到了刚刚那个小视频？

一连串的问句挤满了穗杏的脑海，她呆呆地问："你听到了？"

沈司岚："你外放那么大声，我能听不见？"

穗杏无话可说。

但她事先也并不知道小视频的内容是什么，也没什么好解释的。

虽然她是被告白的对象，这时候解释就感觉她很害怕他误会，所以穗杏选择闭嘴。

她背起书包："事情处理完了吗？我们走吧。"

沈司岚扯了扯嘴角，不冷不热地问："就这么迫不及待地要回寝室答复那个跟你告白的人？"

穗杏："不是，现在已经很晚了。"

"知道很晚还搞这些？"沈司岚沉声讥讽道，"我看你今晚是睡不着了，干脆明天我提前替你请假好了。"

穗杏皱眉："我为什么会睡不着？"

"晚上跟人聊通宵还怎么睡？"

“什么东西？”

“你自己心里清楚，还用我说那么明白？”

穗杏不是第一回被沈司岚阴阳怪气地嘲讽，换别人早生气了。但是面对沈司岚，她不想跟他吵架，也不想惹他生气，胆小怯懦得很，只是用表情稍微表达了不满，没说话。

两人谁也没再说话。

过了挺久，保安大叔来敲门了，催他们离开。

不能不走了，穗杏只能硬着头皮说：“学长，我们还不走吗？”

“那个跟你告白的人，”沈司岚答非所问，“是你的高中同学？”

穗杏不明所以：“你不是见过他吗？”

沈司岚皱眉。

“去年那次我哥哥喝醉了你送他回家，在我家小区门口，你还让我不要早恋，忘了吗？”

沈司岚蹙眉想了会儿，应该是想起来了。

“你还没拒绝他？”

“拒绝了。”穗杏说。

“拒绝了他还会给你唱歌？”

别人唱歌她又管不着，她当时又不在现场，要不是群里发了这段视频，穗杏现在还被蒙在鼓里。

“我又不在现场。”她小声辩解。

沈司岚淡淡地说：“要拒绝就把话说清楚，别模棱两可的，拒绝然后切断对方的所有念想，这点你不会？话越是说得好听，对方就越不会放弃，久了以后就会变成你的负担。”

穗杏腹诽，一听沈司岚这话就知道他平常是这么处理告白问题的。

汪育妃学姐能坚持到现在，心脏也是够强大的。

“知道了。”穗杏不情不愿地点头。

沈司岚嗯了声，又说：“记得明确告诉他你们不可能，让他赶紧死心，以后不要来找你。”

“不要来找我？”

“怎么，舍不得？”

穗杏却莫名地问：“学长，你对其他人都是这样的吗？”

“什么？”

“如果是你不喜欢的人向你告白，被你拒绝后就连再跟你见面的机会都没有了？”

沈司岚蹙眉，语气倨傲地说：“不然？再见面还有意义吗？”

穗杏突然咬唇，摇头说：“没有。”

“回去吧。”

穗杏哦了声，跟在他身后离开实验室。

沈司岚先送她回了寝室。

回到寝室后的穗杏扔下书包趴在桌上发呆，孟舒桐还没回来，两张床铺都收了起来，桌子也空了，寝室里显得格外空荡。

兜里的手机又振动起来。

穗杏有点儿烦了，今天来的消息没一个是好的。她试图忽略，但手机持续振着，那就不是消息，可能是电话。

穗杏掏出手机，在看到来电人的时候愣住了。

她颤颤巍巍地接起电话：“喂？”

“还以为你连我的电话都不想接了。”电话里的人说。

听到这个久违的懒散声音，穗杏鼻尖微酸。

“在寝室吗？”

“在。”

“下来。”

穗杏吸了吸鼻子，赶紧拿上手机跑下楼。

刚下来她就看到寝室门口的树下面站着个熟悉的人。

杭嘉澍双手抱胸，状似感叹地说：“这回总算没白来啊。”

穗杏小步朝他走过去，不说话，也不抬头看他，就盯着他衬衫上的扣子发呆。

杭嘉澍摁住她的头，弯腰问：“哑巴了？”

“对不起，”穗杏刚说完这句话就哭了，边抽泣边小声说，“哥哥对不起。”

杭嘉澍笑了下，抬手帮她擦了下眼泪，她的眼泪却越擦越多。

穗杏刚开始还能忍住声音，到后面完全忍不住了，皱着五官，睫毛被眼泪打湿成一撮一撮的，在他面前大声哭了出来。

“小点儿声哭，我看到有几间寝室被你吵到亮灯了。”

穗杏听话地闭嘴，用尽全力地忍住哭声。

杭嘉澍叹气："丑死了，哭吧哭吧别忍了，大不了到时候我替你挨家挨户道歉，还能顺便去你们女寝室参观参观。"

穗杏破功，扑哧一声笑出来，说："你想得美。"

冷静下来，穗杏总算能完整地说出一句话来："你怎么来了？"

"嗯？哦，今天请人喝奶茶，不小心多点了一杯，"杭嘉澍将手里的奶茶塞给她，"扔了可惜，给你喝算了。"

穗杏一看奶茶，是自己最喜欢的口味。

"明明就是买给我喝的。"她毫不留余地地揭穿他。

杭嘉澍也不装了，掐着她的脸打趣道："哭成这样还不忘给我难堪呢？"

穗杏站在树旁小口嘬着奶茶。杭嘉澍靠着树，用手戳了戳她的头："小东西挺心狠啊，我不联系你，你还就真好几个月不找我呗。"

他最后还是没忍住来找小东西了。

亲人就是这样，生气的时候很生气，可过了那个劲儿，剩下的就只有想念；很容易吵架，却又很容易和好。

"我不是故意的，"穗杏嚼着珍珠，含含混混地说，"我只是不知道该说什么。"

"平常你不是话挺多的吗？怎么就不知道该说什么了？"

"平常是平常，"穗杏心虚地抿唇，"我知道我惹你生大气了。"

"确实是生了大气，"杭嘉澍点头，"要不是我来找你，这声对不起我还不知道要等多久。"

"我真的不是故意那么说的。"

"我知道，我想了下，好像是太管着你了，你又不是小孩儿了。"杭嘉澍突然问，"今年过完生日就十七了吧？"

"嗯。"

"那我确实不该管了，"杭嘉澍睨她，"多吃点儿赶紧再长高点儿吧。"

"没不让你管，"穗杏说，"你爱管就管，别凶我就行。"

"我没凶你，"杭嘉澍说，"我就是不希望你这么早接触什么男女之情。"

穗杏："那我什么时候能接触？"

"起码大学毕业吧。"杭嘉澍说。

"……"穗杏没说话。

"你在大学就谈恋爱，以后天天跟男朋友你侬我侬地玩二人世界，我还

能找着你？还有，就算你大学毕业找了男朋友，也别跟我玩同居那套，老老实实地回家住，听到没？”

八字还没一撇，杭嘉澍扯得够远的。

穗杏说：“你是不是因为自己到现在还没找到女朋友，所以也不想我在大学里找？”

“我找不到女朋友？我那是眼光高。我要是想谈恋爱，分分钟就找到了。”杭嘉澍相当不屑地说。

“那你干吗还不找女朋友？”

“没那想法。”

“那你什么时候才能有想法？”

“不知道，”杭嘉澍说，“可能这辈子也不会有。”

穗杏睁大眼：“你要做和尚啊？”

杭嘉澍徐徐说道：“有本事你也试试从小就听夫妻吵架，两人明明住同一个屋檐下，却相处得像个仇人似的不是吵就是动手，每回闹到警察局又说是家庭纠纷，最后还是让人自行解决。这要是解决得了也不至于吵到两个人都死了那天才罢休。”

“那都过去了……”

“是都过去了，但是我忘不了，”杭嘉澍摸了摸她的头，“人都这样，美好的事容易忘，不美好的事却能带进棺材里。”

穗杏沉默半晌，语气复杂地问：“那我陪着你打光棍？”

杭嘉澍笑起来：“你打光棍和我打光棍又没有联系，总扯到一起干吗？”

穗杏别扭地说：“你不是规定我大学毕业以后才能那什么吗？”

“傻妹妹，”杭嘉澍恨铁不成钢地拍了拍她的头，“白长这么聪明一个脑袋，光长智商不长情商是不是？”

穗杏将他的手甩开：“干吗打我？”

“舍不得你，”杭嘉澍收回手，轻声说，“舍不得你太早找男朋友。”

穗杏呆滞了几秒，耳朵渐渐红了。

他们之间不适合这样的气氛，还是平常吵吵闹闹那样更好。

“干吗说这么肉麻？”穗杏不自觉地捏紧奶茶杯，“难道交了男朋友以后我就不见你了？”

杭嘉澍还真跟她认真讨论起来：“交了男朋友以后呢？谈婚论嫁吧？结

了婚就要搬家了吧？周末回来吃顿饭，逢年过节回来吃顿饭，要是嫁到外地，那连周末吃饭的机会都没了。”

穗杏弯起眼睛笑了：“还早啊，你想得太远了吧？”

“也不远，不就是眨眼的事？”杭嘉澍咧嘴，笑得有点儿坏，“昨天你还在拉裤子，现在不都快十七了？”

他又提拉裤子！

穗杏没好气地踢了他的腿一脚。

杭嘉澍也不生气，弯腰拍拍裤腿上的灰：“只是一种夸张说法，你这么较真干什么？”

穗杏反驳：“那你不会用别的事夸张，偏偏要说拉裤子？我不信你小时候没拉过裤子。”

杭嘉澍一愣，笑着说：“说不定还真没有。”

穗杏：“你就吹吧。”

“我那时候要拉了裤子，谁帮我收拾啊？”杭嘉澍状似沉思地说，“我总不能还没学会走路就知道给自己洗裤子了吧？”

杭嘉澍是真记不得了。

他到底是怎么从一个拉裤子的婴儿长成杭美玲的出气筒的？

他不记得了。

可能那时真的是杭美玲帮他洗裤子的吧，只是在他学会忍住哭声的时候，那几年杭美玲替他洗裤子遭的罪，之后都被她的巴掌给报复回来了。

这样想，也算是他报答那女人这短暂几年的养育之恩的一种方式。

穗杏龇牙咧嘴地说：“那你也不准提我拉裤子的事。”

杭嘉澍回过神来，懒洋洋地耸了耸肩，挑眉说：“那没办法，谁让小姨第一次带我回家的时候，小姨父刚好在帮你换尿布。”

八岁的杭嘉澍刚到他的新家时，还没来得及打量这个家，小卧房里的小姨父就急匆匆地冲出来，对刚回家的小姨求救，说宝宝拉稀，他实在是没辙了。

小姨叹气，只好先去帮宝宝换上新尿布，才正式向家人介绍杭嘉澍。

小姨说：“嘉澍，这是你妹妹。”

刚拉过稀的妹妹，杭嘉澍想。

小姨父平常对妹妹爱得不行，吃喝都愿意伺候，唯独拉撒这两项他实在是做不来。

男人在职场上打拼多年，无论是对基层还是管理层的岗位都能游刃有余，唯独对奶爸这一个职位没有天赋。

男人不会换尿布，这太正常了，所以小姨父完全不觉得自己需要反省。

爸爸靠不住，夫妻俩把希望寄托在哥哥身上了。

也不知道是小孩子学东西快，还是杭嘉澍具有奶爸天赋，八岁的小男孩儿，字写得还不是很好，替妹妹换尿布的动作就已经娴熟老练。

小姨父和小姨都松了口气，以后这项工作总算是有人来替他们分担了。

所以杭嘉澍对穗杏拉裤子这件事记得格外清楚，毕竟是曾被她“熏陶”过的男人。

穗杏见他抓着拉裤子这件事不放，刚刚才和好的兄妹俩这会儿又开始针锋相对。

杭嘉澍见她又要生气，自觉打住了这个话题。

暑假期间的校园格外安静，往日寝室楼下卿卿我我的情侣不见了，三五成群地刚从夜宵摊上回来的小团体也没有出现，两侧植着常青树的水泥路上除了还没下班的路灯，只有兄妹俩在路阶上坐下，就着灯光和夜色聊天。

偶尔有骑着共享单车匆匆掠过他们赶着回寝室的人。

“哎，你还记不记得你以前看我骑自行车去学校，就吵着也要学骑自行车，结果让你学了，你伸直腿都碰不到脚踏板。”

穗杏装傻：“不记得了。”

“后来给你买了儿童自行车，骑着带辅助轮的自行车你就以为自己天赋异禀，无师自通，结果把辅助轮一拆，你立马就被打回原形了。”

所谓的打回原形，就是穗杏坐在自行车上，怎么也不敢往前骑。杭嘉澍在后面想推她一把，她急得将头摇成拨浪鼓说“不要、不要，会摔死的”。

杭嘉澍想到这里，没忍住笑了起来。

穗杏这回不装傻了，心里的怨气被这人勾了起来，立刻伸腿指着自己的膝盖：“我让你在后面扶着我千万不要放手，结果你趁我不注意放了手，害得我当时这里都摔青了。”

“我放了手你不是也骑得挺好的吗？谁让你回头看？”杭嘉澍理直气壮地道。

穗杏比他还理直气壮：“我不回头怎么知道你有没有放手？”

"那我不放手你能学会骑车？"

"你别那么早放手，等我学会了再放手，也许我当时就不会摔得那么惨了。"

杭嘉澍嗤笑道："强词夺理。"

穗杏："本来就是。"

"那溜冰呢？你摔那么多次也是我放手放早了？"

"是，要不是你带我去溜冰场玩，又把我一个人丢在溜冰场自己去跟朋友玩，我也不会为了找你摔那么惨。"

"别倒打一耙行吗？是你当时非嚷嚷着要喝饮料，我去帮你买饮料了好吗？"

"那你去帮我买饮料为什么不提前跟我说一声？害我以为你丢下我不管了。"

"我跟你说那还有惊喜？"

"是挺惊喜的，我哭着满溜冰场找你时，你一瓶饮料就把我给打发了。"

杭嘉澍抿唇，语气有些无奈："我哪儿知道你一下子没看到我就哭出来了？"

穗杏别过头去，不理他。

她越想越气，照顾她的老板当时被她的哭声吓得差点儿报警。

杭嘉澍摸了摸她的后脑勺："那现在几个月没见我，你怎么不哭了？"

穗杏说："我又不是小孩儿了。"

"那就是长大了，"杭嘉澍突然说，"你看，时间还是挺快的。"

又回到了最初的辩题，两人这样回想了很多小时候的事，当年的记忆还那么清晰，却已经是好久好久以前发生的事了。

这样一想，时间的落差感变得相当明显，穗杏幽幽地说："长大了还不好？你也不用当保姆了。"

杭嘉澍哼了一声说："我那时候是挺抗拒的，小姨他们工作忙，去哪儿都得带着你，就差没带着你去学校上课，真的特别烦。偶尔我单独和朋友出去玩，还要被问今天怎么没带妹妹出来，你说你给我添了多大麻烦？"

穗杏生气，转头瞪他："那恭喜你，你解脱了。"

"是啊，解脱了。"杭嘉澍笑眯眯地说。

那时他连教她骑自行车都会觉得不耐烦，巴不得上一秒他教了，下一秒她就立马学会；每次带她出去玩，明明是假期活生生被拖累成了受难日，网吧、游戏厅都不能去，身边总有个小累赘跟着他，害他没一点儿那个年纪的男孩子该有的自由和顽皮。

那时候他想，等穗杏长大了他就解脱了。

可是真当她长大了，他又变了想法。

不会骑自行车正好，她想去哪儿还得拜托他载她。她跟着自己也好，免得总是不知所终，害他都找不到人。

穗杏读初中时，杭嘉澍看她对电脑感兴趣，顺便教了她不少。

她学得很快，后来去上了辅导班，有比他更专业的老师教她，他也就光荣下岗了。

渐渐地，他不再被需要。

她有了自己的圈子，很快也会学会一个人生活，走上自己的人生轨迹，创造属于自己的故事。

杭嘉澍年纪轻轻，已经有了父母将儿女养大的心酸失落感。

孩子小的时候，他嫌照顾她麻烦，恨不得她能一夜长大；等孩子真的长大了，他却又开始舍不得。

他舍不得她真的学会一个人生活，不再需要他在旁边照顾。

孩子的成长让人自豪又失落。

小姨和小姨父的后半生都有彼此，穗杏的前半生还没过完，后半生也肯定不缺爱她的人。

所谓的家，也并没有多长久，他又是孤零零的一个人。

就像这段时间，他每天一个人上下班，饿了就给自己来碗泡面。

穗杏本来是讽刺他，结果反被他将了一军，气呼呼地伸手作势要打他。

杭嘉澍任由她打了两拳，棉花糖的力道，她没用力，纸老虎而已。

他装模作样地捂着胸口说痛："长大了有劲儿了，打人还挺疼啊。"

穗杏："你活该。"

不知不觉两人就在路边坐了这么久，喂了这么久的蚊子。

"你回寝室吧。"杭嘉澍起身，顺便拍了拍裤子上的灰，"我走了。"

"你回家吗？"

"不然呢？"

"家里就你一个人啊？"

"你又不回家，我当然一个人啊。"

穗杏想说她可以回家，但又想起寝室里还有孟舒桐。孟舒桐特意留在学校陪她，她总不能抛下孟舒桐跟杭嘉澍回家。

“那我上楼了。”她说。

“嗯。”

杭嘉澍直到看着她的影子消失在寝室楼里，这才抱怨地出声说：“大晚上跑过来找你，居然都不陪我回家睡一晚，没良心。”

他深深吐出一口气，转身离开。

手机响起来时，杭嘉澍挑眉，以为穗杏浪子回头，看到来电显示时，嘴角刚扬起的笑容转瞬间消失无踪。

“没收到钱？”杭嘉澍直截了当地问。

过了几秒，他皱眉，声音也冷了下来：“你别太过分了。”

电话里女人的声音尖锐刺耳：“有你这么当儿子的吗？做妈的没钱了问你要点儿钱就是过分？要不是我，你能变成有钱人家的儿子？”

杭嘉澍意味不明地笑了声：“呵。”

“别阴阳怪气的，你给不给吧？不给那我只能去找杭美玲她妹妹那两口子要了。哦，听说他们出国了是吗？不过他们那么有钱，应该给自己的女儿留了不少生活费吧？”

杭嘉澍捏着眉心，半晌后才咬着牙说：“还要多少说个数。”

挂掉电话，杭嘉澍看了眼女生寝室楼刚亮起来的那盏灯。

他也不知道自己站了多久，一直到穗杏发来微信，问他到家了没。

“回了。”

他又发：“快睡，争取长高点儿。”

亮起的灯熄灭，杭嘉澍终于转身离开。

和哥哥和好，穗杏觉得自己的状态又回来了。

学习压力大，实验室的同学们都笑不出来，当真正深入一门专业时，才发现自己之前学的都是皮毛中的皮毛，就比如自以为高数拿了九十分就学懂了数学，殊不知数学的背后还涵盖着多少博大精深的理论。

本来暑假留校这件事并不是多令人愉悦，她那傻乐的样子着实惹人眼球。

余老师还特意当着实验室所有人的面夸了穗杏，说大家都要向穗杏学习，要把学习当成一种乐趣，乐在其中。

穗杏被夸得还挺不好意思，但又没法说她心情好其实是因为跟冷战好几个月的哥哥和好了。

褚学姐拉着沈司岚问："学妹中彩票了？前不久还看她一脸忧郁，怎么这么快她又恢复过来了？"

沈司岚一副冷漠脸："不知道。"

褚学姐又迷惑地看着他："你这又怎么了？谁惹你了？"

"学姐你很吵。"沈司岚挥了挥手，示意她走开。

褚学姐悻悻地打消了八卦的念头。

沈司岚和穗杏的性格南辕北辙，她这个学姐当得着实不容易。

一个没头脑，一个不高兴。

穗杏也不能说没头脑，只能说她现在这副傻样子看起来像没头脑。

要是有个人能帮忙约束这两个人就好了。

她前不久刚和顾学长闹翻，肯定不能再找他，可是找其他人又怕压不住这两个学年第一的人。

毕竟想要管他们的人，首先起码得是学长、学姐级别，而且成绩不逊于这两个怪物。

褚学姐托着下巴想了半天，脑子里突然有了个人选。

如果是这个人，肯定能管住他们的。

这边穗杏还不知道学姐在打什么算盘，自己因为被余老师夸了，相当意气风发，走路都带风，脖子仰成像下一秒就要英勇赴死的弧度。

"学长，"穗杏将自己的笔记本电脑放到沈司岚面前，给他检查程序，"你看我这个程序写得怎么样？"

沈司岚刚看了两眼，她就迫不及待地问："很不错吧？"

他侧头看她，穗杏眨了眨眼，冲他露出了个灿烂的笑容。

沈司岚却不接她的茬，勾起嘴角嘲讽地说："不知道你哪里来的自信。"

"难道我写得不好？"穗杏皱眉。

说完她又抢过自己的笔记本电脑，凑过头眯着眼仔细检查。

之前已经试运行过很多次，所以穗杏看不出来到底还有哪里不对。

"我觉得挺好啊。"她困惑地说。

沈司岚没说话，穗杏默认那就是她做得还不够好，继续瞪大眼珠子检查。

她专注地盯着屏幕，沈司岚看着她，她那高兴的样子就连侧脸的眼尾都明显翘着，嘴唇翕动哼着不知名的调子，被刁难了也不生气，还是傻乐着。

沈司岚冷不丁地沉声说：“不就是被人告白，也值得你高兴成这样？”

穗杏：“啊？”

她转过头，眼睫上下扇了两下，迷茫地微微张开嘴唇。

沈司岚顿了顿，转过头，眉梢藏着凉意，嗤道：“老土。”

穗杏脑子空了几秒，在心里重建沈司岚这两句看似毫无关系的话之间的联系。

“老土吗？”她小声说，“我觉得挺好的。”

她还幻想过去学尤克里里，然后在他面前边弹边唱借此表达爱意，文艺又浪漫。

没想到沈司岚品位这么高级，居然觉得这样老土。

那还是让孟舒桐一个人学吧，她还是不要把时间浪费在这上面了。

穗杏无奈地发现，只要自己露出一点点苗头，就会被沈司岚各种有意无意的行为给掐断，也不知道到底是自己的想法太烂，还是他太难伺候。

上次他说不会再见向他告过白的人，穗杏就想出了这么个折中的方式，被拒绝了还能借口说只是唱歌而已，比愚人节告白听着还糊弄人。

结果他说老土。

穗杏又被浇了盆凉水，勇气指数越来越低，路漫漫其修远兮。

她懂得看眼色，看出沈司岚心情不好，索性不去惹他，专心做自己的事，有不懂的地方就去找学姐。

两个女生共同话题多，除了比赛还能聊其他的事。

于是在 01 小组里，经常是褚学姐和穗学妹交头接耳，头挨着头，有时学妹被学姐逗笑，捂着肚子笑倒在学姐肩上，学姐顺势将学妹揽进怀中，像姐妹似的亲亲密密地靠在一起。

穗杏骨架小特别好抱，学姐一双胳膊就能将她抱得结结实实；她头发多，发丝偏软，低头嗅她发间的味道时，一点儿也不扎脸，总能闻到柔软的香气。

两个类型完全不同的漂亮女生说说笑笑，画面说不出地赏心悦目。

明明沈司岚也是这个组的，他却坐在另一张桌子边，每天专心搞自己的事，和学姐、学妹的粉红氛围形成差距明显的两种对比。

01 组本来就打眼，组内这样明显的分裂情况更惹人注目了。

汪育妃跟沈司岚是一个班的，比起其他只闻其名但跟沈司岚本人没什么交流的人，汪育妃肯定比他们更了解沈司岚。

有人过来问她："沈司岚这是被孤立了吗？"

汪育妃："……"

他的背影看上去清俊挺拔，骨架完美，肤色偏白，很适合穿浅色的衬衫，有种遗世独立的孤独感。

可能是被孤立的人姿态实在太高贵，所以很难让人对他产生同情。

汪育妃在心里替沈司岚鸣不平，早知道这样还不如一开始就跟她组队，虽然她的个人能力比不上经验丰富的褚学姐和新生学妹，但她绝对舍不得孤立他。

趁着褚学姐和穗学妹手拉着手去上厕所的时候，汪育妃也悄悄起身。

厕所隔间里，学姐和学妹一人占一个单间，汪育妃听到了她们的对话。

"学妹，找个时间咱们去看电影吧？"褚学姐提议。

"好啊，就我们吗？"

"对，我们过二人世界。"

"嗯嗯，我们看什么电影啊？"

"等我看看评价。"

两个女生你一言我一语地讨论着，完全忘记了他们这组还有第三个人。

汪育妃心疼死沈司岚了。

她追了这么久的男生，居然被这两个女人视如草芥，一文不值。

洗手的时候，汪育妃站在她们旁边的盥洗池前洗手。

"你们要去看电影？"她状似不经意地问。

褚学姐边洗手边回答："嗯。"

沉默几秒，汪育妃再次开口："你们就没想过再叫个人吗？"

褚学姐转头问她："你要一起去吗？"

汪育妃愣了愣，摇头："我不用。"

"哦，我还以为你问这个是想跟我们一起去看。"

"我的意思是，你们就没想过叫上沈司岚吗？"

褚学姐："叫他干吗？叫他一起去看那不是破坏气氛吗？"

她们是去看爱情喜剧片，这种类型的电影对沈司岚来说连线上免费观看都嫌浪费时间，更不要说去电影院看，他绝对是面无表情地看完全程。

她们要是跟这种共情能力几乎为零的人一起去电影院看电影简直是浪

费电影票。

喜剧片就是要大家一起笑成傻子才有趣，爱情片就是要大家都沉浸在伟大的爱情中才有意义。

汪育妃又看向穗杏，穗杏有些抗拒地拧起了鼻子。

她跟沈司岚一起去看过电影，事实证明跟学长看电影真的很浪费电影票钱。他坐在自己旁边，她哪里还有心思去管电影里到底说了什么故事？

他真的被孤立了。

汪育妃叹气。

三个女生一前一后地回到实验室。

褚学姐趁着余老师没来巡查偷偷在桌子下玩手机，似乎是刷到了什么有趣的段子，揽过穗杏叫她一起看。

穗杏笑点低，很快笑得花枝乱颤，眼角有泪，圆溜溜的杏眼弯成了月牙形状，整个身子缩成小小一团，生怕被其他人看出来她在笑。

褚学姐突然捧起穗杏的脸朝她肉嘟嘟的脸颊狠狠亲了一口。

穗杏愣住。

后排看到学姐这大胆举动的几个男生哦哟了几声，女生们倒是没什么反应。女生之间关系好，一起洗澡、一起上厕所的事都有，亲两口算什么？

为什么就连学姐也变成了孟舒桐？

穗杏捂着脸，当着这么多人的面被女生亲也怪不好意思的，而且她觉得学姐看她的眼神特别肉麻。

她嘟囔着说："干吗突然亲我？"

"看你太可爱了，"褚学姐说，"就想亲你。"

对方流氓得如此明目张胆，穗杏反倒不知道该怎么说她了。

"嗯，我好期待我们两个人的约会，"褚学姐又抱住她，掐掐她胳膊上的软肉，"看完电影我们去买衣服吧，我给你买漂亮的小裙子穿。"

穗杏拒绝："我自己买就行了。"

褚学姐："不行，我买了送你。"

"……"

穗杏觉得自己平常也没表现得很穷，为什么学姐非要送东西给她？

"能不能注意点儿？"

猝不及防的声音打破了这姐妹情深的画面，沈司岚正拿着自己的电脑

站在她们面前。

褚学姐问："你怎么过来了？"

沈司岚放下电脑，用下巴指着屏幕说："程序写好了，帮我改进一下。"

褚学姐一脸惊奇："你受什么刺激了，居然对自己写的程序这么不自信，愿意让我帮你改进？"

沈司岚面无表情地说："你不是学姐吗？"

褚学姐："学姐这个身份对你这个目无尊长的学弟来说有威慑力吗？"

沈司岚面不改色地道："有。"

褚学姐瞬间感动。她在这个自大傲慢狂面前居然是有威慑力的，魅力还是挺大的。

"来、来、来，学姐帮你改进。"褚学姐低头问，"哪行要我帮你改进啊？"

"全部。"

"整个 project？"褚学姐傻眼，"你知道这有多少行代码吗？"

"没数，几千行吧。"沈司岚猜测道。

其实这已经不算多了，杭嘉澍现在在做的游戏项目，程序文件中光是一个小指令的子程序里就是上千行代码，这点儿东西在程序员眼里简直就是小巫见大巫，都不够塞牙缝的。

褚学姐咬牙道："行吧，既然学弟要求我了，那我就是看瞎了也要帮你检查完。"

沈司岚勾唇，没什么诚意地说："谢了。"

褚学姐平白无故多了份工作，没时间玩手机，更没时间陪穗杏打闹了。

不过穗杏也安静，乖巧地坐在学姐身边做自己的事，直到沈司岚敲了敲她的桌子。

穗杏茫然地抬眼。

"到我这桌来。"他说。

穗杏："为什么啊？"

"别打扰学姐。"

穗杏赶紧说："我绝对不会打扰到学姐的。"

"你这么大个人坐学姐旁边，还不叫打扰？"

穗杏无辜地挠了挠头，又看学姐此时正使命感十足地盯着电脑屏幕，心想沈司岚说得也有点儿道理，遂乖乖地拿着自己的东西搬到了沈司岚那桌。

坐到沈司岚旁边后，穗杏很明显紧张起来，缩在桌角边，生怕挡着沈司岚。

“你坐那么远干什么？”

穗杏说：“我这么大个人，离你太近会打扰到你。”

“不会，”沈司岚甩了个眼色示意她坐过来，“过来点儿。”

“可是你刚刚明明说——”

“我抗干扰能力比学姐强。”

那行吧，穗杏将凳子往他那边挪了挪。其实她挺想靠近的，就是怕打扰到他。

“你要跟学姐去看电影？”

穗杏没料到他会问跟比赛无关的事，但依旧老实地点了点头：“嗯。”

“看了电影还要去逛街？”

“是学姐提议的，”穗杏说，“她说要买衣服送给我。”

“她送你你就收下？”

穗杏：“收吧，但我肯定不能白拿学姐的东西，以后我也给学姐买，礼尚往来。”

“所以你也不管那人跟你关系怎么样，只要有人送礼物给你你就收是吗？”

“我觉得我跟学姐关系挺好的。”穗杏说。

沈司岚抿唇，蓦地发问：“那你觉得你跟我关系怎么样？”

穗杏犹豫半晌，不确定地说：“也挺好的吧？”

“比起学姐呢？”

穗杏小声说：“那还是和学姐关系好些吧。”

沈司岚：“我比学姐早认识你大半年，关系还不如你跟学姐？”

穗杏：“男生跟女生不一样啊。”

“那在男生中间，我跟你关系怎么样？”

顿了几秒，沈司岚又淡淡地补充：“是不是最好的？”

“也不是吧……”穗杏掰着手指头说，“还有我们班的男生，还有老侯学长、小侯学长、祝学长他们，张三学长跟我的关系也挺不错的，他还请我吃过食堂，还有——”

沈司岚的脸色在穗杏列举出这么多男性名字后，越来越阴沉。

他突然极其不耐烦地打断了她的话："我没陪你看过电影吗？没请你吃过饭？"

穗杏点头承认："是有过。"

沈司岚冷笑道："那我还不如其他人？"

"但是这也没什么特别的啊。"

这确实没什么特别的，因为每次他这么做都是有不可抗的原因，要不就是有杭嘉澍在场，要不就是有其他人在场，团委部门聚餐，也是大家一起下馆子吃饭，根本称不上多特殊。

"你在我家睡了一晚，够不够特别？"沈司岚突然说。

穗杏噤声，张着嘴仿佛失了声。

她刻意不去想那个尴尬到死的晚上，他为什么又要提出来？

沈司岚眯眼，刚想再说什么，却被穗杏打断："跟睡宾馆差不多，有什么特别的？"

他被气笑，捏着她的耳朵，突然凑到她的耳根子处说："那在我的床上睡了一晚够不够特别？"

穗杏："……"

为了防止她强词夺理，他又沉声补充："别跟我说你还在别人的床上睡过。"

穗杏哑巴了。

那她还真没在别人的床上睡过，也从来没因为只是睡在一张床上就心跳失控到失眠整整一夜，到天蒙蒙亮实在撑不住才睡过去的地步。

沈司岚："说话。"

穗杏："特别。"

"跟我关系怎么样？"他又问。

"好。"

"最好？"

穗杏硬着头皮点头："最好。"

"以后知道该找谁了吗？"

穗杏："知道。"

沈司岚不动声色地勾唇，最后捏了捏她的耳珠才放手。

穗杏松了口气，继续埋首盯着电脑屏幕。

后排的人就看到穗杏搬到沈司岚这桌，本来表情生动的学妹如今成了个木头人。沈司岚这个做学长的也不知道体贴学妹，把人晾在那儿做自己的事。两个人明明是一组的，却好像临时凑桌的陌生人。

熬到休息时间，褚学姐过来看他们两人的项目进度，居然还是穗杏换桌前的进度，也就打了大概两行代码，还是套公式的那种循环语句。这相当于整张数学试卷穗杏只做了第一道选择题。

“合着你们坐在这里这么久，一直在发呆啊？”褚学姐目瞪口呆。

沈司岚：“劳逸结合。”

褚学姐迷惑地道：“我好像只看到逸没看到劳。”

沈司岚一顿，反问：“那你呢？”

“我？你还好意思问我？我都怀疑你是不是故意找碴，我看得眼睛都快花了，也没看出你的程序有哪里需要改进。”

沈司岚淡淡地说：“那是学姐你能力不够。”

“我能力不够？来，你给我说说哪里还需要改？你说。”褚学姐将电脑摆在沈司岚面前，“学妹，你让一下。”

穗杏赶紧哦了声，乖乖地起身让座。

两个人讨论起来，穗杏站在旁边默默等他们说完好一起去食堂吃饭。实验室的人走得快差不多了，有个学长趁着褚学姐和沈司岚说话，悄悄凑到穗杏身边笑着说：“学妹，你觉不觉得你们组特别像一家三口？”

穗杏没反应过来，学长咧嘴对她说了声拜拜，赶紧转身和组员们会合去食堂。

等她反应过来时，实验室里只剩下他们这一组人了。

她看着学长、学姐的后脑勺，突然扁嘴。

原本的耐心消失，穗杏说：“我饿了，先去食堂吃饭了。”

褚学姐赶紧起身：“忘了、忘了，差点儿忘了这里还有个小朋友得吃饭，走、走、走。”

穗杏：“你们要还没说完就别陪我了，我一个人就行了。”

“那怎么行，怎么能让你一个人去食堂吃饭？”褚学姐直接拒绝。

三个人并排走着，学长学姐个子都高，腿也长，穗杏小碎步才能赶上他们，还特别心机地挽住了学姐，将她往自己身边扯，害得学姐和沈司岚之间拉开了好大的距离。

褚学姐特别乐意被穗杏黏着，恨不得直接跟她抱在一块儿。

坐在实验室里没觉得什么，现在走在路上，明明三个人并排着，沈司岚被孤立的感觉特别明显。

他眼看着穗杏拉着褚学姐，恨不得把自己甩开，蹙起眉，也没说什么，跟着往她们那边走去，结果又被穗杏拉开距离。

“……”

还是褚学姐发现自己太偏心，冲沈司岚招了招手：“学弟，你离我这么远干吗？”

是他想离那么远吗？还不是某个人孤立他？

他到底是男人，比起碎嘴抱怨更习惯独自承受。

穗杏眼看着学长的胳膊又要擦到学姐，连忙又拉着学姐往旁边躲，饶是沈司岚脾气再好这会儿也有些绷不住脸色了。

“好热，”穗杏苍白地解释，“学长你往那边挪一挪，别碰到学姐了。”

男人的耐心终于消磨殆尽，他一把将穗杏从褚学姐的另一边扯到自己面前，声音和脸色一样阴沉：“你就这么喜欢学姐？”

褚学姐得意地仰起下巴：“我魅力一直可以的，男女通吃。”说完她还风情万种地撩了撩自己的长发。

穗杏没法解释，总不能说是因为自己心眼小，不想让他们走在一起，又被人误会他们是一家三口。

她个子矮，不愿意走在他们中间，因为这样的站位显得她像凹进去的盆地，别说是别人，就连她自己都觉得他们像一家三口。

穗杏其实一直觉得自己的身高很不错了，最近她又长高了，已经迈进一米六的大门，可是学姐和学长一个一米七一个一米八，她就算过了一米六又能怎么样？在他们旁边她还不是像个小孩儿？

“我回寝室了，”沈司岚说，“你们去吃吧。”

说完他转身就走，不当那个电灯泡了。

一看学长生气要走，穗杏这才慌了。褚学姐完全没有要挽留的意思，直接揽过穗杏说：“那正好我们俩去吃。”

穗杏看着学长愈走愈远的背影，心中愧疚难当，但最终还是狠心放手让学长走了。

她幽幽地看着褚学姐，有点儿看红颜祸水那意思。

褚学姐眨了眨眼：“你这么看着我，是想让我亲你吗？”

穗杏心一抖，赶紧收回目光。

她总觉得褚学姐就是个女妖精，道行颇高，一般人镇不住，必须得是那种得道高僧才能收服学姐。

穗杏半路出家，一个毛都没长齐的“小道姑”，为了不让亲爱的师兄受到“女妖精”的玷污而狠心与师兄决裂，最后反倒把自己送进了“女妖精”的口中。

褚学姐完全没意识到自己在学妹眼中已经成了个祸国殃民的女妖精，吃饭的时候还在兴致勃勃地跟学妹商量去约会的事情。

“学姐，你有男朋友吗？”穗杏突然风马牛不相及地问了句。

褚学姐：“什么？”

穗杏问出口才意识到这个问题过于隐私，赶紧低头解释：“就是好奇而已，学姐你不想说也没关系。”

褚学姐撑着下巴看她，突然微微一笑道：“那如果我说我没有，你愿意做我的女朋友吗？”

穗杏没想到这也能被学姐抓住机会撩拨，即使食堂开着空调，她好像也被外头那浓烈的热气给影响，起了一身鸡皮疙瘩，两颊上也不自觉地泛起红晕。

“不说话那就默认咯？”褚学姐笑着说。

穗杏咽了咽口水，结结巴巴地说：“学姐，我喜欢男生。”

褚学姐装模作样地叹了口气：“好可惜哦。”

学姐这些招数都是从哪儿学来的？

她要是有学姐一半会说话，也不至于刚刚笨手笨脚地把沈司岚给气走了。

不过穗杏唯一能确定的就是，得道高僧也没用，必须得是神仙，还是那种冷情绝欲的神仙才能制服学姐这个千年女妖精。

这边沈司岚没去食堂吃饭，直接回宿舍躺着了。

他没睡，躺在床上发呆。张三他们几个回家了，除了他这张床铺，剩下的床铺都空了，寝室里安安静静的，只有空调出风口吹风的呼呼声。

手机没有收到任何消息。

沈司岚在群里发了个游戏邀请。

估计室友们在家待着也无聊，他一发邀请，一呼百应。

群里除了 36D 和杭嘉澍没反应不知道干吗去了，张三几个都冒泡接受了游戏邀请。

张 three："还等 36D 和杭学长吗？"

shen："不等，直接开。"

张 three："OK（好的）。"

一局排位迅速结束，大家本来是打发时间，没想到能打这么快。

猴头猴脑猴爪子："@shen，你咋了？"

沈司岚发了个问号。

张 three："好久没看到你在游戏里杀疯了。"

祝英台的祝："+1。"

猴头猴脑猴爪子："简直全场秀，我都不敢抢你的人头。"

shen："不行？"

张 three："行！太行了！我太爱这种当'咸鱼'躺赢的感觉了，再来一局不？"

沈司岚扯了扯嘴角，不再理"咸鱼"室友，又翻到微信界面，滑动数遍也不见有新消息进来。

耐心告罄，沈司岚将手机扔到一边，眉头仍然皱着，重重合上眼。

敲门声响起，他又迅速睁眼，语气不怎么好地问了句："谁？"

"学长，"隔着门，这个声音听着很小心，"我是穗杏。"

沈司岚愣了几秒，从床上坐起来，不确定地又问了句："学妹？"

"嗯嗯，是我。"

沈司岚下床给她开门。

如果不是暑假留校的人不多，穗杏也不可能鼓起勇气到男寝来。

她抬起胳膊，将手上打包好的饭菜递给他："我给你送饭来了。"

沈司岚神色不明，退开几步让她进宿舍。

穗杏打的菜都是沈司岚在食堂比较常吃的。他刚想问她怎么知道自己喜欢吃什么，穗杏就主动交代道："不知道你喜欢吃什么菜，我之前看你在食堂经常打这几道菜，就照着给你打了。"

"学姐呢？"沈司岚沉声问。

穗杏："学姐回寝室午休了。"

"那你怎么不回去午休？"

"我送完饭就回去，不打扰你，"穗杏赶紧说，"那我走了。"

沈司岚抿唇："你站住。"

穗杏乖乖地站住："还有事吗？"

“干吗给我送饭？”

“学长你中午没吃啊，所以我就给你送饭来了。”

沈司岚别过头，薄薄的眼皮耷拉着，指尖抵着唇轻声问：“你不是最喜欢学姐吗，跟她一起吃饭还有空关心我吃没吃饭吗？”

“有的。”穗杏绞着手指，一只脚不安地踮起，用鞋尖蹭地。

沈司岚哦了声，面无表情地问：“所以你只是顺便关心我？”

穗杏：“不是。”

“那是什么？”

“不想你饿着。”

沈司岚挑眉：“我饿了。”

穗杏指着饭菜说：“饭菜都给你送来了，快吃啊。”

“饿得没力气。”他说。

穗杏睁大眼：“有这么严重吗？”

“有，”沈司岚靠在椅子上，单手搭着椅沿，歪头看她，“怎么办？”

“什么怎么办？”

“你要不要喂我吃？”

穗杏总觉得这个场景有点儿熟悉，但又不确定他到底是不是故意的。

上次吃蛋糕也是这样，他说没手。

这回不开车，两只手都空余，可他又说没力气。

“你真的饿得没力气了吗？”

沈司岚反问：“难道我会骗你？”

她走过去，拿起筷子夹了小坨白饭喂到他嘴边，沈司岚张唇吃了进去。

然后他用眼睛指了下菜：“菜。”

穗杏又夹了片肉喂给他吃。

跟喂小孩儿似的，只不过面前这个是成年人，比小孩儿好喂，穗杏喂着喂着胳膊有点儿酸，想赶紧喂完回去午休，一次夹起一大坨饭送他嘴里，但是沈司岚太斯文了，吃饭的时候嘴张得也不够大。

穗杏见他偶像包袱重，不怎么配合地张大嘴吃饭，不自觉地在喂他的时候自己也张开嘴，还下意识地发出了声音启示他跟着她做：“啊——”

沈司岚本来好好吃着饭，突然低头躲过筷子，喉间发出一声极低的轻笑。

穗杏：“……”

她这真的是下意识的行为，自己都不知道自己为什么要“啊”。

沈司岚从她手中拿过筷子，边忍笑边说：“我自己吃吧。”

穗杏眼看着他自己拿着筷子吃了几口，突然有种被耍了的感觉。

“你不是有力气吗？”

“刚刚才有的。”

穗杏气急败坏地道：“你骗人。”

沈司岚非但不反驳，还笑着问：“发现了？”

穗杏后退几步，指着他，羞耻得指尖都颤抖起来：“你干吗骗我？”

沈司岚淡淡地道：“不骗你你肯喂我吃饭吗？”

“你干吗要我喂？”穗杏恨恨地道，“你又不是小孩子！”

“我不是吗？”沈司岚扬唇，慢条斯理地说，“那你刚刚张嘴干什么？”

“……”

穗杏尴尬得脚指抓地，恨不得当场给自己抓个地洞出来。

沈司岚还不算太坏，知道要留面子给她冷静冷静，索性转过头去吃饭，免得再把她逼到绝路真的惹她生气。

等他吃完了饭，穗杏好像还没缓过神来。

“生气了？”沈司岚伸手在她面前挥了挥。

“不是生气，”穗杏没法解释自己被套路后浑身无力的感觉，只能生硬地转移话题，“你不生气了吧？”

经她提醒，沈司岚这才意识到该生气的应该是自己。

他是从什么时候开始消气的？

大概是从他在寝室门口看到她那一刻开始。

他垂眼，对自己有点儿无奈。

穗杏还没开口，他就把自己给哄好了，过于没原则，这一刻竟然不知道是该抱怨她来得太晚还是责备自己太好哄。

还好穗杏只顾着自己尴尬，没看到他侧头抿唇，用微凉的指尖抚上耳垂，给泛红的耳朵降温的仓皇举动。

冷静下来后，沈司岚看着她说：“只想和学姐去食堂吃饭就直说，没必要刻意疏远我。”

“我没有，”穗杏说，“我就是觉得，你和学姐走得太近不好。”

沈司岚蹙眉：“什么意思？”

“我这都是为了你和学姐的名声，”穗杏眼睛乱瞄，连他晒在阳台上的衣服是什么颜色她都看到了，就是不看他，“被人误会是那什么就不好了。”

沈司岚好半天没说话。

气氛相当凝滞，穗杏在心里唉声叹气。

要不她装晕倒算了？

可是如果装晕被发现，下半辈子她就真的要在尴尬中度过余生。

“你傻吗？”沈司岚突然说。

“……”

“不想我和学姐被人误会，”沈司岚慢吞吞地说，“为什么非要黏着学姐，你黏着我不就行了？”

穗杏小心翼翼地说：“这样可以吗？”

“可以，”沈司岚点头，慢悠悠地拖长腔调，企图掩住语气中的紧张感，意味不明地盯着她的鼻尖说，“你就说是我女朋友我也没意见。”

你就说是我女朋友我也没意见。

他是什么意思？是她想的那个意思吗？

“哈哈哈，学长，你开什么玩笑？”穗杏干笑，“我才不会开那种玩笑呢。”

她根本来不及想，随便找了个烂借口推开门头也不回地逃了。

沈司岚没有阻止她离开，差不多估到她下楼后走到阳台上往下看，果然看到她急匆匆地从男寝逃离的背影。

他看着，直到她的背影跑进拐角消失。

沈司岚平静却又复杂地深吐出口气。

撕破那层纸真的需要很大的勇气，穗杏从前没经历过，所以会觉得在暧昧期停留过久的男男女女磨叽又拖沓。她当时甚至很霸气地想，如果换成她，大大方方地告白，实在不行就强吻过去，不信对方不投降。

纸上得来终觉浅，纸上将军当得风光，上了战场她就㞞成了狗。

捅破窗户纸之后意味着自己的心意将结结实实地袒露在对方面前，没有百分之百的把握谁也不敢承担后果。

到下午要去实验室的时候，穗杏借口身体不舒服在寝室里窝着。

她很少请假，所以余老师没有怀疑，还嘱咐她好好休息，反正也不急这几天，先把病养好再说，还问她需不需要让学姐去照顾。

穗杏连忙拒绝了。

她在寝室睡了一下午，等到晚上孟舒桐回来发现她居然这么早就躺床上了，包都还没来得及放下就急忙问："实验室炸了？"

"没有，"穗杏虚弱地说，"是我炸了。"

孟舒桐立马顺着杆子往上爬，边掀她的被子边问："你是手被炸没了还是腿被炸没了啊？"

穗杏坐起，语气幽幽地说："别开玩笑了行吗？"

孟舒桐脱了鞋挤上穗杏的床，咳了咳，语气终于正经起来："那你说吧，什么情况？"

穗杏结结巴巴地把今天的情况给孟舒桐说了。

"所以呢，你是什么反应？"孟舒桐问。

"我？我跑了。"穗杏说。

孟舒桐表情扭曲："你不是这么夙吧？"

"我怕我自作多情，"穗杏捏着被子角说，"要是不跑，我怕我可能会当场答应。"

她可能下一秒就会握住沈司岚的手兴奋地说："我愿意，请务必将这项艰难的任务交给我，任务结束以后我也不介意继续当你的女朋友。"

穗杏一想到这个可能，顿时觉得自己当时逃跑的行为简直太机智。

她捂着头恨恨地在心里头骂自己没出息。

"那现在怎么办？"孟舒桐问，"就装傻当没听到啊？"

"不然呢？"穗杏挠头。

"行吧，你自己觉得没问题就随你。"

孟舒桐爬下床，打了个哈欠准备去洗漱。

"如果换作裴老师这么跟你说，你会怎么做？"穗杏扒着床栏追问她。

孟舒桐："当场扑倒他，让他知道调戏我是什么下场。"

穗杏："……"

人和人处理感情的方式真的很不同。

熄灯后，孟舒桐向穗杏抱怨："我感觉永远等不到裴老师调戏我的那天。"

穗杏："怎么了？"

黑暗中，孟舒桐的眼睛很亮，声音却很低落："我不是接了个家教吗？"

"我知道。"

"那个家教的高中生，是裴老师的亲戚的孩子。"

“啊？”

“他明年高考，他爸妈觉得让他跟当老师的人住在一起会比较有自制力，暑假期间就让他暂时住到裴老师家了。我那天按照地址找过去，结果越走越熟悉。直到我按门铃，看到给我开门的是裴老师才知道。”

“你之前不是去过裴老师家吗？”

“我那个时候都醉成那样了。裴老师背我去他家的，我哪儿还记得那么清楚？”孟舒桐撇嘴。

穗杏问：“哦，所以你不是因为提前知道这是裴老师家才接这份家教的啊？”

孟舒桐语气铿锵地说：“我发誓绝对不是！”

这世上还真有这么巧合的事，恰巧就发生在她身上，她有什么办法？

包括那天孟舒桐去联谊，原本是真的打算再物色一个合眼缘的男人，好借此忘掉裴燕闻，结果眼睛在男生们面前扫了一圈，谁也没看上。

那男人温和的眼眸、十万分绅士风度下的淡漠和疏离，就连他扣到脖颈最上方的衬衫衣扣，都牢牢长在了孟舒桐的审美点上。

好不容易在昏暗的灯光下看到个背影杀手，任性的大小姐当即撇开向她示好的男生们朝那个背影杀手走过去，轻佻地将手里的酒杯顺着他的胳膊绕到了他面前。

“帅哥，我请你喝个酒呗？”

背影杀手转头，孟舒桐看到熟悉的银色镜框后，整个人呆住。

没人能解释大晚上的裴老师为什么会出现在清吧里，脱下每日不重样的西装坐在吧台这里喝酒。

她就跟着了魔似的，就连只看背影，也对裴燕闻起了兴趣。

孟舒桐当时只能干笑，讷讷地说认错人了，赶紧转身逃开。

她一向懂得控制酒量，但是因为刚刚实在太丢脸，没有办法才只能用灌酒来逼迫自己忘记刚刚的窘境。

后来有个长得不错的男生说要送她回寝室，她也没多想，踉踉跄跄地跟着他走了。

到了宾馆门口，孟舒桐才发现这根本不是寝室。

孟舒桐眯眼，心想自己跆拳道黑带，这男的真是不要命了。

她刚想给他一个教训，有只手提前拉着她脱离了男生的控制，才勉强救了那男生一命。

再后来，她被裴燕闻带到了他的车上，闻着车上独属于他的木质香，意识清醒过来。

之后的事孟舒桐总是会在做梦时回忆起来。

她确实喝多了，有些控制不住自己，仗着自己那天晚上穿得比平时成熟，虽然连恋爱的经验都没有，却还是大着胆子趁着他给客房铺床时从背后抱住他，隔着黑色吊带裙薄薄的布料，用柔软的弧度蹭他。

她是能感觉到裴燕闻的呼吸刹那间变得不一样了，可是之后的事没如她所想。他狠狠掐着她的肩膀将她甩到了床上，用新的被子牢牢裹住了她，像个刻板的老头子似的教训她。

孟舒桐不满，说："我已经十八岁了。"

他却不接受她的说辞，对他来说，十八岁的她也还是个孩子。

孟舒桐大声反驳："我不是！"

但是裴燕闻压根不听，命令她盖好被子，别在他面前露胳膊露腿的。

后来他用毛巾给她卸妆，孟舒桐非说要用卸妆水。裴燕闻被她这骄纵的样子闹得没有办法，只能妥协地下楼去给她买。

孟舒桐享受完他的伺候，就着醉意迷迷糊糊地对他表白。

"裴老师，我是真的喜欢你，想当你的女朋友的那种喜欢。"

裴燕闻叹气："别胡闹了。"

为了证明自己没有胡闹，她掀开被子突然一把抱住他，凑过头想亲他，却只亲到了他冰冷的镜框。

裴燕闻躲过，牢牢地将她按在了床上，恨不得能用绳子绑住她的手脚，以防她再猝不及防地扑过来。

喝醉了的孟舒桐比平时更任性，年轻的女孩儿主动起来让进退向来有礼有度的男人招架不住，温柔和理智通通被逼到崩溃的临界点。他冷着声音狠狠地教训了她一顿，终于把孟舒桐给教训得缩在床角，再也不敢对他有非分之想。

哪怕裴燕闻是个渣男，偶尔说两句撩拨她的话也行。

别想了，不可能的，孟舒桐失落地闭上了眼。

过了几天穗杏回到实验室，发现她和沈司岚居然在没有商量的前提下，默契地同时将前几天的话给埋在了心里。

说不失落是假的，可她又没有那个胆子问他那天的话到底是什么意思。

很多暧昧的话，如果有一方真的去纠结为什么要说，就等于主动捅破了那层纸，大方承认自己是有别的想法。

他们从不同的角度选择各自装傻。

还好穗杏和褚学姐约好最近要去看电影，她能将这些事暂且抛到脑后。

去看电影那天，穗杏和褚学姐手拉着手离开了实验室。

沈司岚坐在自己的位置上，连眼睛都没抬一下。

等人走了，余老师都过来打趣，说褚漾和穗杏去看电影怎么没叫上他。

沈司岚面无表情地在电脑上敲字，说："没兴趣。"

"团体比赛比的就是团队协作能力，你们组这个情况，我很担心你们能不能拿到奖啊。"余老师意味深长地说，"还有，程序写错了。"

余老师指着他刚刚敲出来的一行代码。

沈司岚抿唇，垂下眼挡住眸中的情绪。

余老师的玩笑到此为止，他拍了拍沈司岚的肩膀，继续回办公室值班。

盖上笔记本电脑，沈司岚眯着眼沉思了一会儿，拨通了手机通讯录里的某个号码。

电话很快接通，沈司岚言简意赅地说明了目的。

"利用我？"电话里的男人笑着说。

沈司岚大方承认："嗯。"

"你应该不喜欢这种拐弯抹角的方式，怎么不直接跟她说？"

"说了，没用。"

"嗯？"

沈司岚蹙眉，沉声道："跑了，躲着我。"

沉默片刻后，电话里的男人克制地笑出声来。

"你很得意？"沈司岚语气不善地道。

"有优越感当然会得意。"

沈司岚不屑地问道："你怎么处理的？"

"嗯，"男人委婉地说，嗓音带笑，"这个方法只适用于成年人，你确定你要听吗？"

沈司岚："……"

两个女生本来兴致勃勃地打算约会，结果被突然到来的人给截和。

两人正等公交车，迎面驶来一辆黑色宾利挡路。穗杏觉得那辆宾利熟悉得不能再熟悉，褚学姐却已经认了出来，脸色当场就白了。

车窗摇下，戴着眼镜的男人笑容温和。

穗杏呆愣愣地向男人打招呼：“徐师兄。”

“穗师妹，你们打算去哪儿？”徐师兄笑眯眯地问。

褚学姐刚想说什么时，徐师兄却柔声打断了褚学姐的念头：“漾漾，我在问穗师妹。”

穗杏：“我们去看电影。”

“除了看电影呢？”

“逛街。”

“不回实验室了吗？”

“我们今天休息。”

徐师兄笑着点了点头：“原来如此。”

穗杏没明白徐师兄的话，不多时，徐师兄略带歉疚地看着穗杏，温声说：“我找漾漾有事，既然你们今天没有公事的话，可以改天再约吗？”

褚学姐连忙说：“那怎么行？我都跟学妹约好了，不能放她的鸽子！”

面对褚学姐的严词拒绝，徐师兄装聋作哑。

褚学姐只好将期盼的目光投到穗杏身上：“学妹，你很想跟我看电影的对吧？”

穗杏怎么可能拒绝偶像的请求？

这可是徐！师！兄！

虽然不能和学姐看电影逛街她是觉得有点儿可惜，但是偶像发话，再可惜也不可惜。

褚学姐低估了穗杏对徐师兄的崇敬之情。

穗杏点头：“没关系，你们有事那你们先忙，我和学姐改天约也可以的。”

褚学姐瞪大了眼：“你居然不要我了？”

“我们改天嘛，”穗杏安慰褚学姐，“学姐，你快跟师兄走吧，拜拜。”

“多谢师妹割爱。”徐师兄礼貌地道谢。

“不谢，”穗杏也跟着他咬文嚼字起来，“举手之劳。”

被临时爽约的穗杏非但不失落，反而热情地目送学姐上车，再目送车子开走。

虽然看不成电影，但今天她见到了徐师兄，这票价值了。

而坐在车上的褚学姐被学妹卖了，显然心情没那么好：“你有必要吗？连学妹的醋都吃？”

“听说你和穗师妹天天在实验室里腻歪，”徐师兄悠悠地说，“如果穗师妹不是女孩子，或许我还真的要有点儿危机感了。”

“你怎么知道我和学妹在实验室……”

这男人的眼线居然已经潜进了实验室吗？

“嗯？你的意思是确实有这件事了？”

“都是女孩子有什么？”褚学姐满不在意地说。

徐师兄淡淡地反问：“所以为了跟女孩子约会，你借口今天要待在实验室忙比赛项目，把老公丢在家里不管？”

“你工作忙又不能陪我看电影，我找学妹有错吗？”

“我们可以在家里看电影。”

褚学姐翻了个白眼说：“家里哪有电影院看着爽。”

“怎么不行？”徐师兄微微一笑，“我们可以躺在床上看，你如果觉得电影不够爽，我可以为你服务。”

褚学姐脸一红，说话也变得结巴起来：“你到底是想跟我看电影还是干别的？”

徐师兄面不改色，眼神温柔内敛，嘴里说出来的却不是人话：“干别的，顺便看电影。”

“……”

等红灯的间隙，徐师兄抽空给人回了条消息：“师妹应该折回学校了。”

那边的人不过几秒回复：“管好你老婆。”

徐师兄笑出声，手指轻巧地在屏幕上移动着，徐徐回复道：“司岚，自己追不到女孩儿，不要把责任都推到师兄身上。”

另一边的沈司岚冷笑两声，想起穗杏曾困惑地问自己，像褚学姐这样的女妖精，得是道行多深的得道仙人才能收服她？

沈司岚当时没有回答，是不想教坏心思单纯的学妹。

什么得道仙人，找个比褚学姐更懂得玩弄人心的男妖精不就行了？

没电影看，穗杏只好折回实验室。

她本来想直接回寝室，但不知怎么的，脚步不听使唤地来到了实验室。

穗杏站在实验室门口悄悄往里看，没看到沈司岚，松了口气的同时又免不了心中遗憾。

“在找什么？”

穗杏被这声音吓了一跳，撑着墙回过头，想找的沈司岚就站在自己身后。

“没找什么，没找什么。”她一连说了两遍，目的是催眠自己。

沈司岚不动声色地垂眸打量她，淡淡地问：“不是看电影去了？”

“啊？”穗杏不好意思地说，“学姐临时有事，所以没看成。”

沈司岚没什么诚意地表达了他的惋惜：“那真是可惜了。”

穗杏叹气：“是啊。”

“电影几点开始？”他问。

穗杏直接将兜里的电影票掏出来递给他。

沈司岚看了眼，淡淡地说：“现在去还来得及。”

穗杏摇头：“一个人去看多没意思。”

沈司岚没说话。

穗杏看着他突然啊了声：“我想到了！”

沈司岚示意她说。

“我可以找我哥啊，”穗杏赶紧掏出手机准备打电话给杭嘉澍，“他应该有空。”

电话刚拨通，手机却被沈司岚夺过去果断挂掉。

穗杏哎了声：“学长你干吗？”

“之前我有没有跟你说过，以后有事找我？”

穗杏喃喃地说：“这不方便。”

沈司岚眯着眼问：“因为你在躲我，所以不方便是吗？”

穗杏极力否认：“我没躲你。”

沈司岚委婉地揭穿她：“学妹，撒谎的时候语气要坚定点儿才有说服力。”

“谁让你跟我说那种话，”穗杏咬了咬唇道，“这都怪你自己。”

“哪种话？”

穗杏咬牙：“学长你知道的。

“我跟你说过很多话，”沈司岚闲闲地说，“我想不到。”

他理直气壮地装着傻。

“我懒得跟你说。”她跺脚，恨声离去。

沈司岚从背后拉住她，似乎非要在今天问个清楚。穗杏想逃来着，挣脱几下没成功，红着脸让他放开自己。

他啧了声，把实在好动的小女生拽进实验室里，麻利地用脚踢上门，抬手落锁，看她往哪里跑。

穗杏目瞪口呆地看着他锁上了门："你——"

"还跑吗？"

穗杏心想：你会锁门，难道我就不会开门了？于是她果断往门口跑去。

他轻松地提溜起她，八十多斤的小女生轻得很。他几乎是毫不费力地就把她抱到了实验桌上。

穗杏双脚腾空，手撑着桌子整个人往后仰。

沈司岚看她那警惕的样子，勾唇笑了笑："怕什么？我又没想对你怎么样。"

他这话说得好像她在自作多情似的，穗杏崩溃地啊呀大喊了一声，尴尬地想要跳下桌子。

沈司岚手疾眼快地摁住她。穗杏留意到身后摆放着昂贵的实验仪器，怕碰到所以不敢往后退，但更不敢往前靠。

进退两难的穗杏不敢看面前的人。

"学长，"她小声说，"有监控的。"

实验室里的实验仪器都是真金白银，当然会装监控，这是常识。

沈司岚当然也知道。

他自己没往那方面想，倒是穗杏不断地把他往那方面引导。

他感觉如果不做点儿什么，都有点儿对不起她那想象力丰富的小脑瓜了。

沈司岚失笑，正准备说什么，刚刚从穗杏手中抢过的手机在他兜里振动起来。沈司岚分了点儿心思掏出手机，看了眼来电显示——杭嘉澍打来的。

刚刚沈司岚挂断了电话，反倒让杭嘉澍打了过来。

沈司岚将手机还给她，吩咐道："别说跟我在一块儿。"

穗杏点了点头，接起电话。

"打给我干吗？"

"呃，想找你一起看电影。"

"看电影？都有谁啊？"

“就我们。”

“没沈司岚吧？”

“呃，没有。”

沈司岚的眉头跳了两下。

“你最近没跟沈司岚走得太近吧？”

“没……”穗杏担忧地看了眼脸色不太好的沈司岚。

“你平常躲着点儿那畜生，千万别给他可乘之机，知道没？”杭嘉澍又吩咐道。

穗杏咽了咽口水。

她觉得现在这种情况，她身上到处都是可乘之机。

虽然将穗杏抵在实验桌上，但沈司岚还是克制地和她保持着距离，并没有进一步的动作。

沈司岚蓦地眯眼，直接用手霸道地钳住穗杏的下巴，轻松地掰过她的脸，单手撑着桌面，没什么技术难度地弯腰低头往她的脸上亲了一口。

穗杏整个人犹如被五雷轰顶，变成了一簇烟花当场炸开。

她听到他在她耳边低低地哼笑了一声。

“跟你哥说，晚了。”他用只有她能听到的声音，在她耳边悄声说。

嘱咐完，杭嘉澍放心地挂掉了电话。

等他过来接穗杏去看电影时，却还是碰上了正从实验楼出来的沈司岚。

他心感不好，离人还有四五十米时就叫住沈司岚。

沈司岚闻言侧头，双手插着裤兜原地站着等杭嘉澍走过来。

杭嘉澍用一种很奇怪的语气问他：“去哪儿？”

“回寝室。”

“你刚才一直在实验楼里？”

“嗯。”

杭嘉澍皱眉：“那你刚刚跟我妹在一块儿？”

沈司岚目光沉静地打量着他，察觉到杭嘉澍想要从他口中得到的答案，笑了下，说：“没有。”

杭嘉澍不太相信：“真的？”

沈司岚不答反问：“怎么？你怕什么？”

杭嘉澍严肃地道：“你想多了，我随便问问而已。”

沈司岚眼皮上撩，淡淡地问：“找你妹干吗？”

“没干吗，过来看看她。”杭嘉澍甩手赶人，“行了，你不是要回寝室吗？赶紧回去吧。”

沈司岚嗯了声，转身离开。

看着沈司岚傲慢的背影，有种预感在杭嘉澍心里越来越清晰，可是他又找不到任何证据。

实验室今天放假，杭嘉澍上楼找穗杏时，整个空荡的室内只坐着她一个人，从后面看她的背影显得有些孤零零的。

“走了。”杭嘉澍敲了敲门框。

穗杏迅速站起身，朝他走过来。

杭嘉澍就站在门边，双腿随意地交叠搭着，抱胸看她走过来，结果穗杏好像压根没发现他似的，径直往门外走去，绊到他的脚，整个人踉跄两下快要摔倒。

他手疾眼快地抓住了她的肩膀扶她站好：“你搞什么？”

穗杏回过神来，没什么说服力地解释道：“不小心。”

“要不要把你小时候用过的学步车重新拿出来？”杭嘉澍笑着问。

穗杏生气地看他一眼，没说话。

看电影的时候，由于是爱情喜剧，杭嘉澍对这种类型的电影本来就没什么兴趣，坚持了半个多小时就开始犯困。

既然是爱情片就肯定会有不可描述的镜头，国产电影对这个把控挺严格，大尺度的情况不可能有，亲亲抱抱躺倒在床上，再来个模糊镜头玩意识流就是最大的尺度了。

杭嘉澍手扶着下巴瞥了眼穗杏。

电影里男主已经开始脱女主的衣服，其实也就露了个腰，即使是这样，背景音乐和电影滤镜加持，性暗示相当明显。

穗杏对此好像压根没反应，杭嘉澍不禁想：这小东西这么冷静，这几年到底是从哪儿悄悄补了课？

可能是察觉到哥哥的目光，穗杏转过头和他对视，用气音问：“干吗？”

“没。”杭嘉澍转过头。

尴尬那都是成年人的事，就像以前在家里和父母看电影，小孩子倒是没觉得有什么尴尬的，反倒是父母杞人忧天，觉得男男女女情情爱爱的东西都不健康。

来看电影的大多是女孩子或是年轻小情侣，整个厅的人素质不错，大家都安安静静地看电影，偶尔蹦出个笑点才七七八八地笑起来。

杭嘉澍不知道别的兄妹会不会一块儿看这类型的电影，反正他下次要是再陪穗杏看电影，一定事先问清楚是什么类型的片子再做决定。

等电影结束，兄妹俩走出电影厅。

穗杏想买奶茶喝，杭嘉澍便陪她在奶茶店门口排队。

她站他前面，偶尔心急地侧头往前看队伍还有多长。

杭嘉澍盯着她的脑袋顶，突然开口问："你是不是长高了？"

"嗯，"穗杏说，"没看出来吗？"

"要是突然蹿个七八厘米我还有可能看出来，"杭嘉澍说，"就你这长了几毫米，我还真没看出来。"

他又埋汰她，穗杏恨恨地道："我长高了三厘米。"

对杭嘉澍这个身高的人来说，三厘米那还真不算什么，可是和队伍里其他的女孩子比起来，穗杏看上去似乎不那么像小孩儿了。

杭嘉澍看了一眼她的鞋，平底板鞋；身上是牛仔短裤，露出细长的两条腿，很夏日简单的打扮。杭嘉澍对她的腿的认知还停留在她没念大学之前总穿着那条肥大的校裤。

如果她穿上双小高跟，整个人看上去大概会更成熟高挑一点儿。

冬天裹得太严实，到了夏天看她露胳膊露腿，他才察觉到她的变化。

这个年纪她当然不会再因为爱情电影里的某些镜头就害羞得不敢看，毕竟怎么也到了知人事的年纪。杭嘉澍也是在她这个年纪从网络中学习到大人的知识的。

杭嘉澍突然叹了口气。

看完电影喝完奶茶，杭嘉澍送穗杏回了寝室。

目送她上楼后，杭嘉澍拿出手机打算联系褚学妹。

按照道理来说，那天沈司岚莫名因为杭嘉澍的几句话就气得真的对穗杏乘人之危这件事没那么快过去，就算沈司岚能够当作什么都没发生，但穗杏不可能被占了便宜还不找人问罪。

所以第二天到了实验室，穗杏放下书包老实地坐在自己的位置上，乖乖等着沈司岚过来。

结果没等到沈司岚，她等来了个老熟人。

老熟人是和褚学姐一块儿来的。

“哟，来挺早啊，”杭嘉澍赞许地拍了拍她的头，“不错。”

穗杏目瞪口呆。

01 组因为褚学姐的邀请，再次空降了一个指导学长。

穗杏简直想不通他明明工作已经很忙，为什么还愿意抽空过来给他们的比赛做指导。

没过多久，沈司岚过来了，结果眼睛里突然出现个本来不应该出现在这儿的人。

“来了，”杭嘉澍懒懒一笑，“自我介绍一下，我是你们 01 小组新的指导学长。”

沈司岚足足打量了他半分钟，那眼神冰冷又带着些许复杂情绪，反正绝对不是欢迎的眼神。

“哦还有，你去坐别的桌吧，这桌我征用了。”杭嘉澍说。

沈司岚哼笑了一声：“你怎么不去坐别的桌？”

杭嘉澍理所应当地说：“我是穗杏她哥，不坐她旁边难道你坐她旁边？”

最后沈司岚喉结动了动，冷着脸别过眼，将自己的东西扔到了新座位上。

穗杏趴在桌上，只能悄悄用眼睛去瞥沈司岚。

褚学姐在旁边默默折服。

让杭嘉澍来指导这个决定简直不要太明智。

之后在实验室的日子，穗杏整个人犹如被套上了一个牢笼，杭嘉澍干脆把自己的电脑也给搬到了实验室里，把这儿当成了他的第二个办公室。

穗杏每天看着另一张桌子边的沈司岚，总想找机会当面问他，那天亲她的事到底怎么算，就算他只是因为想要刻意给杭嘉澍添堵才亲她，那他也必须向她道歉才行。

以前被孟舒桐、褚学姐亲，她都不会很介意，亲就亲了，反正她又不会少块肉。

可是自从右边的脸颊被沈司岚的唇碰过之后，她感觉右脸就跟发了烧似的，热热烫烫的，随时随地都在提醒她当时的那个触感。

但穗杏找不到机会，去食堂吃饭的时候，旁边坐着的是杭嘉澍，每天晚上送她回寝室的也是杭嘉澍。穗杏从早上出门到晚上回寝室，压根没有跟沈司岚单独相处的机会。

就算她能背着杭嘉澍偷偷用手机联系沈司岚，那也仅限于隔着屏幕交流，她连跟沈司岚面对面交谈的机会都没有。

穗杏不想隔着屏幕问他，因为这样会错过很多东西。

发了一长串话回复的人内心也许毫无波动，甚至那一长串话都是从别的地方随意复制粘贴用来敷衍的，而隔着屏幕，另一个人不会发现，

只简单地用“嗯”“好”来回答的人，可能内心早已翻江倒海，对着键盘反复思量接下来该说些什么，明明拥有十几页的表情包却无法施展，生怕用得不对就会惹人反感，最后满腔的回复也都变成了简简单单的几个语气词。

只有面对面，她才能抓住他的每一个微表情，试探出他的心意。

究竟是一时冲动，还是别的，对他亲她这件事，他究竟是满不在乎还是跟她一样心神不宁，这些都是她仅凭屏幕里的交流很难察觉到的。

或许隔着屏幕，她会变得大胆起来，什么话都敢说。可穗杏还是觉得，即使自己会在他面前丢脸失措，很可能一句完整的话都说不出口，哪怕能看到他一丁点儿因为她而变得和平日里淡定冷静的模样有稍许不同的样子，也是值得的。

穗杏用剩余的暑期，不断为自己充值勇气。

她觉得就凭那个轻轻的脸颊吻，可以大着胆子去试试他的态度。

反正是她被占了便宜，他要不喜欢她，那她就趁机多敲诈他几顿饭，横竖不能吃亏。

就这样一直等到开学，又是新一届的新生入校，学校再次热闹起来，穗杏正式成了大二生，她的十八岁生日也将在这学期到来。

穗杏当了学姐，负责今年的新生报到。

她打算等开学这几天忙完新生报到的事，就去找沈司岚好好把暑假的事掰扯清楚。

为了防止到时候说不出话来，穗杏还特别隆重地把自己想问的问题写了下来。

穗杏将这张纸藏在了自己的书包里，而书包她每天都背着，这样就能确保这张纸不会落入除她以外的任何人手中。

可是每当穗杏自己悄悄看她写的那些问题时，都会后悔居然一时冲动恬不知耻地把这种只敢在心里想的问题写了下来。

就像把自己脑海中曾经幻想过的自己是哪国遗落在外的公主这类“玛丽苏”剧情写出来一样。

算了，她还是只问重点问题就好。

如果他给出的答案是她期待的，那她肯定会开心得当场晕厥过去。

于是还不一定有胆子问沈司岚的心意的穗杏已经开始幻想在她捅破那层纸后，她和学长之间的关系突然实现质的飞跃，从而迈上一层全新台阶的局面。

亲亲脸颊算什么，还有更害羞的事在后面，思春少女穗杏撑着下巴坐在新生接待处边发呆边想。

“穗杏！”

一个惊喜的声音猛地将她拉回了现实。

穗杏回过神来，下意识地摸了摸嘴角，检查自己有没有流口水。

还好没有。

大白天的，她居然也能做梦，真是有够变态的。

穗杏反省了下自己，顺便拿起手中的冰可乐灌了口进喉，用以浇灭自己的心头火。

刚刚那个叫她的人已经来到接待处，正咧着嘴看着她。

穗杏张大了嘴，愣愣地问：“班长？”

“都毕业了就别叫我班长了，你直接叫我的名字吧。”

穗杏看着眼前的男生，突然想起他在群里说过，他的大学专业报的也是计算机。

高中班长变成了自己的直系学弟，这个状况她真是越想越奇妙。

穗杏麻利地给郭子茗报好到，又热情地告诉他接着该往哪儿走，还顺便以过来人的经验告诉他大一进校某些需要注意的事项。

她说得太多，郭子茗一时有些消化不了，穗杏笑着说：“没事，反正有其他学长、学姐带你的。”

郭子茗却突然低下头小声问：“你不能带我吗？其他学长、学姐我都不认识，这里就你跟我最熟悉。”

穗杏想那也不是不可以。

她大一的时候什么事都是杭嘉澍帮自己搞定的，有熟悉的人带着肯定是方便许多的，反正举手之劳，帮了就帮了。

“行，我带你去。”穗杏站起身，又跟旁边负责报到的同学说自己暂时离开一下，请她帮忙稍微看一下。

同学特别爽快：“没事，你带你高中同学慢慢逛吧。”

穗杏想尽学姐义务帮郭子茗拖箱子，郭子茗哭笑不得地拒绝，说怎么能让女生帮忙。

曾经的高中同学一起走在大学校园里，又成了大学同学，郭子茗一路上跟她说了不少她不在的那段高三的日子里班上发生的一些趣事。穗杏津津有味地听着，竟然有些遗憾没有读高三，错过了这辛苦却又难忘的一年。

“你是不是长高了？”郭子茗突然问她。

穗杏点头：“是啊。”

因为自己长高这件事被发现，穗杏心情颇好，脸上止不住地扬起笑容。

朝夕相处并不容易看出她的变化，但是郭子茗一年多没见她，她的整个变化在他看来不小。

他原本就喜欢穗杏，所以关于一年前的穗杏是什么样子，记得很清楚。

她个子不高，整个人娇小玲珑，是班上年纪最小的，比起其他人来说更像个还没长大的孩子，脸蛋漂亮却稚嫩，整个人都没发育起来。班上的男生总遗憾她年纪太小，还没等她长开她就提前毕业离校了。

穗杏不但长高了，五官似乎也长开了，婴儿肥退了些，整个五官都精致了不少，眉眼柔和，弯眼笑时那股娇俏的感觉还没有消失，但多了几分妩媚感。

她今天穿了件浅色的A字格子裙，自然微卷的长发扎成高高的马尾，露出修长白皙的后脖颈。郭子茗也不知道她有没有擦香水，似乎闻到了从她身上散发出的香味。

穗杏带他来到了男寝楼下。

“你的寝室号是多少啊？”她问。

郭子茗连忙将自己的寝室号告诉她。

穗杏轻车熟路地带他进去，郭子茗看她对男寝的结构似乎很熟悉，不禁问：“你之前来过男寝吗？”

“来过几次。”

“来找人吗？”

穗杏犹豫了会儿，点头：“对啊。”

郭子茗抿唇，想问她每次来都是找谁，却又不敢问。

郭子茗的寝室在四楼，路过三楼时，他明显感觉到她好像往三楼的走廊看了眼。

“你在看什么？”

“没有。”

穗杏嘴上说没有，眼睛却还是诚实地在搜寻着什么。

“哎，学妹啊。”

穗杏回过头，张三学长正站在楼下的台阶上往上看她。

张三迅速注意到穗杏身边的男生，笑着问：“不介绍一下啊？”

穗杏看张三的表情就知道他往哪方面想了，赶紧解释这是自己的高中同学。

张三点了点头，郭子茗适时地说了句“学长好”。

“你好，”张三问，“你不会是为了穗学妹才报这个专业的吧？毕竟这实在是太巧了。”

郭子茗有些害羞地抿唇，但很快大方地承认了：“是的。”

张三顿时睁大眼：“哇，厉害啊。”

他本来是瞎猜，没想到真被他猜中了。

带着震惊表情回到寝室的张三连刚从楼下超市买回来的零食都来不及放下，就赶紧跟他的室友们汇报八卦消息：“你们猜我刚刚看到谁了？”

小侯：“你妈？”

老祝：“辅导员？”

“不是，瞎猜什么呢？要是我妈和辅导员，我至于这么激动？”张三说，“学妹，穗学妹。”

“看到穗学妹有什么值得激动的？她又不是没来过咱们寝室。”老祝满不在乎地甩着手说。

“她来找岚哥的吧。”小侯冲洗手间喊：“岚哥，穗学妹来找你了。”

张三愣了：“岚哥怎么没去迎新啊？”

“谁敢管主席啊。”老祝说。

张三：“哦对，差点儿忘了，岚哥升职了。”

洗手间传来冲水的声音，沈司岚从里面走了出来。

他看了眼寝室，沉声说：“人呢？”

“穗学妹不是来找你的，”张三解释，“她是陪她高中同学来的。”

“什么高中同学啊？”小侯问。

“就高中同学啊，穗学妹高二就被保送了嘛，所以她的高中同学今年才上大学。反正就看着挺纯情的一个学弟，而且这学弟还是为了穗学妹才报的计算机专业。”张三挑眉，道，“因为爱情，你们懂的。”

小侯和老祝相继发出悠长的一声：“哦——”

只有沈司岚没有迎合他们：“学妹的高中同学住几楼？”

张三：“楼上吧，我看他们是往楼上走的。”

沈司岚嗯了声，直接出门。

“岚哥干吗去啊？”张三问。

小侯：“找学妹吧。”

“人家学妹跟高中同学叙旧，他凑什么热闹啊？”

“我哪儿知道啊？”

三个室友不知道他要干吗，沈司岚自己也不知道。

走到四楼的时候，走廊上嘈杂无比，各种人的声音夹杂在一块儿，他往长长的走廊上看了眼，看到穗杏正站在某间寝室门口和她的高中同学说说笑笑。

而那个高中同学有点儿眼熟，沈司岚记起这个人了。

对方曾经在穗杏家的小区楼下，像是对他起誓一般，目光坚定地告诉他，说自己很喜欢穗杏，会努力学习考上和她一样的大学，等上了大学之后再追她。

这人竟然真的考上清大并且追过来了。

沈司岚呵了声，不紧不慢地拨通了杭嘉澍的电话。

收到举报的杭嘉澍突然对沈司岚生出一股歉疚之情。

他提防了沈司岚一整个暑假，没想到沈司岚跟他居然是一边的。

“兄弟，之前是我误会你了，”杭嘉澍说，“以后我妹妹就拜托你盯着了，有情况随时通知我。”

送完郭子茗回寝室，穗杏下楼路过三楼时再次往走廊上看了眼。

开学到现在迎新，她还没和沈司岚见过面。

大二的专业课比大一多了好几门，几乎周周都是满课，穗杏除了学院开会时见过沈司岚，压根找不到机会跟他说话。

这届沈司岚继了褚学姐的任，褚学姐任职主席时想法多，学院新开设了不少活动，光是和别院的联谊活动一学期就多了三回，沈司岚接了学姐的班，这些活动就成了他的担子。

他的性格跟褚学姐很不一样，因而他对褚学姐这种热衷活动的行为也是截然相反的态度，无奈去年褚学姐的上任措施让计算机学院狠狠出了不少风头，为了延续计算机学院的巨大光环，为理工科争光，沈司岚只能选择性地废除了部分活动，其余的都按照上届主席的做法保留。

这就导致他很忙，非常忙，几乎是忙得两天一小会三天一大会。

沈司岚的性格大家都知道，所以这次迎新，谁也没敢让主席参加。别的院主席迎新都是笑脸迎人，换作他们院的主席，摆着张冰块脸要是让新生们觉得学长不欢迎他们来，集体转专业那就不好了。

在楼梯上站了会儿，穗杏还是下楼了。

在新生接待处待到晚饭时间，穗杏便收摊去研究院找杭嘉澍吃饭。以往都是杭嘉澍过来本部找她，但他这个学期也忙。导师最近出省参加学术活动，发论文的事他只能自己硬着头皮上，于是就换成了穗杏去研究院找他。

穗杏大一的时候很少来研究院，主要是距离太远，还得搭校内公交车过来。她嫌麻烦就没怎么来。自从这学期开学在研究院的食堂吃了几餐后，穗杏突然觉得也没那么麻烦了。

研究院不光伙食比本部好，不少教学楼和宿舍楼是前几年才修建好的，比起年代久远的本部大楼简直是富丽堂皇。

每年入学选专业，都会有不少准大一生在贴吧问哪个专业分到的宿舍楼最好，报专业不光要看专业的就业前景如何，住宿环境也是不可忽视的重要因素之一。清大本部和分校区的大楼新旧不一，分到老楼的人就只能自认倒霉，分到新楼的人恨不得敲锣打鼓普天同庆。

杭嘉澍的宿舍是两人间的，他和老侯学长住一起，不过听说还有单人豪华间。虽然一个人住是挺舒坦，但宿舍就是合住才有那个味道，两人间刚刚好，不多也不少。

穗杏来了研究生院才知道天堂是什么样的，连食堂都跟他们本部不同，装修得跟自助餐厅似的，木桌木椅，颇有设计风格的光面地砖，四处还点缀着假藤篮，饭菜价格比本部食堂略贵，但吃着舒心，贵点儿也值。

穗杏咬了口自己最爱的排骨，这里的食堂就连排骨做得都比本部好吃。

“好吃吗？”杭嘉澍问。

穗杏猛点头："好吃！"

杭嘉澍哼笑了一声："有吃的你比谁都积极。"

穗杏也不反驳，乐呵呵地继续吃。

杭嘉澍看她松鼠般的吃相，突然问起她那个高中同学的事。

穗杏老老实实地说了。

"所以他是因为你才报这个专业的？"杭嘉澍问。

"嗯。"穗杏有些不好意思地承认。

"你那同学把计算机专业当什么了，追女孩的垫脚石？事关以后自己的就业方向，他就这么随随便便地因为你定下来了？"

在杭嘉澍看来，这比为了某个人高中分科是选文还是理还鲁莽。

"可是，"穗杏看着杭嘉澍说，"我当初会选这个专业也是受你影响啊。"

杭嘉澍顿了顿，双标地道："我跟你能和你跟你高中同学相提并论吗？你要以后找不到工作可以来给我打工。你那同学呢？耽误了人家你负责给他发工资吗？"

穗杏的重点都在杭嘉澍中间那句话上，她不满地道："我给你打工？你不应该说你养我吗？"

杭嘉澍懒洋洋地说："没钱。"

穗杏："你骗人。张三学长都跟我说了，你赚了不少钱，就是抠。"

杭嘉澍笑她天真："张思睿的话你也信？"

并不是张三说什么穗杏就信什么。她自己也认为杭嘉澍在装穷，一般越说自己没钱的人往往越是有钱。

吃完饭杭嘉澍送穗杏去搭公交车，穗杏想先去超市买零食。

杭嘉澍晚上还有课，不太想搭理她："你们本部没超市？"

"有，"穗杏说，"但是你们研究院的超市比我们本部的高级。"

杭嘉澍无语。

超市再高级还不是卖一样的东西，不知道她什么毛病。

穗杏眼巴巴地看着他。

杭嘉澍叹气："行，你去高级超市买零食。"

校内超市再高级能高级到哪儿去，顶多就是面积大一些，东西种类看着多一些而已。

杭嘉澍懒得陪她逛，坐在超市门口的公共椅上等她出来。

穗杏出来找他的时候，杭嘉澍还以为她已经买完了，感叹小东西今天动作挺快。

“没有，”穗杏伸手，“你的手机给我。”

杭嘉澍眯眼，秒懂她的意思。

“我说你为什么非要在研究院这边的超市买零食，搞了半天是想我给你付钱，”杭嘉澍又是好笑又是无奈地摇了摇头，将自己的手机扔给她，嘴上还不忘嫌弃两句，“看你那小气劲儿。”

穗杏：“彼此彼此，支付密码没换吧？”

杭嘉澍：“换了。”

兄妹俩对视，穗杏从他眼底的笑意察觉到他在骗人，哼了声转身重新走进超市。

杭嘉澍有点儿吃惊，居然没骗到她。

穗杏在货架前思索着买什么口味的薯片时，手里杭嘉澍的手机振动起来。

她低头看去，来电话了，来电显示并没有备注。她转头往超市门口看去。

和超市内的灯火通明不同，外面光线昏暗，杭嘉澍的影子隐匿在黑暗中，靠着椅子闭眼小憩。

如果是工作上的事务他应该会将电话号码打上备注，穗杏想了想，还是决定替他接这个电话。

她刚接起，里头便传来尖厉的女人声音，刺得穗杏耳膜疼。

“这个月的生活费给我打过来没有啊？”

穗杏听这声音，对方好像是个中年女人，第一反应就是这人打错了。

杭嘉澍自己还是学生，问爸妈要生活费还差不多，怎么也不可能需要给一个中年女人付生活费。

于是穗杏礼貌地询问：“阿姨，你是不是打错电话了啊？”

电话那头的人突然沉默，显然是愣住了。

过了几秒，中年女人没解释一句话，直接挂断了电话。

穗杏将手机收起来，心想对方肯定是打错了。

等她买完东西走出超市和杭嘉澍会合时，才告诉他：“刚刚你的手机来了个电话，是打错的。”

杭嘉澍没在意：“哦。”

他看她买了一大袋东西，随意地问：“给我买零食没？”

“啊？你没跟我说啊。”

杭嘉澍啧了一声：“我不跟你说你就不能帮我买？这还是我给你付的钱，没良心。”

穗杏有些不服气：“你想吃零食直接跟我说啊，我又不知道你心里在想什么。”

“那我不管，”杭嘉澍伸手去抢她的零食，“我拿些回寝室吃。”

这零食都是穗杏精挑细选，全是她爱吃的，无论杭嘉澍拿走哪样她都不舍得，于是她将整袋子零食牢牢抱在胸前不让他抢走。

杭嘉澍气笑了：“我真服了你了。”

他也没那么容易善罢甘休，仗着自己个子比穗杏高，力气也比穗杏大，硬是用了蛮力去抢她的零食。

兄妹俩站在公交车站台里为一袋子零食就这么打闹起来，旁边几个等车的同学看得目瞪口呆，没想到这种幼稚园行为居然在大学校园里也有幸能见到。

最后穗杏被抢走了几包薯片。她本来想抢回来，正好公交车过来，杭嘉澍笑眯眯地将薯片藏在了背后，催她上车：“车子来了，还不快走？”

穗杏气得跺脚，只好抱着剩下的零食上车，又走到车窗边大声骂他：“小气鬼！”

杭嘉澍挥手：“拜拜。”

和她闹了这么久，晚上的课已经快开始，杭嘉澍掏出手机想打个电话给老侯，让老侯帮忙把书带到教室，这样他就不用特意回寝室拿书了。

昨天他才和老侯打过电话，找通话记录比找通讯录方便得多。

刚点进界面，杭嘉澍就看到了最近那一通来电，脸突然间变得煞白，整个人僵在原地，寒意由脚底迅速蔓延至全身，手指重重地按在屏幕上，迅速给刚刚的来电号码拨了电话回去。

对方刚接起，杭嘉澍立刻问：“你刚刚跟我妹说了什么？”

女人没有正面回答，反倒笑着说：“我就猜到是杭美玉的女儿，一听她的声音就知道是个从小被宠大、没吃过苦的孩子。”

杭嘉澍冷声重复着自己刚刚的问题：“你跟她说了什么？”

“没说什么，你放心吧。”

“你最好什么都没说，”杭嘉澍警告她，声音止不住地颤抖着，“不然你一分钱都别想拿到。”

女人哎呀两声，紧接着不疾不徐地道：“我又不傻，她要是知道你不是杭美玲的儿子，连她的表哥都算不上，万一不愿意认你这个哥哥了，那我不是竹篮打水一场空？我以后可还指望我儿子给我养老呢。”

“你说够了没有？”杭嘉澍沉声说。

“不说了、不说了，”女人说道，“别忘了给我把钱打过来啊。”

电话被女人挂断，杭嘉澍头痛欲裂，捂着头蹲下身子，手指不住地按压太阳穴。

上课预备铃响起，老侯打来电话问他怎么还没到教室，杭嘉澍这才重新站起来。

“我的胃有点儿不舒服，”他轻声说，“你帮我跟教授请个假。”

“胃又痛了？那你赶紧回寝室吃药躺着休息吧，教授那边我帮你说。”

“谢了。”

杭嘉澍挂断电话后，穗杏的微信正好发了过来。

“我到寝室了。”

“嗯。”

“你把我最喜欢吃的口味的薯片拿走了。明天我不去找你吃饭了。”

“嗯，最近这段时间你和室友们吃吧。”

或许是女人的话实在太过戳心，直接揭露了他最心底的想法，他不愿意承认，更不敢面对穗杏。

穗杏本来是想借此小小地警示下杭嘉澍，结果没想到真不用去找杭嘉澍吃饭了。

寝室里，孟舒桐正躺在床上提议明天要不要去下馆子。

“这几天食堂肯定很多人，”孟舒桐说，“我抢不过那些新生。”

她说这句话时，已然忘记了自己一年前也是食堂饿狼，学长、学姐们同样抢不过她。

“可以。”王可慈坐在位置上边敷面膜边说。

“有钱，你呢？”孟舒桐大声冲洗手间里的万亿喊道。

万亿的声音从洗手间里传来：“啊？你说什么？”

“明天要不要去下馆子？”

“要！”

孟舒桐：“OK。”

此时穗杏默默地举起手：“加我一个。”

孟舒桐和王可慈同时转过头不可思议地看着她：“你不跟你哥一起吃饭了？”

穗杏严肃地道：“我觉得我偶尔也要参与一下寝室集体活动。”

孟舒桐喊了声：“你每天不是待在团委办公室就是去研究院找你哥，除了晚上睡觉回寝室，没看出来你有多注重我们寝室的集体活动。”

“最近迎新开会多啊，没办法。”

孟舒桐坐在床上居高临下地看着她，语气不满地说：“隔壁寝室的去年就一起去张家界旅游了，我们寝室到现在大二都开学了，还没一起出去玩过。”

“那要不就这个国庆节吧？”王可慈问，“穗穗，你国庆节的时候总不用开会吧？”

穗杏面露为难之色：“啊，国庆啊？”

孟舒桐抱着枕头幽怨地看着穗杏：“你搬出去吧。”

“不是，”穗杏急忙解释，“褚学姐去年提议想让我们院团委每年长假的时候举办一次集体活动，但是因为去年迎新晚会搞得太大，经费有点儿不够，所以一直拖到今年团委的老师才批准，学长延续了学姐的提议，打算在国庆节的时候一起出去玩。”

“去哪儿旅游啊？”孟舒桐好奇地问道，“你们团委应该挺有钱的吧？不会是出国吧？”

王可慈吐槽道：“偶像剧看多了吧你。”

“怎么可能？”穗杏摇头，“就是去露营而已。”

孟舒桐：“露营？睡帐篷那种？”

“嗯。”

“哎，只有你们学生干部可以去吗？”孟舒桐问，“我自己出钱能多加个人头吗？”

穗杏想了想说：“好像是可以带家属的。”

“家属？你又没有男朋友。”

“家属肯定包括室友啊。”

一帮年轻大学生连婚都没结，父母亲戚又不在身边，家属只是个笼统说法，对象、室友、朋友都能叫作家属。

“可以带几个家属啊？一个寝室的人都带上行吗？”

这就有点儿为难了。

穗杏说：“我问问。”

她本来是想直接问沈司岚的，想了半天没敢，最后还是选择在群里问。

穗杏：“露营可以带几个家属啊？”

很快有人回。

“有几个男朋友就带几个哈。”

“你有男朋友了？还不止一个？”

“哪个畜生啊？问过我们团委娘家的人了吗？”

穗杏：“是室友！”

“哦，室友啊。”

“吓死我了。”

“你的室友单身吗？”

穗杏：“都是单身。”

“那都带过来！”

“漂亮妹子越多越好。”

“有没有男同志的室友也是单身啊，长得帅的也带过来啊。”

“哈哈哈哈哈哈哈哈！可以。”

“联谊联谊！”

露营到底会去多少人，直接决定了要租多少个帐篷、要买多少人份的食材，并不是群里一大帮人说带几个那就能带几个的，负责这次露营活动的组织部需要做出一份详细清单呈给主席看，主席点头了，露营的人数才算是确定下来。

即使穗杏没有直接问沈司岚能带几个家属去露营，可她自己就是组织部的人，所以最后各种费用算下来，清单还是得由她交给沈司岚过目。

过了几天，穗杏终于跟部门的人确定好采购和租赁清单。她整整齐齐地做了份电子文档，命名为“露营预计采购与租赁物品”后，发了过去。

不多时，沈司岚回复了：“可以。”

他出乎意料地干脆，穗杏本以为他会直接否掉这份清单。

穗杏：“预算够吗？”

沈司岚：“嗯。”

穗杏目瞪口呆，没想到沈司岚会这么好说话。

挤在穗杏的座位上关心能不能跟着去露营的孟舒桐对沈司岚的回复也

很好奇。穗杏之前给她打过预防针，说可能会超预算，她们一整个寝室的人很有可能得另找机会一块儿出去玩了。

孟舒桐看穗杏半天没说话，不禁担忧地问："学长否了？"

穗杏没有直接回答，而是自言自语地感叹道："我们院好有钱啊。"

孟舒桐："……"

因为主席对清单点头了，露营的人数很快确定下来，带家属多的如穗杏有三个，也有人只带了一个朋友，有的人觉得这就是大型联谊不想让单身朋友过来分走目光，单枪匹马地杀入了露营活动。

其实也不止穗杏觉得预算过于多了，包括上届已经退位的主席褚学姐也觉得钱有点儿多。

交接工作时，褚学姐问沈司岚："我们院什么时候这么有钱了，居然搞得起大型露营活动？"

沈司岚低头看着文件，眼睛都没抬一下："去年你办迎新晚会，你以为还剩多少钱？"

"那露营的钱哪儿来的？"

沈司岚轻描淡写地说："我出的。"

褚学姐瞬间呆滞，突然就觉得自己这个主席当得好没用，都不能随随便便就拿出包下一整个集体活动的费用。

"有钱真好。"

"学妹她们能玩得开心就好。"

褚学姐突然正色道："学弟。"

"嗯？"

"你还缺学妹吗？"

沈司岚语气闲适地说："不缺。"

褚学姐酸意十足，愤愤地跑出了办公室，给自己的便宜老公发了条微信，控诉他年纪一大把，还不如一个二十出头的年轻学弟会玩浪漫。

"人家为了学妹，包下了一整个露营活动！"

"呜呜呜！我好酸。"

"为什么没有人为我承包所有的帐篷？"

便宜老公淡定地回复。

"帐篷不好。"

“不懂得玩浪漫就不要找借口，老男人。”

“不是借口，隔音效果不好。”

褚学姐：“……”

新生结束军训没多久，很快就到了国庆节。

团委这次将露营地点定在了市区外的其中一个景点半月山，因为山的形状像半个满月而得名。

这一片是市内的3A级景区，比起其他5A级景区，半月山景区相当小众，外地旅客如果不是追求文艺范儿很少会过来玩，因而国庆期间人不多。就算有人过来玩也就是站在山顶处欣赏欣赏风景，很快离开出发去下一个景点。

这里很适合本地人结伴过来露营野餐。

因为要去露营，穗杏的生物钟极为准时，她到点就醒，一点儿也没有还想睡回笼觉的念头，精神抖擞地爬下床开始检查昨天晚上就收拾好的东西。

孟舒桐要化妆，起得是最早的，穗杏刷牙的时候她已经在画眼线了。

穗杏嘴里含着牙膏沫说：“你化了妆晚上在山上怎么卸妆啊？”

“我带了卸妆棉。”孟舒桐问她，“反正时间还早，要不我给你也化一下？”

穗杏摇头：“我不用了。”

“哎呀来嘛，我保证给你化得好看。”

孟舒桐来劲儿了，非要在穗杏的脸上大展身手。

穗杏再三要求别化得太浓，孟舒桐知道她不习惯，只给她化了个很淡的妆。据她自己说，这叫素颜“绿茶妆”，直男看不出来，只会感叹：“啊，这个妹子素颜好漂亮。”

穗杏半信半疑，反正孟老师也不是第一天这么能说会道了。

等四个女生出门和大部队集合时，已经有不少人站在校门口等露营车过来接。

孟舒桐交际花体质，很快认识了在场所有的男生，最后得出结论：“还是裴老师比较帅。”

等沈司岚到了后，孟舒桐赶紧戳了戳穗杏的胳膊：“快过去打个招呼，

用你的素颜妆征服学长！”

越是被人怂恿，穗杏越是不敢上前，最后还是孟舒桐硬推着她到沈司岚面前刷了下存在感。

穗杏死命低着头。她也不知道自己在害羞什么，按理来说今天化了妆应该是自信地抬着头给他看的，但到了人前，才发现还不如素面朝天，这样上赶着让人强行惊艳的感觉真的很羞耻。

早知道今天她怎么也不让孟舒桐往她脸上鼓捣了。

沈司岚闲闲地说：“落枕了？头都抬不起来？”

穗杏：“没有……”

她嘴上说没有，但还是没有抬头。

沈司岚慢悠悠地说：“你不抬头我怎么夸你漂亮？”

穗杏条件反射地抬起头，眼睫困惑地上下扇了扇：“你看出来了？”

“什么？”

“我化了妆。”

沈司岚笑了下，歪着头道：“我没看出来。”

“那学长你——”

“我只是单纯觉得你漂亮而已，跟你化没化妆没关系。”

“……”

穗杏嗫嚅半天，挤出两个字：“谢谢。”

“不过我看出来你涂口红了，”他补充，“颜色很好看。”

平心而论，孟舒桐的化妆水平是真的不错。

退了婴儿肥的穗杏是个标准的鹅蛋脸，山根挺翘，鼻头却圆而不钝，有点儿肉感，眼睛大而圆，眼角微微下垂，毫无攻击感的五官柔软又漂亮，很适合颜色温柔的妆。她的唇线并不明显，唇肉丰润，很适合水光感十足的唇釉，显得嘴唇饱满莹润。

这时大巴车司机突然按了按喇叭，叫学生们集合上车，让主席最后再点一点人数。

沈司岚去点名，而穗杏慌忙逃上车，挤在孟舒桐身边悄声问她：“你今天给我涂的口红色号是什么啊？”

孟舒桐：“咋了？”

“我也想买一支，”穗杏顿了顿，又说，“我觉得颜色还挺好看的。”

车子从市区开出来，窗外的景色一路从鳞次栉比的高楼大厦变成了起起伏伏的山丘，半月山傍水，郊野连空气都是好闻的。

一行人下车先爬山，女生们也分担了部分物资，但大部分比如帐篷、炊具这些大件物品还是男生拿。

东西大多是穗杏和部门干事们一块儿负责采购租赁的，包括各人的工作安排也是她一手策划，沈主席不太爱管琐事，说凡事听穗杏的就行。

女生们都比较服从安排，个别还没“中二期”毕业的男生有些不满被安排，穗杏脾气好，面对不熟的人也不好发脾气，礼貌地询问：“是不是任务太重了做不来啊？”

男生挠了挠头道：“也不是。”

穗杏又说：“做不来就算了，男生柔弱点儿也不是什么难以启齿的事，我安排女生是一样的。”

“还是我自己来吧。”

于是那个男生又灰溜溜地老实和其他人合作搭起了帐篷。

“你说穗杏年纪小，说话也软，肯定打不过你，你怎么就听她的话了呢？”

男生骂了句：“你们懂什么。”过了几秒他又抿了抿唇说，“你们试试被她盯着看，我刚刚差点儿以为自己是什么十恶不赦的坏人。”

一帮男生齐齐笑起来。

男女搭配干活不累，帐篷很快搭好，众人自己组队跟谁睡一个。

穗杏和孟舒桐一个，原因是孟舒桐晚上想抱着穗杏睡觉。

王可慈和万亿虽然对此理由嗤之以鼻，但还是点头答应了，她俩一个帐篷。寝室四个人的两个帐篷摆在一块儿，跟露天寝室没差别。

布置好帐篷，孟舒桐先钻进去躺着过了过瘾，虽然下面只垫了层防潮垫，不如床睡得舒服，但胜在自然环境好，在野外搭帐篷露营追求的又不是睡得舒服这点，想睡得舒服又何必来露营？

大部分人参加露营压根就不是奔着睡觉来的，有人连咖啡都带了，为的就是通宵玩个过瘾。

从早到晚，从天光明亮到星云遍布，和同学朋友们围在一起在露天下聊天、玩游戏、吃烧烤，露营的乐趣就在于此。

“哎，我们学长的帐篷在哪儿啊？”孟舒桐突然问。

穗杏往四周看了看：“在那儿。”

孟舒桐从帐篷里探出头往穗杏指的地方看去，有些失望："这么远啊。"

没办法，男生、女生的帐篷是分开的。

一行人布置好所有的东西已经是下午，没来得及吃中饭，直接用带过来的零食勉强解了馋，又开始搭烧烤桌架准备搞烧烤。

烧烤桌架是学生们直接从山下的烧烤店搬上来的。来半月山搞活动的人本来就多，烧烤店索性就出了个租赁服务，烧烤工具和配料应有尽有，他们不用特意去买，给这次经费省了不少钱。

穗杏为了省钱，尽力在能省的地方省下了不必要的开支，最后的经费明细出来后拿给了沈司岚看。

沈司岚彼时正对着烧烤桌架发愁。少爷的身子少爷的命，沈主席也不是故意想站在旁边当大爷等人来伺候，只不过是真的不会搞。

娇生惯养到上大学，沈司岚在这几年里学会了洗衣服和铺床已经算是奇迹。

穗杏把明细递给他道："学长，你看看明细。"

沈司岚接过看了眼说："比预计的少。"

穗杏点了点头："租的东西我们去过好几家店，都是租的性价比最高的。一开始烧烤的食材大家都想吃肉，后来还是觉得荤素搭配有营养而且也比只买肉要划得来。烧烤的配料这些老板算是送给我们的，因为我们租了很多烧烤桌子，就让他打了个折。"

店是她亲自跑的，折扣也是她谈下来的，所以穗杏记得很清楚，逐字逐句说得头头是道。

沈司岚笑了下："很会打算。"

穗杏："能省则省嘛。"

沈司岚将本子还给她，穗杏想了想还是问："学长，我们真的这么有钱吗？为什么去年褚学姐总跟我们说我们院团委很穷？"

"有钱。"沈司岚说。

上任主席说他们没钱，办个晚会都得到处拉赞助，这任主席说他们有钱，直接包下集体露营的费用。

院团委到底有没有钱，除了主席和会计谁也不知道。

烧烤桌摆好后，一行人风风火火地往上摆着烧烤串开始烤。

半月山顶很快冒出袅袅炊烟。

"孜然粉在谁那儿啊？"

“多撒点儿辣椒粉，越辣越好。”

“别放这么多啊，我吃不了辣。”

穗杏在吃辣方面其实还行，但也没有到很夸张的地步，个别串儿上铺着的红辣椒粉都快让人看不清吃的是什么，一咬进嘴里热油嗞嗞地往外溅，辣椒的味道迅速刺痛舌尖的味蕾，泪腺开关被打开，辣得人直吸气。

孟舒桐边哭边说：“好辣，可是停不下来。”

吃辣会让人上瘾是真的，也不知道是哪个院传出来的消息，有个厦门来的哥们儿过来念书，本来是坚决不吃辣的，后来没抵住麻辣小龙虾的诱惑，怒吃几斤后被室友抬进医院打了两天点滴，出院后瞬间解除封印，从此在重口味这条路上越走越远。

吃辣是有诀窍的，不能停，人一停痛觉立马上涌，喝多少水都没用。这个诀窍不吃辣的人很少知道，几串烧烤吃下来，买来的一箱矿泉水瞬间少了一半。就连沈司岚都有些受不了。

再端庄的高岭之花碰到辣椒也得投降，沈司岚尚且能保持风度，吃相很斯文，喝水也喝得慢条斯理，不像其他人是直接往喉咙里灌。他就是嘴唇被辣椒染成鲜红色，显得他唇红齿白，那张清俊的脸更加秀色可餐。

孟舒桐看着眼前的美色呆了，突然咽了咽口水。

穗杏也感觉辣得不行，没注意到室友正在觊觎学长，忙着到处找水喝。

还是王可慈看见，撞了撞孟舒桐说：“能不这么三心二意吗？都有裴老师了，你还盯着学长不放，小心穗穗咬你。”

“好看哪，”孟舒桐指着沈司岚说，“你什么时候见过学长这样？”

王可慈也看过去，表情突然复杂起来：“好像是没有。”

就是军训那段时间他们天天见学长，学长也都是清爽干净的样子。可能是长相问题，学长干什么都让人感觉是下凡度劫。今天学长终于在吃烧烤这个环节栽了，彻底染上了尘世的气息。

王可慈看到沈司岚的额角和鼻尖冒出了汗，他应该是被辣得有些受不了了，极克制地咬着唇，喉结不安地上下滚动，只要停止呼吸舌尖就会感到刺痛。

看着看着，王可慈就愣住了。

她看着孟舒桐，面露愧疚之色：“我对不起穗穗，想到不好的画面了。”

孟舒桐沉痛地拍了拍她的肩：“你现在懂我了吧？”

万亿凑过来：“你们说什么呢？”

孟舒桐立马凑到万亿耳边叽里咕噜地说了什么。

“你们——”万亿都不知道该怎么形容这俩女的，“你们这样对得起穗穗吗？”

孟舒桐睨她：“我不信你没这么想。”

万亿：“……”

这边穗杏也注意到沈司岚被辣得有些受不了，给自己找水时顺便替他也拿了瓶，给他送了过去。

沈司岚接过水：“谢谢。”

“学长，你学我，”穗杏给他做示范，“含着水别太快咽下去，嘴唇痛的话就用水润湿一下。”

沈司岚看她伸出舌头舔了舔嘴唇，眉一皱，突然别过眼去。

隔着几米的孟舒桐激动地握紧了拳：“穗杏同志开窍了！她居然学会舔唇勾引学长了！好样的穗杏同志，就是这样！”

之后穗杏又提出帮沈司岚烤点儿不辣的东西吃。

她烤了串玉米递给沈司岚。

沈司岚接过玉米吃了两口，穗杏盯着他问：“好吃吗？”

沈司岚将玉米递给她：“吃吗？”

穗杏一怔，看着沈司岚刚刚咬过的地方，想要避开这个地方。

沈司岚悠悠地说：“别的地方烫。”

穗杏傻傻地哦了一声，在他咬过的缺口处顺势咬了一口。

孟舒桐再次激动：“间接接吻！穗杏同志太会了！”

等穗杏伺候好沈司岚回来时，孟舒桐感动得一把抱住穗杏，怜爱地摸了摸她的头：“恭喜你，出师了。”

穗杏茫然地看着另外两个室友。

王可慈和万亿同样回她茫然的眼神。

众人吃完烧烤收拾好垃圾已经是晚上，有人带了唱吧精灵过来，在山顶上也可以唱卡拉OK。

一大帮人被分成了各个小群，有人聚众聊天，有人聚众打牌，连聚众数星星的都有。

孟舒桐提议玩游戏：“玩‘真心话大冒险’吧。”

这个游戏很土，但是非常受欢迎。

人类只要还存在于这个地球上，‘真心话大冒险’这个游戏就永远不可能灭亡。

参加游戏的人明摆着就是为了套八卦信息才加入的，因此谁也不需要打幌子，简单粗暴地将啤酒瓶横在众人中间，瓶口指着谁就是谁输，相当刺激。

“学长呢？”孟舒桐说，“把主席叫来啊。”

主席的八卦消息谁不想听？于是几个男生赶紧去把主席叫了过来。

沈司岚显然对这个目的性明确的游戏不太感兴趣，瞥了眼围坐了一圈的人，想要开口拒绝。

“主席你来吧。”

“上届主席经常陪我们玩这个游戏的。”

上届主席是个交际花，能跟他比？

沈司岚低嗤了一声。

穗杏本来也不想参加，但是因为也想打听沈司岚的八卦消息，所以参加了。

她挤在室友身边，心里叫嚣着：参加、参加、参加、参加。

老天一向对她很好，沈司岚妥协了，坐下加入了游戏。

众人欢呼。

第一轮游戏开始，大家都在心里祈祷瓶口转到沈司岚的方向。

只可惜没有，第一轮瓶口转到了孟舒桐面前。

孟舒桐一脸蒙，没想到会转到自己。她参加这个游戏是来“吃瓜”的，不是让人来吃她的“瓜”的。

“真心话还是大冒险？”

孟舒桐果断地说：“真心话。”

傻子才会选大冒险，谁知道会有什么奇葩惩罚等着她。

有人早料到凡是集体活动必玩真心话大冒险，所以早就准备好了抽牌，一沓真心话牌放在了孟舒桐面前：“抽吧。”

孟舒桐顺势抽了一张。

“和异性进行最亲密的接触的地点在哪里？”

“哟！”

“刺激！”

孟舒桐整张脸都红了。

床上，裴老师摁着她叫她老实点儿。

众人一看她这表情就知道有情况，连忙叫嚣：“发过誓的啊，不能撒谎，撒谎选修、必修通通挂。”

孟舒桐咬牙，艰难地吐出俩字：“床上。”

“刺激！！”

“牛！！”

“孟老师不愧是孟老师！”

孟舒桐性格外向，一天下来已经和众人玩熟，“孟老师”这个外号不再仅限于室友叫。

穗杏用这个问题问了问自己，突然想到了不好的画面。

还好不是她抽到这个问题。

穗杏心里大松一口气。

她还没缓过来，下一轮游戏开始，瓶口指向了另一个人。

他选的也是真心话。

“你认为在座的哪一位异性可以成为你的幻想对象？”

男生红着脸指了个妹子，两个人不经意地对视一眼，各自瞬间脸红成麻辣小龙虾。

穗杏：“……”

真心话真的太可怕了。

早知道都是这样的问题，她死都不会答应参加游戏，到时候没套到沈司岚的问题，把自己玩进去了，简直得不偿失。

她心里正这么想，瓶口像是冥冥之中感应到了什么，慢吞吞地停在了她的正前方。

相比起她的目瞪口呆，众人显然都相当兴奋。

“穗杏！”

“刺激！”

“小可爱也有今天！”

“真心话还是大冒险？”

穗杏想也不想地道：“大冒险！”

“有勇气，”带牌来的人嘿嘿一笑道，“抽吧。”

穗杏心感不好，小心翼翼地抽了张牌，心里默念千万别抽到什么古古怪怪的惩罚。

事实证明，上天是个聋子。

“给你的通话记录最近的那个人打电话，并对他说：嗨，眼前人，你愿意做我的心上人吗？”

“哈哈哈哈哈哈哈哈哈。”

“绝了。”

“哈哈哈哈哈哈哈！这是什么土味情话啊？”

“我最近的通话记录是外卖小哥，好险。”

穗杏：“……”

她认命地拿出手机翻通话记录，在看到最近的那通电话联系人时，整个人僵住。

孟舒桐察觉到她表情不对劲儿，凑过去看，无意识地大叫了一声。

“谁啊？”

有人站起身跑到穗杏身边去看，看到后也忍不住大叫起来：“主席！”

“哈哈哈哈哈哈！”

沈司岚：“……”

第七章
互表心意

穗杏最近的通话记录在昨晚，她向沈司岚确认明天出发的具体时间和人数。

明明只是很简单的工作原因，反倒把她推进了坑里。

“这还用打什么电话啊，直接面对面说吧。”

“对、对、对，连话费都省了。”

穗杏被众人各种怂恿，上前两步走到沈司岚面前。

沈司岚坐着没抬头，穗杏盯着他的发旋，脑子里全是糨糊。

“你好，我是——”

很快有人打断她道：“要看着对方的眼睛说啊。”

穗杏的语气快哭了：“学长。”

沈司岚叹气，抬头看她。

两人四目相对，尴尬万分，内心澎湃到了极点，明明为刻意避免什么想要逃离，却又宁愿将自己逼入窘迫难堪的困境中，也不舍为了这分秒的对视、这一刻几乎要攻破防线的冲动、这浑身无力却又兵荒马乱的心跳而挪开视线。

周围人的起哄让穗杏尴尬到手指蜷缩，却又为她的行为铺好了台阶。

游戏而已，这样暧昧的游戏，对方如果恰好是喜欢的人，会不知所措，更会偷偷欢喜。

“嗨，眼前人，”穗杏深吸口气，平静而又大声地说，“你愿意做我的心上人吗？”

两个当事人随即陷入死一般的沉默中。

旁边看热闹的人却突然像是过年般，用暧昧的欢呼声将他们笼罩，更有人拿起空瓶佯装敲锣打鼓的样子用力挥舞。

懂得内情的穗杏的室友们抱在一团，脸上的“姨母笑”透露了此刻她们内心的想法。

“主席，你不给人家一个回应吗？”

“愿意！”

“愿意！愿意！愿意！”

这种事，往往看热闹的人最入戏。

穗杏大喊：“大冒险上又没有说必须等人回答，我说了就算完成了！”

“穗杏恼羞成怒了，哈哈哈哈。”

“她急了、她急了、她急了！”

“主席，你真的不打算说点儿什么吗？”

沈司岚扶额，沉声道：“差不多就行了。”

平常在学校开会大家都听主席的话，好不容易放假出来玩，谁还肯听沈司岚的？在场的人除了穗杏和一些不能碰酒的妹子，其他人或多或少喝了点儿啤酒，不至于醉却壮了胆，瞎闹起来的架势不亚于造反。

主要是这两个人平常在工作中看着实在太正经，沈司岚是主席，性格也偏冷，大家不敢开他的玩笑；穗杏是院团委的吉祥物，未成年又性格单纯，大家都把她当妹妹看待，成年的有色玩笑也礼貌地避开她来。

这场游戏偏偏让这两个人凑在了一起，众人的兴致顿时被推到了最高点。

大家一方面想“不是吧，这两人也能拉郎配”，另一方面又觉得新奇而有意思。

光是穗杏这个环节就闹了好长时间，等进行到下一轮时，众人还没从上一轮的兴奋中走出来。

真心话大冒险就是要这么玩才有意思。

下一轮游戏抽中了宣传部部长，她也选了真心话，问题是“和对象进行到哪一步了”。

宣传部部长叹气："母胎单身。"

众人哄笑，本来挺劲爆的一个题因为抽到了一个单身狗而变得滑稽起来。

几轮游戏过去，大家都保险地选择了真心话，因为穗杏的那个大冒险后劲儿实在太大，大冒险的选项牌被冷落在一边，谁也不敢再抽，直到瓶口再次指向孟舒桐。

其他人是对大冒险有阴影，而孟舒桐这个心中有秘密的人是对真心话有阴影。

"大冒险吧。"

五六轮游戏过后终于有人再次选择了大冒险，一时间鼓掌声响起。

孟舒桐深吸口气，果断地从大冒险的选项牌中抽出了一张。

"找一个在座异性与他合照，被选中的人不能拒绝，并将合照发到朋友圈配上文字'终于等到你，还好我没放弃'。注：不可屏蔽好友或设为分组可见，二十四小时后删除。"

"这大冒险谁想出来的啊？太坑了吧。"

"刺激。"

"大冒险还是比真心话刺激多了。"

孟舒桐："……"

为什么裴老师不在？

"有女朋友的男同志麻烦举个手，"有人体贴地补充道，"到时候引起不必要的误会就不好了。"

几个男生举了手。

孟舒桐看了眼沈司岚，又看了眼穗杏，无奈地叹气。算了，到时候她跟室友反目成仇那就得不偿失了。

她随意地指了个男生，那男生显然也有些害羞，表情慌乱又尴尬。孟舒桐拍了拍他的肩，安慰道："朋友，没事的，过了时间我就删。为了补偿你，如果你有喜欢的妹子，我无偿帮你追到手。"

男生干笑道："那倒是没有。"

孟舒桐："你不介意我用美颜软件拍吧？"

"不介意。"

和男生熟悉的同学都在调侃："恭喜师丈！"

男生恼羞成怒道："闭嘴！"

孟舒桐也被闹得有些不好意思，心想今天真是倒霉。

拍了合照，她真的没屏蔽人、没分组，将合照发到了朋友圈里，很快下面的评论就占满了屏幕。

“猝不及防地脱单？”

“啥时候发展的啊？咋没听你说过？”

“女神恋爱了，爷的青春没有了。”

“你速度好快。”

“谈了？真谈了？”

“你这公布词我还以为你要结婚。”

“祝百年好合、早生贵子。”

“桐桐，你谈恋爱怎么都没和我们家里人说？你爸知道吗？”

“我失恋了，呜呜呜！”

评论大多是同学、朋友们的祝福和调侃，也有晚睡的长辈的问候。孟舒桐心想：明天算是要完，估计解释都得一个个解释过去。

算了，明天的烦恼就留给明天吧，今天她先玩个痛快再说。

于是孟舒桐潇洒地将手机扔到了一边。

接下来，更加没有人愿意再选大冒险了，真心话一轮又一轮地答过去，一开始新鲜的问题也渐渐变得索然无味起来。

在游戏进行了一个小时后，瓶口终于慢慢地指向了沈司岚。

“终于！！！”

“终于等到你，还好我没放弃！”

“主席！”

“主席，你选真心话还是大冒险？”

沈司岚：“……”

有人小声起哄：“大冒险、大冒险！”

“大冒险！”

“大冒险才好玩啊！”

沈司岚：“真心话。”

“贼。”

“没意思。”

“没点儿情趣。”

被嫌弃的沈司岚抿唇，知道这帮人想看什么，所以偏偏不如他们的愿。

这帮院团委的干部、干事精得很，索性见招拆招，其中一人站起身反对道："不行，真心话那些问题都太没意思了，主席你作为我们院团委的领导人物必须以身作则，你不入地狱谁入地狱？所以我申请换一套真心话，谁关注了那种小游戏公众号，让主席随便在线上抽一个问题回答，怎么样？"

"好！"

"同意！"

"换一套题！"

众人联合上书，"昏君"要不退位要不就接受民意。

沈司岚保持着最后的威严，低声警告道："别搞那种奇奇怪怪的问题。"

"放心，大家都是成年人，那必须符合社会主义核心价值观。"

主席一妥协，其他几个人立马动手在手机上搜，最后搜到一个游戏小程序，直接在手机上抽牌。屏幕里显示出几张被盖着的牌，沈司岚随便点一张翻面即可。

他随便点了一张。

光风霁月的沈主席在看到问题的那一刻，高岭之花的人设终于绷不住了，重重闭眼，耳根和脖颈迅速泛起烫人的颜色。

最后沈司岚拒绝回答了很多问题。

其他人不依，大家都老老实实地抽到什么问题就答，主席怎么能搞特殊？

可是沈司岚坚决不答，他们又没法拿烧烤竹扦架在主席的脖子上逼他说，于是最后只能让主席喝酒，而且不是一瓶就能了事。

为了不回答这个问题，沈司岚纵使酒量还不到酒仙的地步，也顺从地喝了。

喝完最后一瓶，沈司岚咽下最后一口酒，干净的眼眸已略显混浊。

"行了吧？"

"行了、行了，不答就不答。"

之后的真心话完全换了套题目，大家在答题时还不忘嚷嚷："把那个叫穗杏的耳朵给我捂起来！"

已陷入黑夜的半月山光线微弱，山顶处昏黄的小灯亮起，大家打开手机用电筒照明，欢笑不停。

总有人感叹高中时光美好短暂，可大学也只有四年，大学是人进入社会前最后的象牙塔，时间自由分配，学业不再繁重，大学生们渐渐明白读书究竟是为他人还是为自己的将来，图书馆里永远不缺求知若渴的人，寝室里也永远有不少沉迷游戏的人，这四年该怎么过，全凭自己打算。

这就是大学生活，自由、短暂，同样很容易被荒废。

可大家这样和朋友们在一起，即使虚度也叫人欢愉，纵使短暂也让人在毕业后难忘。

到半夜三点多，山顶的温度骤降，撑不住的女生们率先躲回了帐篷里休息。

男生们拾来山上的枯树枝，做了个简单的小型篝火，围在篝火边聊天。

穗杏和孟舒桐缩在帐篷里聊天。

孟舒桐今天也喝了点儿酒，双目发光，盯着帐篷顶发呆。

“穗穗，你说裴老师会看到我的那条朋友圈吗？”她突然问。

穗杏摇头：“不知道。”

“老男人估计早就睡了，”孟舒桐叹气，“然后明天他起来刷朋友圈的时候，我的那条早就被压到下面去了。”

穗杏问：“那你想他看到吗？”

“想又不想。”孟舒桐说。

她不想他误会，却又想他在意自己。

这种矛盾的心情孟舒桐无法解释，只能说：“如果一个男人对你有一点点好感的话，在看到你跟别的男生在一起时心里肯定会不舒服的，就看他会不会表达出来了。”

“哦。”穗杏有点儿困了，闭着眼敷衍地回答。

可孟舒桐毫无睡意，突然坐起来问她：“我想试试，你想不想试试？”

“怎么试？”

“你那个高中同学叫什么名字？”孟舒桐问。

“郭子茗，”穗杏问她，“你要干什么？”

孟舒桐神秘地眨了眨眼，突然拉开了帐篷拉链，冷风瞬间灌入，穗杏不禁缩了缩肩膀。

她看到孟舒桐重新穿上鞋子，一路绕开了许多帐篷，最后到了沈司岚的帐篷面前。

穗杏蓦地睁大眼睛。

孟舒桐坏笑了一声，手呈喇叭状，凑到沈司岚的帐篷前大声说：“穗

穗，这么晚了还和郭子茗煲电话粥啊？”

穗杏：“孟老师！”

孟舒桐冲她眨了眨眼。

接着孟舒桐迅速跑回帐篷前，穗杏却生气地不允许她再进来，残忍地拉上帐篷拉链还锁了起来。外面的人拉不开帐篷，只能求饶：“外面好冷啊，让我进去。”

“谁让你去学长的帐篷边说这个的！”穗杏恨声道。

“我帮你啊，你是不是傻？”孟舒桐说，“狗咬吕洞宾。”

“你这是帮倒忙。”

“你懂什么，”孟舒桐又说，“算了，我去烤火，你好好想一想我这到底是助攻还是帮倒忙吧。”

说完她真的走了。

刚帮完穗杏，孟舒桐又选择帮自己。

她掏出手机找到了裴老师的微信，现在这么晚了，他肯定早就睡了。

可她还是想试一试。

“裴老师，你看到我的朋友圈了吗？”

这太明显了，孟舒桐将这句话删掉，又编辑了几条开场白，最后都被自己一一否掉。

凌晨的问候，无论她说得再怎么官方，那昭然若揭的心思也是藏不住的。

或许是喝了酒，又或许是因为夜色让人头脑不清醒，孟舒桐咬牙，指尖还在颤抖，最后发送了“睡了吗”三个字过去。

她也没指望裴老师会回。

或许等到早上，她这种冲动就会消失，届时她只要随便找个理由敷衍过去就行。

孟舒桐坐在篝火旁，晃动的火光将她的脸烤得火烫。

只是这次裴老师没有给她留后路。

“没有。”

孟舒桐在心中尖叫，佯装淡定地回复他：“怎么还没睡？”

她还附送了一个可爱问号的表情包。

“工作。”

“那你继续，我不打扰你了。”

她还没发出去，这条回复又被删掉了。

“很累吧？早点儿休息啊。”

太……怎么说，总之不太好，孟舒桐又删掉。

她想继续和他聊，又不知该怎么继续聊下去，只得对着手机无措。

没有等她想好该怎么回复，裴老师难得又发了条消息给她：“交男朋友了？”这一条和他的工作毫无关系。

孟舒桐惊讶地张大了嘴，他看到了！

那他为什么不给她点赞，也不给她评论？还是——他不想点赞，也不想评论？

她大着胆子回：“嗯。”

“恭喜。”

随即他便再没回复了。

孟舒桐突然将手机贴在额头前，近乎虔诚地闭上眼，在篝火的映照下，少女唇边的笑意骤然消失，鼻尖与眼角的酸意越来越明显。

她怎么会因为一个人的一句话，整个人深陷入地狱和天堂，任由这看似平淡无波的语气随意地将她的心牢牢掌控，在欣喜与失望间反复横跳，几乎磨掉了她所有的自信和张扬？

她想躺回帐篷里抱着穗杏，可倘若在穗杏面前不小心哭出来会很丢脸。孟舒桐撑着下巴看着面前跳动的火光，山上温度很低，幸而篝火很暖和，她也不觉得多冷。

孟舒桐好久没回来，穗杏以为她生气了，打开帐篷拉链，起身穿上鞋想去找她回来。

拿着手电筒绕过帐篷，穗杏往篝火那边走去。

路过沈司岚的帐篷时，穗杏不禁想：刚刚他到底有没有听到孟舒桐的玩笑？

就算他听到了，又能怎么样呢？

穗杏敲了敲脑袋，想要敲掉脑子里那些自作多情的想象。

帐篷里有动静，穗杏心一跳，转身就跑。

她以百米冲刺的速度跑回自己的帐篷，整个人钻进去，又慌忙将拉链拉上，像个鸵鸟似的用毯子捂住头缩在角落里，听到了自己越来越明显的心跳声。

他是来找她的？真的会是吗？

要真是的话，她是见他还是不见？

万一是她自作多情呢？

一秒之间脑海中闪过无数疑问，穗杏既害怕又期待，最后这个疑问都在听见帐篷外的那个声音后被一一解答了。

“学妹。”

穗杏坐起来，隔着帐篷小心翼翼地问道：“学长？”

“是我。”

“……”

沉默几秒后，穗杏问：“有事吗？”

“出来说。”他说。

穗杏咬唇，最后还是慢慢地拉开了帐篷拉链。

单膝蹲在帐篷外的沈司岚往里看了一眼，问：“你的室友呢？”

“在那边烤火。”

穗杏从帐篷里探出头，刚刚钻进来的时候动作太急，不知道鞋子被她踢到哪儿去了。

她正用眼睛找鞋子，沈司岚突然说：“那我进去说吧。”

穗杏眨了眨眼：“啊？”

沈司岚淡淡地说：“外面冷。”

“哦，那就进来说吧。”

她将拱形拉链全部拉开，腾了个位置让他进来。

本来是两人用的帐篷，两个女生待在里面还绰绰有余，沈司岚个子高，钻进这帐篷和她挤在一块儿似乎都有些委屈他了。

一旦直起腰头顶就会碰到用来支撑帐篷的骨架，沈司岚只能稍微弓着腰，勉强坐在帐篷里。

手电筒还开着，放在一边，穗杏能模模糊糊地看见沈司岚的轮廓。他刚刚喝了很多酒，在逼仄的空间里，酒气混杂着他本身清爽的冷香，尽数灌进了她的鼻子里。

这样似明非明、似暗非暗的帐篷里，穗杏总觉得气氛有点儿不对。

“打完电话了？”沈司岚开口，语气无波，“都说什么了？”

穗杏开始还没反应过来，后来反应过来了才意识到他问的是什么。

所以他就是为了问这个才过来找她的？

穗杏抿唇，有什么坏坏的念头从心里悄悄地冒了出来。

果然近朱者赤近墨者黑，她被孟老师带坏了。

“说话。”他低声催促。

“打完了，”她小声说，“没说什么。”

“你打给他的还是他打给你的？”

“呃……”穗杏心想，这有什么区别吗？

因为不好让郭子茗背锅，于是她说：“我打给他的。”

沈司岚的语气瞬间又低沉几分：“你跟他有什么悄悄话白天不能说，非要在大半夜说？”

“……”

这让她怎么编？

穗杏编不下去了，挠着头说：“不能告诉你。”

她听到他冷笑了一声。

感觉毛骨悚然的穗杏害怕地缩了缩肩膀：“学长……你要没别的事就——”就请出去吧。

他这样真的怪让人害怕的。

穗杏想这么说，可是又不敢，主要是她心里还是不太想让他走。

“赶我走？”

她没说完也不代表沈司岚听不懂。

穗杏赶紧摇头：“没有。”

“不告诉我是吧？”沈司岚突然说，“刚刚真心话大冒险玩得开心吗？”

穗杏：“啊？”

“我们来玩。”

“……”

他怎么这样，单方面命令她？

穗杏心里颇有怨言，可是如果不玩这个，她又怕沈司岚生气，还是妥协地点头了。

“怎么玩？”

“石头剪刀布，谁输了谁认罚。”

这比转啤酒瓶还简单粗暴。

“好吧。”

第一局，穗杏没想到自己能赢。

沈司岚："真心话，问吧。"

穗杏想问什么，又问不出来，突然想起自己写的那些问题。

还好她今天带来了书包。

"你等我一下。"

她迅速抱过书包，从小袋里掏出了那张被叠得整整齐齐的纸。

穗杏一手拿着手电筒，一手拿着纸，这大好的机会必须抓住，不然还不知道得等到什么时候才能问出这些问题。

她在挑，看先问哪个问题比较好。

沈司岚却等得有些不耐烦："你在看什么？"

"没什么，"穗杏赶紧缩到角落里，面对着他，牢牢攥着纸，"马上就好了。"

结果她看了半天，发现没一个问得出口的问题。

果然语言上的巨人、行动上的矮子就是她穗杏本杏。

她又把纸藏到背后："算了，我放弃，我们玩下一局吧。"

沈司岚等了她这么久，结果等了个空，本来也不是什么耐心极佳的人，直接说："你直接把问题给我看不就行了？"

"不行！"穗杏果断地拒绝道。

沈司岚眯眼，直觉那张纸上有猫腻。

小小的人缩在角落里，哪里都是可乘之机，仿佛他不需用多少力气就能完全掌控她。

沈司岚重重地吐出一口气，带着浓浓的酒意，清醒的意识被酒意侵蚀。他不常喝酒，更不要提喝醉，偶尔看到杭嘉澍带着工作室的人喝得醉醺醺的还会出言讥讽，一个个醉鬼像什么样子，更不要说第二天清醒过来知道自己干了什么蠢事后那懊恼万分的样子。

他一直知道酒本来就不是什么好东西，能让人做出平常不敢做出的事，能让人做出心里已经想了很久的事。

他也不多话，直接上前去抢穗杏护在身后的那张纸。

穗杏大惊，可是退无可退，只能手脚并用地往外爬。

沈司岚被她这副样子给逗笑，看着她的手搭上拉链，不慌不忙地一把将她扯过来，一手牢牢地钳制住她，另一只手慢条斯理地将拉链里的内扣给锁上。

穗杏还在他怀里挣扎。

沈司岚："啧。"

她挣扎得厉害，胳膊肘无意地打到了沈司岚的脸，力道还不轻。穗杏一愣，心里更害怕了。

谁知就在她愣神的这几秒，沈司岚顺势将她摁在地上，膝盖摁住她的腿，单手将穗杏的双手牢牢钳制在她身后，另一只手掐了掐她的脸，居高临下地说："真以为我打不过你？"

穗杏欲哭无泪。

她没想跟他打架啊，只是不小心碰到他而已啊！

那张纸因为刚刚的动作被扔在旁边，沈司岚伸手轻轻松松地够了过来。

穗杏："学长！"

她那样子简直快哭出来了。

沈司岚没理她，光线太暗看得有些费劲儿，她的字又小巧，沈司岚眯眼仔细看着，这才看清上面的问题。

他刚看清就笑了出来。

穗杏羞愤地闭上了眼。

完了，她的自尊、她的形象。

"这么多，"沈司岚慢吞吞地说，"一个一个问的话问到天亮也未必问得完。"

穗杏没说话。她又没打算全问。

本来这些问题光是写在纸上就有够羞耻了，穗杏自己也说不出口，但是沈司岚就没有这个烦恼了。

他喝了酒，意识不太清醒，平日里冷静淡定的口气也变得暧昧不清起来。

沈司岚慢悠悠地念道："一、学长你为什么总跟我说骚话？"

穗杏："……"

她不想知道，现在只想死。

"想逗你，"沈司岚自问自答，"下一个。"

穗杏赶紧撑着身体坐起来："一个就够了！"

沈司岚又摁住她："老实点儿。"

"二、学长你的骚话是见人就说吗？"

"不是，"沈司岚再答，"只对学妹你说过。"

穗杏："……"

算了，先别死，等她听完他的回答以后再死也不迟。

“三、学长你为什么老是无缘无故地对我发脾气？”

念完这个，沈司岚蹙眉道：“我什么时候无缘无故地对你发脾气了？”

“有，”穗杏小声说，“之前有很多次，还对我阴阳怪气的。就刚刚，刚刚你也凶我了，还冷笑了。”

“傻学妹，那不是发脾气，是恨你不开窍，”沈司岚点了点她的额头，“你这个脑子哦。”

他这一声感叹还夹杂着意味不明的埋怨。

被戳的穗杏：“……”

“四、学长你为什么要亲我的脸？”

沈司岚反问：“不亲脸亲哪里？”

问完他又轻佻地用指腹调戏了下她的唇瓣，勾着唇说：“嘴？”

穗杏：“……”

她还是死了算了。

“五、学长你是不是喜欢我？”

这个问题他很久没有回答。

穗杏心跳如擂鼓，生怕听到不想听的回答。

“我以为挺明显了，”他笑了笑，语气里带着些许无奈之意，“是啊，喜欢你。”

穗杏想，还是别死了，死了太可惜了。

这个世界这么美好，她活着才能感受到两情相悦的美妙。

这种感觉有多美妙呢？

就像是人在工作日的时候睡到自然醒，早高峰时搭到了一趟无人的地铁，养不熟的猫咪突然会跟自己撒娇了，喜欢的电影宣布拍第二部了，饥肠辘辘时打开冰箱发现还有没吃完的零食，盛夏时节走在烈日下突然看到面前有家开着空调的商店，比这些还要美妙。

喜欢的人说他也喜欢你，这一刻，好像整个世界都在拥抱你。

感觉大概就是这么美妙吧，穗杏没出息地想。

之前的种种不确定，此刻都成了确定，穗杏不敢说的话，沈司岚替她说了。

她也不需要再瞒着躲着，而能够大胆地直视他，不用再担心是否会被发现心底的事。

帐篷里唯一的光源来自角落的手电筒，就这点儿微弱的光将穗杏的眼睛照亮，她直勾勾地盯着上方的沈司岚。

沈司岚抿唇，并不平缓地呼吸几下后放开了她。

“后面还有问题。”他轻声说。

“六。”

沈司岚刚说了个数字，很快被穗杏打断：“学长。”

他看着纸上的字：“嗯？”

“我对你，”穗杏没他那么干脆，声音有些含混，“那什么，也挺喜欢的。”

沈司岚安静地看着她，穗杏猜不透他的心思，搞不明白他是真的很平静还是跟她一样只表面淡定，为了不在对方面前太过丢脸才强行端着态度。

很快，沈司岚说话了：

“喜欢我还大半夜跟其他人打电话？

“你挺博爱的。”

他说这话时是一贯的冷静口气，还带着暗讽，非常阴阳怪气。

什么互表心意后的甜甜蜜蜜、温柔缱绻，都是假的，穗杏总算知道撒谎是件多么不可取的事。

“没有，没跟人打电话。”穗杏解释。

沈司岚睨她：“骗我？”

穗杏小声说：“又不是我故意骗的，是孟老师先起的头。”

她毫不犹豫地就把室友给卖了。

在篝火旁烤火的孟舒桐突然打了个喷嚏。

“孟老师，要不你还是回帐篷里去吧？外面太冷了。”

一起烤火的男生关切地说。

孟舒桐吸了吸鼻子，点头道：“我再坐会儿就回去。”

帐篷里的穗杏正在接受审讯。

“室友起的头你就没责任了？”

“有的。”穗杏耷拉着脑袋承认。

她失落的样子看起来实在可怜，沈司岚没坚持几秒，很快叹气问：“真没跟你的高中同学打电话？”

“真的没有，”穗杏说，“不信你查我的手机通话记录。”

沈司岚突然低哼：“没那兴趣。”

穗杏有意证明自己的专一，赶紧从书包里掏出手机递到他面前："真的，你查。"

"懒得查。"沈司岚别开眼不看她，再次拒绝。

穗杏缩回手，不敢说话了。

静默半分钟后，穗杏觉得不对劲儿。

其他人互相表白后都是他们这样吗？僵持到天亮？

她不指望亲亲什么的，但好歹他们也要确定一下关系吧？

早知道这样，她就不说喜欢他了，再吊他一阵子。

"学长。"穗杏抱着膝盖，突然伸手戳了戳他的胳膊。

沈司岚躲开胳膊，态度十分冷淡，将她的那张纸叠成飞机的形状往前一扔，纸飞机晃晃悠悠地撞上帐篷后落下。

"还玩真心话大冒险吗？"她问。

沈司岚淡淡地说："想问什么直接问。"

穗杏："不行，就要真心话大冒险，输了的才要认罚。"

"啧。"

沈司岚背对着她，慢悠悠地出了个石头，穗杏手疾眼快地出了个剪刀。

"我输了，"她的语气听起来比赢了还兴奋，"我选真心话。"

沈司岚转头看着她，穗杏圆圆亮亮的眼睛里写满了"问我问我"。

"不行，"他沉声说，"你选大冒险。"

穗杏眨眼："好吧，大冒险就大冒险，什么大冒险？"

沈司岚用下巴指了指她的手机："把你那高中同学拉黑。"

"啊？"穗杏愣住，"这不礼貌吧？"

沈司岚眯起眼："不拉？"

"拉、拉、拉，"穗杏赶紧将郭子茗的电话拉黑，心想等白天再用微信跟人解释好了，当务之急是先把沈司岚哄好，"拉黑了，你看。"

沈司岚勉强地嗯了声。

下一局，穗杏又输了。

沈司岚："大冒险。"

穗杏："好吧，大冒险。"

"池乐，"沈司岚叫出了穗杏的大学班长的名字，"拉黑。"

穗杏试图阻拦："拉黑同班同学很尴尬的。"

"呵。"他冷笑了一声。

穗杏夙夙地低下头：“好吧，拉黑。”

白天她再跟池乐解释，现在一切以沈司岚优先。

也不知道是不是因为接连输了两次，穗杏士气低落，又输了。

她可怜巴巴地看着沈司岚，心想这次他又要让她拉黑谁？

“真心话吧，”沈司岚命令道，“还有谁在追你？”

穗杏：“啊？”

沈司岚哂笑道：“听不懂普通话？”

穗杏摸了摸鼻子：“我不记得了。”

沈司岚一挑眉毛道：“太多了？”

“也不是很多，”穗杏掰着手指认真地问，“有的只是送了吃的，这也算吗？”

“……”

听他没回答，穗杏只能自己猜测：“应该不算吧？有的我也没收。”

沈司岚冷冷地道：“你收了谁的东西？”

“体育系的一个学长，大一的太极课是他带着我们上的，后来考完试他请我们班所有女生喝了奶茶，我看大家都收了，我也就收下了。”

沈司岚勉强地点了点头：“嗯，还有呢？”

“徐师兄，徐师兄为了补偿上次褚学姐放我鸽子，给我买了好多零食，”穗杏想到这里不禁咽了咽口水，“都是进口的，超好吃。”

沈司岚一副“看你那点儿出息”的表情说：“进口零食就把你馋成这样？还有谁？”

“张三学长，还有老侯、小侯学长，还有祝学长，”穗杏犹豫地看着他，“还有你，这些都算在内吗？”

她倒还算老实，要不就是集体请客，要不就是熟人请的。

“行了，”沈司岚说，“这个问题到此为止。”

穗杏：“哦。”

两个人继续玩石头剪刀布。

这次终于轮到沈司岚输了，穗杏说：“我也要你选大冒险。”

沈司岚没拒绝：“说吧。”

她如法炮制，命令他道：“把你手机里追过你的女生的电话都拉黑。”

沈司岚突然笑了下。

穗杏叉腰：“你笑什么？愿赌服输。”

“你以为谁都跟你似的？”沈司岚抬起眼，语气十分淡定，“就没加过。”

穗杏：“那汪育妃学姐呢？”

“没加。”沈司岚说。

穗杏不信：“没加你们平时怎么联系的？”

沈司岚：“群里。”

穗杏：“……”

这个大冒险的惩罚机会算是浪费掉了，但穗杏也没觉得多可惜，相反还有点儿窃喜。

其实还要不要继续玩已经不重要了，或许是为了在这个狭小的帐篷里找点儿事做，谁也没叫停。

穗杏又输了。

沈司岚：“真心话。”

穗杏：“你问。”

“有交男朋友的打算吗？”

穗杏微愣，轻轻点头：“嗯。”

沈司岚轻笑。

这次轮到他输，穗杏直接照搬他的问题：“学长你打算交女朋友吗？”

沈司岚挑眉反问：“不打算交那我现在在干什么？”

穗杏咬着唇没说话。

她默默地出了剪刀，沈司岚刻意慢了半拍，出了石头。

穗杏：“你出晚了！”

沈司岚要无赖：“没有。”

“学长你——”

穗杏瞪他一眼，沈司岚当没看见，先发制人：“愿意做学长的女朋友吗？”

她的心跳瞬间停滞了几秒。

她咬唇，在心里警告自己要矜持点儿。

穗杏你要矜持！

矜持了大约三秒，穗杏果断地点头：“可以。”

这两个字说出口，穗杏先是懊恼自己怎么这么没有自制力，但很快又被随之而来的兴奋给冲散。

“还玩吗？”穗杏小声问。

沈司岚笑着说：“你要还想玩那就继续。”

或许是刚刚要赖赢了一回，沈司岚这回让着她，刻意让她先出，接着故意输了一次。

她说：“你再问一遍。”

沈司岚略显困惑地问：“什么？”

“就刚刚那句话，你再问我一遍，”穗杏红着脸执拗地说，“我还要听。”

沈司岚咬着唇，极为克制地笑出声。穗杏听不得他低沉的笑，气急败坏地说：“愿赌服输！”

“行，我投降。”

穗杏悬在嗓子眼里的心还没来得及落下，她很快又受到了冲击。

沈司岚捧着她的脸，半个身子倾过来，在她的脸颊上亲了亲。

“愿意做学长的女朋友吗？”

穗杏心间酥麻，呼吸紊乱，被他的气息撩拨得浑身发软。

沈司岚轻笑：“喜欢听？”

她没说话，但身体已经诚实地回答了他。

沈司岚知道她很喜欢。

他掐了掐她的脸，将她抱在怀里，指尖捻着她耳垂的软肉，每亲一下她的脸，就问一遍她喜欢听的这句话。

野外安安静静的，似乎还能听到隔壁帐篷传来的呼吸声，他们窝在这温暖的帐篷里，即使刚经历了一场心跳大战，可外面的人谁也不知道他们在干什么。

穗杏不知道脸被亲了多少下，被亲的那边像是过敏了，又红又肿又麻。

渐渐地她觉得不能一味被动，于是在他怀里动了动，想要抽出胳膊抱抱他。

沈司岚收紧胳膊说：“动什么？”

“胳膊。”她说。

他以为她是胳膊麻了，稍微松了松力道让她抽出了两条胳膊。

穗杏喜欢学他的话，也喜欢学他的动作，刚刚沈司岚捧着她的脸亲她，她也想要捧着他的脸给他一个亲亲。

小手刚搭上他的脸，她很快又缩了回来。

他的脸好烫。

“学长你发烧了？”

沈司岚眼神闪烁了两下："没有。"

穗杏语气很担忧地说："可是你的脸好烫。"

"傻子，"他语气里带着几分埋怨，都不知道该怎么说她，"谁让你非要听我重复那句肉麻的话？"

但凡是个人，也是有底线的。

情浓意动时说这话当然不会有什么问题，可是说多了，听者有意，说者也未必就有多淡定。

穗杏："肉麻吗？"

还好啊，她听着虽然觉得有点儿不好意思，但也没觉得肉麻。

沈司岚低哼："那你说一百遍你喜欢我。"

穗杏："……"

沈司岚："说。"

"我错了。"

她很快认错，一点儿都没犹豫。

"认错倒是认得快，"沈司岚哭笑不得地道，"刚刚听够了吗？"

穗杏刚想说没听够，他立马又沉声补充道："没听够也不说了。"

她立刻哀号："怎么这样？"

早知道刚刚她就录下来了，永久珍藏，以后遇到挫折了就拿出来听一听。

他故意跟她唱反调："就这样。"

"你刚刚亲了我那么多下，"穗杏嘟唇，不满地道，"那我也不让你亲了。"

"那不行，"沈司岚低喃，"都还没亲嘴。"

穗杏咬着下唇瓣，在气氛烘托下话也变得大胆起来："谁让你刚刚不亲？"

"喝了酒，嘴里有酒气，"他哑声说，"不好闻。"

穗杏闷闷地说："不张嘴不就行了。"

她几乎都快忘了这句话有多不知羞，仿佛她很期望，所以在替心里还有些犹豫的沈司岚做思想工作。

"不行，"沈司岚边笑边说，"接吻怎么能不张嘴？"

"轻轻吻一下，不用张嘴的。"

对话越来越奇怪。

穗杏的脸越来越红，她仿佛也意识到什么，想要闭嘴，内心深处更深层的渴望却在告诉她：你想要什么就大胆说出来。

沈司岚叹气道：“妹妹，你也太高估我了，接吻的时候我可不会管你要不要我张嘴。”

穗杏说：“我十八了。”

“嘴倒挺硬，”沈司岚用气音笑她，突然吊儿郎当地说，“那我试试你的舌头是硬的还是软的。”

沈司岚捧着她的后脑勺，整个唇贴了上来。

唇瓣相触的瞬间，穗杏被一种前所未有的感官麻痹了神经，是十分美妙而又心动的接触。

和喜欢的人接吻到底有多神奇？他的呼吸打在她的脸上，温柔触碰宠溺到极点。

穗杏紧紧攥着指尖，整个身体愉悦而羞赧地缩了起来。

两人的牙床磕到时，穗杏突然睁眼。

声音不小，沈司岚也睁开了眼。

“咬到你了吗？”他问。

穗杏轻声说：“还好。”

“抱歉，”他又贴上她的唇，笑着解释，“新手上路，不太会亲。”

穗杏迷迷糊糊地说：“没关系的。”

沈司岚愣了愣，随即笑了。通过唇的感应，她能感觉到他的唇微微上扬。

到现在为止，短短的这段时间里，他笑了很多次。

“你笑什么？”她问。

“不笑难道哭？”沈司岚与她分开，皱眉反问，接着又轻声命令，“别说话了。”

然后他再次亲上。

他们的接吻姿势一直很克制，除了唇相贴、沈司岚扣着她的后脑勺之外没有任何接触，穗杏双手一直抓着身下的小毯子，沈司岚的动作稍微重了点儿，她就又抓紧了些。

黑暗中窸窸窣窣的声音被安静的空气无限放大，偶尔传出男人不满的疑问。

“你一直往后缩什么？”

“没啊……”

“敢说不敢做？”

沈司岚抬起她的胳膊，指引着她抱住自己的脖子：“抱好。”

抱着她他也方便调整姿势。沈司岚不动声色地抱起她。低头吻有点儿累脖子，他让她坐在自己身上，这样她能坐高点儿，也方便被他亲到。

穗杏红着脸任由他摆弄，明明隔着衣服，身体却在发烫。

“好了，别乱动，”沈司岚说，“坐到不该坐的地方你负责。”

穗杏整个人一颤，屁股立刻就乖了，一动也不敢动。

沈司岚敏锐地察觉到了。

从刚刚开始，她好像就很紧张。

无论是接吻的时候下意识地往后缩的腰还是宁愿抓着毯子也不愿抱着他的手，都表明了这一点。

沈司岚眼神一暗，扣着她的下巴直接亲了上去。

啄了啄她的唇，他警告道：“别躲了啊。”

然后他干脆地撬开她的牙齿，穗杏惊呼，被牢牢吻住，还残余的酒气顺着他侵入的舌尖通通被喂进了穗杏的口中。

穗杏没喝过酒，不知道酒是什么味道，但喝过甜酒，吃过酒心巧克力，还喝过带度数的果酒，都是甜甜的味道。所以她觉得酒也是甜的。如果酒不好喝，就不会这么受欢迎。

酒真的是甜的，又湿又甜，还伴随着他嘴里清爽的薄荷冷香，穗杏分不清到底是她吮他的气息比较多，还是他夺她的呼吸比较多。

“学长，你让我喘口气……”

心脏快要跳出，从头到脚像过了阵电流，再不呼吸她就真的要休克了。

沈司岚哑声教她：“你可以用鼻子呼吸啊。”

穗杏茫然又无措地说：“但是——”

“教你别的东西你学得挺快的，”沈司岚叹气，“怎么学接吻这么慢？”

穗杏欲哭无泪。

“你的舌头也动一动。”

沈司岚真的在教她怎么接吻。

穗杏：“怎么动啊？”

“随便动，”沈司岚说，“你觉得舒服就行。”

穗杏试着动了动，舌尖蹭过他的嘴角。她一惊，迅速缩了回来。

接吻渐渐变得舒服起来，初吻的紧张和无措感慢慢消失，变成了真正情动的深吻。

分开的时候，沈司岚还在用指腹揉她的唇。

穗杏小声说：“我的嘴巴有点点麻了。”

说完她伸出舌头舔了舔唇，沈司岚眸色一深，凑上去咬了口她还没来得及收进去的舌尖。

穗杏：“嘶！痛！”

沈司岚突然捂住她的嘴：“小声点儿。”

经他提醒，穗杏这才猛地意识到自己是在哪里。

他们在帐篷里啊！不隔音的帐篷！

她都不知道自己和学长亲了多久！

说到这点，穗杏整个人都紧绷起来，怎么也不肯继续了。

“我都把孟老师忘了。”

沈司岚这才想起她的室友来。

“她什么时候回来？”

“不知道，”穗杏的睫毛颤了颤，“可能马上就回来了。”

“去我的帐篷。”沈司岚拍了拍她的头，示意她起身。

还没等穗杏缓过神来，沈司岚已经打开帐篷从里头出来，又回身蹲下，朝帐篷里的她说：“出来。”

穗杏悄悄探出头，似乎在找什么。

“怎么了？”他问。

“我的鞋子。”

沈司岚挑眉，最后在帐篷不远处找到了她的鞋子。

“怎么把鞋子扔在那么远的地方？”沈司岚起身帮她捡鞋子，嘴里还不忘嘲笑她，“打算光脚下山？”

穗杏没说话。

刚刚要不是躲得太急，她也不至于连鞋子都乱踢，归根结底还是怪面前这人。

穗杏皱眉道：“我不去你的帐篷了。”

沈司岚垂眼看她那别扭的样子，不禁觉得好笑，顺着她的话点了点头：“那就不去了。”

穗杏恼道：“真的不去了，我没开玩笑。”

“那你先好好想想该怎么跟你的室友解释吧，”沈司岚轻描淡写地说，“我在这里陪你一起想。”

穗杏：“你——”

沈司岚歪头：“去我的帐篷还是待在这里等你的室友回来，你选吧。”

两个人正僵持着，远处突然传来孟舒桐和其他人的声音。

“我不行了，就算我室友不让我进帐篷我也要强行钻进去。”

“把火熄了都回帐篷睡吧，还有俩小时天就亮了。”

“我困得眼睛都睁不开了。”

穗杏大感不好，绝望地看着他：“学长。”

沈司岚轻笑，淡定地拉开帐篷，直接将帐篷里的穗杏拽了出来，抱着她起身迅速离开。

“鞋子、鞋子！”穗杏蹬了蹬腿。

要是她连鞋都没穿，估计孟舒桐以为她是被什么野兽给掳走了。

“待会儿再帮你拿。”他压根没理会她的抗议。

穗杏放弃了“求生”的希望。

她像个孩子似的被他抱着，整张脸埋进他的胸膛里不敢抬头往后瞧。

沈司岚将她安顿好后，又回去替她拿鞋子。

穗杏整个人瘫在帐篷里，心想完了。

就以孟舒桐那个脑子，她绝对会发散思维，穗杏现在只能祈祷天再晚一点儿亮，最好是等天一亮，孟舒桐就失忆。穗杏一点儿也不想回去接受她的审讯。

孟舒桐一定会逼她说出光是回想都会脸红的细节。

等沈司岚带着她的鞋子回来后，穗杏不抱任何希望地问：“我室友说什么了？”

“没说什么。”

穗杏不信：“你别想骗我。”

沈司岚钻进帐篷，拉好拉链，平静复述孟舒桐的话：“她说，毕竟是野外，让我对你悠着点儿。”

“那你说了什么？”

沈司岚笑了笑：“我说好。”

穗杏嗔怪地瞪着他，语气指责地道：“学长，你应该跟她解释啊，说你不会对我，不是，应该是我们不会做什么的，让她别乱想。她的思想很不纯洁的，她肯定会想些乱七八糟的事，唉。”

沈司岚将语无伦次的她拉进怀里，耐心地听她磕磕巴巴地教训完他，之后才不慌不忙地说：“什么都不做我抱你过来干什么？”

穗杏不安地动了动身子，问：“学长，跟你一起住这个帐篷的人呢？”

沈司岚愣了愣，随即缓缓回答：“还没回来。”

“那你把我带过来有什么区别吗？”穗杏挣扎着要走，“被谁发现不是被发现？我要回去了。”

沈司岚不明意味地笑了笑，掌心牢牢按住她的腰不准她起身，穗杏跪坐在他的腿间，连膝盖都抬不起来。

他慢悠悠地说：“你现在出去不是被撞个正着吗？”

穗杏心中悔恨，谁让她刚刚鬼迷心窍，色字头上一把刀。

“没事的，”他哄她，“你要是实在怕，我们就躲进毯子里。”

“什么——？”

穗杏大惊，突然视线倾倒，沈司岚将她按在地上，伸手抵住了她的唇：“别发出声音。”

随即他顺手捞过毯子，盖住了自己和穗杏。

黑暗上又覆上了一层黑暗，气氛跟刚刚完全不同，明明很怕有人闯进帐篷里，却又对这唇齿间酥麻的触碰无法抵抗，穗杏整个人像是被丢进了滚锅里，浑身又热又烫，发出了她完全控制不住的声音。

沈司岚顿了顿，按在她腰上的手似乎不满足于现在的位置，蠢蠢欲动着想要触碰更柔软的地方，被她的一声嘤咛挠乱了把持有度的分寸。

两人只是接吻就已经到这个地步。他从不认为自己动作很快，既然已经明白了她的心意，那他现在的行为完全是在她准许的范围内，但可能是逗她过火了，又喝了酒，明明只是接吻而已，却渐渐被烧掉了理智。

身体的反应有些陌生，穗杏晃晃脑袋，急得快哭出来。

沈司岚愣怔了几秒，放开了她。

穗杏迅速坐起身，快速平复呼吸后，赶紧凑到帐篷口拉开了一小道空隙往外看：“学长，你是跟谁一起睡的？我看外面好像没人了。”

“没人跟我一起。”沈司岚说。

穗杏猛地转过头看着他。

沈司岚抿了抿唇，声音很轻地说：“刚刚是骗你的。”

穗杏突然扁嘴，大眼睛里蓄满了眼泪。帐篷里太黑看不见她的表情，

但是沈司岚仿佛听见了她委屈的呜咽。他张唇刚想说什么，被穗杏伸过来的拳头用力捶了一下。

她想骂他，却又骂不出口，心里头软乎乎的，一肚子的气没地方撒。

沈司岚有些慌了，赶紧抱过她："学妹。"

穗杏抽了抽鼻子。以前她就隐隐觉得学长这人有点儿坏，但没想到他居然能坏到这个地步。

"你干吗骗我？"她不解气地又打了他几下，"吓死我了。"

沈司岚理亏，任由她打自己。

"对不起，"他轻声说，"因为你紧张害怕的样子太可爱了。"

男人即使已经长成了大人，内心里顽劣的本性也没有消失，在面对心上人时，总会无意间显露出这种糟糕的本性。

因为他喜欢她，所以想要欺负她。这听着是有点儿幼稚，但他就是很乐在其中。

穗杏好半天没说话，再开口时，已经是语气复杂的疑问："你变态吗？"

"……"沈司岚失笑。倘若告诉她，他不但喜欢闻她身上甜甜的味道，喜欢抱着她时怀中温软的触感，更喜欢她现在这样红着脸嗔怒地用棉花般的力道捶他的可爱样子，和她刚刚挣扎时明明抗拒却又被他的吻扰得羞赧委屈的样子，会不会立马被甩？

自己还是别告诉她了。男人的那点儿小心思，还是再藏深一点儿比较好。

他强硬地抱着她不许她走，穗杏性格太软，骂人也没什么新鲜词。

让她骂两句又不会死，沈司岚索性当成夸奖听。等穗杏口水都骂干了，他还问："怎么不继续骂了？"

穗杏又被这个不要脸的男人给气哭了。

野营第二天清早，起得早的人赶上看了场日出。只可惜穗杏睡得很死，孟舒桐提着她的耳朵喊她起来看日出，穗杏仍不动如山，倔强地睡着。

她脸上的妆也没卸，似乎早已忘记自己化过妆，孟舒桐憋了一肚子的问题，当事人睡得跟死尸似的怎么也叫不醒。

没办法，孟舒桐只能认命地先帮穗杏卸妆。穗杏熟睡时习惯微微张唇，替她擦脸时能听到她平稳又深沉的呼吸，孟舒桐脑子里刹那间闪过各种不良画面。她到底是多累才会睡得这么死？

她嘴上的颜色昨晚早就被她吃没了，穗杏嫌麻烦不肯补妆，因而到底有没有那什么，孟舒桐也看不出来。

穗杏的衣服也挺整齐，但不排除做事的时候是脱下放在一边，事后她才穿上的可能。

孟舒桐想知道真相只能等穗杏醒过来了。天边泛起鱼肚白，从水平线上升起的霞光越来越亮，穗杏在帐篷里睡得昏天黑地，浑然不知自己到底错过了什么。

孟舒桐站在山边，突然问旁边的人：“学长还没起来吗？”

“没，”那人说，“主席睡得特死，书记刚刚去叫他他也没反应。”

山顶处随着天色大亮开始升温，一行人看完日出后就收拾东西准备下山回学校。

大家边收拾东西边点名，书记手里拿着露营人员名单一个个点过去，被点到的人抽空举手答到。

书记问：“主席起来了吗？”

“没，还在睡觉。”

后来书记又点到穗杏：“组织部部长呢？”

孟舒桐蹲在帐篷门口举手：“还睡着呢。”

“还没起来？”书记自语道，“我昨天还看穗杏在群里说要看日出呢。”

孟舒桐意味不明地笑了笑：“计划赶不上变化。”

王可慈和万亿已经在收帐篷，闻言凑过来问她：“穗穗昨天晚上玩通宵了吗，居然还没起来？”

其他人不清楚穗杏的作息时间，以为穗杏只是单纯能睡，但她的三个室友知道，穗杏一般上午有安排的话不用闹钟叫，自己到点就醒了。他们昨晚又是在山上过夜，远不如在寝室里睡得舒服，再加上她自己嚷嚷着要看日出，赖床的可能性并不大。

孟舒桐神秘地眨了眨眼：“回去再跟你们说。”

已经起来的人边收拾东西边说说笑笑，穗杏被嬉闹声吵醒，伸了个懒腰后勉强坐起来，脑袋还抬不起来，闭着眼睛呆坐着醒觉。

孟舒桐拉下帐篷口时被她这副诈尸样子吓了一大跳：“吓死我了。”

穗杏困难地睁开眼皮说：“啊？”

“终于舍得醒了？”孟舒桐说，“赶紧收拾东西吧，下山了。”

穗杏蒙蒙地问："几点了？"

孟舒桐直接点亮手机屏幕递给她看。

穗杏睁大眼："那日出……？"

孟舒桐："早出完了。"

穗杏叹了口气。

"叹什么气？日出每天都有，"孟舒桐思想不健康地笑了笑，"你和学长可不是天天能有这机会的哦。"

穗杏没说话，佯装听不懂她的话的样子。

孟舒桐看她那样子就知道她在装。

穗杏起来后没多久，沈司岚终于舍得起了。彼时她正和孟舒桐坐在小凳子上吃面包，见他起来后，口中嚼动面包的频率不经意间慢了下来，大半的心思追随在正半蹲在帐篷边收拾东西的人身上。

她盯着沈司岚的背，挺拔宽阔，刚好撑起了衬衫的肩线，腰线劲瘦苗条，早上的阳光明亮，将他后颈处的黑色碎发映得蓬松柔软。穗杏想起几个小时前，自己环着沈司岚的脖子，摸到了他的后颈，刺刺的，有点儿扎手。

沈司岚收拾好帐篷接着去洗脸，五官被水和光晕映衬，漂亮得不像话。

这样好看的人，居然也喜欢她。

穗杏突然埋下头，重重地咬了口面包，结果吃得太急，被噎住了。

她用力捶胸，费力地向室友求救："水。"

王可慈赶紧递给她一瓶矿泉水。

喝了一大口水，穗杏才痛苦地将面包咽进胃里，仿佛死过一回般重重地舒了口气。

从头到尾一直在观察穗杏的孟舒桐知道她绝不是无缘无故地被噎到的。

"学长！"孟舒桐突然举起手朝不远处的沈司岚喊道，"过来和我们一块儿吃早餐啊！"

穗杏一惊，傻傻地看着孟舒桐。

孟舒桐向她投来"不用谢朕"的眼神。

沈司岚听到了，并且真的走了过来。

穗杏坐在可折叠的小板凳上，突然正襟危坐，双手乖巧地搭在膝盖上，含在嘴里的面包也不敢再继续嚼。

她还没做好心理准备迎接这一刻，成为男女朋友并在光天化日之下一起吃早餐的这一刻。

孟舒桐极为识时务地让出了穗杏身边的座位："学长，你坐我这里。"

"谢谢。"沈司岚礼貌地道谢。

"我们去收拾垃圾吧，"孟舒桐对另外两个室友说，"走，一起去。"

也不等两个室友应和，孟舒桐便将她们从凳子上拉起来，推搡着她们加入捡垃圾大队。

这个赶走闲杂人等让二人独处的行为实在过于露骨，穗杏捏着手中的面包，被孟舒桐这一系列行为搞得极其尴尬。

沈司岚扬眉，不动声色地勾了勾唇。

他垂眼看她几乎要低到胸口处的头，淡淡地开口："面包好吃吗？"

"还行吧，"穗杏老实地说，"牛奶味的，还蛮香的。"

"给我吃一口。"他说。

穗杏哦了声，伸手想从包里给他拿个没拆封的面包。

沈司岚说："不用，就吃一口。"

说完他握着她的手腕抬起来，就着她吃了一半的面包咬了一小口。

穗杏整个人还没回过神，沈司岚淡定地评价道："还可以，但有点儿干。"

"是有点儿干，"穗杏干笑着附和，见他微微皱着眉，应该是面包太干不好咽下去，又连忙说，"学长，你要喝水吗？"

她又起身："我去帮你拿瓶水过来。"

"不用，"他说，"我直接喝你的就行。"

说完沈司岚伸手，示意她递水。穗杏傻乎乎地把自己的水递了过去，沈司岚打开瓶盖，仰头喝水。他对嘴喝的，嘴碰上了瓶口。沈司岚发现了她的视线，下意识地揩了下自己的唇，问："我嘴上有面包屑？"

"没有，"穗杏摇头，结结巴巴地说，"学长没有洁癖吗？"

他明明长得就像是那种有洁癖的人。沈司岚挑眉："没有。难道你有？"

穗杏："没有。"

她将矿泉水瓶握在手里，眼神闪烁着不知在想什么。

"介意我喝你的水？"沈司岚轻声问。

"不是，不介意！"穗杏心想怎么能让他有这种误会，于是忙补充说道，"我喜欢的，你喝多少都没问题。"

沈司岚眼里带笑地道："那你扭捏什么？"

“没扭捏，”穗杏说，“喝一瓶水有点点不习惯而已。”

沈司岚了然：“间接接吻是吗？”

穗杏下意识地咬唇。

“直接的都来过了，”沈司岚歪头，语气有点儿困惑又有点儿好笑，“间接的也还会害羞吗？”

穗杏被这一个“直接”搞得双颊发烫，毫无说服力地解释着：“不是，这水我喝过了，里面有我的口水。我是怕你嫌弃。”

果然，沈司岚更加觉得好笑了：“昨晚我不是已经尝过了吗？”

穗杏赶紧捂住耳朵：“别说了！”

沈司岚微眯起眼，倾身凑过来，轻松掀开她捂住耳朵的手，恶意地往她的耳朵里吹了口气：“甜的。”

穗杏整个人原地爆炸，等仰起头嗔怒地看他时，沈司岚正好站起，手搭在她的头上揉了揉，闲闲地说：“快吃，马上下山了。”

他说完便走人了。

他明明就是最后一个起床的，居然还催她！穗杏咬牙切齿，再看他的背影，哪怕再修长漂亮也只觉得欠打。但是穗杏想错了，沈司岚并不是最后一个起来的。

到最后还剩下一个孤零零的帐篷。

这次集体露营，帐篷的分配都是自由组队的，只有主席有特殊待遇，一人享受单人间，其余的人都是二到三个人共用一个帐篷不等。同性搭配占大多数，但团委里也有情侣，大家都是大学生，懂的自然懂，当然体贴地将情侣们安排在一个帐篷里睡。

情侣睡帐篷，又起得这么晚，非常可疑。

于是回程的大巴上，不断有人询问这对起得最晚的情侣昨晚到底干了什么，无论他们怎么解释什么都没有干，其他人仍是用一副“小情侣脸皮真薄”的神色打量他们。

穗杏看着那对情侣被问得一副想当场去世的羞愤样子，感叹还好自己没在沈司岚的帐篷里待太久，不然后果不堪设想。

情侣睡一个帐篷起得晚了点儿就引起这么大的轰动，要是被人看到她和学长这两个平时好像没什么交集的人在一个帐篷里……穗杏不禁打了个哆嗦。

穗杏坐在窗边，将车窗打开，让呼啸而过的疾风给自己降温。为了不被人看出来，她装作晕车的样子，从头到尾一直面向窗外。

大巴开回学校，一帮人零零散散地各自回寝室休息。下车时穗杏只想赶紧回寝室躺着冷静冷静，临走前沈司岚却叫住她，说还有明细要跟她核对。

穗杏不解地问："明细之前不是已经核对好了吗？"

"有个地方数目不对。"他说。

因为是工作上的事，穗杏只好答应，让三个室友先回寝室。

恋恋不舍地送走室友，穗杏认命地问："我们去办公室说吗？"

沈司岚没回答，直接带她去了情人坡。

放假期间学校人少，幽会圣地也显得寂寥，难得上了大半个山坡两人还没撞见过一对情侣，平时明明走几米就遇上一对，草坪上、树林里、石凳上，哪里都是幽会的情侣。

"在这里谈工作吗？"穗杏不解地问。

"谈恋爱。"

穗杏反应过来："那明细呢？"

沈司岚轻描淡写地说："骗你的。"

"……"穗杏脸一沉，转过身，"我回寝室了。"

沈司岚轻笑着拉过她，抱起她坐在小树林里的石桌上。她个子不高，坐在桌上正好能和沈司岚平视。石头有点儿凉，穗杏不安地动了动屁股，小声问："干吗又骗我？"

"不骗你你还不立马逃回寝室了？"

他用的"逃"这个字，显然是猜到穗杏心里在想什么。

她在想大巴上众人调侃的那个声音，到底是那对起晚的情侣发出来的，还是她和沈司岚的声音。

"在想大巴上那件事？"

穗杏咬唇，点了点头："会不会是我的声音被人听到了啊？"

"不会，"沈司岚向她解释，"你的声音很低，连我都很难听见。"

穗杏不知怎么的，又想起晚上发生的事。

"真的吗？你别骗我。"

沈司岚反问道："你觉得我有可能让别人听见你的那种声音吗？"

穗杏："什么那种？你别说得好像很那个似的。"

沈司岚慢吞吞地说："不那个，你这么担心干什么？"

"我担心那也是你害的。"她埋怨道。

沈司岚挑眉，显然不接受她的甩锅，一本正经地替自己澄清："我好像没有强迫你。"

穗杏："你有！你一开始摁着我那不是强迫吗？"

"一开始是我强迫，"沈司岚先是承认，紧接着笑道，"可是之后你不是挺——"

捂耳朵这招刚刚用过了，根本抵挡不住他想说什么，穗杏选择捂住他的嘴，强行阻止他说下去。

沈司岚干净的眸子里笑意明晃可见，穗杏一阵心悸，手被他抓住，掌心处被他轻轻吻了一下。

穗杏迅速缩回手，烫着脸。

沈司岚温凉的指尖抚过她的掌心，他说道："一晚上还没习惯过来？"

穗杏皱眉道："我没你这么厚脸皮。"

"害羞就害羞，"沈司岚说，"我又不会笑你。"

穗杏龇牙："你若被这样，害不害羞？"

沈司岚歪头做不解状："哪样？"

穗杏都不知道该怎么说他，抓起他的手往他的手背上重重亲了一口，没等到他说害羞，倒是听见他笑了声。

她再接再厉，又抱着他的脖子倾身在他的脸上亲了口。

沈司岚微叹，拍着她的后脑勺还是在笑。

穗杏朝他的耳朵里吹了口气，又狠心地咬了咬他的耳垂，抱着她的沈司岚整个人一僵，指尖微蜷，钻进她的发间。

她扬唇，想推开他看他的脸。

沈司岚咬着下唇，闷笑道："别看了，你赢了。"

冷静过后，二人分开，穗杏坐在石桌上已经不觉得冷，翘着嘴不安地挪开视线。

沈司岚低眉垂眼，安静不语，良久后抬手替她理了理头发。

小树林里安安静静的，穗杏突然拽着他的衣服，娇声喊他："学长。"

"嗯？"

她撒娇般冲他抱怨："我今天都没看到日出。"

沈司岚问："没起来？"

“嗯，回去就睡死了，”想到这里，穗杏的语气突然变得庆幸起来，“不过还好我走得早，没被人看到是从你的帐篷里出来的。”

沈司岚听出她的语气，淡淡地问：“不想被人知道？”

“当然不想，”穗杏说，“今天大巴上那对情侣有多惨你也看到了，要是换我们，我想都不敢想。”

他掐了掐她的脸，声音低了几分：“那你打算什么时候跟他们说？”

穗杏心虚地低下头：“说不说都没关系吧？被人问东问西的，我招架不住。”

沈司岚挑眉：“但你的室友已经知道了。”

穗杏沉重地叹气：“所以待会儿回寝室我估计惨了。”

沈司岚失笑，摸了摸她的头：“你的室友又不会把你怎么样。”

穗杏摇头，又是羡慕又是幽怨地看着他：“张三学长他们肯定不敢拷问你，说不说对你来说也没差别，你不会理解我的。”

沈司岚嗯了声：“还是有差别的。”

“什么意思？”

“你哥那边，”沈司岚慢条斯理地说，“我在想该怎么解释。”

穗杏：“……”

穗杏回到寝室，正如她所说的那样，刚进门就被室友们合伙用弹力跳绳绑在了凳子上。

绑就绑吧，总比她们拿这条跳绳当鞭子甩她好。

穗杏认命了。

孟舒桐摸了摸下巴，满意地点头：“犯人目前很配合警方办案，看在犯人态度良好的分儿上，万警官，给她松绑。”

万亿：“Yes madam（是的长官）！”

被松了绑穗杏也没逃。寝室门已经被锁上了，她就是想逃也没那么快的动作。

三个室友各自搬了张凳子挪到她面前，依次坐下后，位居C位的孟舒桐扶了扶鼻梁上的平光眼镜，正色道：“穗杏同志，坦白从宽抗拒从严，你可以选择保持沉默，但你所说的每一句话都将成为呈堂证供。”

穗杏：“……”

走完流程后，孟舒桐言简意赅地问：“跟学长是什么时候在一起的？”

穗杏对着手指说："就露营当天晚上。"

"当天晚上在一起的就睡一个帐篷了？"孟舒桐不可思议地睁大了眼，"你们是在造火箭吗？"

"你和裴老师还没在一起就睡他家了，这怎么说？"穗杏不满地嘟囔道。

孟舒桐咳了声："不一样好吧，我和裴老师可什么都没干啊。"

"我和学长也……"穗杏说到一半，声音突然变弱，"也没干什么。"

三个室友对视一眼，彼此心领神会。

"没干什么，那就是干了什么。"孟舒桐跷起腿，仰了仰下巴，"说吧，到哪一步了？"

穗杏继续装傻："你指什么？"

"别装，别跟我装，"孟舒桐口气严厉地说，"我指什么你心里没数吗？"

穗杏："没数。"

"啧，非要我说出来是吧？行，我说，反正羞耻那都是你的事。"孟舒桐撑着膝盖倾身问，"你们接吻了吗？"

还不等穗杏羞耻，王可慈和万亿先握紧了拳，受不了地跺了跺脚。

"孟老师，你好歹含蓄点儿啊。"

孟舒桐相当无辜："我刚刚含蓄了啊，她装听不懂啊，这不能怪我啊。"

穗杏咬唇，羞愤地道："我能不回答吗？"

"肯定亲了！"孟舒桐突然兴奋起来，"快，记下来，亲了，学长亲穗穗了！"

穗杏红着脸低下头，崩溃地啊了声。

孟舒桐双目放光："那你们进行下一步了吗？"

穗杏大声否认："你们别太过分了！"

孟舒桐点了点头，又对其他两个室友说："没害羞，应该还没有到那一步。"

穗杏："……"

孟舒桐这个学期是不是改选修心理学了？

万亿语气幽幽地说："我能问学长接吻的时候是什么样子吗？是不是跟平常完全不一样，是不是很诱人？"

当时很黑，穗杏什么也看不见，紧张得眼睛都不敢睁开，怎么可能看见沈司岚的样子。

她只能听到他带着酒气的低喘声在黑夜里无限放大。

穗杏捂脸，整个人缩成一团："别问了。"

"我不行了，我好酸，"万亿仰天长啸，"我也好想谈恋爱，也想跟男朋友接吻。"

孟舒桐抽了两张餐巾纸往穗杏身上抽打，边抽打边叫嚣："你谈起恋爱来比谁动作都快，置我们这些母胎单身女孩儿于何处！"

之后王可慈和万亿也纷纷加入"殴打"穗杏的行列中。

打着打着又变成了挠痒，穗杏最怕痒。她们打她还好，挠她的痒她真的受不了，只能笑着左躲右躲，边跑边求饶。

"她的脖子怕痒，冲她的脖子使劲儿挠！"孟舒桐大声喊道。

最后穗杏又被逼着给沈司岚打电话，问他什么时候请她们寝室的人吃饭。

"学长，"孟舒桐实在好奇，但无奈穗杏怎么也不交代，只能大着胆子问男方，"穗穗到底是怎么把你追到手的啊？你跟我说说，我学习一下以后用来泡男人。"

"她追我？她跟你们说的？"

孟舒桐："难道不是吗？"

沈司岚笑起来，语气懒洋洋地说："明明是我追她。"

沈司岚这句话，直接引爆了穗杏她们整个寝室。

听见手机里此起彼伏的尖叫声以及穗杏埋怨地大喊"学长你是不是想害死我"，沈司岚自觉地将手机拿远，没过多时，穗杏委屈的声音传来："我先挂了。"

挂掉电话，他也没急着回到室内，而是站在寝室阳台上发了会儿呆。

沈司岚也不知道自己在看什么，一如往常的校园景色也不知道有什么好看的，不过是今天看着格外爽快。

"岚哥，你这么早就回来了？"

沈司岚转过身，张三正顶着一头"鸟窝"睡眼蒙眬地看着他。

虽然在放国庆假，但大三生想回家的情绪显然已经不如头两年那么热切，这个国庆假寝室里四个人都选择留在学校。小侯去工作室坐班，老祝国庆兼职工资双倍，而张三选择愉快地做"咸鱼"，每天打游戏打到半夜，第二天中午起床早、午餐一块儿吃，这样的作息表显得散漫又幸福。

沈司岚嗯了声，随口问："就起来了？"

“没，拉个屎，”张三打了个哈欠，“刚好看到你站在阳台上。”

张三转身走进了洗手间。

沈司岚回到寝室，小侯和老祝也已经醒了，躺在床上看手机。

“露营好玩吗？”小侯躺在床上问他。

沈司岚勾起唇道：“还不错。”

从沈司岚口中说出还不错，已经算是个相当高的评价了。

老祝撑起身子问：“真的假的？我还以为露营就是小孩子春游而已。”

甚至一开始他还在心里吐槽，大学生组团露营，听着就好老土。

沈司岚靠着梯子，单脚散漫地搭在台阶上，抱着胸闲闲地说：“说个事。”

“说吧，”小侯坐起身，边套衣服边说，“岚哥你都有兴趣说那肯定劲爆。”

洗手间里传来张三的一声喊叫，沈司岚蹙眉朝洗手间望去。

“张思睿，你大早上发什么病？吓死你爸爸了！”小侯穿衣服的动作被吓得顿住，缓过神来后他捂着胸口大骂道。

老祝讥讽道：“难不成你拉出黄金来了？”

冲水声响起，张三一手还在提裤子，另一只手捧着手机迫不及待地走了出来。

沈司岚嫌弃到没眼看，冷声提醒道：“你能不能把裤子穿好再出来？”

张三呆滞了几秒，随即龇牙咧嘴地朝小侯伸出罪恶的五爪，一把薅住人的头发，进行锁喉、拧脖子一套流程，小侯躲过，两人很快厮打起来。

“行了，”沈司岚看闹得差不多了便出声阻止，“吵得我耳朵痛。”

张三狠狠地瞪了小侯一眼，出声为自己辩驳：“这能怪我吗？还不是侯礼这孙子侮辱我的男性尊严。”

小侯揉着脖子说：“没说你缝衣针算给你面子了。”

张三睁大眼：“你有本事跟岚哥说他的是针，我看你有没有这胆子。”

沈司岚顿时危险地眯起眼睛看着二人，小侯理直气壮地哼道：“你以为我跟你一样？岚哥的是针，只不过是定海神针。”

张三：“……”

老祝：“……”

他们真服了这孙子。

沈司岚捂着额，太阳穴突突地跳。

"这话题能不能跳过？"

大清早就谈这个，他们也够无聊的。

老祝咳了声，发起新的话题："张三，你刚刚在洗手间里到底叫什么？真拉出黄金了？"

张三想起这事，顿时双目放光："就他们院团委露营那事，我听我一个团委的哥们儿说的，听说昨晚有人告白成功了直接住同一个帐篷？岚哥真的假的啊？"

小侯："真的？"

老祝："早知道我就跟着去了！我以为是小学生春游，没想到这么刺激？"

三个人齐齐看向沈司岚，用求知若渴的眼神询问这件事的真实度。

沈司岚神色僵住，淡淡地说："不清楚。"

张三顿时痛惜地说："岚哥，你睡得早肯定错过了。"

沈司岚："……"

大学生谈恋爱，有个不成文的规定。

男朋友要请女朋友的室友们吃饭，还得请自己的室友吃饭正式宣布脱单。

但是女方不用，由此可见想出这个规定的人一定偏心。

穗杏想着反正两个寝室的人都要请，那干脆就一起请好了，结果沈司岚国庆假的时候没来得及跟室友们说，请客吃饭的事只能暂时被搁置下来。

大三必修实验课很多，前两个学年注重理论教育，学生上课的时候还能抽空发个呆玩下手机，实验课却正好相反，一节课就那么长时间，做不完实验交不出报告还要留堂或是单独找个时间再过来做，连张三这种摸鱼天才都很难找到机会在实验室里摸鱼。

穗杏也正好处于专业必修课差不多占满课表的学期，除了周末空闲，工作日作息表已经跟高中生无差别，晚上还有各种乱七八糟的选修公开课要上。

等他们再找到档期时已经是结课周。

秋季的周期很短，学校的银杏叶还没来得及落光，属于秋天的颜色很快被冬季的闷灰覆盖。

穗杏因为父母回国，这周末暂时回家住。

杭嘉澍开车送她一起回家，临走前穗杏嘱咐室友们别忘了下周的饭局。

孟舒桐摆手说："放心吧，有吃的我们能忘吗？你还是先心疼学长的钱包吧，我们可不会因为他是助班就对他的钱包手下留情的。"

穗杏听她这意思，大有一顿吃穷沈司岚的架势。

回家的路上，杭嘉澍专心开车，穗杏迫不及待地给沈司岚打了心理预防针。

穗杏："请客要不我们 AA 吧？"

山风学长："不用。"

穗杏："但是定下来的那家饭店很贵吧，这么多人去吃……"

穗杏："无法想象。"

山风学长："难道我看着很缺钱？"

穗杏叹气。她不是这个意思啊。

虽然她知道学长是个有钱人，但他们毕竟还是学生，吃顿饭花太多钱总觉得不太好。

穗杏："学长，你的生活费每个月多少啊？够吗？"

沈司岚半天没回消息。

穗杏心里有点儿慌，心想自己是不是问太多了？

她刚想再说什么，那边的人回了张截图，是他的账户余额截图。

穗杏被这个数字惊到了。

山风学长："管家婆，放心了吗？"

穗杏被他这声称呼闹得心里甜甜的，嘴上却又不承认。

穗杏："以后不问了。"

山风学长："为什么不问？"

穗杏："免得你觉得我管你不高兴。"

山风学长："没有不高兴。"

山风学长："喜欢被你管。"

穗杏咬唇，纵使隔着屏幕，好像都能听到他带笑的语气，他一定是含着笑意说出这句让人脸红心跳的话来的。

沈司岚又是许久没回话，穗杏想正好不聊了，结果收到了两段语音。

穗杏眨了眨眼，想听又不想听，最后蠢蠢欲动的内心击败了理智。她从兜里掏出耳机戴上，小心翼翼地按下了播放键。

清晰低沉的话语从耳机里传出，结结实实地灌入她的耳中。

“喜欢被你管，管家婆。”

他说得慢吞吞的，并不轻佻，很干净的嗓音，居然还有点儿正经感。

穗杏心绪沸腾，握着手机的手止不住地颤抖着，从心脏麻到四肢百骸，非常难为情，同时却又被他这句话哄得特别开心。

还有一条语音，比刚刚那条时间还长，穗杏顺势按下。

先是一声很短促的笑传来，意味不明，接着他低低地叹了口气。

语气词结束后，沈司岚开口说话：“想听肉麻的话直接跟我打电话不好吗？”

穗杏捂唇，无声地用脚使劲跺了跺车垫。

啊！！！

他怎么就戳破了她的心思！！

他好歹给她留点儿面子啊！！！

正开车的杭嘉澍看她不爽很久，终于趁着等红灯的间隙伸手在她面前打了个响指：“有病直说，现在转弯送你去医院还来得及。”

穗杏挺直胸坐正，斜睨着他说：“你才有病。”

“谁有病自己心里有数，”杭嘉澍挑眉说，“从刚刚开始傻笑就没停下来过，你是不是又在看什么乱七八糟的言情小说？”

也不等穗杏说什么，杭嘉澍继续埋汰她：“以前还知道拿本书挡着，我都懒得揭穿你，谁对着教科书能笑成神经病？”

穗杏：“……”

“少看点儿没营养的书吧，现实中的男人什么样你还不清楚吗？”

穗杏嘟囔道：“那也有例外啊。”

比如她的男朋友。

杭嘉澍点了点头：“是有例外，比如我。可惜咱俩是兄妹，你等下辈子再排队吧。”

穗杏一听这话，整个五官瞬间皱了起来。

杭嘉澍：“你这是什么表情？”

穗杏捂着胸口，从灵魂深处发出嫌弃的声音：“咦。”

杭嘉澍：“……”

他黑着脸毫不留情地往她头上狠狠敲了一下。

穗杏伸手回击。

杭嘉澍侧头一挡，忙打开她的手：“开车了，别吵，出了车祸副驾驶座上的人死亡率最高知道吗？”

穗杏捏紧拳头，等下了车，此仇不报她不姓穗。

开车间隙杭嘉澍别过头看她气成河豚的脸颊，好笑道：“气什么？放心吧，我开车技术不错，从科一到科四都是满分一次性过，我开车你死不了的。”

穗杏抱胸，语气不屑地说：“满分了不起吗？等我学开车我肯定也能满分过。”

杭嘉澍顿时笑得很欢快了：“就你那腿，能不能踩到油门还是个问题吧。”

穗杏咬牙，这一刻甚至想干脆跟杭嘉澍同归于尽算了。

“开玩笑，知道你长高了，”杭嘉澍适时停止玩笑，又问，“下周有活动吗？你生日我们去外面下个馆子，我请客？”

穗杏惊讶地问：“你请客？”

“嗯，上一个项目拿到钱了。”

穗杏点了点头，有些为难地说：“没空哎。”

“怎么，真有活动？”

“我和学长约好了要请——”

穗杏说到这里，话突然又咽进了喉咙。

杭嘉澍不解：“你和沈司岚要请什么？”

“我们打算聚会，”穗杏话锋一转，说道，“两个寝室开 party（派对）。”

杭嘉澍：“啊？”

穗杏点头：“嗯，开 party，人多热闹嘛。”

“庆祝你的生日吗？”

“啊？嗯，”穗杏一时间也想不出更好的理由，只能顺着他的话点头，“生日聚会。”

杭嘉澍握着方向盘，突然理解地点了点头：“你想搞聚会那就搞吧，喜欢热闹就多叫点儿人过来，请客的钱我替你出了。”

穗杏突然侧过头：“你也去啊？”

杭嘉澍顿了顿，语气突然有些怒：“你过生日都不请你哥？你是人吗？”

“……”

回到家后，穗杏果断躲回房间，向沈司岚汇报事情的变动。

穗杏：“学长。”

山风学长：“嗯。”

穗杏：“下周我哥也要来。”

山风学长：“他想通了？”

穗杏：“我还没告诉他……”

沈司岚向她发起了语音通话。

穗杏慌忙接起：“学长？”

“来吧，”沈司岚的语气听起来相当冷静，透出一股临危不乱的从容感，“别让他带刀来。”

沈司岚的语气虽然很淡定，却把穗杏给听慌了。

她不能就这么干坐着。

走出房门后，穗杏刚好看到一家人都坐在客厅里，看起来像是在看电视，但其实在聊天。

穗杏对他们的话题没兴趣，也插不上话，干脆在沙发角落处坐下。

杭嘉澍见她出来，将遥控器丢给了她：“想看什么自己换台。”

穗杏哦了声，随便换了个台，心思却完全没在电视上，总有意无意地往杭嘉澍的方向看去，听他和爸爸谈话。

“手头这个项目还没忙完？”穗峥嵘问。

“没，做游戏没您想象的那么简单，”杭嘉澍笑了笑，“而且甲方有多难应付您也明白的。”

穗峥嵘点了点头：“倒也是，我刚出来那会儿不怕工作难，就怕被老板刁难，游戏难不难做我确实也没你们这些年轻人懂，平常看穗穗玩游戏好像挺简单的，按几个键就赢了。”

穗杏解释道：“那是我游戏水平高。”

“你的游戏水平再高没哥哥这些做游戏的人把游戏做出来给你们玩，你哪里来的游戏玩？”穗峥嵘不疾不徐地道，“你现在有这么多游戏玩还得感谢他们。”

“锄禾日当午”式的说教，和小时候他们跟她说农民伯伯种粮食不容易所以不能浪费的语气如出一辙，没想到如今在电子游戏上也能被爸爸拿出来说教。

穗杏点了点头：“嗯，知道。”

杭嘉澍挑眉冲她欠欠地笑了笑。

穗峥嵘看着女儿，突然想起："穗穗不是在你的工作室实习吗？她表现得怎么样？"

"她忙着准备比赛呢，人都见不到。"杭嘉澍懒懒地说。

穗峥嵘问穗杏："怎么还没比赛？"

"推迟了，"穗杏说，"推到明年年初了。"

电子设计大赛往常都是九月举办，今年各种政策倾斜，往后推了半年，这对穗杏来说其实是件好事，意味着她有更多的时间去准备。

杭美玉问："不在咱们这里举办吧？你是不是还要去外地比赛？"

穗杏："嗯，要去西安。"

"那还挺远的，"杭美玉有些担心，"你一个人能照顾好自己吗？"

"不是我一个人啊，"穗杏说，"有学长、学姐照顾我呢。"

"你学长、学姐自己还是学生，又没结婚，哪知道怎么照顾小孩子啊。"杭美玉摇了摇头。

穗峥嵘觉得妻子有些杞人忧天，无奈地笑道："穗穗都十八岁了，难道还用别人给她喂饭穿衣啊？要我说她这个年纪谈恋爱也没什么毛病。"

穗杏突然抬头，有些惊讶地看着爸爸。

爸爸不愧是开明派。

杭美玉一听这话果断摇头反驳："太早了，起码也等她二十岁了再考虑这个问题。"

"哎呀，你这个当妈的思想怎么这么老一套，现在二十岁都能结婚了，她这个年纪正好是谈朋友的最好时机，"穗峥嵘说到这里，又看向穗杏："你大学有人追你没？"

杭美玉瞪着丈夫，语气不善地道："你问这个干吗？她现在才多大，哪里懂这些？"

穗杏没敢说话，心里却在默默吐槽。

为什么大人们总觉得他们这个年纪的孩子什么都不懂？

他们未免也太瞧不起当代互联网的影响了。

杭美玉："嘉澍，你平时有空多看着你妹妹点儿，别让她被男孩子骗了。"

杭嘉澍却突然抿唇，斜睨着穗杏说："我倒是想看着她，她现在有自己的圈子了，生日都不打算叫上我。我哪儿管得了她？"

穗杏："……"

男子汉大丈夫能不能别这么记仇？

此话一出立刻引起了杭美玉的不满，她又转而教育起穗杏：“穗穗，你怎么回事，上大学交了朋友就不理哥哥了？朋友再亲比得过自家人吗？亏哥哥小时候那么宠你，有什么好吃的东西都想着给你吃。”

穗杏无辜地又受到妈妈的指控，恨恨地瞪了杭嘉澍一眼。

杭嘉澍勾唇，突然特别幼稚地冲她吐了吐舌头。

穗杏指着杭嘉澍反驳：“他哪有把好吃的东西都给我吃，明明是他抢我的零食。”

杭美玉却不接受她的解释：“零食本来就是买给你们两个人的，怎么还说是哥哥抢你的？”

穗峥嵘也说：“穗穗，这个爸爸就要批评你了，我和你妈总出差，家里就哥哥陪着你，怎么你生日请朋友吃饭都不请哥哥？你好好想想，这说得过去吗？”

穗杏一把抓过沙发上的小抱枕，把它当成杭嘉澍用力捶。

早知道出来会被说，她就躲在自己的房间里不出来了。

她又扔下抱枕，一言不发地回房去了。

穗峥嵘和杭美玉对视一眼，明白她这是不服气他们说教。最后杭美玉推了推丈夫，小声说：“你去跟穗穗好好说说。”

“行，”穗峥嵘起身，“那你和嘉澍继续聊。”

“嗯。”

穗峥嵘敲了敲女儿的房间门。

“没锁门。”

别扭的声音从房门里传出。

穗峥嵘无奈地笑笑，推开了房门。

“刚刚说你你不高兴了？”他问。

穗杏躺在床上，抱着公仔小声说：“没不高兴。”

“刚刚妈妈和我跟你开玩笑的，”穗峥嵘坐在床边，“你别生你哥哥的气。”

穗杏：“没生他的气。”

“那就好。”穗峥嵘犹豫片刻，柔声说，“穗穗，你平时多关心关心你哥哥，你生日忘了请哥哥，他心里肯定不好受的。”

穗杏看着爸爸，咬着唇想解释什么，最后还是选择顺从地点头：“知

道了。”

穗峥嵘坐在床边，突然有些踌躇地十指交扣搭在膝上，声音温和到了极点：“刚刚爸爸帮你哥哥说话，也是不想让他介意这个事情。你哥哥这么多年一直跟爸爸不太亲近，爸爸又不太会跟儿子相处，有时候用来哄你的招数不能这样哄你哥哥，毕竟他是男孩儿，所以也有点儿茫然。如果有什么忽略了你的地方，那爸爸提前跟你道歉，希望你不要怪爸爸，更不要怪哥哥。”

穗杏坐起身安慰爸爸：“没有，哥哥很喜欢你的。”

穗峥嵘眨了眨眼，有些期待地问：“真的？他跟你说的？”

父女俩长得很像，毫无攻击性的五官亲切温和，穗杏的圆眼圆脸继承于父亲，只是她的眼睛尚在最好的年纪，明亮清澈，眼角肌肤柔嫩白皙。而穗峥嵘常笑，不笑时眼角的皱纹已经无法忽视，为这个年纪的男人平添了几分沧桑和温柔之色。

穗杏肯定地点了点头。

她很理解爸爸的担心。

在这个家里，妈妈是哥哥的小姨，她是哥哥的表妹，而爸爸从某种方面来说，是和哥哥毫无血缘关系的人。

哄好了穗杏，父女俩一前一后回到了客厅。

杭嘉澍低咳一声，将手中刚削好的苹果递给了她：“吃苹果吗？”

穗杏哼了声，接过苹果：“吃。”

杭嘉澍笑起来，说：“不够我再给你削一个。”

他们擅长不动声色地和好，并且这样的默契已经保持了很多年。

一家人重新聚在客厅里闲聊。

杭美玉想到刚刚说的关于穗杏去西安参加比赛的事。

“穗穗去西安比赛这件事嘉澍不能陪她一起去吗？前两年她参加奥赛的时候她爸爸作为家属是可以陪同一块儿去的。”

杭嘉澍笑说：“奥赛毕竟是出国啊。再说了，有她的学长、学姐照顾，你们放心吧，丢不了。”

杭美玉：“你认识？”

“认识，跟她一组的那个女生跟我比较熟，挺有能力的。”杭嘉澍说。

女生！

杭美玉瞬间双眼放光。

“那嘉澍你跟她有发展的可能吗？”

杭嘉澍表情无奈地道：“人家有男朋友了。”

杭美玉失落地点头：“这样啊，那可惜了。”

穗峥嵘说：“只有女生也不方便吧，还是得有个男生在旁边保护比较好。”

“她的学长你们也认识，就是我学弟沈司岚，我会拜托他照顾穗穗的。”

杭嘉澍这么说，杭美玉才算是放下心来。

“就你那个合伙人学弟吧？”穗峥嵘点了点头，“那可以的。穗穗，你到时候得学着照顾自己，别给你学长添麻烦啊，人家跟你非亲非故的，又不像哥哥，没有照顾你的义务。”

这种情况怎么说？反正她说不出口。

穗杏转了转眼珠子，犹豫地点了点头。

“之前说要请他吃饭，一直没抽出时间来，要不等过年你们新学期开学，你把人叫到家里来吃个饭吧？我和你妈怎么也得好好感谢感谢人家在学校照顾你们兄妹。”

杭嘉澍皱眉道：“去酒店吃就行了吧，在家里做饭多麻烦？”

“哎，普通应酬当然是去酒店，你学弟帮了你们这么大的忙，在家里吃显得咱们诚意足。”

杭嘉澍欲言又止：“可是——”

“我知道你担心什么，放心，我下厨，”穗峥嵘说，“你妈就打个下手，你总该相信我的厨艺吧？”

杭嘉澍点头：“那行。”

杭美玉顿时不满地出声：“你们父子俩是什么意思？嫌我做饭难吃？”

穗峥嵘赔笑道：“没那个意思，你工作辛苦，想让你轻松轻松，下厨的事我来就行。”

杭美玉：“呵。”

见妻子并不打算就此作罢，穗峥嵘立刻机智地转移话题。

“嘉澍，你那个学弟也还是单身吧？”

杭嘉澍：“嗯，怎么了？”

“你说你们现在的年轻人也是奇怪，长相这么出挑，按理来说应该不缺女孩子喜欢啊，有喜欢的人就赶紧上，别让人抢先了。”穗峥嵘咳了咳说，“我像你这么大的时候都已经把你妈追进户口本里了，怎么你们这辈的人还

没我们积极？”

杭美玉没吱声，心中怒火无声熄灭。

花言巧语的男人。

杭嘉澍靠着沙发懒懒地说：“我工作忙，没空想这些。他我就不知道了，可能眼光高吧。”

“你们学校美女那么多，难道他都看不上？”

“不清楚，”杭嘉澍说，“可能他打算毕业后回去找吧。”

“你学弟毕业后不打算留在这里吗？”

杭嘉澍失笑道：“人家要回港城的啊，港城那么大的家业总不可能放着不管吧？”

纵使沈司岚说已经确认他堂哥是下一任的掌权人，可杭嘉澍还是觉得，像沈司岚这种含着金汤匙出生的人，毕业后肯定不会选择在外打拼创业。就算不当掌权人，那么大的家业，他回家也能当个闲散王爷，又何苦留在外地？

有人出生就站在终点线上，别人压根羡慕不来。

杭嘉澍早就不是那个认为只要好好读书就能改变命运的小男孩儿了，工作室开了这么久，多少了解了些社会上的真实情况，明白有些东西天生不属于自己，自己也不该妄想。

这个世界本来就是不公平的。

穗峥嵘明白杭嘉澍说的，理解地点了点头：“那确实，要是他找了本地的女孩子，等毕业以后估计挺难抉择的。”

杭嘉澍嗯了声：“而且就他那个性格，他肯定是要求女孩子跟着他回港城的，不谈恋爱其实也好。反正以他的条件，他在哪儿都不愁找女朋友。”

杭美玉也说：“那女孩子的家里人多舍不得啊，以后看女儿还得坐飞机去看。”

话题肉眼可见地跳入了家庭方面。

做父母的对这种话题最敏感。

“穗穗，你要是找男朋友记得先问问人家是哪里人，”穗峥嵘语气严肃地对女儿说，“太远的不行，以后结婚很麻烦的。”

穗杏张嘴，茫然地道：“那多远算远啊？”

在她的认知中，谈恋爱就是彼此喜欢，所以理所应当地走在一起，为什么要考虑这些东西？

穗峥嵘说：“邻市的就算远了。”

杭美玉补充道：“本市的也要看是哪个区的啊，一个东一个西的，跟谈异地恋有什么区别？最好就是本区、邻区的。”

穗峥嵘：“对，就算是一个市的坐地铁超过一个小时那也算远了。”

穗杏：“……”

一开始还赞同她谈恋爱的开明父亲转眼就因为地域问题和老婆达成了统一战线，穗杏可以找，但有前提，得找本地人。

虽说不以结婚为前提的恋爱都是耍流氓，但年轻人谈恋爱谁还管这种现实因素？感情本来就是很玄乎的东西，喜欢就是喜欢，简简单单却又纯粹。

“嘉澍，你妹妹心大，你多帮她盯着。”

杭嘉澍漫不经心地说：“嗯。”

“可别让她被外地的人给骗走了。”

“她敢，”杭嘉澍斜睨着穗杏，“我先把她的腿打断。”

穗杏立刻后怕地摸了摸自己的大腿，还好，现在还在。

杭美玉欣慰地看着儿子：“嘉澍，有你我和你爸就放心了。”

聊着聊着，两口子突然有个紧急视频会议，匆匆去往书房处理工作，客厅里转眼间只剩下穗杏和杭嘉澍。

杭嘉澍没兴趣看电视，低头看着手机，电视就这么放着画面和声音。

穗杏既没有心思看电视，也没有心思玩手机。

她直勾勾地盯着哥哥看。

杭嘉澍被她盯得浑身不自在，抬眼不爽地问：“干什么？有话就说。”

穗杏脑子一抽，突然没头没脑地问了句：“我生日那天你会带刀去吗？”

“带刀？”杭嘉澍没理解，语气困惑，“你生日打算请朋友吃烤全羊吗？”

穗杏不知道该怎么回，只得说：“呃，有这个想法。”

“就算吃烤全羊店里会提供餐刀吧，不用我们自己带。”杭嘉澍悠悠地说，“而且你不是不喜欢吃羊肉吗？嫌膻味重。换口味了？”

穗杏忧郁地说：“店里有刀啊，那危险了。”

“有什么危险的？”杭嘉澍觉得好笑，“你总不至于这么大的人了连刀子都怕吧？”

驴唇不对马嘴。

“哥哥，”穗杏坐到他身边，突然亲昵地冲他说，“我知道你很疼我的。”

杭嘉澍被她这突如其来的肉麻话搞得神经紧绷，撑着沙发往旁边挪了挪，神色古怪地问：“干什么？你有什么阴谋？”

“就算我做了什么让你不高兴的事，你也会很快原谅我的对不对？”

“你闯什么祸了？”杭嘉澍心中警铃大作，狭长的眼睛倏地眯起危险的弧度，沉声询问，“你偷偷地在我的床上撒尿了？”

穗杏沉默了几秒，立即反驳：“你骗人！”

杭嘉澍低啧了一声：“你以前就这么报复我的。”

“没有，以前也是骗你的，”穗杏气呼呼地解释，“那是水，我骗你是尿而已。”

杭嘉澍抽了抽嘴角：“你是女的吗？”

“……”

“不是这件事那是什么？好端端地问我这个干什么？”

“你别管我为什么问，”穗杏泄气地说，“你就回答。”

杭嘉澍嗯了声，没作声。

他沉默的时间越久，穗杏就越是对他们的兄妹情谊感到质疑。

“看情况，”杭嘉澍摊手，语气散漫又不正经，“要是我提醒过你的事你还去犯，那就不原谅你。”

穗杏低头：“那万一我不记得了呢？”

“你不记得的事情多了去了，”杭嘉澍微微一哂，不经意地说，“你小时候还说要嫁给我呢。小鬼头求婚倒是求得挺正经，没过俩月忘得一干二净。”

穗杏茫然：“有这种事？”

杭嘉澍弹了弹她的脑门：“有。”

穗杏尴尬了几秒，很快释然。

很多女孩子小时候会有这种天真又富有占有欲的幼稚想法，身边的同龄玩伴大多还是流着鼻涕的小孩儿，年长的哥哥在她们看来高大又无所不能。

架子上够不到的零食、不会写的算术题以及被同龄男孩儿欺负了后站出来替她们教训那群坏小孩儿，这些在小小的孩子们面前看起来难如登天的难题，哥哥却都能毫不费力地解决。

嫁给谁这种话不过是过家家游戏中，谁负责扮演爸爸，谁负责扮演妈妈的区别。

因为信任和依赖，于是她说出了这话。

还在上小学的杭嘉澍因为父母工作忙，家长会的时候只能由保姆帮他出席。

开完家长会，保姆带着他去幼儿园接妹妹。

幼儿园的放学时间很热闹，有的是爸爸来接，有的是妈妈来接，更幸福的孩子父母一起来接。穗杏和朋友们轮流玩滑滑梯，滑下来的瞬间看到了过来接她的保姆阿姨和哥哥。

“哥哥！”

她清脆地喊了一声，迅速站起朝他奔了过来。

保姆阿姨告诉穗杏，今天她去帮哥哥开家长会了。

班主任说，下次还是希望能让家人过来，哪怕是亲戚也可以。

穗杏拍着自己的小胸脯说：“我啊，我是家人。”

保姆阿姨笑着说，哪有妹妹去帮哥哥开家长会这个说法。

之后的小升初，最后一次家长会，班主任再三要求请家长务必到场。

穗峥嵘夫妇实在赶不回来，不住地在电话里和杭嘉澍道歉，杭嘉澍理解地表示没关系。

电话里他说没关系，心里却还是失望的。

即使有了新家，即使有了新的父母，他还是一个人。

期中考试试卷要求家长签名，是保姆代签，学校定做新校服，是保姆给他量的尺寸。

但是已经比之前幸福很多，杭嘉澍知道自己没那个资格失望。

开家长会的时候，杭嘉澍独自坐在操场的篮球架旁，盯着热闹的教学楼发呆。

一直到家长会结束，日色渐渐沉下去，操场上嬉戏打闹的孩子们各自被开完家长会的大人们领走。

操场的那边突然传来清脆的奶音。

“哥哥！我们来帮你开家长会啦！”

他循声望去，逆流的人群中，穗杏牵着爸爸妈妈快步朝他走了过来。

爸爸妈妈还穿着职业装，爸爸满头大汗，妈妈脸上的妆也花了。

夫妇俩刚下飞机就往学校赶，路上大堵车，干脆下车跑了过来。

是穗杏在电话里让他们一定赶回来，小小的孩子生怕父母迟到，幼儿园还没放学就急着早退让保姆阿姨带她去机场接爸爸妈妈过来。

虽然他们还是迟到了，但班主任终于见到了杭嘉澍的父母，能够当面对他们说：你们的儿子很优秀，考重点中学绝对没有问题。

傍晚时分，快要下班的太阳敬业地映出这一家人的影子。

穗峥嵘夫妇走在后面，杭嘉澍抱着妹妹走在前面。

同学们有爸爸接，有妈妈接，而杭嘉澍的爸爸妈妈都来了，还有妹妹。

他的整颗心被结结实实地填满，纵使之前有多不幸福，老天对他还是公平的，送给了他最好的礼物，就是此刻抱着他的脖子冲他撒娇的妹妹。

妹妹天真地问他，以后爸爸妈妈要是赶不回来，妹妹不能去帮哥哥开家长会，那老婆可以帮老公开家长会吗？

杭嘉澍迷茫地问："什么？"

"老婆可以帮老公开家长会吗？"

穗杏又问了一遍。

这个问题对还在上小学的杭嘉澍来说显然是超纲了，他不确定地说："不知道。"

穗杏扁嘴："不行吗？"

他怕她哭，哄她说："应该可以吧。"

穗杏一下子又开心起来："要不我嫁给你吧？这样我就能帮你开家长会了。"

回到家后的穗杏还正儿八经地搞了场求婚，学着电视里的男人说："杭嘉澍，你要不要嫁给我？"

杭嘉澍无语。

她都还搞不清谁嫁谁娶，还不知道杭是哪个杭、嘉是哪个嘉、澍是哪个澍，都不会写他的名字，就让他嫁给她。

那时的穗杏多天真，又多么令人难以忘怀。

从回忆中抽出的杭嘉澍撑着下巴想。

已经长大的穗杏早就不会说这种荒唐的蠢话了，出落得很漂亮，五官精致乖巧得不像话，就算以后求婚，那也是被人求婚。

想到这里，杭嘉澍心里突然感到点儿安慰。

至少她只向自己求过婚。

穗杏却还在问他，企图找回这段记忆："什么时候啊？我怎么一点儿都不记得了？”

“不记得就算了，”杭嘉澍笑了笑，“反正只是玩笑话而已。”

穗杏悻悻地作罢，又回到了刚刚的问题：“你提醒过我的是什么事？你举个例子呗。”

杭嘉澍被缠得有些烦了，随口说：“比如找男朋友。”

第八章

暗度陈仓

杭嘉澍精准踩雷。

穗杏的表情突然凝滞。

杭嘉澍："傻了？"

"没有。"

杭嘉澍不明所以，起身回房。

穗杏："你去哪儿？"

"回房间啊，"杭嘉澍语气悠闲地道，"加班。"

"既然还有工作要做干吗还回家？"穗杏以为他是为了送她回家才特意开车回来，"我可以自己坐地铁。"

杭嘉澍觉得好笑："自恋什么？又不是为了你才回来的。"

穗杏抿唇："那你干吗回来？"

"回家还需要理由？想回就回咯。"杭嘉澍耸了耸肩。

说完他不再理她，回房关门。

没过多久穗峥嵘夫妇从书房出来，问穗杏中午想吃什么。

穗杏的答案毫不意外："排骨。"

"就知道，"杭美玉点头，对房间里的杭嘉澍喊："嘉澍，中午想吃什么菜？"

"随便。"

穗杏讲了个很古老的笑话回他："冰激凌不能当饭吃。"

杭嘉澍带笑的声音从房间里传来："那我也排骨吧。"

穗峥嵘打趣道："下周你生日不会也是请朋友去吃排骨吧？"

穗杏歪头："不行吗？"

"你出来工作以后开个排骨店算了，"杭美玉说，"让你爸给你出钱，一日三餐吃个够。"

穗杏赶紧摇头："不要。"

她只喜欢吃做好的排骨，开排骨店，那还不如开个超市。她小时候就想开个超市，只卖零食的那种。

只不过现在她长大了，开超市的梦想也改变了。

等到吃饭时间，穗杏照常去敲杭嘉澍的房门让他出来吃饭。

"马上。"里面的人回。

穗杏打开房门，果然看到他在电脑前忙碌。

杭嘉澍侧头看了她一眼，很快又将视线挪回到电脑屏幕上。

穗杏走过去，屏幕上的 3D[1] 游戏人物场景已经渲染完毕，光影真实度极高。

"怎么样，好看吗？"杭嘉澍问。

透亮的天空下中式古堡被绿植环绕，身穿绿衣的琴客立于石上，衣袂飘飘，手持古琴，脚边是从石缝中落下汇聚而成的潺潺小溪，溪面倒映着天空，轮廓随着水流荡漾，让人恍惚以为这是真实场景。

穗杏："好看，这是你画的吗？"

"怎么可能！"杭嘉澍说，"这是画师画的，但我负责让他在游戏里活过来。"

这类古风 RPG[2] 穗杏接触得不多，相对于简单的对战游戏，这种游戏显然需要花费更多的心思去经营，拥有宏大的背景、多样化选择的职业和角色，古香古色，历史底蕴浓厚，门派和阵营间有各种爱恨情仇，就连每个

1 "3 Dimensions"的简称，中文是指三维、三个维度、三个坐标，即有长、宽、高。

2 "Role-playing game"的简称，是游戏类型的一种。

NPC（非玩家角色，指的是游戏中不受真人玩家操纵的游戏角色）都有专属于他们的故事。

对战、交友甚至田园居下，古时的盛景注定无法在现实中还原，但至少在游戏里，每个玩家的侠客梦都能被实现。

当年网吧里，RPG 与 MOBA（多人在线战术竞技游戏）各分天下，如今电子竞技已经盖过众多其他类型游戏的风头，但在杭嘉澍心里，仍然保持着对 RPG 最初的热情。

他又向穗杏展示了其他职业，有男有女，画师画得很漂亮，人物相当美型。

毕竟这类古风游戏，人物好不好看也是卖点之一。

穗杏喜欢漂亮的事物，看得目不转睛。

如果这款游戏在不久后面世，前缀会有杭嘉澍的工作室的图标，她的哥哥是参与这款游戏开发的核心人员之一。

她光是想想就足够骄傲。

穗杏突然理解了杭嘉澍为什么会愿意花这么多的心思在这个游戏上。

引领国内市场的未来发展，做出属于自己的神作游戏，被国内玩家所称赞，被国外玩家所敬仰，估计是所有游戏行业人员的终极梦想。

“玩了这么多年的游戏，有兴趣自己做游戏吗？”杭嘉澍问她，“与其对其他游戏指指点点，还不如自己上。”

“吃饭了！你们俩！”

杭美玉敲了敲房门，示意兄妹俩出来吃饭。

“来了。”

杭嘉澍起身，拍了拍她的肩膀说：“走吧，吃完饭再带你看。”

穗杏：“嗯。”

一家人围坐在一起吃饭，杭美玉无意间提起穗杏的生日打算请朋友们去吃排骨的事。

杭嘉澍：“不是吃烤全羊吗？”

“不吃猪排改吃羊排了？”杭美玉问。

穗杏：“……”

穗杏最后既没有请朋友们吃猪排，也没有请朋友们吃羊排。

脱单饭因为各种问题成了生日宴。

不过幸运的是沈司岚还没来得及跟他的室友们说，穗杏只能拜托室友千万别起哄，只要她们不露馅，生日宴就只是简简单单的生日宴而已。

孟舒桐一开始还挺迷惑，连说给学长听的劝酒词都准备好了，目的就是一定要扒下学长高岭之花的外皮，让他方寸大乱，最好是把他们的恋爱细节事无巨细地交代出来。穗杏脸皮薄不好意思说细节，学长一个大男人总不可能也害羞吧？

本来孟舒桐预想得挺好，结果因为穗杏的哥哥要来，计划彻底泡汤，劝酒词也白准备了。

她总算明白穗杏为什么千求万求地让她们别露馅。

生日这天，穗杏的哥哥负责开车送她们去饭店，沈司岚开另一辆车接他自己的室友。

孟舒桐今天特意把穗杏打扮得漂漂亮亮，就是为了看她跟学长恩爱，如今哥哥来了，估计是等不来“狗粮”了。

下楼等人的时候她还挺不高兴。

王可慈悄悄凑到穗杏耳边说：“我感觉孟老师比你还生气。”

穗杏看了眼气鼓鼓的孟舒桐。她跟这人做了这么久的室友，心里也隐约猜到孟舒桐为什么不高兴。

就像她之前在寝室追剧，看到里面冒出来破坏男女主关系的配角，孟舒桐这个观众比男女主本人还真情实感，恨不得穿过去替磨磨蹭蹭的男女主手撕配角，解决一切麻烦后专心看男女主甜甜的恋爱情节。

孟舒桐现在估计就是这个心态。

穗杏正欲说点儿什么安慰孟舒桐，手机来了消息，是杭嘉澍发来的。

车子已经开到大路上了，进不来女寝这条路，所以他让她们出去。

穗杏：“走吧，我哥来了。”

孟舒桐：“哼。”

天气已经彻底转冷，即使出太阳也挡不住从西伯利亚吹过来的冬季风，懒惰的大学生们不愿意从寝室出来，学校路边栽种的银杏树光秃秃地立在两边，杭嘉澍的车就停在那里。

本来满心认为穗杏的哥哥破坏了她吃“狗粮”的绝佳机会的孟舒桐在看到哥哥的瞬间整个人呆住，心中的怒火瞬间熄灭。

她果然是一个没有原则的女人。

王可慈和万亿的情绪没有孟舒桐这么跌宕起伏，她们想跟穗杏的哥哥

一块儿吃饭很久了。这个愿望终于在穗杏生日这天被实现，两个人都高兴得很。

杭嘉澍没有矜贵地坐在车里等她们过来。

个子高挑的男人穿着黑色大衣，长裤干净笔直，身量修长，整个就是行走的衣架。

穗杏远远地喊了他一声："哥哥。"

杭嘉澍从手机上收回目光，抬起眼，勾唇笑道："来了？"

眉眼狭长的男人笑起来时显得有些轻佻风流，好在这略显沉稳的打扮将他的气质压抑了几分，比平时散漫的模样正经了不少。

见他敞着大衣，露出里衬的西装和领带，穗杏表情复杂地道："就陪我吃个生日饭，不至于穿这么正式吧？"

平常她都很少看他穿西装打领带。

杭嘉澍睨她，语气不屑地说："想多了。刚开完会过来，懒得换衣服而已。"

穗杏眯眼："真的？"

"我有必要骗你？待会儿你看沈司岚也是穿西装的，他跟我一块儿去见的甲方。"杭嘉澍说。

穗杏突然咽了咽口水。

穿西装的沈司岚。

杭嘉澍冲她努了努下巴："上车吧。"

接着他又看向穗杏的三个室友。三个女孩子似乎有点儿踌躇，站在距车子几米的位置上，见他看过去，各自乖巧地说了声："哥哥好。"

杭嘉澍微笑："你们好，上车吧。"

他体贴地替她们打开了后车门。

三个室友在哥哥面前终于有了点儿小女生的样子，推推搡搡着坐上了车。

穗杏坐在副驾驶座上不满地道："你刚才怎么不帮我开门？"

杭嘉澍转头，语气欠揍地说："你没长手吗？"

穗杏不满地哼了一声。

驱车去餐厅的路上，杭嘉澍还顺便接了个电话，孟舒桐从后面看到他从容地戴上蓝牙耳机，就连西服袖口都透着一股精英感。

就是这样的男人，打电话时语气从容有度，刚刚对她们绅士有礼，但只有在穗杏面前，才像个喜欢和妹妹开玩笑的年轻哥哥，三两句不忘埋汰妹妹，刻意惹她生气。

“哟，”杭嘉澍挑眉，“化妆了啊。”

穗杏没好气地说：“你管我。”

“不管就不管呗，”杭嘉澍边开车边佯装嫌弃地撇嘴道，“化了妆不还是那样。”

穗杏：“你！”

“注意点儿，”杭嘉澍看了眼后视镜，似笑非笑道，“想让你的室友看笑话？”

穗杏转头看向室友，报复性地说：“他说话你们就当开玩笑。”

室友们不想得罪寿星公，也不想得罪寿星公的哥哥，一时间表情都有些为难。

到地方后，杭嘉澍让她们先下车，才去找停车位。

哥哥不在，三个室友瞬间挤了上来。

这其中以孟舒桐的态度最为露骨：“如果我跟裴老师没有发展可能的话，我能追你哥吗？”

穗杏卖哥卖得毫无负担：“随便啊。”

孟舒桐顿时兴奋地迎风尖叫了几声。

“你哥哥穿西装好帅啊，”王可慈深深吸了口气，语气也难得激动起来，“这身材穿西装真的绝了。”

穗杏点了点头：“我刚刚看到也是吓了一跳。”

她虽然在附和室友们的话，但显然心思不在穿西装的杭嘉澍身上。

比起杭嘉澍穿西装，她更好奇学长穿西装是什么样。

杭嘉澍停好车带她们进入餐厅，一路走到包间门口，推开门时里面还没人。

穗杏有些失望，还以为进门就能看到沈司岚的西装秀。

不过她也没等多久，十几分钟后，沈司岚发消息来说他们到了。

她迅速起身，说：“学长他们到了，我去外面接他们。”

杭嘉澍却摆手道：“行了，一年就这么一天过生日，寿星公坐着吧，我去接。”

穗杏只能坐下。

没几分钟，包间门被打开。

张三学长最先探头进来，欢快地说了句："学妹生日快乐啊。"

接着是小侯学长和老祝学长。

直男不会选礼物，他们平摊费用给学妹买来了花和蛋糕。

一束开得正好的小雏菊，白色满天星点缀，张三说："花是岚哥选的，我们本来想送玫瑰、百合来着，但是他说这个适合你。"

穗杏怀里捧着花，小雏菊中间明黄色的花心似乎在冲她笑。

她也不知道该怎么表达自己的开心，一个一个谢了过去："谢谢张三学长、小侯学长、老祝学长。"

穗杏对花爱不释手，甚至舍不得放下，从收到这束花开始，弯弯的笑眼就没平过。

三个大男人被学妹这一声谢搞得有些不好意思。

送礼物比收礼物要开心这话还真不假，尤其是送礼的人在感受到对方很喜欢自己的这份礼物时，心里的雀跃和骄傲感简直了。三个大男人心想这钱花得太值，不枉他们一帮从来没给女生送过礼物的大老爷们儿之前想秃了头要给学妹送什么。

"学长呢？"

"跟你哥走在后面说话呢，估计在谈工作。"小侯说。

"学妹，你的室友都是美女啊，"张三相当直爽地讨好起穗杏的室友们，"早知道都是美女，我应该大一的时候就请你们出来吃饭，早点儿认识。"

几个女生对视一眼，笑了笑。

张三的外号在院里流传甚广，她们虽然和他不熟，但都听过他的名字。

几人入座，找了个简单的话题聊起来，顺便熟悉熟悉。

后面的人姗姗来迟，穗杏朝门口望过去，瞬间愣住，油然而生的幸福感席卷了她从头顶到脚指的每一处感官神经。

如果条件允许，她这个时候应该已经跳起来跑到他身边，埋进他白色的衬衫里，嗅着他领带上的味道，拽紧他熨烫整洁的笔挺西装，甚至连发着光的袖扣也要一一摸过去，看看它们是不是纯银做的。

他这样正式的打扮平时在学校她是绝对看不到的。

穗杏头一次知道，外貌出众的年轻男人天然的优势到底在哪里。

他就是平日里普通的休闲穿着已经足够耀眼，隔着几百米走在路上，都能让人一眼发现他的高挑出众，更不用说现在正儿八经地打扮起来，惊艳程度根本不亚于女人精心化妆打扮后带给人的冲击。

会打扮的男人会杀人。

长得好看又会打扮的男人更是绝杀。

穗杏心想：我的眼光可太好了。

“我死了，太‘杀’我了。”孟舒桐凑到穗杏耳边小声说。

同性们的反应显然要比这帮女的淡定许多，但张三还是略带不满地说：“你俩今天穿西装过来吃饭提前说一声啊，早知道我也穿西装过来了。”

沈司岚没理会张三的吐槽，眼神淡淡地朝主座的穗杏看过去。

穗杏整个人一颤，手足无措，尴尬地喊他：“学长，你来了啊。”

这句显得他们不怎么熟的话一出口穗杏就后悔了。

一个学期都快过完了，为什么她还是会在他面前紧张，连说话都不会？

男人愣怔几秒，很快收回视线。

“嗯，”沈司岚微别过头，语气平静地说，“生日快乐。”

“谢谢。”

两人完全演出了相识但是并不熟悉的状态，演技简直满分，就连穗杏自己都差点儿以为他们是不是压根就没谈恋爱，之前那些场景都是自己做的梦。

之后沈司岚和室友们坐在一起，离穗杏挺远。

点菜的时候，因为今天的主人公是穗杏，所以她可以任性地随便点菜，点的都是自己喜欢吃的。

点完菜，一桌人边聊天边等上菜。

穗杏总有意无意地往沈司岚那边看。

也不知道他有没有注意到，反正两人的视线一旦交会，他就很快挪开了。

坐得远也就算了，他看她两眼也不行吗？

穗杏低下头不再看他了。

孟舒桐她们因为事先被穗杏拜托过，所以对二人的关系也是闭口不提，聊的都是些其他人的趣事。

吃到中途，沈司岚起身说要出去打个电话。

本来两人就没说几句话，这下好了，连人她都看不到了。

虽然是寿星公，也一直被大家围着聊天，但穗杏还是觉得这个生日过得有点儿闷。

兜里的手机振动了几下，穗杏拿出手机，是沈司岚发过来的微信。

他不是出去打电话了吗？

山风学长："我在门口等你。"

简短的话，透露的信息却不少。

穗杏借口上厕所，尽力保持着淡定的神色离席。

按照沈司岚说的，穗杏来到餐厅门口，刚出来就看到他正插兜站在门口立柱旁看手机。

他抬眼，冲她招手："嗯，过来。"

"打算瞒到什么时候？"他突然问。

穗杏啊了声。

"刚刚装作跟我不熟，旁边的位置也没给我留，"沈司岚说到这里停顿片刻，清朗的嗓音中带着点儿沉闷之意，"不打算给我名分？"

原来他也不高兴，只是因为看她有意躲避，就配合她表演而已。

刚刚的失落一扫而空，穗杏小声解释："我之前套了下我哥的话，他的反应不是太好。"

沈司岚倒不怎么在意："他又不会对你怎么样。"

穗杏摇头："那万一他打你怎么办？"

"留条命就行。"说完这句话，他自己也笑了起来。

穗杏却觉得他态度不端正。她是真的在担心他，结果他倒好，居然还有心情开玩笑。

"学长，你认真点儿好不好？"

沈司岚突然眼皮一垂，淡淡地道："随你吧。"

他靠着柱子又继续看手机，再也没看她一眼。

穗杏等了几秒，他还是那个姿势，没说一句话。

他生气了吗？

穗杏咽了咽口水，轻声试探："学长。"

"嗯。"他应了，但也就一个很敷衍的语气词。

"你生气了？"

"没生气。"

"那你为什么不跟我说话了？"

"懒得说。"

穗杏泄气地说："那要不我们回包间吧？"

沈司岚：“你先回去吧。”

“你不回去吗？”

沈司岚瞥她，没什么情绪地反问：“不是要跟我装不熟？”

他还说没生气，这不是生气是什么？

穗杏腹诽了两句，突然上前两步抓住他的衣服说：“你今天穿这身好帅啊。”

沈司岚又敷衍地嗯了声。

“你还有别的西装吗？能穿给我看吗？”穗杏兴奋地问道。

沈司岚：“有，不给。”

穗杏深吸一口气，突然踮起脚，手撑着他的肩膀在他的下巴上亲了口。

她很害羞，但还是鼓足了十二分的勇气说：“真的很帅，我男朋友怎么这么帅啊？”

沈司岚顿住，穗杏大着胆子想看看他的反应。即使已经很不好意思了，可她还是坚定地看着他的脸不愿意移开视线。

一个亲亲能不能哄好啊？她也不太确定。

就在穗杏心里踌躇万分时，沈司岚用手背挡着下巴处刚刚被她偷袭过的地方，嘴唇抿成一条平直的线，舌尖抵腮，别过眼，纤长的睫毛落下遮住渐渐深沉的眸色，闷声道：“无聊。”

沈司岚并不是那种喜怒不形于色的男人。

他的淡漠和冷静都源于自身性格。他非常傲慢，又很自负，所以对四周的声音可以全然不在意，而并非他真的有多不食人间烟火。

穗杏发现了这点。

被他说无聊她也不生气，反而将“无聊”进行到底。

她又凑近了点儿，闻他身上的味道。

穗杏如愿以偿地摸到了他的袖扣，触感冰凉，后来又摸了摸他的领带，离得近了才发现领带并不是黑色，而更加接近稍微偏高调的墨蓝色。

每个细节都让她目不转睛，男人的装饰并不花哨，却又画龙点睛般恰到好处，精致内敛得刚刚好。

沈司岚安静地站着，像个任人摆弄的漂亮物件，任由她观察自己今天身上的每一件装束。

他垂眸看她，穗杏连睫毛都没舍得动，痴迷和喜欢明明白白地写在了脸上，目光流连，一会儿傻笑，一会儿又微微张唇，就差没直接哇哦

出声。

沈司岚挑起眉梢，在她看不到的地方满足地撇了撇唇。

穗杏此刻正顺着西装裁线，目光来到他的腰上，没忍住上手摸了一把。

沈司岚很快躲开，抓着她的手腕，语气有些不稳："摸哪里？"

穗杏收回手："一时不注意就……"

"别乱摸。"他低声警告。

穗杏说："那我只用眼睛看行不行？"

"都看多久了，"沈司岚故作不愿地道，"还没看够？"

穗杏低头，瓮声瓮气道："怎么可能看得够？"

沈司岚喉结微动，心尖肉被她这句话结结实实地挠了下狠的。

"看不够什么？"他问，"衣服还是人？"

穗杏轻声说："衣服。"

"那衣服借你，"沈司岚反唇相讥道，"你带回去慢慢看个够。"

穗杏："……"

见她不说话，他又慢悠悠地补充："要不现在就脱下来给你？"

穗杏笨拙地张唇，最后只能老实说："人啦。"

他笑了下。

穗杏摸不准他的意思，反正也丢脸到家，索性不装了，明明白白地把自己的小心思说了出来："以后你还会穿西装吗？"

"看你的表现。"

穗杏立刻问："什么表现啊？"

"你自己想。"他说。

穗杏不想动脑子，就想听现成的，像只兔子似的在他面前蹦，边蹦边拉着他胡搅蛮缠："你举个例子，举个例子。"

沈司岚眉宇舒展，声音低沉且缓慢："刚刚那样挺好。"

穗杏没懂："哪样？"

沈司岚懒懒地倚着柱子，目视前方，也不看她，只说："就那样。"

"哪样？"

"……"

他低啧了一声，手指戳了戳她的脸颊。

穗杏脸颊边肉嘟嘟的软肉凹陷一小点儿进去，像是梨涡般冲他笑。

"懂了没？"

穗杏瞬间笑开，秒懂，再次踮起脚。他不由自主地弯腰放低了身子，她亲在了他的鼻尖上。

两人都是一愣。

沈司岚垂眼，缓缓地道：“不错。”

穗杏双目放光：“耶！”

他摸了摸她的头，问她：“带纸了吗？”

“带了，你要上厕所吗？”

沈司岚盯着她唇上的颜色说：“擦脸。”

说完他用手揩了揩下巴和鼻尖上并不存在的口红印。

穗杏笑着向他解释：“我这是持久不脱妆的，没沾到你的脸上。”

沈司岚微怔，脑内又接收到了关于女性化妆品的新知识。

又在门口待了会儿，两人一前一后地回到包间，时机正好，刚好赶上上菜。

因为点的都是自己喜欢吃的菜，穗杏吃得极为开心，夹菜时又忍不住偷偷看沈司岚。她觉得他身上一定有某种特殊磁场吸引着她的目光，不然她的眼睛怎么总是往他那边看？

视线在空气中交会时，沈司岚眸色沉静，稍稍偏头，用唇语问她看什么。

穗杏也不躲，直直地看回去，吐吐舌头，对自己的偷看行径丝毫不觉得脸红。

他看到她吐舌头的小动作，唇微扬，干脆不再管她。

“岚哥，你什么时候喜欢吃拔丝香芋了？”张三惊讶地问，“你不是不喜欢吃甜菜吗？”

沈司岚低头，都不知道自己什么时候夹了块裹着糖浆的香芋。

看着这黏糊糊的糖浆，男人有些抗拒地皱起眉。

但既然夹了，那他也只能勉强吃掉。

甜甜的糖浆包裹着脆脆的面衣，他咬开面衣的瞬间，软糯的香芋味道充斥口腔，很软也很香，竟然还有那么一点儿好吃。

沈司岚斯文地咬了一口，抬头又抓到穗杏在看他。菜是她点的，这道拔丝香芋也是她喜欢吃的菜。她问他好吃吗？

沈司岚看着她，糖浆在嘴里化开。她咬着筷子，牙齿磕着筷子尖，唇上的颜色还在。斯文的咀嚼动作突然加重，沈司岚将一整块裹着糖浆和面衣的香芋吞咽进喉，然后点了点头。

穗杏笑起来。她突然放下筷子，悄悄拿出手机给他发微信。

接着她看到他愣了下，也放下筷子低头看手机。

小博美："蜂窝玉米也好吃，你尝尝看嘛。"

又是甜的，沈司岚抬头，看到她正用期待的目光看着他。他抿唇，还是夹了小块蜂窝玉米。

张三更惊讶了："岚哥，你今天怎么尽挑甜的菜吃啊？换口味了？"

沈司岚漫不经心地应道："嗯。"

蜂窝玉米是甜脆的口感，还带着玉米的香味。山风学长："还不错。"

穗杏低头看到手机上他发来的消息，心里一甜，咬着唇偷偷笑了出来。杭嘉澍无奈的声音从旁边传来："吃饭还看小说？"

穗杏一下子回过神，收起手机，拿起筷子马虎地扒了几口饭。她再看沈司岚时，他也在吃饭，只不过唇边扬起的若有若无的笑容似乎在嘲笑她刚刚的行为。

谁也不知道他在笑什么，只有穗杏知道。这样私密的默契，像是无意中被两人共同发掘出来的宝藏，明明周围热闹不已，却只有他们安安静静地保存着这个秘密。再也没有什么时刻比此刻还惹人心动了。

众人吃过生日饭后还有活动，下午场的KTV是大学生们日常最爱的活动之一。

杭嘉澍订的是大包，足够所有人舒舒服服地玩个痛快。

中午临时有事没来得及赶来吃她的生日饭的褚学姐这时候姗姗来迟。

褚学姐是个聚会狂魔，和孟舒桐同属于交际花的性格，只不过孟舒桐现在还能肆无忌惮地出席各种大大小小的联谊活动，而褚学姐已经被迫从联谊场上退役了。

她来的时候，孟舒桐正好点了首《好运来》打算先预热一下场子。两个交际花一人拿着一个话筒对寿星公大唱《好运来》。穗杏有点儿承受不来二位的热情，端坐在沙发上呆呆地任由耳膜被这洪亮的歌声穿破。后来张三学长的情绪也被带动起来，他随即站起加入了《好运来》小分队的阵容。

杭嘉澍实在听不下去，正好又来了个电话，索性出去等他们唱完以后再回来。不过也托他们的福，KTV包间里的气氛迅速被炒热，想唱歌的人纷纷走到点歌台旁排队点歌。

穗杏其实也想点歌唱，但是……她看了眼坐在不远处低头玩手机的沈司岚。万一她唱得不好听那不是在他面前丢脸嘛，还是别唱了。可是她那颗热爱唱歌的心又在蠢蠢欲动。陷入两难境地的穗杏正纠结着，褚学姐突然凑到她身边坐下，在她耳边大声说："学妹，你能跟我出来一下吗？"

穗杏下意识地问："学姐，你要上厕所吗？"

"不是，这里太吵了，"褚学姐冲她晃了晃自己的手机，"出去帮我打个电话。"

虽然不知道学姐是让她帮忙给谁打电话，但本着助人为乐的美好品德，穗杏还是跟着学姐出去了。

两人一出来，包间里吵闹翻天的声音立刻被隔绝了不少，穗杏刚好看到站在走廊另一边正在打电话的杭嘉澍。他没看到她们出来，捂着一只耳朵正专心打着电话。

褚学姐将手机递给她。

穗杏迷迷糊糊地接起："喂？"

"穗师妹。"电话里温和的男人声音响起。

穗杏蒙了："徐师兄？"

"是我。"

学姐叫她出来是让她和徐师兄说话？可是她跟徐师兄没什么话要说啊。穗杏茫然地看着褚学姐，不明白学姐是什么意思。她捂着手机小声问学姐："我说什么啊？"

"他问你什么你就说什么，"褚学姐大声说，"说实话就行。"

"哦……"穗杏点头，又对手机里的徐师兄说，"师兄，你有什么要问我？"

"不好意思打扰到你们，师妹，你们是在联谊吗？"徐师兄温柔地问。

穗杏愣了愣，说："不是啊，今天我过生日，请朋友们吃饭。"

"这样，"徐师兄笑起来，"师妹生日快乐，生日礼物我会让人给你送到学校去的。"

"啊，谢谢师兄，礼物就不用了。"

"也算是我补偿打扰到师妹的礼物，不是什么贵重的东西，"徐师兄缓

缓地说，“只是些零食，你是喜欢吃巧克力对吗？”

零食！穗杏选择屈服：“谢谢师兄。”

“不客气，”徐师兄说，“我还想跟你学姐说几句话，可以吗？”

“可以、可以。”

穗杏赶紧将手机还给了褚学姐。褚学姐刚接起电话就不耐烦地说：“就说了不是联谊，这下信我了吧？”

穗杏呆呆地站着，也不知道徐师兄在那头说了什么，褚学姐又撇嘴，别别扭扭地说：“你干吗对自己这么没信心？”

很快，学姐愣了一下，像是被家长管着的小孩儿似的，认命地点了点头：“知道，我晚上回去。别，你别来接我，我一定早点儿回。”

以穗杏对徐师兄的了解，徐师兄刚刚可能是这么说的：“我对自己有信心并不是你背着我参加联谊的理由。”

这话把褚学姐堵到无话可说。

挂掉电话，学姐、学妹尴尬地对视。褚学姐干笑了几声：“查岗的。”

穗杏也跟着干笑：“这样啊。”

“……”两人又陷入了沉默。

最后褚学姐拍了拍穗杏的肩：“学妹，以后找男人一定要擦亮眼睛，千万别找这种占有欲强的，不然以后你去哪儿玩都得跟他汇报，唉。”

穗杏挠头。师兄看着并不像是学姐说的这种男人，果然人都是知人知面不知心。她似懂非懂地点了点头，不禁想到沈司岚。

学长应该是那种什么都不爱管的性格，如果不是她在他面前刷存在感，他可能压根不会注意到她去哪儿野了。

两个人又在包间门口说了几句话，正准备进去时刚好撞见出来上厕所的张三。

“快进去唱歌啊，”张三说，“学妹，你的室友在里面当麦霸呢。”

包间里传来歌声，褚学姐睁大了眼：“这是我点的歌啊。”

然后她迅速跑进去跟孟舒桐抢起了话筒。穗杏紧接着也走了进去。

张三站在门口透过玻璃往里看，顿时羡慕地自语道：“如果我是那个麦克风就好了。”

尿意上涌，张三整个人抖了抖，收起心思快步往厕所走去。舒服过后，张三悠闲地边系皮带边走到盥洗池边洗手。旁边有个人也在洗手，张三朝镜子看过去，突然觉得这个人有点儿眼熟。

“哎？”他冒了个语气词。

正洗手的男生茫然地看着他。

“你不是穗学妹的高中同学吗？”张三问。

张三记起来了，对方就是那个为了穗学妹特意考到清大来的学弟。

包间里，褚学姐正和孟舒桐合唱。一曲唱完后，众人给面子地鼓掌，刚刚孟舒桐唱了褚学姐想要 solo（单独表演）的歌，现在换褚学姐唱孟舒桐想要 solo 的歌。总之下一首还是她们俩唱。

其他人没她们这么积极，反正还没到自己点的歌，索性坐着玩手机，安心排队。

这首是抒情类的悲伤情歌，节奏比较舒缓，孟舒桐最近很喜欢唱这首歌，有时候一个人在寝室里对着手机唱都能把自己唱哭。穗杏被孟舒桐带动情绪，也专心看起了 MV，旁边的沙发突然陷下去一角。

她侧头，就见沈司岚在她身边坐下。穗杏一紧张，觉得包间里还有人，有些不安地看着他的侧脸。

“刚刚跟学姐出去干什么了？”

穗杏小声说：“帮学姐打电话。”

沈司岚：“听不见。”

穗杏用手做喇叭状又说了一遍。

“听不见。”

沈司岚还是这么说，冲她勾了勾手指，顺便弯腰将耳朵凑过去。穗杏在他耳边再次重复了一遍刚刚的话。

两个人凑得近，沈司岚的手突然环过她的腰，穗杏整个人被他带动着往他身上一挤，嘴唇不小心碰上了他的脸。

腰间一松，沈司岚很快放开她，胳膊搭在膝上，懒洋洋地抚着下巴闷笑道：“真好骗。”

“……”穗杏睁大眼，他却丝毫没有愧疚之情。她愤愤地偏过头，红着脸赶紧往旁边看了看，还好其他人不是在专心唱歌就是低头看着手机，没人注意到他们。

她低声责怪他：“你干吗？”

沈司岚抬起眼皮，语气淡然，恬不知耻地甩锅：“我只是试试，没想到你这么容易上当。”

穗杏转过身不理他了。沈司岚接着刚刚的问题问她："跟谁打电话？"

"徐师兄。"她没好气地说。

沈司岚瞬间了然："查岗？"

"你怎么知道？"穗杏转过身，觉得他这推理能力有点儿神，"你也帮忙解释过吗？"

"这还需要猜？"沈司岚说，"他就这样。"

对沈司岚毫不惊讶的态度，穗杏发出疑问："学长，你觉得这种事很平常码？你也喜欢查岗？"

沈司岚不知道她为什么会说到自己头上，语气有些困惑："跟我有什么关系？"

"如果我出去玩，"穗杏小声说，"你会查我的岗吗？"

沈司岚："你又不是小孩儿。"

"不是这个意思，"穗杏结结巴巴地说，"你就不担心我背着你做什么坏事吗？"

沈司岚蓦地眯眼，慢吞吞地问："你敢？"

穗杏仰头，语气相当嚣张："我怎么不敢？"

他笑了下，意味深长地看着她，"那你试试？"

"……"穗杏不说话了。

就在这时杭嘉澍回来，穗杏立马挪动屁股，坐得离沈司岚远远的。

沈司岚身边瞬间空了。看着她又黏回了哥哥身边，男人脸色阴沉，总觉得有些不爽。他们又不是偷情，她老躲着算是怎么回事？

杭嘉澍在穗杏身边坐下，用下巴指了指点歌台："你不唱歌？"

"我不喜欢唱歌。"穗杏说。

"你在家的时候不是唱得挺欢吗？"杭嘉澍调侃道，"当着别人的面唱歌怕出丑啊？"

穗杏被戳中心事，正要跟他争辩，包间门又被大力推开，张三学长的声音盖过了包间里唱歌的声音。

"学妹，你高中同学刚好也在这里唱歌哎。"张三说。

正在唱歌的褚学姐没听明白张三的话，下意识地就着话筒问道："什么高中同学？"

张三说："就是那个从高中开始就喜欢学妹，然后还为了跟学妹念同一所大学报了我们学校的高中同学啊。"

唱歌的声音戛然而止，褚学姐捧着话筒又下意识地说了句：“哇哦。”

张三指了指门外，对穗杏说：“学妹，你同学就在门口等你，你出来跟他聊两句吧。”

穗杏先是看了眼沈司岚，男人没有任何反应，甚至连看都没看她一眼。

她又看了看杭嘉澍，他胳膊搭着沙发，跷着腿问：“怎么？要我陪你出去？”

穗杏果断起身走了出去，张三还体贴地替他们关上了门。

“杭总，你都不出去看看啊？”小侯问。

“看什么？”杭嘉澍不屑地扬唇，“我在这里他们敢做什么？”

众人沉默，总觉得杭嘉澍不像哥哥，倒是更像护犊子的爸爸。

此时包间门外的郭子茗似乎也感受到了什么，语气很不自在：“生日快乐。”

“谢谢。”穗杏踌躇片刻，再次说，“对不起啊。”

“你别这么说，”郭子茗抿了抿唇说，“其实我就是想过来跟你说句生日快乐。”

其实之前穗杏的态度已经是委婉拒绝了，但郭子茗总觉得只要她还没有喜欢的人，他还是有机会的。

结果穗杏在国庆节的时候彻底拒绝了他。

她很客气地感谢了他之前的青睐，并表示如果他还愿意和她做朋友，她很欢迎；如果他不愿意，那她也尊重他，他们就当没认识过。

郭子茗之后想了很久。

虽然穗杏拒绝了他，可他还是希望能够继续和她做朋友。

作为他心里喜欢的那个人，穗杏是他考上清大的动力；作为同班同学，穗杏是一个温暖友善的女孩子。即使他们不能做男女朋友，他也不愿意失去她这个好朋友。

“以后做朋友吧，”郭子茗说，“我想好了，真的。”

穗杏用力点头：“好。”

说清楚后郭子茗一身轻松，语气也比刚刚自在了不少：“那我先走了。”

“拜拜。”

“拜拜。”

两人正告别，包间门又被打开，张三顺势探出头问道：“你们就说完了？”

“学长，”郭子茗解释道，“我和穗杏已经说开了，以后就是好朋友，谢谢你带我过来。”

张三有点儿蒙：“啊？你不是过来告白的啊？”

郭子茗面色窘迫，赶紧摇头：“不是，穗杏之前就已经拒绝过我了。”

“哦，这样，那是我误会了。”张三挠了挠脖子，“那你要不要进来一块儿玩？我们刚打算开狼人杀局，多个人好玩些。”

一听要玩狼人杀，郭子茗顿时有些犹豫地看向穗杏。

穗杏拜托他：“那你待会儿进去能帮我解释一下吗？就说我们是朋友。”

郭子茗点头：“可以啊。”

穗杏大松一口气：“谢谢。”

果然他们进去后被一顿起哄，郭子茗耐心地又向包间里的人再次解释了一遍。

穗杏感激地看着郭子茗，郭子茗体贴地冲她笑了笑。

很快，穗杏又悄悄看了眼沈司岚。

他倒是没偏头佯装没看到，只是脸上的表情也不见得有多高兴。

郭子茗环顾整个包间，一下子就看到了两张熟悉的脸。

一个是沈司岚，郭子茗认识他不单因为他是院团委主席，更深刻的印象其实是在高二那年。那时他以为沈司岚是穗杏的哥哥，当着沈司岚的面对其起誓。

另一个是杭嘉澍，他之前被这位学长找过，得知学长才是穗杏的亲哥哥。然后这位亲哥哥相当委婉地对他说，自家妹妹年纪还小，也从侧面告知他，自己这个当哥的不同意。

沈司岚淡淡地看了他一眼，很快又收回视线。

杭嘉澍温和地冲他笑了笑。

虽然已经和穗杏说清楚了，但一下面对穗杏的两个“哥哥”，郭子茗还是有点儿怵。

郭子茗颤巍巍地坐下，早知道这两个人在，就算再想玩狼人杀也不来了。

KTV 包间里正好有狼人杀牌，一开始他们是想玩扑克，但是王可慈和万亿不会除了斗地主以外的玩法，所以干脆就换成了玩狼人杀。

狼人杀算得上是年轻人中相当受欢迎的游戏。

孟舒桐玩狼人杀的水平不怎么样，玩这个老是被坑，所以主动要求当上帝，负责整个游戏的流程。

穗杏特意坐在了沈司岚旁边，本来想找机会跟他说两句话，结果被他一句“好好玩”给堵了回去。

此时众人分别抽到自己的身份牌。

孟舒桐清了清嗓子说：“天黑请闭眼。”

所有人闭眼。

“狼人请睁眼。”

穗杏抽到了狼人牌。她从来不觉得预言家或是女巫这类角色的技能有多厉害，一局游戏中，真正开了天眼的往往是反派，匿于黑暗中，用话术和伪装骗过所有人的眼睛，晚上杀人，白天演戏，这才是当狼人的乐趣所在。

她属于狼人杀的高级玩家，队友往往只需要配合她就行。穗杏自信地睁开眼。

孟舒桐：“狼人请确认彼此的身份。”

睁眼的一共有三人。穗杏看到了坐在她对面的郭子茗，确定他是队友之一，接着又去找另一个队友。视线和坐在她旁边的沈司岚恰好对上，穗杏愣了下。她没和沈司岚玩过狼人杀，之前只听说沈司岚很会玩，但是从来没见识过。

孟舒桐再次开口：“狼人请选择杀一个人。”

郭子茗冲穗杏比了个手势，示意让她来选。穗杏点头，想问问沈司岚的意见。

沈司岚突然倾身凑到她耳边，穗杏以为他是要跟自己商量，乖巧地竖起了耳朵。结果他只是用所有人都听不见的气音问她：“你的高中同学也需要瞒着吗？”

穗杏没反应过来，沈司岚不动声色地用眼神指了指正处于发蒙状态的郭子茗。

他为什么突然问这个？她不明所以，可还是回答了他的问题，无声地摇了摇头。

他问这句话显然是在盘算什么？穗杏看着他漂亮的眼睛，透亮干净的瞳孔里映出了她的影子，接着他略勾嘴角，恶作剧般冲她扬了扬眉梢，又漫不经心地看了眼对面同样茫然不知他要干什么的郭子茗。

穗杏不明白他想做什么。下一秒，沈司岚偏头亲了上来。

唇间濡湿微凉的触碰让穗杏刹那间大脑缺氧，浑身过电，周遭满是人的环境下，这样的轻吻几乎能要了她的命，害怕被人发现的羞耻感和因为这个猝不及防的吻瞬间加速的心跳像是两根藤蔓紧紧缠绕着她的身体，将她的理智抽得分毫不剩。

第一个晚上，狼人在确定彼此的身份后，其中一个狼人在众人沉浸于黑夜中时，吻了他的队友。孟舒桐捂着嘴，因学长这个大胆的举动险些忘了她作为上帝的职责而当场尖叫出声。

剩下的狼人三观被震得稀碎。两年前在他面前不允许妹妹早恋的“哥哥”，如今却以一种嚣张的方式，将自己当初说过的话狠狠地踩在了脚下。

之后的游戏过程中，上帝和狼人都不在线。穗杏人生中第一次玩狼人杀遭遇滑铁卢，就这么栽在了沈司岚身上。

当正道的光洒在大地上时，狼人的身份被揭露，张三特别震惊地道：“原来我玩狼人杀这么牛吗，两个高级玩家都死在了我手上？”

穗杏不在状态，估计是因为输了心态有点儿崩，低着头谁也不看。沈司岚却完全没有因为自己这局输了而感到挫败，唇边带着笑意，难得让张三得意了一回。

一局游戏结束，穗杏起身说要去一趟洗手间。其他人正好中场休息，点歌唱。孟舒桐立刻也起身道：“我陪你去。”

女生上厕所也喜欢结伴已经不是什么稀奇事了，谁也没在意。

穗杏直觉孟舒桐不是真想上厕所，果然被她猜对。她们刚走出包间孟舒桐立马挽上她的胳膊，将头靠在她的肩上，一副受不了却又异常兴奋的样子不住地蹭她：“我光是看学长亲你都快要炸了，快告诉我你是什么感觉？快、快、快，快告诉我让我酸一下。”

“没什么感觉。”穗杏嘴硬道。

“你就装吧，”孟舒桐碰了碰她的脸，“你自己现在什么样子你不知道吗？”

两人走到洗手间后，孟舒桐指着镜子让她看。

“满脸通红，双眼含春，”孟舒桐边说还边啧啧道，“粉底都遮不住好吗？”

穗杏低下头，本想用凉水洗脸冷静冷静，又想起自己今天化了妆。她张皇无措地蹲下，脸埋进膝盖里，喉间轻轻溢出一声难堪的叹息。

孟舒桐看着她这副样子，又是羡慕又是嫉妒。被喜欢的人调戏，再矜持的女孩子表面上如何羞涩，窃喜是怎么也藏不住的，浑身如同过电般，明明想要责怪他的轻佻举动，却又忍不住为他脸红心跳。孟舒桐陪她蹲下，捧着脸不耻下问：“穗穗，问你个事。”

“什么？”

“被喜欢的人亲是什么感觉啊？”

穗杏愣住了。

“是不是，”孟舒桐眨了眨眼，双颊也不自觉地泛起红晕，“特别美妙？”

两个女孩子对视着，穗杏垂着眼睫，半晌后咬了咬唇，讷讷地点头：“嗯。”

孟舒桐感叹道：“好好哦。”

女孩子实在是种很可爱的生物，喜欢漂亮的事物，喜欢温暖的颜色，喜欢造型精致的甜食，会为影视剧或小说中虚构的剧情产生真情实感，会羡慕周遭的人甜甜的恋爱，看到别人那么甜蜜，自己心里竟然也甜滋滋的。

就如同此刻，孟舒桐为穗杏开心，甚至比穗杏还要开心。

原来甜掉牙的亲吻也是会在现实中发生的，羡慕的同时，孟舒桐又在小小地期待着，什么时候也能轮到自己呢？

女孩子们会为他人的恋爱尖叫绝不是花痴，而是她们实在太可爱了，对自己还没到来的恋爱保持着一颗少女心，永远热切地希望着这样的恋爱能降临到自己身上。

“帮我保密行吗？”穗杏小声说。

孟舒桐问：“那糍粑和有钱她们呢？”

“那你要在我不在的时候跟她们说，不然她们肯定当面笑我。”

“那不行，”孟舒桐义正词严地道，“必须当着你的面说，不然我们怎么能欣赏到你尴尬到死的样子？”

穗杏恨声道：“孟老师，你变了。”

“你也变了，”孟舒桐幽幽地说，“变成了打狗棒。”

“……”

两个人在洗手间磨蹭了片刻回到包间，打算开始第二局狼人杀：“还没开始吗？”

张三正在唱歌，见她们回来了直接用话筒说：“岚哥和小郭学弟刚刚也

去厕所了。”

孟舒桐赶紧捅了捅穗杏的胳膊，小声问：“你说是学长打学弟，还是学弟揍学长？”

穗杏感觉一言难尽地说：“都不要吧。”

没多久，沈司岚和郭子茗一前一后地回来了。

穗杏仔细观察了他们，发现他们脸上没有挂彩，衣服还是好好的，由此可见他们并没有发生肢体冲突。

她在心里唾弃自己，又不是演电视，哪儿来的那么多三角关系？她未免太自恋了。

众人重新开始游戏，穗杏经过上一局的阴影，不敢再坐在沈司岚身边，果断离他远些了。

沈司岚没阻止，任由她去。

后来的几局游戏穗杏无论抽到什么角色卡都是正常发挥，张三的自信到此为止。

作为狼人惨败后，张三倒在桌上哀号不起。

后来众人一直玩到下午场到时间，最后由孟舒桐倾情献唱，点了首生日快乐歌全场合唱，为这场生日宴画上了一个完美的句号。

一帮人穿上外套便准备离开。

郭子茗玩完狼人杀后回自己的包间继续玩，褚学姐不回学校直接回家，至于其他人怎么来的就怎么回。

这个季节天暗得快，夜色降临，才六点出头街边已经亮起了霓虹灯。没了那点儿日光，南方的冬夜又湿又冷，穗杏裹紧了围巾，呼出一口雾蒙蒙的白气。

她坐在副驾驶座上，眼巴巴地看着沈司岚上了他自己的车。

他利落地打开车门，低头弯腰侧身上车，长腿微屈，扣上安全带，整套动作简单却又莫名地吸引人。

“走了。”留下这句，沈司岚先发动车子离开。

穗杏望着车尾发呆。

她不禁想，他刚刚在游戏中的恶作剧是不是只对她起了作用？

不然为什么只有她现在脑子里还回荡着刚刚那个猝不及防的吻，而他好像只是做了一件和吃饭没什么区别的平常事，吻过就忘，压根没放在心上？

她这样瞒着大家到底是为了他们好，还是一种慢性折磨？

“关窗，”杭嘉澍说，“我开空调了。”

“哦。”她收回了胳膊，关上车窗。

杭嘉澍问：“那我现在送你们几个回寝室？”

穗杏：“嗯。”

街边气氛热闹，已经有商家在布置庆祝圣诞节的装饰。

每当聚会过后，心里总会涌上一种淡淡的失落感，还没从刚刚的热闹中抽离出来，比起来时，车里的人显然变得有些沉默。

杭嘉澍中途又接了个电话。他抗拒了两秒，最后还是选择接起，不过并不是想象中的工作上的事，而是导师打来的电话，询问他有关于发论文的事。

打完电话，杭嘉澍说：“我不回本部了，导师临时让我去研究院找他，送你们到南大门下车行吗？”

孟舒桐她们几个当然不可能拒绝。

穗杏也说好。

车子开到南大门停下，穗杏临下车时被杭嘉澍叫住。

杭嘉澍打开储物箱，从里头掏出一个包装精致的小袋子：“生日礼物。”

穗杏下意识地问：“什么啊？”

“你回去自己看，”杭嘉澍说，“别人推荐的，不喜欢的话别找我退。”

穗杏别别扭扭地说了句谢谢。

对张三学长他们，她好像都没这么别扭，可能是不喜欢跟杭嘉澍这么客气，所以并不习惯对他说谢谢。

“生日快乐，”杭嘉澍看了她一眼，蓦地轻笑道，“下次别擦这个颜色的口红了，像女鬼。”

穗杏：“……”

她正要上前理论，杭嘉澍迅速关上车窗，丢下一句“拜拜”，之后车子疾驰而去。

她就知道他狗嘴里吐不出象牙来。

穗杏拿着小袋子愤愤地转身去和室友会合。

孟舒桐看了眼她拿的小袋子：“你哥送你的礼物吗？”

“嗯。”

“你哥挺会选啊，”孟舒桐说，“这个牌子的首饰款式都特别少女，你戴肯定好看。”

穗杏：“首饰？”

这还是杭嘉澍头一次送她首饰。

以往他送的都是公仔、零食什么的，穗杏平时不愁吃、不愁穿，对礼物没多大追求，一般他请她吃个饭或是直接发个红包就当是礼物了。

如今她收到首饰，那是不是代表在杭嘉澍眼里，她已经是一个需要打扮的大姑娘了？

穗杏没忍住打开了礼物盒，里面躺着一条项链。

珐琅材质的小兔子坐在用珍珠母贝和多色切面水晶做的花园中，非常具有童话色彩的主题意境，她很喜欢。

回到寝室后室友们互相传递欣赏着这条项链，穗杏则给杭嘉澍发了条微信消息。

“我看到礼物了。”

哥哥：“不喜欢也不能退的哦。”

“没说要退。”

“我还以为今年你也会送吃的给我。”

哥哥：“你都多大了还要吃的？”

此时孟舒桐招呼她赶紧把项链戴上看好不好看。

穗杏取下围巾，将项链戴上。冬天穿得太厚看不出效果，她又把领子往下拉了拉。冰凉的项链一下子碰到皮肤，她不禁打了个冷战。

但是项链很好看。

“不过你哥哥都送你礼物了，”孟舒桐问，“学长没送吗？”

穗杏愣了愣，还真没有。

去年沈司岚都送了一对樱桃发卡，今年压根就没有礼物了。

不过听说张三学长他们买来的花和蛋糕有沈司岚的份，穗杏替沈司岚解释，却不料这样的解释让孟舒桐更迷惑了。

“不是吧，男朋友送你礼物都跟室友一起平摊费用？”孟舒桐说，“学长也太敷衍了。”

穗杏抿唇，想帮沈司岚说话又说不出，因为她和孟舒桐是同样的想法。

“你暗示他一下啊，”孟舒桐说，“你就给学长发条消息，说你哥哥送你礼物了。”

穗杏不太愿意：“这也太明显了吧。”

“就是要明显啊，明显才能让他意识到自己犯了多大的错，快发。”

穗杏不想为难沈司岚，或许他是还没习惯，所以忘了而已。

孟舒桐看她这副不争不抢的样子就闹心，恨不得抢过她的手机替她发消息。

“你不会真以为恋爱就是终点站了吧？谈恋爱也是要心机的，就你这样一点儿也不主动，什么也不做，学长迟早会发现他是在跟一块木头谈恋爱。”

穗杏小声反驳：“你都没谈过恋爱还教育我。”

孟舒桐尴尬地咳了咳，替自己挽尊道：“你懂什么？我的情况能跟你一样吗？只要我放下了裴老师，还缺男朋友吗？我随便勾勾手指就有一大堆人排着队做我的男朋友。”

王可慈适时出声道：“问题是你放得下吗？”

孟舒桐咬牙道：“别逼我，再逼我我明天就去追杭学长。”

“杭学长你也未必追得到手吧？”万亿冷静地分析道，“就凭杭学长从大学入学单身到现在，我可以肯定他绝对不好追，攻略难度应该跟我们助班有的一拼。”

孟舒桐顿时挫败地捂头。

“谈恋爱真的太难了，我想找个谈恋爱的对象怎么就这么难？”

王可慈和万亿对视一眼，习惯地对其无视了。

基本上只要孟舒桐在裴老师那儿吃了闭门羹就会抱怨这句，每每恨声发誓自己一定要忘记裴燕闻那个男人，结果没过几天自打脸，又偷偷溜到法学院去看他。

只有穗杏理她：“孟老师，振作起来，只要功夫深，铁杵磨成针。”

“穗穗你真好，”孟舒桐睨了另外两个人一眼，“不像那两个冷血动物，都不过来安慰我。”

穗杏又温柔地安慰了她几句，接着进入正题：“你刚刚说的谈恋爱需要心机是什么意思啊？”

孟舒桐停止假哭，表情突然阴沉下来：“你安慰我就是为了找我取经？”

穗杏不好意思地老实说：“一半一半吧。”

孟舒桐：“……”

沉痛几秒后，孟舒桐平复好心情问她：“你平常对学长没主动过吗？”

“什么主动？”

“装纯也有个度，你知道我说的是什么。”

穗杏咬唇，没好意思大声说，凑到孟舒桐耳边说悄悄话。

结果孟舒桐相当嫌弃地皱起了鼻子：“不是吧？就亲脸啊？你们这么纯情的吗？”

耳朵很尖的王可慈和万亿听到这句话，又迅速凑了过来。

“你们都谈了几个月了吧，”孟舒桐说，“还是说学长是想养肥了再吃？”

穗杏的脸红红的，她觉得这进度挺好的，至少在她的心脏承受范围之内。

之前他们露营的时候那什么，她事后晕了好久，连做梦都在想这事。

孟舒桐虽然没谈过恋爱，却对恋爱理论知识了如指掌，堪称宗师级别的纸上将军，因此很快给穗杏举出了主动的具体例子。

“我的手机里存了图，我发给你你自己看。”孟舒桐说。

万亿：“你不是没男朋友吗，存这个干什么？”

“以防万一啊，确保随时都是备战状态。”说罢孟舒桐大言不惭地指着穗杏，“你看这位，谈好几个月了，肚子里有墨水吗？关键时刻她还不是靠我？”

孟舒桐总是有这种能把歪理说成真理的本事。

被洗脑了的穗杏赞同地点了点头：“有道理。”

保存好图片后，穗杏定睛研究，表情突然凝滞。

“这——”她欲言又止。

王可慈和万亿伸长了脖子看：“写的什么啊？”

三个人看了几条，最后还是王可慈尴尬地说：“这对穗穗来说难度是不是有点儿大？”

“哪个啊？”孟舒桐问，“装作无意蹭他的大腿内侧？”

万亿：“你这是什么心机宝典啊，简直就是羊入虎口指南。”

孟舒桐不解地反问道：“男女朋友做这个不是很正常吗？二十一世纪了还有人只谈精神恋爱吗？”

“倒不是这个意思，”王可慈说，“我就是觉得，穗穗和学长看着都不像是那种急色的人，学长私底下对穗穗应该挺绅士的。”

万亿附和地点头。

她真的很难想象穗穗和学长……

其实他们在一起这件事本来就挺不可思议的，直到现在她还觉得不真实。

“想多了吧，你们没看到今天下午在 KTV 学长趁着我们玩游戏——”

“啊！”穗杏突然尖叫一声。

三个室友被吓得一激灵，纷纷惊恐地看着她。

穗杏顿时可怜巴巴地看着孟舒桐。

孟舒桐这才想起之前被穗杏拜托的事，咳了声说：“总之学长没你们想的那么高风亮节咯。”

穗杏低头看手机，反正不管有没有用，先存了再说，一张图片而已，又占不了多少内存。

“刚刚让你把项链拍给学长呢，拍了吗？”孟舒桐转移话题地问道。

穗杏有些犹豫：“真的要拍啊？”

孟舒桐很不理解她的扭捏：“又不是让你拍裸照，你至于吗？”

“……”

她这不是怕学长觉得她很计较有没有收到礼物，认为她是一个重利的女孩子吗？

穗杏正打算拍，手机响起。

孟舒桐一看来电：“这是什么神仙默契？他居然送上门来了，赶紧接啊。”

穗杏颤巍巍地接起电话：“学长？”

“在寝室吗？”

“在。”

“下来吧，”沈司岚说，“我在你的寝室楼下等你。”

“哦，好。”

挂掉电话，穗杏交代：“学长让我下楼。”

“那赶紧下去啊，”孟舒桐问，“晚上回来吗？给你留门吗？”

穗杏咬牙道：“当然回来！”

孟舒桐的表情看上去颇为失望：“哦。”

穗杏围上围巾出门，孟舒桐最后嘱咐她：“记得啊，一定要提醒他礼物的事。”

“知道了。”穗杏敷衍地应道，小跑着下楼。

天已经完全黑了，沈司岚站在树下等她。

天气很冷，沈司岚不爱戴手套，左手收进兜里，露在外面拿手机的右手被冻得有些红，干净瘦削的指节染上了脆弱的粉色痕迹。

“学长你怎么不戴手套？”

说完穗杏举手向他展示了一下自己的新手套。

“嫌麻烦，”沈司岚替她拢了拢松垮垮的围巾，“去车上说话吧。”

穗杏：“嗯。”

他的车子就停在寝室楼侧边的小路上，坐上车的瞬间，穗杏被车内外极大的温差惹得抖了两抖。

穗杏想起孟舒桐之前嘱咐过的话，率先开口：“学长，我给你看个好东西。”

沈司岚停下手上的动作，问：“什么？”

她摘掉围巾，又解开了大衣最上面的两个羊角扣。

沈司岚被她的动作弄得愣怔片刻，语气有些迟疑：“学妹？”

穗杏拨开衣领：“你看。”

大冬天的，即使车上开着空调，在看到她露出的那一片锁骨后，沈司岚还是不免喉间一紧。

穗杏又说：“哥哥送我的生日礼物，你觉得我戴着好看吗？”

沈司岚定睛看过去，车灯映照下，她的脖子上挂着一条细细的项链，坠子发出细碎晶莹的光。

他的表情突然阴沉下来：“杭嘉澍送你的？”

穗杏：“对啊，好看吗？”

“当然好看，”沈司岚突然没来由地冷哼道，“因为这是我选的。”

穗杏整个人蒙掉：“什么？”

他从储物格里拿出一个小袋子，和杭嘉澍送的项链的袋子一模一样，甚至连品牌名称都是相同的。

穗杏拆掉礼盒，果然如此，天鹅绒里躺着的项链坠子都是同款。

她听到沈司岚冷笑了一下。

那天在工作室，杭嘉澍状似不经意地问他如果让他送穗杏生日礼物，会送什么。

何必如果，沈司岚本来就打算送礼物。

于是他说了个品牌，顺便说有款兔子项链挺好看的。

他没料到杭嘉澍能这么厚颜无耻，直接照搬。

穗杏也没料到沈司岚和哥哥会撞礼物，一时间不知道该怎么宽慰沈司岚，只能将项链握在手里，补救道：“没关系，我正好可以换着戴。”

但她的话也没能让沈司岚恢复心情。

沈司岚坐在驾驶座上，紧抿着唇缓慢而沉重地吐气。

穗杏惊恐地看着他，脖子上挂着条项链，手上又拿着条项链，顿时觉得这两条项链就跟导火索似的，下一秒就要被点燃。

“我还以为你已经送过我礼物了，没想到还有惊喜，”穗杏哇了一声，笑着冲他说，“谢谢学长。”

沈司岚蹙眉道：“我什么时候送过你礼物？”

“那个花，还有蛋糕啊，你和张三学长他们一起买给我的。”穗杏说。

沈司岚扬眉，呵了声，语气傲慢地说：“我有穷到要跟他们一起给你买礼物的地步？”

穗杏讷讷地说：“我以为是这样。”

沈司岚面色微沉，略带不爽地反问：“你觉得我是那种连送女朋友生日礼物都需要跟人平摊费用的人？”

“……”

一看穗杏的表情，沈司岚就知道她是这么想的。

他重重地叹了口气。

“走吧。”

“去哪儿啊？”

“去买礼物。”

穗杏：“你已经送礼物给我了啊。”

“那不算，”沈司岚拉下手刹，淡定地说，“再去买新的。”

“那这条项链怎么办？”穗杏看着小兔子挂坠茫然地问。

“戴着，”沈司岚说，“把你哥送你的扔了。”

“扔了？”

这项链可不便宜啊。

“或者你挂二手平台上卖了，随你。”沈司岚说。

穗杏想还是好好收起来吧，大不了一三五七戴学长送的，二四六戴哥哥送的，谁也不得罪，反正两条项链长得一模一样，他们也看不出来。

想到这个点子的穗杏此时不由得为自己的机智折服，得意地点了点头。

沈司岚瞥她一眼，突然问：“打算我和你哥送的换着戴？”

穗杏猛地偏头看他，嘴上否认："没啊。"

沈司岚眯起眼，嘴角微扬，没戳穿她，但也没再理她。

这之后，穗杏一直不敢说话，悄悄观察沈司岚的神色。他专心开着车，视线都在前方，搭在方向盘上的手还有些红。

沈司岚皮肤白，手上没什么肉，骨节明显，指节修长漂亮，典型的十指不沾阳春水的少爷手，被冻红的地方不容易消下去。穗杏突然有些心疼，不自觉地盯着他的手发呆。

他注意到她的视线，看了眼自己的手，觉得好笑的同时又挺满足，伸手推了推她的额头："看什么看？"

穗杏被抓了个正着，有些心虚，找借口道："学长，你的手都被冻红了。"

"待会儿就好了。"沈司岚说。

这个点还不算晚，市区的商场都还开着门，沈司岚没开太远，车子开到了附近商场的地下停车场。他刚把车子停好，打算叫她下车，听到她问了句："停好了吗？"

"好了，"沈司岚说，"下车吧。"

穗杏没有急着下车，而是突然抓过他的手，用自己的手包裹住他的。

她的手很小，根本包裹不住他的手，只能勉强握住。穗杏刚刚取了手套，这会儿手正暖和得跟小暖炉似的。她用肉肉的手心替他揉搓着手背，又低头帮他吹气。

沈司岚垂眸安静地看着她替自己暖手。穗杏将他冻红的部分都搓暖了才满意地说："好了，你以后要记得戴手套啊，不然会长冻疮。"

她正要放开，他却反握住她的手。

穗杏："还冷吗？"

"嗯，"沈司岚说，"冷。"

"哪儿冷啊？"

他手上稍微用力，将她拉过来，另一只手默契地捏上她的后脖颈，扯她过来倾身用唇在她的唇上亲了亲。

她又被亲了？

灯光幽暗的地下停车场内，穗杏听到他说："这里冷。"

她一时间不知该怎么反应，脑子里突然出现孟舒桐发给她的那张图片。

谈恋爱不能只一方主动，另一方也应该给予回应。

她不能让学长觉得他是在跟一块木头谈恋爱。

穗杏大着胆子颤声问：“学长，你的脸冷不冷？”

沈司岚愣了愣，说：“冷。”

她亲了他的脸，这次沈司岚没再说她无聊，而是闭上眼任由她亲。

穗杏看到他垂下眼皮，模样安静。少了他的注视，她的胆子也渐渐大了起来。

她又亲了亲他的鼻尖，接着是眼皮。

沈司岚没拒绝，反而笑着问她：“你怎么知道我这些地方也冷？”

受到鼓舞的穗杏顿时色胆膨胀，捧着他的脸，又凑近亲了他的耳垂。微热的呼吸刮过他的耳郭，她咬着他脆弱的耳骨。

他就连耳朵都是漂亮的。

图上说，这叫吐气如兰。

穗杏也不知道自己是不是吐气如兰。她今天吃了不少好吃的菜，估计是不怎么“如兰”的。

可是那小心翼翼的呼吸似有似无，如同羽毛般一触即离，继而反复撩拨，沈司岚手指微蜷，咬着唇压抑着什么。

穗杏还想吻他的脖子，好像这里也是男人很喜欢被吻的地方。

他却突然钳住了她的下巴，穗杏以为他是不喜欢，吓得不敢动弹。

头顶车灯的光线落下，穗杏双眸明亮，面颊发烧，目光和他接触的一瞬，脑子不自觉变得昏沉。她像是喝醉了一般垂下眼睫躲开他的注视。

沈司岚觉得有些羞愧，耳根绯红。

竟然被这种半吊子撩拨到，他极隐秘地轻声笑了笑，也不知道是在笑谁。

“这样不累吗？”他说，“坐我身上来好不好？”

穗杏：“怎……怎么坐啊？”

车子里这么窄。

沈司岚调整了座椅，将她抱了过来。

她娇小且柔软，即使在如此拥挤的车厢里，窸窣摩擦的声音还是提醒他们这样做有些勉强。穗杏还不小心撞到了车顶，一声很轻的碰撞声响起，接着是她吃痛的低呼。

沈司岚摸了摸她的头：“痛吗？”

“还好，”穗杏动了动腿，“好挤啊。”

沈司岚身上承受着她的重量，静静等她习惯这个姿势。

穗杏问："重吗？"

"不重，"沈司岚说，"我觉得你还能多吃点儿。"

穗杏抿唇。他抱着她抚着她的脸，穗杏觉得他抚得太轻反而有点儿痒，缩了缩脖子问："你还冷吗？"

他眨了眨眼，被她问得顿时口干舌燥，不自觉地抱紧了她，将头埋进她的颈项中。穗杏取了围巾，冬天穿得严实，将她的气味牢牢藏住。他用鼻尖撩开她的衣领，闻到了她藏住的香气，温暖且甜腻。

他埋头蹭了蹭她的脖颈，穗杏被他的短发蹭得一阵颤抖。

沈司岚低声说："嗯，我哪儿都冷。"

换言之就是他哪儿都需要她暖一暖。

穗杏无所适从地看着他，他毫不避讳地与她对望，眼眸干净，映着的车灯灯光宛若火星，在他的深色瞳孔中炸开。

长了张会骗人的脸，他就有本事把这么不要脸的话说出可怜兮兮的意味来。

只是这显然是骗不到穗杏的，她磕磕巴巴地说："那你怎么不多穿点儿？"

"跟你一样穿成球？"沈司岚撇嘴，嫌弃得极为隐蔽。

两个人凑得近，所以穗杏将他的神色看得明明白白。

她突然不高兴，抓着他的肩膀问："你嫌弃我穿得多？"

"是有点儿多。"他垂眼低声说。

别人家的男朋友都是恨不得女朋友多穿点儿别感冒，为什么她的男朋友不走寻常路？

眼看穗杏要爹毛，他将胳膊穿过她的腋下，结结实实地把她抱在怀里，手搭在她的背上往自己身上摁了摁。

感受不到温暖，沈司岚皱眉，只能去摸她裸露在外的手。

他很喜欢她的手，很小，一掌可握，柔软无骨。比起女人们渴望的纤细长指，她的手更像是孩子的手，无论怎么把玩都不会硌手。

摸手加拥抱，穗杏如同被顺毛的动物。

"那我下次少穿点儿，"穗杏自己妥协了，"少穿一件毛衣好了。"

沈司岚不满地说："你想感冒吗？"

"不是你说我穿得多吗？"

沈司岚轻声解释："冬天多穿点儿，等到了夏天就好了。"

他怪的不是她，而是天气。

"你喜欢夏天吗？"

"一般。"

夏和冬是两个极端，夏天闷热，冬天又太冷，沈司岚都不太喜欢。

夏天唯一的好处是他可以看到那雏菊花样的裙子。

花店总有办法将四季的花都聚集起来，即使在不是某些花盛开的季节，在人工的养育下，有些花依然能够绽放。

买花的时候张三问他哪种花好看。

比起热烈的玫瑰，连花苞都如此清新的雏菊看来最惹眼，小小白白的花苞。沈司岚见过穗杏裙子上盛开的雏菊，明黄花蕊与白色花瓣相接。

他说选雏菊，张三大老粗一个，除了玫瑰对别的花种一概不知，还有点儿犹豫。

但事实证明沈司岚没选错。

两个人的腿交叠在一起，沈司岚的手落在她的大腿上。

"穿秋裤了吗？"

穗杏："穿了。"

沈司岚抿着唇没说话。

两人又在车上抱了会儿，终于想起来这里的真正目的。

他们是来买礼物的。

穗杏对礼物的兴趣不大，但晚上还没吃饭，这会儿有些饿了。

于是沈司岚只好先带她去吃晚餐。

此时，也有一个人想到穗杏没有吃晚餐。

孟舒桐本来在寝室里好好看剧。

这电视剧实在太气人了，"小三"配渣男，看得孟舒桐不住安慰自己只是电视剧而已，千万不要产生真情实感，千万别被气着，不值当。

可她还是在看到"小三"和渣男甜甜蜜蜜地上演偶像剧情节时忍不住破口大骂。

孟舒桐接到穗杏的电话时，火气还没下去，接电话的态度有些凶："干吗？"

穗杏明显被吓到："孟老师，你怎么了？"

“没事，看电视剧被气的，”孟舒桐揉按着太阳穴，“不是气你。”

穗杏放心了，说明目的。

“买蛋糕？”孟舒桐问，“我和你哥？”

“嗯，我说我拉肚子，他马上走到寝室楼下了。”

这理由真够老土的。

她突然想到刚刚看的剧里的渣男。

“你现在好像脚踩两条船的渣男啊，”孟舒桐说，“为了‘小三’找借口骗老婆。”

穗杏：“……”

“我说，你总要告诉你哥哥你和学长在谈恋爱的吧，难不成你和学长只是玩玩而已？”

“当然不是。”

“那你哥迟早会知道的啊，你这么瞒着算怎么回事？”

穗杏语气犹豫地说：“我知道，但我总觉得告诉他了，他会很不高兴。”

孟舒桐不解地问：“他为什么会不高兴？又不是嫁女儿。”

“说不清楚，”穗杏说，“就直觉而已。”

“你哥有那么离不开你吗？连妹妹谈恋爱他都受不了？”

“我这样想是不是太自恋了？”

“是有点儿。”

现实中的兄妹都是相看两相厌，孟舒桐看穗杏和她哥似乎也是这样，不吵几句好像会死，按理来说这样的相处方式下，在得知穗杏谈恋爱后杭嘉澍应该恨不得敲锣打鼓庆祝耳根子终于清净了，所以孟舒桐不理解穗杏的直觉从何而来，也觉得穗杏有点儿杞人忧天。

“那你帮我试探一下行吗？”穗杏请求她，“我不太敢说……”

孟舒桐失笑道：“那是你亲哥啊，这有什么不敢的？他还能打你一顿啊？”

虽然说是这么说，但毕竟是穗杏的请求，孟舒桐洒脱地应下了。

下楼的时候，孟舒桐刚好看到从路灯下走来的杭嘉澍。

“学长！”

杭嘉澍点了点头，问：“她还在厕所里？”

孟舒桐愣了愣，后知后觉地应道：“嗯，一时半会儿估计出不来。”

杭嘉澍皱眉：“她吃了什么？”

“辣条，”孟舒桐张口就来，“爆辣的那种。”

“……”

沉默片刻，杭嘉澍无奈地叹了口气。

孟舒桐小心翼翼地问：“还去买蛋糕吗？”

“来都来了，”杭嘉澍说，“麻烦你陪我去了。”

“没事、没事，不过学长你怎么没开车过来？”

杭嘉澍：“本来是想带她去吃饭，之后散步消消食，就没开车来。”

孟舒桐：“哦。”

之前她嚷嚷了好几次想认识穗杏的哥哥，但无奈总有大大小小的事阻拦，研究院离本部又远，孟舒桐懒得很，这事就这样被搁置下去。

今天一见，她反倒拘谨起来。

杭嘉澍始终和她保持着合适的距离，一点儿也没有在穗杏面前那种坏心散漫的模样，这样反而让孟舒桐有些不知该怎么和他搭话。

她还真有些摸不准穗杏哥哥的性格。

两人走到蛋糕店后，杭嘉澍问她喜欢吃什么口味的蛋糕。

孟舒桐茫然地问：“啊？这不是给穗穗买的吗？”

“买给你们吃的，她一个人哪儿吃得完。”杭嘉澍说。

原来他是要买四人的份，孟舒桐矜持地说了几个口味。

杭嘉澍点头，直接开始在橱柜里选。孟舒桐又问：“学长，你不问我穗穗喜欢吃什么口味的蛋糕吗？”

“不用，我知道。”

孟舒桐和穗杏当了一年的室友，很清楚穗杏的口味。

穗杏是个藏不住喜爱或厌恶的人，喜欢什么就会明明白白地写在脸上，所以对她的喜好，但凡是有心观察的人，很容易知道。

她喜欢有水果夹层的蛋糕，喜欢蛋糕上铺满巧克力碎屑。

杭嘉澍对工作人员说：“水果能换成杧果吗？”

“可以，但是要加钱，因为这个季节杧果挺贵的。”

不当季的水果，都是高价空运过来的。

“没事，换吧。”

工作人员让他们等半个小时再过来拿蛋糕。

半个小时啊，孟舒桐心想这半个小时可怎么打发？

她顿时有点儿心累，早知道就让糍粑或是有钱过来陪穗杏的哥哥买蛋糕了。

"是不是觉得挺无聊的？"杭嘉澍笑了笑，"我先送你回寝室吧，待会儿我过来拿了蛋糕再送过去。"

他越是这样细致温柔，孟舒桐就越是觉得眼前这人不是她印象中的穗杏的哥哥。

"没事，"孟舒桐赶紧摆手，"学长，我能问你一个问题吗？"

杭嘉澍颔首："你问。"

孟舒桐没忘记穗杏的请求："你觉得穗穗这个年纪能交男朋友了吗？"

杭嘉澍愣了愣，问道："她有男朋友了？"

"没有啊，我就是好奇问问，"孟舒桐干笑道，"因为我感觉学长你跟穗穗关系挺好的。"

杭嘉澍挑眉："有吗？"

"有啊。"

"她没在你们面前说过我的坏话？"

说过。

孟舒桐摇头道："没有，她说你对她很好。"

杭嘉澍抱胸靠着椅子看她："真的？"

孟舒桐昧着良心说："当然是真的，我骗你又没有好处。"

"那倒是挺稀奇的，"杭嘉澍笑了笑，"我还以为她对我会有不少抱怨。"

"学长，刚刚我问你的问题你还没有回答我。"

"交男朋友？"

"嗯。"

杭嘉澍委婉地拒绝："我能不回答吗？"

孟舒桐："啊？当然可以。"

没打听到啊，孟舒桐也不好继续问，没办法只好换了个问法："学长，你不打算交女朋友吗？"

杭嘉澍懒懒地耸肩："没人喜欢我啊。"

"怎么没有？"孟舒桐显然不信，"追你的女生那么多。"

"那些不算。"

"那怎么才算？"

杭嘉澍想了想，偏头说："不会变的。"

"什么意思啊？"

“和家人一样不会变的。”

孟舒桐说：“可是两个人在一起了将来也可能会分手啊，哪怕结了婚也会离婚，感情的事很不一定的。”

杭嘉澍笑得温和，点头道：“是啊，不一定的。”

“可是不谈恋爱，你不会觉得很孤独吗？”孟舒桐又问。

“有家人和朋友，”杭嘉澍反问，“为什么要把精力放在一个都不确定会不会永远和自己在一起的人身上？”

孟舒桐隐隐明白了他的意思。

她和杭嘉澍的观念却截然相反，大多感情来自那一刹那的心动，这种心动无迹可寻，冲动而鲁莽，虽然没有保障性，可这恰恰就是感情。

这就像是赌博一般，很危险，可一旦赌对了，甜蜜的回报又无法衡量。

不过是大家敢不敢赌一把的区别而已。

杭嘉澍为什么不敢赌？

难道他以前受过情伤？

孟舒桐点了点头，怎么都觉得这个猜测比较靠谱。

所以杭嘉澍才会十分在意穗杏有没有谈恋爱，或许是不想穗杏盲目地投入一段感情当中，然后摔得满鼻子灰。

这样孟舒桐就能解释为什么穗杏连谈恋爱都不敢告诉哥哥了。

清官难断家务事，孟舒桐认为打听到这点就够了。至于谈恋爱这个事，还是让穗杏自己跟哥哥说吧，她才不想蹚这浑水。

拿好蛋糕，杭嘉澍准备送孟舒桐回寝室。

两人告别前杭嘉澍来了个电话，他刚接起，孟舒桐还没来得及回避，就听到他称呼打电话过来的人道：“裴老师。”

孟舒桐已经对这个姓产生了应激反应。

即使那个人也许不是裴老师，她还是竖着耳朵仔细听起来，心里抱有一点点期待，希望是她想的那个男人。

“老师，你现在在法学院吗？我就在本部，对，好，我现在过去。”

挂掉电话，杭嘉澍对孟舒桐说：“我去一趟法学院，你上楼去吧。”

“学长，你是去找法学院的裴燕闻老师吗？”

杭嘉澍有点儿惊讶：“你也认识裴老师？”

“我大一选修过他的课，”孟舒桐问，“学长怎么认识裴老师的啊？”

“导师介绍给我的，关于工作室的一些事，搞理论的人不懂这个，所以

就把裴老师介绍给我了。”

孟舒桐仰头问他：“那我能跟你一起去吗？”

“你找裴老师有事？”

“有点儿，”孟舒桐说，“我会排队的，你和裴老师谈事的时候我保证不打扰。”

“倒不是这个问题，”杭嘉澍说，“那你先把蛋糕拿上楼。”

“嗯。”

孟舒桐动作很快，不过几分钟就又下楼来。杭嘉澍对她的积极性感到有些困惑，但什么也没问。

法考前不久已经结束，可法学院自习室的灯还亮着。

孟舒桐本来就只是想在办公室门口看看裴老师。自上次被他在微信里冷淡地恭喜过后，她一直想找机会向男人解释那只是大冒险，可男人对此似乎毫不关心。纵使在学校碰见她，他也只是疏离地远远点点头，连对其他所有学生能说的礼貌的“你好”都没有。

他不关心她，她越是想解释，就越显得下贱。

这个态度代表什么，孟舒桐很清楚。

她从前明目张胆的行为无数次被打击过后已经渐渐没了支撑的点，可孟舒桐又不想放过每一个能偷偷看到他的机会。只要他不知道，就不会用那样冷淡的眼神看她。她不需要他看到她，只要能看到他就可以。

常在路边走的人，鞋子总有被打湿的那天。

裴燕闻刚好打开门出来，看到门口站着的人：“怎么不进来？”

杭嘉澍：“刚打算敲门。”

裴燕闻的眼神淡淡地扫过站在杭嘉澍身边的孟舒桐。

孟舒桐心头一跳，讷讷地说：“裴老师。”

“嗯，”裴燕闻说，“我去上个洗手间，你们先进去等我。”

他说完绕过二人，径直往走廊尽头的洗手间走去。

孟舒桐知道自己又做了多余的事。

她低着头小声说：“学长，我先回寝室了。”

“你不是有事要找裴老师？”

“已经没事了。”

她本来就只是想过来看看裴燕闻而已，看到了就行了。

杭嘉澍不明白她搞什么，但还是绅士地表示让她在楼下等他，待会儿他送她回寝室。

“谢谢学长。”孟舒桐小声说。

她慢慢走下楼。

凡是下贱也该有个程度，孟舒桐怎么会不知道这点？

只是很多想法就在产生念头的刹那间决定的，理智根本来不及控制激进的情感。

她觉得自己有病。

男人越是不喜欢她，她越是忘不掉他。

此时从洗手间回来的裴燕闻在看到办公室里只有杭嘉澍一人时，下意识地问了句：“孟舒桐呢？”

“刚刚下楼了。”

裴燕闻坐下，平静地开口：“工作室最近怎么样？”

师生间的对话简单而有效率，原本裴燕闻只是今天和杭嘉澍的导师吃饭。导师无意间提到了自己的得意门生，顺便谢谢了裴燕闻之前对门生的帮助。裴燕闻这才突然好奇，也不知道这个叫杭嘉澍的学生最近工作怎么样了。

其实也没多大的事，不过是两人正好都在本部，隔得不远，所以随便聊聊，对话结束得极快。

杭嘉澍起身：“那裴老师我先走了。”

“等等。”裴燕闻扶了扶眼镜，声音极淡地说，“女孩子晚上单独行动不安全，记得送她回寝室。”

孟舒桐在楼下安静地等着杭嘉澍。

她本来以为至少要等半小时，没想到不过十几分钟杭嘉澍就下楼了。

“这么快？”她有点儿惊讶。

“嗯，本来也没什么事，”杭嘉澍说，“你上去吧，我在楼下等你。”

孟舒桐摇头：“我不上去了。”

“上去吧，”杭嘉澍扬眉，笑得有些懒散，“不然你不是白找借口跟我过来了吗？”

孟舒桐顿时尴尬地咬牙。

“放心吧，我替你保密。”杭嘉澍说。

孟舒桐思索两秒，最终还是决定上楼。

裴燕闻就坐在办公室里，见她来了，问："杭嘉澍没送你回寝室？"

"他在楼下等我。"

裴燕闻淡淡地说："快回寝室吧。"

孟舒桐咬唇，鼓起勇气问："之前我发的那条朋友圈你还记得吗？"

他低头拿笔写字："不记得。"

"我都还没说是哪条朋友圈。"孟舒桐蹙着眉说。

他一瞬间有些失措，但很快恢复如常，抬眼看着她，语气略带警告地说："孟舒桐，别跟老师玩文字游戏。"

"我没玩。"

"那你是想提示我什么？"裴燕闻微微一笑道，"还是通知我你又换男朋友了？"

孟舒桐赶紧说："我没有，那条朋友圈是——"

他的语气突然温和起来，眼里却没什么温度："有些事做到某种程度，已经不是独角戏，而是骚扰，你明白吗？"

他像是老师提问学生那般，不同的是，于其他老师而言这种语气是教导，而他是警告。

"就连在学校偶尔撞见也是骚扰吗？"孟舒桐忍着哭声问。

"不是，但到我的办公室来，找法学院的学生打听我的课表以及在我上课时躲在门外听，你觉得是不是？"

他将答案交给她回答，看似体贴温柔的举动其实并不是在给她留余地，恰恰相反，是在告诉她这到底有没有越线。她自己心里有数，就该为此反省自己的行为，并感到羞愧和自耻。

孟舒桐垂下了头，原来他一直都知道。

她自以为藏在阳光下的那些小动作，早已被他一一洞悉。她就像个暴露的小丑，他冷眼看到了她所有的愚蠢行为。

"既然交了男朋友就不该再把心思放在我身上，"裴燕闻说，"在感情中保持专一这点应该不难。"

孟舒桐用力吸了吸鼻子，笑着问："我交了男朋友，老师是不是挺高兴的，终于摆脱我这个花痴学生了？"

"这对你来说是好事，"他垂下眼说，语气仍然如师长般温和，"及时止损。"

"什么损不损的，"孟舒桐的语气突然激动起来，"你不是我的老师，又不教我，我是学计算机的，你是教法律的，这是什么见不得人的关系吗？”

他语气极淡，却不容反驳：“我领着老师的工资，你每年向学校交学费，我在这所学校教书，你在这所学校读书，我就是你的老师。”

“那等我毕业呢？”她退一步问，“我毕业了就不是了吧？”

裴燕闻突然扶额，语气渐渐无可奈何起来：“孟舒桐，我比你大十一岁。”

孟舒桐：“十一岁怎么了？我又不嫌你老。”

“你们女孩子是不是都是理想主义者？”他听到她的嘲笑也没生气，反倒叹气笑了起来，耐心地跟她解释，“我告诉你十一岁是多大的差距。你还在父母怀里撒娇时，我在外奔赴求学；你在和朋友们享受青春时，我在为工作焦头烂额；你在享受年轻人的美好恋爱时，我为了孩子的吃穿用度发愁；当你和你爱的人走入婚姻殿堂时，我已经是个被生活磋磨得没有任何激情的无趣中年人。你会觉得我无趣，觉得我不够浪漫，甚至你现在喜欢我的这副样子，以后也会和其他中年男人无异，你再喜欢我也追不上我变老的速度，你懂吗？”

“……”孟舒桐无话可说。

她用年轻的心为自己的单恋披上了一件华美的袍子，让师生这层禁忌的关系看上去梦幻而浪漫，但他转眼间就能用那毫不留余地的话将她的幻想全部打碎，告诉她这压根不浪漫，反倒会给他们带来无尽的麻烦。

孟舒桐用自己的谎言，换来了彻彻底底的拒绝。

无论她再怎样坚持到底，在他心里，这层坎过不去就是过不去。

“裴老师，”孟舒桐揉了揉眼睛，突然开玩笑般说道，“你也太不自信了吧，把自己的未来想象得这么凄惨。”

谁也没踏足过的未来，人人都愿意往好的方面想，唯独裴燕闻例外。

他没理会她的调侃，淡淡地说：“回去吧。”

女孩儿没有坚持，可能是怕自己哭的样子太丑，几乎是跑着离开的。

裴燕闻叹气。

他确实不自信。

她还在象牙塔里，对以后抱有各种美好的期待，他却已经经历过太多。

现在她喜欢他，是因为他正好处在男人最好的年纪，自然会吸引到她。

可伴随着时间流逝，她也会变得成熟，届时就会发现他的成熟并不特殊。人到了年纪都会变得成熟，这是成长的过程。

到那时，他不再闪光，也不再特别，而只是一个为生计奔波的普通男人。

她的喜欢和崇拜还能坚持多久？

她不会再在教室门外站一整节课，只为了看他讲课，少女那双年轻明亮的眸子会装下另一个正当风华的男人的身影。

这样也好。

因为她，他最近上课都不太专心，台下那么多学生，就只有她的眼睛最吸引人。

连老师都会走神的课，还有什么效率可言？

“学长，我支持你。”回寝室的路上，孟舒桐突然红着眼睛说了这么句话。

杭嘉澍：“什么？”

“还是不要谈恋爱了，”她猛吸了吸鼻子，恨声说，“单身万岁。”

杭嘉澍：“……”

“学长，你能不能帮我保密啊？”

杭嘉澍：“保什么密？”

孟舒桐说：“你知道的。”

“我不知道，”杭嘉澍装模作样地耸了耸肩，“真的。”

孟舒桐顿时懂了他的潜台词。

“谢谢。

“我现在有点儿嫉妒穗穗。”

杭嘉澍偏头问：“嫉妒什么？”

孟舒桐叹气：“嫉妒她有个哥哥，我是独生子女，就算我现在让我妈生一个，她也生不出哥哥给我了。”

杭嘉澍只是笑了笑，但没有说话。

“你们兄妹为什么总是吵架啊？明明你们感情那么好。”孟舒桐发出了独生子真诚的疑问。

“可能，”他突然轻声说，“只有这样才像亲兄妹吧。”

孟舒桐：“你们本来就是亲兄妹啊。”

杭嘉澍眯眼笑起来，像是认真在问她：“真的吗？”

孟舒桐点头：“当然真的啊。”

男人如狐狸般的眸子里溢出孩子般欣慰的笑意。

孟舒桐困惑地抿唇。

她是说了什么特别好听的恭维话戳到他的点了吗？

她还来不及想通，身边掠过一辆小车。

很快，孟舒桐发现杭嘉澍脸上的笑消失了。

那是沈司岚的车，正往女寝那边驶过去。

孟舒桐眼睁睁地看着刚刚还眯眼笑着的杭嘉澍转瞬间敛去眼中和唇边的笑意，立在原地静静地看着那辆在转角处消失的车没有说话。

第九章

恋爱关系暴露

“好点儿了吗？”

沈司岚将车子停在路边，透过后视镜看她。

穗杏摸着肚子缓缓地说：“再让我躺一会儿。”

她跟没长骨头似的整个人瘫在后座上，因为吃太多而动弹不得。

原本他们是去挑礼物的，结果还是去吃了东西。沈司岚问她想要什么礼物，穗杏回答不出来，干脆提议说他请她吃顿饭就当礼物了。

如果让她绞尽脑汁地去想要什么礼物，她宁愿低头猛塞吃的。

沈司岚没同意，说吃完饭就去挑。

为了拖时间，穗杏足足挨到商场快打烊才从餐厅出来。

他把车靠路边停下，熄火下车，穗杏撑着上半身勉强坐了起来：“学长？”

“下来走走，”沈司岚打开后车门，冲她招手，“下车。”

穗杏此时只觉得身体似有千斤重，一动也不想动，躺在座椅上装死。

沈司岚也不是没有办法，直接抄起人抱在怀里带她下了车。

穗杏极为不情愿地将头埋在围巾里继续装死。

沈司岚掐着她的后腰说：“下来。”

穗杏牢牢抱着他不愿意下来：“我不想动。”

说完她抬脚如同八爪鱼般夹着沈司岚的腰，整个人挂在他身上。

冬天穿得多，穗杏抱得有些困难，抬了下屁股又往上耸了耸。

“我看你挺有力气的。”沈司岚也不知是气还是笑地说道。

他抱着她走到路边的小石凳上坐下，穗杏赖皮地抱着他不愿意下来，娇里娇气地说：“凳子冷。”

沈司岚隔着大衣拍她：“下来。”

穗杏怨念地哼了声，老实地从他身上跳了下来。

沈司岚先坐下，又抓过她的胳膊引她坐在自己的腿上：“不冷了吧？”

穗杏没说话。

“懒。”他言简意赅地评价她。

穗杏歪着头，和他挨在一起，懒懒地说：“我今天实在吃太多了。”

沈司岚词穷，叹了口气说：“这能怪谁？”

“怪你啊，”穗杏毫不犹豫地说，“是你说一顿饭没多少钱，不能够当作生日礼物，我才吃这么多的。”

“那你要失望了，”沈司岚语气带笑地说，“因为你吃的东西还是不够。”

穗杏说：“我能不能申请挪到下次再吃？”

沈司岚不解地问：“让你挑个生日礼物有那么难吗？”

穗杏：“难，特别难，范围那么大，我根本不知道要选什么。”

沈司岚说：“谁规定生日礼物只能挑一样？”

穗杏夸张地哇了声，之后笑嘻嘻地问：“那能不能把礼物都换成请我吃饭？”

“饭吃进肚子里就没了。”

这没什么意义，礼物就是要有存在感，比如收到的人一看到它就能想起是谁送的，这才叫礼物。

“不会的，”穗杏隔着衣服拍了拍自己的肚子，“还在这里啊。”

沈司岚委婉地问：“你不上厕所？”

“……”

也是哦。

但很快她的脑瓜子转了转想到了反驳他的理由：“也不都是啊，还有些变成肉了。”

她又拍了拍肚子：“肚子上的肉。”

歪理。

沈司岚逻辑清晰，擅长做正方辩论，现下被歪理堵了话口，一时之间竟然不知该用什么更歪的道理来反驳她的话。

只不过他也不计较自己说不说得过她，顺着她的话抚上她的肚子摁了摁："是鼓了。"

穗杏："……"

沈司岚突然笑起来："几个月了？"

"……"

穗杏反应过来，虽然有些无语但还是一本正经地陪他开玩笑："喏，今天刚有的。"

今天她刚吃进肚子里的。

沈司岚弯起眉眼："谁的？"

穗杏："你的啊。"

沈司岚嗓音清朗，困惑地道："我怎么不知道？"

穗杏："……"他到底想说什么？

"还是你趁我不注意，"沈司岚歪头看着她，荤话说得行云流水，"偷偷欺负我了？"

穗杏脸憋得通红："哎，你——"她捶了他一下。

沈司岚任由她捶了自己两下，显然还不肯在这个话题上放过她："到底有没有？"

"没有！"穗杏恨恨地说，"肚子里是吃的！"

他也不失望，咬着唇忍笑。

穗杏起身想跑，沈司岚手疾眼快地摁住她，问："跑什么？"

她咳了咳说："我困了。"

沈司岚却说："不继续刚刚的话题了？"

穗杏："怎么？你还要跟我来一场学术讨论呐？"

沈司岚笑了笑，意味不明地问："穗老师，那你要不要跟我讨论？"

穗杏被他这一声穗老师叫得魂魄尽失，昏着头跳进了他的文字陷阱里："怎么讨论？"

沈司岚闲闲地说："证明你没有偷偷欺负过我。"

穗杏埋下脸装死。

在这方面，她说不过他。

别人说浑话，一句话里总要带点儿有色文字。他正正经经地说，用词文雅、谈吐有礼，却又惹人遐想，到头来只能怪自己思想不纯洁，把人家的话想歪。

穗杏只好色厉内荏地威胁道："你再说这个我就不理你了。"

"别，"沈司岚给她顺毛，"不说了。"

穗杏抱怨道："你老调戏我。"

沈司岚又淡定地甩锅："你要不懂我也不能得逞。"

他这意思是反倒怪她想太多？

"你这是受害者有罪论，"穗杏说，"是歪理。"

好大一顶帽子。

沈司岚掐了掐她的脸："你怎么受害了？"

"我的思想不纯洁了。"穗杏说。

沈司岚毫无诚意地道歉："好吧，我的错。"

穗杏满意地点了点头，接着为他着想般语重心长地对他说："学长，这些话从你嘴里说出来一点儿也不合适，所以以后你少说。"

沈司岚："什么？"

穗杏答："有辱斯文。"

沈司岚不急不缓地说："那你别坐我的腿上了，坐凳子上吧。"

"干吗？"穗杏不愿意起来，而且觉得这样坐很舒服，"凳子冷。"

"不可以，"沈司岚说，"有辱斯文。"

穗杏赶紧说："我坐你的腿上怎么有辱斯文了？"

沈司岚又学她问："我调戏我的女朋友怎么有辱斯文了？"

穗杏："那不一样！"

沈司岚："你这么双标，还挺理直气壮。"

"不是双标，"穗杏笨拙地解释，"就是你说那些话会让我不好意思。"

"不好意思什么？"

穗杏没回答。

她会顺着他的话去想象。

这怎么能告诉他，她未免也太不矜持了。

沈司岚又问了一遍。

穗杏抱着他，躲在他的颈项里蹭他，试图用撒娇蒙混过去："别问了嘛。"

沈司岚拍了拍她的头说："不问了，把头抬起来，你的头发蹭得我痒。"

痒？

穗杏使坏的心又开始蠢蠢欲动起来。她非但没抬头，反倒更用力地蹭了蹭。

沈司岚绷不住，笑着指责："我说你——"

听到他笑，穗杏得逞般也窝在他怀里哧哧地笑了起来。

真是奇怪，她怎么会这么高兴？

就连大冬天待在室外，鼻尖被冻得通红，她仍然不想回寝室，风刮过脸边冷得很，他身上的温度却很暖和。

两人各自安静了一会儿，沈司岚开口："所以生日礼物你到底想要什么？"

穗杏还是摇头："不知道。"

沈司岚扶额，换了种问法："那你告诉我你最想要什么？"

"我最想要的你已经给我了。"

沈司岚看她："什么？"

穗杏有意讨他开心，说起情话来一套一套的，但是又没法跟他一样说得毫无心理负担还能透出股撩人的语气来，能够说完整一句话就已经够考验她了。

她抓了抓脸，用很赧然的语气轻声说："就你啊，已经是我的了。"

说完她赶紧干笑两声，试图缓解内心的尴尬。

沈司岚蒙了几秒，顿时抿唇："......"

他动了动腿，穗杏踉跄两下从他腿上站了起来。紧接着他挡着唇偷偷低声笑出来，别过脸不看她，食指按着鬓角用手上的动作掩盖内心的波澜万丈。

愉悦的心情盖不住，他左顾右盼试图分散心思，脑子里却一直回荡着她刚刚那句话。

被生疏的情话会心一击，像是被羽毛搔到了最脆弱的地方，有点儿丢脸，但他又在暗爽。

穗杏低头去看他："学长？"

沈司岚声音闷闷地说："别说话。"

穗杏以为他生气，可看他的嘴角勾起的弧度，又不像生气。

她蹲下，将下巴靠在他的膝盖上，自下而上地用那双明亮的眼睛看着他，红着脸问："你害羞了？"

沈司岚否认："想多了。"

她笑着说："学长，我喜欢你。"

"……"

"我喜欢你。"

"……"

沈司岚耳根红彤彤的，他捂着嘴不耐烦地说："知道，可以不用说了。"

她的脸也很红，呼吸不畅，可她还是鼓起勇气说："我最想要的生日礼物就是你，你已经给我了。"

学妹现在很嚣张。该死的胜负欲被激起，沈司岚咬牙低笑着说："谁说的？"

穗杏刚想问什么，却被他捧住脸，男人低头，直截了当地堵上了她一直在聒噪的嘴。清爽的气息入口，穗杏很快缴了械。

露营之后她也进步飞快，明白他想要什么，听话时就给，想使坏时就不给。

沈司岚扑了个空，稍稍离开，沉声说："能不能配合点儿？"

穗杏挪开眼，装聋作哑。

穗杏嗯了两声，躲开了。

他追过来，这下她是连嘴都不张了。

"……"沈司岚叫她，"穗穗。"

"干吗？"

对她的乖张行为，沈司岚起先还能纵容。但随着男人眸色渐深，黝黑的眸子里掀起暗沉的旋涡，他选择少说多做。

被撩狠了的沈司岚怎么可能轻易放过她，任由她怎么哀求喘不过气来，也没再温柔地给予她喘息的空隙，以强势而霸道的方式重新拿回主导权。

穗杏城防被攻，还把自己的呼吸也给搭了进去。

等喘过气来她才颤巍巍地问出刚刚的问题："难道你现在不是我的吗？"

沈司岚轻轻亲了亲她的鼻尖，挑着眉说："心是你的，但身体还不是。"

穗杏红着脸打他："我不理你了！"

这玩笑开过头了。沈司岚及时打住，双臂揽过她，对着她肉嘟嘟的脸颊亲了一口："不说了。"

穗杏狠狠地擦了擦脸，还是没理他。

沈司岚软着声音说："真的。"

见他把姿态放得低低地哄她，穗杏也不好意思再发脾气。她也不至于这么开不起玩笑，而且他是她的男朋友啊。穗杏又开始担心会不会给他留下矫情的印象。

“说还是可以说，”穗杏小声说，“就是以后要提前打声招呼。”

沈司岚听笑了：“怎么提前打招呼？我要开始调戏你了，请你做好准备？”

那不是更让人尴尬？穗杏说不出个所以然来，反正不想沈司岚跟她开那种玩笑。

她不是讨厌，就是受不了。尤其是他刻意拐着弯说那些话时，她心里痒痒的，不是反感，更多的是她自己也说不出来的某种情绪。

她心想，自己好像是喜欢的，虽然面红耳赤，却又开心得不行。谁能抗拒喜欢的人那低沉又温柔的戏弄？

穗杏想：一定不是她底线太低，而是恋爱本来就会让人变成傻子。她狠狠地说：“那我也要调戏你，而且不会提前打招呼。”

沈司岚欣然接受：“来。”

穗杏将手搭在他的肩膀上，在他的大腿上坐下，然后捧着他的脸亲起来。

主动亲女朋友和被女朋友亲在男人心里完全是两个概念。天性使然，男人擅长主动，女朋友什么都不懂，被他摁在怀里，甜甜的香气入鼻，接吻的欲望是本能地冒出来的，有时是情动而水到渠成的吻，有时是被她气到又舍不得教训干脆以吻缄口。

但没有男人会舍得拒绝心上人主动亲吻自己。

她最近胆子渐渐大了起来。明明几个月前她还是个被亲亲脸就会瑟缩捂脸的小女生。

沈司岚不禁想：这是不是他的责任？他总觉得自己好像带坏了她，但又没什么自责的情绪，此时反倒享受着他的教学成果。

穗杏凑到他耳边对着他的耳朵轻轻呼了口气，叫他学长。之前她还不会，跟吹气球似的乱吹，即使是这样他也有点儿受不了。

沈司岚眼神突然失焦，四肢百骸酥软，一瞬间失去了力气，脑子出现片刻的空白，心跳加速。他重重合上眼皮，从喉间溢出滚烫的呼吸来。

“好了，”他哑声说，“我认输了。”

他倒不是真认输，而是克制地停止了今天的玩笑，再玩下去也不知道到底是谁吃亏。

穗杏笑眯眯地收手。

他有点儿看不惯她那副趾高气扬的样子，抿着唇说："学坏了。"

"你教的。"

"我可没教你这种招数。"

"我智商高，自己领悟到的不行吗？"

"除了这招还领悟到什么了？"

穗杏故作神秘地道："不告诉你。"然后她又冲他挑眉，"你想知道？"

"不想。"

穗杏愣住。他怎么不按套路出牌？

沈司岚眉梢和眼尾都扬起，像是桃花苞绽开，眼睑下微红，像是喝过了酒，黝黑的瞳孔里浸着一汪水，水里映着她的样子。

"有招尽管来，"他正儿八经地说，"少说多做。"

穗杏又要别扭："你想得美。"

她说完还翘起嘴，杏眼微眯，朝他翻了个白眼，小巧圆润的鼻尖皱着，配合着五官做出不屑的样子来。

沈司岚将唇抿成一条平直的线，突然用额头撞了下她的额头，低声恐吓道："以后有你受的。"

车子比人的脚步快，当杭嘉澍跟着车子走到女寝楼这边时，车上的人已经下来了。

下来的人果然是沈司岚，排除代驾嫌疑。

孟舒桐也看到他们了，心想无巧不成书，怎么他们回来得就这么刚刚好？

"你不是说她拉肚子？"

这问话吓得孟舒桐整个人哆嗦了一下。

这种情况下，她只能对不起穗穗了，赶紧甩锅，把自己摘得越干净越好。

"不知道啊，"孟舒桐转着眼珠扯谎，"我下来的时候她还在厕所呢。"

杭嘉澍呵了声，怒极反笑："上个厕所上到别人的车上去了？"

孟舒桐瑟瑟发抖。

"也许学长只是带穗穗随便去哪里逛逛，"孟舒桐说，"不是你想的

那样。”

孟舒桐心想如果能帮穗杏混过她哥哥这一关，自己一定要借此勒索穗杏以后不能拒绝自己的爬床请求，顺便要让她帮自己写专业课作业。

孟舒桐将算盘打到这份儿上，杭嘉澍却没有配合她的演出。

这样欲盖弥彰的解释自然骗不到杭嘉澍。

更绝的是，就在孟舒桐想尽办法替穗杏打掩护时，穗杏今天也不知道作哪门子的妖，没长骨头似的整个人挂在沈司岚身上，还抬了抬屁股往他身上耸。

原来穗杏私底下这么会撒娇。

那为什么自己每次抱她的时候，她都一副避之唯恐不及的样子躲开？

果然室友跟男朋友比起来就是根草。

杭嘉澍也不拐弯抹角，直接问：“他们什么时候在一起的？”

孟舒桐装傻：“什么在一起？”

不远处的“无尾熊”和“树干”已经往路边林荫里走去。

大半夜不回寝室在外面晃荡，是个人都能猜到他们要干什么。

隔得太远，他们在说悄悄话，这边的两个人听不清，只是就着朦朦胧胧的夜色看到穗杏坐在沈司岚的腿上和他玩闹，也不知道他们说了什么，穗杏突然起来蹲在他面前，沈司岚似是不耐烦，低头去吻她。

孟舒桐看着此情此景，感觉跟看偶像剧似的，只不过这比偶像剧还让人脸红心跳。她只能赶紧偏过头非礼勿视。

又不是她被抓包。她紧张什么？

这两个人私底下原来是这样的。

他们原来真的是男女朋友，从一开始的不可思议，到刚刚在 KTV 里，再到现在，孟舒桐终于彻底接受她的室友和助班学长成了一对的事实。

比起孟舒桐循序渐进地接受，杭嘉澍单单这几分钟就被迫接受了信息量如此巨大的事实，被面前这俩人亲昵的样子直接给惊得怔住。

男人迅速转过身，头也不回地走了。

多看两眼他要气死。

“可以，很可以，”杭嘉澍一连重复点着头说了两次可以，脸色阴沉，几乎是咬着牙讽刺道，“这两个人挺会玩啊。”

孟舒桐害怕地后退了几步。

穗杏之前想的怕哥哥会不高兴，杭嘉澍这何止是不高兴，简直是怒发冲冠。

“学长，我先上楼了，谢谢你送我回来，晚安！”

孟舒桐一鼓作气地说完这句话后，以百米冲刺的速度转头就跑，免得她这条小鱼被殃及。

夜色愈来愈浓稠。

沈司岚目送着穗杏回寝室，直到看到她进了女寝大门冲他挥手告别，这才转身离开。

穗杏心满意足地上楼回到寝室，刚进门就被孟舒桐扑了个满怀。

“你没事吧？你没被你哥揍吧？”

孟舒桐掰过她的头看她脸上是否有伤，又抬起她的胳膊检查有没有骨折。穗杏迷迷糊糊地被她摆弄，终于找到空隙问：“什么东西啊？”

“你不知道？”孟舒桐突然困惑起来。

穗杏比她还困惑：“知道什么？”

“你和学长回寝室的时候，”孟舒桐顿了顿，表情又是羞涩又是尴尬，“你哥刚好送我回寝室。”

穗杏：“……”

孟舒桐见她没有反应，伸手在她眼前晃了晃：“你在听吗？”

穗杏还是毫无反应，甚至连眼睛都没眨。

躺在床上的万亿说：“估计已经被吓傻了。”

王可慈捂脸，叹气道：“我光是听孟老师描述都觉得尴尬。”

孟舒桐也跟着叹气：“你们算好的了，我当时站在她哥哥旁边，简直恨不得当场挖个洞躲起来。”

过了半分钟，穗杏回过神来，脸色倏地变得煞白，又很快从发际线整个红到脖子根，连耳朵尖都没放过，犹如被高温烫烤般暴露在空气之中，头顶冒烟，似乎下一秒就要当场气化。

看着穗杏变幻多端的脸色，孟舒桐哑口无言，生怕她下一秒就直接休克过去。

穗杏手脚发麻，脚指抓地，鸡皮疙瘩瞬间布满整条胳膊，这下连“自抱自泣”的力气都没有了。

“你看到了？”她眼圈微湿，颤着嘴角结结巴巴地问。

孟舒桐极为不好意思地挠了挠脸：“也没有都看到，就看到你们亲了而已。”

王可慈和万亿从床上坐起，语气严肃地说：“孟老师，请详细并精确地描述一下你看到的场景，要求精确到小数点后三位。”

“这怎么精确啊？”孟舒桐说，“亲个嘴还能精确到是上唇先亲到还是下唇吗？”

“啊啊啊啊啊！！！”

穗杏一把捂住孟舒桐的嘴，人在极端情况下会爆发出不可预知的力量，此刻的穗杏如同天降神力，差点儿将孟舒桐摁在地上。

孟舒桐：“嗯！”

床上的另外两个室友目瞪口呆。

穗杏解决完孟舒桐，抬头狠狠地瞪向床上的室友，半是羞恼半是无措地警告她们：“不许问！”

王可慈：“好的。”

万亿：“是。”

穗杏又看向孟舒桐，此地无银三百两地问：“那你有没有听到什么？”

孟舒桐呜呜了两声，示意她现在说不出话。

穗杏只好放开她。

“没，”孟舒桐大口呼吸着新鲜空气，感叹活着真好，诚实地回答她，“隔得太远，真的听不见。”

穗杏稍稍冷静了下来。

还好，起码她还不算太没面子。

之前她和沈司岚打情骂俏的那些话，在当时的情境中就那么顺理成章地脱口而出，现在回想起来才觉得尴尬至极。她怎么会说出那么肉麻的话来？

这要是被人听见了，那她不用活了。

有些话两个人悄悄地说还行，摆在明面上让别人听去了那真的使不得。

“你回来的时候没看到你哥吗？”喘过气来的孟舒桐问，“难道他已经走了？”

穗杏摇头：“没看见。”

王可慈想到一种可能：“会不会哥哥只是生咱们学长的气啊？如果他也生穗穗的气，应该会当场抓包吧。”

“为啥啊？”万亿不解地问，“谈恋爱又不是学长一个人的事，为什么哥哥只生学长的气？”

孟舒桐秒懂：“这就跟儿子找了个媳妇，当妈的只会怪儿媳妇抢走了自己的儿子，却不会责怪儿子大了不要妈妈只要媳妇一个道理嘛。”

王可慈赞同地点头：“精辟。”

穗杏听她们这么说，当即掏出手机打了个电话给沈司岚。

对方刚接起电话她就迫不及待地说：“学长，我哥哥发现我们的事了，你要小心啊！”

电话里的人没说话。

穗杏试探着问：“学长？”

“谁是你学长？”电话里的人终于出声，咬牙切齿地笑着说，“挺聪明啊小东西，还知道第一时间给男朋友通风报信。”

穗杏放下手机检查手机号，发现自己没打错，这确实是沈司岚的手机号。

她颤巍巍地说：“哥哥。”

“我白天再跟你算账。”

他说完，咔嗒一声把电话挂断了。

“手机能还我了吗？”沈司岚问。

杭嘉澍将手机扔还给他：“谁稀罕你的手机。”

沈司岚按了按眉心。他刚回寝室就看见杭嘉澍坐在他的椅子上，张三和另外两个人瑟瑟发抖地躲在床上，面色茫然地用唇语问他发生什么了。

他哪里知道发生了什么，淡淡地摇了摇头。

杭嘉澍一个眼刀甩过去，那三个人立刻用被子蒙住头装睡。张三最有表演欲望，还打了两个假到不能再假的呼。

“大半夜来我的寝室做什么？”

杭嘉澍冷呵了一声：“你说我干什么？你刚从哪儿回来呢？”

沈司岚愣了愣，淡淡地说：“和你有关系？”

杭嘉澍看他完全没有“犯罪分子”就地伏法的自觉，一时间胸腔里怒火翻腾，怒不可遏地当场指着他的鼻子低吼道：“和我没关系？你跟我妹搞到一块儿，你说跟我有没有关系？”

“什么？！”

装睡的三个人瞬间坐了起来。

杭嘉澍皱眉，语气疑惑地道：“你们也不知道？”

张三立刻举手表忠心：“我发誓我不知道，如果我知道沈司岚干了这种事，我一定第一个大义灭亲向杭总你举报！”

小侯：“真不知道。”

老祝还在消化刚刚那句话，没回过神来，坐在床上面色呆滞地重塑三观。

杭嘉澍难平情绪，气得头昏脑涨，指着沈司岚的手跟中风似的颤抖着，冷笑着讥嘲道：“哈，你还挺能藏啊。”

沈司岚蹙眉，头一次没有反讽回去。

杭嘉澍突然扶额，太阳穴边青筋暴起，失去理智地骂了几句脏话，几乎是怒极地吼出声：“我让你照顾她，谁让你拐她谈恋爱的？”

沈司岚：“……”

“岚哥你真是，”张三啧啧道，“当初我说养成学妹你明明还一脸不屑。”

沈司岚：“……”

杭嘉澍转移战火：“你说养成谁？”

张三猛摇头：“没有！你听错了！”

杭嘉澍翻了个白眼，暂时放过了这个没来得及得逞的货。

“我简直蠢爆了，还让你帮着盯她让她别早恋，”杭嘉澍冷冷地斜睨沈司岚，咬牙切齿地痛恨道，“呵呵，没想到畜生就在我身边。”

张三转头捂着嘴偷笑。

他什么时候见过岚哥被人指着鼻子骂得狗血淋头还不敢还嘴，简直世界名画，恨不得录个视频永久珍藏。

然后他突然看到老祝的被子被掀起一角，一个明晃晃的摄像头正对着床下的杭嘉澍和沈司岚。

老祝看到张三投来的眼神，冲他挑了挑眉。

张三顿时默契地回了个意味深长的笑，并冲他竖起了大拇指。

“沈司岚，你是不是不记得你自己之前跟我说过什么了？”杭嘉澍用手用力点了点沈司岚，语气含怒，一字一顿地替这畜生回忆他曾经说过的话，“你口口声声说跟我妹没什么，那你刚才在外面是在给我妹做人工呼吸？”

张三："岚哥你真是——"

小侯："岚哥你好歹……"

老祝在录视频，不方便出声，怕手抖。

沈司岚面色微赧，声音低沉："你看到了？"

"我倒是宁愿我瞎了。"杭嘉澍呵了一声道。

"……"沈司岚沉默两秒，声音略有不稳，"那你听到什么没有？"

杭嘉澍："听到什么？"

沈司岚瞬间放松神色，语气恢复平静："没什么。"

杭嘉澍却顿感不好，突然站起来一步步逼近沈司岚："你给我妹妹灌输什么了？"

沈司岚后退两步，皱着眉说："没有。"

杭嘉澍直把他逼到门边，眯着眼打量他。

沈司岚靠着门，面色冷峻，眉头极其不适地皱着："你能不能离我远点儿说话？"

"你拐我妹妹的时候怎么没想到会有今天？"

沈司岚伸手推开他："你是她哥哥也没资格管她跟谁谈恋爱。"

杭嘉澍彻底被这句话惹恼，理智瞬间消失，直接上手朝沈司岚的脸上来了一拳。

沈司岚没反应过来，生生挨了一拳，被打得偏过了脸，嘴角瞬间青了一块。

一见杭嘉澍动手，张三几个也觉得事情有些严重了，收了玩笑的心思赶紧爬下床劝架。

张三连忙拉开杭嘉澍劝道："骂两句开个玩笑就行了，大家都是兄弟，别动手啊。"

杭嘉澍绷着脸甩开张三拉着他的手狠狠地道："谁跟他是兄弟！兄弟会惦记别人的妹妹？"

"这不挺好吗？"张三说，"起码杭总你对岚哥知根知底，而且这是亲上加亲啊。"

"闭嘴。"

张三几个有些呆滞，为什么杭嘉澍的反应会这么大?

沈司岚也有些愣怔，等回过神来后冷静地道："你要觉得打我两拳能解气，你就打。"

杭嘉澍愤然道："怎么？你不还手？"

"我理亏，"沈司岚垂眼，难得放低姿态，语气很轻地道，"我是喜欢你妹妹。"

杭嘉澍什么时候见他这么低声下气过？一时间竟然不知是该继续揍他还是嘲笑他。

胸口剧烈起伏着，杭嘉澍别开眼，扯着嘴角道："啧，你也有今天。"

"我之前说什么来着？你最好别有求到我面前的一天，"杭嘉澍勾了勾嘴角，气极反笑，"现在这天到了，你有什么想法吗？"

沈司岚现在就如同被从天上拽了下来，蹙着眉，下颌微绷，声音却仍保持着最后的淡定："任你处置。"

杭嘉澍真被他气笑了，又是解气又是憋屈："真当我不敢揍你？"

沈司岚平静地回望他："你刚才不是已经揍了吗？"

"你觉得一拳就能两清？"

"那你继续。"

杭嘉澍面色森冷，下颌紧绷，抬起手又朝沈司岚的脸上挥了过去。

只不过这回他没有得逞，被张三强行打断了。

"放开！"

张三好声好气地说道："杭总，你听我说，大半夜的咱寝室动静这么大万一吵到了别的寝室的人，大家都要挨批评，消消气。"

小侯也劝道："杭总，你要实在气不过，我们一起帮你骂岚哥，骂到你解气为止。"

老祝放下手机附和："大家都是朋友，动起手来不好收场。"

杭嘉澍放下胳膊，几个人同时松了口气。

结果下一秒几人就听他说："你出来，别打扰他们几个休息。"

张三茫然地道："我不是这意思啊！"

沈司岚点头："好。"

"岚哥。"小侯有些担忧地看了他一眼。

"你们别管，"沈司岚说，"你们睡吧，给我留门。"

引起骚动的两个人一前一后走出寝室，门被带上，寝室里顿时安静下来。

张三和另外两人对视。

"到底怎么回事啊？"他百思不得其解，"怎么就闹成这样了？我还以为杭总只是开玩笑骂两句就完事了，怎么打起来了？”

老祝摇头：“不知道，可能咱没有兄弟姐妹，不懂杭总的心情吧。”

他们说完又同时看向小侯。

小侯不是独生子女，有个亲哥，而且亲哥正好也找了对象。

小侯说：“如果我哥少在我面前秀恩爱，我还是挺高兴他交了女朋友的。”

“那就怪了。”

“可能兄弟和兄妹之间不一样？”

三个人想半天也没想明白，只好上床睡觉，熄灯前顺便帮沈司岚留了门。

杭嘉澍跟沈司岚下了楼，值夜班的宿管叔叔好奇地往外看了一眼，以为又是出去通宵上网的学生，没在意就继续看视频。

夜晚吹风冷得很，两个人找了个较为隐秘的角落。

学校宿舍周边绿化做得挺不错，绿荫环绕，小石子砌成一条条小路，很适合情侣幽会。

沈司岚见越走越里面，不可见程度越来越明晰，不禁蹙眉。

“刚才没忍住揍了你，对不住了。”

杭嘉澍突然停下脚步，背对着沈司岚道歉，被这室外的冷风吹了吹，脑子终于被吹清醒了。

沈司岚没计较这个：“你解气就行。”

杭嘉澍毫无情绪地笑了两声：“那还真没解气，要不我再打你两拳？”

沈司岚：“学长。”

杭嘉澍：“干吗？”

“……”

沈司岚额上的青筋蹦了蹦，一针见血地问：“你到底是接受不了你妹妹谈恋爱，还是我跟你妹妹谈恋爱？”

杭嘉澍没说话。

过了一会儿，他找了棵树，靠着树干仰起头，轻声问：“你们谈恋爱的事是不是我妹主张瞒着我的？”

沈司岚还没来得及说话，杭嘉澍又点了点头说：“肯定是，以你的个性怎么可能因为怕被我揍就不敢告诉我。”

他自说自话地笑起来，似乎在肯定穗杏的决定："她瞒着我是对的，"说到这里声音一顿，被风刮过犹如枯枝又干又涩，"我接受不了。"

沈司岚语气微沉地问："什么意思？"

"我跟我妹没有血缘关系，"杭嘉澍低声说，"我养母，就是她姨妈生不出孩子，她姨夫天天在外面找女人不回家，然后我养母以为带个孩子回家就没问题了，从我亲妈手上花钱把我买了回来。我亲妈未婚先孕，以前就丢过我几回，但每次都被警察或是居委会给找上门，她被批评教育了几顿后不敢丢我了，后来有人上门找她买孩子，她当然迫不及待地把我给卖了。

"我养母也是蠢，那人渣要的是他的亲生孩子，带我回来有什么用？后来人渣以为我是我养母在外面跟情人生的，对她更不好了。但她爱惨了那人渣，不想离婚，觉得是我害了她，花了钱还没挽回人渣的心，一旦在他那儿受了气就找我撒气。"

那时凡是带棍带棱角的东西，在杭嘉澍眼里都是养母可以用来打他的工具。

他知道木头和铁棒的区别，后者的痛能深入骨髓，被打到的地方肿起来一个月都消不下去；拖鞋底防滑的锯齿花纹能带起一阵火辣辣的疼。

彼时学校的音乐课还在教《世上只有妈妈好》这首歌。

老师说学会了这首歌要回家唱给妈妈听哦，妈妈一定会很高兴的。

杭嘉澍学会了，但妈妈还是不高兴。

说到一半喉头生热，如鲠在喉，难堪的过去就这样摊开由他自己说了出来，杭嘉澍觉得丢脸，每段回忆都在践踏自己那可悲的自尊心。

"后来那男人得肝癌晚期死了，也不知道我养母到底是殉情还是精神恍惚，出车祸死了。葬礼上我想笑却又不敢笑，怕别人觉得我这个养子狼心狗肺，养父、养母都死了还笑得出来，"杭嘉澍说到这里真的淡淡地笑了，"但我真的挺高兴的，当孤儿都比待在他们身边强。

"没人愿意收养我，我听到那些亲戚商量说要把我送到福利院去。"

葬礼上每个人都过来安慰他，让他别太难过，摸他的头为他之后的可怜人生落泪，可转过身谁也不愿意接受他。

他们就跟葬礼上那用纸扎成的白花似的，看着开得好，其实都是假的。

但是杭嘉澍没办法责怪任何人。

因为这是人之常情，他没人要才是正常的。

那时候谁能管他呢？就是警察都管不了，家庭矛盾是暴力和虐待最坚实的护甲。

“后来小姨过来问我愿不愿意去她家生活。”

明明是姐妹俩，差距却这么大，杭美玉和杭美玲其实长得很像，只是杭美玲早已被破碎的婚姻和人渣丈夫折磨得不成人样，而杭美玉家庭美满，事业有成，和丈夫的外贸生意做得顺风顺水。杭美玉保养得当，让杭嘉澍恍惚想着她和杭美玲到底是不是亲姐妹。

她的手很柔软，比八岁的杭嘉澍的手还要柔软。

杭美玉牵着他回了家。

杭嘉澍从来没见过这么温暖的家。

整个屋子宽阔明亮，精致的小物件为这个家增添了几分情趣，夫妻恩爱，襁褓中的小妹妹睡在婴儿床上，小妹妹头顶的小挂坠丁零作响，铃铛响起时，她咯咯的笑声跟铃铛声一样清脆。

他活到二十五岁，经历了三个家庭，到最后一个家里才堪堪活得像个人。

他早已经没有信心再去组建一个新的家庭，去结婚生子。

做父母在他眼里并不是什么容易的事，不然为什么会有人当得这么失败？

现在这个家对他来说就已经是恩赐了，他不敢再去奢求其他东西，只要这些家人就够了。

“他们一家人都不知道我不是杭美玲的儿子，如果告诉他们这件事，那我连这个家都没了。穗杏对我来说是妹妹，但又不仅仅是妹妹，”杭嘉澍的声音很轻，无根也无依，仿佛下一秒就要被风吹散，“如果爱不单单是指男女之情，那我比你更爱她。”

沈司岚沉默半晌后才缓缓地说：“所以即使我被你揍了，你也不可能解气。”

“对，”杭嘉澍陈述般平静地道，“你把她从我身边抢走了。”

沈司岚蓦地笑了两声。

“我说少爷，你含着金汤匙出生，想要什么就有什么，要什么女人得不到？我真不知道我到底跟你有什么仇，你非要把我妹妹拐走。”杭嘉澍长长地叹了口气，突然弓起腰，扶额哽着声音抱怨道，“我就这么一个妹妹，我看着她长大的，她小时候的尿布都是我帮她换的。”

沈司岚说：“她已经长大了。”

杭嘉澍突然凶神恶煞地喊道：“我知道，还用你提醒我？”

一时间两人再无话可说。

也不知道站了多久，杭嘉澍腿麻了，活动活动身体后说：“回吧，记得替我保密，我只跟你一个人说过这事。”

“我和你妹妹的事，”沈司岚皱眉问，“你到底是什么态度？”

杭嘉澍斜睨他：“你还要我什么态度？敲锣打鼓地恭喜你们？你是人吗？哦，差点儿忘了，你不是。”

“你要是不接受，”沈司岚顿了顿，语气略显无奈地说，“穗穗那边我搞不定。”

杭嘉澍挑眉，语气有些幸灾乐祸：“对自己这么没信心？”

“她把你看得很重要。”

“没事，”杭嘉澍耸了耸肩说，“人的下半辈子都是跟伴侣过的，兄弟姐妹算得了什么？等有了自己的家庭，她就不会在意这个了。”

说到这里，杭嘉澍不确定地问：“你对我妹应该是认真的吧？”

“嗯。”

杭嘉澍笑了笑，骂道：“畜生。”

“……”

“以后约会滚去校外，越远越好，”他最后命令道，“不然我抓到一次揍你一次，占我妹妹的便宜占到我面前来了，畜生。”

被叫了一晚上畜生，沈司岚耐心告罄：“骂够了没？”

杭嘉澍嚣张地说：“没有，回头我还要把你的备注也改成畜生。”

“……”

“走不走？你今天晚上要在这里过夜？”

两个人慢慢走出林荫，沈司岚不知在想什么，又突然叫住他。

杭嘉澍转身：“干什么？”

“以后有困难就说，”沈司岚说，“无论是关于工作室的还是其他的事。”

“你是在变相催我还钱吗？”

“钱不用还了，”沈司岚抿唇，淡淡地说，“金汤匙我借你含着。”

杭嘉澍一愣，随即嗤笑道：“算了吧，有你的口水，我才不稀罕。”

沈司岚也没生气，换了种方式：“你要变现也行。”

“我谢谢你的好意，”杭嘉澍吊儿郎当地说，“不过你就是把你的家产都送我，我还是不同意你跟我妹谈恋爱。”

沈司岚回寝室时，张三几个人果然都还没睡。

果然是好室友，几人都等着看他鼻青脸肿的样子。

灯一开，张三几个愣了。

沈司岚不疾不徐地走回自己的座位，脱下大衣挂好，又慢条斯理地走到阳台上收衣服，手脚完好，完全看不出哪儿骨折了。

直到沈司岚刷完牙回来，用毛巾擦去嘴边的白沫，张三这才发现他脸上也没多出什么伤，只有刚刚在寝室里被杭嘉澍揍了的那边脸稍微青了一块，在白皙的皮肤上显得格外明显。

沈司岚抬眼看他们：“你们还不睡？”

“岚哥，你到底被揍哪儿了？”张三问，“难道全是内伤？”

沈司岚蹙眉：“什么？”

“我的意思是要不要帮你叫救护车？”

沈司岚又恢复了以往傲慢的样子：“睡你的觉，多管什么闲事？”

张三闭嘴，心想莫不是他这句关心的话戳到了沈司岚的自尊心？

他躲在被子里悄悄给穗学妹发了条消息，借此希望女朋友的温柔乡能慰藉到这位刚被按在地上打出了一身内伤却仍然强装坚强的可怜男人。

夜深人静，为了不打扰室友休息，沈司岚最终放弃了洗澡的念头，简单洗漱过后准备上床睡觉。

他刚躺上床，手机振动起来。

他还没来得及开静音模式，一连串的消息轰炸铺天盖地而来。

小博美：“学长对不起。”

他能够脑补出她此刻委屈又内疚的样子。

沈司岚：“没事。”

沈司岚：“你哥知道了也好。”

小博美：“如果刚刚我不缠着你直接回寝室就好了。”

小博美：“我一定吸取教训，下次绝对不在学校里对你那样了。”

屏幕的白光映在他微微蹙起的眉头上。

沈司岚：“不用，你想做什么就做什么。”

小博美：“不行！我绝不能再让你被揍。”

沈司岚躺在床上叹了口气。

她好像只会直线式思考。

他该怎么跟她解释其实杭嘉澍没对他怎么样？

这时穗杏的消息又发过来了。

她发的不是常规表情包，而是用她自己的动态图做的。

镜头里的穗杏只是鼓着嘴，并没有真的泪眼汪汪，动漫效果的眼泪珠子有些夸张。她的眼睛本来就生得又圆又亮，配上这眼泪竟然毫不违和。

沈司岚手指一顿，直接转移了话题。

沈司岚：“自己做的表情包？”

小博美：“这是我室友帮我做的。”

沈司岚：“还有吗？”

小博美：“有一套。”

沈司岚：“发。”

另一边正握着手机的穗杏有点儿蒙。

明明她的目的是道歉加安慰学长，怎么变成了他向她索要表情包？

当时孟舒桐提议要用她的动图做一套表情包的时候，穗杏还挺不好意思，觉得用自己做表情包有点儿那啥。

但最后她还是没架住孟舒桐的“彩虹屁”洗脑包，勉强答应了。

反正也就她们一个寝室的人在寝室群里发着玩，不会被别人看见。

表情包问世后，另外三人对其一致好评，连说让她授权，要把这套表情包卖给微信上架。

穗杏虽然自己看觉得有点儿尴尬，但看她们的反应，这套表情包应该还是挺可爱的吧。

所以刚刚沈司岚好几分钟没回她消息的时候，她想引起他的注意，就挑了张自己觉得最可爱的表情包发给了他。

既然他说发，那应该也觉得蛮可爱，所以才让她发的。

穗杏嗖嗖一下子给他发了一整套表情包。

沈司岚的手机不断振动着。

她歪头做黑人问号表情，一整张小脸紧紧地皱着。

她横眉冷对，双眼眯成一条细细的线，一副鄙视表情。

她双手合十不断上下搓动，抿唇装可怜。

…………

她瘫倒在椅子上捂着胸，张开嘴表示惊叹。

最后一张。

小博美：“小哥哥爱你呀。”

她睁大眼爱意满满地盯着屏幕，羞涩地用手指比了个小心心，脸颊上被加了两朵小粉云，眼珠子里还加了两颗爱心，那眼里的爱意多到都快要溢出屏幕。

沈司岚愣怔住，被她发射的小心心挠得像是被什么东西直击心脏。

他用手指滑着手机一张一张重新看过去，最后全部加入收藏。

穗杏：“没啦。”

穗杏：“你不要发给别人。”

沈司岚好久没回，穗杏不禁想是不是在她发表情包的中途他已经睡着了。

她又等了会儿，沈司岚回复了她。

山风学长：“嗯。”

山风学长：“你也不要发给别人。”

穗杏：“当然啊。”

穗杏：“怎么可能发给别人。”

山风学长：“乖。”

穗杏咬唇忍笑，突然蒙上了被子，生怕被室友听见动静。

穗杏：“刚刚怎么那么久不回我？”

山风学长：“在想一个问题。”

穗杏：“什么？”

山风学长：“你怎么这么会？”

穗杏：“会啥？”

山风学长：“会撩我。”

穗杏没想撩他，真的。

但他这么说，她就感觉给对方发自己的表情包这件事好像是挺自恋的。

她一不好意思就会手脚蜷缩，恨不得把自己埋起来。

不过还好她现在整个人都躲在被子里，没人看到。

穗杏："哪个表情包撩到你了？"

山风学长："每一个。"

穗杏："被我撩到是什么感觉呀？"

山风学长："心里痒痒的。"

她捂嘴哧哧地笑了笑。

大半夜躲在被子里笑真的很痛苦，她特别怕被室友听见，可是上扬的嘴角怎么也不肯听话。

穗杏："那你最喜欢哪个表情包？"

山风学长："小哥哥那张。"

穗杏："学长你的脸皮好厚，居然称自己是小哥哥。"

山风学长："……"

山风学长："你的小哥哥不是我还能是谁？"

他！好！霸！道！

穗杏一面吐槽他那上天的自负心，一面却又被他这种发言搞得心神荡漾。

山风学长："不过有点儿美中不足。"

她突然急了。

穗杏："是拍得不好看吗？"

山风学长："没声音。"

穗杏："表情包啊，当然没声音了。"

山风学长："所以美中不足。"

穗杏没回他，心里隐隐有了不好的预感。

山风学长："你说一遍给我听。"

果然！

他这就叫得寸进尺！

穗杏："不行。"

山风学长："我被你哥揍了。"

穗杏："他真的揍你了？"

山风学长："嗯。"

穗杏："你受伤了吗？"

山风学长："受了。"

穗杏："对不起……"

山风学长：“那你说一遍给我听我就原谅你。”

穗杏：“……”

穗杏：“我觉得你在套路我。”

山风学长：“没有。”

穗杏咬牙。

这就是所谓的兄债妹还吧？

她悄悄爬下床，哪怕声音压得再低也不敢直接在寝室里说，万一室友当中的谁没睡听到了，那她就不用活了。

为了以防万一，她宁愿忍着凛冽寒风去阳台上说。

万籁俱寂，耳边的风声尤为清晰，月色描绘出室外建筑和树木的模糊轮廓。

夜已经很深了。

穗杏深深吸了口气，将唇贴近手机。

“小哥哥。

“爱你呀。”

中途她喘了口气才勉强说完一整句话。

刚说完她就赶紧将手机按灭，裹着大棉袄站在阳台上跺脚。

她只觉脸颊滚烫，这么冷的风都降不了温。

穗杏浑身都起了层鸡皮疙瘩，只有甩手跺脚才能甩掉它们。

有生之年，她居然也会被自己说的话给肉麻到恨不得当场去世。

穗杏捂头。这个恋爱再谈下去，她都不敢保证未来她还会说出什么话来。

冷静过后，她重新拿起手机。

沈司岚早就回了她消息，而且回复得特别高冷。

山风学长：“知道了。”

穗杏气不过，自己大半夜忍着羞耻心发这种语音，结果只得到他一句轻描淡写的“知道了”。

她当然不干。

穗杏：“你也要说！”

穗杏：“快说！”

山风学长：“会吵到室友。”

穗杏：“我特意跑到阳台上给你发的语音！”

穗杏："早知道我也用这个借口了！"

山风学长："快躺回床上，小心感冒。"

穗杏："我都是为了谁？"

山风学长："……"

穗杏："你不说给我听我就把外套脱了在阳台上站一夜。"

穗杏："然后明天跟我哥哥告状，让他再揍你一顿！"

穗杏："哼！"

山风学长："真狠心。"

穗杏："你说不说？"

山风学长："说。"

山风学长："快回去躺好。"

穗杏得逞，一下子高兴起来，赶紧回到寝室三两下爬上床，还不忘把耳机一并给带上去。

她等了几分钟，还没来消息。

他不是骗她的吧？

结果沈司岚的语音来了。

穗杏做足了心理准备，像是开展某种仪式般郑重地点开语音信息。

用耳朵听她都能听出他没辙的语气来，他说得慢吞吞的，但没有含混敷衍，仍旧是标准清晰的普通话。

"小妹妹，我也爱你。"

语音还没结束。

"呀……"

最后这个语气词就很敷衍了，短促低沉。

他说的跟她的还是对称句式，一个字也没少说，生怕让她觉得不公平要求再说一次。

穗杏都不用猜就知道他肯定是这么想的。

被子里的温度陡然升高，穗杏无声地踢了踢被子，最后受不了了才冒出头来呼吸被子外新鲜的空气。

她将头埋在枕头里，脸用力地蹭了蹭枕面，最后干脆抱着枕头平复心跳。

和她睡一边的孟舒桐突然发出了声音。

穗杏以为自己吵醒了她，立刻浑身僵住不敢动弹，呼吸也在这一刻停止。

孟舒桐嘟嘟囔囔地说了几句让人听不懂的话，然后侧了个身，又安静下来。

穗杏狠狠地松了口气。

她差点儿以为被发现了。

穗杏：“我刚刚以为我室友醒了。”

穗杏：“吓死我了。”

沈司岚站在厕所里看她发来的消息，突然撇了撇嘴。

山风学长：“活该。”

她也不生气，好奇地问他。

穗杏：“你刚刚也是去阳台上说的吗？”

山风学长：“谁跟你一样傻？”

山风学长：“洗手间。”

她哼了声，毫无灵魂地捧场夸赞。

穗杏：“你好聪明哦。”

沈司岚拿着手机打开洗手间的门，面前突然站着个高大的人影。

他稍微被吓到，下意识地往后退了一步。

但很快他就认出这个人影是张三。

回过神来的沈司岚语气不太好：“你干什么？”

“撒尿。”张三睡眼蒙眬地说。

沈司岚低啧了一声：“去吧。”

然后他让出洗手间，重新回到床上躺好。

几分钟后，冲水声响起，张三冷得直吸气，抱着胳膊赶紧爬上了床。

躺回了温暖的被窝里，张三顿时发出了一声满足的喟叹。

“岚哥。”

沈司岚看着手机：“嗯。”

“你在看片吗？”

沈司岚蓦地蹙眉：“你以为我是你？”

“我一直没睡，”张三说，“我听到你笑了。”

“……”

“男人大半夜不睡觉看手机笑出声，”张三语气肯定地道，“一定是看片看到上头了。”

“……”

“而且你刚刚在里面待了很久。”

沈司岚不耐烦地出声：“去个洗手间你也有意见？”

“你不是去上厕所的，”张三哼了哼说，“因为我没听到冲水声，所以我合理怀疑你是进去打手冲了。”

“……”

张三语气得意地说：“柯南那几百集我不是白看的。”

沈司岚冷嗤道：“你确实是白看了。”

“那你在干什么？大半夜看手机笑出声，还去了厕所那么久，关键是你到现在还没舍得把手机放下。”

“……”

张三又想起一种可能：“你不会是大半夜跟穗学妹调情起了反应所以才去厕所解决吧？”

沈司岚抿唇，终于没忍住骂了句脏话，声音压得极低：“快去睡觉。”

张三摆手：“没事，大家都是处男，这没什么不好意思说的。”

沈司岚：“……”

“所以岚哥，你真是在跟穗学妹聊天？”

过了好久，沈司岚已经懒得解释，嗓音低沉地敷衍道：“嗯。”

“好纯情啊，”张三扑哧一声笑出来，“跟女朋友聊天都能笑出声。”

“……”

张三好奇地睁大眼：“你和穗学妹聊了啥啊？说点儿给我听听呗？”

沈司岚：“要点儿脸。”

“那我想吃点儿‘狗粮’还不行吗？”张三说，“单身狗就这点儿爱好，我的岚岚哥哥你就满足我一下嘛。”

沈司岚皱眉：“说人话。”

“老子想吃‘狗粮’体验甜甜的恋爱。”

沈司岚冷漠地拒绝：“找别人吃吧。”

张三顿时愤愤道：“不就是交了个女朋友吗？真当我没见过穗学妹长什么样子？”

“嗯，”沈司岚嗓音冷淡间又带着几分笑意，慢条斯理地无情指出他们之间的不同，“她是你的学妹，但是我的女朋友。”

张三：“我现在终于理解杭总为什么叫你畜生了。”

沈司岚挑眉："嗯？"

张三："畜生！"

沈司岚笑笑，竟然没发脾气。

张三的嚣张气焰顿时被助长，他又拔高声音叫了几声。

小侯被吵醒，困倦的声音从对面传来："张思睿！你能不能小声点儿？"

张三立刻认㞞："爸爸我错了。"

小侯呵呵冷笑："算你识相，赶紧睡吧儿子。"

之后老祝的鼾声又响起，小侯崩溃地将头埋进被子里。

他简直倒了血霉才跟这俩人住一个寝室。

从西伯利亚吹来的冬季风开始肆虐，城市进入潮湿阴冷的天气。

不过好在学校放寒假了。

期末周杭嘉澍忙得昏天黑地，忙学位论文、年终总结，穗杏暂时逃过一劫。

穗杏考完最后一门专业课后，杭嘉澍开车接她回家。

她站在寝室楼下等哥哥过来。

杭嘉澍过来后，兄妹俩一时间谁也没说话。杭嘉澍扯了扯她的围巾，无声指责她的不礼貌行为。

穗杏拖着行李箱高傲地仰起头颅往车子走去。

杭嘉澍笑了笑。

等坐上车扣好安全带，穗杏终于忍不住向他抱怨："你真的打学长了？"

杭嘉澍正在后备厢那儿帮她放行李，闻言应道："怎么？你要替他打回来？"

"没有，"穗杏心虚地把玩着安全带，"我就是觉得你这种行为不太好。"

杭嘉澍突然问："你俩在一起多久了？"

穗杏："没多久啊。"

"没多久你胳膊就往外长了？"杭嘉澍故作惊讶地道，"你说你的腿要是有你的胳膊这生长速度，至于现在还是个矮子？"

穗杏："……"

杭嘉澍冷哼一声，上车关门，发动引擎准备倒车。

“我已经一米六三了。”穗杏想半天也不知道怎么反驳他，只能用数字强调自己不矮。

杭嘉澍：“哇。”

穗杏：“已经很高了。”

杭嘉澍边看着后视镜倒车边继续敷衍：“哇。”

穗杏气结，打了一下他的胳膊。

倒好车，杭嘉澍坐正，吊儿郎当地说：“我一米八三。”

穗杏咬牙：“学长一米八四，比你高一厘米！”

杭嘉澍被她逗笑：“所以呢？他高就能改变你矮的事实吗？”

“不能，但学长没说我矮，你也没资格说。”

“他没说你矮是不想打击你的自尊，”杭嘉澍慢悠悠地说，“我说你矮是希望你别觉得自己突破一米六大关就有多了不起了。”

话题不知不觉就歪了，穗杏意识到后只能强行将话题掰回来：“你以后不能打他。”

杭嘉澍笑了两声，没说话。

“反正你已经出气了，”穗杏说，“这事就算和平解决了。”

杭嘉澍问：“你不会以为我揍了他就完事了吧？”

穗杏：“不然呢？”

“我不同意。”杭嘉澍语气平静地说。

穗杏：“为什么啊？”

“你别忘了他是广东人，”杭嘉澍说，“他毕业以后回广东，你呢？跟着去？”

穗杏语塞。

她没想过这个问题。

“可这是谈恋爱啊。”

“谈恋爱他就不用想你们以后的事了？”

穗杏说不过他，只能拽着他的胳膊撒娇：“哥哥。”

杭嘉澍语气无波地道：“撒手，出车祸了你全责。”

穗杏只好撒了手，见说不通，干脆破罐破摔：“那你不同意也没用，反正我就谈了怎么着吧？”

杭嘉澍冷笑：“终于肯现原形了？”

“你怎么这样啊？”穗杏抱怨道，“谈个恋爱你也要管着我？”

杭嘉澍呵呵笑了一声：“就沈司岚那样的人会照顾你吗？他一个大少爷还要别人伺候，伺候得了你？”

穗杏嘟囔：“我又不用人伺候。”

“你当我不了解你？你喜欢沈司岚什么？”没等穗杏回答杭嘉澍又道，“长得好看是不是？”

穗杏不服气：“长得好看也是优点啊。”

杭嘉澍：“肤浅。”

穗杏反驳：“如果这叫肤浅，那这个世界上百分之九十的人的人生都是肤浅的。”

一个人喜欢上另一个人的理由可以有很多，因为外貌、声音，有时甚至只是因为出现的时机刚刚好，阳光很好，那个人穿得挺好看，就那么会心一击，让人陷入进去。

哪有那么多轰轰烈烈的爱？

普通人一生中也难得碰上什么绝境，生活和工作都是简简单单的，平淡得像汪水。

情感自然也是。

一个人简简单单地喜欢上另一个人，在慢慢了解后或许会失望从而忘却对方，也或许会越陷越深。

就是这样的平淡感情，被理解为肤浅。

穗杏不赞同杭嘉澍的观点。

谁说只有把日子过成电视剧那样才叫精彩？人能无病无灾地过完一辈子才叫本事。

“小东西还挺有个人想法。”杭嘉澍摇摇头笑道，“那你觉得我的人生肤不肤浅？”

穗杏恨恨地说：“肤浅至极。”

杭嘉澍突然不着调地说：“借你吉言。”

“反正我觉得学长很好，”穗杏再次强调，“我就喜欢他。”

之前已经听沈司岚表白过一番的杭嘉澍不为所动。

“你喜欢他有什么用，你俩寒假还不是要各过各的？”

穗杏：“等开学就好了啊。”

杭嘉澍抽了抽嘴角：“那你就乖乖等到开学吧。”

车子开到家时，穗杏故意把行李箱都丢给杭嘉澍拿，自己则背个书包

就跑上电梯，连人都不等。

杭嘉澍喊了她好几声她也当没听见。

他被她幼稚的举动气到不行，认命地拖着大行李箱子想着等回家再狠狠教训她。

电梯到楼层后，穗杏争分夺秒地跑了出来，准备到家就溜进房间锁上门，让杭嘉澍想教训她也只能隔着房门骂。到时候她戴上耳机，自动过滤声音。

穗杏哼哼笑出声来。

谁让他刚刚说她肤浅的？

直到她看到有个人站在她家大门口，这才不得不放慢脚步。

穗杏不认识这个穿着花哨的中年女人，既然对方进得来小区，那说明不是这里的住户就是认识这个小区的人。

她小心翼翼地走过去，试探地叫了声："阿姨？"

中年女人侧头看她，眼中情绪莫名，嗓音很尖，也有几分试探："你是杭美玉的女儿？"

女人长了双狭长的眼睛，眼皮上抹了层亮色眼影，嘴唇嫣红，头发被染成很夸张的黄色，和她艳丽的大衣颜色形成刺眼的对比。

穗杏点头："嗯。"

"居然已经长这么大了，"中年女人上下打量她，眼中掠过惊艳之色，"杭美玉真是会养女儿啊。"

穗杏对这个女人毫无印象，听女人的话，好像这女人以前见过自己。

但穗杏自己又想不起来，只能避开女人的眼神，礼貌地问："阿姨，你是来找我妈妈的吗？"

"不是，"中年女人撩了撩头发，"没急着走本来是想等等看能不能等到你哥哥。"

穗杏说："我哥哥？"

中年女人眯眼笑道："就是杭嘉澍啊。"

对方居然连她哥哥的名字都知道，那看来是真的认识。

穗杏本来想告诉对方哥哥应该马上就上来了，可中年女人的眼神实在算不上多礼貌，一会儿看她的脸，一会儿又顺着脖子一路看到她的鞋底，女人边看嘴里还边发出小声的自语。

穗杏慢慢挪到家门口，摁着门锁密码想赶紧进屋。

“这么急着进去干什么？陪阿姨聊聊啊。”中年女人突然伸手抓住她摁密码的右手。

穗杏不习惯女人的触碰，下意识地甩开，侧头警惕地看着对方。

中年女人的脸一瞬间阴沉下来，但很快她又勾起嘴角笑着说：“阿姨是你妈妈的朋友啊。”

说完中年女人竟然还真跟她寒暄起来，问的都是些尖锐又很让人尴尬的问题：“你交男朋友了吗？你长这么漂亮肯定不缺男孩子追吧？”

穗杏抗拒地别过脸，从小养成的教养此时也因为中年女人冒犯的行为而变得微不足道。

电梯发出到楼层的提示声，杭嘉澍拖着行李箱走了出来。

穗杏慌忙说：“哥哥。”

杭嘉澍正要说什么，视线突然停在站在穗杏旁边的中年女人身上。

中年女人冲他挑了挑眉，亲昵地叫他：“嘉澍。”

几乎是瞬间，杭嘉澍脸色煞白，声音陡然沉下，语气阴冷：“你来这里干什么？”

中年女人睨了眼还处在茫然状态的穗杏，毫不避讳地说：“想你了，所以过来看看你。”

杭嘉澍：“穗穗，你先进屋。”

“你不进去吗？”

“我跟这人说两句话，”杭嘉澍的语气已经成了命令式的，“快点儿。”

穗杏哦了声，连自己的行李箱都没来得及拿过来，就匆匆开门进屋。

防盗门落锁的声音并不小。

中年女人不屑地道：“小姑娘安全意识倒是挺强的。”

杭嘉澍：“你怎么进来的？”

“走进来的啊。”

“门卫怎么会放你进来？”

中年女人丝毫不惊慌，笑着说：“你住在这里，是这里的住户。我是你妈，怎么不能进来？”

杭嘉澍厉声问：“你跟人说了？”

“没有，”中年女人撩了撩头发，“放心吧。”

沉默片刻，杭嘉澍再次重复了一遍他刚刚的问题：“你来这里干什么？”

中年女人觉得好笑："刚才不都说了吗？妈想你了，过来看看你。"

杭嘉澍嫌恶地偏过头："别跟我扯这些。"

中年女人耸肩，这才问："前几天给你打电话怎么不接？"

"我在忙。"

"我儿子就是努力，难怪这么会挣钱，"中年女人柔声夸赞两句，随即直接翻过手心朝他摊开，"你身上有信用卡没？给我张能刷额度的。"

杭嘉澍垂眼看着女人的手，没动作，冷冷地问："我之前给你的钱呢？"

"哦，我这不是想自力更生，也给你减少负担嘛，就往房地产上投了笔钱，结果开发商卷钱跑了，钱没了。"中年女人遗憾地叹了口气，"没办法，运气不好。"

杭嘉澍毫无情绪地笑了笑："牌桌上认识的开发商？"

中年女人顺势点头："是啊，你怎么知道？"

"你不报警过来找我？"

"就当破财消灾了，"中年女人毫不在意，"反正我儿子有出息能赚钱，一个项目就是好几百万，我跟那种穷疯了的人计较什么？掉价。"

"掉价？"杭嘉澍像听笑话似的勾唇，冷嘲道，"你之前穷疯了有人找你买孩子你不是连眉头都没皱一下直接卖了吗？你也有资格说别人掉价？"

中年女人的脸色顿时有些难看，但很快又恢复如常，她走到杭嘉澍身边想要亲昵地拍拍他的胳膊。

杭嘉澍往后退了几步，从身体上发出对她厌恶的信号："别碰我。"

儿子下意识的身体抗拒行为终于惹恼了女人，她冲着他尖着嗓子说："别碰你？我当初把你生下来跟你是脐带连着脐带的你忘了？再说了，要不是我把你卖给了杭美玲，你能被杭美玉收养吗？你能考上重点大学交到有钱的朋友自己创业挣这么多钱？要真算起账来，你不仅要感谢我把你生了出来，还得感谢我替你找了个好养母。"

"感谢你生我？"杭嘉澍压着声音讥笑道，"就你这样的妈，也配让我感谢你？"

女人无所谓地笑了笑："儿子，就算你再讨厌我，那也是我把你生下来的。我们是亲母子，你身上流的是我的血。杭美玉对你再好，也不是你亲妈，'养母再好也不如生母'这句话你听过吗？"

杭嘉澍不想与她争辩，直截了当地从衣兜里掏出钱包扔了张卡给她。

“赶紧走，不然我叫保安过来了。”

女人高高兴兴地接过卡：“好儿子，妈果然没白生你。”

“你站住。”杭嘉澍突然叫住她，“你刚刚跟我妹妹说什么没有？”

“就跟她随便聊了两句。”

杭嘉澍顿时蹙眉：“聊了什么？”

“没说你，就问她交男朋友没有。”女人咧嘴笑得有些意味深长，“之前我听她的声音就觉得小姑娘应该挺漂亮的，今天见了还真不赖，白白嫩嫩的，五官也漂亮。你说你这么一直瞒着这家人也不是办法啊。你对你那个妹妹就没点儿别的心思吗？要不你去坦白，再把你妹妹追到手，这样妈就儿子和儿媳都有了，这不是两全其美吗？”

杭嘉澍被她这不要脸的话恶心得反胃，胸口剧烈起伏着，拼命压抑住几欲爆发的情绪。

“闭嘴，赶紧滚。”

“我这是在给你出主意啊。”

“滚，”杭嘉澍耐心告罄，愤怒地威胁她道，“以后别再出现在我的家人面前。”

女人尖尖地笑道：“你这是什么意思？为了你那些没血缘关系的家人赶你亲妈走？这么不孝，你小心被雷劈啊。”

“那就劈吧，”杭嘉澍面无表情地道，“死了正好也能摆脱你。”

“杭嘉澍，你别忘了当初是谁十月怀胎辛辛苦苦把你生下来的！”

“既然这么辛苦，那你当初为什么不去堕胎？你不愿意抚养我要把我卖给别人，那你当初生下我干什么？”杭嘉澍笑起来，“我有幸活到现在，所以自认倒霉任你吸血，我爸妈和妹妹又做错了什么要被你这种恶心的女人缠上？你站着的这块地板都被你弄脏了你知道吗？你哪里来的脸到这个家来？”

女人面色青白交加，没忍住扬起手狠狠地朝杭嘉澍的脸上扇了过去。

杭嘉澍一把抓住她的胳膊朝外狠狠甩开，女人踉跄了几下，撑着墙才勉强站稳。

她顿时转头恶狠狠地看着杭嘉澍：“你这么对待你亲妈，会遭报应的！”

杭嘉澍语气平静地说：“既然要当个吸血虫，就收起你当妈的尊严，因为在我眼里你就是条没我活不下去的吸血虫。你没资格打我，也没资格教育我。我最后说一遍，下次如果我再看到你出现在我的家人面前，咱俩就一起去死，我把这条命还你，你也别想再活着脏了我家人的眼睛。”

女人被他平静的陈述吓住，又看他眼里没有一丝温度，冷着脸毫无生气的模样，仿佛下一秒就要架着她一起从这几十层的高楼上跳下去。

她不敢再说什么，只好扶着墙，软着腿狼狈地离开。

杭嘉澍站在门外发了很久的呆。

直到情绪稳定下来，他才开门进屋。

客厅没人，他换了拖鞋打算去卧室找穗杏，还没来得及走到穗杏的房门口，父母的主卧门先一步被打开。

杭嘉澍整个人愣住。

杭美玉也愣了：“哎？嘉澍你回来了？”

杭嘉澍缓缓点头：“妈，你怎么在家？”

“公司临时出了点儿事，我和你爸赶回来开会，”杭美玉笑笑，随即又问，“穗穗呢？她也回来了？”

“她这会儿应该在房间里，进来的时候你们没发现吗？”

杭美玉摇了摇头：“没有，我和你爸一直在卧室里说话。”

杭嘉澍了然：“这样。”

杭美玉张了张嘴想说什么，却被杭嘉澍抢先一步道：“妈，有件事我想跟你和爸爸商量一下。”

“那进来说吧。”

“好。”

杭嘉澍走进父母的主卧室，进门就看到了父母的大床，床头正中间挂着张照片，是一家四口的全家福。他刚高考完那会儿，很多店有高考生优惠的活动，照相馆也有，所以杭美玉提议全家一起用杭嘉澍的高考生优惠去照一张全家福。

杭嘉澍那时并不太愿意，杭美玉却说难得的优惠不照白不照，如果等穗杏高考那还要几年，他还疑惑为什么要省这个钱。

最后一家人投票，三比一，杭嘉澍惨败，只能妥协。

照片上杭美玉和穗峥嵘坐在椅子上，杭美玉一身旗袍侧腿而坐，优雅秀丽。

穗峥嵘穿着最传统的中山装，正襟危坐。杭嘉澍和穗杏分别站在一旁，他穿着白衬衫和马甲，高瘦挺拔；穗杏最矮，穿着小洋裙。本来颇具年代感的全家福，一家人也都穿得很有东西方结合的韵味，她偏偏对着镜头比了个“V”，最后照片拍出来不伦不类，却不影响这张照片当年成为照相馆吸引顾客的宣传招牌。

杭嘉澍盯着全家福看了会儿，直到穗峥嵘出声提醒才回过神。

“嘉澍，你有什么事要跟我们商量？”

“我打算过了年以后，找个房子搬出去一个人住。”

穗峥嵘和杭美玉对视了一眼。

很快杭美玉问道：“怎么突然想起要搬出去一个人住？”

“也没什么，”杭嘉澍笑着说，“就觉得是时候该独立生活了，总不能以后结了婚还一直跟你们住在一起。”

杭美玉突然眼睛一亮：“你找女朋友了啊？”

“还没有，不过有这个想法，”杭嘉澍突然偏头，语气轻松地道，“算是先做好准备。”

“那是要提前做好准备，”杭美玉笑着答应，“这是好事情，房子你看好了吗？用不用我和你爸帮你看看？”

“看好了，年后就搬，你们不用操心。”

谈话很快结束，杭嘉澍走出卧室，顺便替父母带上了门。

杭美玉松了口气后对丈夫说：“我还以为嘉澍知道了才说要搬出去的。”

穗峥嵘柔声宽慰道：“那女人不是早走了吗？他们应该没撞上，放心吧。”

杭美玉犹豫道：“那她要钱的事……”

“反正我们也不差这点儿钱，给她就给她吧，”穗峥嵘叹气，“只要嘉澍好好的就行。”

杭美玉坚定地点了点头：“好。”

杭嘉澍回到房间，瘫倒在床上，半晌后又坐起来，烦躁地抚了抚额头，最后掏出手机给老侯打了个电话。

“杭总有事吗？”

“你跟你女朋友租的那房子是找中介帮忙的吗？”

“是啊，咋了？”

“把中介的联系方式发我一下。”

老侯的语气听上去有些惊喜：“杭总，难道你也找女朋友了？”

杭嘉澍笑问：“租房就是找女朋友了？一个人住不行吗？行了，记得把联系方式给我，挂了。”

“哎，别挂、别挂，”老侯疑惑地问，“一个人住？你爸妈把你的房间改成家庭影院了？”

杭嘉澍：“没有。”

“那你好端端的，干吗搬出来？住自己家还不舒服？我们外地的人想住都没那机会呢。”

杭嘉澍觉得他有点儿啰唆：“让你发个联系方式你哪儿这么多话？”

“我这是关心你啊，”老侯啧啧道，“没必要浪费那点儿房租，这点儿钱拿来干啥不好？”

“有钱你管得着吗？”

“你说话怎么越来越有少爷那风格了？”老侯笑着调侃，突然像是想起什么，啊了一声，“杭总，你可以去少爷家啊，他那个房子装修那么好，不出租我都觉得暴殄天物。你俩关系好，他肯定愿意租给你，而且他家有钱也不缺这点儿房租，肯定会给你算便宜点儿，你们房东房客直租，连中介费都免了，多方便。”

杭嘉澍：“不要。”

老侯：“为啥？你们吵架了吗？”

“绝交了，”杭嘉澍无情地说，“你要不给我发中介的联系方式，那咱俩也绝交吧。”

老侯：“……”

杭嘉澍：“挂了。”

挂掉电话没多久，老侯把租房中介的联系方式发了过来。

杭嘉澍加上中介的联系方式，在他的朋友圈里翻了半天的动态。

无论是一房一厅还是两房一厅，好像都不如家里舒服。

杭嘉澍叹了口气。

离了父母的“社畜”果然干什么都不容易。

与此同时老侯这边怎么也放不下心来。如果杭总跟少爷真绝交了，那工作室的金主就没了，以后他们再搞什么预算比较大的项目又要一家家上门去求投资。

之前跟着杭嘉澍去应酬过，老侯知道能混到高层的老狐狸们有多精。

他们一帮刚毕业出来的学生哪儿斗得过这种人。

于是老侯只能找亲弟打听杭总和少爷绝交的事。

彼时小侯正窝在房间里打游戏，语气听上去毫不惊讶：“杭总没告诉你吗？”

“不知道啊，”老侯说，“他俩到底为什么绝交？”

小侯：“岚哥把杭总的妹妹拐跑了。”

老侯沉默了两秒，问：“哪个妹妹啊？是我想的那个吗？”

凭借亲兄弟间的默契，小侯想也不想地点头：“对。”

震惊片刻，老侯瞪大眼，感叹道：“少爷牛。”

“问完了吗？”小侯开始赶人，“别耽误我打团战，快滚。”

老侯不满道：“他俩绝交了你都不着急吗？”

“着急啥？”小侯翻了个白眼，“大舅子是那么好哄的吗？这不得慢慢来？”

老侯哼了声：“愚蠢的凡人。”

“那么不愚蠢的凡人，”小侯瞥他，“你有办法让他们和好？”

“哼。”

老侯得意地仰头，转而用手机给少爷打了个电话。

对方接得挺快，声音有些懒：“有事？”

“少爷，你在哪儿呢？”

“机场。”

“你这么快就回家了？不留在学校多陪陪女朋友吗？”

那边的人沉默了几秒，语气低沉地道：“一放假她就被她哥带回家了，怎么陪？”

老侯忍笑，沉痛表示：“妹控就这样，你多理解一下。”

“你到底有什么事？”

“我这儿有个给大舅子送温暖的大好机会，少爷你考虑考虑不？”

沈司岚的语气听起来相当不屑：“我给他送温暖？”

“你只要把大舅子哄好了，”老侯说，“当他妹夫这事还难吗？”

“说。”

老侯说了一大堆，最后也没忘了给自己捞好处："少爷，我帮你这么大忙，兄弟有好处没？"

沈司岚很干脆："想要什么？"

"我过完年想约女朋友去港城玩，"老侯说，"少爷你对那块儿熟悉，能不能尽地主之谊给我点儿好的建议？"

沈司岚笑了："就这？"

老侯心想这土地主居然还看不上他的要求。

"攻略你自己查，网上一大堆，打算去哪儿玩发份清单给我，"沈司岚说，"报销。"

报销！！！

这一定是这世上最动听的词汇！！！

如果不是心有所属，老侯此刻估计已经怦然心动。

谁能抗拒这样的男人？

老侯："少爷我爱你！！！"

沈司岚："爱就免了，挂了。"

第十章
兄妹情深

过完年没多久，杭嘉澍和中介约好了去看房子。

穗杏要去西安比赛，早早回校准备，搬家这事杭嘉澍也没跟她说，打算等搬好以后再直接通知她。

但可能是爸妈跟穗杏说了，他准备搬家的事还是被她知道了。

穗杏开始是挺不理解杭嘉澍为什么好端端地要搬出去，后来转念一想，反正哥哥就算搬了家也是住在学校附近，不耽误什么，所以很快又想开了。

她对租房这事还蛮有兴趣的，主要是自己从来没租过。

还没有从父母身边独立的孩子对独立的成年人总是有种莫名其妙的憧憬感。

自己租房住，自己缴水电费，自己去超市买必需品，从前去超市从来只会在零食区逛，独立后才知道肉有多贵，哪个品牌的调料最好吃，超市晚间大促销的折扣有多令人兴奋。

那时候一个人才是真正长大了。

所以穗杏对杭嘉澍搬出去这件事热情很高，约中介去看房时，中介看着来的兄妹俩，语气有些困惑："帅哥，你不是说你一个人住吗？"

"这是我妹妹，"杭嘉澍的语气听上去有些无奈，"非要跟着过来看热闹。”

中介笑了：“妹妹帮哥哥把关哪？”

穗杏大言不惭地道：“我怕他不会挑房子。”

杭嘉澍冷嗤，随她吹牛。

“不过光我一个人看还是不太靠谱，”穗杏对杭嘉澍眨了眨眼，“租房子这件事不能马虎，万一没租到最满意的你肯定住得不舒服，所以我觉得你还是再叫一个人来帮你把关比较好。”

杭嘉澍抽了抽嘴角：“你拐弯抹角的，到底想说什么？”

穗杏甜甜地笑了笑，转而对中介说：“叔叔，还有个人要来帮我哥哥把关，他马上就到了，我们能再等几分钟吗？”

中介哪儿能拒绝她的笑容，干脆地点头：“行啊。”

没过多久，人来了。

杭嘉澍直接翻了个白眼，没好气地道：“你来凑什么热闹？你家破产了也需要租房？”

来人清俊高挑，那张脸上就差没直接刻上“娇生惯养”四个字。

沈司岚面色淡定地说：“帮你把关。”

“你帮我把关？”杭嘉澍听笑了，“沈少爷居然下凡体恤民情，真是稀奇。”

他说话阴阳怪气的，沈司岚只当没听见，随他阴。

最后中介问能不能去看房子了，杭嘉澍不想耽误人家的时间，只好点头表示可以。

因为杭嘉澍要求，中介带他看的都是小区房，带车位那种，停车方便，离学校也近，就算杭嘉澍搬到了校外也不耽误时间。

看的第一套，还没等杭嘉澍说什么，穗杏先不满意了。

“这房子太旧了，”穗杏说，“墙面都脱漆了。”

中介笑着说：“妹妹，旧房子才安全啊，新房子里都是甲醛，那能住人吗？”

穗杏嫌弃地撇嘴：“那这也太旧了。”

杭嘉澍皱眉：“到底是你住还是我住啊？”

穗杏：“你住啊。但是我会来玩啊，所以你起码得找个我看得顺眼的房子啊。”

杭嘉澍：“……”

没法，他们又去看第二套。

第二套房子的墙面倒是没脱漆，就是装修不太好看。现在年轻人都喜欢简约精致的北欧风，这种七八十年代装修风格的老房子，连衣柜都是那种厚重的雕花红木柜，值钱但是不符合年轻人的审美。

沈司岚看着这些家具，淡定地问道：“这真不是古董吗？”

“做旧风，你懂什么。”杭嘉澍冷哼。

“你租这里，”沈司岚笑了笑，“明天是不是还要去报名学广场舞？”

杭嘉澍：“……”

连着几套房子，租客本人还没来得及挑毛病，穗杏和沈司岚这两个何不食肉糜的同伴先挑三拣四地把每套房子贬得一文不值。

趁着这俩人去看卧室的空隙，中介把杭嘉澍拉到一边说话。

“帅哥，你妹妹跟你朋友到底想不想让你租到房子啊？”中介有些为难地看着他，“租金便宜的嫌装修不好，租金贵的又觉得性价比不高，新房子嫌味道大，老房子又嫌旧，我实在是不知道什么样的房子能满足他们了。”

杭嘉澍明白中介的意思，心里烦闷，但又不得不替那俩玩意儿道歉。

“不好意思啊，”他说，“我妹妹和我那朋友，从小娇生惯养没体会过人间疾苦，别说租房的行情了，你就是问他们现在猪肉多少钱一斤他们都不知道。”

中介毫不意外地点了点头：“之前我看他们那打扮就猜到了，穿的都是名牌，细皮嫩肉的，估计连太阳都没怎么晒，哪儿跟我们这种天天在外边跑的人一样？”

说完这位中介大叔又看向杭嘉澍：“帅哥，我看你穿得也不错啊，口音也是本地人，你租房考研吗？”

“不是，”杭嘉澍说，“这么大人了，也不好意思总赖在家里，所以就搬出来住了。”

中介大叔的眼神一下子变得意味深长起来。

搞了半天这是富家子弟出来体验生活。

从小县城到大城市过来打拼的中介大叔顿时失去了和他们这几个年轻人的共情感。

这套房子看下来，杭嘉澍没抱任何希望地问：“这房子您二老不会还有意见吧？”

“装修方面倒是没有，”穗杏故作老成地说，“就是窗户外视野不开阔啊，对面都是楼，太阳照不进来。”

中介大叔笑了：“妹妹，这又不是江景房、海景房，小区房视野能开阔到哪里去？”

沈司岚说：“柏林明庭那边的房子视野不错。”

杭嘉澍皱眉。

柏林明庭这名字他听起来怎么有点儿熟悉？

“那边的房子？”中介大叔顿时睁大眼，心想这帮年轻人果真是何不食肉糜，“柏林地产只开发一线住宅啊，而且那边的户主大多是买房放在那儿空着，根本不出租的。”

就算中介手里有这样的房源，租金也实在太贵，给学生介绍房子基本上不考虑那边。

看了几套也没看中，几个人兜兜转转从上午逛到下午，最后中介大叔安慰杭嘉澍，找房子本来就是长期战，不可能一次就看好，慢慢来吧。

“等元宵节过后你再联系我吧，”中介大叔说，“我元宵节要回一趟县城。”

“麻烦你了。”

中介大叔和他们告别，坐上车离开。

人刚走，杭嘉澍立刻开始问罪：“没见过世面不懂得人间疾苦能不能闭嘴？真当这世上所有人都是资本家？”

穗杏低着头做出一副自我检讨的样子，沈司岚对此却毫无愧疚之意，直接说：“走吧，我带你去看房子。”

杭嘉澍的表情顿时变得古怪起来：“你什么时候转行做中介了？”

沈司岚笑而不语。

等开着车子来到了所谓的柏林明庭后，杭嘉澍看着小区门口那气势恢宏的烫金大字，终于想起来了。

沈司岚的房子就在这儿。

三房三厅两卫的格局，属于柏林明庭近千套房源中的中等户型，对不追求大面积家居的人来说，这个大小已经绰绰有余。

户户向景，南北双阳台，转角飘窗，无论住户想从哪个角度看风景都能满足需求。

视野明亮，一线家居品牌精装，从生活品质需求来看，这个房子无可挑剔。

杭嘉澍之前来过，当时就见识过这里，只是那时他是以客人的身份来的，参观参观就算完事，也没具体想地段和装修到底是什么水平。

他知道沈司岚有钱，但没想到居然这么有钱。

睡一样的钢板床，吃一样的食堂饭菜，在一样的教室上课，谁能想到对沈司岚来说，朴实无华的大学生活就已经相当于在历练人生？

杭嘉澍语气复杂地说：“你要卖房子？”

“租房子。”

杭嘉澍：“租给谁？”

沈司岚看着他：“你不是在找房子吗？”

杭嘉澍：“我说过要租你的房子吗？”

“没有，”沈司岚淡定地道，“我毛遂自荐。”

“你缺钱？”杭嘉澍问，“还是你想杀熟？”

“没有。”

杭嘉澍的语气越来越警惕：“那你收多少租金？”

“你看着给，”沈司岚说，“不给也行，但水电费你自己缴。”

“你做慈善吗？”

这么豪华的地段，这么大的房子，他白给？

沈司岚不疾不徐地问他：“你接受吗？”

杭嘉澍：“你别忘了咱俩已经绝交了。”

沈司岚轻笑，语气倨傲地道：“我这房子还不值得你和我和好？”

杭嘉澍冷哼：“你说和好就和好？你跟我妹的事我还没打算原谅你，所以你少给我来这套。”

沈司岚目光沉静，但杭嘉澍总觉得他的眼眸里好像闪着那么一丝丝算计。

沈司岚慢条斯理地说：“你如果不愿意租，那就继续去找那些房子吧。”

这简直就是明晃晃的贿赂加套路，财大气粗、一针见血，杭嘉澍不断在心里骂他，但又不得不承认有钱的沈司岚是真的很难让人抗拒。

“沈司岚，”杭嘉澍平复呼吸，冷声说，“你别以为自己有两个臭钱就了不起了，我是不可能为一套房子就把我妹卖了的。”

沈司岚扬起眉梢，缓缓地说：“别挣扎了。”

“……”

“门锁密码我发你手机上了。”

“……”

“儿童房别动，那是我堂弟的房间，他有时会过来小住。”

卖妹求荣的杭嘉澍正在被良心谴责，但是被卖的穗杏不但在替“人贩子”数钱，心里还十分美滋滋地庆幸自己终于成功地被卖掉了。

杭嘉澍搬家的时候穗杏也过来帮忙了。

她也搬不动大件物品，就拖了个小行李箱，好在杭嘉澍的东西不多，开车一趟搞定。

穗杏很喜欢客厅里超大的液晶电视，用来跟 switch（游戏机）联机时玩游戏体验超棒。杭嘉澍收拾好衣柜后走到客厅，正看到她跟沈司岚坐在沙发上玩双人游戏。

双人游戏很考验默契和操作，但凡有一方游戏水平比较低就会拖后腿从而遭到另一方的嫌弃，因此双人游戏从来不适合游戏水平不一致的情侣玩，很容易吵架分手。

但是这俩人没有。

两人思维灵敏，双手操作敏捷，配合得也相当默契。

明明两人交流极少，也没有挤着坐，但杭嘉澍就是觉得这画面莫名的刺眼。

“穗杏你来，”杭嘉澍冲穗杏招手，“我有话跟你说。”

穗杏：“等我打完这把。”

杭嘉澍：“你是不是觉得我不知道单机游戏能暂停？”

“……”

穗杏按下暂停键，嘱咐沈司岚：“等我啊，我马上就好。”

沈司岚：“嗯。”

跟着杭嘉澍来到卧室，穗杏问：“什么话非要到卧室里来说？”

“我问你，”杭嘉澍说，“你跟沈司岚发展到什么地步了？”

“啊？”

杭嘉澍低咳：“你也不小了，有些事你得有些分寸。”

穗杏听着他说教般的语气，似懂非懂地点了点头。

“你去西安比赛，沈司岚是不是也要去？”

“对啊，”穗杏说，“我们是一个组的。”

“一个组的人是不是会被安排住在一起？”

穗杏摇头：“我们住交大的寝室，男女分开的。”

杭嘉澍：“这样啊。”

“怎么了？”

“没怎么，”杭嘉澍笑眯眯地说，“好好比赛。”

穗杏：“哦。”

她心里疑惑：他把她叫进卧室就为了跟她说这个，那直接在客厅说不就好了？

杭嘉澍继续收拾床，穗杏迷迷糊糊地回到客厅。

沈司岚在等她，看她从卧室里出来，冲她招手：“过来。”

穗杏走过去坐下，沈司岚顺势就将她抱到了腿上。她一急，赶紧要下来。

“不行！”

沈司岚：“那去主卧？”

穗杏脸一红，去主卧那不是更加欲盖弥彰？

她试着掰他的手，但无奈他用了点儿劲儿紧紧掐着她的腰，穗杏掰不开。

“要是又被看到了怎么办？”她埋着头小声说。

沈司岚有些没辙：“又不是偷情，你怕什么？”

穗杏嘴唇翕动两下，皱着眉应该是想反驳。但最后她也没说出口。

“刚刚你哥跟你说了什么？”

穗杏老实交代，因为觉得杭嘉澍压根没说什么，都是些废话。

沈司岚听到后微不可察地笑了笑。

“你笑什么？”

“笑你哥瞎操心。”

穗杏没听懂：“瞎操心什么？”

“我们去西安是去比赛的，”沈司岚挑眉，说话藏一半露一半，“想做什么我还用特意等到去西安？”

穗杏：“你想做什么啊？”

“你想知道？”沈司岚捏着她的手问，“那跟我去主卧，我告诉你。”

“这里不能说？”

“能啊，”沈司岚笑了，“你确定吗？”

穗杏直觉不好，果断摇头：“算了，我不要你告诉我了。”

她对某些比较危险的信号已经有了感知能力，比如沈司岚有时候笑得比较意味不明时，或是神色不明时，一般就没什么好事。

家里还有人在，沈司岚的逗弄点到为止，他松开手，任由她逃开。

没过多久，杭嘉澍又说有话要单独跟沈司岚说。

穗杏一脸茫然，不知道杭嘉澍要干什么。

沈司岚去到杭嘉澍的卧室，关上门，直接靠在门上看着还在收拾东西的杭嘉澍。

“说吧。”

“你跟我妹妹……”杭嘉澍顿了顿，语气严肃地说，“你没对她怎么样吧？你们只到我在她的寝室楼下看到的那个地步吧？”

他说话能委婉到这个份儿上，不得不说也是种本事。

沈司岚淡淡地说：“我又不是你妹妹，别拐弯抹角，有话直说。”

“你先回答我。”

沈司岚不耐烦地啧了声，语气低沉地说：“嗯。”

杭嘉澍眉宇一松，难得正面地肯定他道：“还算你人性未泯。”

沈司岚：“……”

“我不知道你是怎么想的。反正我告诉你，她年纪还小，有些事你必须把握住分寸。你要敢现在就对她做什么，”杭嘉澍用下巴指了指隔着好几道墙的厨房，“我刚才看到你家厨房里有刀。”

沈司岚面色不悦。

他有没有分寸是一回事，被人这么指着鼻子教训是另外一回事。

这人住他的房子还把他当贼防，少爷脾气上来的沈司岚勾唇反讽道：“如果我真想对她做什么，你觉得你阻止得了？”

杭嘉澍压低嗓音问：“你还真想做？”

沈司岚听笑了，觉得他这个问题问得有些荒唐：“这还用问？”

此时正在客厅玩游戏的穗杏突然听到杭嘉澍住的次卧传来一声重响。

她吓得手柄都掉在了地上，只见杭嘉澍从卧室里走出来，一言不发地穿过客厅直接来到厨房。

穗杏赶紧站起来跟过去，发现他从橱柜里抽了把锃亮的菜刀出来。

她讷讷地问：“你拿刀干什么？”

杭嘉澍：“宰畜。”

也没等穗杏反应过来，杭嘉澍提着菜刀重新走进卧室。沈司岚素来淡定的语气终于出现一丝波动：“你还真拿刀来？”

即使知道出不了人命，但来人提着刀站在自己面前，俨然一副法外狂徒的模样，沈司岚也不得不警惕地退后两步。

反倒是穗杏心态崩了。

她大叫着冲过去一把抱住杭嘉澍的腰，大声劝道：“不要啊！”

杭嘉澍不为所动，反而威胁她：“放开，不然信不信把你的手也剁了？”

穗杏一瞬间缩回了手。

杭嘉澍神色一顿，哂笑道：“看来沈司岚你魅力也不怎么样。”

这等低级的挑拨离间行为当然不会起到什么作用，沈司岚的注意力都在菜刀上：“你先把刀放下，别伤着你妹妹。”

“怕了？”杭嘉澍得逞地冷笑，“泡我妹妹的时候你怎么没想过会有今天？”

沈司岚：“……”

穗杏着急得不行，脱口而出道：“是我先勾引学长的，跟学长没有关系！”

杭嘉澍诧异地侧过头看向穗杏。穗杏以为把责任通通揽到自己身上就没事了，却不承想这样更加激起了杭嘉澍的怒意。

恶婆婆看儿媳，越看越恶心。自家妹妹为了维护狐狸精连这种话都说得出口，简直有辱家风。

“姓沈的，我杀了你。”

穗杏好心办坏事，有些无辜地看着沈司岚。沈司岚认命地叹了口气。

好在老师的电话来得及时，催他们赶紧回实验室，都快比赛了他们还请假外出像什么话。

杭嘉澍坐在床上单手捂额，连看他们一眼都觉得胸闷：“滚，你俩都快给我滚。”

偌大的房子里很快只剩下杭嘉澍一个人。

刚刚的热闹不复存在，他将菜刀拿回厨房收好，望着这精装的房子，那种不现实感很快又涌了上来。

一个人住确实挺冷清的。

杭嘉澍坐着发了会儿呆，打算把房子的卫生搞一搞。

沈司岚之前说过，阿姨会定时来打扫卫生，就算房子没人住也不会落

灰。如果家里有人，阿姨还会定时过来做三餐，他不在学校吃的时候可以在家吃，也不用点外卖或是自己下厨。

这人就是被这样娇生惯养着长大的，难怪养出了一身少爷脾气。

他和穗杏在一起谈恋爱，两个人都是被宠大的，没吃过苦、受过累，以后怎么照顾对方?

穗杏性格太软，杭嘉澍总担心她在沈司岚面前会吃亏。

杭嘉澍一开始就觉得他们不合适。

可刚刚他在客厅里看他们打游戏，两个人就跟小夫妻似的。沈司岚愿意让着穗杏。她老毛病犯了会抱怨两句，沈司岚也不反驳，就那么安静地听着她的抱怨，全盘接收，然后继续耐心地陪她打游戏。

换作以前谁敢碰沈司岚?到如今为止，杭嘉澍都揍过他两回了。

照顾了十几年的妹妹，杭嘉澍知道穗杏的脾气，也了解她的习惯，父母不在身边时，杭嘉澍也能将她照顾得无微不至。

他自信地以为，哪怕穗杏将来有了男朋友甚至老公，那男人也未必能如他这般将她照顾得无微不至。

可现在的情况是，沈司岚不但把他的傻妹妹迷得团团转，就连杭嘉澍这个做哥哥的也被半是套路地给照顾进去了。

杭嘉澍又将干干净净的地板给拖了一遍。

主卧和儿童房他没有进去，沈司岚和他堂弟的东西都收在里面。

杭嘉澍住的是次卧，卧室里的衣柜是定做的，占整面墙，大男人的衣服根本就填不满衣柜，很多夹层是空的。杭嘉澍大概擦了擦衣柜，最后被衣柜最下层的抽屉吸引了视线。

他拉开抽屉看了看，里面是礼盒。

杭嘉澍盯着礼盒正中央的花体英文看了很久，最后也没认出是什么单词，索性拿起手机搜索。

那并不是英文单词，而是一个女装品牌。

这个品牌主营少女风格的服饰箱包，杭嘉澍看官网宣传图，都是些极为漂亮的小裙子和小箱包，还顺带有各种带有品牌风格的首饰。

他怎么看也觉得这不像是沈司岚需要的东西。

除非沈司岚有不为人知的爱好。

杭嘉澍嫌弃地关好抽屉，转而去打扫其他地方。

打扫到中途来了电话，他抽不出手，直接按了免提把手机扔在床上。

中年女人的声音被扩音器放大，十分刺耳：“你那信用卡的额度被我刷完了，你收到短信没有？”

杭嘉澍面无表情地道：“嗯。”

“你收到短信了怎么不还款？我现在刷不了了，要不我把这张卡还给你，你再给我张新的吧，你现在在哪里？”

“我会还款的，卡你不用还我了，”杭嘉澍说，“没必要为了这个见面。”

女人突然笑着问：“怎么，怕我又去找你啊？你如果肯痛痛快快地给钱，我至于特意跑一趟去找你吗？”

杭嘉澍皱眉：“没别的事就挂电话吧。”

“没了，就信用卡的事，你赶紧还款啊，”女人提醒，“不然我再去找你你可别怪我。”

“你去有什么用？”杭嘉澍突然勾唇道，“我已经搬家了。”

“什么？你搬到哪儿了？”

“跟你有关系？以后有事电话联系，我现在不住在家里。你要是再敢找上门，我直接报警告你私闯民宅。”

女人气得声音直抖：“杭嘉澍，你还要大义灭亲妈啊你？”

“要是杀人不犯法，”杭嘉澍冷冷地道，“你早死了知道吗？”

“……”

女人被他的语气吓到，回过神来后骂了几句脏话，或许是意识到骂到了自己头上，这才尴尬地挂掉电话。

元宵节过后，学校终于开学。

余老师直接替所有要去西安参加比赛的学生请了小长假。

临行前穗杏和室友们吃了顿饭，紧接着又被沈司岚叫过去和他的室友们吃饭。

张三他们几个给沈司岚送行，非要把穗杏叫上。

男生们吃饭讲究怎么舒服怎么来，一行人直接去了学校附近最受欢迎的火锅店。

凡有学校，周边必有各种被誉为宝藏等待学生们去挖掘的餐饮店。这些店不会刻意追求格调和价格，只要服务好这帮来自五湖四海的学生的胃，就相当于掌握了营业秘诀，个别几家甚至火出圈成了网红店，出现在各个旅游公众号上的推荐清单上，很多外地过来的游客也会特意过来吃，门庭若市，连学生们自己想去吃也得排队。

这家火锅店就属于其中之一。

“我现在心情特别复杂，”张三感叹地摇头，“既替老板开心，我的宝藏终于被人发现了，又为自己难过，它终究不属于我一个人了。”

小侯对张三莫名上来的细腻情绪十分不屑：“不就吃个火锅？你搞得好像追星似的，夸不夸张啊？”

“谁说追星只能追人？我追火锅店不行吗？”张三立刻反驳，“好歹火锅店是真实的，那些追纸片人的又怎么说？”

两人絮絮叨叨地吵着，等服务员叫到号才暂时休战。

沈司岚和老祝早已经习惯，专心玩自己的手机，谁也不帮。

穗杏一会儿听张三学长说，觉得张三学长有道理，一会儿又觉得小侯学长说得也挺有道理的，墙头草似的两边倒。张三和小侯谁也没占到便宜，干脆也不问她了，继续吵他们的。

后来开吃，两个人忙着吃肉，他们这桌总算安静下来。

穗杏还挺能吃辣的，几个男人看着她吃得嘴唇通红，她却丝毫没有停下来的念头，那肉在牛油辣锅里烫过一回又被她夹进辣油里滚两滚才入嘴。小女生吃得嘴角全是辣油，又是豪迈又是满足地抿唇无声激动。

就这样，她肉嘟嘟的两颊仍是光光滑滑的，嫩得能掐出水来。

果然长痘和吃辣是没有关系的。

几盘雪花牛肉很快被吃光，穗杏咬着筷子问：“我能再去拿点儿肉吗？”

张三立刻说：“你坐着吧，我去帮你拿。”

“那脱骨鸡爪也拿点儿吧。”

“没问题。”

“还有毛肚。”

好一个残忍的肉食动物，真会吃。

火锅店灯光很亮，照得她看那几盘肉的眼瞳十分明亮，像是闪着小星星。

老祝悄悄对沈司岚说：“岚哥，我觉得学妹看你的眼神还不如看那几盘肉的眼神深情。”

沈司岚：“……”

他看着正在全心全意地吃肉的穗杏，她的眼神从始至终就没离开过那几盘肉。

沈司岚突然拿起手机点进了和穗杏的聊天界面，搜索聊天记录时先是搜索了“吃”这个字。

“我们今天吃食堂吗？”

“想吃冒菜……”

“学校门口有家湘菜馆好好吃。”

“孟老师强烈推荐我去吃哎，学长我们去吃好不好？”

“新出的薯片口味好吃到爆炸。”

“去吃！！！”

他又搜索了“饿”字。

“第一节课刚下课就饿了。”

“饿。”

“饿晕了。”

“好饿。”

“我快饿死了。”

沈司岚失笑。

一搜他才发现她的话居然这么单调。

这顿饭快吃完时，一桌人边解决剩下的东西，边慢慢闲聊打发时间。

“我们队伍终于迎来了妹子，”张三感叹道，“以后打游戏再也不怕被人嘲笑阳气太盛了。”

以前觉得穗杏是杭总的妹妹，他们都不怎么带杭总玩怎么好意思叫上人家的妹妹，现在就不同了，穗杏已经成功上位挤掉了杭总的位置，以后他们想叫上穗学妹再也不用先去征求杭总的同意。

“我记得学妹打游戏好像也挺厉害的，”小侯说，“就是不知道她和 36D 谁更厉害些。”

学妹在面前，当然要拍学妹的马屁，于是张三毫不犹豫地说：“废话，36D 比得上我们无论是在学习上还是游戏上都天赋异禀的学妹吗？”

穗杏默默地咬了块哈密瓜。

老祝：“那咱们以后五黑怎么办？”

张三无情地摆手：“把 36D 踢出群吧，虽然有些对不起他，但这也没办法，毕竟远亲不如近邻，远邻那就更不如近亲了。”

小侯不满地道：“张思睿，你要不要这么无情？36D 好歹跟我们排了一年多，说踢就踢？”

“排了一年多也不知道他长什么样，每次叫他出来见面这人就跟缩头乌龟似的，谁知道他皮下是人是鬼啊？”

老祝：“又不是网恋，你非要纠结别人长什么样干什么？”

“我就是被网恋打击得太厉害，”张三语气沉痛地道，“哪怕就是普通的网友也必须得提防，反正 36D 一天不跟咱们见面，我就一天保留对他的质疑。”

小侯顿时嫌弃地咋舌，沈司岚对张三无语，都懒得开口。

穗杏：“那个——”

她该怎么说？

但是不说她又怕张三学长他们会一直误会下去。

“学妹，不好意思啊，一直聊你听不懂的事，”听到穗杏说话，张三顿时歉疚地看着她，“36D 就是我们之前开黑找的一个队友，也是我们学校的人，不过我们除了知道他是中文系的，别的什么也不知道。”

“知道啊，”老祝嘿嘿一笑道，“知道他最喜欢 36D。”

张三：“哦！对！”

沈司岚瞥了过去：“当着女生的面说什么？”

几个男的私底下浪惯了，还没来得及习惯有学妹在场的素质发言。

“反正这 36D 贼思想不健康，不光 ID 思想不健康，每次和他说话，他那气质也透露出一股思想不健康劲儿，就是那种明明是老司机还非要装成什么都不懂的样子，特别装，而且还很娘。我就想不通了，”张三说到这里话语一顿，眼神逐渐变得嫉妒起来，“就这么思想不健康又娘炮的 36D，他的私生活到底是怎么乱起来的？难道我们这群真男人不配比他更乱吗？”

小侯：“可能萝卜白菜各有所爱吧。”

老祝：“那眼光未免也太奇葩了。”

“所以学妹，你不需要认识这种人，”张三语气坚定地对穗杏表忠诚，“等你加入我们的开黑队伍，我回头就把 36D 踹了。”

穗杏：“……”

她不知道自己做错了什么。

她已经很尽力地装成一个男人，有时候女生的语言下意识地脱口而出时也很快改正了，每次他们聊天的时候她也努力跟上，甚至私底下去找孟老师补课。

明明她已经这么用心了，为什么非但没有给他们留下好印象，反倒留下这么一个连她自己听了都觉得思想不健康的男人形象？

她潜心经营的小号落得如此下场，说不失落那是骗人的。

穗杏神色忧愁，企图从沈司岚那里得到一点儿认同感。

结果沈司岚却点了点头，语气平静地对她说：“他们说得对，你不必认识他。”

“……”

就连沈司岚都是这么认为的。

穗杏想坦白的心思立刻被深深压下。

她心里有气，觉得这帮男的不识好歹，于是赌气地说：“学长你们还是继续和原来的队友玩游戏吧。”

张三蒙了：“为啥啊？”

穗杏倔强地仰起下巴，一副誓死不从的样子：“我不想跟你们男生玩。”

“……”

“……”

“……”

张三几个顿时犹如遭晴天霹雳般当场呆滞。

他们开始迅速翻找从前的记忆，试图找出之前无意间得罪学妹的事情，但是没找到。

他们自认为在学妹面前表现得特别矜持。以前学妹没跟沈司岚在一块儿时，他们就因为学妹是杭总的妹妹，小祖宗奶奶似的伺候着学妹，在学妹面前都不敢暴露本性，连黄色笑话都不敢说。

张三顿时用眼神请求沈司岚的帮助。

沈司岚直接忽略室友的求助眼神，完全纵容着女朋友那傲慢的小脾气：“那就不跟他们玩。”

这顿饭吃完，沈司岚要送穗杏回寝室，张三作为代表只能趁着最后的时机找学妹问个明白。

“学妹，”张三努力做出小白花被欺负后可怜巴巴的样子，“你为啥不愿意跟我们几个打游戏？”

穗杏垂下眼，语气乖巧地说：“不是我不愿意。”

张三眼睛一亮：“那是……？”

“我觉得学长你们不能随意定义一个人，”穗杏说，“对一个还没见过面的网友，你们怎么能那么想她？也许她起36D这个名字只是因为一个美好的心愿呢？”

“……”张三不解，“心愿？拥有36D吗？”

穗杏：“我随便说的，也许呢？”

张三笑了，笑学妹的天真和单纯：“照你这么说，36D是一个渴望拥有36D的男人？”

穗杏皱眉。

谁说只有男装女才累，女装男的辛苦不比前者轻松多少。

张三摸着下巴沉思了很久，突然睁大眼睛说道：“我就说他怎么说话娘里娘气的，对女人的话题那么感兴趣，原来不是因为他思想不健康，而是因为他想做女人吗？”

穗杏：“……”

张三醍醐灌顶般道：“学妹，你真是有大智慧啊！”

愉快地告别学妹后，张三和另外两个人勾肩搭背地回寝室了，徒留穗杏一人风中凌乱。

沈司岚见她发呆，走过来掐了掐她的脸：“你刚刚跟张三说什么了？”

“没什么。”

她绝望地想：那个小号还是弃用好了，就当从来没出现过。

她之后心不在焉，沈司岚也不知道她是怎么了，突然停下脚步。眼见着她没发现地继续往前走，沈司岚索性抱胸站在原地，看她什么时候发现。

穗杏走出好远才发现旁边没人了，猛地回头，发现他一直没往前走。

她只好原路返回，语气有些责怪：“学长，你怎么不走了？”

“你才发现？”沈司岚挑眉，敲了敲她的脑袋，“到底在想什么？”

穗杏摇头：“没想什么。”

沈司岚没那么好糊弄，见她不说，干脆带她走到路边在椅子上坐下。

穗杏犹犹豫豫的神色并不好猜。

沈司岚突然问：“你是不是没吃饱？”

她反应很快地点头：“嗯。”

“真的没吃饱？”沈司岚哭笑不得，“肉都到哪里去了？”

穗杏不好意思地笑了笑：“都拉出来了。”

他眼尾翘起，眼里迅速闪过一抹宠溺之色。他定定地注视着她，被她的回答给怔住，关键是她说得好像还挺有道理，让他不知怎么回答。

沈司岚起身：“那走吧，加餐。”

穗杏心虚地跟上。

沈司岚牵上她的手：“别等我丢了才发现我不见了。”

微凉的手心包裹着她的手，穗杏抿唇偷偷笑了。

众所周知，女孩子有两个胃，一个胃装正餐，一个胃装零食或甜点。

穗杏站在玻璃橱柜前看着那些蛋糕。

她挑不出来，既想吃千层蛋糕里丰富的水果馅儿，又想吃慕斯蛋糕外层浓郁的巧克力，还想吃拿破仑蛋糕那香香的酥皮。

沈司岚的习惯又来了：“选什么？想要就都买。”

只不过这次穗杏很坚定地拒绝了，因为晚上不能吃太多蛋糕。

最后她选了自己最喜欢的慕斯蛋糕。

她看那蛋糕的眼神，就跟看肉的眼神一样。

拿到蛋糕时，她就跟拿到了金子似的。

她从来不缺少甜点的宠爱，父母和哥哥也不会饿着她，但每次在看到喜欢吃的东西时，她的热忱和期待却丝毫不会减少，眼神永远如同第一次看到时那样喜欢。

沈司岚看她吃得特别开心，以前甚至不知道甜点居然是会让人这么开心的东西。

怎么会有女孩子仅仅因为吃的就满足得恨不得手舞足蹈？怎么会有女孩子每天脑子里想的都是待会儿去吃什么好吃的？

怎么会有女孩子这么可爱？

穗杏乖乖吃蛋糕的时候，沈司岚安静地注视着她，眉目如画，目光非常微妙，明明认真注视着她，可穗杏吃蛋糕时说了些什么话他却没有听进去。

他耐心地等她一小口一小口地吃完蛋糕才分出眼神来看他。

穗杏问：“学长，你觉得呢？”

沈司岚出神片刻后，声音并不清晰：“什么？”

“你没听我说话啊？”穗杏抿唇，“你刚刚在想什么？”

这时候她才发现，原来对方的不专注是真的有些气人。

沈司岚微怔。他刚刚什么都没想，只是在看她而已。

穗杏："学长？"

"嗯。"

"你怎么不说话？"

"不知道，"沈司岚笑了笑，"这时候说话有点儿破坏气氛。"

吃蛋糕的气氛？

大晚上的，他们还能听见学校广场那边大妈们跳广场舞的声音呢。

沈司岚突然掰过她的脸，侧头精准地亲上她。

每每他猝不及防地亲上来，都很能撩动她的心跳。穗杏没有任何心理准备的时候，这样明目张胆的偷袭行为几乎能让她休克，从四肢到心脏都被麻痹，软骨酥筋。

刚吃过蛋糕的唇舌间还残余着巧克力浓郁的香气，居然还是酒心味的，弥漫着酸甜的红提子味。

穗杏听到他浅浅的喘气声，带着热意散在她耳边，吹出的气息撩人至极。

身体的每处细胞都在说"喜欢"两个字。

分开时，穗杏如同每一次那般先挪开了眼。

"……"

默了好半天，她才笨拙地举起蛋糕问他："你吃蛋糕吗？"

他轻声回："吃过了。"

开学后不久，穗杏跟随比赛团队来到了西安。

一行人简单观光一天后，为期四天三夜的全国电赛（全国大学生电子设计竞赛）开始。

早上七点半发布竞赛题，小组成员在进行过短暂讨论后，迅速开始了元器件的采购。

穗杏小组三人都偏软件研究方向，对硬件方面的组建和搭构并没有多大优势，好在有近几十年的电赛真题打基础，余老师开小灶也说了不少关于这方面的问题，学长、学姐主动包揽了硬件线路的搭建和美化，穗杏只负责优化代码。

这相当于让她跳过了最难的部分，毕竟硬件这个东西不确定性很大，仿真图画得再好看，线路搭得再完美，指不定运行的时候哪个模块又突然罢工，或是哪条回路短路烧起来。

为了不给小组拖后腿，直到第三天最后的工作完善，穗杏没有闭过眼。

玩游戏通宵和考试通宵完全不是一个概念，人又累又躁，做不出来的时候恨不得把手里的东西都给砸了。

人在情绪到达临界点时，就很容易和其他人生出摩擦来。

穗杏因为硬件线路不稳的问题和沈司岚有了分歧。

两个人斯斯文文地吵，虽然声音都不大，但从他们越来越凝重的表情来看，这是真的认真在吵架。

褚学姐只觉头痛欲裂，主要是两个人说得都有道理，不知道该帮谁。

后来穗杏赌气说要去厕所，去了好几分钟也没回来，估计是在厕所里单独生气。

沈司岚对着桌上的半成品看了很久，最终拆掉了刚刚和穗杏起分歧的那部分线路。

褚学姐睁大眼："干吗拆了啊？"

"试试她说的方法，"沈司岚说，"不行再说。"

"那你刚刚怎么不直接跟学妹说？"

"她刚接触硬件，想要简化电路节省空间我能理解，但这是比赛，新颖但没把握的方法很可能会出错，如果运行不了，我们这个模块会直接被扣分。"

"那你现在为什么又要试？"

沈司岚淡淡地说："如果她的方法不对，我会再装回来，但不能连试都不试就直接否定她。"

他说得平静，可听的人一脸诧异。

"你居然肯接纳别人的意见了，"褚学姐喃喃道，"我还以为团体赛你也是当个人赛比。"

等穗杏生完气回来后，她的意见被采纳了。

她本来打算向沈司岚道歉，就算她对自己的想法再有信心，可这是团体比赛，不能以她个人的想法为主，因而没有资格要求学长和学姐按照她一个后辈的想法去做。

穗杏自己也有些蒙。

"学长，"高兴之余她又有些担心，"用我的方法真的没问题吗？"

"刚刚试过了，"沈司岚点头，"你是对的。"

穗杏张大嘴，有些难以置信："真的吗？"

"真的。"

"那——"

那刚刚他们浪费口舌吵什么？

各退一步虚心接受意见，与其争论自己的想法是不是最完美，他们不如抓紧时间采集数据并拟定方案。

到最后将成品封箱时，他们虽然对完成件很满意，却又觉得不够好。

如果时间再多一点儿，说不定他们会做得更好。

但这就是比赛，比的不是肚子里有多少墨水，而是在规定的时间里谁能发挥得最好。

比赛结果会在评审组统一意见后于网上公示，不过看余老师高兴的样子，他们的成绩大概率会非常不错。不仅如此，他已经提前告诉学生们年底把时间空出来，到时候去北京参加颁奖典礼。

褚学姐没有跟他们一块儿回学校，临时请了假要出国。

"去吧、去吧，"余老师很爽快地答应了，"好好放松放松。"

穗杏好奇地问学姐："学姐，你这是要去哪儿啊？你不是直接回学校吗？"

"出趟国。"

"出国？"穗杏问，"出国旅游吗？"

"旧地重游吧，"褚学姐摸摸她的头，"如果有好玩的纪念品，我会带回来给你的。"

一听有纪念品，穗杏立马喜笑颜开："那祝学姐玩得开心。"

褚学姐看了眼旁边还在和余老师说话的沈司岚，很自然地将话题又引到了穗杏身上。

"你觉不觉得沈司岚跟以前好像不太一样了？"

穗杏看过去，摇头道："学长还是那个样子啊。"

"不是说长相，"褚学姐失笑，"是别的。"

穗杏还是摇头："没有。"

"他好像能听进别人的意见了，"褚学姐摸着下巴回忆，"怎么说？以前我总觉得他有点儿不可一世，如果不是长得好看，应该已经英年早逝了。"

从见到他的第一面开始，穗杏对沈司岚就有天然滤镜。

所以他不好的地方，已经全部被她美化了。

因而褚学姐的话，她虽然没反驳，可也并没有表示赞同。

于她而言，他的骄矜和自负都情有可原。他原本就是受人仰望的存在，轻而易举就能得到别人得不到的东西，所以不需要刻意学着讨好。

“如果是为了某个人改变的，”褚学姐歪头对穗杏笑道，“那他一定很喜欢那个人。”

后来学姐被朋友接走，他们这个小组只剩下穗杏和沈司岚两个人。

沈司岚对学姐早退的事并没有多大的反应，相反还特别礼貌地和学姐道了别。

褚学姐毛骨悚然地看着沈司岚，真诚地发问：“学弟，你能恢复一下吗？”

沈司岚皱眉：“什么？”

“我还是比较习惯你之前在我面前那副桀骜不驯的样子。”

“……”

为期几天的西安之旅圆满结束。

清大的学生和其他几所邻居高校的学生来回程都是同一趟高铁，几天相处下来，一行人已经很熟悉了。

候车厅里，本来众人叽叽喳喳地闲聊着，聊什么的都有，突然邻校的指导老师好奇地问了句：“我听说清大参加比赛的学生里有一对情侣？这是真的吗？”

代表清大来参加比赛的几个小组学生都没料到别的学校老师会突然关心他们学校的八卦消息，包括正和其他学校的老师寒暄的余老师也转而茫然地看着自己的学生们。

其他高校的学生也好奇地探过头来。

“哪两个啊？”余老师来了兴趣，态度比邻校的老师还积极。

实验室里朝夕相处的学生们可比余老师敏锐得多，毫不犹豫地就把这对情侣给卖了。

“沈司岚和穗杏啊。”

“余老师，你的眼力有点儿不行啊。”

余老师顿时瞪大眼：“你们俩啊？”

好像他们谈恋爱是件多么惊世骇俗的事似的。

邻校老师看过去，突然笑了：“挺般配啊，”然后他又对自己的学生们

说：“你们几个平常也别光顾着学习啊，趁着还在学校的时候好好享受青春，以后工作了那就更没时间谈恋爱了。”

学生们立刻抱怨道：“我们也想谈啊，可是妹子都被别人抢走了，本来学工科的妹子就少，漂亮的就更少了。”

余老师顿时得意地表示：“我们穗杏同学就是放在文科专业里也是很出挑的。”

有人适时地教给了余老师一个时髦的词：“余老师，这叫门面。”

“哦，门面，”余老师学得很快，“我们今年过来参赛的还有个女孩子也很漂亮，不过她提前请假走了。”

又有人说了：“只可惜咱们没留住褚漾，结果被外语学院的人给拐跑了。还是穗学妹恋家，自产自销，肥水不流外人田。”

“那得感谢我们沈司岚守住了穗杏。”余老师顿时笑眯眯地看着他们。

穗杏怎么也没想到这种事都能被老师拿出来打趣。

大学之前的老师们对学生谈恋爱这件事有多抵触，大学老师们就有多支持，有的思想开明如这位余老师，当着众人的面也能调侃起来。

她低下头，悄悄躲在了沈司岚背后，小声抱怨：“我要死了。”

余老师笑得更开心了：“哎哟，我们穗杏同学害羞了。”

其他人也跟着打趣地笑了起来。

穗杏更不好意思了，抓着沈司岚的衣服晃了晃，示意他赶紧化解尴尬。

沈司岚也没料到会是这个局面，耳尖微红，脸上却依然波澜不惊：“老师，你再说她要钻地了。”

“不说了、不说了，”余老师哈哈一笑，“你们俩是谁追的谁啊？”

这是老问题了，沈司岚已经记不清自己被多少人问过。

他还是一样回答：“我追的学妹。”

“没看出来，你还会追女孩子啊，”余老师欣慰地拍了拍他的肩膀，“我还以为你只对咱们实验室里头的仪器感兴趣呢。”

沈司岚抿唇，语气很轻地说：“那是以前还没遇见学妹。”

穗杏拽着沈司岚的衣服的手突然一顿。

“年轻人还挺会说话的。”余老师歪头去看藏在沈司岚背后的穗杏：“穗杏，老师跟你说句话。”

老师点名有话跟她说，穗杏就是再害羞也得露面。

她只好慢吞吞地探出头，只是手还紧紧拽着沈司岚，小心翼翼地问：

“什么话啊？”

“我们学工科的人不会写诗也不会玩浪漫，但是很会照顾人，”余老师说，“所以你放心跟沈司岚谈，他一定是个好男朋友。”

穗杏尴尬得缩起手脚，只能颤颤地点头：“嗯……”

沈司岚也被余老师这正儿八经的话说得神色微哂，胳膊往后用手攥住穗杏的手，微凉的指尖捏着她的手心肉，用手上的小动作缓解不自然的神色。

回程的路上，为了防止再被人调侃，穗杏努力避免和沈司岚接触。

但这不是她想避免就避免得了的。

她在高铁上的座位本来不是和沈司岚挨在一起，余老师非说谁跟沈司岚或穗杏坐一块儿，让他们换个座，别拆散了这对小情侣。

和沈司岚坐在一起的男生语气兴奋得就跟抽中了彩票似的：“我！我跟学妹换！”

余老师大手一挥道：“穗杏，你去跟你男朋友一起坐吧。”

穗杏：“……”

她心不甘情不愿地挪到了沈司岚身边坐下。

沈司岚见她满脸不情愿，淡淡地问：“不愿意？”

穗杏别过头，撑着下巴不看他：“没有。”

他盯着她的后脑勺，突然伸手恶作剧地扯了扯她的马尾辫。

穗杏转过头控诉他：“学长，你能不能别这么幼稚？”

“你能不能别这么幼稚？”沈司岚不疾不徐地将这句话又原数奉回，转而说，“被人调侃几句就不敢看我，就这点儿承受能力以后怎么办？”

穗杏没好气地说：“什么以后怎么办？”

沈司岚歪头看她，神色淡然，勾唇说：“以后结婚你是不是都害羞得不敢出席了？”

穗杏突然睁大眼，明亮的眼瞳里迅速泛起赧意：“你——”然后她伸出拳头用力捶了他一下。

“打个比方而已，”沈司岚说，“你激动什么？”

“你打什么比方不好非要用结婚来打比方？”穗杏扁着嘴责怪他，“我还这么年轻，结婚对我来说还早得很呢。”

沈司岚笑了笑，没再继续逗她。

穗杏懒得理他，戴上眼罩对他说：“我要睡觉了，你不要吵我。”

沈司岚："嗯。"

他答应得挺好，可是趁着穗杏戴上眼罩看不见东西，正好去捏她的鼻子，又倾过身朝她额前的碎发轻轻吹气。

穗杏摘下眼罩，对他的恶作剧行为忍无可忍，最后只能使出老招数，以扶手为界画了条不存在的"三八线"。

"这边是你的，这边是我的，"穗杏说，"你不能过界。"

沈司岚垂眼看着那条完全不存在的"三八线"，伸出胳膊十分嚣张地越过了界。

穗杏急了："说了不能过来！"

"你不是说这边是你的吗？"沈司岚语气淡定地说，"我本来就是你的，为什么不能过来？"

穗杏哑口无言。

他甚至嚣张到都不藏一藏眼中的笑意，眉梢愉悦地扬起，明摆着是要她难堪。

说不过沈司岚的穗杏决定闭嘴，戴上眼罩睡自己的觉。

在西安这几天她没怎么睡好，每天睁眼闭眼想的都是竞赛的事。现在比赛比完了，心里的担子落下来，即使是在行驶的高铁上，穗杏仍然睡得很香。

她醒过来时高铁已经到站。

傍晚的天空阴沉沉的，出站时穗杏恍惚以为天黑了。

明天是周末没有课，几个本地的学生打算直接回家休息。

穗杏也打算直接回家。

沈司岚原本很自然地打算送她回家，结果被几个人一顿调侃，穗杏说什么也不让他送了。

"那你直接去我家，"沈司岚没有勉强她，"比较近。"

这话又被其他人听到，众人连忙意有所指地噫起来。

穗杏扁嘴："我还是回家吧，反正地铁直达也不麻烦。"

她和其他几个同一趟地铁的学生一并离开了。

余老师拍拍沈司岚的肩："穗杏又不是小孩子了，难道搭个地铁还能丢了？我女儿读小学就自己搭地铁上学了，你这个男朋友当得像爸爸。"

倒不是沈司岚老父亲心态，他之所以连穗杏回家都要送，是潜移默化受到杭嘉澍的影响。

杭嘉澍总担心穗杏被拐，一般知道穗杏去远点儿的地方就会去接送穗杏，就算自己没时间也要找人去。沈司岚就是因为被他拜托接送过穗杏很多回，才跟着养成了这个习惯。

回了学校沈司岚也没打算回寝室，不用想都知道那三个人这个点不是在外面浪就是在寝室里打游戏。

沈司岚直接去了工作室。

周末工作室的人不上班，只有老侯因为调代码留在工作室加班。

“少爷，你回来了？”老侯从电脑屏幕前抬起头看到沈司岚有些惊讶，“怎么没提前通知一声？”

沈司岚直接将包丢在座位上，边往休息室走边懒散地调侃：“难道你们还准备办个洗尘宴？”

“资金到位那也不是不行，”老侯笑嘻嘻地起身跟着他走到休息室，“比赛怎么样啊？有把握吗？”

“一二等奖吧。”

“可以啊，保研有望。”

沈司岚靠着桌子喝了杯水润嗓，这才问：“杭嘉澍呢？周末他没加班？”

加班狂魔这个周末居然不在。

“杭总出去办事了，”老侯抬头看了看钟，“估计快回来了吧。”

两个人随便聊了聊，老侯说待会儿和女朋友约好了吃晚饭，问沈司岚要不要一起。

沈司岚觉得好笑：“你和你女朋友吃饭叫上我干什么？”

“之前我女朋友的室友不是对你有意思吗？非让我帮她的室友搭线，现在你和穗学妹在一起了，正好带上学妹，咱们四个人一起吃个饭，也让我女朋友死了当媒婆的心。”老侯怪不好意思地挠了挠眼下的皮肤，“我请客，怎么样？”

“改天吧，”沈司岚说，“她回家休息了。”

“啊？学妹回家了？怎么了这是？”

沈司岚说：“这几天累坏了。”

那个让人脸色肉眼可见地虚弱、半封闭式的比赛确实比较折磨人，再加上她是所有参赛选手中年纪最小的，电子竞赛和她之前参加过的理论竞赛不同，参赛的其他人无论是年纪还是资历都算得上她的前辈，她好胜，不肯给学长、学姐拖后腿，所以格外努力。

到最后一天她甚至没合眼，熬着夜和他们调试最后的数据。

老侯颇为可惜地说："那就下次吧。"

沈司岚嗯了声，又说："你女朋友那边麻烦你跟她说清楚了。"

"没事，小事情而已。"老侯爽朗一笑。

沈司岚勾唇："谢了。"

老侯被他这声谢谢唬住，半晌才回过神来，一脸中彩票的样子："我没听错吧？"

他又偷偷看了眼沈司岚，发现对方已经波澜不惊地在休息室的沙发上躺下，随手从小茶几上拿了本书盖在脸上，两腿搭着沙发扶手闲散地交叠，就这么睡了过去。

说不定是他听错了。

老侯耸耸肩，继续回位置上加班。

没过多久工作室的门又被人从外面推开，脚步声传来，老侯埋首在案前，以为是女朋友来找他了，低着头问："和你的室友逛完街了？"

没有听到回答，老侯抬头看去。

来人不是他女朋友，而是个打扮得风韵犹存的中年女人。

尴尬了几秒，老侯礼貌地问："你好，请问你有什么事吗？"

中年女人打量了一眼四周，问："杭嘉澍不在这里吗？"

对方来找杭总的？

老侯说："他出去办事了。"

"哦，"中年女人随便找了个位置坐下，"那我在这里等他回来吧。"

她应该是觉得坐这种办公椅不太舒服，又问，"你们这里没有接待室吗？怎么连沙发都没有？"

"有的，"老侯被她的态度弄得有些不舒服，"不过阿姨你是谁啊？是来谈项目的吗？"

"谈项目？"中年女人笑了，"我是你们老板的亲人。"

老侯更蒙了。

"那阿姨你是杭总的亲戚？"老侯不确定地猜测道，"不会是妈妈吧？"

这阿姨挺会打扮，虽然年纪看着大了点儿，但化了妆又做了头发。最关键的是，老侯看阿姨的眼睛，觉得跟杭嘉澍的有几分相似，狭长的丹凤眼，风流又透着几分狡黠，尤其眯眼时，简直像只老谋深算的狐狸。

中年女人突然咯咯笑了起来：“你的眼睛很厉害嘛。”

对方居然真的是杭总的妈妈！

跟杭总认识这么多年老侯总算见到他妈长什么样了，就连大一开学那会儿杭总都是一个人来的。明明他们一家就住在本市，但就是一直没机会见面。

老侯很快跟杭嘉澍的妈妈聊了起来：“阿姨你今天怎么没跟叔叔一起来？”老侯热情地说，“一直听杭总说他爸妈工作忙总是出国，你今天来是特意给杭总惊喜的吗？”

女人张着嘴啊了声，点头：“他爸也有事呢，所以我就一个人来了，没提前跟他商量，没想到他不在。”

“没事，他很快就回来了。”老侯起身，“阿姨，你吃东西吗？”

说完他就往休息室走去，零食都放在那里。

找零食的声音把正在休息室小憩的沈司岚吵醒了，沈司岚啧了声，拿下盖在脸上的书直接冲蹲在小柜前找零食的老侯扔了过去：“吵死了你。”

“少爷别睡了，”老侯摸了摸被打中的背，一脸兴奋地说，“你丈母娘来了！”

“……”沈司岚默了几秒，问，“谁？”

“杭总他妈妈，穗学妹她妈妈啊。”

沈司岚起身，还不忘踢了踢老侯：“有人来你不叫醒我？”

“我也挺惊讶的，都没反应过来。”

老侯拿着几包零食站起来，问他：“你说阿姨会喜欢吃这种零食吗？”

沈司岚瞥了眼：“不知道。”

但也没其他零食了，就在老侯一筹莫展之际，沈司岚不慌不忙地拿出茶包泡了杯热茶。

沈司岚自己偶尔也会喝茶，但毕竟没到那个年纪，所以喝得少。工作室其他人没他那么精致，比起喝茶还不如直接去楼下超市买“肥宅水”，所以工作室的茶就一直被放着，除了招待客人，鲜少派上用场。

就算有客人来要泡茶，老侯又什么时候见过沈司岚亲自泡？

虽然沈司岚还是一副波澜不惊的样子，但老侯从他主动泡茶的动作看出，少爷这是在讨好未来丈母娘。

两个人一前一后地从休息室出来后，女人看到多出来一个人，顿时有些惊讶：“还有人在啊？”

“阿姨，这是沈司岚，杭总的合伙人之一，”老侯指了指这工作室，“这工作室就是他投的。”

“啊，你好、你好。”女人站起来，堆着笑容走近，手亲昵地搭上沈司岚的胳膊，“投了这么多钱，你家庭条件肯定很不错吧？”

沈司岚低头看了眼女人搭在他的胳膊上的手，蹙着眉略有不适感，但没有甩开。

“阿姨你好。”

女人笑眯眯地问：“你投了多少钱啊？投这么多钱你家里人同意吗？还是那些都是你自己的钱？”

沈司岚没有回答，反倒是老侯在一旁补充：“阿姨你不用担心，那也就只是我们少爷的零花钱而已。”

“只是零花钱啊？”女人点点头，惊喜地打量着沈司岚，“长得真好看，我儿子真有出息，上了大学连这么厉害的朋友都交到了。”

“阿姨，他不光是你儿子的朋友啊，还是你女儿的男朋友来着。”

女人微愣，笑容顿时僵住，声音也低了下来：“穗杏的男朋友？她交男朋友了？”

她的态度让老侯顿时不知该如何反应。

难道阿姨不同意穗学妹谈恋爱？

女人看着沈司岚问：“这么说你不是因为杭嘉澍才投资的？你是为了穗杏？你跟穗杏的关系比较好？”

沈司岚和老侯都没有说话。

他到底是为了谁才投资有什么区别吗？他跟谁关系比较好又有什么区别？反正杭嘉澍和穗杏是兄妹。

女人搭在沈司岚的胳膊上的手还没放下来。

沈司岚不动声色地后退一步：“阿姨，我去一趟洗手间。”

女人收回手：“那你去吧。”

他转身往洗手间走去，留下老侯一人茫然地看着女人。

女人又将刚刚的话重复问了一遍。

老侯也不知怎么回答，只好说：“都挺好的。少爷跟杭总关系很不错的，杭总现在住的房子就是少爷的，少爷都没收杭总的房租钱。”

“他是本地的？”

“不是，他是广东的。”

“那他怎么会有自己的房子？”

“他来这里上学，家里人给准备的，”老侯说到这里也不由得面露羡慕之色，“而且还不止一套房子。”

女人顿时双目放光：“那我儿子现在住在哪套房子里啊？”

老侯：“柏林明庭那套。”

“这么有钱？”女人难以置信道。

老侯心想着杭总的妈妈怎么比他这个没见过世面的大学生还激动？

他明明听说杭总的父母都是干进出口贸易的，按道理一套房子应该不至于让她激动成这样。

之后女人反复向老侯打听沈司岚的财务状况。

老侯没再多说。女人越是激进，他越是下意识地觉得不能说。

他也说不清楚这种直觉是从何而来，只是潜意识告诉自己，阿姨对沈司岚这个人好像没多大兴趣，倒是对沈司岚有多少钱非常感兴趣。

而且从头到尾，她都没有提起过穗学妹。

明明比起儿子的朋友，做母亲的人应该会更关心女儿的男朋友的问题。

看穗学妹单纯的性格，他们家也并不像那种重男轻女的家庭。

在老侯的想象中，杭总的妈妈应该是位优雅大方的中年女人。

女人见问不出什么，干脆起身决定离开。

“阿姨，你不等杭总回来了？”

“不等了，”女人笑着说，“反正已经知道他住在哪里了。”

高跟鞋在地板上发出嗒嗒的声音，女人就这么离开了。

老侯茫然地看向门口，觉得不太对劲儿，于是打算去洗手间找沈司岚商量。

敲了敲洗手间的门，老侯问：“少爷，你上完了吗？”

洗手间门从里面被打开，沈司岚只是站在马桶旁，压根就没有上厕所。

沈司岚一只手还拿着手机，将老侯拉了进来。

锁上洗手间的门后，他低声问：“那人还在外面？”

老侯：“没有，刚刚走了。”

沈司岚神色一松，又打开了洗手间的门：“你先出去吧。”

老侯一脸蒙：“到底怎么回事啊？”

“说不清楚，”沈司岚抿唇，“以后让杭嘉澍跟你解释吧。”

老侯内心的疑虑越来越重，他不确定地问：“那个阿姨到底是不是杭总的妈妈？”

沈司岚没有说话。

老侯的语气越发难以置信：“难道不是？”

可是两人长得很像啊，而且那阿姨都能找到工作室来，还说得出杭嘉澍的名字，也知道杭嘉澍的不少事情，所以他刚刚压根没怀疑对方。

还是之后阿姨的语气越来越侧重于她不应该侧重的地方，老侯才起了疑心，从而过来找沈司岚商量的。

沈司岚将手机按下免提，说：“你自己跟老侯说。”

手机里传来杭嘉澍无奈的声音：“我现在马上回去，老侯，你等我回去亲自跟你解释。”

老侯越来越蒙：“什么啊这是？”

两人等了不久后，杭嘉澍从外面赶回来了。

听到女人已经走了，杭嘉澍松了口气，很快又觉得不对：“她不是来找我的吗，怎么没等到我就走了？”

老侯：“她说反正已经知道你住在哪里了，然后就走了。”

这句令人毛骨悚然的话直接让杭嘉澍遍体生寒，他僵在原地半晌没有反应。

直到回过神来，杭嘉澍神色复杂地瞪了老侯一眼。见老侯不明所以，杭嘉澍也只能别过眼，捂着额头骂了句脏话。

“杭总，你没告诉你妈你搬到哪里去了吗？”

“我怎么可能告诉她！”

杭嘉澍整个人倒在椅子上，低着头轻声问：“老侯，你没在我的床上放杂物吧？我今晚上回寝室睡觉。”

老侯：“那你妈呢？”

“那不是我妈！”杭嘉澍厉声反驳，接着痛苦地蹙起眉，摇摇头自我否认，苦笑着说，“如果不是我妈倒好了。”

沈司岚隐约猜到些什么。直到杭嘉澍苍白着脸色对他说了句对不起，他心中的猜想终于渐渐得到证实。

天色晚了下来，这个天黑得特别早，周围楼房的灯相继亮起。

杭嘉澍太久没回寝室住，寝室里都没铺床，老侯还真用他的床放了新买的健身器材。

杭嘉澍气得要打人，两个人吵吵闹闹的。

沈司岚被吵得头疼，兜里的手机突然振动起来。

他走到一边拿出手机，是穗杏发来的消息。

“你在家吗？我过来找你啦。”

沈司岚感觉心头一跳，倏地蹙眉，侧头沉声对杭嘉澍说：“别吵了，赶紧跟我回一趟家。”

穗杏来过几次，柏林明庭的门卫已经认识她。

这次她依旧是打算跟门卫叔叔说一声，让他直接解开门禁放她进去。

小区入口旁的管理室亮着灯，门卫大叔正坐在里面看电视剧。

穗杏正朝那边走着，身侧突然有个声音叫住了她。

她侧头看去，有些惊讶这个叫住她的人。

中年女人笑着问：“还记得我吗？”

穗杏点了点头：“阿姨。”

“来这里找你哥哥？”中年女人朝她走过来，语气轻柔地问，“我也正好来找你哥哥。你有门禁卡吗，顺便带我一起进去？”

穗杏心里毛毛的，下意识地拒绝：“如果阿姨你是访客的话，直接登记一下身份信息打电话通知我哥哥让门卫放行就好了。”

中年女人的嘴角瞬间拉平，她声音平静地道：“这么麻烦干什么？我直接跟着你进去不就好了？”

穗杏摇头：“不行。”

中年女人眯眼，声音突然尖厉起来：“你什么意思？你能进去找你哥哥，我就不能进去？”

穗杏被她突然拔高的声音吓到，却还是坚定地说：“如果阿姨你没有提前和我哥哥打过招呼，是不能进去的，这也是为了小区的其他住户考虑。”

“你觉得我是坏人？”

“阿姨，你到底是我哥哥的什么人？”穗杏语气警惕地问，“如果只是认识的人，没有经过同意你当然不能进去。”

女人突然大笑：“我告诉你，我跟你哥哥的关系可比你这个妹妹亲多了！”

她越来越逼人的语气让穗杏有些恐慌，穗杏什么也不想再说，撒腿就往小区入口跑去。

女人从后面一把拉过她，穗杏是真的怕了，立刻要出声，嘴突然被捂住。女人身上刺鼻的香水味瞬间熏得穗杏头脑发昏。

马路上的汽车川流不息，小区往旁边走没几步就是超市和商店，女人没敢带穗杏往哪儿走，直接将穗杏扔在了门口周围的绿化丛里。

有几个行人路过，大多行色匆匆地低头看着手机，没有人注意到阴暗的绿化丛。

穗杏的手被枝丫剐到，伤口处又痒又痛。

对这种情况，她显然始料未及。

她从来没想过有一天自己也会遇上这种事。

女人居高临下地看着她："你知道我是谁吗？"

穗杏捂着手满是惊疑地看着女人。

"我叫陈秋云，是杭嘉澍的妈妈，亲妈。"女人刻意加重了"亲妈"这两个字，又笑着对穗杏说，"你哥哥之前也不叫杭嘉澍，他姓陈，叫陈嘉澍。"

穗杏蓦地睁大眼，难以置信地看着眼前的女人。

"你跟他又没有血缘关系，凭什么能进他住的地方。我这个亲妈反而进不了？这是什么道理？"陈秋云在穗杏身边蹲下，语气近乎荒唐地说。

穗杏摇头："哥哥是我姨妈的儿子。"

"他就是我儿子！是我把他交给你姨妈照顾的！你看我身上的衣服，这都是他当儿子的孝敬给我的。"陈秋云炫耀地冲她扬了扬衣袖，"你爸妈养他这么多年，他现在赚了这么多钱给你爸妈买了什么东西？他住在你们家，吃你们的、穿你们的，结果赚了钱还是送到了我这个当亲妈的手里，我和你哥哥才是亲母子！知道吗？"

穗杏咬着唇。

哥哥赚的那些钱，没有存起来留着给他自己，而是给了面前这个所谓的亲妈？

"本来不想告诉你这件事，"陈秋云低头打量着穗杏，突然冷笑道，"长得倒是挺乖，我还真以为你什么都不懂呢，没想到这么小就知道勾引男人。"

穗杏从来没被人这么说过，一时心头大怒："你说什么？"

陈秋云被她恼怒的语气惹得更怒了，当即抓过穗杏的头发就往外扯，听到她吃痛地叫喊一声才痛快出声："听说你找了男朋友，还是你哥哥的朋友？你哥哥交了那么有钱的朋友，你转手就给勾走了。你就是这么给你哥哥当妹妹的？你是不是看不惯你哥哥的朋友有钱，所以也想上去勾搭伸手问男人要钱？小小年纪就这么有心计，杭美玉就是这么教女儿的？”

穗杏一头长发向来精心养护，又多又密，被陈秋云抓在手里跟缎子似的。

陈秋云被这个触感给刺激到。她年轻的时候没什么钱，到现在这个年纪才跟着儿子过上了好日子，头发经过数次烫染又没有护理，早就变得枯黄干燥。而面前的女孩子从小娇生惯养，还这么年轻，身上又处处娇嫩精致，还有个有钱的男朋友。

而她的儿子杭嘉澍为了这个妹妹，甚至威胁她这个亲妈。

之前在陈秋云的眼里，穗杏只是杭美玉的女儿，小女孩儿一个，她压根没将其放在眼里。

到现在穗杏渐渐长大，陈秋云看她不再是小孩儿，而是女人。穗杏年轻，什么都有，而陈秋云已经老了，好不容易有了钱，却仍旧要看儿子的脸色苟活。

巨大的落差终于让陈秋云彻底失去了理智。

“早知道你这么贱，我就该让我儿子把你骗上床，当什么兄妹，等他做了你爸妈的女婿，那他就不用这么拼命赚钱也有钱孝敬我了。”陈秋云呵呵笑道，“他还是太蠢了，没想到这个好办法。”

穗杏被她的话恶心得不行，双眼含着泪大喊：“别用你这么恶心的想法侮辱我哥哥！”

“你还叫他哥哥？说了他是我儿子，是站在我这边的！要不是你爸妈有点儿钱，你以为我儿子会叫他们爸妈，会把你当妹妹？”

穗杏忍住哭腔，执拗地反驳她：“你骗人！”

“他是我生的，我们母子连心。我会不了解他吗？”陈秋云有意刺激穗杏，笑着拍了拍穗杏的脸，指甲很长又被修剪得很尖，穗杏白皙的脸上很快多了几道红痕，“你和你爸妈算什么，他就是因为你们家有点儿钱才这么多年寄人篱下。现在他出息了，马上就会和你们家断绝关系，和我团聚生活在一起。”

穗杏双目通红，鼻尖酸胀，因用力呼吸胸口剧烈起伏，又是急切又是激动。冷风入喉能够暂时缓解激烈的情绪，她才能抑制住不让自己哭出来。

陈秋云说的话，穗杏一个字都不信。

“你说你是他的妈妈，”穗杏止住抽泣，突然问，“那他后来为什么成了我姨妈的儿子？”

陈秋云一顿，随口说道：“我是把我儿子托付给你姨妈照顾。”

“那我姨妈死了以后，你为什么没有带走他？”

“我那时自己都顾不上，反正你们家有钱，替我照顾儿子几年怎么了？”

穗杏突然咬唇，随后咬牙问：“你没有能力抚养他，那为什么要生下我哥哥？”

陈秋云不耐烦地道：“我想生就生怎么了？你懂什么？光是我把他生下来这一件事就有理由让他这辈子必须好好孝敬我！”

穗杏抽了抽鼻子，语气渐渐平静下来：“你生下了他，却没有好好抚养他，又让他受了这么多罪，有什么资格当他的妈妈？”

这样的话陈秋云并不是第一次听到，杭嘉澍对她说过很多遍。可即使他再如何厌恶她这个妈妈，也不得不孝敬她，而她无论如何生气，也只能受着杭嘉澍的话。

她知道如果彻底惹恼了杭嘉澍，那以后就别想从儿子那儿拿到一分钱。

可眼前的这个女孩子算什么？

局外人居然教训起她来，陈秋云恼羞成怒，尖叫一声直接扯过穗杏的头发，将她拉得仰起头来。穗杏黑亮的眼睛里蓄满泪水，五官因为头皮被拉紧的疼痛扭曲着，可眉宇间那分明的憎恶之色却未减半分。

穗杏仍然执拗地说：“你不配当我哥哥的妈妈！”

陈秋云骂了几句难听不堪的脏话，接着狠狠地朝穗杏脸上甩过去一个巴掌。

穗杏被打的那侧脸颊迅速肿起，通红的巴掌印间是陈秋云的长指甲在她脸上留下的抓痕。

左耳顿时如有嗞嗞电流滑过，穗杏摸了摸左脸，一碰就火辣辣地痛。

自出生以来，她从来没被这样扇过巴掌。

她一直很听话，就连叛逆时期老是爱和哥哥作对，杭嘉澍也从来没这样打过她。

他虽然每次手掌扬得老高，落下时力道却跟羽毛没什么区别。

这个女人对杭嘉澍不好就已经不可饶恕了，居然还敢打她。

"你打我？"

陈秋云被穗杏突然的质问弄得心里一阵发毛，扬起右手又是一巴掌即将甩过来。

穗杏伸手抓住她的胳膊，将陈秋云一并拉进了绿化丛中。

陈秋云穿着高跟鞋，步子不稳，崴到脚踝倒在了绿化丛里。

穗杏咧着嘴张开腿一个屁股蹲儿坐在了陈秋云身上，陈秋云小腹一痛，张牙舞爪地要将身上的人推开。

身上的人张开手掌，朝着倒地的陈秋云狠狠地甩了个巴掌过去。

陈秋云一蒙，随即大怒："你敢打长辈？"

"就你也好意思自称长辈？"穗杏用力吸了吸鼻子，比起委屈更多的是震怒，恶狠狠地看着陈秋云势要将刚刚被扯头发和打耳光的仇给报回来，压着嗓音说，"你敢打我我就敢还手。"

女人打架扯头发就是精髓这句话穗杏终于悟到了。

她不但扯陈秋云的头发，还趁机甩了几巴掌。陈秋云快五十的人，这些年又是抽烟又是喝酒，身体素质当然不如身上正值青春的女孩子。对方看着个子娇小，实际打起人来一点儿也不软绵，又狠又鲁莽。

绿化丛里传来的女人打闹的声音越来越大，终于吸引到路过的行人。

几个行人走过去后，愣了。

两个女人在打架。

也不是，现在好像是一个女人被压在身下单方面遭受毒打。

管理室里正在看电视的门卫不经意地抬头看到小区门口围了不少人，终于觉得不对劲儿，摘下耳机赶紧跑出去查看情况。

"干什么呢？"

他拉开人堆往里看，居然是有人在打架。

"二十一世纪文明社会你们干什么呢？不准打了，再打我报警了！"

身下的女人立刻说："快报警！这人疯了！"

然后女人又被扇了一巴掌。

身下的女人头发被扯得跟鸡窝似的，脸上也是青一块肿一块，显然刚刚已经被打得不轻。

门卫咽了咽口水，用手电筒去照施暴者。

刚看到那张脸，门卫就愣了。

"你不是那个妹妹吗？你干什么呢？快起来，别打了！"

明明是施暴者，门卫却看到她的脸上挂满了泪珠，她边殴打对方边呜呜地控诉："你这样的人凭什么让我哥哥养你？你凭什么问我哥哥要钱？哥哥是我们家的人，是我亲哥哥！"

门卫听这话还是家庭纷争。

被打的那个人面色狰狞，打人的那个人拳头很硬，神色却楚楚可怜，哭起来抽抽搭搭的，好像她才是那个受了欺负的小可怜。

搞不清状况的路人一时间有些茫然，都不知道该不该劝架。

还是门卫大叔英勇无敌，上前一把将坐在女人身上的穗杏捞了起来。

"不许打架！不怕你哥哥待会儿教训你啊？"

穗杏大声反驳："我是替我哥哥出气！"

门卫一愣，胳膊微松，穗杏又挣开门卫再次冲到才从地上爬起来的陈秋云面前狠狠地踢了她一脚。

陈秋云痛苦地啊了声，再次摔倒，怒骂道："我杀了你！"

她又很快站起来要反击，结果被路人一把缚住，只能无力挣扎，嘴里不住骂着不堪入耳的脏话。

穗杏看着陈秋云这狼狈又气恼却偏偏拿自己没有办法的样子，顾不得自己现在的样子也没比陈秋云好到哪里去，扑哧一声笑了出来。

这声笑再次对陈秋云造成无数点暴击，陈秋云眼里泛着狠毒的光，骂得更厉害了。

杭嘉澍几个人赶过来时就看见小区门口围着不少人。

他们同时有种不好的预感，迈腿就往人群那边跑去。

"穗穗！"杭嘉澍又是惊讶又是心疼地叫着她的名字。

穗杏刚刚还张牙舞爪地跟陈秋云打着架，拳头狠狠地握着。如果不是门卫大叔拉着她，她这会儿估计还要跟陈秋云打。

她龇着牙，凶巴巴地和陈秋云对骂，像只怒极的小兽，一放出笼子就要咬人那种。

突然听到杭嘉澍的声音，她瞬间愣怔，泪眼汪汪地看着声音传来的方向。

杭嘉澍从门卫大叔手里接过她，低头捧起她的脸，看到她乱成一团的头发和肿起来的左脸时，眼里的心疼刹那间宣泄出来，下颌紧绷，咬着后槽牙哑声问："你怎么回事啊？"

穗杏突然呜哇哭了出来。

她不想打架，也不在乎那个女人现在到底是死是活。

见到杭嘉澍的那一瞬见，她内心的酸楚和委屈突然涌了上来，她收起了小兽尖利的獠牙，只想在哥哥面前肆意大哭。

她不管周围还有多少人，也不管自己多少岁，像小时候摔疼了那样，抓着杭嘉澍的衣服就开始大哭，鼻涕眼泪都挤在一起，边哭边叫他：“哥哥。”

杭嘉澍抱着她，被她闹得语气里也带了些哭腔：“不怕，哥哥在呢。”

沈司岚冷冷地瞪了陈秋云一眼，沉声对还处在茫然状态下的老侯说：“报警。”

老侯：“哦？哦！”然后立刻掏出手机打电话。

穗杏哭着哭着，重新落入一个带着冷香的怀抱里。

她闻着这熟悉的味道，擦了擦眼睛才看清面前的人。

沈司岚抚着她的脸，无可奈何地问：“疼不疼？”

穗杏被他这么问，又突然觉得委屈了，用力点头。

她的样子实在可怜，就像是离家出走的孩子，在外风餐露宿最后终于被家人寻回，家人虽然很想责怪她的不告而别，或是教育她以后不要单独行动，害得家人担心，可在找到她的那一刻，什么责备和教训的话通通抛到了脑后，满心只有失而复得的喜悦和对她的心疼之情。

沈司岚重重松了口气。

刚刚他来得太急，额上的冷汗还没退，情绪的起伏让他有些脱力，抱着穗杏的胳膊有些使不上劲儿，只能勉强将她圈在怀里，一边安抚她一边平复自己的心跳。

“早知道就送你过来了。”他顿了顿，半天没再说出话来。

穗杏也小声说：“早知道就不给你惊喜了。”

沈司岚抱着她在她耳边叹了口气：“来晚了，对不起。”

穗杏摇头：“你们要来早了，我还打不成这一架呢。”

“你还挺厉害，”沈司岚问，“那怎么也受伤了？”

“我有打算的。”穗杏埋在他怀里说。

沈司岚不知道她有什么打算。她的左脸肿了起来，他看着都觉得疼。

杭嘉澍安慰好穗杏，又去找陈秋云谈话，四周很吵，也不知道他们母子说了什么，只知道陈秋云的声音越来越大，甚至又想要过来找穗杏算账。沈司岚将穗杏护在身后，神色阴沉，而杭嘉澍冷着脸将陈秋云推开来，让

他妈差点儿又摔了一跤。

后来警车过来，这群执法人员看了眼她们的伤势，很快做出安排。

穗杏先去警局录笔录，而陈秋云伤得不轻，得先去医院看看。

一时间谁都知道这两个人到底谁战斗力比较强了。

头一次坐警车，穗杏心情复杂，可一点儿也不后悔。

警察最后还是称职地教育了一下穗杏。

“女孩子家家的打架多不好看，下次有问题就找警察，咱们用文明手段解决啊，”年过半百的老警察咳了咳说，“你看你脸上被抓得留疤了就不漂亮了。”

穗杏第一次来警局，还是因为犯了事才进来的，异常拘谨，连警察给她倒的水都没敢喝。

警察问：“下次还打不打架了？”

穗杏乖顺地摇头，又很快说：“但是我觉得我没错。”

“哎呀，知道你没错，”警察看着她倔强的小脸，就是一副“虽然我认错了但是我不服”的样子，无奈地摇头，“小姑娘怎么打人那么狠呢？我看那女人都快破相了。”

穗杏抿了抿唇说：“我骂脏话骂不过她，就只能打她泄愤了。”

警察立刻严肃地道：“刚教育你的打人不对又忘了？”

穗杏立刻不说话了。

“行了，在这上面签个字就回家吧，”警察给她递来一张单子，“下次受欺负了记得喊救命，别一个人往前干，那万一是个你打不过的大老爷们儿怎么办呢？”

穗杏点头：“知道了。”顿了顿她又问，“那另一个人呢？”

“大概率被拘留几天吧。”警察说。

因为陈秋云是挑拨方，加之为了保护祖国花朵，陈秋云受的治安处罚比较严重。

穗杏突然皱眉：“只是拘留吗？”

她的意思还是嫌这处罚轻了。

警察哭笑不得地道：“要追究刑事责任的话起码得是轻伤，你知道轻伤是什么概念吗？”

穗杏还真不知道，泄气地说：“那我不是让她给白打了？”

“合着你还是故意让她打你的啊？”警察无奈地摇头，又是好笑又是无奈，“就为了把这事闹成刑事案件？你这不是得不偿失吗，为了其他人反而把自己弄伤？”

穗杏也不知道该怎么说，警察虽然听她说了大概的事情起末，但显然不理解她的做法。

“不是的，她只有坐牢了才不敢再骚扰我哥哥。”穗杏的语气突然激动起来，“是她一开始不要我哥哥的。”

警察见她的情绪又激动起来，连忙出声安抚：“知道、知道，可我们还是得依法办案哪，不能因为你们的私人恩怨就乱搞。”

这倒也是。

签完字的穗杏只能失落地离开。

没有帮到哥哥，她心情很不好。

那个女人一天不受到处罚，就一天不会放过杭嘉澍。

从警局出来后，沈司岚开车接她去医院检查。

穗杏不太想去，不喜欢闻医院的消毒水味，但沈司岚没听，径直将车子往医院开去。

外伤已经经过简单处理，他主要是带她去检查耳朵，以防万一。

穗杏心想要是耳朵真被打出毛病了那倒好了。

但她也不敢这么跟沈司岚说，就怕沈司岚跟刚刚的那个警察一样教育她。

“哥哥呢？”

“在医院，”沈司岚说，“忘了他亲妈被你打到进医院了？”

穗杏丝毫没有愧疚之心，撇了撇嘴说：“她活该。”

陈秋云这时刚做完检查，坚持称自己受了很重的伤，不但要进行详细的全身检查，还要住院。

杭嘉澍烦不胜烦，医院需要保持安静，为了不打扰到其他人，拉着嚷嚷的陈秋云走出了医疗大厅。

“我都让人打成这个样子了，必须抓她去坐牢让她付出代价！”

杭嘉澍没有说话。

陈秋云站在儿子面前，指着自己身上的伤，凄声问：“我可是你妈啊，你总不会这个时候还护着你那个没半点儿血缘关系的妹妹吧？”

"你不是我妈。"杭嘉澍说。

陈秋云睁大眼："杭嘉澍，你说什么呢？"

杭嘉澍眼神冰冷，缓缓地说："我本来已经认命了，你要多少钱我就给你多少，从来没还过价，难道这还不够？"

"什么够不够的？我是你妈啊，你给我钱是应该的。难道你要不管我把我甩开吗？"

"我是你儿子，你当年不也把我甩开了？"

"这不一样。"陈秋云顿了顿，扬高了声音为自己辩解，"你要是不认我这个妈你就是不孝子。"

"不孝就不孝吧，"杭嘉澍说，"被雷劈了我也认命。"

陈秋云见杭嘉澍语气决绝，心里不禁有些慌了。

"儿子啊，你不是真这么狠心吧？"她捂着自己的胸脯佯装痛苦地说，"我是你亲妈啊，那个穗杏跟你一点儿血缘关系都没有。你得分清楚谁才是你的亲人啊！"

"她是我妹妹，"杭嘉澍说，"就算我跟她没有血缘关系，她也永远是我妹妹，除非她不要我，不认我这个哥哥。"

陈秋云一脸难以置信的表情："他们家到底给你灌了什么迷药？"

"我被自己的亲妈抛弃，又被养母虐待，是他们收留了我，给了我一个家。"说到这里，杭嘉澍笑了笑，"如果这是迷药，那我宁愿多喝几碗。"

"那你亲妈我呢？"

"我之前警告过你，离我的家人远一点儿。"杭嘉澍平静地说，"你既然不听，那我也没办法。"

陈秋云越来越慌。她绝不能失去这个儿子。

于是她走近几步，突然变了语气，想要拉过杭嘉澍的手。

杭嘉澍厌恶地躲开了。

"妈错了，真的错了，待会儿去跟你妹妹道歉行不行？"陈秋云说到这里又为自己开脱，"妈不该打你妹妹，真的。"

杭嘉澍被她这假惺惺的歉意逼得情绪刹那间又爆发出来。

"是不是之前我没让你打所以你就打我妹妹？"杭嘉澍冷笑，突然抓过陈秋云的手往自己脸上打，"我现在让你打，你满意了吗？"

他的力道很大，陈秋云想要缩回手却挣脱不开，硬生生地被杭嘉澍的力道带动着往他脸上打了几巴掌。

杭嘉澍红着眼睛吼道：“你打啊！”

陈秋云整个人害怕得颤抖起来，看着面前像是发了狂的儿子，再多狡辩的话这时也说不出口了。

杭嘉澍突然放开她。

他语气很是平静，死水般毫无波澜：“我妹妹脸上要是留了疤，我就在你脸上也划几刀。”

陈秋云闻言赶紧捂着脸，颤巍巍地后退。

“这些年我给了你不少钱，算敲诈勒索判刑应该够了，本来是当我还你当年把我生下来的人情，”杭嘉澍说，“但现在我给你两个选择，还钱，或者去坐牢。”

陈秋云立即出声：“你想让我坐牢？”

“对，”杭嘉澍点头承认，“陈秋云，无论你是还钱还是坐牢，我们两清，还有我刚刚替你挂号检查的钱也算在里面。”

“你怎么能这样？我是你妈！”

杭嘉澍轻声反驳：“你不是，早在你把我丢掉那会儿，就不是了。”

陈秋云的脸色煞白，她无论再怎么哀求，一直到被带上警车，不住地说自己错了，杭嘉澍也始终没再看她一眼。

回到医疗大厅，眼前倏地明亮，杭嘉澍下意识地闭上了眼。

他掏出手机给沈司岚打了个电话，问他们在哪儿。

沈司岚言简意赅地道：“九楼，过来吧。”

杭嘉澍上楼，沈司岚还在门外等穗杏检查出来。

“她怎么样？”

“没事，”沈司岚说，“不会留疤。”

杭嘉澍终于松了口气。

两人沉默，最后还是杭嘉澍先开口：“你没什么要问我的吗？”

“没什么好问的，”沈司岚淡淡地说，“就是因为你，让你妹妹被打了，你说我要不要揍你几下替你妹妹出出气？”

“行，你揍吧，”杭嘉澍说，“多揍几拳，顺便还了我之前打你那一拳。”

沈司岚很轻地勾起唇：“算了，懒得浪费力气。”

“你不是吧？”杭嘉澍也跟着笑，“这点儿力气都没有？我妹力气都比你大，把陈秋云打成那样。”

沈司岚敛去笑容：“那女人呢？”

“去警局了，”杭嘉澍轻声说，“不过顶多就被拘留几天吧。”

“她真是你亲妈？”沈司岚问。

杭嘉澍：“嗯。”

“如果我说要找她算账，你应该没意见吧？”

杭嘉澍笑了笑：“你怎么跟我妹一样，喜欢用暴力解决问题？”

沈司岚抱胸，突然侧头看他，声音低沉地道：“我已经很文明了。”

“不用你费心了，”杭嘉澍说，“有好律师介绍吗？没有的话我就去找法学院的裴老师了。”

沈司岚挑眉：“找律师干什么？”

“简而言之就是我亲妈踩到我的底线了，所以我要当个不孝子把她送进牢里。”

“律师的事交给我，”沈司岚说，“我之前说过，有事就说，能解决的不用你操心。”

“那就谢了。”

“客气。”

两人又并排靠着墙站了会儿，穗杏检查完出来，自己还挺失落的。

因为她的耳朵没事。

“耳朵有事没？”杭嘉澍问。

穗杏摇头：“没事。”

沈司岚淡淡地开口：“我去停车场把车开出来送你们回家休息。”

他说完先走一步。

穗杏坐在走廊的椅子上，手上握着病历单，想轻松地随便说点儿什么。

她抱怨道：“没想到检查个耳朵居然这么贵。”

杭嘉澍其实很想轻松地回应她的怨言，但酝酿半天什么也说不出来，最后只是轻声说了句：“对不起。”

他纵有千言万语但无奈词穷，“对不起”这三个字确实是万能的。

穗杏觉得奇怪：“又不是你打我，你干吗说对不起？”

“不是因为这个，”杭嘉澍抿唇，“一直瞒着你和爸妈，对不起。”

穗杏摇了摇头：“哎，没事啦，又不影响什么。”

可杭嘉澍的表情依然凝重，语气变得有些小心：“我还是你哥哥吗？”

“不然呢？”穗杏突然瞪他，“你不要我当你妹妹了吗？”

杭嘉澍摇头，立刻说：“不是。”

穗杏眨了眨眼睛："那就行了。"

他在她身边蹲下，仰头小心翼翼地抚上她的脸，眼圈又止不住地红了，声音沙哑地说："都是哥哥不好，你能原谅我吗？"

穗杏咧嘴一笑，故作老成地摸了摸他的头："好，原谅你啦！"

她轻松的语气一下让他全线溃败。

二十几岁的大男人，蹲在妹妹面前突然捂着眼睛小声啜泣起来。

"哥哥，"穗杏忍着哭腔说，视线突然变得模糊起来，"你受这么多苦我都不知道，还总是跟你吵架，对不起。"

杭嘉澍闭眼深深叹了口气，站起来用力抱住她。

怀里的人身躯小小的，明明是那么需要被人呵护，却在这时候成了他的依靠。

杭嘉澍抱着她，将脸埋在她的颈窝中，滚烫的眼泪打在她的肌肤上。穗杏什么话也没说，像小时候他哄她那样，一下一下地拍着他的背，温柔而耐心地哄他别哭。

最后杭嘉澍小声说："别告诉你男朋友我哭了。"

穗杏破功，瞬间就笑出了声。

穗杏跟学校请了几天假窝在家里养伤。

穗峥嵘夫妇赶回来时，她正好坐在客厅沙发上看综艺，笑得前俯后仰。

夫妻俩连鞋都顾不上换，急匆匆地跑到沙发边，异口同声地问："哪儿受伤了？"

穗杏眨了眨眼："脸，但是已经好了。"

夫妻俩显然不信，在穗杏两边坐下，一边问"其他地方有没有受伤"一边动手替她检查。

穗峥嵘还好，只是捏了捏穗杏的肩膀，又举起她的胳膊，确定她没有伤筋动骨也就放心了。

杭美玉隔着衣服看也不放心，非要去房间让穗杏把衣服脱了看。

穗杏抗拒道："别的地方真没事，不用脱衣服了吧？"

杭美玉顿时瞪眼："我是你妈啊，小时候澡都是我帮你洗的，你还跟我不好意思起来了？走，去房间。"

穗峥嵘拦下妻子："穗穗都这么大了，就算你是她妈她也会不好意思啊。"

穗杏感激地看了眼爸爸，用力点头。

杭美玉只好放弃："行吧，身上哪里伤了一定要跟我们说。"

"真的没有受伤，我洗澡的时候自己检查过了。"

夫妻俩对穗杏又是唠唠叨叨地询问了一番，这才问道："你哥哥呢？"

"在房间里。"穗杏说。

穗峥嵘和杭美玉对视一眼，最终杭美玉说："我去看看。"

见妻子往杭嘉澍的房间走去，穗峥嵘犹豫片刻，将目光转向了正看电视的穗杏。

"你哥哥的身世的事，你们兄妹都知道了？"

"知道了。"

"那你介意吗？"

"介意什么？"

穗峥嵘酝酿着用词，或许是不愿说得太直白伤害到谁，也或许是担心穗杏真的会介意这件事。

"你哥哥不是你大姨的亲生儿子，"穗峥嵘欲言又止半天才道，"他是你大姨的养子。"

穗杏并不惊讶爸爸也知道这件事。

毕竟那天晚上她去了警局，警察打过电话给她的父母，而且这些日子，也许杭嘉澍和他们联络的时候已经告诉他们了。

穗杏很轻地摇头："不介意。"

穗峥嵘欣慰地笑了笑，可还是重复问了一遍："真的吗？你别骗爸爸。"

"真的呀。"穗杏语气欢快，声音却坚定。

穗峥嵘摸了摸她的头，声音温柔地道："好孩子。"

穗杏反问他："那爸爸你呢？"

穗峥嵘微怔。

他介意什么呢？介意杭嘉澍不是妻子的亲外甥，还是介意杭嘉澍和这个家没有血缘关系？

可若是说没有血缘关系，他这个姨夫本来就和杭嘉澍没有所谓的血缘关系。

陈秋云找上门来时，穗峥嵘失眠了一夜。

妻子知道他为什么失眠，打开床头灯问他是不是介意这件事。

穗峥嵘当时摇了摇头。

他并非介意，而只是心疼。

陈秋云的出现，意味着他的这个养子不止被抛弃过一次。

穗峥嵘想起杭嘉澍小时候文静乖巧，永远不会主动开口要求什么，仿佛只要给这孩子一张用来睡觉的床和一日三餐就能养活他。

穗峥嵘并不擅长应付这样文静的男孩儿，在穗峥嵘心中，男孩子都是很闹腾的，会闯祸、会调皮的儿子或许才更像是他想象中的儿子。

杭嘉澍客客气气地叫他姨夫，穗峥嵘心中失落，却不知该如何真正和这孩子做一对父子。

直到杭嘉澍上初中那会儿，某日穗峥嵘早起上洗手间，发现杭嘉澍在洗床单。

十几岁的男孩儿，刚退去孩童的天真，对生物书上的某些知识有了最本能的好奇与冲动。

如果他生在一个健全的家庭里，爸爸会告诉他这是正常的，妈妈会替他洗床单，这是男孩子向男人发育的一个过程和阶段。或许父母会打趣调侃，会闹得他脸红，却会感叹他长大了。

可是杭嘉澍没有。

他没有告诉任何人，不想给任何人带来麻烦，只是在发现床单上的痕迹后，默默起床自己处理。

多悲哀。

男孩子的发育本是件值得父母为之欣慰的事，在他这里却成了羞耻的、会给养父母带来麻烦的丑事。

被发现后的杭嘉澍显得局促无措，站在那儿神色有些慌乱。

穗峥嵘却很快笑着拍了拍他的肩说："你长大了啊。"

杭嘉澍小声说了句对不起，为他把床单弄脏这件事道歉。

穗峥嵘说："放着吧，待会儿我帮你洗，你赶紧刷牙洗脸准备去上学。"

十几岁的男孩儿红了脸，说"我自己洗就行了"。

穗峥嵘当时酝酿了片刻，开玩笑般对他说："放心吧，我不会告诉你妈妈的，这是我们父子俩之间的秘密。"

似乎是刹那间，穗峥嵘好像看到杭嘉澍的眼眶湿了。

他说："谢谢爸爸。"

穗峥嵘那时终于稍微明白了父子之间该如何相处。

只要想到其他的父亲都在为调皮的儿子头疼时，他的儿子却如此乖巧

懂事，穗峥嵘就觉得颇为自豪。

而到了现在穗峥嵘才终于明白，为什么杭嘉澍的这声爸爸拖了这么多年。

杭嘉澍从未见过亲生父亲，他的养父也从未给过他作为父亲的爱，在杭嘉澍来到这个家之前，他甚至没有开口叫过爸爸。婴儿牙牙学语时嘴唇一闭就能发出的简单发音，他却这么晚才见到愿意听他这样称呼的人。

杭嘉澍经历过两个如此不幸的家庭，这样的折磨穗峥嵘甚至想都不敢想。

他庆幸这个孩子还是好好地长大了，庆幸孩子不幸的童年经历最终没有影响到其后半生，孩子长成了一个善良温柔的男人，孝敬父母，疼爱妹妹。

思及此，穗峥嵘笑着说："爸爸跟你一样。"

父女俩相视一笑。

在这个家里，这对姓穗的父女是如此相像，穗杏性格中的温和美好和她的父亲如出一辙。

这时杭美玉从厨房出来，打断了父女二人的对视。

"老穗，你来一下。"杭美玉对穗峥嵘说。

穗峥嵘起身，穗杏见没她的事了，索性抓了包薯片继续看电视。

还是夫妇俩的卧室，杭嘉澍又看到了那张全家福。

虽然穗杏对他隐瞒的事并不介意，可杭嘉澍还是不确定父母的想法。

或许他们很介意，介意他的隐瞒和欺骗。

杭嘉澍其实一开始就已经听到了他们到家的声音。

他没有起身出门迎接，而是选择继续盯着早已进入待机界面的电脑屏幕发呆。

直到杭美玉过来敲门，杭嘉澍才明白自己必须面对什么。

没有自信的杭嘉澍思量半天，还是郑重地说了句对不起。

"嘉澍，我不知道你心里是怎么想的，"杭美玉轻声说，"陈秋云做得实在过分，所以我和你爸爸没有办法看在你的分儿上原谅她。"

杭嘉澍摇头："不用在意我，你们想怎么处理就怎么处理。"

杭美玉有些惊讶。

她还以为杭嘉澍会帮陈秋云求情。

杭嘉澍的回答稍稍给了杭美玉一丝期待，欲言又止后她委婉地开口：

“那你之后会跟陈秋云一起生活吗？”

杭嘉澍倏地抬眸，有些不可思议地望着杭美玉。

“如果你舍不得你的亲生母亲，”杭美玉叹气道，“我们不会阻止你回到你亲生母亲那边，但是我和你爸爸只有一个要求，那就是你以后有空回来看看我们还有你妹妹，她应该会很不习惯没有你在身边。”

这番小心翼翼的请求让杭嘉澍更加不理解了。

他张了张嘴，神色恍惚且茫然，声音也有些断断续续：“这话……是什么意思？”

杭美玉没有往下说，穗峥嵘很快代替妻子说了下去：“其实陈秋云在这之前就找过我和你妈妈，我们之所以没告诉你，是担心你在知道你亲生母亲的下落后会离开我们去跟她一起生活，而且你母亲……这对你来说并不是好消息，所以我们纵容你母亲要了一大笔封口费，条件是她不能去打扰你。”

穗峥嵘说到这里，语气也不禁自责起来：“该说对不起的应该是我们，我们自私地想把你留在身边。”

杭美玉重重叹了口气，声音柔软且不舍：“嘉澍，毕竟我们相处了这么多年，即使没有血缘关系，我还是希望你能继续留在这个家里生活。”

杭嘉澍喉间微哽，声音沙哑：“所以你们早就知道了？”

“对，”穗峥嵘点头，“陈秋云之前就来找过我们了，但嘉澍，我和你妈妈——”

他的话被打断了。

杭嘉澍咬着唇弯下腰，抬手挡住眼睛，无声地抽泣起来。

杭美玉一惊，连忙走过去：“嘉澍，你怎么了？”

他突然意识到自己有多愚蠢。

他一直以来担心、害怕的事情其实都是自己给自己上的一道枷锁。

自卑和怯懦支配着他的人生，他因为太害怕失去，所以始终不敢面对现实，甚至连坦白都做不到。

那天在医院里，得到穗杏的谅解后，他哭得极为隐忍，生怕被路过的人听到或是看到他的脆弱，只敢将头埋在妹妹的颈窝里，才稍稍将这些年苦苦压抑的情绪释放。

而到此时，他终于如释重负。

那些秘密暴露于日光下，他再也不用苦苦支撑，犹如浑身脱力般重重卸下了所有的担子，再也不会辗转反侧思索该如何求得家人的谅解，该如何维系他内心珍惜无比的家庭，又该在未来的多少年里治愈之前那段孤苦无依的记忆。

杭嘉澍双腿无力，蹲下身像个孩子似的哭了起来。

门外的穗杏听到动静，急忙推开门跑了进来，看到蹲在地上的哥哥，又看到面色担忧却不知发生了什么的父母。

“怎么回事啊？”穗杏大惊，“爸爸，你们揍哥哥了？”

穗峥嵘比她还惊讶：“没有啊。”

穗杏在杭嘉澍身边蹲下，低头询问：“你怎么了啊？”

杭嘉澍用很低的哭腔说：“没怎么。”

埋头痛哭的杭嘉澍突然想起自己小时候写的一篇作文：

我的家人

我家有四个人，爸爸、妈妈、妹妹和我。

爸爸个子很高，力气很大；妈妈很美丽，总是教我做作业；妹妹有些调皮，总是偷懒让我背她，但是她很可爱。

…………

我爱我的家人们。

他们就像太阳公公一样照亮了我。

这篇作文被老师当成模范作文对着全班念了一遍，所有同学都为他鼓掌。

可是杭嘉澍不敢把作文拿回家给家人们看，因为小小的他知道自己是这个家的外来者。

之后杭嘉澍问父母要了他们向陈秋云的账户打钱的汇款单，将其直接交给了律师。

此时穗峥嵘夫妇才知道他早就已经知道陈秋云的存在，为陈秋云的不耻行为恼怒时，却又感叹原来他们一直没瞒住对方。

他们如此小心翼翼地隐瞒着对方，这样的举动温柔到了极点，却也笨拙到了极点。

这天穗峥嵘亲自下厨做了一桌好菜，其中包括了穗杏最爱吃的糖醋排骨，她一个人就干掉了大半碗。

穗峥嵘问穗杏好不好吃。

穗杏边吃边说“好吃，太好吃了”，然后被噎到，痛苦地捶着胸口。杭嘉澍哭笑不得，替她拍背顺气。

杭美玉不服气地问儿女她和丈夫谁做菜比较好吃。

杭嘉澍和穗杏无奈地对视，不敢得罪妈妈，可那纠结的语气暴露了兄妹俩此刻的真实想法。

穗峥嵘得意地嘲笑妻子。

后来杭美玉生气了，穗峥嵘又不得不一改态度转而哄起妻子来。

再后来，穗峥嵘和杭嘉澍喝了点儿酒。

杭美玉也喝了，唯独穗杏眼巴巴地看着他们，不知道啤酒到底是什么滋味。

此时正是晚饭时间，夜色浓稠，都市夜景却如白昼，带着倦意的人们正拖着步伐走在回家的路上，万家灯火如故，星月清辉如家人般依偎在一起，穗杏家如同这栋楼里所有平凡的家庭一样，说说笑笑，小打小闹，温馨而充满生气。

穗峥嵘夫妇在家休息了几天，很快就又不得不继续奔向工作岗位。

穗杏也不得不回学校继续上课。

他们都还没从这个来之不易的小长假中抽回神来。

“你的酒量不错啊，”穗峥嵘捏着杭嘉澍的肩问，“什么时候练出来的？”

杭嘉澍笑：“就这两年，参加酒局多了就练出来了。”

穗峥嵘欣慰地挑了挑眉：“那等我下次回来咱们再喝。”

“行。”

穗杏在旁边打岔：“你们都喝酒，我喝什么？”

杭嘉澍：“你喝饮料呗，不然还想喝什么？”

穗杏：“酒啊。”

穗峥嵘叹息：“小姑娘想喝什么不好，偏偏想喝酒？”

“我看你们喝得挺爽的。”穗杏说。

“酒不好喝，还没可乐好喝呢，”杭嘉澍说，“而且你想喝酒那还早。”

穗杏却不以为然：“反正等过几个月我就能喝了，好不好喝我自己喝了会判断。”

“满十八了也不能喝，”穗峥嵘下了命令，“起码等到二十岁。”

穗杏：“凭什么？”

“凭我是你爸爸。”

“……”

穗杏一脸不高兴，穗峥嵘温声解释：“酒又不是什么好东西，你喝它干什么？”

“如果我和我朋友去吃饭，万一他们都喝酒，就我一个人不喝，那多不好？”

“你不会喝难道你朋友还逼你喝？这叫什么真朋友？”

穗杏又说：“那等我以后工作了也要应酬啊。”

“你知道应酬是什么意思吗？”穗峥嵘哭笑不得地道，“等你以后工作了有你哥哥替你喝，你有什么可担心的？”

穗杏还想说什么，穗峥嵘又打断她道：“或者你以后找个会喝酒的男朋友，让他替你喝。”

半天没出声的杭美玉出声调侃：“我看你是拐着弯想跟穗穗的男朋友喝。”

“当然啊，她要带男朋友上门我肯定要跟他喝啊，”穗峥嵘沉声说，“必须给个下马威，他以后才不敢欺负穗穗。”

杭美玉扑哧一声笑了出来：“别到时候你反倒被人给喝趴下了。”

“怎么可能？嘉澍酒量那么好都喝不过我，也不想想我这几十年的生意都是从哪里谈下来的。”穗峥嵘顿时自信地说，“只要他有本事把我女儿追到手，我肯定让他喝趴下。”

穗杏尴尬地笑出声。

“不过还早呢，”穗峥嵘又摆手，“起码也得等到二十我才准她交男朋友。”

机场广播提示穗峥嵘夫妇所乘坐的航班现在开始登机。

夫妇俩边往登机口走，边对兄妹俩唠叨些小事。

最后穗峥嵘突然想起什么来，一拍脑子说：“我说要请你那个学弟吃饭，这次回来又给忘了。”

他还真是年纪大了不记事。

杭嘉澍：“下次你们回来我提醒你们。”

穗峥嵘点头：“你一定记得提醒我，不然我又给忘了。”

送夫妇俩进去的时候，杭嘉澍状似无意地说：“我一定记得，到时候爸你跟我那个学弟比比看到底谁的酒量比较好。”

穗峥嵘面露困惑地问：“我干吗跟你学弟比酒量？”

杭嘉澍轻笑，直接无视穗杏的各种挤眉弄眼：“你不是说要把穗穗的男朋友干趴下吗？”

穗杏啊啊几声，跳起来想要捂住杭嘉澍乱说的嘴，杭嘉澍直接仰头，穗杏只好跳起来去捂他的嘴。

隔着护栏，穗峥嵘和杭美玉直接愣在登机口。

负责登机的机场工作人员委婉地提醒：“先生，请你们尽快登机可以吗？后面还有乘客。”

穗峥嵘回过神，顿时拔高了声音问：“嘉澍，你刚刚那话是什么意思？”

“没什么意思！”穗杏喊。

然后她又去推杭嘉澍。

杭嘉澍被她逼得后退好几步，嘴上仍是边笑边断断续续地说：“就是如果你们要跟我学弟吃饭，最好也做好见穗穗的男朋友的心理准备。”

夫妇俩还没反应过来杭嘉澍这句双关语，身影消失在登机口。

机场内人流络绎不绝，穗杏顾不得其他，当即甩拳头殴打起杭嘉澍来。

杭嘉澍还挺无辜：“干什么？难不成你和沈司岚已经分手了？”

“你干吗不事先跟我商量就告诉他们了？”穗杏急得瞪眼，“我又没打算现在跟他们说。”

杭嘉澍更加不理解了：“现在不说你还要什么时候说？等你和沈司岚的孩子都会打酱油了才说？”

这句话也不知道戳到了穗杏的哪个点，她只觉脸上温度迅速升高，语气嗔怒地道：“你别诬蔑我！”

“你之前瞒着我就算了，现在连爸妈也要瞒着？”杭嘉澍戳她的额头，“你以为自己演谍战片呢？”

“我不是瞒着，就是担心现在告诉他们，”穗杏不无担忧地叹气，“他们可能不同意，万一跟你一样把学长揍一顿怎么办？”

“那你打算什么时候告诉他们你谈恋爱了？”

穗杏想起爸爸的命令，不确定地道：“二十？”

“那照你这么想沈司岚还得当你的地下情人一年多哪，”杭嘉澍挑眉，

语气很是幸灾乐祸，“啧，惨。”

穗杏：“……”

“不过就算你等到二十岁也没用，”杭嘉澍笑眯眯地道破事实，“因为就算你三十岁了才把他带回家，爸爸还是会给他下马威。”

穗杏：“为什么？”

杭嘉澍笑而不语。

他说了她也未必能懂。

回家的路上，街边巨幅的宣传牌上投放着最新的公益广告。

已是成人的女儿幸福地依偎在两鬓斑白的父母怀中。

“只要父母在的一天，你随时可以做回孩子。”

这年不巧，国际贸易行业频生摩擦，穗峥嵘的父母一直到年底政策稍微缓解，才抽出空回家。

正好趁着穗杏过生日，穗峥嵘两口子从国外赶了回来。

往年穗杏的生日都是和朋友过，今年难得父母回来，她当然是跟父母一起过。

于是孟舒桐几个决定提前帮穗杏庆祝生日，穗杏提前吹了蜡烛许了愿。

今年穗杏的愿望和往年不太一样。

她的第一个愿望就是希望爸爸千万别揍学长。

到第二天正式过生日，杭嘉澍开车带他们回家庆祝生日，穗杏急匆匆地对沈司岚邀功：“学长，我昨天帮你许愿了，你肯定没事的。”

说完她就把第一个愿望的内容原原本本地告诉了沈司岚。

沈司岚还没说什么，正开着车的杭嘉澍大笑起来。

穗杏颇为不满：“你笑什么？”

“你不知道愿望说出来就不灵了吗？”杭嘉澍装模作样地叹了口气，“唉，可惜了，沈司岚你肯定要被我爸揍了。”

刚刚急着邀功，都忘了这个说法，穗杏赶紧抿紧唇，过几秒后补救地说道：“那我什么都没说，你们刚刚什么都没听见。”

杭嘉澍挑眉看着后视镜里惊慌失措的穗杏，偏偏不如她愿，添油加醋地道：“没事，家里有急救医药箱呢，死不了。”

穗杏立刻担忧地看向沈司岚，自责地认为要是他被揍了，那都是她害的。

沈司岚慢吞吞地说：“吓你妹好玩吗？”

“好不好玩你还不知道？”杭嘉澍笑眯眯地说，狐狸眼都笑成了一条线，“你看她那样子还不好玩？”

穗杏板着张脸起身狠狠地敲了下杭嘉澍的后脑勺。

“开车呢，”杭嘉澍啧了声，揉了揉后脑勺，“出车祸了你负全责。”

穗杏嚣张地哼了声，然后当着杭嘉澍的面黏在沈司岚身边，挽着他的胳膊安慰他：“学长别怕，我保护你。”

沈司岚暗暗享受着她的撒娇，低声应道：“嗯。”

杭嘉澍睨了眼后视镜，立刻蹙眉：“穗杏同志，我还没死呢，注意点儿。”

穗杏才不理他。

杭嘉澍又重复了一遍：“说注意点儿没听到？信不信我现在就把车往路边开直接给你来两下？”

穗杏不怕他的言语威胁，可还是娇气地把头埋在沈司岚的怀里。

沈司岚嗤了一声：“吃醋就直说，至于这样？”

杭嘉澍随即冷笑：“我吃醋？吃谁的？”

“吃谁的你心里有数。”沈司岚闲闲地答道，也不戳破。

杭嘉澍听不得他这嚣张的语气，沉声说：“你怀里那小东西以前的尿布都是我换的，我吃你的醋？”

沈司岚挑眉一笑：“如果你妹妹现在需要换尿布，你觉得她会让你来还是让我来？”

杭嘉澍眯眼：“就你？你会帮人换尿布？”

穗杏红着脸大声说：“能不能别说尿布了？”

两个男人随即停下。

穗杏抱胸，脸颊微鼓，愤懑不已。

“开个玩笑，你还生起气来了？”杭嘉澍说。

穗杏没好气地说：“那我老说你换尿布的事你高不高兴？”

“你说啊，”杭嘉澍无所谓地耸了耸肩，“反正我换尿布的时候你还没出生。”

穗杏大怒，又去看沈司岚，希望他帮自己说两句。

结果沈司岚似乎误会了她的意思，也淡淡地说：“我四岁的时候你才

出生。”

“……”

穗杏被这两个人气死了。

到家的时候，她仍然没消气。沈司岚第一次来她家做客吃饭，她也不管他，就那么直愣愣地自己进家门，自己找地方坐。

穗峥嵘两口子忙了好半天做了一桌的好菜，还在那里酝酿台词，没想到小辈们一回来就是这副脸色。

没有女朋友的帮忙，沈司岚倒也不是多局促，礼貌地开口：“叔叔阿姨好，我是沈司岚。”

穗峥嵘简短地回应：“你好。”

“本来想请你到酒店吃饭的，但我和你叔叔还是觉得在家里吃饭更有气氛，”杭美玉显然比穗峥嵘的态度要好很多，“希望你别介意。”

沈司岚微微一笑：“不介意。麻烦叔叔阿姨辛苦做饭了，谢谢。”

杭美玉细细打量面前的年轻人。

年轻人五官干净漂亮，高挑清瘦，穿衣服也有品位，看似简单的配色和装束却又显得精致，深色大衣里内搭剪裁合宜的衬衫，能看出来这身是特意挑选过的，举手投足间教养极好，一看就是家里教得好，才能养出这样的孩子来。

关键是他还提了礼物来，杭美玉跟着丈夫做了这么多年的外贸生意，目光如炬。

这年轻人诚意很足。

穗杏的颜控本质遗传自杭美玉，因而光是长相这点，沈司岚还没开始表现，就已经打动了杭美玉。

这边男朋友跟父母寒暄，那边穗杏坐在沙发上还在生闷气。

杭嘉澍推了推沈司岚的胳膊，用眼神指了指穗杏。

杭美玉也注意到穗杏，忙说：“穗穗，你一个人坐在那儿干吗呢？就丢你男朋友一个人在这里？”

穗杏装聋作哑。

穗峥嵘不动声色地挑了挑眉，淡淡地问：“是不是跟男朋友吵架了？”

“没有，”虽然生着气，穗杏却还是下意识地替沈司岚解释，“我就是想看电视。”

然后她从茶几上拿过遥控器，打开了电视。

沈司岚勾唇，轻声说：“我去陪她。”

“饭还没好呢，你们先看电视吧。”杭美玉点头，又看向丈夫：“老鸡汤差不多该好了吧？”

夫妇俩又回到厨房。

杭嘉澍对沈司岚说：“之前说的那个功能我调好了，你哄好她过来我的房间我演示给你看看。”

“好。”

客厅里转眼只剩下这对只有女朋友在单方面闹脾气的情侣。

沈司岚走到她身边坐下，穗杏目不斜视，继续盯着电视。

其实电视里放的什么她压根就没看进去。

“你什么时候对政治新闻感兴趣了？”

经沈司岚提醒，穗杏才发现她在看新闻。

“不行吗？”穗杏硬着头皮说，“作为我国公民，关心一下我国政治怎么了？”

她还挺会给自己找台阶下。

沈司岚也不戳穿她，放轻了语气问：“还在生气？”

“没有。”

“没有生气怎么鼓着脸？”沈司岚抬指戳了戳她的脸。

穗杏躲开他的手指，揪着自己的手说；“谁让你跟杭嘉澍一直在说尿布的事？”

沈司岚笑起来：“这怎么了？”

她就是不想让沈司岚知道她小时候用过尿布，总想在他面前营造自己最美好的形象，甚至连所有小孩儿小时候用过尿布这件小事也纠结起来。

“算了，”穗杏泄气，“不跟你们计较。”

沈司岚知道她还没消气，又耐着性子低声哄了几句。

女人很少有受得住喜欢的人这样温柔又耐心地哄的，他看她的眼神里满满都是温柔爱意。人的眼睛最会说话，喜欢一个人时，就算嘴再硬，可眼神怎么也藏不住，更不用说沈司岚这会儿嘴会说，眼也会撩，穗杏充其量就是个还处在青涩初恋中的小女生，更受不住了。

被哄了两句她就投降了，只是为了维持面子，还是压抑着嘴角不肯笑。

沈司岚替她理了理额前的碎发，轻声解释："没有嘲笑你。"

穗杏："嗯。"

"那一会儿吃饭时别不理我。"

穗杏看他："难道你还怕尴尬吗？"

沈司岚觉得她这问题问得有些多余："不然呢？"

"可是我看你刚刚很淡定。"穗杏说。

"装的，"沈司岚坦白，"其实特别紧张。"

穗杏撇嘴："我不信。"

沈司岚摊开手掌心给她看："出汗了。"

穗杏用手触了触他的掌心，竟然真的有些湿。

"那好吧，"她恩赐般说，"那你待会儿吃饭坐我旁边。"

沈司岚接茬，笑着领了赏赐："谢谢。"

等菜做好，一行人上桌，虽然沈司岚坐在穗杏身边，可还是没躲过穗峥嵘递过来的酒杯。

"会喝酒吗？"穗峥嵘问，"跟我喝点儿？"

杭嘉澍今天终于不用陪酒，高高兴兴地陪穗杏一起喝饮料。

喝下几杯酒，穗峥嵘看沈司岚脸上仍是白白净净的，一点儿酒意都没有，那酒进他的肚子就跟喝白开水似的。

父亲的威严受到挑战的穗峥嵘又问："司岚，你会喝白酒吗？"

沈司岚微怔，摇头："不太会。"

"年轻人怎么能只会喝啤酒呢？白酒也应该学一学。"穗峥嵘起身，"我去拿白酒。"

杭美玉出声阻拦："喝啤酒就行了，要是司岚喝醉了晚上怎么回家？"

"嘉澍能送啊。"穗峥嵘说，"嘉澍，你今天晚上别喝酒了。"

杭嘉澍立刻应道："没问题。"

白酒上来后，隔着杯子穗杏都能闻到那股浓浓的味道。

沈司岚喝了几小杯白酒，抿着唇慢慢消化喉间的烈酒，清俊的眉微微皱起，干净的眼睛很快染上些酒意。

杭嘉澍没跟沈司岚喝过白酒，也不知道他喝白酒的酒量如何。

其他人就更不知道了。

"我听说司岚你是广东人？"穗峥嵘说，"那你明年毕业以后有什么打算没？回广东发展吗？"

问到点子上了，杭美玉也期待地看向沈司岚。

沈司岚摇了摇头：“应该不会。”

杭嘉澍不解：“你不回广东？你家的生意不是在那边吗？”

沈司岚偏头看他，似是觉得杭嘉澍问了个没什么意义的问题，神色微醺，轻声说：“可是穗穗在这边。”

第十一章

守得云开

老父亲突然词穷，然后猛地仰头灌了一杯白酒入喉。

接下来的问题都由杭美玉代劳，因为还没到那步，杭美玉也没好问沈司岚家里的情况，只问了些有关他自己的问题。

沈司岚一一答了，哪怕是“你早上一般几点起”这样的无聊问题都答了。

“如果没有课或者工作的话会起得晚一些。”

杭美玉点了点头：“我们穗穗也是，周末就爱睡懒觉，早饭都不吃。”

现在的年轻人都有这个习惯，一觉睡到大中午，早饭直接省略。

穗家这两个崽都有这个坏习惯。

“没事的时候多睡会儿我也没意见，”杭美玉语重心长地说，“关键是早饭一定要吃，不吃早饭对身体不好。”

沈司岚点了点头。

穗峥嵘却觉得妻子有些多管闲事，管嘉澍、穗穗就罢了，人家第一次上门，就管起人家吃不吃早饭来了。

“你一直纠结早饭这个问题干什么？”穗峥嵘叹气，“人家只是说起得晚，又没说不吃早饭。”

杭美玉一副“你懂什么”的样子，说：“我提醒司岚也是希望他能帮我管着穗穗啊，以后早上穗穗起不来他起得早一些可以叫穗穗起床吃早饭。”

沈司岚微怔。

穗杏夹菜的筷子突然顿住了。

杭嘉澍也不知道该说什么。

穗峥嵘连忙反驳妻子的话：“他们现在还住在寝室里，你想什么呢？”

杭美玉说：“我说以后啊。”

“以后的事以后再说。”穗峥嵘打断这个话题，语气不怎么好地对穗杏说：“又不是没家回，你毕业工作了也可以住家里。”

穗杏脸一红，乖巧地点头。

穗峥嵘这才满意地嗯了声。

杭嘉澍偷偷勾了勾唇，不怀好意地往沈司岚碗里丢了块香喷喷的红烧肉。

杭美玉无语，小声吐槽：“你看你那老父亲样。”

杭美玉的问话还没有结束，到最后问完了，她颇为满意地对沈司岚说：“其实阿姨第一次看你，就觉得你是好孩子。”

沈司岚顿了几秒，礼貌地说：“谢谢阿姨。”

“你长得很好看啊，”杭美玉说，“你是像爸爸还是像妈妈？”

沈司岚再次沉默，片刻后回：“妈妈。”

“那你妈妈一定也很漂亮吧？”杭美玉说。

沈司岚心里隐隐清楚了些什么。

这位杭姓女士，跟她女儿一个性子。

沈司岚挑眉，笑着说：“没有阿姨您漂亮。”

这话果然直击命门，杭美玉捂脸，语气暗爽：“哎呀，你太客气了。”

穗峥嵘面无表情地起身：“我再去拿瓶酒过来。”

这顿饭吃完后，沈司岚饭没吃多少，喝进肚子里的酒倒是创下了新纪录。

穗杏一家人也看不出来他到底醉没醉，醉态是有的，脸也有些红，目光涣散，但是他没发酒疯，喝了杯温水后就安安静静地坐在那里不说话。

穗峥嵘灌了沈司岚这么多酒也不太好意思，咳了声坐在他身边，醉醺醺的状态下，老父亲傲娇不愿意说出口的话最后还是借着醉意说了出来。

“司岚，谢谢你照顾我家这两个孩子。”穗峥嵘说，“我和你阿姨工作忙，很少回家，其实算不上多合格的父母，还好嘉澍懂事得早能帮我照顾穗穗，可是嘉澍一直很孤单，我也不知道他为什么到现在还没找女朋友，不过他能有你这样的朋友，应该不会孤单了。”

沈司岚微垂着眼，轻轻笑道：“其实是我该谢谢他们。”

从前他骄矜傲慢，想要的东西唾手可得，无论是念书还是家世，上天待他不薄，所以没有教他珍惜，身边的同龄人来来去去，有做小伏低的，也有厌恶这种隐形阶级看不上他的。前者他不屑低头去看，后者他更不屑去讨好，因而一直等到离家上了大学，才终于体验到同龄人之间相处的美妙感觉——闹腾而欢快，柔软而贴心。

他渐渐觉得，回应他人的友善是收获大于付出的体验。

看着眼前年轻人安静温和的模样，穗峥嵘终于认同般捏了捏他的肩，像是长辈对晚辈，更像是男人对男人。

“但叔叔还是得要求你一件事。”

“什么？”

“穗穗还太小，”穗峥嵘面露尴尬之色，“都是男人，叔叔也不跟你拐弯抹角了，我希望你能再等她几年。”

“……”

之前听杭嘉澍告诫过一遍，沈司岚当时的态度算不上多好，如今面前这位是女朋友货真价实的亲生父亲，沈司岚压抑片刻，点了点头。

穗峥嵘夸他：“好孩子。”

后来沈司岚醒了会儿酒，杭嘉澍便送沈司岚回去。

穗杏送沈司岚到楼下。父母不在旁边，她憋了好久这会儿终于能拽着沈司岚的衣袖跟他撒娇。

沈司岚头有些昏，任她撒娇。

最后杭嘉澍催他：“还不上车？”

沈司岚也没让穗杏放手，低声笑道：“想我留下刚刚为什么不跟你父母说？”

穗杏小声说：“他们又不会同意让你跟我一起睡。”

“想我陪你睡？”沈司岚倏地挑眉，打趣她，“我帮你暖床有好处吗？”

穗杏惊讶地问：“还要好处？”

“嗯，”他应了声，说，“我不白给人暖床。”

穗杏面对他突如其来的斤斤计较有些无语，但还是傻乎乎地顺着他的话问道：“那你想要什么好处？”

沈司岚倾身弯腰，手指点了点自己的脸：“来。”

穗杏心想居然这么简单，然后果断踮脚亲了上去。

他喝醉了行动却还是敏捷，很快正过脸，穗杏的唇堪堪擦过他的嘴角。

还在自己家小区楼下就玩这套，穗杏羞耻心爆棚，很快后退几步离他远远的。

他轻描淡写地道：“收到。下次陪。”

穗杏没理他，转身就跑。

沈司岚看她着急忙慌地逃跑的背影，笑了笑，转身坐上车，然后听到杭嘉澍咬牙切齿地怒道：“你当我是死的？”

沈司岚这才侧头看他，神色慵懒：“你死了谁送我回家？”

“那你刚刚对我妹做什么呢？”杭嘉澍怒吼，耳根也有些泛红，“以前怎么没看出你这么不要脸？”

沈司岚轻笑，不甚在意地道：“你又不是没看过。”

杭嘉澍语塞，握紧拳头：“你是不是觉得我不会揍你了？”

“你揍，”沈司岚扬眉，语气骄矜且欠扁，“回头我告诉穗穗。”

“你是小学生吗，还告状？”杭嘉澍冷笑。

沈司岚懒懒地靠着座椅不说话，突然不耐烦地道：“我有点儿想吐，快开车吧。”

杭嘉澍幸灾乐祸地道：“呵，真喝醉了？”

沈司岚舌尖抵腭，也不知道是嘴硬还是别的，沉声说：“再不开到时候吐到你的车上你别怪我。”

杭嘉澍怕了这人，赶紧发动车子开出小区。

车子开到半路，沈司岚突然没头没脑地问了句：“我今天表现怎么样？”

“什么？”

“你爸妈对我的印象怎么样？”

“不知道。”杭嘉澍笑出声，“你想知道回头自己问啊。”

沈司岚顿时优雅地翻了个白眼：“懒得跟你说。”

杭嘉澍却觉得此刻的沈司岚相当稀奇：“你也会担心别人对你印象不好？你以前不都是鼻孔看人，生怕别人对你印象太好吗？”

沈司岚抿唇，语气极淡：“你话好多。”

“不是你先问我的吗？”杭嘉澍抽空侧头朝他甩了个得意的眼神，随即

勾唇不经意地说，“你不用担心我妈，你这张脸还是够讨她欢心的；我爸的话，再看吧，反正就算不是你，换别人以我妹的男朋友身份过来吃饭也是这下场。”

沈司岚嗯了声，闭上眼没再说话。

到家后，沈司岚换了鞋子就往沙发走去，连大衣都没脱，整个人直接躺下。

杭嘉澍：“我给你倒杯水？”

“谢了。”

喝过水的沈司岚脸色明显好了点儿，杭嘉澍看他这副样子，觉得这人能为他妹妹做到这份儿上，也是够男人的。

“问你件事。”

沈司岚没抬眼：“问。”

“次卧衣柜下面的抽屉里那些裙子是你买的吗？”

沈司岚忽地睁眼看着他：“你看了？”

“你放我的房间里我当然看到了啊。”杭嘉澍说。

沈司岚蹙眉，显然有些责怪他乱看。

杭嘉澍无视他，好奇地问：“你买来自己穿的？”

对这种猜测，沈司岚连澄清都懒得澄清：“你脑子坏了？”

“送穗杏的？”杭嘉澍很快猜到，“那你干吗不送，压箱底镇宅吗？”

“跟你有关系？”沈司岚懒懒地赶人，“我睡会儿。”

这人喝了酒还是这么讨厌，杭嘉澍撇嘴腹诽道。

年初的电赛结果早已经公布，穗杏组是国家一等奖，很快，在寒假再次到来之前，他们组要去北京参加颁奖典礼。

去领奖显然比去比赛要轻松很多，他们纯当公费旅游，还不用自己操心住宿的问题，简直美滋滋的。

颁奖典礼的照片也迅速被传回学校。

计算机学院四大门面之三在这个组，这张照片挂在学校论坛上置顶很久，后来甚至被挂到官网上公示。

“计算机学院门面实属排面。”

“我大新闻、外语、中文、经管难道不配拥有姓名吗？”

“我大计算机学院今年难道又要靠美色招生吗？爱了、爱了。”

“招生办？在？打钱？”

“请大家不要因为我们计算机学院学生的颜值太过优秀而忽略了我们计算机学院的才华。”

“新生快跑，这三个人都有主了，而且其中两个还是自产自销，你们是没有机会的。”

不过可惜，这三个人都脱单了。

所以除了欣赏照片，大家什么都做不了。

有不少外校的人慕名而来，兴冲冲地来低沉沉地走，并强烈谴责清大这种拿已经有主的人当门面吸引招生的无耻手段。

这让那些为了这几个人报清大的高考毕业生情何以堪？

他们为了小哥哥、小姐姐来到这所学校，满心欢喜以为会在大学邂逅自己的美好爱情，结果却被无情告知，他们心心念念的小哥哥、小姐姐都有主了。

褚学姐去北京领完奖后没急着回学校，又被人接走了。

上次来接她的是个陌生男人，这次来接她的是他们都熟的徐师兄。

去机场送人时，穗杏敏锐地发现徐师兄脸上有细微的伤口。

作为师兄的“毒唯”粉，穗杏十分关切地问：“师兄，你的脸怎么了？”

徐师兄摸了摸伤口，倒并不是很在意：“不小心弄的。”

“谁弄的？”穗杏问。

徐师兄张唇似乎在考虑措辞，但看着穗杏好奇的表情，一副要替他报仇的样子，只能说：“你学姐弄的。”

“学姐？”穗杏眨眼，“你们打架了？”

“也不算打架，”徐师兄眨了眨眼道，“情趣。”

褚学姐立马大声阻止：“你个变态，别教坏我学妹！”

徐师兄闭嘴不说了，但又看穗杏一副懵懂的样子，竟然觉得有些奇怪：“师妹你没懂？”

“懂什么？”

向来淡定的徐师兄终于意识到自己刚刚的玩笑对着穗杏开有些不合适，摇头对她说了句抱歉，之后便停止了有关伤口的讨论。

和学姐他们告别时，徐师兄意味深长地对沈司岚说：“司岚，师兄小看你了。”

沈司岚不耐烦地赶人：“你很烦，赶紧走。”

人走了以后，穗杏才求知若渴地找沈司岚解惑：“为什么脸都被抓伤了还叫情趣啊？”

沈司岚沉默片刻，淡定地解释：“因为他们是变态。”

穗杏似懂非懂地点了点头，可能每个人对情趣的理解不同吧。

没办法，这次褚学姐又掉队，穗杏只能再次和沈司岚搭伙回学校。

不过沈司岚这次没直接带她回学校，而是带她一起找余老师请假脱队了。

余老师思想开放得很，几乎想都没想地就同意了。

不回学校，穗杏也不知道沈司岚要带她去哪里。

沈司岚问她：“我让你带身份证你带了吗？”

穗杏拍了拍自己的小背包：“带了。”

“嗯，”沈司岚说，“我们去港城。”

穗杏以为自己听错了：“去哪儿？”

“港城，”沈司岚耐心地重复了一遍，“带你去玩。”

穗杏张大嘴，有些愣：“为什么突然要带我去港城啊？”

沈司岚淡淡地解释：“你妈妈说的，你大一的时候就说过想去港城玩。她不让你去，你还跟她吵了一架。”

那天妈妈到底都跟沈司岚唠了多少家常啊，连大一她因为去不成港城而闹脾气的事都跟沈司岚说了？

穗杏急忙说：“我不是想去港城，是因为——”

说到这里，她没有继续往下说。

“因为什么？”

穗杏摇头：“没因为什么，就是我想去港城玩。”

她表面淡定平常，实则心里已经炸开了烟花，没想到曾经的期盼竟然在两年后实现，而且替她实现这个期盼的正好是那个让她产生这个期盼的人。

之前她想去只是因为想多抓住点儿机会和他相处，现在根本不用再这样小心翼翼了，想怎样和他相处就怎样和他相处。

坐上飞机时，穗杏问他：“为什么你事先没跟我说啊？”

“我跟你说，你就会跟你哥说。”沈司岚反问，“你觉得你还去得成吗？”

穗杏立刻为自己辩驳：“我才不会跟他说。”

“就算你不跟他说，他难道不会看出来吗？”沈司岚用指侧轻撩了下她的眼皮，“你的眼睛藏不住秘密。”

穗杏微窘，心想他说得不无道理，不过没有事先告诉她也正好，简直是给了她一个大大的惊喜。

可很快，穗杏想到了别的。

“学长，你的家人是不是都在港城啊？”

“有的在内地，有的在港城。”

穗杏一听有家人在港城，整个人立马局促起来：“那我要去见吗？”

沈司岚没有为难她：“你愿意见就见。”

“我愿意？”穗杏顿时有些奇怪，“这事还能我做主啊？”

沈司岚轻笑道：“不然谁做主？”

穗杏松了口气，自己心里有数，要让她现在就去见沈司岚的家人，是没那个胆子的，至少她的表现一定不会比沈司岚在她的家人面前那样得体。

就在穗杏刚放松下来的时候，飞机落地，降于港城国际机场。

她乖乖地跟着沈司岚。身处陌生的环境中，穗杏不敢乱走，宁愿当沈司岚的跟屁虫，什么都听他的比较自在。

“学长，我们现在去哪儿啊？”

“先去酒店。”沈司岚说。

“酒店？”

“嗯。去我家你可能会觉得拘束，所以我订了酒店。”

穗杏有些感激地看着他：“谢谢学长。”

沈司岚嗯了声，替她理了理被风吹乱的头发：“你是想去迪士尼对不对？”

穗杏又惊讶了：“这也是我妈妈跟你说的？”

沈司岚摇头：“你室友说的。”

穗杏顿时无语，怎么感觉自己说过的每句话都能从每个人的嘴里转述给沈司岚？

下次她一定要管住嘴，千万不能乱跟人说话，尤其是孟舒桐和她妈妈这两个大嘴巴。

沈司岚叫了车来接，所以他们只要在门口等车来就行。

没多时，车来了。

主驾驶座上的人走下来，冲他们打招呼："嘿。"

穗杏看着眼前这个陌生男人，本来没觉得有什么，就是觉得这个司机长得很帅，看气质不像是沈司岚口中说的家政司机。

沈司岚的语气明显沉了下来："怎么是你？陈叔呢？"

陌生男人笑眯眯地解释："哦，我一听你是带小女朋友过来玩的就顶了陈叔的班，过来接你们去酒店。"

说罢他看向躲在沈司岚背后的小女生，走近弯下腰笑着和她打招呼："小女朋友，你好啊。"

穗杏露出半个头，看着男人轻佻地勾起的眉眼，怯怯地说了句"你好"。

男人看到她的脸，有些惊讶，很快问道："Lancer，你女朋友成年了吗？"

沈司岚将穗杏护在身后，语气不耐烦地道："你说呢？"

"你干吗板着脸？"男人眨眼，谆谆教导道，"我这不是怕你犯罪吗？不要为了爱情做傻事。"

沈司岚压根不吃这套，挑眉反讽道："你做的傻事还少吗？人追到手了吗？"

男人一下子愣住，懒懒地耸肩："没，革命尚未成功，你哥我仍需努力。"

穗杏通过他们的对话才猜到，这个陌生男人是沈司岚的堂哥。她不知道堂哥的中文名叫什么，只听到沈司岚叫他 Senan。

说好的不见家人，她怎么就这么猝不及防地见了？

她本来很紧张，但是 Senan 堂哥比她想象中的好相处，为了让她听懂他们的对话，一路上都是用的普通话交流，还时不时把话题引到穗杏身上，问的都是很普通的小事，穗杏总算渐渐放松下来。等 Senan 将他们送到酒店门口准备离开时，穗杏还主动对他说了拜拜。

"小女朋友拜拜，"Senan 侧头冲她笑了笑，"我等你来我们家吃饭。"

穗杏知道堂哥的意思，不好意思地抿了抿唇。

"钱够花吗？"Senan 漫不经心地问。

这话他是在问沈司岚。

沈司岚："够。"

听到他说够，Senan 却还是从钱夹里掏出了一张卡："拿着备用。"

沈司岚没接，倒不是因为讲客气，而是真不需要再多一张卡。

“沈小少爷，带女朋友来玩就好好尽地主之谊，”Senan 似笑非笑地道，“连开第二间房的钱都没有，这可不是合格的男朋友啊。”

沈司岚：“……”

穗杏似乎抓取了什么关键信息，但由于两人的对话戛然而止，所以她的思绪强行地被打断了。

一直到人走了，穗杏才对着沈司岚吹起了他堂哥的“彩虹屁”：“学长，你堂哥长得也很好看哎。”

“嗯，别看了，”沈司岚伸手挡住她黏在车尾巴上的视线，“他是个‘舔狗’，再好看也没用。”

穗杏：“……”

他们兄弟之间的关系好像不怎么样。

穗杏跟着沈司岚进了酒店。

沈司岚在前台办理入住手续，穗杏就盯着酒店大厅正中央的天花板上悬挂着的巨大水晶吊灯发呆，直到沈司岚跟她说好了。

穿着制服的侍应生负责带他们坐电梯上楼。

穗杏偷偷瞥见侍应生手上只有一张房卡。

她咽了咽口水。

“学长，这家酒店是只有一间房了吗？”

这话问出来她自己都不信，这么大的酒店，不可能玩这么老土的把戏吧？

沈司岚：“没有。”

穗杏又问：“那你晚上是回自己家住吗？”

沈司岚：“没有，我住酒店。”

穗杏越来越慌，有些问不下去了，又想到了另一种可能性：“那学长你是晚上不敢自己一个人睡觉吗？”

沈司岚再次否认：“没有。”

侍应生可能是对她这拐弯抹角的问话有些听不下去了，回过头用带有地域特色的港普对她说：“小姐，先生只订了一间房，当然是因为想同你一起住呀。”

侍应生将他们送到房门口，又嘱咐了几句，很快离开。

穗杏进去的时候还有些踌躇，可看到房间里有两张床时，心里瞬间说不出是什么感觉。

穗杏没有表现出来。

沈司岚问她：“你想睡哪边？”

她随意指了一边。

接着沈司岚将自己的行李放在了另一边。

她是真的庆幸，可那丝丝的失落情绪又是怎么回事？

如果想知道一个人究竟适不适合自己，那么去和对方来一次两个人的旅行就知道了。

穗杏对这个定理半信半疑。

她的服从性比较强，和朋友出去玩，如果朋友事无巨细地规划好所有事，她会尊重朋友的意愿；如果朋友没有计划，她也会既来之则安之，和朋友一起商讨之后的计划，边商量边玩。

好在她的朋友们性格都不错，大家出门旅游即使有摩擦，也会因为旅途的快乐而慢慢忘掉这点小摩擦。

穗杏不知道沈司岚出门游玩时是哪种，想的是：如果他擅长做领导，那她就服从；如果他习惯服从，那她就当领导。

反正无论哪种她都会听他的。

但沈司岚哪种都不是，没有安排所有的行程，比如哪个时间点去哪里，只是在路线和酒店的选择上替穗杏决定了最有效率和观赏性最强的方案，当穗杏从尖沙咀地铁站出来后，可以随意游逛，想去逛商场或是吃甜品都没问题。

直到穗杏走累了，沈司岚才问她要不要去下一个地方，然后列举出几个地点，让穗杏自己挑选。

他像个贴心的私人导游，穗杏什么都不用担心，只需要按照自己的想法到处玩，甚至突然在网上看到有某个评价比较好的网红店，沈司岚也能做出调整，如她愿地带她过去。

这样的旅行是最不费力也最舒心的。

一趟旅行下来，穗杏发现自己更喜欢沈司岚了。

到最后的迪士尼，沈司岚安排了两天，以防穗杏一天玩不完自己想玩的游乐项目。

两人入住乐园酒店，还是一样的双人房，两张床。

穗杏白天疯玩了一天，本来有些担心沈司岚陪她来游乐园玩会勉强，可事实证明，沈司岚其实也是喜欢游乐园的。

他比她大几岁，可是他们的童年很相似。

如果说穗杏心中最美好的迪士尼形象是那些穿着漂亮裙子的公主，那么沈司岚心里的则是男孩子们心中的漫威英雄们。

这一天中，穗杏告诉他如何区分公主们，沈司岚向穗杏科普漫威里的每个英雄。

年轻情侣的乐趣就在于此。

他们愿意去接触对方的爱好，在充满了朝气的游乐园里，即使他们已经不像孩子们那般天真，还幻想着那些卡通人物都是真实存在的，却也会因为这美好的氛围而感到心神轻松。

沈司岚给穗杏买了个米妮的头箍，她戴在头上晃晃脑袋，蹦蹦跳跳地往前跑着，只因为沈司岚送了她一个百元港币出头的卡通头箍。

平日里沈司岚也送过她礼物，请她吃过不少好吃的东西，比起精心准备的礼物，他偶尔间瞥见后觉得适合她而随意买给她的东西却最让穗杏心动。

女孩子究竟可以可爱到什么程度？

大约就是这样口不对心，平日里一个个装成小财迷的模样，只要钱不要人，要做“海王”、要做渣女，绝不做爱情的奴隶，可一旦动心后，却又会为了心上人的一件小小礼物，就把那些“雄心壮志”通通抛在脑后，兴奋上好半天。

晚上城堡上空升起烟花时，穗杏仿佛看到了自己每次看迪士尼电影时那个无比经典的开场动画，眼睛被烟火映亮，迫不及待地想将这幅场景分享给站在她身边的沈司岚。

“你看哪！”她大喊。

穗杏拉着他的衣袖，兴奋地看向沈司岚。

沈司岚笑了笑，这才仰头去看烟花。

大家的目光都在烟花上，我却无法将目光从这侧脸上移开。

心跳的声音实在太吵，连烟花的声音都有些听不到。

因为身边这个人而无比饱满几欲溢出的喜欢早已盖过所有的声音。

回到酒店后，穗杏瘫坐在床上给自己揉脚。

因为害羞，所以穗杏每次都是等到沈司岚洗好澡躺在床上背对她以后才悄悄去洗澡。

这次也没例外，沈司岚还是先洗，洗好后叫她去洗。

穗杏蹑手蹑脚地走到洗手间，发现他还站在盥洗池前。

“你怎么还不出去？”

沈司岚拿起吹风机：“吹头发。”

穗杏琢磨半天，最终站在盥洗池前拿起牙刷和杯子。

沈司岚打开吹风机，调了中挡风吹头发。

镜子前，两个人中间隔着一指距离，她刷她的牙，他吹他的头发。

这是很日常的画面，但就是莫名让人脸红心跳。

穗杏没忍住，透过镜子偷看沈司岚，被人抓个正着，他语气带笑地戳穿她道：“看什么看？”

穗杏心虚，嘴里含着泡沫赶人：“我要洗澡了，你快出去。”

沈司岚透过镜子看到她低垂的头颅，嘴角意味不明地勾起，把洗手间让给了她。

穗杏收拾好磨磨蹭蹭地上床后，因为前几天的经验，今天显然不再那么紧张，背对着沈司岚玩起了手机。

“还不睡？”沈司岚的声音从隔壁床传来。

穗杏吓了一跳，急忙摁灭手机屏幕：“马上就睡。”

“早点儿睡，”沈司岚说，“明天晚上就回学校了。”

穗杏乖巧地应道：“哦。”

她的这个回答显然没有多开心。

一段旅行结束后，心里会觉得空落落是很正常的，穗杏安慰自己，绝不是因为别的。

沈司岚忽地又开口问她：“上次说的陪睡什么时候让我履行？”

隔着床，他的声音有些飘忽，如果不是房间安静，穗杏都不一定能听清。

这都最后一天了，穗杏蹙着眉没说话，或许是还想保持住自己最后的一丝矜持。

没有等到穗杏的回答，沈司岚不知道她的想法。

她不说要，也不说不要，背对着他，是提防还是欲拒还迎？面对女生这百般扭捏却又莫名勾人的沉默，沈司岚坐起身，思索片刻后最终决定无视她的想法，按照自己的想法直接掌控局面。

穗杏感觉床一塌，心脏瞬间紧缩，很快被人抓进了怀里，闻着他身上和自己同样的沐浴露香气，接着便听到空气中自己清晰的扑通扑通的心跳声。

沈司岚抵着她的额头问：“就今天履行？”

穗杏咬唇，心像跳到了嗓子眼，干巴巴地问：“只是陪睡？”

天知道她是怎么问出这么不要脸的话的！

穗杏埋下头，恨不得掌自己的嘴。

“你要想开发额外业务，”沈司岚与她耳语，“也可以。”

穗杏的嘴此刻已经不再服从大脑，她再一次傻愣愣地顺着他的话问：“什么额外业务？”

有时候人就是这样，明知是陷阱还往下跳。

因她大智若愚的行为，沈司岚笑了两声。

可这在某些程度上确实也鼓励了他。

他原本也不是多能忍，熬到最后一天，还是决定纵容自己。

沈司岚捧着她的后脑勺吻住了她。

之前两人也不是没有接过吻，但今天的吻和以往都不同。

该怎么说，不是她这个年纪能承受的。

以往温柔的触碰，只是唇瓣相贴就已经足够令人心动，小女生都喜欢这样的吻，会觉得被喜欢的人如珠似宝地亲吻着，少女心被填得满满当当的，而不是把舌尖化作锋利的鱼钩，直直深入她的骨髓，令人动弹不得，每一个微小的动作都能牵动全身的神经，点火般燎原升腾，直至将人焚烧殆尽。

胸前有奇怪的触感，穗杏意识到有什么东西被摘掉了。

束缚感瞬间消失，转而又换成了别的束缚，她害怕地缩了缩，却又被某种奇异的感觉带动着敏感的神经，羞耻和渴望缠绕理智，从未体验过的触碰刹那间击穿了身体。她似乎能够想象到那微凉的手掌心和漂亮修长的指尖对其进行的把弄与揉捏。

这种想象真的会吞噬掉自己的理智，穗杏感到小腹微坠，本能地开始憧憬接下来更陌生的触碰。

衣物发出窸窣的声音，

沈司岚喘着气，放开手，埋下头去。

穗杏慌得嘤咛声脱口而出。

唇舌相交的空隙间，他笑着夸她："好听。"

略显急躁的动作并不绅士，穗杏最后的底线几乎快要被攻破。

沈司岚扯着布料的边轻点了两下。

"我答应过你爸爸，当时我也觉得再等等也好，"沈司岚轻喘间声音不稳，滚烫热气激得穗杏一阵激灵，他像是自嘲般说，"早知道就不答应了。"

介于少女与女人之间的柔软身体，只需要耐心撩拨，就能让完全圣洁的白色肌肤染成惹眼的桃粉色，根本不需要任何气氛铺陈，他只消轻轻看一眼，就能明白当中滋味。

穗杏说不出话来，抓着他的手让他别再揪着一个地方胡闹。

沈司岚按着她的肩膀翻过她，欺身压下，穗杏觉得重，闷哼了一声。

她感觉倏地被什么东西顶住了。

"……"

她吓得顿时不敢动弹，这是真的怕了。

沈司岚的叹息声沾染了欲望，显得黏稠无比。

"不好意思。"

穗杏稀里糊涂地说："没……没关系。"

他笑了声，又补充："其实这几天晚上一直是这个状态，只不过衣服比较宽松，你没看出来。"

穗杏顿时又开始心疼起他来，关切地问道："难受吗？"

"还好，"沈司岚坏心眼地咬了咬她，佯装控诉道，"只是看你睡得很香，心里有些不爽。"

穗杏顿时委屈地缩了缩胸。

隔穴瘙痒虽然不如直接吞侵，但感官最为敏感的地方只是间接交融也勉强能够望梅止渴，穗杏完全被带入一个新的顶点，脚指蜷缩，即使他始终不曾真的索要她，依旧能够满足她的需求，直击她脆弱的神经。

布料滚烫似要起火，沈司岚带着热气的低喘越来越致命，他抑着喉间的呼吸，汗涔涔的欲望攀至某点，双颊泛红，眼眸微浊，下颌紧绷，禁欲至极。

之后他瘫倒在穗杏身上，喘了好半天终于恢复过来。

"哈……"沈司岚亲了亲她的额头。

半晌后他坐起身从床头柜上抽了几张纸擦了擦自己，转而将手搭上她的膝盖。

“张开，帮你擦擦。”他说。

穗杏猛地夺过纸巾：“我自己来！”

沈司岚也不勉强她，低头又擦了擦自己的手指。

似乎是好奇水渍的味道，他低头轻嗅了一下。

穗杏被他的这个举动闹得差点儿当场羞愤而亡，一把抓过他的手，红着脸咬牙说：“不许闻！去洗手！”

沈司岚嗯了声，淡定地道：“可这是你的味道。”

“去洗手！”

可能是满足过后的男人心情好，所以格外听话，他安静地看了她一会儿，起身乖乖去洗手了。

洗完手回来后沈司岚极其自然地掀开穗杏的被子，睡在了她身边。

穗杏瑟缩了一下，伸手指了指他的床：“你不回你的床睡吗？”

沈司岚一脸从容地反问：“还有必要吗？”

穗杏没说话。

沈司岚将她捞过来，让她枕在自己肩上，又绕臂围住她，指尖有一下没一下地把玩着她的头发，时不时低头亲亲她的额头。

穗杏被他的小动作扰得睡不着，可当他的手轻抚自己的发根时，她又觉得特别舒服。

于是她说：“你能不能帮我梳头发啊？”

对穗杏突如其来的要求，沈司岚几乎是想也没想就答应了：“我去拿梳子。”

“用手就行。”

她只是想感受他的指腹从她的头发中穿过的感觉。

沈司岚就这样用手替她梳起了头发。

穗杏的头发挺长，缠绕在颈窝旁，有点儿挡事，沈司岚刚刚亲她的锁骨的时候就很不耐烦地将她的头发撩开，但是这会儿她的头发又仿佛成了他手中的珍宝，他一缕缕地轻轻梳过，唯恐不小心用了力揪下来。

后来穗杏被伺候得舒服了，又让沈司岚替她按肩揉胳膊。

这种时候的沈司岚特别好说话，穗杏只要撒下娇就能让他缴械投降，举手投足都是对她的万般柔情，穗杏提什么要求他都答应。

他在她耳边厮磨，用鼻尖蹭她的鬓发，虽然不说话，嘴角却有意无意地擦过穗杏的耳软骨，就连呼吸里都含着温柔之意。

穗杏渐渐来了睡意，嘴上哼哼唧唧的。

然后很快，正揉捏着她的肩头的手一下子握住雪团，穗杏一阵激灵，又醒了。

在之前的余温中，沈司岚的兴致还没有下去。

她还很青涩，沈司岚的手修长骨感，平日里拿笔、敲键盘，做的都是些正正经经的事，穗杏受不得他的这种反差，越是想象着他白日的模样，就越是难以招架他晚上的荒唐行为。

小女生很快再次软下身体，趴在床上小口喘着气。

沈司岚起身，原是想再擦擦手指，碰到床头开关时心念一动，又打开了床头灯。

穗杏赶紧用被子牢牢裹住自己，不给他看。

沈司岚再次去掀她的被子，只是这次穗杏不再娇声地欲拒还迎，而是直接拒绝："不行！不能看！"

就算两人刚刚做过什么，可那是关着灯做的，如今开了灯，她无论如何也不愿意让他看她的样子。

沈司岚知道她害羞，但开灯就是为了看得更仔细些。

他俯下身耐心地哄她："就看一眼。"

穗杏蠕动了两下："不行。"

"刚刚太黑了，"沈司岚说，"只开这一盏灯。"

穗杏的态度相当坚决："一盏灯也不行。"

她不给看就是不给看！

沈司岚想去抢被子，可穗杏就算力气比不过他，也坚决要和他抗争到底，到后面眼看着身上遮羞的被子要被夺走了，立刻扁嘴，委屈地求可怜："能不能不要抢我的被子啊？"

她是真的很不愿意。

沈司岚只好罢手，小女生害起羞来男人简直束手无策，一面想要满足自己，一面又不愿意看到她委屈。

他一歪头，干脆闭眼躺下。

穗杏裹着被子爬到他身边悄悄观察他。

"学长，你生气了？"

“没有。”沈司岚淡淡地答。

“真的没有吗？”

沈司岚答非所问：“你只顾着自己舒服？”

穗杏脸颊绯红，抱着被子小声辩解：“又不是我求你的。”

沈司岚挑眉，抬手极缓慢地在她眼前掠过，明知故问道：“喜欢我的手吗？”

漂亮的手指在眼前晃过，穗杏很快想到刚刚的场面。

她咬着唇，手提着被子起身关掉床头灯，然后躺下，在黑暗中摸索到沈司岚的唇，低头响亮地给了他一个讨好的吻。

沈司岚愣住，仰面看着天花板，眼前一暗又一明，接着听到她嗔怒地问：“行了吗？”

他轻笑，不肯轻易被哄好：“不行。”

“……”

“舌头。”

穗杏只好再次低头，送上了他想要的东西。

沈司岚的理智在她撬开他的唇齿的那一瞬间犹如琴弦一般断裂。

他低笑道：“要死。”

沈司岚很快翻过身，重新在她面前掌握主导权。

穗杏低吟，沈司岚的喘气声像是毒药一般蚕食着她的理智，才恢复片刻的清明很快又被他领往崩溃的边缘。

后来她的手心被他拿去当了工具。

无论穗杏怎么挣扎，沈司岚始终视若无睹，咬着她的耳朵哑声请求她听话。

后来沈司岚又去洗了个澡，再回来时穗杏跟看禽兽似的躲在床角不肯让他靠近。

昏暗的床头灯光下，穗杏从耳根到脖颈都是红的。

沈司岚脸上的潮红虽然已经退去，耳尖却仍然留有刚刚的余潮。

他这次是真结束了，像抱小孩儿似的抱着穗杏，手也规规矩矩地放在她的背上拍背哄她睡觉。

“学妹。”沈司岚轻声叫她。

回答他的是穗杏极为困倦的呼吸声。

其实刚刚穗杏问他结束没有的时候，他想说没有。对男人而言，隔穴搔痒又怎么可能真抵得过在柔软中埋没欲仙欲死的那一瞬间？

只是他自己也没有经验，未必能做得好。

看她这副样子，但凡他要是没伺候好她，估计她能哭湿被单。

沈司岚笑了笑，手往下摸到她刚刚辛苦了的手心，替她按摩。

“爱你。”他悄声说。

两人从港城回来后，对穗杏和沈司岚从北京直飞港城的不耻行为，杭嘉澍表示强烈谴责。

之后回到沈司岚家，杭嘉澍这才对他进行了盘问。

“你……”杭嘉澍酝酿片刻，咬牙质问，“你是不是已经吃干抹净了？”

沈司岚：“没有。”

杭嘉澍冷笑，显然不信他的鬼话：“你以为我会信？”

“说了没有，”沈司岚目光清明，坦然直视着杭嘉澍的眼睛，“我答应过你和你爸爸。”

“……”

杭嘉澍见他如此淡定，一时间竟然不知是该相信他还是相信自己的直觉。

他总觉得面前这男人徒有其表，实则不是什么好东西，不然不会一声招呼都不打就带穗杏去港城玩。

这种事杭嘉澍又不好直接去找穗杏求证，只能勉强相信沈司岚的一已之言。

“你最好说的是实话。”杭嘉澍按眉，无奈作罢。

沈司岚人畜无害地笑了笑：“当然。”

没过几个月，毕业季到来，杭嘉澍和沈司岚今年分别是硕士和本科毕业，各自都有毕业论文和各种毕业手续要忙，忙得昏天黑地，直到毕业典礼那天大家才终于再次见面。

六月份学校举办毕业典礼的时候，穗杏也跑过来凑热闹。

她今年是摄影师，负责给他们这些毕业生拍照。

一个人照这么多人分身乏术，所以穗杏还叫来了室友帮忙。

大太阳下，张三穿着宽大的学士服，额头上浸满了汗，始终艰难地维持着孟舒桐让他摆的 pose（姿势）。

“学妹啊，还没好吗？”张三有些受不了地问，“我的手都快举麻了。”

孟舒桐：“学长你再忍忍，我争取找个你最帅的角度再拍。”

一听说要找最帅的角度，张三立刻就没意见了，可还是颇为自信地说：“我明明哪个角度都帅好吧？”

最后照片照出来，曝光了。

孟舒桐心虚地笑了笑，张三不好意思对学妹发脾气，只能勉强地回了个笑容。

小侯和老祝在旁边直接笑傻了。

孟学妹靠不住，张三又四处找寻穗学妹的身影。

“穗学妹呢？我要让穗学妹帮我照。”

小侯说：“穗学妹在帮她哥和男朋友照呢，哪儿轮得到你？”

被冷落了的孟舒桐也不伤心，拿着单反到处逛，看到合她眼缘的帅哥就偷偷照一张。

她先是去了帅哥最多的体育系，后来又去了男生比较多的机械系和土木系，在照了几张满意的照片后，最后不自觉地走到了文科院系这边的座位区域来。

孟舒桐交际广，在文科院系也有不少朋友，尤其是法学院，几个穿着学士服的学姐热情地冲她招手：“学妹，来，过来帮我们照几张照片。”

她略有踌躇，可看到学姐们期待的眼神，还是走了过去。

她只是帮学姐照个相而已，又不一定会碰上那谁。

孟舒桐这样暗示自己。

替学姐照了几张照片后，不知道是哪个学姐突然提到了一个人：“哎，裴老师呢？让裴老师过来陪我们一起照张相吧？”

“裴老师刚被工法班的叫去拍照了。”

“那我把裴老师抢过来。”

孟舒桐突然说：“学姐，我还有事，要不你们请别人帮你们照吧？我先走了。”

“等裴老师过来再走啊。”学姐打趣道，“你以前不是总求着我让我带你去蹭裴老师的课吗，怎么这会儿不想见裴老师了？”

孟舒桐不知道该怎么说。

难道她要告诉学姐，她被裴老师彻底拒绝了，所以不好意思再见裴老师？

就在她哑口间，裴老师被几个女生拉了过来。

他一直是法学院的人气教师，因而在毕业典礼上颇受欢迎，谁都想找他合照。

孟舒桐也不记得自己有多久没见过裴燕闻了。

就算有时在路上远远地看见他，她也会很快绕道走。哪怕是赶着去教学楼上课，她宁愿迟到也不愿和他在路上对视，再擦身而过。

那样实在太尴尬了，她还不如直接躲得远远的。

孟舒桐死死地低着头，对裴燕闻投来的目光视而不见。

裴燕闻只能看见她的刘海以及她下意识抗拒地往后躲避的动作。

他扶了扶眼镜，极为缓慢地收回目光。

“学妹，麻烦你啦，可以照了。”

因为要拍照，孟舒桐不得不抬起头，在单反的成像小框中，还是不可避免地看到了裴燕闻的脸。

他被一群学姐围着，和其他所有的老师一样，对这群活泼的学生露出最温和的笑。

只有孟舒桐知道他也会有冷漠烦躁的时候，也会板着脸教训学生，也会用低沉的声音叫她离开。

她透过单反在看裴燕闻，裴燕闻看着镜头，也好像在看她。

孟舒桐心神一晃，按下快门。

拍好后，她表示会把照片发给学姐，接着很快转身离开，丝毫没有停留，把裴燕闻狠狠地甩在了身后。

学姐们对孟舒桐的态度感到有些奇怪。

“怎么今天都没见学妹跟裴老师说话？”学姐扶着下巴思索，“难道学妹‘爬墙’了？”

“应该是，可能学妹已经‘爬’到经管系的徐教授那边了，”另一个学姐笑眯眯地道，“咱们法学院的裴老师在学妹眼里已经过气了。”

面对学生们的玩笑，裴燕闻笑而不语。

年轻女孩儿的喜欢并不会长久，有更好的，她就会换目标。

他当然明白。

从法学院这边回来后，孟舒桐看到穗杏还在给她的哥哥和男朋友照相。

穗杏对他们头上戴着的学士帽以及从侧边垂下来的穗子很好奇。

“借我戴戴啊。”穗杏说。

Wedding

i n v i t a t i o n

沈司岚 & 穗　杏

经过爱情马拉松，我们结婚啦

证婚人：图样先森

杭嘉澍觉得她多事："你明年就能戴了，急什么？"

哥哥不答应，穗杏又可怜巴巴地看着沈司岚。

沈司岚没说什么，直接将头上的学士帽摘了下来打算给她戴上。

但下一秒就被杭嘉澍还了回来，他摘下自己的帽子，直接扣在了穗杏的脑袋上。

"来、来、来，给你戴。"杭嘉澍敲了敲她的头，咧嘴问，"热不热？"

热是真的热，这个天气还戴个不透气的帽子，穗杏很快就受不了了，又迫不及待地把帽子还给了杭嘉澍。

看着这幅场景，孟舒桐不知怎的突然觉得时间过得好快。

一转眼她就大三了，一转眼间明年这时候就换成她毕业了。

好像昨天还是大一，她穿着军训服，谁见了都知道她是大一的小学妹，今天就成了大三，成了众多学弟、学妹口中的学姐。

等意识到这一点之后她才觉得时间这东西根本抓不住。

无论怎样过，她都觉得大学这段时光实在太短暂。

之后沈司岚被叫上典礼台做毕业生代表演讲。

"明年这个时候，就会是你在台上演讲了吧。"孟舒桐对穗杏说。

穗杏忙着拍照，胡乱地点了点头："我会努力竞选上毕业生代表的。"

孟舒桐哭笑不得。她说这话是感叹时光飞逝，又不是鼓励穗杏去竞选毕业生代表。

原本团委办公室的墙上就挂着历届主席的照片，在沈司岚之后就会是穗杏，这两个人无论做什么，都好像是传承一样，一个接一个地上。

孟舒桐有一搭没一搭地胡思乱想着，直到沈司岚演讲完台下响起热烈的鼓掌声后才回过神来。

果不其然，沈司岚下台后，穗杏崇拜地扑了过去，并表示自己刚刚帮沈司岚拍了好多照片。

沈司岚淡淡地嗯了声，对她说："你明年加油。"

孟舒桐又开始想，会不会等这两个人以后结婚，都要争做那一天结婚的所有新婚夫妻中的夫妻代表，上台替所有的新婚夫妻发表新婚感言？

想到这里，孟舒桐扑哧一声笑了出来。

毕业典礼过后，大家顺道又一起去吃饭。

穗杏没有跟孟舒桐一起回寝室，直接帮毕业生们搬东西去了。

杭嘉澍毕业后也没有搬回家，而是继续赖在了沈司岚家里。

之前沈司岚是为了讨好杭嘉澍才让他住进来，连租金都没要，现在杭嘉澍已经没有了利用价值，沈司岚也没有必要继续留杭嘉澍在家里住，之前就直接表示过让杭嘉澍搬走。

杭嘉澍理都没理他，继续跟个钉子户似的住着。

后来沈司岚说要收租金，杭嘉澍说行，爽快地每月付租金，然后继续住。

对此杭嘉澍的室友老侯以及沈司岚的室友小侯几人甚至猜想杭嘉澍是不是因为单身太久，导致性取向转变，从而对自己的未来妹夫起了某种歹念。

可之后他们来玩过几回，杭嘉澍和沈司岚即使同住一个屋檐下，别说歹念，衣服是分开洗的，鞋子是分开放的，就连在家休息都是窝在各自的房间里，生怕被人误会他们这对同居室友有什么见不得人的关系。

只要穗杏过来玩，一会儿被沈司岚叫去打游戏，一会儿又被杭嘉澍叫去写程序，两个人恨不得把穗杏直接劈成两半一人一半分着用。

就这个状况，谁都猜不透杭嘉澍为什么要赖在沈司岚家。

这趟虽然是替他们两个搬东西，车子却只需要往一个地方开，那就是沈司岚住的柏林明庭。

明明有家，可杭嘉澍非要在外面住。

穗杏很不理解他的这种行为，于是趁着沈司岚去上洗手间的空隙，委婉地提醒杭嘉澍：“哥哥，就算学长家比我们家豪华，你也不能有了金窝、银窝就忘了自己的狗窝啊。”

杭嘉澍敲她的脑袋：“什么狗窝不狗窝的，你以为我喜欢住这里？每天对着沈司岚那张臭脸，我都快看吐了。”

穗杏更不理解了：“那你干吗不回家住？”

“我这还不是为了你？”杭嘉澍说。

“为了我？”

“有我住这里，就算以后你搬过来和沈司岚同居，”杭嘉澍眼眸微眯，里面闪烁着老狐狸般的算计，“他也不敢对你怎么样。”

穗杏：“……”

她该怎么说呢？

这个屋子的隔音效果其实比杭嘉澍想象中的要好很多。

比如沈司岚有时候叫她进房间，说是给她上课，教她怎么把计算机理论知识运用到工作项目中，但其实是把人抱在腿上亲。

有时候他荒唐至极，甚至能逼出穗杏的几声嘤咛。

每次穗杏想要逃的时候，又被沈司岚抓回来，他会在她耳边小声蛊惑：“别怕，你哥听不到的。”

这就叫道高一尺，魔高一丈。

穗杏觉得还是不要把真相告诉杭嘉澍好了。

万一她告诉他，他直接跟沈司岚睡一张床怎么办？

本来老侯学长他们就对杭嘉澍的这种赖住行为十分不解，甚至有时候他们看她的眼神都是绿油油的。

为了庆祝沈司岚毕业，穗杏绞尽脑汁想送他一份与众不同的毕业礼物。

穗杏自己对礼物这东西就没什么要求，沈司岚送她什么她都喜欢，哪怕有时候他逛超市的时候看到某个品牌的薯片出了新的口味，顺便买给她她也能高兴好久。

但沈司岚和她这种好养的人不同，穗杏是交了男朋友以后才开始接触男孩子喜欢的东西，然后才猛地发现，要送沈司岚合心意的礼物，真的不能随便选。

她想不到，为此还去寝室找张三学长他们打听。

张三一听说穗杏要送沈司岚毕业礼物，虽然知道他们两个是男女朋友的关系，可还是嫉妒了。

“学妹，”张三委屈地说，“你偏心。”

穗杏只好问：“那学长你想要什么毕业礼物？”

张三说：“女朋友。”

穗杏没说话，只是用爱莫能助的眼神看着他。

张三绝望地说：“算了，就让我孤独终老吧。”

小侯却埋汰他：“自己没魅力找不到女朋友还指望学妹替你找？”

“我以为我最惨也不会到大四毕业还找不到女朋友，”张三愤愤地捶胸，“结果我就真的一鼓作气单到了毕业！”

老祝拍了拍张三的肩膀：“没事，哥们儿陪你一块儿单。”

“好兄弟！！！”张三顿时感激涕零地一把抱住老祝。

老祝顿时也满脸自我感动：“兄弟，我舍不得你啊，这四年天天听你的呼噜声我怕我听不到以后会失眠！”

张三：“呜呜呜，我现在就给你录一段我的呼噜声，每晚伴你入眠！”

老祝：“呜呜呜，我就是随便说说，你不用录了，真的。”

小侯一把拉开两个恶心的人：“难道你们就没想过等研究生开学了，也许你们又会被分到一个寝室吗？”

张三和老祝对视一眼，立刻嫌弃地推开对方，祈祷等研究生开学分宿舍，千万不要跟眼前的人再被分到一个宿舍了。

是的，读研，沈司岚和小侯是被保研，而张三和老祝不想从此和兄弟们天各一方，选择考研。

结果他们还真考上了，也是为难沈司岚一个不用考试的人为了辅导他俩还特意去看考研书。

所以他们的友谊暂时还没那么快结束。

“我现在没啥遗憾了。”张三说，“我就想在毕业前和36D见一次面，这人都好久没上线了。”

也不知道从什么时候开始，36D上线的频率越来越少了。

后来学校举办王者友谊赛，因为36D人间蒸发，他们的战队也没能参赛。

小侯：“肯定是因为你天天说36D学弟思想不健康，所以他生气消失了。”

张三：“你当我傻，我私底下说他他能听到？”

穗杏：“……”

于是神秘的“老子胸肌36D”其人，成为他们寝室永远的未解之谜。张三甚至猜测，会不会是像电影里演的那样，36D是一个伪装成普通大学生的特工，因为任务结束，所以他也恢复了特工身份，回特工基地报到去了？

穗杏：“……”

她给张三学长留个这样美好的想象其实也挺好的。

到最后听了张三学长的一通抱怨，她也没打听到应该送沈司岚什么毕业礼物。

沈司岚虽然平日跟其他男生没两样，但细细深究起来，他平时穿的衣服只是看着款式简单，买的那些鞋子有的甚至不会穿，在她看来就只是穿着走路或是打篮球的区别，直到后来杭嘉澍吐槽沈司岚败家，她才知道那些鞋子的价格。

贵的东西她的零花钱不够，便宜的吧她又怕他不喜欢。

穗杏只好放弃惊喜，直接去问他想要什么。

为了防止沈司岚再用不正经的回答套路她，穗杏首先就要求他不许提某些不正经的要求当礼物。

她学聪明了。

沈司岚笑笑，顺她的意，真的没提不正经的要求。

“我想想。”他说。

穗杏一直等他想好，等到毕业典礼这天，沈司岚在房间里收拾东西，穗杏终于等不下去了，跑过来问他。

沈司岚正在叠书分类，闻言似乎才想起有这么回事。

“不知道。”他说。

穗杏：“想个礼物就这么难吗？”

“我想要的你又不送，”沈司岚淡淡地说，“其他没什么想要的。”

穗杏凑到他身边，强硬地夺过了他手中的书：“不行，你必须想一个。”

沈司岚掐了掐她的脸：“明明是你送我礼物，怎么还要求我自己想？就这么懒？”

“我想不到嘛，”穗杏理直气壮地嘟囔，“有的礼物太贵了，我买不起。”

她还是个靠父母给的生活费过日子的学生呢。

而且她不可能跟父母说因为要给男朋友买礼物，问他们多要钱。

杭嘉澍倒是有钱，只是他一听她是要给沈司岚买礼物，别说给钱了，就是借钱都不肯。

“不许乱花生活费，”沈司岚没辙，只好说，“我最近有本想买的书，你买给我吧。”

“书不能算是礼物。”穗杏觉得太普通。

真难伺候，他怎么感觉他这个被送礼物的反倒像是在伺候她这个送礼物的？

他没再说话，转身从衣柜里拿出了什么东西。

“正好，”沈司岚说，“我想要的礼物就是你穿这些裙子给我看。”

穗杏茫然，一一打开那些包装精美的盒子，竟然都是裙子。

“你什么时候买的？”

“挺早了，”沈司岚坦然地说出自己的恶趣味，要求她，“穿吧。”

穗杏有些犹豫，提起其中一条裙子往自己身上比画：“合适吗？”

沈司岚：“按照你的尺寸买的，你说呢？”

穗杏惊讶地指着自己：“这些都是买给我的？”

“嗯。”

“怎么买这么多？”

裙子全部摊开连他的床都放不下，穗杏自己从来没一次性买过这么多条裙子。

沈司岚说：“你穿应该都挺好看。”

这是什么理由？

他总不能因为一家店的衣服她穿着都好看就全买了吧？

谁让沈司岚是“富二代”。

不过他自己澄清过，他不是“富二代”，要真的正经算，他是“富三代”。

穗杏觉得他澄清了个寂寞。

找了有钱的男朋友，穗杏之前倒是没什么实感，现在总算有了种麻雀飞上枝头的强烈既视感。

她去了主卧的洗手间里换衣服。

穗杏躲在洗手间里，偷偷用手机拍图搜索这些裙子的价格。

价格是搜出来了，可更让穗杏惊讶的是，这些裙子不是今年买的，因为都是以前的款式。正如沈司岚所说的那样，他买得很早。

她看了眼日期，像是突然发现了什么隐秘的真相。

穗杏抱着这些裙子发了好久的呆，才乖乖按照沈司岚的话试这些裙子。这些裙子是她的尺寸没错，只是两年过去，裙子的长短倒是刚合适，就是胸围有些紧了。

穗杏为了不让沈司岚看出来，特意含着胸站在他面前。

结果沈司岚却觉得她驼背，让她把背挺直。

穗杏就像那些胸部刚刚发育的女孩子，又是羞耻又是怯懦地不愿意挺背。

口头纠正不过来，沈司岚便上手替她正背。

他很快知道她在藏什么。

男人有些哭笑不得。

穗杏见他笑了，立刻又鼓起嘴不高兴地道：“你笑什么笑？”

“我笑有的人不知感恩，”沈司岚在她耳边轻轻撩了下，“还不谢谢我？”

穗杏瞬间脸通红，叫嚣着要揍他。

沈司岚没躲，任由她打了自己几拳头，接着说：“站好，转个圈我看看。”

穗杏不愿按照他说的去做：“我又不是橱窗里的娃娃。”

她皮肤白，五官也清秀漂亮，穿什么颜色的衣服都很合适。

无论是娇艳的玫瑰色还是淡雅的雏菊色，她骨架娇小苗条，胳膊上恰到好处的软肉也没掩盖住她的纤细，反倒更显得她娇贵，一看就被照顾得极好。

这样小小的娃娃，抱在怀里正好，他尤其能感受到她的柔软。

“你不是吗？”

沈司岚打量她几眼，眼底有笑意，正好她换了条雏菊色的裙子出来。

男人心底的恶趣味就在于此。

女孩子喜欢洋娃娃，喜欢替洋娃娃准备各种各样的漂亮裙子，男人不玩娃娃，就喜欢打扮女朋友。

惊艳片刻后，他毫不掩饰被她撩到的心思，倾身低头亲了亲她。

穗杏被他亲得有些不好意思，神色乖顺，柔柔地问：“学长，这裙子你买了很久了吗？”

“嗯。”

“你是什么时候喜欢我的？”她指尖捏着裙摆，屏住呼吸问。

沈司岚愣怔片刻，把问题轻飘飘地踢给了她：“你猜？”

“我猜不到。”

“猜不到就算了。”

穗杏不服气，瞪圆了眼又说：“你是不是暗恋我？”

“……”

他的沉默助长了某人嚣张的气焰，穗杏顿时扬起裙子在他身边晃来晃去的，就像他家里的 Snowball 想吃东西时一样，喜欢绕着他的脚转圈圈。

虽然 Snowball 现在已经不叫 Snowball 了，因为杭嘉澍看着它时总会脱口叫出穗杏的名字，可怜 Snowball 用了这么久的英文名，渐渐因为杭嘉澍的洗脑行为，有时候杭嘉澍喊穗穗，一人一狗都会下意识地答应。

“干吗？”

“汪！”

后来穗杏因为这件事生了杭嘉澍好大的气，沈司岚只好先把 Snowball 给送到了堂弟那边，等 Snowball 对穗杏的名字免疫后再接回来。

她很吵，声音却好听到不行。

沈司岚也不知是该感到烦躁还是享受，只好承认：“嗯。”

穗杏的虚荣心瞬间唰唰暴涨，又非要问他是什么时候。

“你看着我我躲开的时候吧。”他说。

因为眼睛不会轻易听话，可不会因为主人的慌乱和悸动就停止去追寻喜欢的人。

“那是什么时候？”

“你自己想。”

“我想不到！”

“你想不到难道怪我吗？”

好气啊，可穗杏又想，之前的沈司岚也和那时的自己一样，时不时想起她，时不时会在心里默念她的名字。

穗杏很快就不生气了，反倒庆幸她粗心，没有发现。

他藏得好，所以现在她知道后，就如同给了她一个大大的惊喜。

她也一直在被喜欢。

穗杏拿起自己的手机，点进视频网站找到了自己很久很久前收藏的那个有关于暗恋的视频。

她曾在弹幕中留言。

如今视频的播放量早就突破百万，她发的弹幕或许早就被清空了。

可穗杏还是有始有终地再次发送弹幕，将弹幕中属于自己的故事给填上了坑。

“SSL也喜欢我。”

“他现在是我的男朋友啦。”

“温柔懒懒的海风，吹到高高的山峰，吹成我山风。”

她将这个视频发给了沈司岚，却不告诉沈司岚为什么要发给他。

穗杏觉得她要把这个秘密捂久一点儿，直到他愿意用自己的秘密跟她交换，她才会考虑告诉他，告诉他她已经喜欢他很久了。

“学长，我给你起了个外号。”

“嗯，什么？”

“山风，”穗杏笑眯眯地问他，“好听吗？”

沈司岚笑笑，也对她说：“我也给你起了个外号，你想知道吗？”

“什么？”

禾惠？还是木口？还是其他的？

他说：“宝贝。”

穗杏傻乎乎地笑出声。

这时门口传来敲门声，杭嘉澍嫌他们在房间里待太久了。

出来后，杭嘉澍抓过穗杏：“你一天到晚窝在沈司岚的房间里干什么？”

穗杏张口就来：“学长在教我写算法。”

“……”

穗杏说：“我想好了，我要跟你们一样，投身伟大的游戏制作行业。学长非常支持我，所以我拜托他教我写算法。”

“有理想，”杭嘉澍冷笑，“但是你是不是忘了我也是搞游戏制作的？你问他不能问我？”

穗杏：“杭总你太忙了。”

“不忙，哪有沈总忙。就这么定了，你大四开学没事过来实习吧，”杭嘉澍温柔地摸了摸她的头，“到我手底下来当实习生，我保证倾囊相教，以后你不用再去找沈司岚了。”

穗杏：“……”

公司最近新来了个实习生，小鹿眼，博美脸，说话声音夹杂着甜味。

公司的直男们顿时父爱泛滥，纷纷上前准备认干女儿。

只可惜，这位实习生被两个老总给预订了。

上午杭总把实习生当小秘书使，下午沈总把实习生叫进办公室好半天不出来，到了晚上两辆车停在公司门口，小实习生左右为难，不知道该上哪辆车。

众员工羡慕得直叹气。

最后不知从哪儿冒出了个大美女，骑着小电驴冲小实习生抛了个媚眼。

“学妹，学姐送你回家啊！”

小实习生欢快地冲大美女跑了过去。

然后小实习生和大美女骑着小电驴愉快地下班。

哦哟。

小实习生哪个老总都没选，学姐、学妹情最终还是打败了兄妹之情和男女之情。

两个老总没那么容易认输，分别上车，踩下油门包抄围攻小电驴。

下班路上，车流密集，夕阳渐渐下沉，又是一个夏天到来。

——在这个令人悸动的夏天。

——山风最终吹向了麦穗。

（正文完）